CRIMEN Y CASTIGO

Fiódor Dostoyevski

Título: Crimen y castigo
Título original: *Prestuplenie i Nakazanie*
Autor: Fiódor Dostoyevski

© Edimat Libros, SA
C/ Primavera, 10, nave 35
28500 Arganda del Rey
Madrid-España
www.edimat.es

Traducción: Ediciones y distribuciones Fraile
Introducción: V. León Mancheno
Diseño e ilustraciones de cubierta: Karakachoff Estudio

ISBN: 978-84-9794-599-8
Depósito Legal: M-1306-2024

Impreso en España - *Printed in Spain*

INTRODUCCIÓN

No resulta fácil resumir en unos cuantos párrafos la vida y los hechos más significativos de un hombre cualquiera, pero se vuelve tarea agotadora cuando la vida de ese hombre es un hecho gigantesco que, derribando las fronteras de su propia época, se planta en una esquina del tiempo para dejarse contemplar por aquellos que, con humildad y sin prisas, vamos pasando como se pasa ante una torre, una pirámide, un monumento que los años sólo consolidan. Y es casi imposible cuando aquel hombre se llama Fiódor Dostoyevski. Sin embargo, lo intentaremos de la mejor manera, y que el curioso, el estudiante, el lector que se refugie en este libro para saciar sus horas muertas, extraiga de él su propio asombro, su personal ternura, su íntima sacudida moral, que la literatura es arte ante todo, y esa, no otra, es la finalidad del arte.

Para empezar, digamos ya que la vida de ese hombre, Dostoyevski, parece haber sido marcada desde el principio por el signo de la fatalidad, y que ese signo se convirtió en una constante que él fue desgranando con incomparable maestría a lo largo de cada una de sus obras.

Nace en Moscú el 30 de noviembre de 1821, el mismo año en que su padre, exmédico militar de los ejércitos que luchaban contra Napoleón, abandona la milicia para ejercer en el hospital para pobres de esa ciudad. El hogar de los Dostoyevski formaba parte del mismo edificio y, como si esto fuera poco, quedaba justo enfrente del «cementerio de los réprobos», donde como único y sombrío monumento se alzaba también el patíbulo, al que el mismo Fiódor sería condenado veintiocho años más tarde.

Miseria, enfermedad, muerte, fueron los ingredientes que con más frecuencia se mezclaron en sus juegos infantiles. Pero si su campo de juegos era un cementerio, tampoco en la intimidad del hogar reinaba un ambiente más grato. Su padre era un hombre de carácter irascible, egoísta, que gobernaba a su familia con la misma frialdad despótica que adquirió en los cuarteles durante su juventud. Era un bebedor empedernido, pero no por eso dejó de trabajar con más avaricia que amor a la profesión. En 1832 le fue concedido el derecho de adquirir propiedades y siervos, con lo que pasó a ser dueño de dos aldeas y unas cien personas, en la provincia de Tula, a poco más de cien kilómetros de Moscú. A pesar de que la propia casa de los amos poco se diferenciaba de las rústicas viviendas de los campesinos, no sería la pobreza el factor predominante en el hogar de los Dostoyevski, pero sí la que dominó gran parte del entorno en el cual transcurrió la juventud del escritor; y al igual que ella, la ignorancia, la sumisión, el más oscuro fanatismo religioso, estuvieron presentes por donde quiera que miraba. Los siervos, esos desdichados vasallos del feudalismo zarista, eran propiedad indiscutible del amo que, como patrimonio de sus tierras, los compraba y vendía a su mejor arbitrio.

No sin razón se ha dicho que el dolor —juntamente con el amor— han sido siempre las dos mayores fuentes de inspiración, y este, el tétrico y oscuro entorno del dolor, fue justamente el que golpeó más hondo en la sensibilidad de Dostoyevski, llevándole a concebir la primera de sus novelas *Pobres gentes,* que apareció en 1846. Es uno de esos iniciales y desarticulados gritos de protesta que se alzaron en la Rusia de aquellos tiempos. Su autor, al igual que Gogol con sus *Almas muertas,* se erige en denunciante de una sociedad cruel e injusta y en defensor incondicional de aquellos desheredados y humildes que conocen también la ternura, que son sensibles al amor y a la poesía que saben extraerle a la tristeza, que combaten al orgullo y al egoísmo con las únicas armas que poseen: el perdón y la generosidad; pero que son también capaces de rebelarse. Tímida y sencilla rebelión por cierto, que tardaría aún casi un siglo en volverse incontenible y explotar.

La madre, María Fiodorovna Nechaieva, tuvo ocho hijos, el segundo de los cuales era Fiódor. Dicen que era cordial, alegre, inteligente, le gustaba la música y pretendía hacer algo de poesía, pero muy a su pesar nunca pudo ser feliz. Su marido, aparte de violento y egoísta, comenzó a sospechar injustamente de ella, convirtiendo su vida en una auténtica tortura que, a pesar de sus constantes juramentos de amor y fidelidad conyugal, jamás pudo sobrellevar del todo. Hasta que un día de 1837, vencida en igual forma por la tuberculosis y la tristeza, dejó de existir en una de aquellas aldeas de la propiedad familiar. Dos años más tarde, y en el mismo lugar, el arrogante y despótico médico caía asesinado por sus propios siervos sublevados.

Los primeros maestros de Dostoyevski fueron, indudablemente, su madre y las numerosas ayas campesinas que cuidaron de él y de sus hermanos. De su madre recibió las enseñanzas elementales extraídas de los textos religiosos, sobre todo, de la Biblia; y de las ayas y amas de crianza, los cuentos y tradiciones populares de la antigua Rusia. Pero el verdadero aprendizaje se inicia cuando el padre llamó a un profesor de francés y a un clérigo vecino, quienes impartían sus lecciones tanto a él como a su hermano mayor, Mijail. El mismo médico se encargó de la enseñanza del latín, con su habitual impaciencia y frecuentes accesos de mal humor. Llega así el año de 1834 y los dos hermanos ingresan al internado de Chemak, donde su encuentro con la literatura los vuelve infatigables lectores de Pushkin, Gogol, Walter Scott y, sobre todo, Schiller; pero el que mayor fascinación ejerció sobre el espíritu de Fiódor fue su propio compatriota y contemporáneo: Pushkin.

En 1838, y como consecuencia de la muerte de la madre, la familia se dispersa, él y Mijail son enviados a la Escuela de Ingenieros Militares de San

6

Petersburgo en la que sólo Fiódor logra ingresar. Allí, junto a las matemáticas, la arquitectura, el dibujo y la instrucción militar, continúa entregado a su pasión por la literatura; se sumerge ávidamente en la lectura de los clásicos, pero en ningún momento olvida a los contemporáneos. Schiller y Pushkin seguirán siempre ejerciendo sobre él una atracción irresistible. Quizá sea por esta época cuando se hace presente el trastorno que probablemente haya influido más en la vida, ya de por sí, poco común de este hombre: la epilepsia. Y esto de «trastorno» no es sólo una forma de decir, es que Dostoyevski jamás concibió la epilepsia como una forma de degradación de su salud; todo lo contrario, hacía alarde de ella como si lejos de ser enfermedad fuese más bien un mérito. Aquellos que han ahondado en las propias motivaciones psicológicas del escritor encuentran en este hecho los rasgos predominantes que fueron apareciendo en una u otra forma a lo largo de casi toda su obra. Efectivamente, basta leer *El idiota,* para hallarse frente a la apología de la epilepsia; Mishkin, el príncipe, su personaje central, es un epiléptico como él. Y téngase presente que, a través de este personaje, Dostoyevski se propuso representar nada menos que al «hombre positivamente excelso». La enfermedad hace vivir al protagonista momentos de extraordinaria lucidez y belleza, dice que «la mente y el corazón se iluminan con una luz insólita; todas las excitaciones, todas las dudas, todas las inquietudes se apaciguan repentinamente, se resuelven en una calma superior llena de armoniosa dicha y clara esperanza...». Por otra parte, aparece descarnadamente el escritor, angustiado, enardecido casi hasta la desesperación por los problemas morales, sociales, religiosos de esos personajes que él mismo conduce a los extremos para volverlos símbolos humanizados de los vicios o virtudes que quiere resaltar. El espíritu, netamente contradictorio que se debate en la desesperación, en obsesiones metafísicas, en misticismos utópicos, que buscan inútilmente una verdad absoluta, una realidad por encima de toda realidad pero sin apartarse un ápice de lo que sólo la vida le ofrece. Esa insistencia por pintar las pasiones más violentas, por provocar las crisis, por relatar las adversidades, los remordimientos, las miserias. En fin, esa inconformidad permanente que es la constante invariable de casi todos sus argumentos.

En 1843, tras cinco años de estudios en la Escuela de Ingenieros Militares de San Petersburgo, Dostoyevski termina su carrera y obtiene una plaza en el Departamento de Ingenieros de Moscú, pero sólo un año después pide y obtiene la excedencia. Entra así de lleno en el mundo de las letras, que sin él saberlo le tenía ya reservado uno de los más altos pedestales de la fama. Pero esta decisión cambia también radicalmente su vida.

En enero de 1846, a los veinticinco años, publica su primera novela, *Pobres gentes,* que es recibida con enorme entusiasmo. Bielinski, el crítico más autorizado de la literatura rusa de su tiempo, se convierte en uno de sus admiradores más fervientes y no le escatima elogios; dice de ella que es «el primer ensayo de novela social». Esto, naturalmente, le trajo también a Dostoyevski las críticas amargas de quienes no compartían sus ideas. Pero ya estaba lanzado a una carrera incontenible y se dedica a escribir con furiosa rapidez.

Muy poco tiempo después aparece *El doble,* relato que, literariamente, ha sido considerado menos brillante que el primero, pero donde irrumpen ya en forma mucho más reveladora aquellos personajes cuyas almas y cuyas mentes se extravían fácilmente por los vericuetos de las anormalidades psíquicas. Pero si la admiración y la fama le llegaron como un vendaval en la primera de sus obras, el éxito le fue totalmente adverso en la segunda, el propio Belinski se mostró frío, mientras otros más agresivos se lanzaron al ataque acusándole de haberse apropiado de argumentos e inclusive de frases enteras de Gogol. Muy pronto aparecen, sin embargo, *El señor Projachin* y *La patrona,* que tampoco reciben mejor trato por parte de la crítica y Bielinski se convierte para entonces en uno de sus más cáusticos detractores.

Profundamente desilusionado, Dostoyevski se aparta de sus antiguos amigos para salir al encuentro de nuevas esferas sociales e intelectuales, y en cierto modo también de nuevas formas de expresión literaria. Por esos días, finales de 1847, comenzó a frecuentar lo que sería el primer círculo socialista de Rusia. Lo había organizado poco antes uno de esos jóvenes idealistas e inconformes llamado Mijail Petrashevski y Fiódor enseguida se sintió profundamente atraído por los que lo frecuentaban: intelectuales, científicos, socialistas utópicos, revolucionarios. Los llamaban, y se llamaban a sí mismos «los petrashevistas». Allí conoce a Spéshniev, poeta, aventurero y revolucionario extremista de múltiples recursos, y es a él a quien se une en 1848 para organizar independientemente un nuevo salón de tipo literario y musical, no político. Pero no bien iniciadas las actividades de este nuevo círculo, Spéshniev lo orienta decididamente hacia la clandestinidad política. Dostoyevski se niega a participar en esta clase de actividades, mas tampoco puede librarse de su socio a quien debe muchos favores en metálico que no puede devolver. Entonces convienen en montar una imprenta clandestina donde se imprimirá «propaganda para la liberación». Muchos años después, en un artículo publicado como parte de su diario, Dostoyevski recordará que «entonces concebíamos las cosas con los colores más rosados y paradisíacamente morales. Al socialismo, que empezaba a germinar, muchos de sus cabecillas lo equiparaban al cristianismo, del que venía a ser únicamente una mejora y un perfeccionamiento, correspondientes a las condiciones de los tiempos y de la civilización. Todas esas ideas nos cautivaban a nosotros en San Petersburgo, antojábansenos en sumo grado santas y propias para unir a todos los hombres y encontrábamos en ellas la ley futura de toda la Humanidad».

Rusia estaba gobernada entonces por el zar Nicolás I, violento y autocrático monarca que nunca dudó en aplastar con la horca y el destierro cualquier intento de transformación social. En 1848, en Francia acababa de proclamarse la república, lo que el zar interpretó como una afrenta y una amenaza directa a todo el sistema monárquico europeo, a tal punto que ordenó la movilización de sus tropas en un intento de marchar sobre Francia y sólo graves acontecimientos en sus propias fronteras le disuadieron de llevar a cabo ese proyecto. En esta atmósfera de tensiones y recelos políticos, Dostoyevski da lectura en

8

el círculo de los petrashevistas a la copia de una famosa carta clandestina que su examigo Bielinski había dirigido poco antes a Gogol, quien en los últimos años de su vida renegará públicamente de su obra literaria. Un espía de la policía secreta, infiltrado desde tiempo atrás en el círculo, asistía a la lectura de la peligrosa epístola; al día siguiente, 23 de abril de 1849, Dostoyevski y todo su auditorio de petrashevistas eran detenidos y encerrados en la fortaleza de Pedro y Pablo.

Pero entre círculos artísticos y actividades clandestinas, la creatividad del escritor había continuado desarrollándose por los cauces de siempre. En una sola noche escribió *Novela en nueve cartas,* aunque tal celeridad sólo se comprende y justifica por los apuros económicos que entonces atravesaba su autor. Pertenecen también a esta época: *El ladrón honrado, Corazón débil, Un árbol de Navidad y una boda, La mujer de otro y el marido bajo la cama* y *Noches blancas.* En todas ellas mantiene todavía la misma postura crítica que le llevó a escribir *Pobres gentes.* Los desheredados y los humildes aparecen en primer plano con una denuncia de la sociedad de su tiempo. Por aquella época, Dostoyevski trabajaba también en una de sus obras más ambiciosas: *Niétochka Nezvánova.* Debía constar, por lo menos, de cinco o seis tomos y relata la vida de una mujer de origen humilde que luego se transforma en gran artista y defensora del arte; mas sólo alcanzaron a ver la luz las tres primeras partes, para entonces Dostoyevski era ya huésped de la fortaleza de Pedro y Pablo.

Volvamos pues al acusado. La causa demoró varios meses en los tribunales, pero al fin, el 16 de noviembre de 1849, el juez de la audiencia General del Imperio da lectura a la sentencia: Dostoyevski y sus veintiún compañeros petrashevistas son condenados a muerte. La sentencia deberá cumplirse el 22 de diciembre.

Uno a uno fueron subiendo los reos hasta el patíbulo. Luego subió un pope[1] con un crucifijo a ofrecerles el perdón de Dios en la otra vida. Sólo faltaba la orden final, pero entonces se levantó el telón y el encargado de la tramoya explicó que, si bien los condenados merecían la muerte, la clemencia infinita del emperador les conmutaba la pena por el destierro a Siberia.

El escritor mexicano Torres Bodet, interpretando ese instante supremo en la vida del escritor dice: «Fue ahí, al tocar la muerte, donde comprendió por primera vez, en su inmensidad angustiosa, el problema moral de la vida humana. Un nuevo Dostoyevski había llegado al mundo en aquel instante, entre la perfidia de los soberbios y el terror de los oprimidos. Ese Dostoyevski no sería ya el intelectual petulante y oscuro que subía las escaleras de Bielinski. Para oír un elogio no siempre exento de irónica displicencia, sino el Dostoyevski interior, el "hombre subterráneo", el que aceptaría la vida en la zozobra como en el júbilo, el que se encontraría al fin a sí mismo en la adoración total de la Humanidad».

---

[1] Pope, sacerdote de la Iglesia ortodoxa rusa. *(N. del T.)*

Cuatro años transcurrió en Siberia en el penal de Omsk, entre ratas, hambre y nieve; allí conoció la humillación y las ofensas en todas sus formas, pero de allí salió también con una riqueza inagotable: los argumentos e historias que luego se transformarían en *Apuntes de la casa muerta, Crimen y castigo, Los demonios, Los hermanos Karamazov...* Allí cobraron vida los Raskolnikov, Svidrigailov, Stabroguim, Karamazov... Pero con la liberación del penal no terminaba aún la condena: tenía que enrolarse como soldado raso en un regimiento y fue destinado a una fortaleza cercana a la frontera china, mas ya podía volver a escribir. Allí comienza sus *Apuntes de la casa muerta* y produce otras dos novelas en un estilo totalmente distinto: *El sueño del tío* y *La aldea de Stepánchikovo y sus moradores,* que aparecen en 1859. En este período vive también otros acontecimientos igualmente importantes, conoce a la viuda de un funcionario militar, María Dmitrievna Isáieva, y el año 1857 se casa con ella; en la misma noche de la boda sufre uno de sus más violentos ataques de epilepsia.

En noviembre de 1859, diez años después de su detención, le llega al fin la libertad definitiva y es autorizado a volver a San Petersburgo. Pero aquí ha de enfrentarse otra vez a un auténtico encierro: la pobreza, que coarta la libertad casi tanto como la cárcel, sólo que de un modo mucho más sutil. Dostoyevski tiene que valerse de la pluma para vivir, pero mientras escribe debe recurrir al dinero prestado. En 1861 comienza a publicar por entregas en el periódico *El tiempo* su *Humillados y ofendidos.* Pero tampoco esta novela alcanza el éxito que tanta falta le hace al escritor. Deberá aún esperar la aparición de *Apuntes de la casa muerta* para reconquistar la fama que tan esquiva se había mostrado. Es esta una historia de penados, de hombres degradados, violentos, sucios, que han perdido hasta su identidad (el nombre les ha sido remplazado por un número), obligados a vivir en el confinamiento de la estepa y en la promiscuidad más infamante, pero que al fin son «hombres», no muy diferentes a los «señores», honrados y respetables ciudadanos que gozan del don de la libertad.

En 1862 hace realidad un viejo sueño suyo: viajar por Europa. En rápido periplo visita Berlín, París, Londres, Ginebra, Florencia, Venecia, Viena. Este viaje quedará plasmado en *Notas de invierno sobre impresiones de verano,* escrita en tono cáustico, dictado por el desencanto que le produjo aquel Occidente materialista, liberal e industrializado, insensible al dolor y a la miseria. No obstante, un año después emprende nuevamente el camino hacia Europa, pero esta vez por motivos muy distintos: una mujer y su pasión por el juego. Apolinaria Suslova le aguardaba en París, pero la aventura duró poco. Dostoyevski tendrá que perdonarle una y otra vez sus liviandades y ella por su parte pronto llega a despreciarle. Entretanto, sobre el tapete verde de las mesas de juego, va quedando el dinero ganado de un modo tan incierto. Vuelve a Rusia y encuentra a su mujer atacada por la tuberculosis y a pocos pasos de la muerte. Aquella irresistible pasión por el juego le perseguirá durante la mayor parte de su vida; los acreedores le acosan, le niegan el servicio en los hoteles y más de una vez confiesa que ha tenido que pasarse con una taza de té por todo alimento. Constantemente tiene que recurrir a los usureros, se ve precisado a pedirle dinero a su amante, a sus familiares, a sus amigos y aun a muchos que no lo son en absoluto. Algunos editores se aprovechan de él comprándole por adelantado y a plazo fijo los derechos de sus obras. Este fue el caso de *El jugador,* novela en gran parte autobiográfica que fue dictada en menos de un mes. Y poco después lo sería también *Crimen y castigo.*

La agonía de la esposa despierta en Dostoyevski intensos sentimientos de culpabilidad, tan acendrados en él mismo como en los personajes que creó su fantasía. A modo de expiación comienza a escribir sus confesiones, que luego publicará bajo el título de *Apuntes del subsuelo* (1864). Esta época fue particularmente desdichada para el escritor; el 15 de abril fallece su esposa y sólo dos meses después, su hermano Mijail, quien dejaba una familia desamparada y una deuda de 25 000 rublos. Fiódor trata de hacer frente a ambas situaciones, recurre nuevamente a los préstamos. Sale de Rusia en busca de los casinos, pero sólo encuentra la ruina, la soledad y los ataques de epilepsia que cada vez se repiten con mayor frecuencia. Pero en medio de todo, escribe, escribe furiosamente; es su única esperanza, su única evasión. A comienzos de 1866 empiezan a publicarse en *El Mensajero Ruso* los primeros capítulos de *Crimen y castigo* que, según contrato, debía quedar terminada en diciembre del mismo año. Afortunadamente, desde un comienzo, la obra es un éxito, a partir de ese momento, tanto el público como la crítica le vuelven a ser favorables. En 1867 se casa por segunda vez con la muchacha de veintidós años que había tomado el dictado de *El jugador,* Ana Grigorievna.

Crimen y castigo es una de las novelas marcadamente psicológicas de Dostoyevski. Su argumento gira en torno a un joven estudiante, Raskolnikov, que angustiado por su abrumadora pobreza no encuentra otra solución que la de asesinar y robar a una vieja usurera. Sólo así podrá continuar los estudios y además velar por la madre y la hermana que sufren también las consecuencias de la miseria. Pero una vez que resuelva su desesperada situación económica, Raskolnikov se propone transformarse en un hombre íntegro, trabajador, compasivo, para así poder anular su crimen, si es que en verdad se puede considerar como crimen la muerte de una vieja enferma y casi idiotizada que probablemente habría acabado de muerte natural un mes o unos días más tarde. El joven se decide al fin a llevar a cabo su acción, y lo hace de tal suerte que no deja el menor rastro que pueda conducir a la identificación del criminal. Pero entonces sobreviene lo insospechado, se desata el proceso psicológico en el cual se ahoga el alma del homicida, no por arrepentimiento, sino por un sentimiento de culpa, el desprecio de sí mismo, la ley divina y humana que reclaman el castigo. Sólo alcanzará paz por la vía de la confesión y la expiación ante la sociedad, en un presidio, al margen de la ley...

Crimen y castigo está estructurada sobre un problema ético: el fin no justifica los medios, aunque estos pretendan ser nobles: terminar una carrera, ayudar a la madre enferma, volverse un hombre bueno y honrado como en último término se proponía el mismo criminal. Es, en definitiva, la lucha perpetua entre el bien y el mal, lo justo y los injusto, la verdad y el error. Se asiste así a un complicado proceso mental durante el cual el estudiante elabora meticulosamente el crimen que va a cometer, sin pensar casi en las ventajas directas y materiales que le puede reportar, sus verdaderas motivaciones son más bien de orden moral, es casi un crimen altruista. Bajo estas apariencias, va encontrando en aquel acto reprochable una justificación generosa, sincera, y por tanto, honrada consigo mismo. Al amparo de tales premisas, matar no es del todo malo, es tan sólo una dura decisión que debe adoptar y lo único que le preocupa por entonces es no ser descubierto por la policía. Una vez cometida su terrible acción, vuelve a la buhardilla y se tiende en el camastro durante horas, sin una conciencia total del paso del tiempo, y cuando vuelve a la realidad sólo le inquieta la ocultación de los rastros que le puedan delatar. El paso de este estado al siguiente, es lento, va ocurriendo a base de reiteraciones y episodios meticulosamente entretejidos que el autor desgrana a lo largo de la obra; así, en cierto momento, el asesino se adormece y sufre una serie de alucinaciones o pesadillas en las que revive el crimen en todos sus detalles, pero esto no es todavía un remordimiento. La conciencia de culpa le llegará más tarde, y sólo indirectamente, a través del amor de Sonia, otro ser desdichado cuya única postura ante la vida es la resignación y el sacrificio. Pero aun así, el reconocimiento de la culpa no es arrepentimiento, y si confiesa es más bien para recuperar la paz perdida. Aun en el presidio continúa esta lucha interna, su crimen como tal no es condenable moralmente y más bien reniega de la debilidad que le empujó estúpidamente a la confesión. Únicamente al final, y siempre a través de la figura esperanzada de Sonia, de su amor incondicional y del conocimiento de la verdad divina, le llegará el arrepentimiento redentor...

A los pocos meses de su boda, Fiódor, ahora en compañía de su esposa, emprende un nuevo viaje hacia el oeste. Pasan por Berlín, Dresde, Hamburgo, donde juega sin parar y pierde siempre. Agotados casi todos sus recursos llegan a Ginebra. Aquí tienen lugar dos acontecimientos dignos de mencionarse: el nacimiento de su primera hija y el comienzo de la que sería una de las grandes obras de Dostoyevski: *El idiota*. Apenas a los tres meses de nacida, la niña muere; esto les impulsa a abandonar Ginebra y la pareja llega a Florencia, donde acaba por tomar forma definida el príncipe Mishkin. *El idiota*, el hombre positivamente excelso... *El Quijote* de la literatura rusa.

En el transcurso de este viaje, que a la postre duró cuatro años, y siempre acuciado por sus constantes problemas económicos, escribió una novelita con un tema muy diferente, el de la infidelidad conyugal. La llamó *El eterno marido*, e hizo su aparición en enero de 1870. Pero desde tiempo atrás Dostoyevski traía en la mente otra de sus novelas de grandes proporciones, en parte herencia inagotable de sus años de presidio, en parte desacuerdo y antipatía personal hacia ciertos personajes y tendencias políticas de su época. Pero a todo esto se añade un detonador circunstancial que permite a la novela arrancar de la mente del escritor y entrar en las páginas de la literatura universal.

Ese acontecimiento, ese detonador, no es otro que el asesinato en Moscú de un joven anarquista que es ejecutado por sus compañeros con un tiro en la nuca y arrojado a las aguas heladas de un estanque. Es evidentemente un crimen político y de él se vale Dostoyevski para exponer sus propias ideas y refutar, y aun ridiculizar, a sus adversarios ideológicos. *Los demonios* es el título que le da a la novela. *Los demonios* de Dostoyevski son los demócratas revolucionarios, los socialistas ateos, los materialistas, los nihilistas y aquellos tildados de occidentalistas que abogaban por la adopción en Rusia de las formas políticas, sociales y económicas de Occidente. La novela comenzó a publicarse en forma de fascículos en *El Mensajero Ruso* en enero de 1781, y con una larga interrupción de por medio, terminó en diciembre de 1872.

Entretanto, habían terminado sus cuatro años de andanzas por tierras de Europa. Al volver a la patria nace su primer hijo varón, Fiódor, y acepta el cargo de redactor jefe de la revista semanal *El ciudadano,* donde inicia la publicación de otra de sus novelas, *Diario de un escritor,* que en poco tiempo se convierte en un gran éxito de librería. En marzo de 1874 abandona la dirección de la revista para dedicarse por entero a la producción literaria. Entonces escribe *El adolescente,* que es, en realidad, una áspera crítica a la sociedad rusa en todos sus niveles, y en ella aparece una increíble premonición del advenimiento del comunismo materialista que, según palabras puestas en boca de uno de sus personajes, será la consecuencia inevitable del alejamiento de las leyes divinas. La novela misma se salta en su composición las normas tradicionales del autor, los episodios quedan en suspenso, el estilo se vuelve caprichoso, las intenciones han de ser interpretadas. Es como si se hubiera propuesto descargar en el lector el desencanto de lo que adivinaba venir, y quizá un poco de rencor.

Entonces acomete la que sería la más grande y con toda seguridad la más conocida de sus novelas, pero al mismo tiempo también la última: *Los hermanos Karamazov,* otra de sus ideas incubadas en presidio, donde Dostoyevski conoció a un oficial acusado injustamente del asesinato de su propio padre. En la novela se repite el asesinato, mas el asesino no es aquel que descarga el golpe mortal sino el que se siente responsable y lo confiesa. Pero la idea central de la historia no es el crimen en sí, sino las motivaciones psicológicas y las polémicas que se desatan en torno a la teología, la moral, la familia, la política, las costumbres y la tradición tan profundamente enraizada en el alma del pueblo ruso. El sentimiento de culpa vuelve a ser factor predominante en esta novela, este sentimiento tortura a los hermanos que por diferentes caminos y motivos van sintiéndose todos responsables del parricidio. Pero esta situación especial de la novela adquiere una repercusión universal en el planteamiento de Dostoyevski: cada uno de nosotros es culpable de todo ante todos. «Esta concepción de la responsabilidad moral del hombre ante el crimen, y ante el mal en términos generales —señala Augusto Vidal en su excepcional prólogo a las obras completas de este autor—, lleva a Dostoyevski a preguntarse si un individuo puede o no juzgar a los demás y qué carácter ha de tener el castigo. Enfoca el problema de los hermanos Karamazov no sólo desde el punto de vista del culpable, sino, sobre todo, desde el de los demás, es decir, de la sociedad». Esta trilogía temática (crimen, culpa, castigo), se repite con frecuencia en las obras de Dostoyevski, pero si bien la expiación de la falta reconcilia al hombre con la sociedad, sólo el íntimo arrepentimiento le pondrá en paz consigo mismo y le hará aceptable a los ojos de Dios, requisito sin el cual la gracia y la verdadera salvación son imposibles. Entre las múltiples implicaciones que lleva consigo la novela, quizá la religiosa, en la forma ortodoxa del cristianismo, sea la que con mayor insistencia se expone. La fe del pueblo ruso salvará a Rusia, y a través de esa fe, Rusia salvará a la Humanidad.

Dostoyevski ha penetrado más profundamente que ningún otro autor en el mundo subjetivo anímico de los hombres, ese mundo mucho más vivo y complejo que el puramente material o estrictamente consciente: sus deseos, sus pasiones, sus crisis, sus pecados y sus arrepentimientos. Con estas incursiones a las profundidades del alma desnuda a sus personajes, tan esencialmente humanos, para mostrarlos en su completa dualidad esencial: los impulsos más tenebrosos frente a la purificación redentora. Pero es preciso subrayar que en ningún momento los seres humanos de Dostoyevski están subordinados a las fuerzas incontrolables del destino (como ocurre en las tragedias clásicas); si bien es cierto que se mueven dentro de unas normas de conducta determinadas desde el comienzo, la fatalidad y el destino, jamás aparecen como causas determinantes. Para Dostoyevski, el pecado, en cualquiera de sus formas, está indisolublemente unido a la libertad; hasta el último momento, el individuo, en uso de esa libertad, puede dar el giro que quiera a su comportamiento, asirse a la esperanza que siempre está a su alcance y cambiarlo todo a un desenlace completamente distinto. En último término, es el planteamiento de la contraposición constante entre el ciego determinismo y la libertad creadora.

Tuvo Dostoyevski que esperar casi hasta el final de su vida para encontrar el reconocimiento unánime de sus contemporáneos; ya en 1878 había sido elegido miembro de la Academia de Ciencias, y en 1880 le alcanza al fin la gloria. Esta, sin embargo, le llega casi de improviso, como si hubiera estado quieta y callada gestándose en algún oscuro lugar del tiempo. La ocasión la brindó un acto cívico de gran trascendencia nacional: la celebración en Moscú del primer centenario del nacimiento de Pushkin. Dostoyevski estaba entre los que debían subir a la tribuna de los oradores. El tema de su discurso era uno de los que más le apasionaban: la significación del hombre ruso. Desde las primeras palabras, el auditorio queda suspenso de sus labios, los cuales sólo dejan de moverse interrumpidos por los aplausos. La ovación es impresionante. La gente se aglomera en torno suyo, no deja de aplaudir. Dostoyevski, el orador, el escritor, el hombre, pasaba a la posteridad.

Apenas unos meses después, el 28 de enero de 1881, muere Fiódor Mijailovich Dostoyevski. Sobre su tumba, Rusia entera lloró.

CRIMEN Y CASTIGO

PRIMERA PARTE

I

En una calurosa tarde de principios de junio, salió un joven de la habitación que tenía alquilada en una enorme casa de la calle S., y con paso lento e indeciso se dirigió hacia el puente K.

Afortunadamente, no se encontró en la escalera con su patrona. Esta ocupaba el piso inferior, y su cocina, cuya puerta estaba casi siempre abierta, daba a la escalera. Cada vez que salía el joven veíase precisado a pasar bajo el fuego del enemigo, experimentando con esto una sensación de temor que le humillaba y le hacía fruncir el entrecejo. Le debía bastante dinero a su patrona y tenía miedo de tropezarse con ella.

No porque la desgracia le cohibiese o le desconcertara, en absoluto, pero hacía algún tiempo que se encontraba en un estado de irritación nerviosa muy próxima a la hipocondría. Aislándose, encerrándose en sí mismo, había llegado a huir no sólo del encuentro con su patrona, sino de toda relación con sus semejantes.

La pobreza le abrumaba; sin embargo, había llegado finalmente a ser insensible a ella. Llegó a renunciar por completo a sus ocupaciones cotidianas. Interiormente se burlaba de su patrona y de las medidas que pudiera tomar contra él. Pero aquello de verse detenido en la escalera, oír toda clase de amenazas y quejas, tener que excusarse con mentiras y pretextos y responder con evasivas..., ¡eso, no! Preferible era esquivarla sin ser visto por nadie y deslizarse como un gato escaleras abajo.

Por otra parte, el temor a chocar con su acreedora le admiró a él mismo aquella vez, cuando se vio en la calle.

«¡Cómo es posible que me asusten semejantes tonterías, proyectando un golpe tan atrevido! —pensó con sonrisa extraña—. ¡Hum...! Sí, el hombre lo tiene todo en sus manos y deja que las cosas pasen por delante de sus narices únicamente por cobardía..., eso es axiomático... Me gustaría saber qué es lo que asusta más a las personas; yo creo que lo que especialmente las intimida es aquello que se aparta de sus costumbres... Pero divago demasiado. Y como divago, no hago nada. Verdad es que también podría decir: divago porque no hago nada. Hace más de un mes que he tomado la costumbre de divagar tumbado días enteros en un rincón, llena la cabeza de tonterías. Veamos. ¿Con qué objeto doy ahora este paseo? ¿Acaso soy capaz de "aquello"? ¿Acaso es serio "aquello"? No es completamente serio. Son pamplinas que distraen mi imaginación, ¡puras quimeras!».

En la calle hacía un calor sofocante. La multitud, la vista de la cal de los ladrillos, de los andamiajes y aquel calor desagradable tan conocido del petersburgués que no dispone de recursos para pasar el verano en el campo, todo aquello contribuía a irritar aún más los ya excitados nervios del joven. El insoportable olor de las tabernas, muy numerosas en aquella parte de la ciudad, y los borrachos que a cada instante se encontraba a pesar de ser día laborable, acababan por darle al cuadro un colorido repugnante.

Los finos rasgos de nuestro héroe revelaron durante un instante una impresión de amargo disgusto. Digamos de paso que las ventajas físicas no escaseaban en él; era de estatura más que mediana, delgado y bien proporcionado; tenía cabellos castaños y hermosos ojos oscuros. Poco después cayó en un profundo ensueño, mejor dicho, en una especie de letargo intelectual. Caminaba sin ver lo que le rodeaba y hasta sin querer verlo siquiera. De cuando en cuando murmuraba algunas palabras para sí; pues, como él mismo acababa de reconocer, tenía la costumbre de monologar. En aquel momento notaba que sus ideas se embrollaban a veces y sentíase muy débil; hacía dos días, por así decirlo, que no había comido.

Iba tan miserablemente vestido, que a cualquiera le habría repugnado salir a la calle con aquellos harapos, aunque bien es verdad que el barrio autorizaba para usar cualquier traje. En los alrededores del mercado del heno, en aquellas calles del centro de San Petersburgo habitadas por una población de trabajadores, la indumentaria más heteróclita no tiene nada que pueda llamar la atención. Pero en el alma del joven habíase acumulado tan feroz desdén que, a pesar de su pudibundez, demasiado candorosa en ocasiones, no sentía la menor vergüenza al exhibir sus harapos en plena calle.

Muy distinto habría sido de encontrarse con algún conocido, con cualesquiera de sus antiguos compañeros, de quienes huía... Mas no por eso dejó de detenerse al oír que le aludían, llamando la atención de los transeúntes con estas palabras, dichas en tono zumbón:

—¡Hola, el sombrerero alemán!...

El que acababa de proferir tal exclamación era un hombre borracho, al que llevaban en una carreta, no sabemos adónde ni por qué.

El interpelado se quitó el sombrero con un gesto convulsivo y se puso a examinarlo. Tratábase de un sombrero de copa, comprado en casa de Zimmermann, pero estropeado ya por el uso, descolorido, agujereado, cubierto de abolladuras y manchas; horrible, en una palabra.

Sin embargo, lejos de sentirse herido en su amor propio, el poseedor de tal prenda experimentó una impresión que más bien era de inquietud que de humillación.

—¡Me lo temía! —murmuró turbado—. ¡Ya lo presentía! ¡Y lo peor es que una miseria como esta, una insignificancia, me echa a perder el negocio! Sí, este sombrero llama demasiado la atención. Y llama precisamente la atención porque es ridículo... Me hace falta necesariamente una gorra que esté en relación con mis harapos; cualquier cosa estará mejor que esta birria. No hay quien lleve un sombrero así: el mío se notará en una legua a la redonda, lo recordarán... más adelante y será un indicio. Y ahora hay que procurar llamar la atención lo menos posible... Las cosas pequeñas tienen su importancia y por ellas es por lo que siempre se pierde uno...

No tenía que ir lejos; incluso sabía perfectamente la distancia que separaba su casa del sitio adonde se dirigía: setecientos treinta pasos justos. Los había contado cuando su proyecto bullía en su espíritu en el estado de vago ensueño. En aquella época, ni él mismo creía que su proyecto pudiera pasar a ser realidad y limitábase a acariciar una quimera a la vez espantosa y seductora. Pero ya había pasado un mes desde entonces y empezaba a considerar las cosas de otra manera. A pesar de que en sus soliloquios se recriminaba por su falta de energía y de resolución, poco a poco, a pesar suyo en cierto modo, habíase acostumbrado a considerar como posible la realización de su quimera, sin cesar de dudar de sí mismo. En aquel momento iba precisamente a hacer el «ensayo» de su empresa, y su agitación iba en aumento a cada paso que daba.

Con el corazón desfallecido y sacudidos los miembros por un temblor nervioso se acercó a una casa inmensa que por una parte daba hacia el canal y por otra a la calle... Aquel inmueble, dividido en una multitud de pequeñas habitaciones de alquiler, tenía por inquilinos trabajadores de todas clases: sastres, cerrajeros, cocineros, alemanes de diversas categorías, prostitutas, humildes funcionarios, etc. Un hormiguero de personas entraba y salía por ambas puertas. Tres o cuatro porteros estaban adscritos al servicio de aquella casa.

Con gran satisfacción por su parte, el joven no encontró a ninguno. Después de franquear el umbral sin ser visto por nadie, subió inmediatamente por la escalera de la izquierda.

Ya conocía aquella escalera estrecha y sombría cuya oscuridad estaba muy lejos de desagradarle; aquello estaba tan tenebroso que no tenía por qué temer a las miradas curiosas.

«Si ahora tengo miedo, ¿qué será cuando venga decidido?», no pudo librarse de pensar cuando llegaba al cuarto piso.

Cortáronle allí el camino: unos antiguos soldados convertidos en mozos sacaban el mobiliario de un cuarto ocupado —según sabía él— por un funcionario alemán y su familia.

«Gracias a la marcha de este alemán no habrá en este rellano durante algún tiempo más inquilino que la vieja. Bueno es saberlo... en todo caso... por lo que ocurra...», pensó, llamando a la puerta de la anciana

La campanilla tintineó débilmente, como si hubiera sido de hojalata en vez de cobre. En tales casas son así generalmente las campanillas de las pequeñas habitaciones de alquiler.

Se le había olvidado este detalle; aquel tintineo especial de la campanilla debió recordarle algo, porque se estremeció de pronto.

Se abrió un poco la puerta al cabo de un instante, y la dueña del piso examinó al recién llegado por la estrecha abertura con evidente desconfianza; sólo se veían sus ojillos, semejantes a puntos luminosos que brillaban en la oscuridad; pero al notar que había gente en el rellano se tranquilizó y abrió la puerta de par en par.

El joven penetró en una sombría antesala dividida en dos partes por un tabique, detrás del cual estaba la pequeña cocina. De pie ante él, la vieja guardaba silencio y le interrogaba con la mirada. Era una mujer de setenta años, bajita y delgada, con una nariz diminuta y puntiaguda y unos ojillos vivarachos y maliciosos.

Llevaba la cabeza descubierta; sus cabellos, que empezaban a encanecer, relucían de aceite. Un trapo de franela rodeaba su cuello largo y delgado, como una pata de pollo; a pesar del calor llevaba sobre sus hombros una pelliza amarillenta y sin pelo.

La vieja tosía a cada instante. Es probable que el joven la mirase de manera un poco extraña, porque sus ojos volvieron a tomar súbitamente el mismo aire desconfiado.

Pensó que debía mostrarse amable, y dijo:

—Soy Raskolnikov, el estudiante. Vine a su casa hace un mes —se apresuró a decir el visitante, inclinándose a medias.

—Me acuerdo, *batuchka* me acuerdo perfectamente —respondió la anciana, que no dejaba de contemplarlo con aire sospechoso.

—Bueno, veamos... Vengo por un asuntillo como aquel —continuó Raskolnikov, algo turbado y sorprendido por la desconfianza que se le mostraba. «Después de todo quizá antes fue también así, pero la otra vez no lo noté», pensó, desagradablemente impresionado.

La vieja permaneció algún tiempo silenciosa; parecía que reflexionaba. Indicó la puerta de la sala a su visitante y le dijo, apartándose para que pasara:

—Entre, *batuchka*.

La pequeña habitación donde el joven fue introducido estaba empapelada de amarillo; las cortinas de muselina de las ventanas ocultaban algunos tiestos de geranios; el sol poniente alumbraba todo aquello con una luz rojiza.

«Lo mismo que ahora, sin duda, alumbrará "entonces" el sol», se dijo Raskolnikov.

Y paseó rápidamente la mirada por todo el aposento para darse cuenta de los objetos que le rodeaban y grabarlos en su memoria.

Pero la habitación no contenía nada de particular. Los muebles, de madera amarilla, eran todos muy viejos. Un diván, un tocador y un espejo adosado al espacio de pared existente entre ambas ventanas, algunas sillas, dos o tres grabados sin valor artístico, representando señoritas alemanas con pájaros en las manos: a esto quedaban reducidos los muebles.

En un rincón, ante una pequeña imagen, ardía una lámpara. Todo relucía de tan limpio como estaba.

«Debe de ser Isabel la encargada de asearlo —pensó el joven—. No se ve una mota de polvo en toda la habitación. Hay que venir a casa de estas viudas viejas y ruines para ver semejante limpieza».

Y miró con curiosidad la cortina de indiana que ocultaba la puerta que conducía a otra habitación no vista aún por nuestro héroe, en la que se encontraban la cama y la cómoda de la anciana. El piso lo formaban aquellas dos habitaciones.

—¿Qué desea? —preguntó secamente la vieja, que, después de seguir al visitante, fue a plantarse delante de él para examinarlo detenidamente.

—Vengo a empeñar algo.

Y dicho esto sacó de su bolsillo un reloj viejo y plano, de plata, en cuya tapa veíase un globo grabado. La cadena era de acero.

—¡Pero aún no me ha reembolsado la suma que le presté hace tiempo! El plazo venció anteayer.

—Le pagaré el interés de otro mes; tenga usted paciencia.

—*Batuchka* soy completamente libre para esperar o vender lo que tiene empeñado desde esa fecha, puedo hacer lo que me parezca.

—Alena Ivanovna, ¿cuánto me dará por este reloj?

—¡Es una miseria lo que me trae! Eso... como quien dice... no vale nada. La vez anterior le di dos billetes pequeños por su anillo, cuando por rublo y medio puede comprarse uno en casa de un joyero.

—Deme cuatro rublos y lo desempeñaré; es un recuerdo de mi padre. Pronto recibiré dinero.

—Le daré rublo y medio, descontándole el interés.

—¡Rublo y medio! —gritó el joven.

—Si lo quiere lo toma, y si no, lo deja.

Y al decirle esto, la vieja le devolvió el reloj.

El visitante lo tomó, y ya iba a retirarse indignado cuando reflexionó que la prestamista era su único recurso. Por otra parte, había ido allí para algo más.

—¡Está bien, venga! —dijo con brusquedad.

La vieja buscó sus llaves en el bolsillo y pasó al otro aposento.

Al quedarse sólo en el primero, Raskolnikov prestó atento oído sin abandonar las distintas inducciones a que se hallaba entregado. Oyó cómo la usurera abría la cómoda.

«Debe de ser el cajón de arriba —pensó—. Ya sé ahora que lleva todas las llaves en el bolsillo derecho... las tiene todas juntas en el mismo llavero... Hay una que es tres veces más gruesa que las demás y que tiene las guardas dentadas, esa no debe ser la que abre la cómoda... Por consiguiente, debe de haber otro mueble o alguna caja de caudales... Y cosa curiosa: todas las llaves de cajas de caudales suelen tener parecida forma... Mas, por otra parte, ¡qué innoble es todo esto...!».

La vieja reapareció.

—Aquí tiene, *batuchka:* contando una grivna[2] por mes y por rublo, de rublo y medio tengo que descontar quince copecs, con lo que el interés quedará pagado por adelantado. Además, como me dice que espere un mes para el reembolso de los dos rublos que le presté, me debe veinte copecs por eso, que hacen que la suma ascienda a treinta y cinco. Luego tendré que entregarle por su reloj un rublo y quince copecs. Aquí los tiene.

—¡Cómo! ¿Piensa darme únicamente un rublo y quince copecs?

—Eso es lo que debe recibir.

El joven tomó el dinero sin discutir. No hacía más que mirar a la vieja sin apresurarse a marcharse. Parecía tener deseos de decir o hacer algo, pero ni él mismo aparentaba saberlo.

—Es probable, Alena Ivanovna. que le traiga pronto otra cosa..., una pitillera... de plata..., muy bonita... Se la traeré cuando me la devuelva un amigo a quien se la presté...

Pronunció esas palabras con aire preocupado.

—Está bien, *batuchka,* ya hablaremos cuando la traiga.

—¡Adiós! ¿Está usted siempre sola en casa? ¿No está aquí también su hermana? —preguntó con el tono más indiferente que pudo simular en el momento de disponerse a salir de la antesala.

—¿Y qué le importa mi hermana, *batuchka?*

—Tiene razón. Se lo preguntaba sin ningún interés. Usted enseguida... ¡Adiós, Alena Ivanovna!

Raskolnikov salió muy turbado. Al bajar la escalera se detuvo muchas veces, como vencido por la violencia de sus emociones. Finalmente, cuando llegó a la calle:

—¡Dios mío! —exclamó—. ¡Cómo levanta el estómago todo esto! ¡Es posible, es posible que yo...! ¡No, es una necedad, un absurdo! —añadió resueltamente—. ¿Cómo se me ha podido ocurrir una idea tan espantosa? ¿De qué infamia hubiera sido capaz? ¡Esto es odioso, innoble, repugnante...! Y durante un mes he...

Pero las palabras y las exclamaciones eran impotentes para expresar la agitación que experimentaba. La sensación de inmenso malestar que había empezado a oprimirle cuando se dirigía a casa de la anciana llegaba en aquel momento a tal extremo que no sabía qué hacer para escapar de aquel suplicio. Caminaba por la acera como un hombre ebrio, sin ver siquiera a los transeúntes y tropezando con ellos. Al desembocar en la calle inmediata se reanimó. Mirando en torno suyo se dio cuenta de que estaba cerca de una taberna. Una escalera situada al nivel de la acera daba acceso al sótano del establecimiento. Raskolnikov vio salir de él a dos borrachos que se apoyaban el uno en el otro al mismo tiempo que se lanzaban insultos.

---

[2] Moneda de diez copecs. *(N. del T.)*

El joven vaciló un minuto y al final bajó la escalera. No había entrado nunca en una taberna, pero la cabeza le daba vueltas y estaba torturado por una sed ardiente. Tenía ganas de beber cerveza fresca, tanto más cuanto que atribuía su debilidad a tener vacío el estómago.

Después de tomar asiento en un rincón sombrío y sucio, ante una mesa pringosa, se hizo servir cerveza y se bebió un vaso con avidez.

Inmediatamente se sintió aliviado y sus ideas se aclararon.

«Todo esto es absurdo —se dijo ya confortado—, y no había en ello por qué turbarse. ¡Es sencillamente malestar físico! Un vaso de cerveza, un pedazo de pan, e inmediatamente recobraré mi energía mental, la claridad de mi pensamiento y el vigor de mis resoluciones. ¡Oh, qué insignificante es todo esto!».

Pero aquella desdeñosa conclusión tenía algo de alegre, como si de pronto se hubiera descargado de un peso terrible y dirigía una amistosa mirada a las personas reunidas, aunque confusamente sospechara que aquella reacción era ficticia.

En la taberna quedaban muy pocos parroquianos. Detrás de los borrachos de que hablamos salió una banda de cinco músicos. El establecimiento quedó silencioso; no había en él más que tres personas. Un individuo algo embriagado, cuyo exterior denotaba a un burguesillo, estaba sentado ante una botella de cerveza. Cerca de él, durmiendo sobre un banco y en completo estado de embriaguez, se veía a un hombre grueso que vestía larga levita y lucía barba blanca.

De tarde en tarde, este último parecía despertarse bruscamente y entonces hacía crujir sus dedos, abriendo los brazos e imprimiendo bruscos movimientos a su busto, sin alzarse del banco sobre el cual estaba echado. Aquella gesticulación acompañaba a una canción mal entonada cuya letra rebuscaba con esfuerzo en su memoria:

> *Durante un año acaricié a mi mujer.*
> *Du-ran-te un a-ño a-ca-ri-cié a mi mu-jer...*

O también:

> *En la Podiateheskaia*
> *volví a ver a mi antigua...*

Pero nadie compartía su alegría. Su compañero le oía con desconfianza y recelo. El tercer bebedor parecía ser un antiguo funcionario, estaba sentado solo y bebía un sorbo de vez en cuando; a veces, miraba a su alrededor: él también parecía estar con cierta tensión.

II

Raskolnikov no estaba acostumbrado al gentío, y, como dijimos, desde hacía algún tiempo sobre todo huía de sus semejantes. Pero de pronto se sintió atraído hacia las gentes. Una especie de revolución parecía operarse en él, volviendo a recobrar sus derechos el instinto de sociabilidad. Entregado por espacio de un mes a los malsanos ensueños que engendra la soledad, nuestro héroe estaba tan cansado de su aislamiento, que deseaba volver a encontrarse aunque no fuera más que por un minuto, en un medio sociable. Por esta razón, aunque la taberna aquella fuera tan sucia, se sentó ante una mesa con verdadero placer.

El dueño del establecimiento hallábase en otra habitación, pero aparecía con frecuencia por el salón. Apenas se presentaba en el umbral, sus lindas botas de anchas vueltas rojas atraían la mirada. Llevaba una *paddiovka* y un chaleco de satén negro, horriblemente manchado, y no usaba corbata. Todo su rostro estaba como embadurnado de aceite. Detrás del mostrador había un mozo de catorce años, y otro, más joven aún, servía a los clientes. Las vituallas expuestas como muestra, consistían en tajadas de pepino, panecillos negros y trozos de pescado. Todo aquello exhalaba un olor infecto. El calor era insoportable y la atmósfera estaba tan cargada de vapores alcohólicos que parecía que iba uno a emborracharse a los quince minutos de permanecer en el salón.

A veces suele ocurrirnos tropezar con desconocidos que nos interesan a primera vista, antes de cambiar una palabra con ellos. Tal fue el efecto que produjo en Raskolnikov el individuo que tenía aspecto de funcionario. Más adelante, al recordar aquella primera impresión, el joven la atribuyó a un presentimiento. No apartaba sus ojos del funcionario, sin duda también porque este no cesaba de contemplarle, pareciendo deseoso de trabar conversación con él. A los demás parroquianos, y aun al mismo dueño, los miraba con aire de fastidio y hasta de modo algo altanero; parecía evidente que eran seres demasiado inferiores a él por su condición social y su educación para que se dignara dirigirles la palabra.

Aquel hombre, que pasaba ya de los cincuenta, era de mediana estatura y de robusta complexión. Su cabeza, calva en su mayor parte, no conservaba sino algunos cabellos encanecidos. La cara, abotargada, amarillenta, verdosa, mejor dicho, acusaba costumbres de intemperancia; bajo los hinchados párpados brillaban unos ojillos encendidos, rojos y llenos de vivacidad. Lo que más sorprendía en aquella fisonomía era la mirada, en la que el fulgor de la inteligencia y del entusiasmo alternaba con una expresión de locura.

Aquel personaje llevaba un viejo frac negro, muy desgarrado, y a fuer de enemigo del desorden tenía correctamente abrochado el único botón que quedaba en el frac. El chaleco dejaba ver una corbata de las llamadas de plastrón, ajada y cubierta de manchas. La ausencia de barba denunciaba al funcionario; pero debía de hacer mucho tiempo que no se afeitaba, porque un vello bastante crecido empezaba ya a azulear sus mejillas. En sus modales apreciábase en cierta forma la gravedad burocrática; en aquel momento parecía agitado. Alborotaba sus cabellos con las manos, y, de cuando en cuando poniéndose de codos en la mesa sin temor a ensuciar sus manoplas agujereadas, ocultaba la cara entre ambas manos. Por último, habló en voz alta y firme, dirigiendo su mirada a Raskolnikov:

—¿Cometeré una indiscreción, caballero, si me atrevo a trabar conversación con usted? Le digo esto, porque, a pesar de la sencillez de su traje, mi experiencia me permite distinguir en su persona a un hombre bien educado y no a un habitual de taberna. Personalmente, le concedí siempre la mayor importancia a la educación unida a las cualidades del corazón. Pertenezco, por otra parte, al *techin;* permítame que me presente: Marmeladov, consejero titular. ¿Puedo preguntarle si trabaja?

—No, estudio... —respondió el joven, algo sorprendido por aquel lenguaje cortés, pero considerándose algo ofendido al ver que un desconocido le dirigía la palabra a quemarropa.

Aunque se encontrara en un momento sociable, sintió en el acto que despertaba en él el malhumor que solía experimentar cuando un extraño cualquiera intentaba ponerse en relación con él.

—Entonces, ¡es usted estudiante o lo ha sido! —prosiguió vivamente el funcionario—. Lo mismo que pensaba. ¡Tengo olfato, caballero, un olfato que se lo debo a una larga experiencia!

Se llevó el dedo a la frente, mostrando con tal ademán la opinión que le merecían sus facultades intelectuales.

—¡Ha hecho usted algunos estudios! Pues permítame...

Se levantó, apuró su vaso y fue a sentarse cerca del joven. Aunque estuviera ebrio hablaba con precisión y sin demasiada incoherencia. Al verle lanzarse hacia Raskolnikov como sobre una presa, hubiérase podido suponer que tampoco él había dirigido a nadie la palabra durante muchos días.

—Caballero —empezó con una especie de solemnidad—, la pobreza no es un vicio, ya sé que la embriaguez no es precisamente una virtud; tanto peor. Pero la indigencia, caballero, la indigencia es un vicio. Cuando se es pobre conserva uno el orgullo nativo de sus sentimientos; pero cuando se es indigente no se conserva nada. La indigencia no se arroja entre los humanos a palos, sino a escobazos, lo que con razón resulta más humillante, porque el indigente es siempre el primero que está dispuesto a envilecerse por sí mismo. ¡Y aquí tiene usted lo que explica la taberna! Caballero, hace un mes que el señor Lebeziatnikov le pegó a mi mujer. Y tocar a mi mujer, ¿no es tocarme a mí en lo más sensible? ¿Comprende usted? Permítame que le haga otra pregunta, sólo por curiosidad. ¿Ha pasado usted alguna noche en el Neva en las barcas del heno?

—No, jamás se me ocurrió —respondió Raskolnikov—. ¿Para qué?

—Pues bien: yo llevo cinco noches acostándome allí.

Llenó su vaso, lo apuró y se quedó pensativo. En efecto, unas briznas de heno veíanse en sus ropas y hasta en sus cabellos. Conforme a las apariencias debía de hacer cinco días que ni se desnudaba ni se lavaba. Sus gruesas manos rojas, con las uñas negras, estaban extremadamente sucias.

Todo el salón le escuchaba, aunque con bastante indiferencia. Los muchachos se reían detrás del mostrador. El patrón había bajado expresamente al sótano, sin duda, para oír a aquel hombre tan extraño. Sentado a cierta distancia, bostezaba con aire de importancia. Veíase claramente que Marmeladov era conocido de la casa. Según todas las probabilidades, debía su fama a la costumbre de hablar en la taberna con el primer interlocutor que encontrara. Tal costumbre llega a convertirse en una necesidad para ciertos borrachos, sobre todo para aquellos que en su casa son tratados con dureza por esposas poco sufridas: tratan de encontrar en la taberna, entre sus compañeros de orgía, la consideración que les falta en su hogar.

—¡Qué hombre este! —dijo con voz fuerte el tabernero—. Pero, ¿por qué no trabajas, por qué no prestas tus servicios, ya que eres funcionario?

—¿Por qué no presto mis servicios, caballero? —agregó Marmeladov, dirigiéndose exclusivamente a Raskolnikov, como si la pregunta se la hubiera hecho este—. ¿Por qué no presto mis servicios? Pero, ¿es que mi inutilidad no es una pena para mí? Cuando hace un mes, el señor Lebeziatnikov le pegó delante de mí a mi mujer, ¿no sufría yo acaso? Permítame, joven, ¿se le ha ocurrido..., ¡ejem!, se le ha ocurrido alguna vez pedir prestado sin esperanza?

—Sí; es decir, ¿qué quiere decir usted con esas palabras: «sin esperanza»?

—Quiero decir, sabiendo por adelantado que no va a conseguir nada. Por ejemplo, usted tiene la seguridad de que aquel hombre, aquel ciudadano útil y bien intencionado no le dará nada, pues sabe que usted no se lo devolvería. ¿Por piedad? El señor Lebeziatnikov, partidario de las nuevas ideas, explicó el otro día que la piedad en nuestra época es hasta condenada por la ciencia, y que tal es la doctrina reinante en Inglaterra, donde florece la economía política. ¿Por qué, repito, le ha de prestar dinero aquel hombre? Usted sabe que no se lo dará, y, sin embargo, se pone en camino, y...

—¿Y para qué ir en ese caso? —interrumpió Raskolnikov.

—¡Pues porque hay que ir a alguna parte, porque ya se ha llegado al último extremo! ¡Llega un momento en que el hombre se decide, de buena o de mala gana, a dar un paso cualquiera! Cuando mi hija única fue a inscribirse en la higiene tuve que ir yo también, porque mi hija tiene el carné amarillo... —añadió entre paréntesis, mirando al joven con cierta preocupación—. Me da lo mismo, caballero, me da lo mismo —se apresuró a declarar enseguida con aparente tranquilidad, mientras los oyentes contenían la risa—. ¡Poco me importa! No me preocupo por sus movimientos de cabeza porque eso lo sabe todo el mundo y no hay secreto que no se descubra; yo no miro la cosa con desdén, sino con resignación. ¡Ya está bien, ya está bien! *Ecce homo!* Permítame joven, ¿puede usted, o mejor dicho, se atrevería usted a afirmar, mirándome ahora a los ojos, que yo no soy un gorrino?

El joven no dijo nada.

El orador esperó con gesto digno el final de las risas provocadas por sus últimas palabras; luego, agregó:

—Vaya, sea, soy un puerco ¡pero ella es una señora! Llevo en mí el sello de la bestia; pero Katerin Ivanovna, mi esposa, es una persona bien educada, hija de un oficial superior. Admito que yo sea un granuja, pero mi mujer tiene un gran corazón, sentimientos elevados e instrucción. Y, sin embargo... ¡Oh, si tuviera piedad de mí! ¡Caballero, caballero, todo hombre tiene necesidad de encontrar piedad en alguna parte! Pero Katerin Ivanovna, a pesar de la grandeza de su alma, es injusta... Y aunque yo comprenda que cuando me tira de los pelos lo hace en interés mío...; porque ha de saber usted, y no me importa decirlo, que me tira de los pelos, joven —insistió con más dignidad al oír las carcajadas—, sin embargo ¡Dios mío!, si, aunque no fuera más que una vez, ella... Pero no, no, dejemos eso, es inútil hablar de ello... ¡Ni una sola vez obtuve lo que deseaba, ni una vez siquiera tuvo lástima de mí; pero... mi carácter es así, soy un verdadero bruto!

—¡Lo creo! —murmuró bostezando el tabernero.

Marmeladov descargó un enérgico puñetazo sobre la mesa.

—¡Mi carácter es así! ¿Sabe usted, caballero, que me he bebido hasta sus medias? No digo sus botas porque eso se comprendería hasta cierto punto, ¡pero sus medias, beberme sus medias! También me bebí su capa de piel de cabra, un regalo que le hicieron y que la tenía antes de casarse conmigo, ¡que era propiedad suya y no mía! Y vivimos en una habitación muy fría; el invierno pasado cogió un catarro, y tose y escupe sangre. Tenemos tres hijos pequeños y Katerin Ivanovna trabaja desde la mañana hasta la noche, lava la ropa y asea a los niños, pues desde que era pequeña la acostumbraron a la limpieza. Desgraciadamente, tiene el pecho delicado y es propensa a la tisis, cosa que siento. ¿Acaso no lo siento? Y cuanto más bebo, lo siento más. Me entrego a la bebida para sentir y sufrir más... ¡Bebo porque quiero sufrir doblemente!

E inclinó su cabeza sobre la mesa con una impresión de desaliento.

—Joven... —agregó al punto enderezándose—, pero creo leer cierta pena en su aspecto. Apenas entró usted sentí esa impresión, y he aquí por qué le hablo. Si le refiero la historia de mi vida no lo hago para ser el blanco de esos ociosos que, por otra parte, están enterados de todo. No, lo hago porque busco la simpatía de un hombre educado. Sepa pues, que mi mujer se educó en un colegio aristocrático de provincias, y que, al salir de él, bailó ante el gobernador y demás personajes oficiales. ¡Y bien satisfecha que estaba cuando obtuvo una medalla de oro y un diploma! Pero la medalla... ya está vendida... hace bastante tiempo... ¡hum!... En cuanto al diploma, mi esposa lo conserva en un baúl, y aún hace poco que se le enseñaba a nuestra patrona. Aunque no está muy a buenas con esa mujer, le enseñaba con gusto la prueba de sus triunfos de otros tiempos. A mí no me parece mal, ya que su única alegría consiste ahora en recordar los buenos tiempos pasados. ¡Lo demás se ha desvanecido! ¡Sí, sí, tiene un alma orgullosa e intratable! Ella misma friega el suelo y come pan negro; pero no soporta que se le falte. Por eso no pudo tolerar la grosería de Lebeziatnikov, y cuando para vengarse de haber sido puesto a raya llegó a pegarle, mi mujer tuvo que guardar cama, sintiendo más vivamente el insulto hecho a su dignidad que los golpes que recibiera. Cuando me casé con ella era viuda y tenía tres hijos. Estuvo casada en primeras nupcias con un oficial de infantería con el que huyó de casa de sus padres. Amaba extremadamente a su marido, pero este se entregó al juego, tuvo que arreglar algunas cuentas con la justicia y murió. En sus últimos tiempos le pegaba. Sé de buena tinta que ella no era mansa con él, lo que no impide que aún ahora llore al recordar al difunto y establecer comparaciones entre él y yo, poco halagüeñas para mi amor propio. A mí me agrada eso, y aun me alegra, y me gusta que se figure en su imaginación que en cierto modo fue feliz en otros tiempos... Al morir su esposo se encontró con sus tres hijos pequeños en un distrito lejano y salvaje. Allí fue donde me la encontré. Su miseria era tal, que, aunque yo las haya visto de todas clases, no me siento con fuerzas para describirla. Todos sus parientes la abandonaron; además, su orgullo no le habría permitido recurrir a su piedad... Y entonces, caballero, entonces yo, que también era viudo, y que tenía una hija de catorce años de mi primer matrimonio, ofrecí mi mano a aquella pobre mujer. ¡Tanto me apenó su sufrimiento! Instruida, bien educada, procedente de una familia distinguida, consintió, sin embargo en unirse a mí, ya puede juzgar cuál sería su miseria. Acogió mi ofrecimiento con lágrimas en los ojos, sollozando, retorciéndose las manos, pero lo acogió porque no tenía adónde ir. ¿Comprende, caballero, lo que significan estas palabras: no tener adónde ir? ¿No? ¡Usted no puede comprender todavía...! Durante un año entero cumplí con mi deber honrada, santamente, sin tocar esto —y mostró con el dedo la botella que tenía delante—, porque tengo sentimientos. Pero no gané nada con ello; perdí por entonces mi colocación sin que yo tuviera la culpa de ello: unos cambios administrativos determinaron la supresión de mi empleo, ¡y desde entonces me di a la bebida...! Va a hacer dieciocho meses desde que, después de mil peregrinaciones, fijamos nuestra residencia en esta capital magnífica y poblada por innumerables monumentos. Aquí conseguí colocarme otra vez, pero volví a perder mi empleo. Entonces tuve yo la culpa, pues la bebida fue la causa de mi desgracia. Ahora ocupamos una habitación en casa de Amalia Fiodorovna Lippevechzel; pero ignoro con qué vivimos y de qué modo pagamos. Hay allí muchos inquilinos. Aquella casa es una verdadera olla de grillos..., ¡hum...!, sí... Y, mientras tanto, crecía la hija que tuve de mi primera mujer. Prefiero pasar por alto lo que su madrastra la hizo sufrir. Aunque dotada de nobles sentimientos, Katerin Ivanovna es una señora irascible e incapaz de contenerse en el ardor de su cólera... Pero es inútil hablar de esto. Como puede suponer, Sonia no ha recibido buena instrucción. Hace cuatro años intenté enseñarle geografía e historia universal, pero como yo mismo no estuve nunca fuerte en esas materias, y como además, no tenía a mi disposición ningún buen manual, sus estudios no fueron muy allá. Nos atascamos en Ciro, rey de Persia. Más adelante, al llegar a la edad adulta, leyó algunas novelas. El señor Lebeziatnikov le prestó, no hace mucho, la *Fisiología* de Ludwig. ¿Conoce usted esa obra? La encontró interesantísima, y hasta nos leyó algunos pasajes en voz alta. A eso queda reducida su cultura intelectual... Ahora, caballero, me dirijo a su sinceridad. ¿Cree usted en conciencia que una joven pobre, pero honrada, puede vivir de su trabajo...? Si la joven no tiene ningún talento especial ganará quince copecs al día y aun para llegar a esa cifra habrá de procurar no perder ni un minuto. Pero, ¿qué digo? Sonia hizo media docena de camisas de tela de Holanda para el consejero de Estado Ivan Ivanovich Klovstock, ¿ha oído usted hablar de él? Pues bien: no sólo está esperando todavía su salario, sino que la puso en la calle con el pretexto de que no le había tomado bien la medida del cuello... Entretanto, los niños se mueren de hambre, y Katerin Ivanovna se pasea por la habitación retorciéndose las manos, y en sus mejillas aparecen unas manchas rojizas, como suele ocurrir en su enfermedad. «¡Perezosa! —le decía a mi hija—. ¿No te da vergüenza vivir en esta casa sin hacer nada? ¡Bebes, comes y no pasas frío!». ¡Yo le pregunto a usted qué podría comer la infeliz cuando desde tres días antes los mismos niños no se habían llevado a la boca un sólo pedazo de pan! Yo estaba acostado entonces... y, poco me importa decirlo, estaba borracho. Oí cómo mi Sonia respondía tímidamente con su voz dulce..., mi hija es rubia y tiene una carita siempre pálida y triste...: «Pero Katerin Ivanovna, ¿puedo acaso conducirme de otra manera?». Debo decirle que por tres veces Daria Franzovna, una mujer bastante conocida de la policía, le había hecho insinuaciones por mediación de la propietaria. «Bueno, ¿y qué? —respondió irónicamente Katerin Ivanovna—. ¡Vaya un lindo tesoro para guardarlo con tanto cuidado!». ¡Pero no la acuse, caballero, no la acuse! Ella no se daba cuenta del alcance de sus palabras; estaba preocupada, enferma, veía llorar a sus hijos hambrientos, y lo que decía era más bien para vejar a Sonia que para excitarla al deshonor... Katerin Ivanovna es así: apenas oye gritar a sus hijos empieza a pegarles, sin tener en cuenta que es el hambre el que los hace gritar. Acababan de dar las cinco, cuando vi a Sonia levantarse, ponerse la capa y salir... Volvió después de las ocho. Al llegar se dirigió resueltamente hacia Katerin Ivanovna, y silenciosamente, depositó treinta rublos de plata sobre la mesa, delante de mi mujer. Y, después de hacer esto, toma nuestro pañuelo de paño verde... un pañuelo que sirve para toda la familia..., se envuelve la cabeza con él y se echa en la cama de cara a la pared; pero sus hombros y su cuerpo estaban agitados por un continuo estremecimiento... Yo continuaba en el mismo estado... Y en aquel momento, joven, vi cómo Katerin Ivanovna fue a arrodillarse, silenciosamente también, ante la cama de Sonia: pasó la primera parte de la noche arrodillada, besando los pies de mi hija y negándose a levantarse. Y ambas se durmieron juntas, la una en brazos de la otra..., ambas..., ambas..., sí... Y yo continuaba en el mismo sitio, abatido por la embriaguez.

Marmeladov guardó silencio, como si le hubiese faltado la voz. Luego bebió bruscamente y agregó tras un breve silencio:

—Desde entonces, caballero, a causa de una desgraciada circunstancia, y por una denuncia procedente de personas que nos querían mal..., Daria Franzovna tuvo principalmente la culpa de aquello, pues quiso vengarse de una pretendida falta de respeto..., mi hija Sonia figura en el registro, lo que determinó la necesidad de abandonarnos. Nuestra patrona, Amalia Fiodorovna, se mostró inflexible, olvidándose de que ella misma había protegido las intrigas de Daria Franzovna... El señor Lebeziatnikov está con ella... ¡Hum...! Y a propósito precisamente de Sonia, pasó lo que ya le referí hace un momento. Al principio se mostraba muy cariñoso con mi hija, pero de pronto salió a relucir su amor propio... «¿Acaso un hombre instruido como yo —se dijo después— puede habitar en la misma casa que una criatura así? Katerin Ivanovna salió violentamente en defensa de Sonia y la cosa acabó a golpes... Mi hija suele venir a vernos ahora al anochecer y ayuda a Katerin Ivanovna en lo que puede. Vive en casa de Kapernaumov, un sastre que es cojo y tartamudo. Este sastre tiene bastante familia, y todos sus hijos tartamudean como él. Su mujer tiene también la lengua defectuosa... Viven todos en una misma habitación, pero Sonia tiene una alcoba aparte separada de la habitación común por medio de un tabique... ¡Hum!, sí... Son gentes muy pobres y tartamudas..., sí. Una mañana me levanté y me puse mis harapos, elevé mis manos al cielo y fui a ver a su excelencia Ivan Afanasievich. ¿Lo conoce usted? ¿No? Pues bien: no conoce a un hombre de Dios... Es un cirio..., un cirio delante de la imagen del Señor... Mi relato, que se dignó escuchar hasta el final, le hizo verter lágrimas... «Bueno, Marmeladov —me dijo—, en una ocasión defraudaste mis esperanzas... Vuelvo a tomarte bajo mi personal responsabilidad. Procura recordarlo; puedes retirarte». Besé el polvo de sus botas, mentalmente se entiende, porque no hubiera permitido que lo hiciese en realidad; es hombre demasiado dominado por las ideas modernas para aceptar semejantes homenajes. Pero, señor, ¡qué acogida la que me hicieron en mi casa cuando les comuniqué que volvía a mi empleo y que iba a cobrar un sueldo...!

La emoción le obligó de nuevo a detenerse. En aquel momento, la taberna fue invadida por una banda de individuos ya borrachos. Un organillo tocaba en la puerta del establecimiento, y la temblorosa voz de un niño de siete años entonaba *La granjita*. En el salón reinó un ruido ensordecedor. El patrón y sus mozos apresurábanse a acudir en torno de los recién llegados. Marmeladov continuó su relato. Los progresos de la embriaguez lo hacían más expansivo a cada instante. Al recordar su reciente vuelta al trabajo aparecía como un rayo de alegría en su rostro:

—Hace de esto cinco semanas, caballero. Sí... En cuanto Katerin Ivanovna y Sonia se enteraron me encontré como transportado al paraíso. Antes no escuchaba más que injurias: «¡Acuéstate, animal!». Ahora, en cambio, marchaban de puntillas mandando callar a los niños: «¡Silencio!, que Simón Zajarich ha venido cansado de su trabajo y hay que dejarlo descansar». Antes de salir para mi oficina me daban café con leche. ¡Fíjese, buscaban leche de la mejor! ¿Y cómo se las arreglarían para encontrar once rublos y cinco copecs para disponer la ropa? ¡No me lo explico! El caso es que me emperifollaron de pies a cabeza. Enseguida tuve botas, corbata, uniforme, bien arreglado todo y bien adquirido por once rublos y medio... Hace seis días, cuando llevé a casa mi primera paga, veintitrés rublos y cuarenta copecs, mi mujer me pellizcó la cara, llamándome pececillo. Naturalmente fue cuando nos quedamos a solas... ¡Vaya, que estaba bastante amable!

Marmeladov se interrumpió y trató de sonreír, cuando un súbito temblor agitó su barba; pero logró dominar su emoción. Raskolnikov no sabía qué pensar de aquel borracho, errante por espacio de cinco días que se acostaba en las barcas del heno y que, sin embargo, sentía un enfermizo afecto hacia su familia. El joven lo escuchaba con bastante atención, pero con expresión de malestar. Lamentaba su ocurrencia de haber entrado en aquella taberna.

—¡Caballero, caballero...! —se excusó Marmeladov—. ¡Oh caballero! Quizá encuentre usted risible todo esto, lo mismo que los demás; tal vez no hago más que molestarlo, refiriéndole todos estos necios y miserables detalles de mi vida doméstica; no es muy gracioso para mí, porque yo puedo escuchar todo eso... Durante aquel bendito día tuve sueños encantadores: pensaba en el medio de organizar de nuevo nuestra vida, de procurar descanso a mi mujer, de retirar del lupanar a mi hija única... ¡Cuántos proyectos formé! Pues bien: caballero —Marmeladov se estremeció ligeramente, levantó la cabeza y miró a su interlocutor—, el siguiente día, cinco hace de esto, después de acariciar tantos ensueños, busqué, como un ladrón nocturno, la llave de Katerin Ivanovna, y cogí del baúl el dinero que quedaba. ¿Cuánto? No lo recuerdo. ¡Ea, mirad todos! Hace cinco días que abandoné mi casa, no saben en ella lo que ha sido de mí, he perdido mi empleo, he dejado mi uniforme en una taberna que hay cerca del puente Egipetsky, y donde me dieron a cambio esta colección de harapos... ¡Todo ha concluido!

Marmeladov se dio un puñetazo en la frente, apretó los dientes y, cerrando los ojos, apoyó los codos en la mesa... Pero al cabo de un minuto, su rostro cambió bruscamente de expresión, miró a Raskolnikov con cinismo autoritario y dijo, riendo al mismo tiempo:

—¡Hoy fui a casa de Sonia a pedirle dinero para beber! ¡Ja, ja, ja!

—¿Te lo ha dado? —preguntó sonriendo uno de los recién llegados.

—Esta media botella ha sido pagada con su dinero —replicó Marmeladov, dirigiéndose exclusivamente a Raskolnikov—. Fue a buscar treinta copecs y me los entregó con sus propias manos; era todo lo que tenía, yo mismo lo vi... No me dijo nada, limitándose a mirarme en silencio... Una mirada que no era de este mundo, una mirada como las que tienen los ángeles que lloran los pecados de los hombres, ¡pero que no los condenan! ¡Qué triste es no recibir reconvenciones! Treinta copecs, sí. ¡Y es indudable que ella los necesita! ¿Qué piensa usted, querido señor? Ella necesita presentarse bien. La buena ropa, indispensable en su oficio, cuesta dinero. ¿Lo comprende? Necesita afeites, enaguas almidonadas y lindos zapatitos que realcen la belleza del pie. ¿Comprende, caballero? ¿Comprende usted la importancia de la buena ropa? Pues bien: aquí tiene que yo, su padre según la naturaleza, fui a quitarle el dinero para beber. ¡Y me lo bebí! ¡Ya está bebido...! ¡Vaya! ¿Quién puede tener compasión de un hombre como yo? Y ahora, caballero, ¿puede usted compadecerme? Hable, caballero, ¿tiene usted lástima de mí? ¿Sí o no? ¡Ja, ja, ja!

Iba a servirse bebida, cuando se dio cuenta de que la botella estaba ya vacía.

—¿Y por qué hay que tener compasión de ti? —gritó el tabernero.

Estallaron algunas carcajadas entre las que se mezclaban algunos insultos. Los que habían oído las palabras del ex funcionario hacían coro con los demás sólo con ver su rostro.

Parecía como si Marmeladov esperara únicamente la interpelación del tabernero para dar rienda suelta a su elocuencia; se levantó súbitamente y, con el brazo tendido hacia adelante, exclamó exaltado:

—¿Por qué tener piedad de mí? ¿Dices que por qué tener piedad de mí? ¡Es verdad, no hay razón para ello! ¡Hay que crucificarme sin compasión! ¡Crucifícame, juez, pero compadécete de mí al hacerlo! ¡Y entonces iré yo mismo por mi pie al suplicio, porque no tengo sed de alegría, sino de dolor y de lágrimas...! ¿Crees tú, comerciante, que tu media botella me ha proporcionado placer? En el fondo de esa vasija he buscado la tristeza, la tristeza y las lágrimas, y las hallé y las saboreé; pero aquel que tuvo piedad de todos los hombres, aquel que todo lo comprendió, tendrá piedad de nosotros. Él es el único juez. Y llegará un día en que preguntará: «¿Dónde está la joven que se sacrificó por una madrastra odiosa y tísica y por unos niños que no eran sus hermanos? ¿Dónde está la joven que tuvo piedad de su padre terrenal y no se apartó con horror del borracho crapuloso?». Y él dirá: «¡Ven! Te perdonaré una vez... Te perdonaré una vez... Ahora te descargo de todos tus pecados, porque fue mucho lo que amaste...». Y perdonará a mi Sonia, sé que la perdonará... No ha mucho lo sentí en mi corazón, cuando estaba en su casa... Todos serán juzgados por él, y él les perdonará a todos: a los buenos y a los malos, a los sabios y a los ignorantes... Y cuando haya concluido con los demás, nos llegará el turno a nosotros. «¡Acercaos vosotros también! —nos dirá—. ¡Acercaos, borrachos, acercaos los viles, acercaos los impúdicos!». Y nosotros nos acercaremos sin temor. Y él nos dirá: «¡Sois unos cerdos! ¡Lleváis estampado el sello de la bestia! ¡Pero venid!». Y los sabios, los inteligentes, dirán: «Señor, ¿por qué admites a esos?». Y él responderá: «Los recibo, sabios; los recibo, inteligentes, porque ninguno de ellos se creyó digno de este favor...». Y nos tenderá los brazos, y nosotros nos precipitaremos en ellos..., y nos desharemos en lágrimas..., y lo comprenderemos todo... Y todo será comprendido por todo el mundo. Y Katerin Ivanovna también comprenderá... ¡Señor, venga a nosotros tu reino!

Se dejó caer en el banco sin mirar a nadie, completamente extenuado, como si hubiera olvidado cuanto le rodeaba, y se sumergió en un profundo ensueño. Sus palabras produjeron impresión; cesó el ruido durante un momento, pero enseguida volvieron a oírse las risas y los insultos.

—¡Muy bien razonado!

—¡Majadero!

—¡Burócrata!

—Vámonos, caballero —dijo bruscamente Marmeladov, alzando la cabeza y dirigiéndose a Raskolnikov—. Acompáñeme..., casa Kozel, en el patio. Ya es hora de que vuelva... a casa de Katerin Ivanovna.

Ya hacía mucho tiempo que el joven tenía deseos de marcharse y se le había ocurrido la idea de ofrecerle sus servicios a Marmeladov. Este tenía las piernas mucho menos fuertes que la voz, y por esta razón se apoyaba pesadamente en su compañero. La distancia que tenían que recorrer era de unos doscientos o trescientos pasos. A medida que el borracho se acercaba a su domicilio, parecía más turbado e inquieto.

—No es de Katerin Ivanovna de quien tengo miedo ahora —balbuceaba en su sobresalto—, aunque empezará por tirarme de los pelos; pero, ¿qué importan los pelos? ¡Eso no quiere decir nada! Incluso es preferible que lo haga. Eso no me asusta... Temo sus ojos..., sí, sus ojos... Temo las manchas rojizas de sus mejillas... Temo igualmente su respiración, sí... ¿Ha notado usted cómo se respira con esa enfermedad, cuando se experimenta una emoción violenta? Temo también el llanto de los niños... Porque si Sonia no los ha alimentado, no sé qué habrán podido comer..., ¡no sé! Pero los golpes no los temo... Sepa usted, caballero que lejos de hacerme sufrir, los golpes son un goce para mí... Ni siquiera puedo pasarme sin ellos. Eso es preferible. ¡Que me pegue, que desahogue su corazón...! Eso es preferible. Ya está aquí la casa. Casa Kozel. El propietario es un cerrajero alemán, un hombre rico... ¡Acompáñeme!

Después de atravesar el patio tuvieron que subir hasta el cuarto piso. Eran cerca de las once, y aunque entonces, propiamente hablando, no fuera de noche en San Petersburgo, conforme subían, la escalera íbase tornando sombría, lóbrega, para perderse más arriba en una profunda oscuridad.

La puertecilla ahumada que daba al rellano estaba abierta. Un cabo de vela alumbraba una habitación demasiado pobre, de unos diez pasos de largo. Esta pieza, que desde el vestíbulo podía abarcarse completamente con la mirada, estaba en el más completo desorden, se veían ropas de niños por todos lados. Un cortinón agujereado estaba colocado de manera que ocultaba uno de los rincones más distantes de la puerta. Detrás de aquella manta improvisada debía de haber una cama. En la habitación no había más que dos sillas y un diván estropeado, forrado de hule, colocado enfrente de una mesa vieja de cocina de madera de abeto. Encima de la mesa había un candelabro de hierro, con un cabo de vela. Marmeladov tenía su instalación particular, no en un rincón, sino en un pasillo. La puerta que daba acceso a las habitaciones de los otros inquilinos de Amalia Lippevechzel estaba entreabierta. Allá dentro había algunas personas que formaban bastante ruido. Indudablemente se disponían a jugar a las cartas y a tomar el té. Se percibían perfectamente sus gritos, sus carcajadas y sus palabras a veces desvergonzadas.

Raskolnikov reconoció inmediatamente a Katerin Ivanovna.

Era una mujer delgada, alta y bastante bien formada, pero de aspecto extremadamente enfermizo. Aún conservaba unos hermosos cabellos castaños, y, tal como había dicho Marmeladov, sus mejillas estaban enrojecidas. Con los labios secos y las manos apretadas contra el pecho, se paseaba de un lado a otro de la habitación. Su respiración era entrecortada y desigual. Sus ojillos brillaban febrilmente, pero su mirada era dura e inmóvil. Iluminada por la agonizante luz del cabo de vela, aquel rostro tísico y agitado producía una penosa impresión.

Raskolnikov calculó que Katerin Ivanovna no debía de tener mas de treinta años, era, desde luego, bastante más joven que su marido.

Ni siquiera se dio cuenta de la llegada de los dos hombres; parecía como si hubiese perdido la facultad de ver o de oír.

Dentro de la habitación reinaba un calor asfixiante, y de la escalera subían emanaciones malolientes; sin embargo, no pensaba ni en abrir la ventana ni en cerrar la puerta de la habitación; la puerta interior, ligeramente entreabierta, daba paso a un espeso humo de tabaco que la hacía toser, pero del que no procuraba protegerse.

La más joven de las niñas, de unos siete años, dormía sentada en el suelo, con la cabeza apoyada en el diván; el niño, de un año más que ella, temblaba y lloriqueaba en un rincón; al parecer acababan de pegarle. La mayor de la familia, una niña de nueve años, delgada y alta, llevaba una camisita agujereada toda ella; sobre sus desnudos hombros se había echado una capa de paño que debió de hacerse para ella dos años antes pero ahora no le llegaba más que hasta las rodillas.

De pie, en el rincón, al lado de su hermanito, con su brazo largo, delgado como una cerilla, rodeaba el cuello del niño y le hablaba en voz baja, para hacerle callar sin duda al mismo tiempo que miraba a su madre con temor. Sus grandes ojos sombríos, dilatados por el espanto, parecían mayores aún en aquella carita enflaquecida.

Marmeladov, en lugar de entrar en la habitación, se arrodilló ante la puerta; pero invitó a Raskolnikov a que la franqueara.

La mujer, al ver a un desconocido, se detuvo, distraídamente ante él, y, durante unos segundos, trató de explicarse su presencia.

«¿Qué viene a hacer aquí este hombre?», se preguntaba.

Pero de pronto pensó que tal vez iría a casa de otro inquilino y que la habitación aquella era paso para él. Y sin conceder más atención al extraño, se preparaba a abrir la puerta de comunicación cuando se le escapó súbitamente un grito: acababa de ver a su esposo.

—¡Ah, ya has vuelto! —dijo con voz vibrante de cólera—. ¡Granuja! ¡Monstruo! ¿Dónde está el dinero...? ¿Qué tienes en el bolsillo? ¡A ver! ¡Y ese no es tu traje! ¿Qué has hecho de tu ropa? ¿Qué ha sido del dinero? ¡Habla!

Y se apresuró a registrarle. Marmeladov, lejos de oponer la menor resistencia, abrió los brazos para facilitar la exploración de sus bolsillos. No llevaba encima ni siquiera un copec.

—¿Dónde está entonces el dinero? —gritó ella—. ¡Oh señor! ¿Es posible que se lo haya bebido todo? ¡Aún había doce rublos en el baúl...!

34

Presa de un repentino acceso de rabia, asió a su marido por los cabellos y lo tiró violentamente contra el suelo. La paciencia de Marmeladov no quedó desmentida: siguió dócilmente a su tierna esposa, arrastrándose de rodillas detrás de ella.

—¡Esto me gusta! ¡Caballero, esto no es un dolor para mí, sino un placer! —gritaba, mientras Katerin Ivanovna continuaba golpeándole la cabeza.

La niña que dormía en el suelo se levanto y rompió a llorar. El pequeñuelo, de pie en el rincón, no pudo soportar el espectáculo. Empezó a temblar, prorrumpió en gritos y se lanzó hacia su hermana. Tal era su espanto que parecía presa de convulsiones. La hija mayor temblaba también como la hoja en el árbol.

—¡Se lo ha bebido todo! —vociferaba desesperadamente Katerin—. ¡Y este no es su traje! Tienen hambre, tienen hambre —y retorciéndose las manos mostraba a los niños—. ¡Oh vida, tres veces maldita! Y, oíd, ¿cómo no os da vergüenza venir aquí desde la taberna? —agregó súbitamente, emprendiéndola con Raskolnikov—. Bebiste con él, ¿verdad? ¿Has estado bebiendo con él? ¡Vete de aquí!

El joven no se hizo repetir la orden, y se retiró sin decir una palabra.

Se abrió de par en par la puerta interior, y bajo el dintel aparecieron muchos curiosos con mirada descarada y burlona. Iban tocados con gorros y fumaban en pipa o cigarrillos. Unos iban en bata, otros con trajes demasiado ligeros, hasta indecorosos, algunos traían cartas en la mano. Lo que más les divertía era el oír cómo Marmeladov, al ser arrastrado por los cabellos, gritaba que aquello era un placer para él.

Los inquilinos empezaban a invadir la habitación, pero de repente se oyó una voz irritada: era la propia Amalia Lippevechzel que, abriéndose paso a través de la gente, quería restablecer el orden a su modo. La patrona le significó por centésima vez a la pobre mujer que debía desalojar el cuarto al día siguiente. Como puede adivinarse, el plazo fue dado en términos insultantes.

Raskolnikov llevaba encima las monedas que le dieran como vuelta del rublo cambiado en la taberna. Antes de salir sacó de su bolsillo un puñado de calderilla y lo depositó sin que lo vieran sobre el alféizar de la ventana. Luego, cuando se halló en la escalera, se arrepintió de su generosidad y le faltó poco para volver a subir a casa de los Marmeladov.

«¡Valiente tontería he hecho! —pensó—. Ellos tienen a Sonia y yo no tengo a nadie».

Pero se dijo que no podía volver a tomar su dinero, y que aunque hubiera podido no lo habría hecho. Y después de hacerse esta reflexión se decidió a continuar su camino.

«Sonia necesita tener sus afeites —prosiguió con amarga sonrisa, ya en la calle—. La buena ropa cuesta dinero... ¡Hum...! Parece que Sonia no pescó hoy. Efectivamente, la caza del hombre es como la caza de la fiera: se corre con frecuencia el peligro de volver con el morral vacío... ¡Mal se las arreglarían mañana si no tuviesen mi dinero...! ¡Ah, sí Sonia! ¡Buena vaca de leche han encontrado con ella! ¡Y bien que se aprovechan! Pero, ¿no les importa nada? Ya están acostumbrados a ello. Al principio lloraron un poco, pero enseguida se acostumbraron. ¡El hombre es vil y se acostumbra a todo!».

Raskolnikov se quedó pensativo.

«¡Bueno! ¡Si me engaño —razonó a continuación—, si el hombre no es vil necesariamente, debe pisotear todos los respetos y todos los prejuicios que lo contienen...!».

III

Al día siguiente, después de un sueño agitado que no le relajó, se despertó tarde. Se levantó de muy mal humor y miró la habitación con desagrado. Era un cuartucho pequeño; el empapelado, empolvado y roto, empeoraba su aspecto. Era tan bajo, que una persona de estatura alta daría en el techo. Los muebles estaban en relación con la habitación: había tres sillas rotas y viejas, en el rincón, una mesa de madera pintada, sobre la cual había libros y cuadernos cubiertos de polvo, prueba evidente de que no habían sido usados, y por último, un sofá grande con el tapizado descosido y roto.

Aquel sofá, que ocupaba casi la mitad de la habitación, le servía de cama a Raskolnikov. El joven acostumbraba acostarse en él vestido, sin manta alguna. En ocasiones se echaba encima, a guisa de cobertor, un viejo paletó de estudiante, y se hacía almohada con un cojín debajo del cual colocaba, para levantarlo un poco, toda la ropa blanca que poseía. Delante del sofá había una mesita.

La misantropía de Raskolnikov se acomodaba perfectamente con la suciedad que reinaba en aquel tabuco. Había tomado aversión a todo rostro verdaderamente humano, hasta el punto de que la presencia de la criada encargada de arreglar las habitaciones le producía una especie de exasperación, como les ocurre a ciertos monomaníacos obsesionados por una idea fija.

Ya hacía quince días que la patrona le había retirado los víveres a su huésped, y este no había pensado aún en ir a tener una explicación con ella.

En cuanto a Nastasia, la cocinera y única criada de la casa, no le desagradaba ver al inquilino en aquel estado de ánimo, porque para ella resultaba una disminución de trabajo; había dejado por completo de arreglar y quitar el polvo en la habitación de Raskolnikov; todo lo más que hacía era barrerla una vez por semana.

En aquel momento acababa de despertarlo.

—¡Levántate! ¿Por qué has de dormir así? —le gritó—. Son las nueve. Te traigo té. ¿Quieres que te sirva una taza? ¡Vaya una cara de desenterrado que tienes!

El huésped abrió los ojos, se movió un poco y reconoció a la cocinera.

—¿Es la patrona quien me manda el té? —preguntó, al mismo tiempo que realizaba un penoso esfuerzo para incorporarse.

—¡No creas que sea ella!

La criada colocó delante de él su limpia tetera en la que aún quedaba té y depositó sobre la mesa dos terroncillos de azúcar amarillentos.

—Nastasia, toma esto, hazme el favor —dijo Raskolnikov, sacando de su bolsillo un puñado de calderilla—, y ve a buscarme un panecillo blanco. Llégate también a casa del carnicero y cómprame un poco de salchichón.

—Dentro de un minuto tendrás aquí el panecillo, pero no te traeré el salchichón porque te guardé anoche otra cosa que te gustará más. No te lo di porque llegaste muy tarde.

Salió a buscarle lo prometido, y cuando Raskolnikov empezó a comer se sentó a su lado en el sofá y empezó a charlar con él como una verdadera hija de la campiña que era.

—Praskovia Pavlona quiere denunciarte a la autoridad.

El rostro del joven se ensombreció.

—¿A qué autoridad? ¿Y por qué?

—Porque no le pagas y porque no quieres marcharte. Ahí tienes por qué.

—¡Ah diablo! ¡No me faltaba más que eso! —murmuró entre dientes—. Y por cierto que me viene bastante mal. Es idiota —agregó en voz alta—. Hoy pasaré por su cuarto y le pagaré.

—Como idiota, lo es tanto como yo; pero tú, que eres inteligente, ¿por qué te estás en la cama como un inútil? ¿Por qué jamás se ve tu dinero? ¿Por qué no haces algo ahora?

—Ya lo hago... —respondió secamente y como a pesar suyo.

—¿Qué haces?

—Un trabajo.

—¿Qué trabajo?

—Pensar —respondió seriamente, después de una pausa. Nastasia soltó la risa. Era de carácter alegre, y cuando reía, su risa era alborotada y se agitaba todo su cuerpo hasta el punto de hacerle daño.

—¿Te produce mucho dinero eso de pensar? —preguntó cuando pudo hablar.

—No se puede ir a dar lecciones cuando se carece de botas. Además... ¡escupo más alto!

—Pues cuida que no te caiga la saliva en el rostro.

—¡Para lo que gana uno dando lecciones! ¿Qué puede hacerse con unos copecs? —agregó en tono agrio, dirigiéndose más bien a sí mismo que a su interlocutora.

—¿Querrías adquirir de pronto una fortuna?

—Sí, una fortuna —contesto rápidamente y con energía.

—Despacito que me asustas... ¡Eres terrible! ¿Quieres que vaya a buscarte un panecillo blanco?

—Como quieras.

—¡Ah, se me olvidaba! En tu ausencia ha llegado una carta para ti.

—¿Una carta? ¿Para mí? ¿De quién?

—No sé de quién será. Al cartero le di tres copecs de mi bolsillo. ¿Hice bien?

—¡Tráemela, por amor de Dios! ¡Tráela! —exclamó Raskolnikov, muy agitado—. ¡Señor...!

La carta estaba en sus manos al cabo de un minuto. No se había engañado: llevaba el sello del distrito de R...; era de su madre. Ya hacía tiempo que no recibía noticias de su familia; sin embargo, sentía algo en aquel momento que le oprimió el corazón.

—¡Nastasia, haz el favor de marcharte! Aquí tienes tus tres copecs, pero, ¡por el amor de Dios, márchate inmediatamente!

La carta temblaba entre sus dedos, no quería abrirla delante de Nastasia, esperando empezar la lectura cuando esta se hubiera marchado.

Cuando se quedó solo se llevó vivamente la carta a los labios y la besó. Luego examinó largamente la letra del sobre; reconoció los caracteres trazados por una mano querida: era la letra fina y un poco inclinada de su madre, que, en otro tiempo ya lejano, le enseñaba a leer y a escribir. Vacilaba y hasta parecía experimentar cierto temor. Por fin rompió el sobre: la carta era muy larga; dos grandes hojas de papel escritas por ambas caras.

«Mi querido Rodia —le decía la madre—: hace más de dos meses que no te he escrito, lo que me ha hecho sufrir hasta el punto de quitarme el sueño con frecuencia, pero tú sabrás perdonarme mi silencio involuntario. Tú sabes cómo te amo; Dunia y yo no tenemos a nadie más que a ti, tú lo eres todo para nosotras, nuestra única esperanza y nuestra felicidad futura. ¡Cuánto sufrí cuando me enteré de que habías abandonado la universidad hace algún tiempo por falta de medios, y que ni tenías lecciones, ni recursos de ninguna clase!

»¿Cómo iba a poder ayudarte yo con mis ciento veinte rublos de pensión anual? Los quince que te mandé, hace cuatro meses, tuve que pedírselos prestados, como sabes, a un comerciante de nuestra ciudad, a Atanasio Ivanovich Vajruchin, un buen hombre que fue amigo de tu padre. Pero al cederle el derecho a cobrar mi pensión no podía enviarte nada hasta reembolsarle lo prestado, cosa que ya hoy queda hecha.

»Ahora, gracias a Dios, creo hallarme en disposición de mandarte dinero. Por otra parte, me apresuro a participarte que hoy tenemos ciertos motivos para no quejarnos de la fortuna. En primer lugar, una cosa que tú no sospecharás: tu hermana Dunia esta conmigo desde hace seis semanas ¡y ya no me abandonará! ¡Dios sea loado! Sus tormentos cesaron ya: pero procedamos con orden, porque quiero contarte cómo ha ocurrido todo y lo que te habíamos tenido oculto hasta hoy.

»Hace dos meses que tú mismo me escribiste diciendo que habías oído hablar de la triste situación en que la familia Svidrigailov había colocado a Dunia y me pedías aclaraciones a este respecto. ¿Qué podía entonces responderte yo? Si te hubiera puesto al corriente de los hechos habrías venido inmediatamente aunque hubieras tenido que hacer el viaje a pie; porque con el carácter y los sentimientos que reconozco en ti, no hubieras consentido que insultaran a tu hermana. Yo estaba sumida en la desesperación, pero, ¿qué iba a hacer? Además, yo misma desconocía entonces toda la verdad. Lo peor era que Dunechka, que entró el año pasado como institutriz en casa de esos señores, había recibido anticipadamente cien rublos que debía amortizar por medio de una retención mensual de sus honorarios; érale, pues, forzoso permanecer en aquella casa hasta que amortizara su deuda.

»Esa suma (hoy puedo explicártelo todo, mi querido Rodia) la pedimos y recibimos para mandarte los sesenta rublos que necesitabas y que recibiste el año pasado. Entonces te engañamos al decirte que aquel dinero procedía de antiguas economías de Dunechka. Ahora te digo la verdad porque el Señor ha permitido que las cosas tomen súbitamente mejor aspecto, y a la vez para que sepas cómo Dunia te ama y el corazón de oro que tiene.

»El hecho es que el señor Svidrigailov empezó por mostrarse muy grosero con ella; en la mesa no hacía más que prodigarle groserías y sarcasmos... Mas, ¿para qué extenderme en detalles dolorosos que no servirán más que para irritarte, puesto que todo esto ha pasado ya? Aunque tu hermana era tratada con bastantes consideraciones por Marfa Petrovna, la mujer de Svidrigailov, y por el resto de las personas de la casa, Dunechka tenía que aguantar demasiado, sobre todo cuando el señor Svidrigailov, que adquirió en el regimiento el vicio de la bebida, se encontraba bajo la influencia de Baco. ¡Y si se hubiera limitado todo a eso! Pero figúrate que bajo las apariencias de las groserías y el desprecio, aquel insensato ocultaba una pasión por Dunia.

»Por fin se quitó la careta; es decir, hizo a Dunechka proposiciones deshonestas, trató de seducirla con promesas, declarándose dispuesto a abandonar a su mujer, a su familia y a vivir con ella en otra ciudad, aunque fuera en el extranjero. Ya puedes imaginarte lo que habrá sufrido Dunia. No sólo le impedía marchar de aquella casa la cuestión pecuniaria de la que te hablé, sino que, al hacerlo, temía, además, despertar las sospechas de Marfa Petrovna e introducir la discordia en la familia.

»El desenlace llegó de improviso, Marfa Petrovna sorprendió inopinadamente a su esposo en el momento en que le repetía a Dunia sus promesas, e, interpretando mal la situación, le atribuyó todas las culpas a la pobre muchacha. Tuvo lugar una escena terrible entre ellos. La señora Svidrigailov no quiso oír nada; gritó durante una hora contra su pretendida rival, llegando a pegarle y, finalmente, la mandó a casa en una simple carreta de aldeano, sin dejarle siquiera el tiempo necesario para hacer su maleta.

»Todos los objetos de Dunia, ropa interior, vestidos, etcétera, fueron desordenadamente arrojados a la carreta. La lluvia caía a torrentes, y después de haber sufrido tales afrentas, Dunia tuvo que hacer diecisiete verstas en compañía de un *mujik* en una carreta descubierta. Considera lo que podría decirte en contestación a tu carta de hace dos meses. Estaba desesperada; no me atrevía a decir la verdad porque te hubiera causado demasiada pena e indignación; además, Dunia me lo prohibió. En cuanto a escribirte, para no llenar la carta de palabras hueras, me sentía incapaz de hacerlo, teniendo el corazón tan dolorido. A consecuencia de esta historia fuimos durante un mes el objeto de las hablillas de todo el mundo, y las cosas llegaron hasta el extremo de que ni Dunia ni yo podíamos ir a la iglesia sin que escucháramos a la gente murmurar a nuestro paso con aire despreciativo.

»Y todo ello por culpa de Marfa Petrovna, que parecía no tener que hacer otra cosa que difamar a Dunechka. Conocía a todos los vecinos de nuestra casa y no dejó de venir por ella casi todos los días durante aquel mes. Y como quiera que es un poco charlatana y le gusta quejarse a todo el mundo de su marido, le pareció bien propagar el suceso no sólo en la ciudad, sino en el distrito entero. Mi salud no pudo soportar aquello, Dunia se mostró más fuerte que yo: lejos de sentirse débil ante la calumnia, ella era la que me consolaba y se esforzaba en reanimarme. ¡Si la hubieras visto entonces! ¡Es un ángel!

»Pero la misericordia divina hizo que cesaran nuestros infortunios, pues el señor Svidrigailov, compadecido sin duda de la joven a quien había comprometido, le mostró a Marfa Petrovna las pruebas más convincentes de la inocencia de Dunechka.

»Precisamente conservaba una carta que después de lo ocurrido se había visto ella obligada a escribirle negándose a concederle una cita. En aquella carta le reprochaba la indignidad de su conducta respecto a su mujer, y le recordaba sus deberes de padre y de esposo, diciéndole finalmente lo vil que era perseguir a una joven desgraciada e indefensa.

»Marfa Petrovna no dudó de la inocencia de Dunechka. Al día siguiente, domingo, se presentó en nuestra casa, y, después de contárnoslo todo, se arrojó en brazos de Dunia, a quien le pidió perdón llorando. Luego fue por todas las casas de la ciudad y del distrito rindiendo el más cumplido homenaje a la honradez de Dunechka, así como a la nobleza de su sentimiento y de su conducta. Y no conforme con esto, enseñaba a todo el mundo y leía en voz alta la carta de Dunia al señor Svidrigailov; incluso llegó a sacar varias copias de ella (cosa que a mí me pareció exagerada), y rehabilitó de la manera más completa a nuestra Dunia. En cambio, su marido, el señor Svidrigailov queda cubierto con el más imborrable deshonor; no puedo dejar de compadecer al pobre loco tan severamente castigado.

»Dunechka recibió solicitudes para dar lecciones en varias casas, pero las rechazó. Todo el mundo, en general, le mostraba una particular consideración, y el volver a la pública estima fue la causa principal del inesperado acontecimiento que, puedo decírtelo, cambiará nuestro destino.

»Has de saber, querido Rodia, que a tu hermana se le ha presentado un partido, y que ella dio ya su consentimiento, lo que me apresuro a poner en tu conocimiento. Ya nos perdonarás, a Dunia y a mí, que hayamos tomado esta decisión sin consultarte cuando sepas que el asunto no admitía demora y que nos era imposible esperar, para responder, a que tú nos contestaras. Además, que no estando sobre el terreno, no hubieras podido juzgar con conocimiento de causa.

»Te diré cómo han ocurrido las cosas. El futuro, Piotr Petrovich Lujin, es un individuo que pertenece a la curia, pariente lejano de Marfa Petrovna, quien ha intervenido muy activamente en esta circunstancia. Ella fue quien le trajo a casa. Le recibimos convenientemente, tomó té y café, y al día siguiente nos dirigió una carta muy atenta en la que nos hacía su petición y solicitaba una respuesta pronta y categórica. Este caballero es un hombre ocupadísimo; está en vísperas de marchar a San Petersburgo, por lo que no tiene un instante que perder.

»Como es natural, nos quedamos de pronto muy extrañadas, pues no esperábamos una intimación tan brusca, y tu hermana y yo examinamos juntas el asunto durante todo el día.

»Piotr Petrovich está en buena posición; presta sus servicios en dos sitios y posee ya una fortunita. Bien es verdad que tiene ya cuarenta y cinco años, pero su aspecto es bastante agradable y aún puede gustar a las mujeres. Es hombre muy formal, aunque a mí me resulta algo frío y altanero; pero las apariencias suelen ser engañosas.

»Ya estás prevenido, querido Rodia. Cuando le veas en San Petersburgo, que será pronto, no le juzgues con ligereza ni lo condenes sin apelación, como acostumbras, si a primera vista te inspirase poca simpatía. Te digo todo esto por lo que pudiera ocurrir, aunque estoy persuadida de que en el fondo habrá de producirte una impresión favorable. Por otra parte, para conocer a una persona hace falta haberla tratado y observado atentamente, pues de lo contrario se expone uno a cometer errores de apreciación que luego es muy difícil rectificar.

»Pero en lo referente a Piotr Petrovich, todo induce a creer que es un hombre muy respetable. En su primera visita nos manifestó que era positivista. "Comparto —nos dijo— en muchos aspectos las ideas de nuestras modernas generaciones y soy enemigo de todos los prejuicios". Lo dijo más extensamente, porque es, a mi manera de ver, algo vanidoso y fraseador, lo que, al fin y al cabo, no es una cualidad censurable. Yo, como es natural, no comprendí mucho sus palabras por lo que me limitaré a citarte la opinión de Dunia: "Aunque medianamente instruido —me dijo—, es inteligente y parece bueno". Ya conoces el carácter de tu hermana, Rodia. Es una joven valerosa, sensata, paciente y magnánima, aunque posea un corazón ardiente, cosa de la que he podido convencerme. Seguramente que en este caso no se trata, ni para el uno ni para la otra, de un matrimonio de amor; pero Dunia no es sólo inteligente, es también una criatura de nobleza angelical, y si su marido procura hacerla feliz, ella considerará un deber corresponderle.

»Tratándose de un hombre listo, Piotr Petrovich debe comprender que la felicidad de su esposa será garantía de su propia dicha. De momento me ha parecido algo rígido, pero ello quizá obedezca a que procede con sinceridad. Por esto, al hacernos su segunda visita, cuando su petición estaba aceptada ya, nos dijo que antes de conocer a Dunia estaba dispuesto a no casarse sino con una joven honrada que no tuviera dote y que supiera lo que es la pobreza. Según él, el hombre no ha de deber nada a la mujer, y preferible es que esta vea un bienhechor en su marido.

»No son estos, precisamente, los términos que empleó; tengo que reconocer que se expresó de manera más delicada, pero sólo recuerdo la idea. Además, lo dijo sin intención; evidentemente, se le debió escapar la frase en el calor de la conversación, incluso intentó atenuar su importancia a renglón seguido. Sin embargo, encontré la frase un poco dura, y así se lo dije después a Dunechka. Pero ella me respondió malhumorada que las palabras no son más que palabras, lo que, después de todo, es exacto. Durante la noche que precedió a su determinación, Dunia no durmió ni un instante. Creyéndome dormida se bajó de la cama para pasear a lo largo de la habitación. Por último se arrodilló, y tras larga y ferviente súplica ante una imagen, me declaró al siguiente día por la mañana que su resolución estaba tomada.

»Ya te he dicho que Piotr Petrovich va con frecuencia a San Petersburgo. Tiene ahí importantes asuntos que lo reclaman y piensa establecerse como abogado en esa ciudad. Hace mucho tiempo que se dedica a defensas judiciales; acaba de ganar una causa importante, y el viaje que va a hacer ahora a San Petersburgo está relacionado con un asunto de importancia que debe ultimar en el Senado. Creo, querido Rodia, que se halla en condiciones de prestarte los mejores servicios, y Dunia y yo hemos pensado que puedes empezar tu carrera bajo buenos auspicios. ¡Ah, si eso se realizara! Sería una ventaja tan grande para ti, que habría que atribuirlo a un favor de la providencia. Dunia no piensa en otra cosa, y ya hemos hablado algo del asunto con Piotr Petrovich. Se mostró un poco reservado. "Desde luego —nos dijo—, como necesito un secretario, antes preferiría a una persona de la familia que a un extraño, con tal que sea capaz de desempeñarlo". (¡No faltaría más sino que tú no fueses capaz de ello!). Él parece temer que con tus trabajos universitarios no tengas tiempo para ocuparte de su bufete. La conversación quedó cortada en este punto; pero Dunechka no tiene más idea que esa en su cabeza. Su acalorada imaginación te ve ya trabajando bajo la dirección de Piotr Petrovich, y hasta asociado a sus asuntos, máxime cuando tu carrera es la de Derecho. En cuanto a mí, Rodia, pienso lo mismo que ella, y los proyectos que forma para tu porvenir me parecen perfectamente realizables.

»Si ello es posible, viviré cerca de vosotros, porque, Rodia, he reservado lo más agradable para el final. Has de saber, querido hijo, que dentro de poco volveremos a vernos los tres y de nuevo podremos abrazarnos, después de una separación de cerca de tres años. Ya está decidido que Dunia y yo iremos a San Petersburgo. ¿Cuándo? No lo sé de fijo, pero será pronto de todas maneras, tal vez dentro de ocho días. Todo está subordinado a los arreglos de Piotr Petrovich, que nos enviará sus instrucciones en cuanto se haya organizado ahí. Él procura, por ciertas razones, apresurar la ceremonia nupcial; si pudiera ser, desea que el matrimonio se celebre, a más tardar, después de la cuaresma de la Asunción.

IV

La carta de su madre le había impresionado, pero respecto a su punto más importante, no dudaba:

«Mientras yo viva no se celebrará ese matrimonio. ¡Váyase al diablo ese señor Lujin!... El asunto está bastante claro —murmuraba para sí sonriendo con aire triunfador, como si el éxito fuera un hecho—. ¡No mamá; no, Dunechka, no lograréis engañarme...! ¡Y ellas se excusan por no haberme consultado y haber decidido la cosa sin mí! ¡Lo creo! Piensan que ahora no hay medios para romper la unión proyectada. ¡Veremos si los hay! ¡Vaya una razón que alega! "¡Piotr Petrovich es un hombre tan ocupado que no puede casarse sino a gran velocidad!...". ¡No, Dunechka! Lo comprendo todo, sé lo que habrías querido comunicarme, sé lo que pensabas toda la noche, paseándote por la alcoba, y sé lo que pediste a Nuestra Señora de Kazán, cuya imagen se encuentra en la alcoba de mamá. La subida al Gólgota es penosa, ¡hum...! Así, pues, lo han arreglado todo de manera definitiva. Usted, Avdotia Romanovna, se casa con un hombre de negocios que tiene ya alguna fortuna..., la observación tiene su valor..., que presta sus servicios en dos sitios y que profesa, según dice mamá, las ideas propias de nuestras modernas generaciones. La misma Dunechka observa que "parece" bueno. ¡Contando con esa "apariencia" es como se casa Dunia con él...! ¡Admirable...! ¡Admirable...! Pero me gustaría saber por qué mamá habla en su carta de las "modernas generaciones". ¿Será sencillamente para caracterizar al personaje o tendrá otra intención: la de hacerme simpático al señor Lujin? ¡Valiente farsa! Otra cosa que me gustaría mucho poder aclarar sería la de hasta qué punto fueron francas la una con la otra aquella noche que precedió a la resolución de Dunia. ¿Habría una explicación formal y verbal entre ellas o se comprendieron mutuamente sin necesidad de cambiar ideas? A juzgar por lo que dice la carta, más bien me inclinaría a la última suposición: mamá lo ha encontrado un poco rígido, y en su sencillez le comunica a Dunia su observación; pero esta, naturalmente, se enfada y responde "con mal humor". ¡Me parece muy bien! Desde el momento en que la cosa estaba decidida, cuando no se había de retroceder, la observación de mamá era inútil por lo menos. ¿Y por qué me dice: "Ama a Dunechka, Rodia; ella te ama a ti más que a sí misma". ¿No le reprocharía sordamente su conciencia por haber sacrificado a la hija por el hijo? "¡Eres nuestra felicidad futura; lo eres todo para nosotras!". ¡Oh madre mía...!».

La irritación de Raskolnikov iba en aumento por instantes y es muy probable que si entonces hubiese encontrado al señor Lujin habría llegado a matarlo.

«¡Hum...! Bien es verdad —continuó siguiendo al vuelo los pensamientos que se agolpaban en su cabeza—, bien es verdad que "para conocer a una persona se necesita haberla tratado y observado atentamente", pero el señor Lujin es difícil de descifrar. Ante todo "es hombre de negocios y parece bueno", pero lo que sigue parece una broma: "quiere proporcionarse a sus expensas una buena renta". ¿Cómo es posible dudar de su bondad después de eso? Su futura y su suegra van a viajar en una carreta de aldeano, protegidas de la lluvia por un toldo estropeado. ¡Ya me gustaría conocer la tal carreta...! ¡Y qué importa! El trayecto hacia la estación es sólo de noventa verstas; "enseguida subiremos con mucho gusto a un coche de tercera" para andar otras mil. Tiene razón, hay que cortar la capa según sea el paño; pero usted, señor Lujin, ¿en qué está pensando? Se trata de su futura... ¿Y cómo puede ignorar que para realizar ese viaje su suegra tiene que empeñar su pensión? Sin duda que con su espíritu mercantil consideró el caso como un negocio emprendido a medias en el que, por consiguiente, cada socio debe contribuir con su parte; pero tiró usted de la manta hacia su lado, no hay proporción entre el gasto que ocasiona una maleta y el que cuesta el viaje. ¿Acaso ellas no ven esto, o fingen no verlo? ¡El caso es que parecen contentas! Sin embargo, ¿qué frutos pueden esperarse de semejantes flores? Lo que me indigna más de ese proceder es lo que tiene de mal tono, más aún que su tacañería. El pretendiente da la nota de lo que será el marido... Y mamá, que tira el dinero por la ventana, ¿con qué llegará aquí? Con tres rublos en metálico o con "dos billetitos", como dice aquella... vieja... ¡Hum! ¿Con qué recursos cuentan entonces para vivir aquí? Ciertos indicios le han dado a entender que después del matrimonio no podría continuar con Dunia; cualquier palabra "escapada" a aquel hombre amable habrá sido un rayo de luz para mamá, a pesar de esforzarse ella en cerrar los ojos a la evidencia... "Tengo la intención de no aceptar", dice. Bueno, entonces, ¿con qué medios de existencia cuenta? ¿Con sus ciento veinte rublos de pensión, de los que será preciso descontar la suma prestada por Atanasio Ivanovich? Allá abajo, en nuestra pequeña ciudad, se estropea la vista cosiendo o bordando, pero yo sé que ese trabajo no produce más de veinte rublos anuales. Luego, a pesar de todo, sus esperanzas dependen de los generosos sentimientos del señor Lujin. "Él mismo me comprometerá a no separarme de mi hija". ¡Fíate y ya verás lo que te pasa!... Y pase todavía en lo referente a mamá; ella es así y está en su manera de ser; pero, ¿y Dunia? Es imposible que ella no comprenda a ese hombre. ¡Y, sin embargo, consiente en casarse con él! ¡Su libertad moral, su alma, le son más queridas aún que su bienestar material! Antes que renunciar a ellas se alimentaría con pan negro y agua; no las cambiaría por todo el Schleswig-Holstein, y mucho menos por el señor Lujin. No, la Dunia que yo conocía no era esta, e indudablemente sigue siendo la misma... ¿Qué decir...? ¡Penoso es vivir en casa de los Svidrigailov! Rodar de provincia en provincia, pasarse la vida dando lecciones por doscientos rublos anuales es cosa dura; sin embargo, me consta que mi hermana sería capaz de ir a trabajar a casa de un plantador de América o a la de un alemán de Lituania antes que envilecerse encadenando, por simple interés personal, su existencia a la de un hombre a quien no aprecia y con el que no tiene nada en común. Aunque el señor Lujin fuese de oro puro o de diamante, ella no consentiría en ser su concubina legítima. ¿Por qué pues, se decide a ello ahora? ¿Dónde está la solución de este enigma? La cosa está bien clara: no lo hace por egoísmo; para proporcionarse el bienestar o para librarse de la muerte no se vendería, pero sí por otro, por un ser amado, adorado. He aquí la explicación del misterio. ¡Se vende por su madre y por su hermano! ¡Y lo vende todo! ¡Oh, en casos semejantes violentamos hasta nuestro sentimiento moral; comerciamos con nuestra libertad, con nuestra tranquilidad, con nuestra conciencia, con todo, con todo! ¡Perezca nuestra vida, con tal que sean felices las personas a quienes amamos! Y más aún aceptamos la sutil enseñanza de los jesuitas, transigimos con nuestros escrúpulos, llegamos a persuadirnos de que es necesario obrar como obramos, de que la excelencia del fin justifica nuestra conducta. ¡He ahí cómo somos! ¡Y todo esto es evidente! Bien claro se ve que aquí, en primer lugar, se encuentra Rodion Romanovich Raskolnikov. ¿No es preciso asegurar su porvenir, procurarle el medio de terminar sus estudios universitarios, de hacerse socio del señor Lujin, de llegar a la fortuna, al renombre, a la gloria si es posible? ¿Y la madre? ¿Ella no va a sacrificar su hija a ese hijo, objeto de sus predilecciones? ¡Corazones tiernos e injustos!... ¡Pero cómo! ¡Lo que aceptáis es la suerte de Sonia! ¡Sonia, Sonia Marmeladov, la eterna Sonia que durará lo que el mundo dure! ¿Habéis medido bien toda la extensión de vuestro sacrificio? ¿Sabes tú, Dunechka, que vivir con el señor Lujin es igualarte a Sonia? "En este caso no puede haber amor", dice mamá. Pues bien, ¿si no puede existir amor en este caso, ni estimación; si, por el contrario, hay aversión, repulsión, desagrado, en qué se diferencia entonces un matrimonio así de la prostitución? Lo de Sonechka es todavía perdonable: se vendió no para procurarse un suplemento de bienestar, sino porque veía el hambre, el verdadero hambre, en su casa... Y si más adelante sentís que la carga es superior a vuestras fuerzas, si tenéis que lamentar lo que habéis hecho ¡cuánto dolor, cuántas maldiciones, cuántas lágrimas secretas, porque no sois una Marfa Petrovna! ¿Y qué será entonces de mi madre? Si ahora está ya inquieta y atormentada, ¿qué será cuando vea las cosas como son? ¿Y yo...? ¿Por qué no pensasteis en mí? ¡Rechazo tu sacrificio, Dunechka; no lo quiero, madre mía! Mientras yo viva no se llevará a cabo ese matrimonio».

Se reconcentró un momento y se contuvo.

«¿No se llevará a cabo ese matrimonio? ¿Y qué harás tú entonces para impedirlo? ¿Opondrás tu "veto"? ¿Con qué derecho? ¿Qué puedes ofrecerles tú por tu parte para alegarlo? ¿Te comprometerás a consagrarles tu vida y tu porvenir cuando hayas terminado tus estudios y hayas encontrado colocación? Eso es el futuro; pero, ¿y el presente? Se trata de hacer algo ahora mismo. ¿Comprendes? ¿Y qué es lo que haces de momento? Arruinarlas, obligar a la una a empeñar su pensión y pedirle a la otra un anticipo con cargo del señor Svidrigailov. Con el pretexto de que más adelante serás millonario pretendes disponer hoy de su suerte; pero, ¿puedes subvenir actualmente a sus necesidades? ¡No podrás hacerlo hasta dentro de diez años! Y en la espera de eso, tu madre perderá la vista trabajando, llorando quizá, pues las privaciones minarán su salud. ¿Y tu hermana? ¡Vaya, piensa un poco en los peligros que amenazan a tu hermana en ese espacio de diez años! ¿Comprendes?».

Experimentaba un acre placer haciéndose aquellas punzantes preguntas que, por otra parte, no eran nuevas para él. Hacía mucho tiempo que le atormentaban, que le aguijoneaban incesantemente, exigiéndose imperiosamente respuestas que era incapaz de darse. La carta de su madre venía ahora a caer sobre él como un rayo. Comprendía que había pasado el tiempo de las lamentaciones estériles, que en aquel momento ya no se trataba para él de razonar respecto a su importancia, sino de hacer algo en el más breve plazo. Necesitaba tomar una resolución cualquiera costara lo que costara, o...

—¡O renunciar a la vida! —exclamó bruscamente—. ¡Aceptar de una vez para siempre el destino tal como es, pisotear todas mis aspiraciones, abdicar definitivamente el derecho de obrar, de vivir y de amar...!

Raskolnikov recordó de pronto las palabras que dijera la víspera Marmeladov:

«¿Comprende usted, caballero, lo que significan estas palabras: no tener adónde ir...?».

De repente se estremeció: un pensamiento que tuvo también la víspera acababa de presentarse en su imaginación. No era la vuelta de tal pensamiento lo que le hacía estremecerse. Sabía de antemano, había presentido que volvería infaliblemente, y lo esperaba. Pero aquella idea no era exactamente la de la víspera, y he aquí en qué consistía la diferencia: lo que hacía un mes, y aun ayer, no era sino un sueño, surgía ahora bajo una forma nueva, espantosa, desconocida. El joven tenía conciencia de aquel cambio... La cabeza le zumbaba y un velo cubría sus ojos.

Se apresuró a mirar a su alrededor, como buscando algo. Tenía ganas de sentarse, y lo que buscaba era un banco. Encontrábase entonces en el bulevar de K...; a cien pasos de distancia vio un banco desocupado. Echó a andar tan rápidamente como pudo, pero en el camino le ocurrió una pequeña aventura que le ocupó exclusivamente durante algunos minutos.

Cuando miraba en la dirección del banco, vio que una mujer marchaba a veinte pasos delante de él. Al pronto no se fijó en ella, atento únicamente a los objetos que hasta entonces había encontrado a su paso. Infinidad de veces, de regreso a su casa, le ocurrió no recordar el camino que había andado, caminaba habitualmente sin ver nada. Pero la mujer ofrecía algo tan chocante a primera vista, que Raskolnikov no pudo dejar de notarlo. Poco a poco, a la sorpresa sucedió una curiosidad contra la que en vano quiso luchar al principio, pues de pronto se hizo más fuerte que su voluntad. Súbitamente sintió el deseo de saber lo que de tan particularmente extraño había en aquella mujer. Según todas las apariencias, era una joven; a pesar del calor que hacía iba con la cabeza descubierta, sin sombrilla y sin guantes, moviendo los brazos de una manera ridícula. Lucía al cuello un pañuelo anudado en forma de lazo y llevaba un ligero traje de seda, mal puesto, apenas abrochado y desgarrado por detrás en el nacimiento de la falda; un jirón de tela oscilaba a derecha e izquierda. Para colmo, la joven, con las piernas poco seguras, se tambaleaba al andar. El encuentro acabó por atraer toda la atención de Raskolnikov, y alcanzó a la mujer en el preciso momento en que esta llegaba al banco, ella se tumbó, más que sentarse y cerró los ojos como si estuviese fatigada, apoyando la cabeza en el respaldo. Al examinarla se dio cuenta de que estaba completamente ebria. La cosa parecía tan extraña que llegó a preguntarse si no se engañaría. Tenía delante de sus ojos un rostro casi infantil como de unos dieciséis años o tal vez quince solamente, y aquel rostro rodeado de rubios cabellos era lindo, pero estaba encendido y como congestionado. La joven parecía no estar en su juicio; cruzó las piernas, una sobre otra, en actitud poco honesta. Y todos los indicios obligaban a pensar que no se daba cuenta del lugar en que se hallaba.

Raskolnikov no se sentaba ni quería marcharse, y permanecía de pie delante de ella sin determinarse a nada. Era más de la una y hacía mucho calor, por lo que no se veía casi nadie en aquel bulevar donde, a cualquier hora, pasa poca gente. Sin embargo, a quince pasos de distancia, estaba parado, en el borde de la acera, un hombre, que, evidentemente, hubiera querido acercarse a la jovencita con ciertas intenciones. También él, sin duda, la había visto de lejos y la había seguido; pero la presencia de Raskolnikov le estorbaba. Dirigía con disimulo las más terribles miradas sobre este, esperando con impaciencia el feliz momento en que aquel desharrapado le cediera el puesto. La cosa estaba muy clara. Aquel caballero, muy elegantemente vestido, era un hombre de unos treinta años, grueso, fuerte, de cutis bermejo y labios rojos sobre los que lucía un fino bigote. Raskolnikov se encolerizó vivamente, ocurriéndosele de pronto empezar a insultar a aquel señorón. Abandonó por un instante a la joven y acercose al caballero.

—¿Qué pasa, Svidrigailov? ¿Qué hace usted ahí? —gritó, apretando los puños, mientras que una sonrisa sardónica entreabría sus labios, que comenzaban a cubrirse de espuma.

El elegante frunció el entrecejo y su fisonomía adquirió cierto aire de altanera extrañeza.

—¿Qué quiere decir eso? —preguntó con arrogancia.

—¡Eso quiere decir que hay que largarse! ¡Nada más!

—¿Cómo te atreves, canalla...?

Y levantó su fusta. Raskolnikov se lanzó sobre el corpulento caballero con los puños cerrados, sin pensar siquiera que su enemigo necesitaba dos adversarios como él. Pero en aquel momento llegó alguien que sujetó por detrás a nuestro joven. Era un gendarme que venía a intervenir en el asunto.

—¡Basta, caballeros! ¡No se peguen ustedes en la vía pública! ¿Qué desean? ¿Quién es usted? —le preguntó severamente a Raskolnikov, fijándose en su indumentaria.

Raskolnikov miró atentamente a quien le hablaba. El gendarme, con sus bigotes y sus patillas blancas, tenía aspecto de soldado de temple y parecía inteligente.

—Precisamente tenía necesidad de usted —gritó el joven, cogiéndole del brazo—. Soy un antiguo estudiante y me llamo Raskolnikov... Usted también puede enterarse de esto —agregó dirigiéndose al caballero—; y usted venga conmigo, que tengo que enseñarle algo...

Y, sin soltar el brazo del gendarme, lo llevó hacia el banco.

—Aquí tiene; fíjese. Está completamente embriagada; hace un momento se paseaba por el bulevar. Resulta difícil adivinar su posición social, pero no tiene aspecto de buscona de profesión. Lo más probable es que le hayan hecho beber en alguna parte y que hayan abusado de ella..., así se empieza..., ¿comprende usted? Y luego, en el estado en que se encuentra, la han arrojado a la calle. Fíjese en lo roto de su vestido, mire cómo va: seguramente que no se ha vestido ella misma; han debido vestirla unas manos inexpertas, manos de hombre seguramente. Y mire por allí, aquel lindo caballero con quien iba a pelearme, y al que no conozco, pues lo veo hoy por primera vez, al verla embriagada y sin conciencia de nada, hubiera querido aprovecharse de su estado para llevársela a cualquier casa... Eso es certísimo y tenga la seguridad de que no me equivoco. Yo mismo vi cómo la miraba y cómo la seguía; sólo que le he estropeado sus proyectos, y ahora está esperando que yo me vaya. Fíjese, se mantiene un poco alejado y lía un cigarrillo para hacerse el distraído... ¿Cómo le arrancaríamos esta muchacha? ¿Cómo la haríamos volver a su casa? ¡Piense un momento en ello!

El gendarme comprendió inmediatamente aquella situación y empezó a reflexionar. No cabía la menor duda en cuanto a los propósitos del caballero acerca de la joven. El gendarme se acercó junto a la muchacha para examinarla más de cerca y en su rostro se dibujó una sincera compasión.

—¡Qué lástima! —dijo moviendo la cabeza—. Parece completamente una niña. Seguramente le habrán hecho caer en un lazo... Dígame, señorita, ¿dónde vive usted?

La joven abrió sus pesados párpados, miró a los hombres con un gesto de extrañeza e hizo un movimiento como para rechazarlos.

Raskolnikov se registró el bolsillo y sacó veinte copecs.

—¡Tome usted! —le dijo al gendarme—. Llame a un cochero y que la lleve a su casa. Sólo que hará falta conocer su dirección.

—¡Señorita, eh, señorita! —dijo de nuevo el gendarme, después de tomar el dinero—. Voy a buscar un coche y yo mismo la acompañaré a su casa. ¿Adónde hay que llevarla? ¿Eh? ¿Dónde vive usted?

—¡Ay, Dios mío...! ¡Se me van a enganchar! —murmuró la joven con el mismo gesto de antes.

—¡Qué innoble es esto! ¡Qué infamia! —dijo el gendarme, conmovido e indignado al mismo tiempo—. He ahí la dificultad —añadió dirigiéndose a Raskolnikov, a quien por segunda vez miró de pies a cabeza.

Aquel harapiento tan dispuesto a dar dinero le pareció muy enigmático.

—¿La encontró usted muy lejos de aquí? —preguntó.

—Le repito que caminaba delante de mí, tambaleándose, por el bulevar. Apenas llegó aquí se dejó caer, rendida, sobre el banco.

—¡Ah, qué cosas tan malas se hacen ahora en el mundo, Señor! ¡Una muchacha como esta que está ebria! ¡Seguramente que la habrán engañado! ¡Su vestido está desgarrado...! ¡Ay, cuánto vicio se ve ahora!... Sus padres serán quizá algunos nobles arruinados... Ahora hay muchos así... Cualquiera que la viera la tomaría por una señorita de buena familia.

Y se inclinó nuevamente sobre ella. Quizá él mismo era también padre de jóvenes bien educadas a las que podrían tomarse por señoritas de buena familia.

—Lo esencial —agregó Raskolnikov— es no dejarla caer en manos de aquel libidinoso. ¡Evidentemente tendrá bien formado su plan el muy granuja! ¡Aún continúa allá!

Al pronunciar tales palabras, el joven levantó la voz e indicaba con el gesto al caballero. Al oír lo que decían de él, aparentó al pronto enfadarse, pero se tranquilizó, limitándose a dirigirle a su enemigo una mirada despreciativa. Luego, sin apresurarse, retrocedió diez pasos y se detuvo de nuevo.

—No dejaré que se la lleve —respondió con aire protector el gendarme—. Si ella nos dijera dónde vive, porque sin eso... ¡Señorita, eh, señorita! —añadió acercándose aún más a la joven.

Súbitamente abrió ella los ojos, miró atentamente y pareció como si una especie de luz penetrara en su cerebro; se levantó y volvió a tomar el mismo camino que trajera.

—¡Vaya con los desvergonzados! ¡Agarrarse de mí! —dijo agitando el brazo otra vez como para rechazar a alguien.

Caminaba rápidamente, pero con paso inseguro. El elegante empezó a marchar detrás de ella aunque yendo por la otra acera y procurando no perderla de vista.

—Vaya usted tranquila, que no le hará nada —dijo resueltamente el gendarme; y salió en seguimiento de la joven—. ¡Ay, cómo abunda el vicio ahora! —repitió, suspirando.

En aquel momento se operó en Raskolnikov un cambio tan repentino como radical.

—¡Haga el favor! —le gritó al gendarme.

Este se volvió.

—¡Déjela! ¿Para qué quiere mezclarse en eso? ¡Que se divierta! —y mostraba al elegante—. ¿Qué puede importarle a usted?

El gendarme no se explicaba aquel lenguaje y miró sorprendido a Raskolnikov, quien súbitamente se echó a reír.

—¡Eh! —dijo el gendarme agitando el brazo—, y luego continuó en persecución de la joven y del elegante caballero. Es posible que tomara a Raskolnikov por un loco o por algo peor aún.

«¡Se lleva mis veinte copecs! —pensó encolerizado el joven al quedarse solo—. Bueno, le sacará dinero al otro también y le dejará que se lleve a la joven, y así acabará todo... ¿Qué idea se me ocurrió de hacer el bienhechor en este caso? ¿Tengo derecho a hacerlo? Si las gentes se devoran vivas las unas a las otras, ¿qué puede importarme? ¿Y cómo me he permitido dar esos veinte copecs? ¿Eran míos acaso?».

A pesar de sus extrañas palabras, su corazón estaba oprimido y se sentó abatido en el banco. Sus ideas eran incoherentes. Hasta le era penoso pensar en cualquier cosa en aquel momento. Habría deseado dormirse profundamente, olvidarlo todo y despertarse después para emprender una vida nueva...

«¡Pobrecilla! —pensaba, contemplando el extremo del banco donde la joven estuvo sentada—. Cuando vuelva en sí llorará...; su madre se enterará después de su aventura..., primeramente le pegará; después le azotará para añadir la humillación al dolor, y tal vez le eche a la calle. Y aunque no le eche de su casa, una Daria Franzovna cualquiera olfateará la pieza, y he ahí desde entonces una muchacha que empezará a rodar de acá para allá, hasta que vaya a dar en el hospital, lo que no tardará en suceder..., siempre ocurre lo mismo con las muchachas obligadas a hacer sus correrías a escondidas porque tienen unas madres muy honradas. Una vez curada tornará a la fiesta, luego irá otra vez al hospital..., a beber..., a las tabernas..., y al hospital otra vez... Después de dos o tres años de esa vida, a los dieciocho o diecinueve años, estará ya perdida. ¡Cuántas como esta que empezaron de la misma manera acabaron así! Pero, ¡bah!, dicen que eso es necesario, que es un tanto por ciento anual, una póliza de seguro que hay que pagarle... al diablo, sin duda... para asegurar el descanso de los demás. ¡Un tanto por ciento! La verdad es que tienen unas palabras muy bonitas, y que estas tienen un aspecto científico que sienta bien. Cuando dicen: un tanto por ciento, ya está terminado todo y no hay por qué preocuparse. Si la cosa se conociera con otro nombre, quizá nos preocupara más... ¿Y quién sabe? ¿No estará acaso Dunechka comprendida no en el tanto por ciento del año próximo, sino en el del año presente?... Pero, ¿adónde voy? —pensó súbitamente—. ¡Esto es extraño! Sin embargo, yo tenía un objetivo cuando salí de mi casa. Apenas leí la carta salí a la calle... ¡Ah, sí, ya lo recuerdo! Iba a buscar a Razumikin, a Vasili Ostrov. ¿Y para qué? ¿Cómo se me ocurrió ir a visitar a Razumikin? ¡Sí que es curioso!».

Ni él mismo se comprendía. Razumikin era uno de sus antiguos compañeros de universidad. Hay que advertir que cuando Raskolnikov estudiaba Derecho vivía muy aislado, no iba a casa de ninguno de sus condiscípulos, ni le agradaba ser visitado por ellos. Estos, por otra parte, no tardaron en pagarle con la misma moneda. Jamás tomaba parte ni en las reuniones ni en las diversiones de los estudiantes. Lo estimaban por su ardor en el trabajo, pero nadie le quería. Era muy pobre, muy orgulloso y muy reconcentrado en sí mismo; su vida parecía ocultar algún secreto. Sus compañeros creían que adoptaba el aire de mirarlos desdeñosamente, como si los demás fueran unos niños, o al menos, seres inferiores a él desde el punto de vista del saber, de las ideas y del desarrollo intelectual.

Sin embargo, mantenía relaciones con Razumikin, o, mejor dicho, se expansionaba más gustosamente con él que con otro cualquiera. Bien es verdad que la franqueza e impetuosidad de Razumikin le ganaba irresistiblemente la confianza de cualquiera. Este joven era muy alegre, expansivo y bueno hasta la candidez. Esto, por otra parte, no excluía cualidades de seriedad en él. Los más inteligentes de sus compañeros reconocían su mérito, y todos le querían. Estaba muy lejos de ser un necio, aunque en ocasiones pareciera candoroso. Sus negros cabellos, su rostro siempre mal afeitado, su elevada estatura y su delgadez llamaban inmediatamente la atención.

Mala cabeza a ratos, pasaba por un Hércules. Cierta noche en que vagaba por las calles de San Petersburgo en compañía de algunos amigos derribó de un puñetazo a un gendarme de cerca de dos metros de estatura. Lo mismo podía entregarse a los mayores excesos en la bebida que sabía observar la más estricta sobriedad. Si en ocasiones le ocurría llevar a cabo inexcusables locuras, en otras se mostraba de una prudencia ejemplar. Una de las cosas más notables de Razumikin era que jamás se había visto desalentado, que nunca se dejaba abatir por los reveses. Era capaz de vivir encima de un tejado, soportando los horrores del frío y del hambre sin desmentir un sólo momento su buen humor de siempre. Muy pobre, obligado a salir de apuros por sus propios medios, encontraba la manera de vivir, como quiera que fuere, porque era un muchacho despejado y conocía una multitud de sitios donde (trabajando, se entiende) podía ganar dinero.

Se le había visto pasar todo un invierno sin carbón, y aseguraba que aquello le fue agradable, porque se duerme mucho mejor cuando se tiene frío. Por entonces se vio obligado también a dejar de asistir a la universidad por falta de recursos, pero pensaba reanudar sus estudios lo antes posible, por lo que no descuidó ningún medio a fin de mejorar su situación pecuniaria. Raskolnikov no había ido por su casa desde hacía cuatro meses, y Razumikin desconocía el domicilio de su amigo. Hacía unos dos meses que se habían cruzado en la calle, pero Raskolnikov pasó a la otra acera para no detenerse con él. Razumikin lo vio, pero fingió no haberle visto para no molestar a su amigo Raskolnikov.

V

«Efectivamente, no hace mucho tiempo que me proponía ir a casa de Razumikin, pues quería rogarle que me proporcionara algunas lecciones o un trabajo cualquiera... —se decía Raskolnikov—. Pero, ¿en qué puede serme útil ahora? Suponiendo que me procure algunas lecciones, suponiendo que de tener algunos copecs pueda permitirse compartirlos conmigo, de darme lo necesario para comprar las botas y el traje indispensable a un profesor... ¡Hum!... Bueno, ¿y qué? ¿Qué voy a hacer con unos céntimos? ¿Es eso lo que necesito ahora? En verdad que soy bastante necio si voy a casa de Razumikin...».

La preocupación de saber por qué se dirigía ahora a casa de Razumikin le atormentaba más aún de lo que se confesaba a sí mismo y buscaba ansiosamente algún sentido siniestro para él en semejante determinación, la más sencilla del mundo al parecer.

«¿Es posible que en mi penuria haya puesto toda mi confianza en Razumikin? ¿Es que en realidad espero mi salvación de él», se preguntaba con extrañeza.

Reflexionaba, frotábase la frente, y, de pronto, después de mucho tiempo de torturarse, una idea muy extraña brotó súbitamente de su cerebro.

«¡Hum...! Sí, iré a casa de Razumikin —se dijo bruscamente y en el tono más tranquilo, como si acabara de tomar una resolución definitiva—. Seguramente iré a casa de Razumikin..., pero no ahora..., iré al siguiente día, cuando "aquello" esté liquidado y mis asuntos hayan cambiado de aspecto...».

Apenas hubo pensado aquello, recapacitó bruscamente.

—¡Cuando «aquello» esté liquidado! —exclamó con tal sobresalto que le hizo saltar del banco donde estaba sentado—. Pero, ¿es que «aquello» se llevará a cabo? ¿Acaso es posible?

Se alejó del banco con rapidez. Su primer intento fue volver a aquella pequeña y horrible habitación donde había pasado más de un mes premeditando todo «aquello». Al pensar en tal cosa se apoderó de él un malestar que le hizo marchar a la ventura.

Su temblor nervioso adquirió carácter febril; sentíase estremecer; tenía frío a pesar de la elevada temperatura. Casi a pesar suyo cediendo a una especie de necesidad interior, esforzábase en fijar su atención en los distintos objetos que encontraba para eludir la obsesión de una idea perturbadora. Pero en vano trataba de distraerse; a cada instante recaía en su obsesión. Cuando levantó la cabeza para dirigir una mirada a su alrededor, olvidaba el lugar donde se encontraba. Así fue cómo Raskolnikov atravesó Vasili Ostrov, desembocó en el pequeño Neva, pasó el puente y llegó a las islas.

El verdor y la frescura alegraron de pronto sus ojos, acostumbrados al polvo, a la cal, a los pesados montones de piedras. Aquí no existían la asfixia, las emanaciones mefíticas ni las tabernas; pero aquellas sensaciones nuevas perdieron por sí mismas su encanto, dejando paso a una enfermiza irritación. En ocasiones, el joven se detenía ante cualquier villa coquetonamente encajada en medio de risueña vegetación; miraba por la verja y veía en las terrazas y balcones unas mujeres elegantemente vestidas o unos niños que corrían por el jardín. Fijábase particularmente en las flores: era lo que más atraía sus miradas. De cuando en cuando pasaban junto a él algunos jinetes o amazonas, soberbios carruajes, y los seguía con mirada curiosa, olvidándolos antes que hubieran desaparecido.

En un determinado momento se detuvo y contó su dinero. Se encontró con que tenía unos treinta copecs.

—Le di veinte al gendarme y tres a Nastasia por la carta. Por consiguiente, dejé en casa de los Marmeladov cuarenta y siete o cincuenta copecs.

Había tenido motivo para hacer aquel balance, pero un instante después no se acordaba ya por qué había sacado su dinero del bolsillo. Se acordó poco después al pasar por delante de un figón. Su estómago le gritaba que tenía hambre.

Entró en el bodegón aquel y tomó una copa de aguardiente y empezó a mordisquear una empanada que se llevó para acabar de comérsela mientras paseaba.

Ya hacía mucho tiempo que no había tomado ningún licor espirituoso, por lo que el poco aguardiente que acababa de ingerir empezó a producirle efecto. Sus piernas se le entorpecían y comenzó a experimentar grandes deseos de dormir. Quiso volver a su casa, pero al llegar a Petrovsky Ostrov se sintió incapaz de ir más allá.

Abandonó el camino y se adentró en los sotos, se tendió en la hierba y se quedó dormido inmediatamente.

En estado de debilidad, los sueños suelen distinguirse por un relieve extraordinario y un parecido notable con la realidad. El cuadro es en ocasiones monstruoso, pero el decorado y el curso de la representación son, sin embargo, tan verosímiles, los detalles son tan finos y ofrecen, en su inesperada aparición, una disposición tan ingeniosa, que el soñador, aunque fuera un artista como Pushkin o Turgueniev, sería en estado normal incapaz de inventar algo parecido. Tales sueños de enfermo dejan siempre un profundo recuerdo y afectan profundamente al organismo, ya desarreglado, del individuo.

Raskolnikov tuvo un sueño horrible. Volvió a verse niño en la pequeña ciudad donde viviera entonces con su familia. Tiene siete años, y, en un día de fiesta, se pasea por las afueras acompañado de su padre. El tiempo es nebuloso, el aire pesado, los lugares son exactamente tales como su memoria se los recordaba, hasta en sueños más de un detalle borrado ya de su espíritu. La pequeña ciudad aparece absolutamente al descubierto; en derredor no se ve ni un sauce blanco; en un punto muy lejano, en los límites del horizonte, un bosquecillo forma una mancha negra. A pocos pasos del último jardín de la ciudad se encuentra una taberna, una taberna grande, cerca de la cual no podía nunca pasar el niño cuando paseaba con su padre sin experimentar una impresión desagradable e incluso un sentimiento de terror. Allí había siempre un enorme gentío, unas personas que discutían, reían, se insultaban, se pegaban o cantaban con voz enronquecida canciones soeces; por los alrededores vagaban siempre unos hombres borrachos y sus caras eran horribles... Cuando se acercaban, Rodion se apretaba estrechamente contra su padre, temblando todo su cuerpo...

La senda a cuyo lado estaba la taberna se hallaba siempre cubierta de polvo negro. A trescientos pasos de allí da vuelta hacia la derecha y bordea el cementerio de la ciudad. En medio de este se halla asentada una iglesia de piedra coronada por una cúpula verde, iglesia a la que el niño iba dos veces cada año en compañía de su padre y de su madre cuando se celebraban misas por el descanso de su abuela, muerta hacía ya mucho tiempo y a la que no llegó a conocer. En tales ocasiones llevaban siempre una tarta de arroz, sobre la cual había dibujada una cruz con pasas. Le tenía cariño a esta iglesia, a sus viejas imágenes, en su mayoría sin adornos, y a su viejo sacerdote de cabeza temblorosa. Junto a la lápida que indicaba el sitio donde reposaban los restos de su abuela había una pequeña tumba: la del hermano mayor de Rodion, que había muerto a los seis meses. Tampoco lo había conocido, pero sí le habían dicho que tuvo un hermanito; y el día que visitaba el cementerio, hacía piadosamente la señal de la cruz sobre la pequeña tumba, se inclinaba con respeto y la besaba.

Y he aquí ahora su sueño:

Sigue con su padre el camino que conduce al cementerio; pasan por delante de la taberna; va de la mano de su padre y dirige miradas llenas de miedo hacia la odiosa casa donde parece reinar una animación mayor que de costumbre. Allí hay varias burguesas y aldeanas endomingadas, sus maridos y toda clase de personas de la masa del pueblo. Todos están borrachos, todos entonan canciones. Por delante de la escalinata de la taberna hay estacionado un enorme carretón de los que ordinariamente se utilizan para el transporte de mercancías y barriles de vino; con frecuencia suelen engancharse a tales carretas vigorosos caballos de gruesas patas y largas crines, y Raskolnikov experimenta cómo aquellas bestias arrastraban tras de sí las cargas más pesadas sin experimentar la menor fatiga. Pero ahora está enganchado al enorme vehículo un caballito ruano de una lastimosa escualidez, uno de aquellos rocines a los que los *mujiks* hacen tirar a veces de grandes carretas de madera o de heno y a los que rinden a fuerza de golpes descargados contra los ojos y el hocico, mientras que los pobres animales se agotan con vivos esfuerzos para sacar el vehículo del bache en que se ha atascado. Tal espectáculo, del que Raskolnikov había sido testigo con frecuencia, le hacía siempre llorar, y su madre tenía siempre cuidado de retirarle de la ventana cuando en la calle tenía lugar una escena así. De pronto se produce un fuerte escándalo: de la taberna salen gritando, cantando y tocando la guitarra unos *mujiks* completamente borrachos; llevan camisas rojas, azules, y las chaquetas negligentemente colgadas al hombro.

—¡Subid, subid todos! —grita un hombre joven aún, de grueso cuello y de rostro carnoso color de zanahoria—. ¡Os llevo a todos, subid!

Estas palabras provocan risas y exclamaciones.

—¡Mira que andar por los caminos con un rocín así...!

—Has debido perder el juicio, Mikolka, para enganchar este animalito a un carro tan grande.

—¡Suban, llevo a todo el mundo! —grita de nuevo Mikolka, que salta el primero a la carreta, coge las riendas y se coloca tan grande como es en la delantera del vehículo—. El caballo bayo marchó hace poco con Matvei, y este jumento, amigos míos, es una verdadera pesadilla para mí; creo que debería matarlo, pues no gana ni lo que se come. ¡Os digo que montéis! ¡Yo lo haré galopar! ¡Irá de prisa! ¡Ya lo creo que galopará!

Y al decir esto, coge el látigo, contento ya con la sola idea de fustigar al pobre animal.

—Pero ¡subid ya, vamos! Os he dicho que galopará y galopará...! —dijo bromeando al grupo.

—Seguramente que no ha galopado desde hace diez años.

—Buena marcha llevará.

—¡No tengáis lástima, amigos! ¡Coged cada uno un palo! ¡Preparaos todos!

—¡Eso es, no hay más que apalearlo!

Todos trepan al carro de Mikolka, riendo y gastando bromas. Han subido seis hombres y aún queda sitio. Hacen subir con ellos a una gruesa aldeana de rostro rubicundo. Esta comadre, que lleva un justillo de algodón rojo, tiene sobre la cabeza una especie de papalina adornada con cuentas de vidrio; parte nueces y se ríe de cuando en cuando. También ríe la multitud que rodea el carro, y, en verdad, ¿cómo no reír ante la idea de que un rocín como aquel llevará al galope a todas aquellas personas? Dos de los mozos que van al carro se proveen también de palos para ayudar a Mikolka.

—¡Arre! —grita este.

El caballo tira con todas sus fuerzas, pero lejos de galopar, apenas si puede avanzar un paso; se resbala, gime y curva el lomo bajo los golpes que los tres palos hacen llover sobre él, abundantes como una granizada. Redoblan las risas en el carro y en los que lo rodean; pero Mikolka se enfada, y en su cólera, apalea al caballo como si efectivamente se propusiera hacerlo galopar.

—¡Dejadme subir a mí también, amigos —grita entre los espectadores un joven que está deseando formar parte de la alegre partida.

—¡Sube! —responde Mikolka—. ¡Subid todos! ¡Llevaré a todo el mundo! ¡Ya veréis cómo lo hago andar!

Y dicho esto, golpea y golpea, y, en su furia, no sabe con qué pegarle ya al paciente animal.

—¡Papá! ¡Papá! —le grita el niño a su padre—. ¿Qué hacen? ¡Papá, están pegándole al pobre caballo!

—¡Vámonos, vámonos de aquí! —dice el padre—. Son unos borrachos que se divierten así, unos imbéciles. ¡Vente, no hagas caso de ellos!

Y quiere llevárselo, pero Rodion se suelta de su mano, y, sin saber lo que hace, corre al lado del caballo. El pobre animal no puede ya más. Está jadeando, y después de un instante de parada vuelve a tirar y está a punto de caer.

—¡Pegadle hasta que este muerto y se caiga! —aúlla Mikolka—. ¡Eso es lo que hay que hacer! ¡Voy por él!

—¡Con seguridad que no eres cristiano, salvaje! —grita un anciano entre la multitud.

—¿Habéis visto alguna vez que un caballo tan pequeño arrastrara un carro tan pesado como este? —agrega otro.

—¡Granuja! —vocifera un tercero.

—¡No es tuyo! ¡Es mío y hago con él lo que quiero! ¡Subid más, subid todos! ¡Tiene que galopar por fuerza...!

De repente, la voz de Mikolka queda apagada con el ruido de fuertes carcajadas; el pobre animal, agobiado por los golpes, ha terminado por perder la paciencia, y a pesar de su debilidad empieza a cocear. La hilaridad general se apodera hasta del viejo. Hay, en efecto motivo para reír. ¡Un caballo que apenas si puede mantenerse sobre sus patas y que se pone a dar coces!

Destácanse entonces dos mozos entre la multitud armados de látigos y se apresuran a golpear al animal, el uno por la derecha y el otro por la izquierda.

—¡Dadle en el hocico, en los ojos, en los ojos...! —vocifera Mikolka.

—¡Una canción, amigos míos! —grita una voz en la carreta.

E inmediatamente, la cuadrilla entona una canción grosera acompañada por un tamboril. La aldeana continúa partiendo nueces y ríe.

... Rodion se ha acercado al caballo y ve cómo le dan latigazos en los ojos, ¡sí, en los ojos! Su corazón se angustia; ¡es espantoso! Uno de los verdugos roza su rostro con el látigo, pero no lo siente siquiera. Se retuerce las manos y grita. Se lanza hacia el viejo de la barba y de los cabellos blancos, que mueve la cabeza y condena aquella escena. Una mujer coge al niño de la mano y quiere apartarlo de aquel espectáculo; pero él se resiste y se apresura a volver cerca del caballo. El animal está extenuado, y, sin embargo, intenta cocear aún.

—¡Ah, mal bicho! —vocifera Mikolka exasperado.

Deja el látigo, se agacha y recoge del fondo del carro una larga y pesada vara; la empuña con ambas manos por un extremo y la descarga con todas sus fuerzas sobre el rocín.

—¡Lo va a matar! —gritan a su alrededor.

—¡Lo matará!

—¡Es mío! —grita Mikolka.

Y la vara, manejada por dos brazos vigorosos, cae con estrépito sobre el lomo del animal.

—¡Pegadle, pegadle! ¿Por qué os detenéis? —gritan en la multitud.

De nuevo se ve por el aire la estaca, y nuevamente cae sobre el lomo del animal. El caballo se encoge bajo la violencia del golpe; sin embargo, procura reunir todas sus fuerzas y tira, tira en todas direcciones para escapar de aquel suplicio; pero siempre encuentra los seis látigos de sus acosadores. Por tercera, por cuarta vez, Mikolka golpea con la vara al desdichado animal. Está furioso por no haber podido matarlo de un sólo golpe.

—¡Dura tiene la vida! —gritan en derredor.

—No durará mucho tiempo, amigos míos; su última hora ha llegado —observa un aficionado entre la multitud.

—¡Que coja un hacha! Es la manera de acabar de una vez con él —sugirió un tercero.

—¡Paso! —grita Mikolka.

Sus manos sueltan la vara, busca de nuevo en el carro y coge una palanca de hierro.

—¡Cuidado! —grita.

Y con aquel arma asesta un golpe terrible al pobre caballo. Este se tambalea y quiere tirar aún; pero un segundo golpe de palanca lo derriba, como si instantáneamente le hubieran cortado los cuatro miembros.

—¡Terminemos de una vez! —vocifera Mikolka, que, fuera de sí, salta del carro.

Algunos mozos, enrojecidos, hartos de vino, cogen lo primero que encuentran: látigos, palos, la vara y corren hacia el caballo moribundo. Mikolka lo golpea incesantemente, de pie al lado del animal, utilizando la palanca. El animal estira el cuello y exhala el último aliento.

—¡Está muerto! —grita la multitud.

—¿Por qué no quería galopar?

—¡Es mío! —grita Mikolka, siempre con la barra en la mano y los ojos inyectados de sangre. Parecía lamentar que la muerte le hubiera arrebatado a su víctima.

—¡Bueno, pero la verdad es que no eres cristiano! —replican indignados muchos de los asistentes.

El pobre muchachito no sabe lo que hace. Se abre paso a través de la multitud que rodea al rocín; coge la ensangrentada cabeza del animal y la besa; le besa los ojos, el belfo... Y luego, en un repentino arranque de cólera, aprieta los puños y se lanza sobre Mikolka. En aquel momento, su padre, que estaba buscándole hacía rato, lo ve y lo saca fuera del grupo.

—¡Vámonos vámonos de aquí! —le dice—. ¡Volvamos a casa!

—¡Papá! ¿Por qué han... matado... al pobre caballo? —decía el niño sollozando.

Le falta la respiración y de su apretada garganta no salen más que roncos gemidos.

—¡Son gracias de borrachos que nada nos importan! ¡Marchémonos! —dice el padre.

Rodion lo oprime entre sus brazos; pero siente tal opresión en el pecho... Quiere respirar, gritar y se despierta.

Raskolnikov despierta jadeante de su pesadilla, con el cuerpo humedecido y los cabellos empapados de sudor. Se sienta debajo de un árbol y respira profundamente.

«¡Gracias a Dios que no es más que un sueño! —se dijo—. Pero, ¿qué me ocurre? ¿Voy acaso a tener fiebre? Un sueño tan extraño me hace pensar en ello».

Tenía los miembros doloridos; su alma estaba llena de oscuridad y de confusión. Y apoyando los codos en las rodillas dejó caer la cabeza entre las manos.

«¡Dios mío! —pensó—. ¿Es posible, en efecto, que tomase un hacha y fuera a partirle el cráneo a aquella mujer?... ¿Es posible que yo pise la sangre tibia y coagulada, que vaya a forzar la cerradura, a robar, después de ocultarme tembloroso..., ensangrentado, con el hacha?... ¡Señor! ¿Acaso es esto posible?».

Al pensar todo esto temblaba como la hoja en el árbol.

«Pero, ¿en qué estoy pensando? —continuó, con profunda sorpresa—. Sé perfectamente que yo no sería capaz de eso. ¿Por qué, pues, me he atormentado de esta manera hasta este momento? Ya ayer cuando llevé a cabo aquel ensayo, comprendí perfectamente que eso era superior a mis fuerzas. ¿En qué consiste, pues, que intente todavía probarlo? Ayer, cuando bajaba la escalera, me decía a mí mismo que aquello era innoble, odioso, repugnante... Sólo el pensamiento de una cosa así me aterraba... ¡No, no tendría el valor necesario! ¡Eso es superior a mis fuerzas! Aunque mis razonamientos disiparan todas las dudas, aunque las conclusiones a que he llegado en este mes fuesen claras como el día, exactas como la aritmética, no podría decidirme. ¡Soy incapaz de ello!... ¿Por qué, pues, por qué ahora todavía...?».

Se levantó, miró con extrañeza a su alrededor, como si le hubiera sorprendido encontrarse en aquel sitio y se dirigió al puente de T... Estaba pálido, sus ojos brillaban, la debilidad se manifestaba en todo su ser, pero empezaba a respirar con más facilidad. Ya se sentía libre del terrible peso que le había oprimido por espacio de tanto tiempo, y en su alma volvía a reinar la paz.

«¡Señor! —rogó mentalmente—. ¡Muéstrame mi camino y renunciaré a este sueño maldito!».

Al atravesar el puente contemplaba tranquilamente el río y la flamante puesta del sol. A pesar de su debilidad no sentía siquiera la fatiga. Habríase dicho que el absceso que se había formado en su corazón durante un mes acababa de reventar súbitamente. ¡Ya era libre! ¡El encanto estaba roto! ¡El horrible maleficio había cesado de ejercer su influencia!

Más adelante, Raskolnikov recordó, minuto por minuto, el empleo de su tiempo en aquellos días de crisis: una circunstancia, entre otras acudía con frecuencia a su pensamiento, y aunque por sí misma no tuviera nada de particularmente extraordinario, jamás pensaba en ella sin una especie de terror supersticioso en vista de la decisiva influencia que ejerciera en su destino.

He aquí el hecho que era constantemente un enigma para él: ¿cómo, si a causa de encontrarse fatigado, agotado, debería haber regresado a su casa por el camino más corto y más directo, se le había ocurrido pasar por el mercado del heno donde nada, absolutamente nada lo reclamaba? Sin duda que aquel rodeo no alargaba demasiado su camino, pero era completamente inútil. En honor a la verdad, le había ocurrido muchas veces dirigirse hacia su casa sin tener en cuenta el itinerario que seguía.

«Pero, ¿por qué —se preguntaba constantemente después—, por qué el encuentro tan importante, tan decisivo para mí, y al propio tiempo tan fortuito que tuve en el mercado del heno, adonde ningún motivo me llevaba tuvo lugar a la misma hora, en el preciso momento en que, dadas las disposiciones en que yo me encontraba, debía tener las consecuencias más irreparables?».

Tentado estaba de ver en aquella fatal coincidencia el efecto de una predestinación.

Eran cerca de las nueve cuando el joven llegó al mercado del heno; los comerciantes cerraban sus tiendas y los vendedores ambulantes se preparaban para marcharse a sus casas al mismo tiempo que los clientes. Obreros y pordioseros de todas clases bullían en las inmediaciones de los figones y de las tabernas que en el mercado del heno ocupan la planta baja de la mayor parte de las casas. Esta plaza y los *pereuloks* eran los lugares que frecuentaba cuando salía de su casa sin objeto determinado.

Allí, en efecto no llamaban la atención sus harapos y se podía pasear de cualquier manera. En la esquina del *pereulok* de K... un matrimonio vendía artículos de mercería colocados en dos mesas.

Aunque estos se dispusieran también a recoger sus mercancías para marcharse a su casa, se habían retrasado charlando con una conocida que acababa de acercarse a ellos. Aquella conocida era Isabel Ivanovna, hermana menor de Alena Ivanovna, la usurera a cuya casa había ido Raskolnikov el día anterior para empeñar su reloj al mismo tiempo que para hacer su «ensayo»...

Ya hacía tiempo que estaba perfectamente informado acerca de aquella Isabel, y hasta ella lo conocía un poco. Era una solterona alta y desgarbada, de unos treinta y cinco años, tímida, humilde y casi idiota... Temblaba delante de su hermana, que la trataba literalmente como a una esclava y la hacía trabajar día y noche, y hasta le pegaba. En aquel momento, su fisonomía expresaba indecisión, mientras que escuchaba atentamente al matrimonio estando de pie y con un paquete en la mano. Aquellos, por lo visto, le explicaban alguna cosa, y ponían en sus palabras un interés especial.

Cuando Raskolnikov vio de pronto a Isabel, experimentó una extraña sensación muy semejante a una profunda sorpresa, aunque el encuentro no tuviera nada de particular.

—Es necesario que esté usted allí para tratar del asunto, Isabel Ivanovna —dijo enérgicamente el vendedor—. Vaya, pues, mañana, de seis a siete. Ellos irán también.

—¿Mañana? —dijo perezosamente Isabel, como si le costara trabajo decidirse.

—¿Le teme acaso a Alena Ivanovna? —dijo vivamente la vendedora que era una chulona—. Yo la defenderé a usted, pues parece como una niña. ¿Es posible que se deje dominar hasta ese extremo por una persona que no es, después de todo, más que su hermanastra?

—Por esta vez no le diga nada a Alena Ivanovna —interrumpió el marido—. Escuche mi consejo: vaya por casa sin pedir permiso, pues se trata de un negocio ventajoso: su misma hermana se convencerá de ello enseguida.

—Tal vez vaya.

—Mañana, de seis a siete; ellos irán también; tiene que estar usted presente para que la cosa se decida.

—Y le ofreceremos una taza de té —agregó la vendedora.

—Está bien, iré —respondió Isabel cada vez más pensativa.

Y empezó a despedirse lentamente de sus interlocutores.

Raskolnikov había pasado ya por delante del grupo formado por aquellas tres personas, y no oyó más. Acortó el paso con disimulo, esforzándose por no perder palabra de la conversación. A la sorpresa del primer instante sucedió insensiblemente en él un espanto que le hizo estremecer. La casualidad más imprevista acababa de revelarle que al día siguiente, a las siete de la tarde, Isabel, la hermana y única compañera de la vieja, estaría ausente, y que, por tanto, al día siguiente a las siete en punto, la vieja «estaría sola en su casa».

El joven estaba a pocos pasos de la suya. Penetró en su habitación como un condenado a muerte. No pensó nada, ni tampoco podía pensar por lo demás; sintió de pronto una ausencia completa de su libertad, de su libre albedrío y se dio cuenta de que todo estaba definitivamente resuelto.

En verdad, podía haber esperado años enteros una ocasión favorable, pero jamás una tan propicia como la que por sí misma acababa de ofrecérsele. De todas maneras, hubiera sido difícil poder saber la víspera de manera segura y sin correr el menor riesgo, sin comprometerse con preguntas peligrosas, que mañana, a tal hora, la vieja que quería matar, estaría completamente sola en su casa.

VI

Más tarde, Raskolnikov supo la causa por la cual el vendedor y su mujer invitaron a Isabel a ir a su casa. Era algo sencillo de comprender. Una familia extranjera estaba en una situación mísera y quería vender algunos de los bienes que poseía, sobre todo unos vestidos de mujer. Por este motivo buscaban una revendedora, y este era el oficio de Isabel. Ella tenía muchos clientes, porque era muy honrada y siempre mantenía el precio: era inútil tratar de regatearle. Generalmente hablaba poco y, como hemos dicho, era tímida y sencilla.

Pero, desde hacía algún tiempo, Raskolnikov se había vuelto supersticioso, y, en consecuencia, en cuanto reflexionaba sobre aquel asunto, creía ver siempre en él la acción de causas extrañas y misteriosas. El invierno anterior, un estudiante conocido suyo le dio las señas de la vieja Alena Ivanovna, por si tenía necesidad de empeñar algo. Tardó mucho en ir a su casa porque el producto de sus lecciones le permitía ir pasando. Seis semanas antes de los acontecimientos que referimos, recordó aquella dirección, pues tenía dos objetos por los cuales podían darle algo: un antiguo reloj de plata que heredara de su padre y una sortija de oro adornada con tres piedras rojas que su hermana le dio como recuerdo en el momento de despedirse.

Raskolnikov se decidió a llevar la sortija a casa de Alena Ivanovna. A primera vista, antes de saber nada de particular respecto a ella, la vieja le inspiró una molesta aversión. Después de recibir de su mano dos «billetitos» entró en un cafetín que encontró al paso. Pidió té, se sentó y empezó a reflexionar. Una idea extraña, en estado embrionario aún, ocupaba su cerebro por completo.

En una mesa inmediata a la que ocupaba, estaba sentado con un oficial un estudiante desconocido para él. Los dos jóvenes acababan de jugar al billar y se disponían ahora a tomar el té. Raskolnikov oyó de pronto que el estudiante le daba al oficial la dirección de Alena Ivanovna, viuda de un secretario y prestamista sobre prendas. No dejó de extrañarle a nuestro héroe que se hablase precisamente de una mujer de cuya casa venía hacía poco. Sin duda era por simple casualidad, pero en aquel momento luchaba con una impresión que se acentuó cuando el estudiante empezó a contarle a su amigo algunos detalles acerca de Alena Ivanovna.

—Es un recurso excelente —decía el estudiante—. En su casa hay siempre medio de procurarse dinero. Es rica como un judío y podía prestar de una vez cinco mil rublos, y, sin embargo, no deja de aceptar objetos de un rublo. Es una providencia para muchos de los nuestros. Pero, ¡qué horrible arpía!

Empezó a contarle que era mala, caprichosa, que no concedía ni veinticuatro horas de prórroga, y que cualquier objeto que no se retirara en el día preciso estaba irrevocablemente perdido para su dueño; que daba por las cosas empeñadas la cuarta parte de su valor y cobraba el cinco y hasta el seis por ciento de interés mensual, etcétera. El estudiante, en vena de hablar, agregó que la horrible vieja era muy bajita lo que no impedía que le pegara a cada instante y tuviera completamente dominada a su hermana Isabel que era, en cambio, una mujerona.

—¡Vaya un fenómeno! —exclamó el oficial, echándose a reír.

La conversación recayó después sobre Isabel, de la que habló con agrado y sin dejar de reír. El oficial le escuchó con gran interés y le rogó a su amigo que se la mandase para encargarla del cuidado de su ropa. Raskolnikov no perdió palabra de aquella conversación, por la cual se enteró de una porción de cosas. Isabel era más joven que Alena, pues sólo tenía treinta y cinco años, y trabajaba noche y día para la vieja. Además de hacer en casa el oficio de cocinera y lavandera, cosía prendas y las vendía, fregaba suelos por las casas, y todo lo que ganaba se lo entregaba a su hermana. No se atrevía a aceptar ningún encargo ni ningún trabajo sin contar previamente con la autorización de Alena Ivanovna. Esta —Isabel estaba enterada—, tenía hecho ya su testamento en términos tales que su hermana no heredaba de ella más que los muebles; pero deseosa de que perpetuamente se rezara por el descanso de su alma, legaba toda su fortuna a un monasterio del distrito de N... Isabel pertenecía a la clase burguesa. Era una mujer muy alta y desgarbada, con unos pies muy grandes calzados con unos zapatos deformados, aunque iba siempre muy limpia. Lo que más gracia le hacía al estudiante era el hecho de que Isabel estaba siempre encinta.

—¿Luego es más que un fenómeno? —observó el oficial.

—Tiene la piel muy morena, eso sí; parece un soldado vestido de mujer, pero no es exactamente un monstruo. Hay tanta bondad en su fisonomía, y sus ojos tienen una expresión tan simpática... La prueba de ello es que gusta a muchos. Es tan tranquila, tan humilde, tan paciente, tiene un carácter tan agradable... hasta su sonrisa es graciosa.

—¿Acaso te gusta? —preguntó, riendo, el oficial.

—Me gusta por su rareza; pero en cuanto a esa maldita vieja, sería capaz de matarla y robarle sin el menor escrúpulo de conciencia —agregó con viveza el estudiante.

El oficial se echó a reír, pero Raskolnikov se estremeció. Las palabras que oía eran un extraño eco de lo que él pensaba.

—Permíteme que te haga una pregunta seria —replicó el estudiante cada vez más acalorado—. Claro está que antes bromeaba; pero mira: por una parte una vieja achacosa, necia, estúpida, mala, un ser que no es útil a nadie, sino que, por el contrario, hace daño a todo el mundo; que no sabe por qué vive, y que mañana morirá de muerte natural. ¿Comprendes?

—Lo comprendo —respondió el oficial que, al ver la manera como su amigo se embrollaba, lo miraba atentamente.

—Continúo. Por otra parte, unas fuerzas juveniles, frescas, que se marchitan y se pierden por falta de sostén; ¡y esto a millares y por todas partes! Cien, mil obras útiles que podrían crearse las unas y mejorarse las otras con el dinero que le ha dejado esa vieja a un monasterio. Centenares, miles de vidas quizá que podrían entrar en el buen camino; docenas de familias salvadas de la miseria, de la disolución, de la ruina, del vicio, de los hospitales... ¡Y todo con el dinero de esa mujer! ¡Que la maten y que su fortuna se emplee en bien de la humanidad! ¿Crees tú que el crimen, si hay crimen en eso, no sería ampliamente compensado por miles de acciones buenas? Por una sola vida, millares de vidas arrancadas al infortunio; por una persona suprimida, cien personas que podrían vivir... ¡Es una cuestión puramente aritmética! ¿Y qué puede pesar en la balanza social la vida de una vieja decrépita, estúpida y mala? No mucho más que la existencia de un piojo o de una cucaracha. Incluso diría yo que mucho menos, porque esa vieja es una criatura maligna, un azote para sus semejantes. Hace poco, en un acceso de cólera, le mordió un dedo a Isabel, y, ¿qué te parece?, le faltó poco para arrancárselo de cuajo.

—Desde luego que es indigna de vivir —observó el oficial—; pero, ¿qué quieres?, la naturaleza...

—Amigo mío, la naturaleza puede ser corregida, enmendada, pues de no ser así quedaríamos sepultados bajo los prejuicios. Sin eso no habría ni un solo gran hombre. Se habla del deber, de la conciencia, y no quiero decir nada en contra, pero, ¿cómo entendemos estas palabras? Espera, que voy a hacerte una nueva pregunta. ¡Escucha!

—No, ahora me corresponde a mí interrogarte. Déjame que te pregunte una cosa.

—Habla.

—Es esto. Estás ahí perorando y demostrando tu elocuencia; pero respóndeme a esto nada más: ¿matarías tú mismo a esa vieja? ¿Sí o no?

—¡Naturalmente que no! Me coloco en este caso en el punto de vista de la justicia... No se trata de mí...

—Bueno, pues en mi opinión, ya que tú mismo no te decides a matarla, es señal de que la idea no es buena. ¿Vamos a jugar otra partida?

Raskolnikov se sentía presa de una extraordinaria agitación.

En verdad que aquella conversación no tenía nada que pudiera admirarle. Más de una vez había oído a los jóvenes cambiar entre sí ideas parecidas; únicamente difería el tema; pero, ¿cuál era la causa de que el estudiante expresara precisamente los pensamientos que en aquel mismo momento acababan de despertarse en el cerebro de Raskolnikov? ¿Y por qué coincidencia este, en el preciso momento de salir de casa de la vieja, oía hablar de ella? Semejante casualidad le pareció siempre muy extraña.

Estaba escrito que aquella insignificante conversación de café ejercería una influencia preponderante en su destino.

. . . .

Al regresar del mercado del heno se dejó caer sobre el diván en el que permaneció sentado por espacio de una hora sin moverse siquiera. La oscuridad reinaba en el aposento; no tenía ninguna vela, pero aunque la hubiera tenido no se le habría ocurrido encenderla. Jamás pudo recordar si durante aquel tiempo pensó en algo. Finalmente, el estremecimiento febril que tuvo poco antes volvió a apoderarse de él, y pensó con satisfacción que podía tumbarse en el diván... No tardó en invadirle un sueño pesado como el plomo.

Durmió mucho más de lo que acostumbraba y sin soñar. A Nastasia, que entró en su habitación al día siguiente a las diez, le costó mucho trabajo despertarlo. La criada le llevaba un poco de pan, como la víspera y las sobras de su propio té.

—¡Aún no se ha levantado! —exclamó con indignación—. ¿Es posible que pueda dormir tanto?

Raskolnikov se incorporó haciendo un esfuerzo. Le dolía la cabeza. Se puso de pie, dio una vuelta por la habitación y luego volvió a dejarse caer en el diván.

—¡Todavía más...! —gritó Nastasia—. Pero, ¿estás enfermo?

No respondió.

—¿Quieres té?

—Luego —articuló él, penosamente; después de lo cual cerró los ojos y se volvió hacia la pared.

Nastasia, de pie delante de él, lo contempló durante algún tiempo.

«Es posible que esté enfermo», se dijo antes de retirarse.

A las dos volvió con la sopa y encontró a Raskolnikov acostado aún en el diván. No había probado el té. La criada se enfadó y empezó a sacudir violentamente al inquilino.

—¿Qué te pasa para dormir tanto? —refunfuñó, mirándole con desprecio.

Él se incorporó, pero no dijo nada, quedando con la mirada fija en el suelo.

—¿Estás enfermo o no? —preguntó Nastasia.

Esta segunda pregunta obtuvo la misma contestación que la primera.

—Deberías salir —dijo la criada después de un momento de silencio—. El aire libre te sentará bien. Quieres comer, ¿verdad?

—Más tarde —respondió él con voz débil—; ¡vete!

Y la despidió con el gesto.

La criada permaneció un momento en la habitación, mirando al joven con una expresión de lástima, y acabó por marcharse.

Al cabo de unos minutos, Raskolnikov levantó los ojos, examinó durante largo rato el té y la sopa, y empezó a comer.

Tomó tres o cuatro cucharadas sin apetito, casi mecánicamente. Cuando hubo terminado su ligera comida se tendió otra vez en el diván, y al no poder dormir permaneció inmóvil. En su ensueño evocaba sin cesar extrañas escenas; se figuraba en África; formaba parte de una caravana detenida en un oasis; las palmeras se erguían alrededor del campamento; los camellos descansaban de sus fatigas; los viajeros se preparaban para comer, él calmaba su sed en el chorro de una fuente clara; el agua azulada y deliciosamente fresca dejaba percibir en el fondo de la corriente piedrecillas de diversos colores y arenas de dorados reflejos.

De repente, el sonido de la campana de un reloj llegó claramente a su oído. Aquel ruido le hizo estremecer; vuelto a la realidad, levantó la cabeza, miró hacia la ventana y, después de calcular la hora que sería, se levantó precipitadamente. Se acercó enseguida a la puerta, marchando de puntillas, la abrió muy despacio y escuchó hacia el rellano de la escalera. Su corazón latía con violencia. Pero la escalera estaba completamente silenciosa. Parecía como si todo el mundo durmiera en la casa.

—¿Cómo no habré hecho nada todavía, ni he preparado nada...? —se preguntaba, no pudiendo comprender semejante negligencia—. Y, sin embargo, deben de ser las seis las que acaban de sonar.

A la inercia y a la pesadez sucedió bruscamente en él una actividad febril extraordinaria. Los preparativos, por otra parte, no exigían demasiado tiempo. Hacía esfuerzos por acordarse de todos, porque nada se le olvidara, pero su corazón continuaba latiendo con tal violencia que su respiración se hacía difícil. En primer lugar debía preparar un nudo corredizo y adaptarlo a su paletó; buscó entre la ropa que tenía colocada debajo de la almohada y sacó una camisa vieja y sucia, demasiado estropeada ya para poderla utilizar y cortó unas tiras de ella con las que hizo una trenza lo suficientemente larga y ancha.

Después de doblarla, se quitó el paletó de verano, que era de una tela espesa y fuerte de algodón (la única prenda para encima de que disponía) y empezó a coser interiormente, bajo la axila izquierda, los dos extremos de la trenza. Sus manos temblaban mientras realizaba este trabajo; pero lo llevó a cabo con tal destreza, que cuando volvió a ponerse el paletó no se notaba por fuera el menor indicio de costura. La aguja y el hilo se los había procurado bastante tiempo atrás y no tuvo más que sacarlos del cajón de su mesilla.

En cuanto al nudo corredizo destinado a sostener el hacha, era un ingenioso truco que se le había ocurrido quince días antes. Aparecer en la calle con un hacha en la mano era completamente imposible. Ocultar el arma, por otra parte, debajo de su paletó, era verse condenado a llevar constantemente la mano encima de ella y aquella actitud habría llamado la atención, mientras que, con el nudo corredizo, le bastaba introducir en él la cabeza del hacha y esta quedaría suspendida debajo de su axila durante su paso por las calles, sin temor a que se cayera. Incluso podía impedir que se bamboleara, y para ello no tenía más que sujetar la extremidad del mango con la mano metida en el bolsillo de aquel lado del paletó. Y dada la amplitud de aquella prenda —un verdadero saco—, la maniobra de la mano en el interior no podía notarse desde fuera.

Terminada aquella operación, Raskolnikov extendió el brazo por debajo de su diván turco, y metiendo los dedos por una hendidura del entarimado sacó de aquel escondrijo el «objeto» que había tenido el cuidado de proveerse de antemano. Hablando con propiedad, el tal objeto era un trozo de madera del tamaño de una pitillera. El joven se lo había encontrado por casualidad en uno de sus paseos, en el patio de un taller de carpintería. Unió al trozo de madera una pequeña capa de hierro, delgada y pulimentada, pero de dimensiones más reducidas que recogiera también por la calle. Después de sujetarlas la una a la otra por medio de una cuerda, lo envolvió todo en un trozo de papel blanco.

Aquel paquetito, al que procuró darle el aspecto más elegante posible, lo ató enseguida de tal manera que el nudo fuera difícil de desatar. Aquel era un medio de ocupar momentáneamente la atención de la vieja: mientras ella estuviera entretenida en desatar el nudo, el visitante podría elegir el instante preciso. La chapa de hierro fue añadida para darle más peso al paquete, para que en el primer momento, por lo menos, la usurera no sospechara que le llevaban un sencillo trozo de madera.

Apenas había terminado Raskolnikov de guardarse el objeto en el bolsillo oyó de pronto que gritaban fuera:

—¡Ya hace rato que dieron las seis!

—¡Es tarde! ¡Dios mío!

Se lanzó hacia la puerta, escuchó y empezó a bajar los treinta escalones sin hacer más ruido que un gato. Faltaba lo más importante: ir a coger el hacha de la cocina. Tenía en su habitación una podadora, pero aquel instrumento no le inspiraba mucha confianza, y sobre todo desconfiaba de sus fuerzas; por eso eligió definitivamente el hacha. Hagamos notar, con este motivo, una extraña particularidad: a medida que sus resoluciones tomaban un carácter determinado, sentía cada vez más lo absurdo y el horror de ellas. A pesar de la terrible lucha que tenía lugar en su interior, jamás pudo admitir ni por un instante que sus proyectos llegaran a ejecutarse.

Más aún: si todas las dificultades hubieran estado resueltas, todas las dudas aclaradas y todos los obstáculos vencidos, es muy probable que en el mismo momento hubiera renunciado a su designio como cosa desatinada, monstruosa e imposible. Pero aún quedaba una serie de puntos que precisar y de problemas que resolver. En lo referente a proporcionarse el hacha, no le inquietaba una nimiedad así, porque la cosa era facilísima. Nastasia no estaba casi nunca en la casa por las tardes, pues salía constantemente para ir a visitar a las amigas de la vecindad o a las tiendas; las reprimendas que recibía de su ama no tenían otro motivo.

Cuando llegara el momento, le bastaría entrar despacio en la cocina y coger el hacha, que devolvería a su sitio una hora después (cuando hubiese terminado todo). Pero aquello no se haría quizá por sí sólo.

«Supongamos —se decía el joven— que dentro de una hora, cuando yo vuelva a traer el hacha haya vuelto Nastasia. Es natural que en este caso deberé esperar para poder entrar en la cocina a que salga de nuevo la criada, pero si durante ese tiempo notara ella la falta del hacha, empezará a buscarla, gruñirá, ¿y quién sabe?, quizá ponga en conmoción a toda la casa. ¡Y ya tenemos una circunstancia que me sería perjudicial, o, por lo menos, podría serlo!».

Sin embargo, todo aquello no eran sino detalles en los que no quería ni pensar; además, no tenía tiempo para ello. Pensaba en lo principal, resuelto a no ocuparse de lo accesorio sino cuando hubiera tomado su partido sobre lo esencial. Esta última condición, la más esencial de todas, le parecía decididamente irrealizable. Por eso no podía imaginarse que en un momento determinado dejaría de pensar, se levantaría e iría allá decidido... Hasta en su reciente «ensayo», es decir, en la visita que le hizo a la vieja para tantear definitivamente el terreno, había faltado mucho para que ensayara de verdad. Era un actor sin convicción que no había podido con su papel y había huido indignado consigo mismo.

Sin embargo, desde el punto de vista moral, Raskolnikov había podido considerar como resuelta la cuestión. Su casuística, aguda como el filo de una navaja de afeitar, había cortado todas las objeciones, y no encontrándolas ya dentro de su espíritu se esforzaba por encontrarlas fuera de él. Hubiérase dicho que arrastrado por un poder ciego, irresistible, sobrehumano, buscaba desesperadamente un punto fijo al que poder aferrarse. Los incidentes tan imprevistos del día anterior actuaban en él de una manera casi automática. Se parecía al hombre que se ha dejado coger el faldón de la americana en una rueda de engranaje y teme que muy pronto va a ser cogido por la máquina.

La primera cuestión que le preocupaba, y en la que había pensado muchas veces, era esta: ¿por qué se descubren con tanta facilidad todos los crímenes, y por qué se encuentran tan fácilmente las huellas de casi todos los culpables?

Poco a poco llegó a distintas conclusiones curiosas. Según él, la principal razón del hecho estaba menos en la imposibilidad material de ocultar el crimen que en la personalidad misma del criminal; casi siempre ocurre que este último experimentaba, en el momento del crimen, una disminución de la voluntad y del entendimiento; por esto el criminal procede con un aturdimiento infantil, con una precipitación extraordinaria, precisamente cuando la circunspección y la prudencia le son más necesarias.

Raskolnikov atribuía aquel eclipse del juicio y aquel desfallecimiento de la voluntad a una afección morbosa que se desarrollaba por grados, alcanzando el máximo de intensidad poco antes de la perpetración del crimen y subsistiendo bajo la misma forma en el momento del hecho criminal y hasta algún tiempo después (más o menos tiempo, según los individuos) para cesar inmediatamente, como cesan todas las enfermedades. Un punto le quedaba por aclarar: el de saber si la enfermedad determina el crimen, o si este, en virtud de su propia naturaleza, iría siempre acompañado de algún espíritu morboso. Pero el joven no se sentía capaz aún de resolver semejante cuestión.

Razonando de esta manera se persuadió de que él, personalmente, estaba al abrigo de semejantes trastornos morales, que conservaría la plenitud de su inteligencia y de su voluntad durante el curso de su empresa, por la única razón de que su proyecto «no era un crimen»...

No enumeraremos la serie de argumentos que lo habían llevado a esta última conclusión. Limitémonos a decir que, en sus preocupaciones, el lado práctico, las dificultades puramente materiales de ejecución quedaban relegadas al último término.

«Lo que necesito es conservar mi presencia de ánimo y mi fuerza de voluntad, que cuando llegue el momento de actuar triunfaré sobre todos los obstáculos».

Pero no ponía manos a la obra. Menos que nunca creía en la persistencia final de sus resoluciones, y, cuando sonó la hora, se despertó como de un sueño.

Aún no había llegado al final de la escalera cuando una circunstancia insignificante le obligó a retroceder. Al llegar al final del descansillo donde vivía su patrona vio abierta de par en par, como de costumbre, la puerta de la cocina, y dirigió una discreta mirada a aquella pieza. En ausencia de Nastasia, ni aun la patrona estaba allí, pero, ¿habría cerrado bien la puerta de su habitación? ¿No podría verle desde su alcoba cuando entrara para coger el hacha? He aquí sobre lo que deseaba asegurarse. Pero, ¡cuál no fue su estupor al comprobar que Nastasia se encontraba en la cocina! Y lo que era peor, estaba ocupada: sacaba ropa de una cesta y la tendía en unas cuerdas.

Al aparecer el joven, la criada interrumpió su trabajo y se volvió hacia él, mirándole hasta que se alejó.

Él apartó la vista y pasó de largo, como aparentando no haber mirado. Pero aquello estaba concluido, ¡no podía disponer del hacha! Aquella contrariedad fue para él un golpe terrible.

«¿Y de dónde había yo sacado —se decía mientras bajaba los últimos escalones—, de dónde había yo sacado que precisamente en este momento habría salido infaliblemente Nastasia? ¿Cómo se me había metido eso en la cabeza?».

Estaba abatido, como aniquilado. En su despecho sentía necesidad de burlarse de sí mismo. Una cólera salvaje agitaba todo su ser.

Se detuvo indeciso en el portal. Ir a la calle, salir sin objeto, por broma, no le agradaba mucho; pero más desagradable era tener que subir a su habitación.

—¡Y decir que perdí para siempre tan hermosa ocasión! —refunfuñaba en pie ante la oscura garita del portero, la cual estaba abierta.

De pronto se estremeció. En la garita, a dos pasos de Raskolnikov, brillaba algo debajo de un banco, a la izquierda... El joven miró a su alrededor. No había nadie. Se acercó cautelosamente a la garita, bajó dos escalones y llamó en voz baja al portero.

—¡Vaya, no está! Además, no debe de haber ido muy lejos cuando se ha dejado la puerta abierta.

Y veloz como el relámpago se lanzó hacia el hacha, que era lo que brillaba, y la sacó de debajo del banco donde estaba entre unos trozos de leña. Inmediatamente pasó el arma por el nudo, metió las manos en los bolsillos y salió de la garita. ¡Nadie le había visto!

«¡No me ha ayudado mi inteligencia en este caso, sino el diablo!», se dijo para sí, con una extraña sonrisa.

La feliz casualidad que acababa de favorecerle contribuyó poderosamente a animarle.

Cuando se vio en la calle marchó tranquilamente, «gravemente», sin apresurarse ante el temor de despertar sospechas. Ni siquiera miraba a los transeúntes, esforzándose incluso para no fijar la mirada en nadie y para llamar lo menos posible la atención. De pronto volvió a pensar en su sombrero.

«¡Dios mío! Anteayer tenía dinero y pude comprarme una gorra».

Del fondo de su alma salió una imprecación.

Al mirar vagamente hacia una tienda en la que había un reloj adosado a la pared, vio que eran las siete y diez minutos. El tiempo apremiaba, y, sin embargo, se veía en la precisión de tener que dar una vuelta, porque no quería que lo vieran llegar a la casa por aquella parte.

Antes, cuando intentaba representarse de antemano la situación en que se encontraba ahora, solía figurarse que estaría muy asustado; pero en el momento presente, contrariamente a lo que esperaba, no sentía miedo en absoluto. Unos pensamientos ajenos por completo a su empresa ocupaban su cerebro, pero no duraban mucho. Al pasar por delante del jardín Yusupov se decía que harían muy bien en establecer en todas las plazas públicas fuentes monumentales para refrescar la atmósfera. Y luego, por una serie de transiciones insensibles, llegó a pensar que si el Jardín de Verano tuviera la amplitud del Campo de Marte y llegara incluso a unirse con el jardín del palacio Miguel, San Petersburgo hallaría en ello provecho y ornato...

«Así debe de ser como las personas que llevan al suplicio fijarán su pensamiento en los objetos que encuentran a su paso».

Se le ocurrió esta idea, pero se apresuró a desecharla. Mientras tanto, se iba acercando a la casa: ya está ahí la puerta de entrada. De pronto oyó una campanada en un reloj.

—¡Cómo! ¿Es posible que sean las siete y media? ¡No puede ser! ¡Ese reloj debe de ir adelantado!

La casualidad vino otra vez en ayuda de Raskolnikov. Como si lo hubieran hecho expresamente, en el mismo momento en que llegaba delante de la casa, entraba en ella un enorme carro cargado de heno, ocupando casi toda la anchura de la calle. El joven pudo, pues, franquear el umbral sin que lo vieran, deslizándose por el estrecho paso que quedaba libre entre el carro y la pared.

Al llegar al patio, tomó apresuradamente hacia la derecha. Al otro lado del carro disputaban varias personas, pero ninguna lo vio, no se tropezó con nadie.

Muchas de las ventanas que daban a aquel inmenso patio cuadrado estaban abiertas entonces; pero él no levantó la cabeza siquiera. No se sentía con valor para ello. Su primer movimiento fue para ganar la escalera de la vieja, que arrancaba pegadita a la pared de la derecha.

Recobrando el aliento y con la mano apoyada en el corazón para contener los latidos, empezó a subir los escalones, no sin antes asegurarse de que su hacha estaba bien sujeta por el nudo corredizo. Escuchaba atentamente a cada minuto; pero la escalera estaba completamente desierta y todas las puertas cerradas, no encontró ni un alma siquiera. Bien es verdad que en el segundo piso había un cuarto desalquilado cuya puerta estaba abierta, y dentro trabajaban los pintores; pero estos no repararon en Raskolnikov. Este se detuvo un instante, reflexionó y continuó su ascensión.

«Mejor hubiera sido que no estuvieran, pero... por encima de ellos hay dos pisos.

»He aquí el cuarto piso, he aquí la puerta de Alena Ivanovna; el cuarto de enfrente está desalquilado. El que está justamente debajo del de la vieja está desalquilado también, según las apariencias; la tarjeta de visita que estaba clavada en la puerta no está ahora; los inquilinos se han marchado...».

Raskolnikov se ahogaba. Vaciló de nuevo.

«¿No haría mejor marchándome?».

Pero sin darse respuesta a esta pregunta se puso a escuchar. De las habitaciones de la vieja no salía ningún rumor. En la escalera reinaba el mismo silencio. Después de haber escuchado durante algún tiempo, el joven miró a su alrededor y palpó de nuevo el hacha.

«¿No estaré demasiado pálido? —pensó—. ¿No tendré un aspecto excesivamente agitado? Esta vieja es desconfiada... ¿Y si esperase un poco... para darle tiempo a mi emoción a que se calme...?».

Pero, lejos de calmarse, las palpitaciones de su corazón eran cada vez más violentas... No pudo contenerse más, y, alargando la mano hacia el cordón de la campanilla, tiró... Al cabo de medio minuto llamó de nuevo, un poco más fuerte.

No le contestaron. Tirar violentamente de la campanilla, como un sordo, habría sido inútil, y hasta torpe. Seguro que la vieja estaba en su casa, pero, naturalmente recelosa, debía serlo más en aquel momento en que se encontraba sola. Raskolnikov conocía en parte las costumbres de Alena Ivanovna. Y nuevamente aplicó el oído a la puerta. ¿Habían desarrollado en él las circunstancias una agudeza particular de sensación (lo que en general es difícil admitir) o, efectivamente, sentía un rumor claramente perceptible?

Fuera lo que fuese, su oído distinguió de pronto que una mano se posaba en el pomo de la cerradura y que un vestido rozaba en la puerta. Por dentro había alguien que se entregaba exactamente al mismo juego que él en el rellano de la escalera. Alguna persona, de pie tras la cerradura, escuchaba, tratando de disimular su presencia, y probablemente aplicaba también el oído contra la puerta.

No queriendo dar la sensación de ocultarse, el joven se movió expresamente haciendo algún ruido y refunfuñó un poco fuerte, luego volvió a llamar por tercera vez, pero suavemente, con tranquilidad, sin que su llamada denotara la menor impaciencia.

Aquel minuto le dejó a Raskolnikov un recuerdo imborrable. Cuando pasado algún tiempo pensaba en él, no lograba jamás comprender cómo había podido emplear tanta astucia, precisamente cuando la emoción lo turbaba hasta el punto de quitarle por momentos la posesión de sus facultades intelectuales y físicas...

Al cabo de un momento oyó que descorrían el cerrojo.

VII

De la misma manera que su precedente visita, Raskolnikov vio que la puerta se entreabría poco a poco, y que por la estrecha abertura se fijaban en él dos ojos brillantes con expresión de desconfianza. Su sangre fría le abandonó en aquel instante y cometió una falta que estuvo a punto de estropearlo todo.

Temiendo que Alena Ivanovna tuviera miedo por encontrarse sola con un visitante cuyo aspecto debía de ser poco tranquilizador, sujetó la puerta y tiró de ella hacia sí para que la vieja no pudiera cerrarla. La usurera no lo intentó, pero no soltó el tirador de la cerradura, aunque le faltó poco para caer cuando Raskolnikov tiró de la puerta hacia él. Como la vieja continuase en pie en el umbral y se obstinara en no dejarle libre el paso avanzó resueltamente hacia ella. Asustada, la vieja dio un paso hacia atrás y quiso hablar, pero no pudo pronunciar ni una palabra, y miró al joven abriendo desmesuradamente los ojos.

—Buenos días, Alena Ivanovna —comenzó con el tono más tranquilo que pudo afectar, pues en vano trataba de parecer despreocupado, y su voz era entrecortada y temblona—. Le traigo... una cosa..., pero entremos... para que se forme un juicio acerca de ella, hay que verla a la luz...

Y sin esperar a que le invitaran, entró en el aposento. La vieja se le acercó apresuradamente; su lengua se sintió desembarazada:

—¡Señor...! Pero, ¿qué desea usted? ¿Quién es usted? ¿Qué desea?

—¡Vaya, Alena Ivanovna...! Ya me conoce usted... Soy Raskolnikov... Tome, le traigo el objeto del que le hablé el otro día...

Y le alargó el paquete.

Alena Ivanovna iba a examinarlo cuando de pronto cambió de opinión; levantó los ojos y dirigió una mirada penetrante, irritada y sospechosa sobre el visitante que se había introducido en su casa con tan poca ceremonia. Lo contempló de aquella manera durante un minuto, y Raskolnikov creyó incluso percibir una especie de burla en los ojos de la vieja, como si esta lo hubiera adivinado todo. Y sintió que perdía la calma, que casi tenía miedo, y que si aquella muda inquisición se prolongaba medio minuto más, saldría corriendo sin la menor duda.

—¿Qué le pasa a usted, que me mira de esa manera, como si no me conociera? —dijo de pronto, enfadándose—. Si le conviene a usted esta prenda, la toma, y si no, iré a otra parte; es inútil que me haga perder el tiempo.

Aquellas palabras se le escaparon sin haberlas premeditado siquiera.

El lenguaje resuelto del visitante produjo una excelente impresión en la vieja.

—¿Y por qué tiene tanta prisa, *batuchka?* ¿Qué es lo que me trae así, tan de golpe? —preguntó mirando el paquete.

Ella alargó la mano.

—¡Qué pálido está, joven! ¡Le tiemblan las manos! ¿Se encuentra enfermo, *batuchka?*

—Tengo fiebre —respondió Raskolnikov con voz entrecortada—. ¿Cómo no va a estar uno pálido... cuando no tiene qué comer? —concluyó, no sin cierto esfuerzo.

Nuevamente le faltaban sus fuerzas. Pero la respuesta parecía lógica, y la vieja cogió el paquete.

—¿Qué es lo que me trae aquí? —preguntó la vieja por segunda vez.

—Una buena pieza...; una pitillera... de plata..., véala.

—Espere, ¡cualquiera diría que esto es de plata...! ¡Vaya si viene bien atada!

Mientras que Alena Ivanovna se esforzaba en deshacer el paquete habíase acercado a la luz (todas las ventanas estaban cerradas a pesar del calor asfixiante); en aquella posición le daba la espalda a Raskolnikov, y durante unos segundos se desentendió por completo del joven. Este se desabrochó el paletó y descolgó el hacha del nudo corredizo, pero sin sacarla todavía completamente, limitándose a sujetarla con la mano derecha por debajo de la ropa.

Una flojedad terrible invadía sus miembros, sintiendo que por momentos se le entorpecían más. Temía que sus dedos dejaran escapar el hacha... De pronto sintió que su cabeza empezaba a darle vueltas.

—Pero, ¿qué ha metido usted aquí dentro? —exclamó encolerizada Alena Ivanovna. E hizo un movimiento hacia Raskolnikov.

No había un instante que perder. Sacó el hacha por completo de debajo de su paletó, la levantó en el aire manteniéndola con ambas manos, y, con un movimiento suave, casi automáticamente, porque ya no tenía fuerzas, la dejó caer sobre la cabeza de la vieja; pero apenas hubo dado el golpe, renació en él la energía física.

Alena Ivanovna, conforme a su costumbre, llevaba la cabeza descubierta. Sus grises cabellos, escasos y untados de aceite como siempre, se reunían en una delgada trenza de las llamadas «cola de rata», sujeta sobre la nuca con un trozo de peine de asta. El tajo le llegó hasta la coronilla, a lo que contribuyó la escasa estatura de la víctima. Apenas si dejó escapar un débil grito, y, rápidamente, se dobló y cayó sobre el suelo; sin embargo, aún tuvo fuerzas para levantar ambos brazos hacia su cabeza. En una de sus manos seguía sujetando la «prenda». Entonces Raskolnikov, cuyo brazo había recuperado todo su vigor, le asestó dos hachazos más en el occipucio. La sangre salió a borbotones y el cuerpo se derribó pesadamente por tierra. El joven retrocedió en el momento de la caída, pero apenas vio que la vieja yacía sobre el suelo se inclinó para contemplarla: estaba muerta. Los ojos desmesuradamente abiertos parecían querer salir de sus órbitas; las convulsiones de la agonía dieron a su rostro una expresión grotesca.

El asesino dejó el hacha en el suelo y en el acto empezó a registrar el cadáver, tomando las más meticulosas precauciones para no mancharse de sangre; se acordaba de haber visto la última vez a Alena Ivanovna buscar las llaves en el bolsillo derecho de su vestido. Estaba en plena lucidez, no experimentaba ni aturdimiento ni vértigos, pero sus manos continuaban temblando. Más adelante recordó que había sido muy prudente, muy cuidadoso, que puso el mayor cuidado para no mancharse...

No tardó en encontrar las llaves; lo mismo que el último día que vio a la vieja, las tenía todas reunidas en un llavero.

Después de haberse apoderado de ellas, Raskolnikov pasó inmediatamente a la alcoba. Esta habitación era muy pequeña: a un lado se veía una vitrina espaciosa llena de imágenes piadosas y al otro una cama grande muy limpia, con una colcha de seda forrada de algodón y hecha de piezas. En el tercer tabique había adosada una cómoda. Y, cosa extraña, apenas empezó a abrir este mueble, apenas empezó a utilizar las llaves, una especie de escalofrío recorrió todo su cuerpo. De pronto se le ocurrió renunciar a su tarea y marcharse, pero aquello no le duró más que un instante; era demasiado tarde para irse.

Incluso le hacía gracia que se le hubiera podido ocurrir aquello, cuando de repente, se apoderó de él una inquietud terrible: ¿y si por casualidad no estuviera muerta aún la vieja y recobrara el sentido? Entonces dejó las llaves y la cómoda y corrió rápidamente hacia donde estaba el cuerpo, cogió el hacha y se dispuso a darle un golpe más a la víctima; pero el arma levantada no cayó: no cabía la menor duda de que Alena Ivanovna estaba muerta. E inclinándose de nuevo hacia ella para examinarla más de cerca, Raskolnikov comprobó que tenía roto el cráneo. Un charco de sangre se había formado en el suelo. De pronto notó que la vieja tenía un cordón alrededor del cuello; el joven tiró violentamente de él; pero el ensangrentado cordón era bastante fuerte y no se rompió.

El asesino trató entonces de quitárselo haciéndolo deslizar a lo largo del cuerpo; pero no tuvo mas éxito con esta segunda tentativa, pues el cordón tropezó con un obstáculo y no pudo deslizarse. Impaciente ya, Raskolnikov esgrimió el hacha dispuesto a descargarla sobre el cadáver para cortar con el golpe aquel maldito cordón, pero no se atrevió a proceder con tal brutalidad. Por último, después de dos minutos de esfuerzo, y de enrojecerse las manos, logró cortar el cordón con el filo del hacha, sin tocar el cuerpo de la muerta. Tal como se había figurado, del cordón pendía una bolsita que la vieja llevaba al cuello. También estaban suspendidas de él una medallita esmaltada y dos cruces, la una de madera de ciprés, y de cobre la otra. La mugrienta bolsa, un sencillo saquito de piel de camello, estaba repleta. Raskolnikov se la guardó en el bolsillo sin mirar su contenido; tiró las cruces sobre el pecho de la vieja, y, tomando consigo el hacha, entró precipitadamente en la alcoba.

Su impaciencia era verdaderamente grande; cogió las llaves y puso manos a la obra. Pero sus tentativas para abrir la cómoda resultaban infructuosas, lo que debía atribuirse menos al temblor de sus manos que a sus continuas equivocaciones, pues a pesar de ver que una determinada llave no iba bien a la cerradura se empeñaba en hacerla entrar.

De pronto recordó una conjetura que hiciera en su visita anterior: aquella gruesa llave de las guardas dentadas que estaba en el llavero juntamente con las otras llaves pequeñas no debía de ser de la cómoda, sino de alguna caja donde la anciana debía tener guardados todos sus valores. Y sin preocuparse ya de la cómoda, buscó inmediatamente debajo de la cama, sabiendo que las viejas tienen la costumbre de esconder sus tesoros en tales sitios.

Y, efectivamente, allí se encontraba un cofre pequeño, forrado de tafilete rojo. La llave dentada se ajustaba perfectamente a la cerradura.

Cuando Raskolnikov abrió aquella caja vio, sobre un paño blanco, una pelliza de piel de liebre con el forro encarnado; debajo de la pelliza había un vestido de seda, luego un chal; en el fondo parecía no haber más que trapos.

El joven empezó por limpiarse las manos ensangrentadas en el forro encarnado.

«En el rojo se verá menos la sangre —y al darse cuenta de lo que decía, añadió aterrorizado—: ¡Señor! ¿Voy a volverme loco acaso?».

Pero apenas había tocado aquellos trapos cuando de entre la piel cayó un reloj de oro. Y entonces empezó a revolver todo el contenido del cofre. Entre los trapos se encontraban objetos de oro, todos, probablemente, depositados como prendas en casa de la usurera; pulseras, cadenas, pendientes, alfileres de corbata, etc. Unas cosas estaban guardadas en estuches, otras liadas en papeles y atadas con una cinta.

Raskolnikov no titubeó; recogió todas aquellas alhajas y llenó con ellas los bolsillos de su pantalón y de su paletó, sin abrir siquiera los estuches ni deshacer los paquetes; mas pronto fue interrumpido en su tarea...

Sintiéronse unos pasos en la habitación donde yacía la vieja. Raskolnikov se detuvo, helado de terror. Sin embargo, como el ruido cesara, creyó haber sido víctima de una ilusión del oído, cuando de repente oyó un ligero grito, o más bien una especie de débil y entrecortado gemido. Al cabo de uno o dos minutos volvió a quedar todo en un silencio sepulcral. Raskolnikov estaba sentado en el suelo al lado del cofre, y esperaba, respirando apenas. De repente dio un salto, empuñó el hacha y se volvió fuera de la alcoba.

En medio de la habitación, Isabel, con un enorme paquete en las manos, contemplaba aterrada el cadáver de su hermana; pálida como un sudario, parecía no tener fuerzas para gritar. Al aparecer bruscamente el asesino, empezaron a temblar sus miembros, y el estremecimiento se traslucía en su rostro; intentó levantar el brazo, abrir la boca, pero no profirió grito alguno, y, retrocediendo lentamente, fija siempre la mirada en Raskolnikov fue a agazaparse en un rincón. La pobre mujer hizo aquella retirada sin gritar, como si le faltara el aliento. El joven se lanzó sobre ella con el hacha levantada: los labios de la desgraciada tomaron la expresión lastimosa que se observa en los niños cuando empiezan a tener miedo de algo, mirando el objeto que los asusta, prontos a gritar.

El terror había de tal manera atontado a la pobre Isabel que, aun sintiéndose amenazada por el hacha, no tuvo siquiera el gesto instintivo de preservarse la cara llevándose las manos a la frente con el mecánico además que en semejantes casos sugiere el instinto de conservación. Levantó apenas el brazo izquierdo y lo alargó lentamente hacia el asesino, como para rechazarle. El hacha cayó sobre su cráneo, hendió toda la parte superior de la frente y penetró hasta el occipucio. Isabel cayó instantáneamente muerta al suelo. Raskolnikov, sin saber lo que hacía, tomó el paquete que su víctima tenía en la mano: luego lo abandonó y corrió a la antesala.

Estaba cada vez más aterrado, sobre todo después de este último asesinato impremeditado. Tenía prisa por huir; si entonces hubiera podido darse cuenta más clara de las cosas, si hubiese podido calcular las dificultades de su posición, verla tan desesperada, tan horrible, tan absurda como era, y comprender cuántos obstáculos le quedaban que vencer aún, quizá de tener que cometer otros crímenes antes de salir de aquella casa y volver a la suya, es muy probable que hubiera renunciado a la lucha y que hubiera corrido a entregarse inmediatamente; no impelido por la pusilanimidad, sino por el horror de lo que había hecho. Aquella impresión se acentuaba más a cada minuto. Por nada del mundo habría querido ahora aproximarse a la caja, ni siquiera entrar en la alcoba.

Sin embargo, su espíritu fue tranquilizándose poco a poco, y, finalmente, cayó en una especie de letargo. El asesino parecía olvidarse por momentos de lo principal para preocuparse de cosas sin importancia. Por otra parte, una mirada que dirigió hacia la cocina le hizo distinguir un cubo con agua, y enseguida se le ocurrió lavarse las manos y el hacha, pues la sangre le había puesto las manos pegajosas... Después de sumergir en el agua el filo del hacha, tomó un trozo de jabón que se encontraba en el poyo de la ventana y empezó a lavarse. Cuando tuvo limpias las manos se dedicó a limpiar el hierro de su arma invirtiendo tres minutos más en fregar bien el mango, que también presentaba algunas salpicaduras de sangre.

Después lo secó con un paño que estaba tendido en una cuerda a lo largo de la cocina. Una vez terminada esta operación se acercó a la ventana para entregarse a un examen atento y prolongado del hacha. Las huellas acusadoras habían desaparecido, pero la madera del mango estaba húmeda todavía. Raskolnikov escondió cuidadosamente el arma bajo su paletó, volviendo a colocarla en el nudo corredizo; hecho lo cual inspeccionó minuciosamente sus ropas lo mejor que pudo, por la poca luz que iluminaba la cocina. A primera vista, ni el pantalón ni el paletó ofrecían nada sospechoso, pero tenía algunas manchas en las botas, y se las quitó con un trapo mojado en agua.

Pero estas precauciones no le tranquilizaron más que a medias, porque sabía que veía mal y que muy bien podía haber olvidado alguna mancha. Quedó indeciso en medio de la habitación, agobiado por un pensamiento sombrío, angustioso: la idea de que se volvía loco, de que en aquel momento no se encontraba en estado de tomar una determinación y de velar por su seguridad, de que su manera de obrar quizá no fuese la que correspondía en las presentes circunstancias...

—¡Dios mío! ¡Debo marcharme, marcharme lo más pronto posible! —murmuró lanzándose a la antesala, donde le esperaba el mayor terror que hubiera podido experimentar aún.

Quedó inmovilizado, no atreviéndose a dar crédito a sus ojos: la puerta que daba acceso al rellano, aquella misma donde él había llamado antes y por la que había entrado, estaba abierta; hasta aquel momento había permanecido entreabierta, pues la vieja, quizá por precaución, no la había cerrado; ni siquiera habían dado una vuelta de llave, ni corrido el cerrojo.

—Pero, ¡Dios mío! ¿No había entrado después Isabel? ¿Cómo no pensé que debió entrar por la puerta? No podía haber penetrado en la habitación filtrándose por la pared.

Cerró la puerta y echó el cerrojo.

—¡Pero no, no basta con esto! ¡Hay que marcharse...!

Descorrió el cerrojo y, después de abrir la puerta se quedó escuchando hacia la escalera.

Escuchó durante bastante rato. Abajo, probablemente en la puerta de entrada, se oían dos voces que se injuriaban.

—¿Qué gentes serán?

Esperó pacientemente. Por fin, cesaron las voces: los dos que se peleaban se marcharon cada uno por su lado.

Ya iba a salir el joven, cuando en el piso inferior se abrió ruidosamente una de las puertas que daban a la escalera, y alguien empezó a bajar los peldaños entonando una cancioncilla.

«¿Qué les pasará para hacer tanto ruido?», pensó.

Y cerrando nuevamente la puerta esperó un poco más. Finalmente, se restableció el silencio; pero en el momento en que Raskolnikov se disponía a bajar, su oído percibió de pronto un nuevo ruido.

Este ruido era de pasos lejanos que resonaban aún en los primeros peldaños de la escalera, sin embargo, apenas los oyó adivinó la verdad: alguien se dirigía allí sin la menor duda, «allí», al cuarto piso, a casa de la vieja. ¿De dónde provenía tal pensamiento? ¿Qué había de particularmente significativo en aquellos pasos? Eran unos pasos pesados, regulares, y más bien lentos que presurosos.

«Ya ha llegado al primer piso..., continúa subiendo... Cada vez se le oye más claramente... Resopla como un asmático al subir los escalones... Sí, se dispone a subir al tercer piso... ¿Vendrá aquí?».

Raskolnikov experimentó súbitamente la sensación de una parálisis general, como ocurre durante esas pesadillas en que uno se cree perseguido por enemigos: parece que están a punto de alcanzarnos, que nos van a matar, y uno permanece como clavado en el sitio en que se encuentra, sin poder moverse.

El desconocido empezaba a subir la escalera del cuarto piso. Raskolnikov, a quien el espanto mantuvo inmóvil hasta entonces en la entrada de la habitación, sacudió por fin su estupor y entró apresuradamente, cerrando la puerta y echando el cerrojo, procurando hacer el menor ruido posible. El instinto, más que la razón, le inspiró en aquellas circunstancias. Cuando hubo terminado de cerrar se recostó en la puerta, quedándose a la escucha y sin atreverse siquiera a respirar.

El visitante estaba ya en el rellano, no había entre ambos más distancia que el espesor de la puerta. El desconocido se encontraba con respecto a Raskolnikov en la misma situación en que este se había encontrado hacía poco con la vieja.

El visitante respiró varias veces con esfuerzo.

«Debe de ser grueso y alto», pensó el joven, apretando con su mano el mango del hacha.

Aquello le parecía un sueño. El visitante tiró con fuerza de la campanilla.

Enseguida creyó percibir que en la habitación se producía cierto movimiento. Escuchó atentamente durante algunos segundos, esperó un poco, y de repente, lleno de impaciencia, comenzó a forcejear, cogido al tirador de la puerta.

Raskolnikov miraba aterrado al cerrojo, que temblaba en la hembrilla, esperando verlo saltar de un momento a otro: tan violentas eran las sacudidas que sufría la puerta. Tuvo intenciones de sujetar el cerrojo con la mano, pero el «hombre» habría podido sospechar de aquello. La cabeza empezaba a darle vueltas de nuevo.

«¡Me voy a perder!», se dijo.

Sin embargo, recobró súbitamente su presencia de ánimo cuando el desconocido rompió el silencio.

—¿Estarán durmiendo, o las habrá estrangulado alguien? ¡Malditas criaturas! —refunfuñó con voz de bajo el visitante—. ¡Eh! ¡Alena Ivanovna, vieja bruja! ¡Isabel Ivanovna, belleza indescriptible! ¡Abrid! ¡Ah, malditas! ¿Estarán durmiendo?

Y exasperado ya, llamó diez veces seguidas y lo más fuerte que pudo. Indudablemente que el hombre aquel tenía sus costumbres en la casa y dictaba leyes en ella.

En el instante mismo sonaron unos pasos ligeros y rápidos en la escalera. Debía de ser otro que también subía al cuarto piso. Raskolnikov no se dio cuenta al principio de la llegada del nuevo desconocido...

—¿Es posible que no haya nadie? —dijo este con voz sonora y alegre, dirigiéndose al primer visitante, que continuaba tirando de la campanilla—. ¡Buenos días, Koch!

«A juzgar por la voz, debe de ser un joven», pensó súbitamente Raskolnikov.

—El diablo lo sabrá. En poco ha estado que no haga saltar la cerradura —respondió Koch—. Pero, ¿cómo es que me conoce usted?

—¡Vaya una pregunta! Anteayer le gané en Gambrinus tres partidas seguidas al billar.

—¡Ah, ya...!

—Así, pues, ¿no están estas? ¡Qué extraño! Hasta me parece absurdo. ¿Adónde habrá podido ir la vieja? Tenía necesidad de hablar con ella.

—Y yo también, *batuchka;* también yo quería hablar con ella.

—Bueno, ¿y qué haremos entonces? No hay más remedio que marcharse. ¡Y yo que venía a pedirle dinero prestado! —exclamó el joven.

—Sin duda que no queda otro remedio que marcharse; pero entonces, ¿por qué me citó a esta hora? Ella misma, la bruja, me dijo que viniera a esta hora. Y de mi casa aquí hay una buena caminata. ¿Adónde diablo puede haber ido? No me lo explico. En todo el año no se mueve esta bruja y se enmohece en un rincón, no puede con sus piernas y he aquí que de pronto se larga.

—¿Y si le preguntáramos al portero?

—¿Para qué?

—Para saber adónde ha ido y cuándo volverá.

—¡Hum..., diablo..., preguntar! Pero si ella no sale nunca.

Y asiendo nuevamente el tirador, añadió forcejeando:

—¡Diablo, no hay nada que hacer, habrá que marcharse!

—¡Espere! —gritó de pronto el joven—. Fíjese, ¿no ve cómo resiste la puerta cuando se tira?

—¿Y qué?...

—Eso quiere decir que no está cerrada con llave, sino con cerrojo. ¿Oye usted cómo resuena?

—¿Y qué?...

—Pero, ¿cómo no lo comprende usted? Es la prueba de que una de ellas está en casa. Si hubieran salido las dos habrían cerrado con la llave y no habrían echado el cerrojo por dentro. Fíjese, ¿no oye usted el ruido que hace? Pues para encerrarse con cerrojo es preciso estar dentro. ¿Lo comprende? Luego deben de estar dentro, pero no quieren abrir.

—¡Ah, sí, es verdad! —exclamó Koch—. ¡Deben de estar dentro!

Y empezó a sacudir furiosamente la puerta.

—¡Espere! —agregó el joven—. No trabaje usted tanto. Aquí hay algo sospechoso... Ha llamado usted, ha tirado con todas sus fuerzas de la puerta, y no abre; por consiguiente, o se han desmayado las dos, o...

—¿Qué?

—Mire lo que debemos hacer: hagamos subir al portero para que él mismo las despierte.

—¡Me parece una idea!

Y ambos se dispusieron a bajar la escalera.

—Espere; quédese usted aquí y yo iré a buscar al portero.

—¿Y para qué voy a quedarme?

—¿Quién sabe lo que puede ocurrir?

—Bueno...

—Sepa usted, soy estudiante de leyes y, por tanto, me preparo para ser juez de instrucción. Aquí hay algo que no está muy claro, eso es evidente, ¡e-vi-den-te! —dijo con calor el joven.

Y bajó de cuatro en cuatro los escalones.

Cuando se quedó solo, Koch volvió a llamar, pero despacio. Después empezó cuidadosamente a hurgar en el ojo de la cerradura, haciendo ir y venir el pestillo para convencerse completamente de que la puerta estaba cerrada únicamente con el cerrojo. Enseguida, soplando como un asmático, bajó la cabeza para mirar por el ojo de la cerradura, pero la llave se encontraba puesta por dentro, de suerte que era imposible ver nada.

Al otro lado de la puerta, manteniéndose de pie, Raskolnikov tenía el hacha entre sus manos.

Se hallaba como delirante y se aprestaba a librar batalla contra los dos hombres apenas entraran en la habitación. Más de una vez, oyéndolos golpear y concertarse entre sí, tuvo la intención de acabar de una vez e interpelarlos a través de la puerta. Por momentos experimentaba deseos de injuriarlos, de provocarlos, esperando que invadieran la habitación.

«Cuanto antes se acabe esto, mejor», pensaba de vez en cuando.

El tiempo pasaba y no aparecía nadie. Koch empezó a perder la paciencia.

—¡Qué diablo! —vociferó.

Y aburrido de esperar tanto, abandonó su puesto para ir a buscar al joven. Poco a poco cesó de oírse el ruido de sus botas que resonaban pesadamente por la escalera.

«¿Qué hacer? ¡Señor!».

Raskolnikov descorrió el cerrojo y entreabrió la puerta. Tranquilizado por el silencio que reinaba en la casa, y, por otra parte imposibilitado de reflexionar en aquel momento, salió, cerró la puerta detrás de sí lo mejor que pudo y enfiló la escalera.

Ya había bajado algunos peldaños cuando de pronto oyó un gran ruido que se producía debajo de él. Pero, ¿dónde esconderse? No había medio de guarecerse en parte alguna. Diose prisa en retroceder y subir al piso.

—¡Eh! ¡Diablo! ¡Espera!

El que profería aquellos gritos acababa de salir de uno de los cuartos situados en los pisos inferiores y bajaba las escaleras con toda la velocidad que le permitían sus piernas, vociferando con todas sus fuerzas:

—¡Mitka! ¡Mitka! ¡Mitka! ¡Mitka! ¡Mitka! ¡Que el diablo se lleve al loco!

La distancia no permitió oír más; el hombre que profería aquellas exclamaciones estaba ya lejos de la casa. El silencio se restableció; pero apenas hubo terminado esta alarma vino otra: varios individuos que hablaban todos a la vez y en voz alta subían tumultuosamente la escalera. Eran tres o cuatro. Raskolnikov distinguió la voz sonora del joven.

—¡Son ellos!

Y comprendiendo que sería imposible evitarlos, se fue directamente a su encuentro.

«¡Que ocurra lo que quiera! —se dijo—. Si me detienen, esto ha concluido, y si me dejan pasar se ha terminado también, pues recordarán que se cruzaron conmigo en la escalera».

Ya iban a encontrarse, tan sólo mediaba un tramo entre ellos, cuando, de pronto, ¡he aquí la salvación! A pocos pasos de él, a la derecha, había un cuarto vacío cuya puerta estaba abierta de par en par; aquel cuarto del segundo piso donde trabajaban los pintores, los cuales, como si lo hubieran hecho expresamente, acababan de marcharse.

Ellos debieron de ser los que poco antes habían salido dando aquellos gritos. Veíase que la habitación estaba recién pintada y que los pintores habían dejado en medio del cuarto sus utensilios: un cubo, un bote con colores y una brocha grande.

En un abrir y cerrar de ojos, Raskolnikov se deslizó en el cuarto desalquilado y se escondió de la mejor manera que pudo detrás de un tabique.

Lo hizo justo a tiempo, pues sus perseguidores llegaban ya al rellano, si bien no se detuvieron allí y continuaron subiendo al cuarto piso hablando ruidosamente. Apenas se hubieron alejado un poco, salió de puntillas y bajó precipitadamente.

¡Nadie en la escalera! ¡Nadie en la puerta de entrada! Franqueó rápidamente el umbral y una vez en la calle tomó hacia la izquierda.

Sabía muy bien, sabía perfectamente que los que le buscaban estarían en aquel momento en el cuarto de la vieja, llenos de asombro al encontrarse abierta la puerta que hacía un momento estaba cerrada.

«Estarán contemplando el cadáver —pensaba—. Es indudable que no habrán tardado más de un minuto en darse cuenta de que el asesino ha conseguido burlar sus miradas mientras subían la escalera; y hasta es posible que lleguen a sospechar que se ocultaría en el cuarto desalquilado del segundo piso cuando ellos subían al cuarto».

Pero aun haciéndose estas reflexiones no se atrevía a apresurar el paso, a pesar de que le faltaban cien pasos para llegar a la primera esquina.

«¿Y si me escondiera en algún portal de alguna calle apartada y esperara allí un momento? ¡No, eso no estaría bien! ¿Y si fuera a tirar el hacha a cualquier sitio? ¿Y si tomara un coche? ¡Malo, malo!».

Por fin llegó a un *pereulok,* en el que se introdujo más muerto que vivo. Allí se encontraba a salvo a medias; en aquel sitio no podía parecer sospechoso; además, de esta manera evitaba las miradas de los transeúntes.

Pero todas aquellas angustias lo habían debilitado tanto, que difícilmente podía mantenerse en pie. Gruesas gotas de sudor corrían por su frente y tenía el cuello empapado.

—¡Buena la llevas! —le gritó un desconocido al desembocar en el canal, creyéndole borracho.

Raskolnikov no tenía su cabeza segura; cuanto más andaba, más se oscurecían sus ideas. Sin embargo, quedó sorprendido al llegar al malecón y ver tan poca gente, y temiendo que se fijaran en él, en un lugar tan solitario, volvió a entrar en el *pereulok*. Aunque apenas si tenía fuerzas para andar, no dejó de dar un gran rodeo para volver a su casa.

Cuando franqueó el umbral de la puerta de entrada aún no había recobrado su presencia de espíritu; no se acordó del hacha hasta encontrarse en la escalera. Sin embargo, la cuestión que había de resolver era de las más serias: tratábase de devolver el hacha al sitio de donde la había cogido, y hacerlo además sin llamar la atención de nadie. Si se hubiera encontrado en mejores condiciones de razonar se hubiera dicho que en lugar de devolver el hacha a su sitio habría sido mejor desembarazarse de ella arrojándola en una casa cualquiera.

Pero todo le salió a medida de sus deseos. La puerta de la portería estaba cerrada, pero no con llave, y, según las apariencias, el portero estaba dentro. Pero Raskolnikov había perdido hasta tal extremo la facultad de combinar un plan cualquiera, que se fue derecho a la garita y abrió la puerta. Si el portero le hubiera preguntado: «¿Qué desea usted?», es posible que le hubiese alargado el hacha. Pero, lo mismo que ocurrió la vez primera, el portero había salido, lo que permitió al joven dejar el hacha debajo del banco, exactamente en el mismo sitio donde la encontró.

Subió corriendo por la escalera hasta llegar a su habitación. La puerta de su patrona estaba cerrada; no se cruzó en la escalera con nadie.

Nada más llegar a su cuarto, se tumbo en el sofá, donde quedó como inconsciente. Si en aquel momento hubiese entrado alguien, se habría sorprendido fuertemente, llegando incluso a levantarse rápidamente y comenzado a gritar. En su cabeza se mezclaban todo tipo de pensamientos; a pesar de esforzarse, no conseguía ordenar aquel conjunto de ideas tan confusas.

SEGUNDA PARTE

I

Raskolnikov estuvo tumbado en el sofá durante un largo rato. A veces parecía despertar de su letargo, y entonces se daba cuenta que hacía un rato que ya había anochecido. Por fin notó que era de día.

Unos gritos terribles y desesperados, procedentes de la calle, llegaron a sus oídos, cuando aún no había salido de su letargo inconsciente. Eran los mismos gritos que oía todos los días hacia las dos de la mañana. Aquellos ruidos le despertaron.

«¡Ah, deben de ser los borrachos que salen de las tabernas! —pensó—. Ya son las dos».

Y experimentó un brusco sobresalto, como si alguien lo arrancara del diván.

«¡Cómo! ¡Ya son las dos!».

Se sentó en el diván e inmediatamente empezó a recordarlo todo.

Al principio creyó que iba a volverse loco. Experimentó una terrible sensación de frío, pero aquel frío no era otra cosa que el efecto de la fiebre que le invadiera durante el sueño. Tiritaba de tal manera que sus dientes castañeteaban. Abrió la puerta y escuchó: todo dormía en la casa. Recorrió con una mirada detenida su persona y toda la habitación. ¿Cómo se le había olvidado de echar el pestillo a la puerta de su cuarto? ¿Cómo se le había ocurrido tirarse en el diván no sólo sin desnudarse, sino incluso sin quitarse el sombrero? Este había rodado por el piso y estaba en el suelo, junto a la almohada.

«¿Qué pensaría cualquiera que entrara aquí? Diría que estoy borracho, pero...».

Corrió a la ventana. Había bastante claridad y el joven se examinó de pies a cabeza para ver si tenía alguna mancha de sangre. Pero no era posible confiarse con una inspección hecha de aquella manera: sin dejar de temblar se desnudó y repasó de nuevo sus ropas, mirándolas con el mayor cuidado, y, precavido hasta el exceso, realizó aquel examen por tres veces consecutivas. No descubrió nada en particular, excepto algunas gotas de sangre coagulada en el bajo del pantalón, cuyos bordes estaban desflecados. Cogió unas tijeras grandes y cortó aquellos flecos. De pronto recordó que la bolsa y los objetos que había cogido del cofre de la vieja estaban en sus bolsillos. ¡Ni siquiera había pensado en sacarlos y esconderlos en algún sitio! ¡Tampoco pensó en ellos antes, cuando examinaba sus ropas! ¿Sería posible?

Vació sus bolsillos en un abrir y cerrar de ojos y depositó su contenido encima de la mesa. Y luego, después de revolverlos para convencerse de que no quedaba nada, llevó todo lo que había sacado a un rincón del cuarto, donde el papel destrozado estaba despegado de la pared, y allí, detrás del papel, escondió las alhajas y la bolsa.

«¡Ya está; ni se ve ni se conoce!», pensó con alegría, incorporándose y mirando alelado al rincón donde el papel destrozado se movía más que antes.

De repente, el terror agitó sus miembros.

—¡Dios mío! —murmuró con desesperación—. ¿Qué he hecho? ¿Acaso está eso bien oculto? ¿Es así como se esconde una cosa?

En honor a la verdad, aquel no era el botín que él esperaba, pues no pensaba apoderarse más que del dinero de la vieja, por eso le cogía desprevenido la necesidad de ocultar aquellas alhajas.

«Pero ahora..., ¿tengo motivos para alegrarme de lo que he hecho? —pensaba—. ¡Verdaderamente, estoy perdiendo la razón!».

Se sentó rendido en el diván, e inmediatamente sintió un violento escalofrío que recorría sus miembros. Cogió maquinalmente un viejo paletó de invierno completamente destrozado que estaba encima de una silla y se arropó. Rápidamente se apoderó de él un sueño que llegaba al delirio y perdió toda conciencia de sí mismo.

Al cabo de cinco minutos se despertó sobresaltado y su primer movimiento fue mirar con angustia sus ropas.

«¡Cómo he podido dormirme sin haber hecho nada! ¡Porque la verdad es que no he hecho nada aún, pues el nudo corredizo continúa en el mismo sitio donde lo cosí! ¡Y no haber pensado en eso! ¡En una prueba que me incrimina así!».

Arrancó la trenza de tela y la redujo a trocitos que escondió debajo de la almohada, entre su ropa blanca.

—Estos trapos no pueden dar lugar a sospecha alguna, al menos, según creo —repetía de pie en medio de la habitación.

Y con una atención que el esfuerzo hacía dolorosa, miraba a su alrededor intentando asegurarse de que no se le había olvidado nada.

Sufría terriblemente al darse cuenta de que todo, incluso la memoria y hasta la más elemental prudencia, lo abandonaba.

«¡Cómo! ¿Acaso empezará ya el castigo? ¡Debe de ser eso! ¡Efectivamente, debe de ser eso!».

Y las tiras que cortara del bajo del pantalón estaban tiradas por el suelo, en medio de la habitación, expuestas a que las viera el primero que llegara.

—Pero, ¿dónde tengo yo la cabeza? —exclamó como aturdido.

Entonces se le ocurrió una idea extraña: imaginó que sus ropas estarían completamente ensangrentadas y que el agotamiento de sus facultades le impedía distinguir las manchas... De pronto recordó que también había sangre en la bolsa.

«Y en ese caso debe de haber sangre también en mi bolsillo, pues estaba húmeda cuando me la guardé».

Volvió a examinar su bolsillo, y, efectivamente, encontró algunas manchas en el forro.

«Veo que no he perdido la razón por completo, que no he perdido la memoria ni el juicio, ya que he podido hacer esta observación —pensó satisfecho, al mismo tiempo que de su pecho salía un suspiro de triunfo—. He tenido sencillamente un minuto de fiebre que me privó en aquel instante del uso de mi inteligencia».

Y al razonar así, arrancó todo el forro del bolsillo izquierdo del pantalón. Un rayo de sol iluminó en aquel momento su bota izquierda y entonces le pareció percibir indicios acusadores. Se quitó la bota.

«En efecto, hay algunas manchas. Toda la punta de la bota está llena de sangre. Debí de meter imprudentemente el pie en aquel charco... ¿Y qué voy a hacer de esto? ¿Cómo voy a desembarazarme de esta bota, de estas tiras y de estos trapos?».

Estaba de pie en medio de la habitación, sujetando en las manos aquellas pruebas tan comprometedoras para él.

«¿Y si las arrojase a la estufa? Pero en la estufa será donde registren en primer lugar. ¿Y si las quemara? Pero, ¿con qué voy a quemarlas, si no tengo ni cerillas siquiera? No, lo mejor será tirarlas a cualquier sitio. Lo mejor será ir a tirar todo esto por ahí —razonaba volviendo a sentarse en el diván—. ¡Y hay que hacerlo enseguida, sin perder un minuto...!».

Pero en lugar de realizar aquello dejó caer la cabeza en la almohada; volvió a sentir escalofríos y se arropó nuevamente con su abrigo, transido de frío. Durante mucho tiempo, por espacio de muchas horas, veíase torturado por aquella idea: «¡Hay que llevarse esto a cualquier sitio lo antes posible!». Se agitó repetidamente en el diván, intentando levantarse, pero no pudo lograrlo. Unos golpes dados con violencia en su puerta lo sacaron de su estupor.

La que llamaba de aquella manera era Nastasia.

—¡Abre si no te has muerto! —gritaba la criada—. ¡Por lo visto sigue durmiendo! ¡Duerme como un perro días enteros...! ¡Como que es un verdadero perro! ¡Abre te digo! ¡Ya han dado las diez!

—¡Quizá no esté dentro! —dijo una voz de hombre.

«¡Es la voz del portero...! ¿Qué querrá?», se dijo Raskolnikov.

Se estremeció y se sentó en el diván. Su corazón latía hasta hacerle daño.

—¿Y quién habrá echado la aldabilla en la puerta? —replicó Nastasia—. ¡El señor se ha encerrado! ¡Creerá sin duda que es un objeto raro y temerá que se lo lleven! ¡Vamos, abre, despierta!

«¿Qué querrán? ¿Para qué habrá subido el portero? ¡Todo está descubierto! ¿Debo de negarme a abrir? ¡Mala peste se los lleve...!».

Se incorporó, adelantó ligeramente el cuerpo y quito la aldabilla. La habitación era tan pequeña que podía abrir la puerta sin abandonar el sofá.

Frente a él se presentaron Nastasia y el portero.

La criada miró a Raskolnikov de una manera bastante extraña. El joven clavó sus ojos en el portero con una audacia desesperada, y este le alargó silenciosamente un papel gris doblado por la mitad y cerrado con lacre ordinario.

—Es una citación que han traído de la comisaría —dijo enseguida.

—¿De qué comisaría?

—De la policía, naturalmente. ¿De cuál había de ser?

—¡Me citan de la policía...! ¿Para qué?

—¿Qué sé yo? Si lo llaman a usted, vaya.

El portero examinó atentamente al inquilino; luego miró a su alrededor y dando media vuelta se dispuso a marcharse.

—¿Te encuentras peor? —observó Nastasia, que no apartaba sus ojos de Raskolnikov.

El portero volvió la cabeza al oír aquellas palabras.

—Tiene fiebre desde ayer —agregó la muchacha.

Raskolnikov no respondía y continuaba con el pliego entre las manos sin abrirlo.

—No te levantes —continuó la criada compadecida al ver que se apresuraba a levantarse—. Estás enfermo; no vayas. La cosa no corre prisa. ¿Qué tienes en la mano?

El joven miró: en la mano derecha tenía las hilachas de su pantalón la bota y el forro del bolsillo que había arrancado. Se había dormido con ello. Más tarde, intentando explicarse aquello, recordó que se había despertado en un acceso febril y que se durmió después con los objetos en la mano, estrechándolos con fuerza y sin soltarlos.

—Ha dormido con un puñado de trapos en la mano y los ha apretado como si fuera un tesoro.

Al decir esto, Nastasia se retorció, presa de la risa nerviosa y enfermiza habitual en ella.

Raskolnikov ocultó rápidamente debajo de su abrigo todo lo que tenía en la mano y dirigió una penetrante mirada a la criada. Aunque no se encontrara en disposición de discurrir, se dio cuenta de que aquel no era el procedimiento de dirigirse a un hombre para detenerlo.

—Pero..., ¿de la policía?

—¿Quieres té? ¿Te lo traigo? Aún queda...

—No... Voy a ir allá; iré enseguida —balbuceó.

—¿Podrás bajar la escalera tú solo?

—Iré...

—Como quieras...

La criada salió después del portero.

Raskolnikov examinó a la luz del día la punta de la bota y los bajos del pantalón.

«Hay algunas manchas, pero no se notan. El barro y el roce se han comido el color. El que no lo sepa no se dará cuenta. Por consiguiente Nastasia no ha podido verlo desde el sitio donde se encontraba, ¡gracias a Dios!».

Y entonces abrió con mano temblorosa aquel pliego y empezó a leerlo; invirtió bastante tiempo en la lectura, hasta que por fin llegó a comprenderlo. Era una citación redactada en la forma ordinaria: el comisario de policía del distrito invitaba a Raskolnikov a que se presentara en su oficina a las nueve y media de aquel día.

«Pero, ¿cuándo habrán traído esto? ¡Si yo no tengo personalmente nada que ver con la policía! ¿Por qué han traído esto precisamente hoy? —se preguntaba, presa de dolorosa ansiedad—. ¡Señor, que acabe esto lo antes posible!».

En el momento de ir a ponerse de rodillas para rezar se echó a reír, no de la oración, sino de sí mismo.

Empezó a vestirse apresuradamente.

«Estoy perdido... Bueno, tanto peor. ¡Lo mismo me da! ¡Voy a ponerme esta bota...! Después de todo, gracias al polvo del camino las manchas se verán cada vez menos».

Mas apenas se la vio puesta en el pie, se la quitó de pronto, espantado y preso de malestar.

Y pensando enseguida que no tenía otras botas que ponerse, volvió a calzársela... Y otra vez se echó a reír.

«Todo esto es circunstancial, relativo; cuando más, puede haber presunciones acerca de esto, pero nada más».

Aquella idea, a la que se aferraba sin la menor convicción, no le impedía temblar con todo su cuerpo.

«Vaya, ya estoy calzado. ¡Por fin lo conseguí!».

En aquel mismo instante la hilaridad cedió su sitio al abatimiento.

«No, esto es superior a mis fuerzas», pensó.

Sus piernas le flaqueaban.

«Es de miedo», se decía para sí.

El calor le producía jaqueca.

«¡Esto es una trampa! Han recurrido a la astucia para atraerme y cuando me tengan allí se quitarán de pronto las caretas —continuaba diciéndose, mientras se acercaba a la escalera—. Lo peor es que me siento como loco..., y se me puede escapar alguna tontería...».

Cuando bajaba la escalera iba pensando que los objetos robados estaban mal escondidos debajo del papel.

«Es posible que me manden llamar para hacer un registro aquí durante mi ausencia», pensó.

Pero se encontraba tan desesperado, aceptaba su perdición con tal cinismo, si así puede decirse, que aquella aprensión le duró escasamente un minuto.

«¡Con tal que esto termine pronto...!».

Al llegar a la esquina de la calle por donde pasara el día anterior dirigió una mirada furtiva e inquieta a la «casa»... Pero inmediatamente apartó la vista de ella.

«Si me someten a un interrogatorio es muy posible que confiese», pensaba al acercarse a la policía.

La comisaría se hallaba emplazada en el cuarto piso de una casa situada a un cuarto de versta de donde vivía Raskolnikov. Antes que la policía se instalara en aquel local, el joven había tenido que ventilar alguna cosa con ella; pero había sido algo sin importancia y ya hacía mucho tiempo de aquello.

Al penetrar por la puerta principal vio a la derecha una escalera por la que bajaba un *mujik* con un libro en la mano.

«Este debe de ser un portero; por consiguiente, debe de estar allí la oficina».

Y subió por si acaso; no quería preguntar a nadie.

«Entraré, me pondré de rodillas y lo confesaré todo...», pensaba mientras subía al cuarto piso.

La escalera era estrecha, empinada, y chorreaba agua sucia por todas partes. En los cuatro pisos, las cocinas de todos los cuartos daban a esta escalera y estaban abiertas casi todo el día, por lo que el calor era asfixiante. Veíanse subir y bajar a unos porteros con sus cuadernos debajo del brazo, agentes de policía y distintos individuos de uno u otro sexo que venían a solventar algo en la comisaría. La puerta de la oficina estaba igualmente abierta de par en par.

Raskolnikov entró y se detuvo en la antesala, donde esperaban algunos *mujiks*. En aquella habitación, como en la escalera, hacía un calor asfixiante; además, como estaba recién pintada, despedía un olor a aceite que daba náuseas.

Después de haber esperado un momento, el joven se decidió a pasar a la habitación inmediata, donde se veían muchos cuartitos bajos y pequeños formando hilera. Cada vez estaba más impaciente por saber a qué atenerse. Nadie se fijaba en él. En el segundo departamento trabajaban unos escribientes apenas mejor vestidos que él. Todos tenían un aspecto bastante extraño. Se dirigió a uno de ellos.

—¿Qué quieres?

Raskolnikov enseñó la citación que había recibido de la comisaría.

—¿Es usted estudiante? —le preguntó el escribiente después de lanzar una mirada al papel.

—Sí, antiguo estudiante.

El empleado examinó a su interlocutor sin la menor curiosidad, el tal era un hombre de cabellos desgreñados que parecía obsesionado por una idea fija.

«Por este no me enteraré de nada, pues me parece que todo le da lo mismo», se dijo Raskolnikov.

—Vaya usted allá, al jefe de la secretaría —agregó el escribiente, señalándole con el dedo el último departamento.

Raskolnikov entró allí. Aquella habitación, la cuarta, era muy estrecha y estaba llena de gente. Encontró personas mejor vestidas que las que acababa de ver. Entre los visitantes había dos señoras. Una de ellas iba vestida de luto. Su aspecto denotaba pobreza. Sentada enfrente del jefe, escribía lo que este le dictaba.

La otra mujer era de formas opulentas, rostro encendido y vestía con el mayor lujo; en su pecho se destacaba muy visiblemente un broche de dimensiones extraordinarias; esta mujer se mantenía de pie, un poco apartada, en actitud expectante.

Raskolnikov entregó su papel al jefe de la secretaría y este le dirigió una rápida e indiferente mirada, diciéndole:

—Espere un poco.

Y continuó dictándole a la enlutada.

El joven respiró con más libertad.

«Seguramente que no me llamarán por *aquello*».

Fue recobrando poco a poco su valor, o tratando de conseguir al menos elevar su moral.

«La menor torpeza, la más pequeña imprudencia bastaría para delatarme. ¡Hum...! Es una lástima que no haya aire aquí. ¡Se ahoga uno! La cabeza me da más vueltas que nunca... y mi espíritu se enturbia...».

Sentía un terrible malestar en todo su ser y temía no poder continuar dominándose. Intentaba fijar su pensamiento sobre cualquier objeto completamente indiferente, pero casi no podía conseguirlo. Su atención estaba cautivada por el jefe de la secretaría y se torturaba intentando descifrar el rostro de aquel empleado. Era el tal un joven como de veintidós años y su rostro cetrino y ágil le hacía representar más edad. Vestido con la elegancia de un petimetre, llevaba los cabellos peinados muy cuidadosamente, con una raya artísticamente hecha; en sus cuidados dedos brillaban bastantes sortijas y en su chaleco serpeaban algunas cadenas de oro. Le dirigió unas palabras en francés a un extranjero que se encontraba allí y lo hizo de manera bastante satisfactoria.

—Siéntese usted, Luisa Ivanovna —le dijo a la señora elegante que continuaba de pie como si no se atreviera a sentarse, a pesar de tener una silla al lado.

—*Ich danke* —contestó ella, y se sentó con un leve frufrú de sus faldas impregnadas de perfume. Al ahuecar su falda en torno de la silla, la seda azul claro adornada con encajes, ocupó cerca de la mitad de la habitación; pero la dama parecía avergonzada de tanto favor y de ocupar tanto espacio. Sonreía tímida y descaradamente al mismo tiempo, pero su inquietud era visible.

La mujer enlutada se levantó una vez terminado el asunto que la ocupaba.

De pronto, y haciendo mucho ruido, entró un oficial de modales muy desenvueltos que caminaba braceando a cada paso; tiró encima de la mesa su gorra adornada con una escarapela y se sentó en un sillón.

Al verle, la dama lujosamente vestida se puso de pie con ligereza y se inclinó con el mayor respeto, pero el oficial no le hizo caso, y la señora no se atrevió a sentarse en su presencia.

Aquel personaje era el ayudante del comisario de policía; tenía unos grandes bigotes rojizos, estirados horizontalmente, y unos rasgos extremadamente finos, pero poco expresivos que casi no demostraban más que cierto descaro.

Miró a Raskolnikov de reojo y con cierta indignación: por modesto que fuera el aspecto de nuestro héroe, su actitud contrastaba con la pobreza de su ropa.

Olvidándose de la prudencia, el joven sostuvo de manera tan atrevida la mirada del oficial, que este se sintió molesto.

—¿Qué quieres? —gritó, admirado sin duda de que un vagabundo así no bajara la vista ante su mirada fulminante.

—Me han hecho venir..., me han citado... —balbuceó Raskolnikov.

—Sí es el estudiante a quien le reclaman dinero —se apresuró a decir el jefe de la secretaría abandonando sus papelotes—. ¡Tome!

Y le tendió a Raskolnikov un legajo, designándole un sitio con el dedo.

—¡Lea!

«¡Dinero! ¿Qué dinero? —pensaba el joven—. Pero... entonces no es para *aquello*».

Y se estremeció de alegría, experimentando un alivio inmenso, inexplicable.

—Pero, ¿a qué hora lo citaron a usted? —gritó el oficial cuyo mal humor iba en aumento—. ¡Lo han citado a usted para las nueve, y ya son más de las once!

—Me han traído ese papel hace un cuarto de hora —replicó con viveza el joven, presa también de una súbita cólera a la que se abandonó incluso con cierto placer—. ¡Estoy enfermo, tengo fiebre, creo que ya es bastante atención por mi parte el haber venido!

—¡No grite usted!

—No grito, hablo con bastante calma; es usted el que grita; soy estudiante y no paso porque se emplee ese tono conmigo.

Aquella respuesta irritó de tal manera al oficial que de momento no pudo pronunciar palabra, dejando escapar algunos sonidos inarticulados y saltó del sillón.

—¡Cállese! ¡Está usted en la Audiencia! ¡No sea insolente, caballero!

—También está usted en la Audiencia —replicó violentamente Raskolnikov—, y por si le parece poco gritar, fuma usted además; por consiguiente, nos está faltando al respeto a todos.

Pronunció aquellas palabras con indecible satisfacción.

El jefe de la secretaría miraba sonriendo a los dos interlocutores. El oficial permaneció un momento como embobado.

—¡Eso no le importa a usted! —respondió al fin, afectando hablar muy alto para disimular su turbación—. Preste la declaración que se le pide. Enséñesela, Alejandro Grigorievich. ¡Hay quejas contra usted! ¡No paga sus deudas! ¡Es usted un pájaro de cuenta!

Pero Raskolnikov no le escuchaba siquiera; cogió violentamente el papel con la impaciencia de conocer la solución de aquel enigma. Lo leyó una vez, dos, pero no comprendió nada.

—¿Qué quiere decir esto? —le preguntó al jefe de la secretaría.

—Es un escrito en el que le reclaman que pague. Debe usted pagar con los gastos correspondientes de multa, etcétera, o declarar por escrito en qué fecha podrá hacerlo. Al mismo tiempo contrae el compromiso de no marcharse de la capital y de no vender ni disimular sus bienes hasta que haya pagado. En cuanto al acreedor, está en libertad de disponer de los bienes de usted y de tratarlo con todo el rigor de la ley.

—Pero si yo... no le debo a nadie nada.

—Eso no nos importa a nosotros. Nos han enviado una letra de cambio protestada; es un giro de ciento quince rublos que firmó usted hace nueve meses a favor de la señora Zarnizina, viuda de un asesor, y endosado por dicha viuda a favor del consejero civil Chébarov.

—¡Pero si esa mujer es mi patrona!

—¿Y qué importa que sea su patrona?

El secretario contemplaba con una sonrisa de lástima e indulgencia y a la vez con expresión de triunfo a aquel novicio que iba a aprender a su costa el procedimiento empleado contra los deudores. Pero, ¿qué podía importarle ahora a Raskolnikov aquella letra de cambio? ¿Qué podía importarle la reclamación de su patrona? ¿Valía la pena todo aquello que se preocupara o que le concediera la más pequeña atención? Leía, escuchaba, respondía y preguntaba a veces, pero hacía todo aquello de una manera mecánica. La alegría de sentirse a salvo y la satisfacción de haber escapado a un peligro inminente era lo único que invadía todo su ser.

Toda preocupación por el porvenir y el menor cuidado estaban muy lejos de él. Fue un minuto de plena alegría, inmediata, puramente instintiva.

Pero en aquel mismo momento se produjo una tempestad en la oficina. El oficial no había digerido la afrenta hecha a su prestigio y su amor propio herido buscaba evidentemente el desquite. De pronto empezó a maltratar rudamente a la dama elegante, quien, desde que entró el oficial, no dejaba de mirarlo con una sonrisa demasiado estúpida.

—Y tú, mujerzuela —vociferó desgañitándose (la señora enlutada se había marchado ya)—, ¿qué es lo que pasó anoche en tu casa? ¿Dando escándalos en la calle todavía? ¡Siempre con pendencias y escenas de borrachos! ¿Quieres que te mande a la cárcel? ¡Ya te he advertido diez veces que a la primera perdería la paciencia! Pero veo que eres incorregible.

A Raskolnikov se le cayó el papel que tenía en las manos y miró un tanto extrañado a la elegante señora, a quien trataban con tan poca consideración. Sin embargo, no tardó en darse cuenta de lo que se trataba y el lance empezó a divertirle. Escuchaba con placer y experimentaba evidentes ganas de reír... Sus nervios estaban agitadísimos.

—¡Ilia Petrovich! —dijo el jefe de la secretaría con el propósito de calmar a su compañero.

Pero inmediatamente se dio cuenta de que su intervención sería inoportuna en aquel momento, pues sabía por experiencia que cuando el fogoso oficial se desbocaba de aquella manera no había manera de contenerlo.

En cuanto a la hermosa señora, la tormenta desencadenada sobre ella la hizo temblar desde el primer momento; mas, cosa extraña, a medida que la insultaban más, su rostro adoptaba una expresión más amable y procuraba dar más seducción cada vez a las sonrisas que dirigía al terrible oficial.

A cada momento le hacía profundas reverencias y esperaba con impaciencia la ocasión para decir alguna palabra.

—En mi casa no hay alborotos ni riñas, señor capitán —se apresuró a decir apenas encontró ocasión de hablar (se expresaba en ruso con la mayor soltura, aunque con un acento alemán muy marcado)—, ni se ha producido ningún escándalo. Aquel hombre llegó borracho y pidió tres botellas; inmediatamente se puso a tocar el piano con los pies, lo que no es correcto en una casa decente, y rompió las cuerdas. Yo le llamé la atención para decirle que aquella no era manera formal de conducirse y entonces él cogió una botella y empezó a repartir botellazos a todo el mundo. Llamé a Karl, el portero, y recibió un golpe en la cara; lo mismo hizo con Enriqueta, y a mí me dio cinco golpes en la mejilla. Es una villanía conducirse de esa manera en una casa decente, señor capitán. Pedí socorro y él abrió la ventana que da al canal, poniéndose a gruñir como si fuera un cerdo. ¿No es esto vergonzoso? ¿Está bien ponerse en la ventana para gritar como un cerdo? Karl tiró de él por detrás para que se quitara de la ventana y le arrancó, eso es verdad, uno de los faldones de la levita. Y entonces él me reclamó quince rublos de indemnización por el desperfecto de su traje; yo le pagué de mi bolsillo cinco rublos por el faldón roto, señor capitán. ¡Fue él, señor capitán, el mal educado que promovió el escándalo! Además me amenazó, diciendo que me desenmascararía, pues escribe en todos los periódicos.

—¿Es un escritor?

—Sí, señor capitán, y un sinvergüenza que se atreve a visitar una casa decente como la mía...

—¡Vamos, vamos, basta! Te he dicho ya y te he repetido...

—¡Ilia Petrovich! —dijo nuevamente y con tono significativo el jefe de la secretaría.

El teniente le dirigió una rápida mirada y vio que sacudía ligeramente la cabeza.

—... Pues bien, referente a ti, aquí tienes lo último que te digo, respetable Luisa Ivanovna —continuó el teniente—: si en lo sucesivo se produce el menor escándalo en tu respetable casa, mandaré que te enchironen, como se dice en términos chulescos. ¿Entendido? Ya puedes marcharte. Pero ten mucho cuidado, porque no te perderé de vista.

Luisa Ivanovna saludó con extremada amabilidad en todas direcciones; pero cuando se dirigía de espaldas hacia la puerta sin dejar de hacer reverencias tropezó con la espalda en un guapo oficial de rostro fresco y franco, que tenía unas soberbias patillas rubias y bien pobladas. Era el comisario de policía Nikodim Fomich en persona. Luisa Ivanovna se apresuró a hacer una reverencia hasta el suelo y salió de la oficina con paso saltarín.

—¡Vuelta con el rayo, el trueno, los relámpagos, la tromba y el huracán! —dijo amistosamente el comisario a su adjunto—. ¡Te han caldeado la bilis y te has desbocado! Ya te he oído desde la escalera.

—¡Y cómo no! —dijo con cierta indiferencia Ilia Petrovich, trasladándose con sus papeles a otra mesa—. Aquí tiene a un caballero, un estudiante, o mejor dicho, un antiguo estudiante que no paga sus deudas, que firma letras de cambio y se niega a abandonar su habitación; están quejándose constantemente de él y aquí lo tiene que se escandaliza porque enciendo un cigarrillo en su presencia. Más valiera que en lugar de advertir que le faltan al respeto se respetara él más a sí mismo. Fíjese. ¡Vaya un aspecto para guardarle consideraciones!

—La pobreza no es vileza, amigo mío. Ya sabemos, polvorilla, que te amoscas enseguida. Seguramente que algo en su manera de ser le habrá ofendido y usted mismo no habrá podido contenerse —continuó Nikodim Fomich, dirigiéndose a Raskolnikov con amabilidad—; pero tiene usted la culpa, pues se trata de un hombre excelente, puedo asegurárselo, aunque un poco vivo y violento. Se caldea, se inflama y cuando ha lanzado el fuego se acabó todo, ¡no queda más que un corazón de oro! En el regimiento le llamaban el teniente Pólvora...

—¡Y qué regimiento aquel! —exclamó Ilia Petrovich, sensible a los delicados halagos de su superior, pero sin dejar de gruñir no obstante.

Raskolnikov quiso decirles a todos algo que resultara extraordinariamente agradable.

—Perdóneme, capitán —empezó con el tono más desenvuelto, dirigiéndose a Nikodim Fomich—, pero póngase en mi lugar... Estoy dispuesto a darle toda suerte de excusas si por mi parte lo he ofendido. Soy un estudiante enfermo, pobre, agobiado por la miseria. Tuve que dejar la universidad porque actualmente no cuento con medios para vivir, pero tengo que recibir dinero... Mi madre y mi hermana viven en el distrito de... Van a enviarme fondos y yo... pagaré. Mi patrona es una mujer buena; pero como yo no doy lecciones ahora y hace cuatro meses que no le pago, está disgustada y se niega incluso a servirme la comida... No comprendo, pues, a qué viene esto. Por lo visto exige que pague ahora esa letra. ¿Puedo acaso hacerlo? Juzguen ustedes mismos...

—Eso no es de nuestra incumbencia... —observó nuevamente el jefe de la secretaría.

—Permítame, permítame, soy completamente de su opinión; pero permítame que le explique... —agregó Raskolnikov sin dejar de dirigirse a Nikodim Fomich y no al jefe de la secretaría; trataba también de llamar la atención de Ilia Petrovich, si bien este afectaba desdeñosamente no escucharlo, pareciendo exclusivamente ocupado con sus papelotes—. Permítame que le diga que vivo en su casa desde hace tres años, desde que llegué de provincias, y que durante el tiempo..., después de todo, ¿por qué no he de decirlo...?, apenas llegué me comprometí con su hija y le hice mi promesa verbalmente... Era una muchacha que me gustaba..., aunque no estuviese enamorado de ella...; en una palabra, yo era joven, quiero decir que mi patrona me abrió entonces un amplio crédito, y que me llevé una vida..., he sido demasiado ligero...

—Le rogamos que no descienda a esos detalles íntimos, caballero, pues no tenemos tiempo para escucharlos —interrumpió groseramente Ilia Petrovich.

Pero Raskolnikov continuó con calor, aunque pronto se le hiciera penoso hablar.

—Permítanme, sin embargo, que les refiera cómo ocurrieron las cosas, aunque reconozca como ustedes que todo es inútil. Hace un año que mi prometida murió del tifus y yo continué como huésped de la señora Zarnizina, y cuando mi patrona se fue a vivir a la casa que actualmente ocupa, me dijo..., amistosamente..., que tenía absoluta confianza en mí..., pero que le gustaría que le firmara una letra de ciento quince rublos, cifra en que se fijó el importe de mi deuda. Permítanme; ella me aseguró positivamente que una vez en posesión de aquel papel, continuaría concediéndome crédito hasta donde necesitara y que jamás, jamás..., tales fueron sus propias palabras..., pondría esa letra en circulación... Y ahora que he perdido mis lecciones, ahora que no tengo para comer, ahí tienen ustedes, que me exige el pago de esa letra... ¿Qué decir a esto?

—Esos detalles patéticos, caballero, no nos interesan —replicó insolentemente Ilia Petrovich—. Debe usted prestar su declaración y cumplir con el compromiso que le reclaman a usted; y en cuanto a la historia de sus amores y de todos esos trágicos lugares comunes que nos cuenta, no tenemos nada que hacer con ellos.

—¡Oh, eres duro...! —murmuró Nikodim Fomich, que se había sentado ante su mesa y había empezado a firmar unos papeles.

Parecía experimentar cierta vergüenza.

—Escriba usted entonces —dijo el jefe de la secretaría a Raskolnikov.

—¿Qué tengo que escribir? —preguntó Raskolnikov con rudeza.

—Yo le dictaré.

Raskolnikov creyó percibir que después de su confesión el jefe de la secretaría le trataba más desdeñosamente; pero, cosa extraña, de pronto se había tornado indiferente a la opinión que pudieran formar de él, y aquel cambio se operó en un abrir y cerrar de ojos, instantáneamente. Si hubiera reflexionado un poco se habría extrañado de haber podido hablar de aquella manera un minuto antes con los funcionarios de la policía e incluso obligarles a que escucharan sus confidencias. Si ahora, por el contrario, en lugar de estar llena de agentes aquella habitación se hubiera visto invadida por sus mejores amigos, es probable que no hubiera encontrado palabra que contarles. De tal manera había variado de pronto su corazón.

Únicamente experimentaba la impresión dolorosa de un inmenso aislamiento. Aquello no era la confusión de haber hecho testigo al oficial de sus desahogos; no era la insolente altivez del funcionario lo que había producido súbitamente aquella revolución en su alma. ¡Oh! ¿Qué le importaba ahora su propia bajeza, las letras de cambio, las oficinas de la policía, etcétera? Si en aquel momento lo hubieran condenado a ser quemado vivo, no se habría movido siquiera; apenas si habría escuchado la sentencia hasta el final.

Un fenómeno completamente nuevo, sin precedentes hasta entonces se llevaba a cabo en él. Comprendía, o mejor dicho, y lo que era cien veces peor, sentía en todo su ser que para lo futuro estaba apartado de la comunidad humana, que toda expansión sentimental como la de antes, más aún, que toda conversación, no sólo con los individuos de la comisaría, sino hasta con sus más próximos parientes, le estaba prohibida. Jamás había experimentado una sensación tan cruel.

El jefe de la secretaría empezó a dictarle la fórmula de declaración empleada en tales casos: «No puedo pagar, comprometiéndome a hacerlo en tal fecha; no saldré de la ciudad, ni haré ninguna venta ni cesión de mi haber, etcétera».

—Pero si no puede usted escribir; le tiembla la pluma en la mano —observó el jefe de la secretaría que miraba a Raskolnikov con curiosidad—. ¿Está usted enfermo?

—Sí..., la cabeza me da vueltas..., continúe usted.

—Ya está, firme.

El jefe de la secretaría recogió el papel y empezó a despachar a otros visitantes.

Raskolnikov devolvió la pluma, pero en lugar de marcharse se puso de codos en la mesa y se oprimió la cabeza entre las manos. Sufría como si le hubieran clavado un clavo en el occipucio. De repente se le ocurrió una idea muy extraña: alzarse de pronto, acercarse a Nikodim Fomich, referirle todo lo ocurrido el día anterior, hasta el menor detalle, ir con él a su habitación y enseñarle todos los objetos escondidos en el agujero que había debajo del papel. Aquel proyecto se apoderó de tal manera de su espíritu que incluso se levantó para ponerlo en ejecución.

«¿No sería mejor que lo pensara siquiera un minuto? —se dijo—. ¡No, preferible es obrar por inspiración y arrojar lo antes posible este fardo!».

Pero de pronto quedó clavado en el sitio donde se encontraba. Nikodim Fomich e Ilia Petrovich mantenían una animada conversación que llegó a oídos de Raskolnikov.

—Eso no es posible; habrá que soltarlos a los dos. En primer lugar, todo eso es un cúmulo de inexactitudes. Fíjese bien: si ellos hubieran sido los autores, ¿para qué iban a llamar al portero? ¿Para denunciarse ellos mismos? No, eso habría sido demasiada astucia. Finalmente, el estudiante Pestriakov fue visto por los porteros y por una vecina cerca de la puerta de la calle precisamente en el momento en que entraba en la casa: llegó con tres amigos que se despidieron de él en la puerta y antes de alejarse oyeron cómo les preguntaba a los porteros dónde vivía la vieja. ¿Cómo iba a hacer esta pregunta si hubiera ido con semejante propósito? En cuanto a Koch pasó media hora en casa del orfebre del piso bajo antes de subir a casa de la vieja; eran justamente las ocho menos cuarto cuando se separó de él para subir al cuarto piso. Fíjese bien ahora...

—Permítame usted... En todo esto hay algo que no se explica: ellos mismos afirman que aporrearon la puerta y que estaba cerrada; pero tres minutos después, cuando volvieron con el portero, la puerta estaba abierta.

—Ahí esta el quid de la cuestión: no cabe la menor duda de que el asesino se encontraba dentro de la habitación de la vieja y que había corrido el cerrojo; es seguro que lo habrían descubierto infaliblemente si Koch no hubiera cometido la tontería de ir también a buscar al portero. Durante ese tiempo fue cuando el asesino logró escapar por la escalera y deslizarse por delante de sus narices. Koch no cesa de santiguarse, diciendo: «¡Ah, si me hubiera quedado allí, el asesino habría salido de pronto y me habría matado con el hacha!». Quiere mandar que canten un *tedéum*... ¡Ja, ja...!

—¿Y nadie vio al asesino?

—¿Y cómo iban a verle, si aquella casa es el arca de Noé? —observó el jefe de la secretaría que escuchaba la conversación desde su asiento, sin haber intervenido en ella hasta entonces.

—¡El asunto está bastante claro, bastante claro! —repitió con vivacidad Nikodim Fomich.

—No, el asunto está bastante oscuro —sostuvo Ilia Petrovich.

Raskolnikov cogió su sombrero y se dirigió hacia la salida, pero no llego hasta la puerta...

Cuando recobró el conocimiento se vio sentado en una silla; alguíen le sostenía a la derecha; a la izquierda había otra persona que tenía en la mano un vaso lleno de un líquido amarillento; Nikodim Fomich, de pie frente a él, lo miraba fijamente, el joven se levantó.

—¿Qué le pasa? ¿Está usted enfermo? —le preguntó en tono severo el comisario de policía.

—Hace un momento, cuando escribía su declaración, apenas sí podía sostener la pluma —dijo el jefe de la secretaría volviendo a sentarse ante su mesa, donde volvió a examinar sus papeles.

—¿Hace mucho tiempo que está usted enfermo? —preguntó desde su mesa Ilia Petrovich, que también examinaba unos papeles.

Como es natural, se había acercado a Raskolnikov, lo mismo que los demás, en el momento en que este perdió el conocimiento, pero al ver que volvía en sí se marchó inmediatamente a su mesa.

—Desde ayer —balbuceó el joven.

—¿Y salió usted ayer de su casa?

—Sí.

—¿Estando enfermo?

—Sí.

—¿A qué hora?

—Entre siete y ocho de la noche.

—¿Y adónde fue? Permítame que se lo pregunte.

—A la calle.

—Conciso y claro.

Raskolnikov, pálido como un cadáver, dio aquellas respuestas en tono breve y cortado; sus ojos negros e inflamados no se rindieron ante la mirada del oficial.

—Apenas si puede tenerse en pie y tú... —quiso hacerle observar Nikodim Fomich.

—¡No importa! —respondió enigmáticamente Ilia Petrovich.

El comisario de policía quería añadir aún algo, pero al dirigir la mirada hacia el jefe de la secretaría, tropezó con la de este funcionario que estaba fija en la suya y guardó silencio. Callaron todos bruscamente, lo que no dejó de ser extraño.

—Bueno, está bien —acabó por decir Ilia Petrovich—. No lo detenemos a usted.

Raskolnikov se retiró; aún no había salido de la sala cuando volvió a reanudarse la conversación entre los policías, viva y animada. Por encima de los demás se elevaba la voz de Nikodim Fomich en plan de plantear cuestiones... Cuando llegó a la calle, el joven recobró todas sus facultades.

—¡Van a llevar a cabo un registro, un registro inmediato! —repetía dirigiéndose precipitadamente hacia su casa—. ¡Los muy granujas tienen sospechas!

El espanto que sintiera hacía poco volvió a apoderarse de él por completo.

II

«¿Y si hubiesen empezado a registrar? ¿Y si me los encuentro en casa?».

Llegó a su habitación y lo encontró todo en orden; nadie había entrado en ella. Ni la misma Nastasia había tocado nada. ¡Pero, señor! ¿Cómo había podido dejar todo aquello en semejante escondrijo?

Corrió al rincón, e introduciendo las manos por debajo del papel sacó las alhajas, que resultaron formar un total de ocho piezas. Había dos estuches que contenían pendientes o algo parecido —no se fijó bien en lo que era— y cuatro estuches forrados de tafilete. Había una cadena de reloj que estaba sencillamente envuelta en un trozo de periódico, e igualmente otro objeto que indudablemente era una condecoración...

Raskolnikov se guardó todo aquello en los bolsillos, procurando que no formaran mucho bulto. Después cogió la bolsa y salió de su habitación, cuya puerta estaba abierta de par en par.

Caminaba con paso rápido y firme; aunque se sintiera quebrantado, no le faltaba su presencia de espíritu. Temía que lo siguieran, que dentro de media hora o de un cuarto incoaran un proceso contra él; por consiguiente, había que hacer desaparecer lo más pronto posible las pruebas del delito. Debía realizar aquella tarea mientras le quedaran fuerzas y sangre fría... Pero, ¿adónde ir?

Aquella cuestión la tenía resuelta desde hacía bastante tiempo.

—Lo tiraré todo al canal y el agua se lo llevará.

Esto era lo que había decidido la noche anterior, en aquellos momentos de delirio en que varias veces estuvo a punto de levantarse e ir «a tirarlo todo inmediatamente». Pero la ejecución de tal proyecto no era una cosa tan sencilla.

Durante media hora, o quizá más, vagó por el malecón del canal de Katerin; examinaba, a medida que iba encontrándolas, las distintas escaleras que conducían al borde del agua. Desgraciadamente, siempre encontraba algún obstáculo que se oponía a la realización de su deseo. Unas veces era una lancha de lavanderas, otras una barca amarrada a la orilla. Además, el malecón estaba lleno de gente que paseaba y que no habrían dejado de observar un acto tan insólito; un hombre no podía bajar expresamente hasta el borde del agua sin despertar sospechas al ver que arrojaba algo al canal. ¿Y si, como era de suponer, flotaban los estuches en lugar de sumergirse? Todo el mundo se daría cuenta de aquello. Raskolnikov creíase ya objeto de la atención general y se figuraba que todos se ocupaban de él.

Finalmente, nuestro joven se dijo que tal vez sería mejor ir a tirar aquellos objetos al Neva; allí habría menos gente por el malecón y correría menos peligro de que se fijaran en él, y, lo que no deja de ser muy importante, estaba más lejos de su barrio.

«¿Cómo se explica —se preguntó de pronto y con extrañeza Raskolnikov— que hace más de media hora que estoy vagando ansiosamente por unos lugares que no son seguros para mí? ¿No he podido hacerme antes las objeciones que ahora se me ocurren? Si acabo de perder media hora para llevar a cabo la realización de un proyecto disparatado debe de ser únicamente porque mi decisión habrá sido tomada en un momento de delirio».

Se volvía seguramente distraído y olvidadizo, y se daba cuenta de ello. ¡Decididamente, había que apresurarse!

Se dirigió hacia el Neva por la avenida de V..., pero cuando se puso en camino se le ocurrió de pronto otra idea:

«¿Y para qué voy al Neva? ¿Por qué he de arrojar esos objetos al agua? ¿No sería mejor ir a un sitio alejado, a una isla, por ejemplo? Allí podría buscar un sitio solitario, un bosque, y poder enterrarlo todo al pie de un árbol que procuraría señalar convenientemente para poderlo reconocer más adelante».

Aunque entonces se sintiera poco capaz de tomar una resolución juiciosa, aquella idea le pareció práctica y determinó llevarla a cabo.

Pero la casualidad dispuso las cosas de otra manera. Cuando Raskolnikov llegó al final de la avenida de V..., observó de pronto hacia la izquierda la entrada de un patio rodeado por paredes bastante altas y cuyo piso estaba cubierto por un polvo muy negro. Al fondo se veía un cobertizo que debía pertenecer a algún taller; allí debía de haber algún establecimiento de carpintería, talabartería o algo por el estilo.

Al no ver a nadie en el patio, Raskolnikov franqueó el umbral de la puerta, y, después de mirar a su alrededor, se dijo que ningún lugar podía ofrecerle mayores facilidades para la realización de su proyecto. Precisamente, junto a la pared, o mejor dicho, junto a la valla de madera que bordeaba la calle a la izquierda de la puerta, había adosada una piedra enorme sin labrar que pesaría unas sesenta libras aproximadamente.

Al otro lado de la valla estaba la acera y el joven sentía el rumor de los que pasaban constantemente, que eran bastantes, por aquel sitio; pero nadie podía verlo desde fuera; para ello habría sido preciso que entraran en el patio, lo que, por otra parte, no resultaba imposible; así, pues, debía darse prisa.

Se encorvó sobre la piedra, la cogió con ambas manos, reuniendo todas sus fuerzas, logró darle la vuelta. El suelo estaba ligeramente hundido en el sitio que la piedra ocupaba; arrojó inmediatamente en aquel hueco todo lo que llevaba en los bolsillos y colocó la bolsa encima de las alhajas. Sin embargo, no llegó a llenarse todo el hueco. Inmediatamente volvió a levantar la piedra y consiguió colocarla precisamente en el mismo sitio donde se encontraba antes. Parecía haber quedado un poco más alta de como estaba al principio, pero él arrastró un poco de tierra con sus pies contra los bordes. No era posible notar nada.

Entonces salió y se dirigió a la plaza, y de la misma manera que poco antes en la oficina de policía, se apoderó de él por un instante una inmensa alegría, casi imposible de soportar.

«¡Ya están enterradas las pruebas del delito! ¿A quién podrá ocurrírsele venir a buscar debajo de esta piedra? Es posible que esté ahí desde que hicieron la casa inmediata, y Dios sabe el tiempo que todavía habrá de continuar en ese sitio. Y aunque descubrieran lo que hay escondido ahí debajo, ¿quién podría sospechar que he sido yo quien lo ha escondido? ¡Todo ha terminado! ¡Ya no hay pruebas!».

Y se echó a reír. Sí, más adelante recordó que había cruzado la plaza riendo incesantemente, con una risita nerviosa, muda, prolongada. Pero apenas llegó al bulevar de K..., su hilaridad cesó súbitamente.

Todos sus pensamientos convergían ahora alrededor de un punto principal, cuya importancia se confesaba a sí mismo; se daba cuenta de que ahora, por primera vez desde hacía dos meses, se encontraba frente a frente con aquella cuestión.

«¡Llévese al diablo todo eso! —pensó, en un brusco acceso de cólera—. Vamos, el vino está escanciado y hay que beber. ¡Al diantre la nueva vida! ¡Qué estúpido es esto, Señor...! ¡Y cuántas mentiras he ensartado y cuántas bajezas he cometido hoy! ¡Qué vergonzosas humillaciones tuve que soportar no hace mucho para conquistar la benevolencia de Ilia Petrovich! ¡Pero poco me importa todo eso! ¡Me burlo de todos y de las vilezas que haya podido cometer! ¡No se trata de eso! ¡En absoluto...!».

Se detuvo de pronto, desorientado, aturdido por una cuestión nueva, completamente inesperada y excesivamente sencilla.

«Si realmente obraste en todo esto como un hombre inteligente y no como un imbécil, si tenías una finalidad claramente determinada y firmemente perseguida, ¿cómo se explica que hasta ahora no hayas mirado siquiera lo que había dentro de la bolsa? ¿Cómo es que ignoras todavía lo que te ha reportado el acto cuyo peligro e infamia no has temido asumir? ¿No querías hace poco arrojar al agua aquella bolsa y aquellas alhajas que apenas si has mirado...? ¿Qué quiere decir eso?».

Cuando llegó al malecón del Pequeño Neva, en Vasili Ostrov, se detuvo de pronto cerca del puente.

«Aquí, en esta casa vive —pensó—. ¿Qué significa esto? ¡Parece como si mis piernas me hubieran traído expresamente a la casa de Razumikin! ¡Vuelta a la misma historia del otro día...! Pero esto es muy curioso: yo marchaba sin objeto determinado y la casualidad me trae aquí. No importa; ya decía... anteayer... que iría a verlo después de "aquello", al día siguiente. ¡Pues bien, voy a verlo! ¿Acaso no puedo ahora hacer una visita...?».

Subió al quinto piso, donde vivía su amigo.

Este se encontraba en su cuartito, en disposición de escribir, y él mismo salió a abrir la puerta. Los jóvenes no se habían visto desde hacía cuatro meses.

Razumikin estaba vestido con un traje de casa completamente desgarrado, con los pies desnudos y calzados con unas pantuflas, los cabellos alborotados, sin afeitar y sin haberse lavado siquiera. Se admiró extraordinariamente al ver a su amigo.

—¡Cómo! ¡Eres tú! —exclamó, examinando de pies a cabeza al recién llegado.

Luego guardó silencio y empezó a silbar.

—¿Es posible que los asuntos te vayan tan mal? Pero el caso es que todavía vas más elegante que tu servidor —continuó, después de dirigir una mirada a los harapos de su compañero—. Pero siéntate: veo que estás cansado.

Y cuando Raskolnikov se dejó caer en un diván turco forrado de gutapercha, en peor estado aún que el suyo, Razumikin se dio cuenta de pronto de que su visitante no estaba bien.

—Estás seriamente enfermo, ¿sabes?

Quiso tomarle el pulso, pero Raskolnikov retiró rápidamente la mano.

—Es inútil —dijo—. He venido a verte..., te diré por qué: no tengo lecciones...: yo quisiera... pero no son lecciones precisamente lo que necesito.

—¿Sabes lo que te digo? ¡Que chocheas! —observó Razumikin, mirando atentamente a su amigo.

—No, yo no chocheo —respondió Raskolnikov, levantándose.

Cuando llegó a casa de Razumikin no creyó encontrarse frente a frente con su amigo. Y una entrevista a solas con cualquiera que fuere, en aquel preciso momento, era lo que más podía repugnarle. Lleno de amargura, estuvo a punto de ahogarse en cólera contra sí mismo apenas hubo franqueado el umbral de la habitación de Razumikin.

—¡Adiós! —dijo bruscamente dirigiéndose hacia la puerta.

—¡Espera un poco! ¡Qué raro eres!

—¡Es inútil...! —repitió soltándose de la mano de su amigo, que lo había sujetado.

—Entonces, ¿a qué diablos has venido? ¿Has perdido acaso el juicio? Mira, me ofendes con eso. No te dejaré que te marches de esa manera.

—Pues bien, escucha: he venido a verte porque no conozco a nadie mas que a ti que me pueda ayudar... a comenzar..., porque tú eres mejor que todos ellos, es decir, más inteligente, y puedes apreciar... Pero ahora me doy cuenta de que no necesito nada, ¿comprendes?, absolutamente nada... No tengo necesidad ni de los servicios ni de las antipatías de nadie. ¡Que me dejen en paz!

—¡Espera un minuto, mamarracho! ¡Estás loco de remate! Digas lo que digas, mi opinión es esta. Ya ves, tampoco yo tengo lecciones en absoluto, pero me río de ello, pues tengo un librero, Keruvinov, que en cierto modo es como una lección. No lo cambiaría por cinco lecciones en casa de los comerciantes. Publica libritos sobre ciencias naturales y eso se vende como el pan. ¡El caso es encontrar títulos! Tú decías siempre que yo era tonto; pues bien, amigo mío, los hay mucho más tontos que yo. Mi editor, que personalmente no conoce la «a» se ha puesto a tono con el día: y yo, como es natural, lo animo. Aquí tienes, por ejemplo, estos dos pliegos y medio de texto alemán: a mi manera de ver, eso es charlatanería pura; el autor examina la cuestión de saber si la mujer es un hombre; como es natural, el autor sostiene el punto de vista afirmativo y lo demuestra de una manera terminante. Yo traduzco este folleto para Keruvinov, quien cree que es de actualidad en un momento en que todos se ocupan de las mujeres. Nosotros haremos seis pliegos con los dos y medio del original alemán, le daremos un título ampuloso que ocupe media página y lo venderemos a cincuenta copecs. ¡Será un éxito! Me pagan seis rublos por pliego de traducción, lo que representa un total de quince rublos, de los que ya he cobrado seis por adelantado. ¿Quieres traducir tú el segundo pliego? Si te parece bien, llévate el texto, coge plumas y papel..., todo eso lo paga el Estado..., y permíteme que te ofrezca tres rublos, pues como quiera que yo he recibido seis en concepto de anticipo por el primero y segundo pliegos, te corresponden a ti tres rublos y percibirás otro tanto cuando hayas terminado la traducción. Y no vayas a creerte que me tienes que agradecer nada por todo eso. Al contrario, apenas te vi entrar pensé inmediatamente en utilizarte. En primer lugar, no estoy muy fuerte en ortografía, y, además, tengo un lastimoso conocimiento del alemán, de tal manera que con bastante frecuencia tengo que inventar en lugar de traducir. Yo me consuelo pensando que de esa manera le añado bellezas al texto, ¿y quién sabe?, quizá me haga ilusión... Bueno, ¿quiere decir que aceptas?

Raskolnikov tomó en silencio los dos pliegos del folleto alemán y los tres rublos y salió sin proferir palabra. Razumikin lo siguió con una mirada de asombro. Pero apenas llegó Raskolnikov a la primera esquina de la calle, volvió bruscamente sobre sus pasos y subió a casa de su amigo. Dejó encima de la mesa el original y los tres rublos e inmediatamente volvió a salir sin decir una palabra.

—¡Pero eso es de estar loco! —vociferó Razumikin encolerizado—. ¿Qué comedia es esa que estás representando? Vas a sacarme de mis casillas... ¿A qué diablos has venido entonces?

—No tengo necesidad... de traducciones... —murmuró Raskolnikov, dispuesto ya a bajar la escalera para irse a la calle.

—¿De qué tienes necesidad entonces, majadero? —le gritó en el rellano Razumikin.

El visitante continuó bajando en silencio.

—¡Eh! ¡Dime! ¿Dónde vives?

Aquella pregunta no obtuvo respuesta.

—¡Está bien! ¡Vete al diablo!

Pero Raskolnikov estaba ya en la calle.

El joven llegó a su casa al anochecer, sin que pudiera decir por dónde había ido. Temblando todo su cuerpo como un caballo fatigado, se desnudó, se acostó en el diván, y después de echarse encima su abrigo, se durmió inmediatamente...

Ya era completamente oscuro cuando le despertó un escándalo terrible. ¡Qué espantosa escena, Dios mío! Oíanse gritos, gemidos, rechinar de dientes, llantos, golpes, insultos como jamás había visto ni oído. Se sentó en su diván, asustado; su terror aumentaba por momentos porque a cada instante llegaba con más claridad a sus oídos el ruido de los golpes, las quejas, las invectivas. Cuando de pronto, con gran sorpresa por su parte, reconoció la voz de su patrona.

La pobre mujer se quejaba, suplicaba en tono doliente. Era imposible comprender lo que decía, pero indudablemente pedía que no le pegaran más, porque le pegaban despiadadamente en la escalera. El bruto que la maltrataba de aquella manera vociferaba con voz jadeante, sofocado por la cólera, de tal manera que sus palabras resultaban ininteligibles. Súbitamente, Raskolnikov empezó a temblar como un azogado; acababa de reconocer aquella voz, que no era otra que la de Ilia Petrovich.

«¡Ilia Petrovich está por ahí, pegándole a la patrona! Le da puntapiés, golpea su cabeza contra los escalones, eso está claro, no me engaño, el ruido de los golpes y los gritos de la víctima indican perfectamente de lo que se trata. ¿Qué significa esto? ¿Se habrá trastornado el mundo?».

Los vecinos de todos los pisos salían a la escalera; se oían voces, exclamaciones; unos subían y otros bajaban; las puertas se abrían y se cerraban con estrépito.

«Pero, ¿por qué? ¿Cómo es posible eso?», se repetía creyendo seriamente que la locura se apoderaba de su cerebro.

Pero no. ¡Percibía claramente aquellos ruidos...!

«Bueno, entonces, si es así, subirán a mi casa, porque... todo eso es seguramente por lo de ayer... ¡Señor!».

Quiso echar la aldabilla, pero se encontró sin fuerza para levantar el brazo... Además, se daba cuenta de que aquello no servía de nada. El terror helaba su sangre.

Al cabo de más de diez minutos fue cesando poco a poco aquel ruido. La patrona gemía. Ilia Petrovich continuaba vomitando insultos y amenazas... Por fin se calló, o al menos dejó de oírsela.

«¿Se habrá marchado acaso? ¡Señor! Sí, oigo que la patrona se marcha también, aunque continúa llorando... La puerta de su cuarto se ha cerrado ruidosamente... Los inquilinos abandonan la escalera para volver a sus respectivas habitaciones; lanzan exclamaciones, discuten, se llaman los unos a los otros; tan pronto gritan como hablan en voz baja. Debían de ser muchos; ha debido de acudir la casa entera. Pero ¡Dios mío, todo esto es horrible! ¿Y por qué, por qué habrá venido ese hombre aquí?».

Raskolnikov cayó extenuado en el diván, pero no pudo dormir más. Durante media hora fue presa de un espanto como jamás había sentido. De pronto, una luz vivísima alumbró su cuarto; era Nastasia que entraba con una vela y un plato de sopa. La criada lo miró atentamente, y al convencerse de que no dormía, colocó la vela encima de la mesa, y después empezó a desembarazarse de lo que llevaba: pan, sal, un plato y una cuchara.

—Me parece que no has comido desde ayer. Te vas por ahí todo el día teniendo fiebre.

—Nastasia, ¿por qué le han pegado a la patrona?

La criada lo miró fijamente.

—¿Quién le ha pegado a la patrona?

—Hace un momento..., media hora, Ilia Petrovich, el adjunto del comisario de policía, le pegó en la escalera... ¿Por qué la ha maltratado de esa manera? ¿Y por qué ha venido...?

Nastasia frunció el entrecejo sin contestar y examinó detenidamente al huésped. Aquella mirada inquisitorial lo turbó.

—Nastasia, ¿por qué guardas silencio? —preguntó al fin con voz tímida y débil.

—Es la sangre —murmuró ella como hablando consigo misma.

—¡La sangre...! ¿Qué sangre? —balbuceó él, tornándose pálido y retrocediendo hasta la pared.

Nastasia continuó observándolo continuamente.

—Nadie le ha pegado a la patrona —replicó inmediatamente y en tono tajante.

Él la miró, respirando apenas.

—Yo mismo lo oí..., nadie dormía..., estaba sentado en el diván —dijo con voz más miedosa que nunca—. Lo escuché bastante rato... Vino el adjunto del comisario de policía... De todos los pisos salió la gente a la escalera...

—No ha venido nadie. Es la sangre la que grita dentro de ti. Cuando no puede salir y empieza a formar cuajarones se ven visiones... ¿Vas a comer?

Raskolnikov no respondió; Nastasia no se marchaba de la habitación y continuaba mirándolo con curiosidad.

—Dame de beber, Nastasiuchka.

Esta bajó y volvió al cabo de unos minutos trayendo agua en un jarrito de arcilla, pero a partir de aquel momento se interrumpen los recuerdos de Raskolnikov. Únicamente recuerda que bebió un trago de agua fría. Después se desmayó.

III

Sin embargo, durante todo el tiempo que duró su enfermedad, no llegó a verse privado por completo del conocimiento: era el suyo un estado febril con delirio y semiconsciencia.

Algún tiempo después recordó muchas cosas. Unas veces le parecía que a su alrededor había muchas personas que querían prenderlo y llevárselo a algún sitio, discutiendo vivamente y disputando por su causa, otras se veía de pronto completamente solo en la habitación, de la que todo el mundo se marchaba porque tenían miedo de él, y únicamente abrían su puerta de tarde en tarde para examinarlo a escondidas; las gentes le amenazaban, se consultaban entre sí, se reían, lo encolerizaban. A menudo se daba cuenta de un hombre que debía serle muy conocido, pero, ¿quién era? Jamás pudo conseguir asignarle un nombre a aquella cara, por más que se devanara los sesos, y aquello lo desolaba hasta el punto de arrancarle las lágrimas.

En ocasiones se figuraba que estaba en cama desde hacía un mes; en otros momentos, todos los incidentes de su enfermedad le parecía que habían ocurrido en un solo y mismo día. Pero «aquello, aquello» lo había olvidado por completo. Bien es verdad que a cada instante se decía que había olvidado una cosa de la que debía acordarse, se atormentaba, hacía terribles esfuerzos de memoria, se quejaba, poníase furioso o se sentía presa de un terror indecible. Entonces se incorporaba en la cama y quería escapar, pero siempre había alguien que lo retenía con fuerza. Aquellas crisis lo debilitaban y acababa por desmayarse. Al fin recobró el uso de sus sentidos.

Eran entonces las diez de la mañana. Cuando hacía buen tiempo, el sol entraba en la habitación a aquella hora, proyectando una ancha franja de luz sobre la pared de la derecha e iluminaba el rincón cercano a la puerta.

Nastasia se encontraba delante de la cama del enfermo con un individuo al que Raskolnikov no conocía y que lo miraba con mucha curiosidad. Era un joven de naciente barba vestido con caftán y que parecía ser un *artelschik*[3]. La patrona miraba por la puerta entreabierta. Raskolnikov se incorporó.

—¿Quién es, Nastasia? —preguntó señalando al joven.

—¡Vaya, ha vuelto en sí! —dijo la criada.

—¡Ha vuelto en sí! —dijo a su vez el *artelschik*.

Al oír aquellas palabras, la patrona cerró la puerta y desapareció.

Su timidez le hacía siempre penosa la conversación o las explicaciones. Aquella mujer, de unos cuarenta años, tenía unos ojos y unas pestañas muy negros, era muy gruesa y tenía una presencia agradable. Buena, como lo son todas las personas gruesas y perezosas, era muy tímida a causa de aquello.

—¿Quién... es usted? —continuó preguntando Raskolnikov, dirigiéndose ahora al *artelschik*.

Pero en aquel mismo momento volvió a abrirse la puerta, dando paso a Razumikin, que penetró en la habitación encorvándose un poco, a causa de su elevada estatura.

—¡Vaya un camarote de barco! —exclamó al entrar—. Siempre me doy con la cabeza en el techo, ¡y a esto le llaman un cuarto! Bueno amiguito, parece que has recobrado el conocimiento, por lo que acaba de decirme Pachenka.

Acaba de recobrarlo —dijo Nastasia.

—Acaba de recobrarlo —repitió como un eco el *artelschik*.

---

[3] Componente de una asociación de obreros y empleados. *(N. del T.)*

—Pero, ¿quién es usted? —le preguntó bruscamente Razumikin—. Fíjese, yo me llamo Razumikin, soy estudiante, hijo de un gentilhombre, y este señor es amigo mío. ¡Ea, diga quién es usted!

—Estoy empleado en casa del comerciante Chepolaiev y vengo aquí por un asunto.

—Siéntese en esa silla.

Y al decir esto, Razumikin se sentó al lado opuesto de la mesa.

—Amigo mío, has hecho bien con volver en ti —continuó, dirigiéndose a Raskolnikov—. Puede decirse que desde hace cuatro días no has comido ni bebido nada. Apenas si tomabas un poco de té, que había que darte a cucharadas. Te he traído dos veces a Zosimov. ¿Te acuerdas de él? Te auscultó atentamente y dijo que eso no es nada. Tu enfermedad, según ha dicho, es sencillamente debilidad nerviosa, efecto de la mala alimentación, pero que no tenía gravedad alguna. ¡Valiente mozo está hecho el tal Zosimov! Se porta ya superiormente. Pero no quiero abusar de su tiempo —añadió Razumikin, dirigiéndose nuevamente al *artelschik*—. Tenga la bondad de decirnos el objeto de su visita. ¿Sabes, Rodia?, es la segunda vez que vienen de su casa; pero la primera vez no vino este señor. ¿Quién es el que vino antes que usted?

—¿Se refiere al que vino anteayer? Ese es Alejo Semionovich, que está empleado también en nuestra casa.

—Pues tiene la lengua un poco más suelta que la suya. ¿No cree usted lo mismo?

—Sí, es hombre más capaz.

—¡Modestia digna de elogio! Vaya, continúe.

—Pues mire: atendiendo a la petición de su madre, Atanasio Ivanovich Vajruchin, de quien seguramente habrá oído hablar más de una vez, le ha enviado dinero, y nuestra casa tiene el encargo de entregárselo —comenzó el dependiente, dirigiéndose a Raskolnikov—. Si está usted en su conocimiento, tenga la amabilidad de hacerse cargo de los treinta y cinco rublos que Semionovich ha recibido para usted, de Atanasio Ivanovich, de acuerdo con la orden de su madre. ¿No le han avisado a usted acerca de este envío?

—Sí..., lo recuerdo..., Vajruchin... —dijo Raskolnikov con aire pensativo.

—¿Quiere usted darme un recibo?

—Firmará. ¿Tiene ahí su libro? —dijo Razumikin.

—Sí, aquí lo tiene.

—Démelo. A ver, Rodia, haz un pequeño esfuerzo; procura sentarte, yo te sostendré; coge la pluma y procura escribir tu nombre, porque en nuestra época, amigo mío, el dinero es la miel de la humanidad.

—¡No lo necesito! —dijo Raskolnikov rechazando la pluma.

—¿Cómo? ¿No tienes necesidad de dinero?

—No firmaré.

—Pero es necesario que des un recibo.

—No tengo necesidad... de dinero...

—¡Que no tienes necesidad de dinero! En eso mientes, amigo mío, yo soy testigo de ello. No se preocupe, se lo ruego, no sabe lo que se dice..., está todavía en la región de los sueños. Además, eso le ocurre hasta despierto... Usted es un hombre sensato; le guiaremos la mano y firmará. Vamos, ayúdeme usted...

—Puedo volver otra vez.

—No, no. ¿Para qué va a molestarse? Usted es una persona razonable... Vamos, Rodia, no entretengas más tiempo a este señor... ya ves que está esperando.

Y, seriamente, Razumikin se dispuso a llevar la mano de Raskolnikov.

—Deja; yo mismo lo haré... —dijo este.

Y cogió la pluma y escribió el acuse de recibo en el libro. El *artelschik* entregó el dinero, retirándose después.

—¡Bravo! Y ahora, amigo mío, ¿quieres comer?

—Sí —respondió Raskolnikov—. ¿Hay sopa?

—Queda de ayer —respondió Nastasia que no había abandonado la habitación durante toda aquella escena.

—¿Sopa de arroz con patatas?

—Estaba seguro de ello. Ve a buscar la sopa y tráenos té.

—Está bien.

Raskolnikov lo miraba todo con profunda sorpresa y con un miedo que le tenía alelado. Resolvió callarse y esperar a ver lo que ocurría.

«Me parece que ya no deliro —pensaba—. Todo esto ha debido ser bastante real...».

Nastasia volvió al cabo de diez minutos con la sopa y anunció que iba a traer el té. Con la sopa trajo dos cucharas, dos platos y un servicio completo de mesa: sal, pimienta, mostaza para la carne, etc. Ya hacía tiempo que no le habían puesto la mesa de aquella manera. Le asombró ver que hasta el mantel estaba limpio.

—Nastasiuchka —dijo Razumikin—, Praskovia Pavlovna no haría mal si nos mandara dos botellas de cerveza. No nos sentarán mal.

—¡No te privas de nada! —murmuró la criada.

Y se fue a hacer el encargo.

El enfermo continuaba observándolo todo con inquieta atención. Durante este tiempo, Razumikin fue a sentarse a su lado en el diván. Con la gracia de un oso, sostenía con su brazo izquierdo la cabeza de Raskolnikov, que no necesitaba aquella ayuda, mientras que con la mano derecha le llevaba a la boca cucharadas de sopa, después de soplar varias veces para que su amigo no se quemara, a pesar de que la comida estaba casi fría. Raskolnikov tragó ávidamente tres cucharadas, pero Razumikin suspendió bruscamente su trabajo, declarando que no podía darle más sin consultar a Zosimov.

Mientras tanto, Nastasia llegó trayendo las dos botellas de cerveza.

—¿Quieres té?

—Sí.

—Ve inmediatamente a buscar té Nastasia, porque en cuanto a ese brebaje creo que no será necesario el permiso de la facultad. ¡Pero aquí tenemos la cerveza!

Fue a sentarse en su silla, acercóse la sopera y la carne y empezó a devorar con tal apetito como si no hubiera comido desde hacía tres días.

—Ahora, amigo Rodia, como en tu casa todos los días —murmuró con la boca llena—. Pachenka, tu amable patrona, es quien me regala de esta suerte: tiene bastantes consideraciones conmigo, y, como es natural yo la dejo hacer. ¿Para qué protestar? Pero ya tenemos aquí a Nastasia con el té. Es muy servicial. Nastenka, ¿quieres cerveza?

—¿Quieres burlarte de mí?

—Té sí que tomarás.

—Té sí.

—Sírvetelo. Mejor dicho, no, espera; te lo serviré yo mismo. Acércate a la mesa.

Poniéndose inmediatamente en su papel de anfitrión, llenó sucesivamente dos tazas; luego dejó su almuerzo y fue a sentarse en el diván. De la misma manera que antes, cuando se cuidó de la sopa, empleó las más delicadas atenciones para hacerle tomar el té a Raskolnikov. Este se dejaba mimar sin decir una palabra, aunque se sintiera con ánimos para sentarse en el diván sin ayuda de nadie, sostener en la mano la taza o la cuchara y, tal vez, hasta de andar. Pero con un maquiavelismo extraño y casi instintivo, fingía sentir debilidad momentánea, simulando hasta cierta inconsciencia, al mismo tiempo que su vista y su oído estaban alerta.

Por otra parte, la repugnancia era mayor que su resolución; después de tomar diez cucharadas de té, el enfermo apartó su cabeza con un movimiento brusco, rechazó, caprichosamente, la cuchara y se dejó caer sobre su almohada. Esta palabra no era una metáfora, Raskolnikov tenía ahora en su cabecera una excelente almohada de plumas con una funda limpia; aquel detalle que no había dejado de observar no dejaba de intrigarle.

—Es necesario que hoy mismo nos mande Pachenka jalea de frambuesa para prepararle bebida a Rodia —dijo Razumikin, yendo a sentarse en su sitio y empezando a comer de nuevo.

—¿Y de dónde va a sacar ella la frambuesa? —preguntó Nastasia, quien, manteniendo el platillo sobre sus cinco dedos abiertos, hacía pasar el té a su boca «a través del azúcar».

—Amiguita, ella puede adquirir la frambuesa en una tienda. Has de saber, Rodia, que aquí ha pasado algo que tú no conoces. Cuando te largaste de mi casa como un ladrón sin decirme dónde vivías, me enfadé tanto que determiné encontrarte para vengarme de ti de una manera ejemplar, y desde aquel mismo día me puse en acción. ¡No puedes figurarte lo que corrí y lo que tuve que preguntar! Se me había olvidado tu dirección de ahora por una razón muy sencilla: porque no la supe nunca. En cuanto a tu domicilio anterior, recordaba únicamente que vivías en las Cinco Esquinas, en casa de Karlamov, que, al fin de cuentas, no es la casa de Karlamov, sino la casa de Buj. ¡Hay que ver cómo se confunden a veces los nombres propios! Yo estaba furioso; fui al día siguiente a las oficinas de empadronamiento, no creyendo conseguir nada con aquella gestión. ¡Pues bien! Figúrate que al cabo de dos minutos me dieron las señas de tu domicilio. Figuras inscrito allí.

—¿Que estoy inscrito?

—Desde luego. Y en cambio no pudieron dar la dirección del general Kobelev a uno que preguntaba por ella. Abreviaré. Apenas llegué aquí quedé informado de todos tus asuntos: sí, amigo mío, de todos. Estoy enterado de todo; Nastasia puede decírtelo. He trabado conocimiento con Nikodim Fomich, me han presentado a Ilia Petrovich, me he puesto en relación con el portero, con Alejandro Grigorievich Zametov, el jefe de la secretaría y finalmente con la misma Pachenka: esto ha sido el colmo, puedes preguntárselo a Nastasia...

—La has engatusado —murmuró la criada con una sonrisa maliciosa.

—La desgracia, amigo mío, es que no supiste empezar bien. No había que obrar con ella como tú hiciste. Su carácter es de los más chocantes. Ya hablaremos más adelante acerca del carácter... ¿Cómo has podido obligarla a que te retirara la comida? ¡Y lo de la letra de cambio! ¡Tenías que estar verdaderamente loco para firmarla! ¡Y el proyecto de matrimonio con su hija Natalia Egorovna...! ¡Estoy al corriente de todo! Veo, además, que toco una cuerda delicada y que soy un borrico, perdona. Y a propósito de tonterías, ¿no te parece que Praskovia Pavlovna es menos tonta de lo que a primera vista parece?

—Sí. —balbuceó Raskolnikov, mirando de soslayo.

Ni siquiera comprendía que habría sido mejor sostener la conversación.

—¿Verdad...? —exclamó Razumikin—. Pero tampoco es una mujer inteligente. ¡Es un tipo completamente especial! Te aseguro, amigo mío, que me confunde... Va a cumplir cuarenta años, pero dice que tiene treinta y seis, para lo que está completamente autorizada. Además, puedo jurártelo, yo no puedo juzgarla casi nada más que desde el punto de vista intelectual, pues nuestras relaciones son de lo más especial que pueda darse. ¡No las comprendo! Y volviendo a nuestro asunto, ella vio que dejabas la universidad, que no tenías lecciones ni ropa para vestirte; por otra parte, después de la muerte de su hija, no tenía por qué considerarte como una persona de la familia. En tales condiciones, la inquietud se apoderó de ella, y tú, por tu parte, en lugar de conservar con ella las relaciones de otros tiempos, vivías retirado en tu rincón, y ahí tienes por qué se empeñó en que te marcharas. Ya hacía tiempo que pensaba en eso; pero tú le firmaste una letra, además de decirle que tu madre pagaría...

—Cometí una bajeza al decirle eso... Mi madre está casi reducida a la mendicidad... Yo le mentí para que continuara teniéndome en su casa y... dándome de comer —declaró Raskolnikov con voz clara y vibrante.

—Sí, tenías razón al expresarte de esa manera. Lo que estropeó tus cálculos fue la intervención del señor Tchebarov, curial y hombre de negocios. De no haber sido por él, Pachenka no se hubiera metido contigo; es una mujer muy tímida para eso. Pero el hombre de negocios no es tímido y planteó la cuestión inmediatamente. ¿Es solvente el firmante de esta letra? Respuesta: sí, porque su madre, aunque no tenga más que una pensión de ciento veinticinco rublos anuales, es capaz de quedarse sin comer por sacar a su Rodian de un apuro, y tiene además una hermana que sería capaz de venderse como esclava por su hermano. El señor Tchebarov se las arregló allá arriba... ¿Por qué te alteras así? Ahora, amigo mío, comprendo tu segunda intención. Tú no eras culpable expansionándote con Pachenka cuando ella podía ver en ti a un futuro yerno; pero he aquí que mientras el hombre honrado y sensible se deja arrastrar por las confidencias, el hombre de negocios las recoge y saca su provecho de ellas. Resumiendo: tu patrona le endosó la letra al tal Tchebarov, y a este no le dolió molestarte. Apenas me enteré de todo esto, para darle satisfacción a mi conciencia, quise tratar al hombre de negocios con la mayor rapidez; pero entretanto se estableció la armonía entre Pachenka y yo e hice detener el procedimiento, respondiendo yo de tu deuda. ¿Te enteras, amigo mío? Soy tu fiador. Se hizo venir a Tchebarov, le taparon la boca con diez rublos y entonces nos devolvió el papel que tengo el honor de presentarte. En la actualidad no eres deudor más que de palabra. Toma, aquí lo tienes.

—¿Eres tú la persona a quien yo no conocía durante mi delirio? —preguntó Raskolnikov después de un momento de silencio.

—Sí, e incluso mi presencia te produjo algunas crisis; particularmente, el día que te traje conmigo a Zametov.

—¿A Zametov...? ¿El jefe de la secretaría?... ¿Para qué le trajiste?

Al pronunciar aquellas palabras, Raskolnikov cambió bruscamente de postura, manteniendo fijamente su mirada en Razumikin.

—¿Qué te pasa...? ¿Por qué te alteras? Deseaba conocerte, él mismo quiso venir porque habíamos hablado mucho de ti... Además, ¿quién hubiera podido decirme tantas cosas sobre ti? Es un excelente muchacho, amigo mío; es maravilloso... en su género, naturalmente. Ahora somos muy buenos amigos y nos vemos casi todos los días. Me he mudado a este barrio. ¿No lo sabías? Me he trasladado hace poco. He ido dos veces a casa de Luisa con él. ¿Te acuerdas de Luisa..., Luisa Ivanovna?

—¿He desvariado mucho cuando estaba con la fiebre?

—¡Ya lo creo! No sabías lo que te decías.

—¿Y qué decía yo?

—¿Qué decías? Ya se sabe lo que puede decir un hombre que no tiene bien la cabeza... Pero no hay que perder el tiempo ahora; ocupémonos de nuestras cosas.

Se levantó y cogió su gorra.

—¿Qué era lo que decía?

—¿Quieres saberlo decididamente? ¿Temes haber dejado escapar algún secreto? Tranquilízate, no se te ha escapado ninguna palabra respecto a la condesa. Pero hablaste mucho de un perro de presa, de pendientes, de cadenas de reloj, de la isla de Krestovsky, de un portero; Nikodim Fomich e Ilia Petrovich, adjunto del comisario de policía, aparecían con frecuencia en tus frases. Además estabas muy preocupado por una de tus botas. «¡Dádmela!», repetías incesantemente sin dejar de llorar. El mismo Zametov la buscó por todos los rincones y te acercó esa basura que no temió coger con sus blancas y perfumadas manos llenas de sortijas. Únicamente entonces te calmaste y durante veinticuatro horas conservaste esa porquería entre tus manos, no había manera de arrancártela, y todavía debe de andar por algún rincón debajo de tu manta. También pedías las tiras de un pantalón. ¡Y con qué lágrimas! Nos hubiera gustado saber el interés que aquellas tiras tenían para ti, pero era imposible comprender tus palabras... Y vamos ya a nuestro asunto. Aquí tienes treinta y cinco rublos, de los que cogeré diez, y dentro de dos horas volveré a darte cuenta del empleo que les he dado. Pasaré por casa de Zosimov; ya hace tiempo que debía haber venido, porque ya son más de las once. Y durante mi ausencia, ya procurará usted, Nastasia, que no le falte nada a su huésped, y cuídese preferentemente de prepararle algo para beber... Además, voy a darle yo mismo mis instrucciones a Pachenka. ¡Hasta luego!

Inmediatamente salió ella y se puso a escuchar por detrás de la puerta, pero al cabo de un momento no pudo contenerse y bajó precipitadamente, curiosa por saber si Razumikin estaría hablando con la patrona. Estaba fuera de toda duda que Nastasia experimentaba una verdadera admiración por el estudiante.

Apenas hubo salido, Raskolnikov apartó rápidamente la ropa y saltó de la cama como enloquecido. Había esperado con impaciencia verdaderamente febril el momento de quedarse solo para poner inmediatamente manos a la obra. Pero, ¿a qué obra? He aquí de lo que ni siquiera se acordaba ahora.

«¡Señor, reveladme sólo una cosa! ¿Están enterados de todo o lo ignoran todavía? Es posible que lo sepan ya, pero quizá lo disimulan porque estoy enfermo ahora; se reservan quitarse la máscara para cuando me vean restablecido, y entonces me dirán que estaban perfectamente informados desde hacía mucho tiempo... ¿Qué haré ahora? Parece como si lo hubieran hecho ex profeso: ¡se me ha olvidado y hace un minuto pensaba en ello todavía...!».

Estaba de pie en medio de la habitación y miraba a su alrededor presa de la más angustiosa perplejidad.

Se acercó a la puerta, la abrió y se puso a escuchar, pero no era aquello. De pronto pareció volverle la memoria: corrió al rincón donde estaba levantado el papel, introdujo su mano en el agujero y empezó a registrar, pero tampoco era aquello lo que le interesaba.

Fue a levantar la tapa de la estufa y removió la ceniza: las tiras de pantalón y el forro del bolsillo estaban allí lo mismo que cuando los echó; así, pues, no había mirado nadie en la estufa.

Entonces se acordó de la bota de la que Razumikin le había hablado hacía poco. Efectivamente, estaba encima del diván, debajo de la manta; pero se había rozado tanto desde que cometió el crimen y tenía tanto barro encima que Zametov no habría podido observar nada de particular.

«¡Bah! ¡Zametov...! ¡La oficina de la policía! Pero, ¿por qué me llama a esa oficina? ¿Dónde estará la citación? ¡Bah, ya me confundía! Fue el otro día cuando me hicieron ir. También examiné la nota aquel día, pero ahora..., ahora estoy enfermo. ¿Y por qué ha venido aquí Zametov? ¿Por qué lo trajo Razumikin...? —murmuró Raskolnikov volviendo a sentarse agotado en el diván—. ¿Qué pasa entonces? ¿Continúo delirando todavía, o las cosas son tal como yo las veo? Me parece que no estoy soñando... ¡Ah, ya me acuerdo ahora! ¡Hay que marcharse, marcharse lo más rápidamente posible! ¡Es absolutamente preciso! Sí, pero, ¿adónde voy a ir? ¿Dónde están mis ropas? ¡No tengo botas! ¡Las han recogido! ¡Las han escondido! ¡Ya lo comprendo! ¡Ah, ahí veo mi paletó! No se habrán fijado en él. Encima de la mesa hay dinero, ¡gracias a Dios! La letra de cambio está también ahí... Voy a coger el dinero y me marcharé, alquilaré otro cuarto y no me encontrarán de ninguna manera... Sí, pero, ¿y el fichero de direcciones? ¿Me descubrirán? Mejor sería abandonar el país y marcharme muy lejos..., a América; ¡allí podré burlarme de ellos! Hay que llevarse también la letra de cambio..., allá lejos me servirá. ¿Qué más me llevaré? ¡Creen que estoy enfermo! Piensan que no me encuentro en disposición de marcharme. ¡Ja, ja, ja...! He leído en sus ojos que están enterados de todo. ¡No tengo más que bajar la escalera! Pero, ¿y si la casa estuviera custodiada, si abajo me encontrara con los agentes de la policía? ¿Qué es esto? ¿Té? ¡Ah, también ha quedado cerveza! Esto me refrescará».

Tomó la botella que contenía todavía como un vaso grande y la vació de un trago con verdadero placer, pues su pecho parecía arder... Pero a los pocos minutos, la cerveza le produjo unos zumbidos en la cabeza, y un ligero escalofrío que resultaba agradable recorrió su espalda, se acostó y se arropó con la manta. Sus ideas, ya antes enfermizas e incoherentes, empezaron a embrollarse cada vez más. Los párpados empezaron a pesarle enseguida. Apoyó voluptuosamente su cabeza en la almohada, se envolvió en el blanco cobertor que sustituía a su detestable abrigo y se durmió con un sueño profundo.

Se despertó al oír ruido de pasos y vio a Razumikin que acababa de abrir la puerta y vacilaba entre franquear el umbral o marcharse. Raskolnikov se levantó rápidamente y miró a su amigo con el gesto del hombre que quiere recordar algo.

—Ya que no duermes, me quedaré. ¡Nastasia, sube el paquete! —le gritó Razumikin a la criada que estaba abajo—. Voy a hacerte la cuenta...

—¿Qué hora es? —preguntó el enfermo mirando a su alrededor con extravío.

—Van a dar las seis. Has dormido cerca de siete horas.

—¡Dios mío! ¿Cómo habré yo podido dormir tanto?

—¿De qué te quejas? ¡Eso te sentará muy bien! ¿Qué negocios te corren tanta prisa? ¿Acaso una cita? Ahora podemos disponer de todo nuestro tiempo. Estoy esperando que despertaras desde hace tres horas; he entrado dos veces a verte y dormías. También he ido dos veces a casa de Zosimov y estaba fuera, pero no importa, ya vendrá. Además, he tenido que ocuparme en cosas mías, pues me he cambiado hoy de domicilio y he tenido que mudarlo todo, incluso a mi tío. Porque, ya ves, ahora tengo a mi tío en casa... Dame ese paquete, Nastasia. Enseguida vamos... Pero, ¿cómo te encuentras, amiguito?

—Me encuentro bien; ya no estoy enfermo... Razumikin, ¿hace mucho tiempo que estás aquí?

—Acabo de decirte que estaba esperando que despertaras desde hace tres horas.

—No, antes.

—¿Cómo antes?

—¿Desde cuándo vienes por aquí?

—Ya te lo dije antes. ¿No te acuerdas?

Raskolnikov hizo memoria. Los incidentes de la jornada se le ofrecían como un sueño. Los esfuerzos de su memoria resultaban infructuosos e interrogó con la mirada a Razumikin.

—¡Hum! —dijo este—. Se te ha olvidado. Ya me pareció antes que no estabas muy bien... El sueño te probará... La verdad es que tienes mejor cara ¡Vaya! ¿Qué importa? ¡Esto te repondrá enseguida! Fíjate en esto, amiguito.

Y empezó a deshacer el paquete que, evidentemente, era el objeto de sus preocupaciones.

—Esto, amigo mío, lo tenía en el corazón. Hay que hacer de ti un hombre. Vamos a poner manos a ello. Empezaremos por arriba. ¿Ves esta gorra? —dijo, y sacó del paquete una gorra bastante bonita, aunque ordinaria y de poco valor—. ¿Me permites que te la pruebe?

—Ahora no, después —dijo Raskolnikov rechazando a su amigo con un gesto de impaciencia.

—No, enseguida, amigo Rodia; déjame hacer; luego sería demasiado tarde. Además, la inquietud me tendría despierto toda la noche, porque la he comprado a ojo, sin la medida de la cabeza. ¡Te está divinamente! —exclamó con aire triunfal, después de probar la gorra a Raskolnikov—. ¡Ni que la hubiéramos encargado a la medida...! A ver si sabes lo que ha costado, Nastasiuchka —le dijo a la criada, al ver que su amigo guardaba silencio.

—Dos grivnas —respondió Nastasia.

—¡Dos grivnas! ¡Estás loca! —gritó Razumikin ofendido—. ¡Ha costado ocho grivnas! Y eso porque está usada. Vamos ahora al pantalón. ¡Te advierto que estoy orgulloso de él!

Y al decir esto extendió ante Raskolnikov un pantalón gris de tela fina de verano.

—Ni un agujero, ni una mancha y muy pasadero, aunque esté usado también; el chaleco es del mismo color que el pantalón, como exige la moda. Además, si estas prendas no son nuevas, resultarán mejores que si lo fueran, pues con el uso han adquirido suavidad, flexibilidad. Mira Rodia, a mi entender, para andar por el mundo hay que vestir siempre con arreglo a la estación. Las personas razonables no comen espárragos en el mes de enero; yo he seguido siempre esta regla para mis compras. Y como estamos en verano, te he comprado ropas de verano, con lo que tendrás que dejar esta..., tanto más cuanto que de aquí a entonces estará deteriorada ya. Bueno, adivina lo que ha costado. ¿Cuánto te parece? ¡Dos rublos y veinticinco copecs! Vayamos ahora a las botas, ¿que te parecen? Ya se ve que están usadas, pero aún pueden durarte un par de meses porque están confeccionadas en el extranjero: un secretario de la embajada británica se deshizo de ellas la semana pasada; las llevó seis días nada más, pero andaba muy escaso de dinero... Precio: un rublo y cincuenta copecs. ¡Regaladas!

—¡Puede que le estén mal! —observó Nastasia.

—¡Cómo que no le están bien! ¿Y esto? —replicó Razumikin sacando de su bolsillo una bota vieja de Raskolnikov llena de agujeros y sucia—. Ya tomé mis precauciones; han tomado la medida por ese adefesio. Todo ha sido hecho concienzudamente. En cuanto a la ropa interior, he tenido que pelearme con la comerciante. Aquí tienes tres camisas con pretensiones de moda... Y ahora hagamos la cuenta definitiva: la gorra, ocho grivnas; el pantalón y el chaleco, dos rublos y veinticinco copecs; las botas, un rublo cincuenta; ropa blanca, cinco rublos, total: nueve rublos y cincuenta copecs. Luego tengo que devolverte cuarenta y cinco copecs; aquí los tienes; guárdalos; ya estás completamente equipado, pues por lo que veo, tu paletó no sólo puede prestarte buen servicio todavía, sino que resulta de bastante distinción; ¡ya se ve que fue hecho en casa de Charmer! En cuanto a los calcetines, etcétera, te dejo a ti el cuidado de adquirirlos. Nos quedan aún veinticinco rublos y no tienes por qué ocuparte de Pachenka ni de pagar el alquiler. Ya te lo he dicho: te abren un crédito ilimitado. Ahora, amigo mío, permíteme que te mude la ropa interior, eso es indispensable porque tienes la enfermedad en la camisa...

—¡Déjame! ¡No quiero! —respondió rechazándole Raskolnikov, cuyo rostro había permanecido sombrío durante el tiempo que duró el alegre relato de Razumikin.

—Es indispensable, amigo mío; ¿para qué he andado yo por ahí entonces rompiéndome las botas? —insistió—. Nastasiuchka, no te hagas la púdica y ven a ayudarme.

Y a pesar de la resistencia de Raskolnikov consiguió cambiarle de ropa.

El enfermo volvió a dejar caer la cabeza sobre la almohada y no dijo ni una palabra durante diez minutos. «¿Es que no me van a dejar tranquilo?», pensó.

—¿Con qué dinero has comprado todo esto? —preguntó enseguida, mirando a la pared.

—¡Vaya una pregunta! Con tu dinero. Tu madre te ha mandado treinta y cinco rublos por mediación de Vajruchin y te los entregaron hace un rato. ¿Se te ha olvidado ya?

—Ahora recuerdo... —dijo Raskolnikov después de haber permanecido pensativo y triste algunos instantes.

Razumikin lo miraba preocupado, con el entrecejo fruncido.

La puerta se abrió y un hombre de elevada estatura entró en la habitación. Su modo de presentarse denotaba que era asiduo visitante de Raskolnikov.

—¡Zosimov! ¡Al fin! —exclamó alegremente Razumikin.

IV

El recién llegado era un hombre alto y grueso, de veintisiete años, rostro abultado, pálido y cuidadosamente afeitado. Sus cabellos, de un rubio casi blanco, se mantenían derechos sobre su cabeza. Usaba lentes y en el índice de su carnosa mano brillaba un grueso anillo de oro. Veíase que le gustaba ir cómodo en cuanto a su manera de vestir, poco elegante desde luego. Llevaba un amplio paletó de paño delgado y un pantalón ancho de color claro. Su camisa era impecable, y una pesada cadena de oro lucía en su chaleco. En sus modales había algo de perezoso y flemático y se esforzaba por aparentar un aire desenvuelto. Pero a despecho de su cuidado por sí mismo, semejante pretensión se trasparentaba en sus maneras. Todos sus amigos le encontraban absolutamente insoportable, pero le tenían en gran aprecio como médico.

—He pasado dos veces por tu casa, amigo mío... Como ves, ha recobrado sus sentidos —gritó Razumikin.

—Ya lo veo, ya lo veo. Bueno, ¿y cómo nos encontramos hoy? —le preguntó Zosimov a Raskolnikov mirándole atentamente.

Y al mismo tiempo que hablaba se sentó en un extremo del diván, a los pies del enfermo, esforzándose por encontrar allí espacio suficiente para su enorme persona.

—Siempre hipocondríaco —prosiguió Razumikin—. Hace un momento, cuando le mudamos de ropa, casi se puso a llorar.

—Se explica; podían haber hecho eso un poco más tarde; no era necesario contrariarle... El pulso es excelente. Aún habrá un poco de dolor de cabeza, ¿verdad?

—Estoy bien, me encuentro perfectamente —dijo Raskolnikov con irritación.

Al pronunciar aquellas palabras se incorporó en el diván y sus ojos chispearon; pero al cabo de menos de un segundo volvió a dejarse caer sobre la almohada y se puso de cara a la pared. Zosimov lo miró atentamente.

—Muy bien..., no hay nada de particular —declaró con negligencia—. ¿Ha comido algo?

Le dijeron lo que había comido el enfermo y le preguntaron qué podría dársele.

—Se le puede dar lo que quiera..., sopa, té... Desde luego que las setas y los pepinos no puede probarlos... No debe comer carne, ni... Pero eso es hablar en balde.

Cambió una mirada con Razumikin.

—Basta de pociones y de medicamentos; vendré a verle mañana... Hoy se habría podido... Bueno, está bien...

—Mañana por la tarde lo sacaré a dar un paseo —decidió Razumikin—. Iremos al jardín de Yusupov y luego al Palacio de Cristal.

—Quizá sea un poco pronto mañana; pero una salida corta... En fin, ya veremos de aquí a entonces.

—Lo que me contraría es que precisamente hoy celebramos una fiesta a dos pasos de aquí; me habría gustado que fuera de los nuestros y no que se quedara tumbado en ese diván. ¿Vendrás tú? —le preguntó bruscamente a Zosimov—. Lo prometiste; no vayas a faltar a tu palabra.

—Está bien, pero no podré ir hasta bastante tarde. ¿Das una fiesta?

—Nada de eso. Habrá sencillamente té, aguardiente, arenques y un pastel. Es una pequeña reunión de amigos.

—¿Quiénes serán los comensales?

—Compañeros, gente joven, y además un tío mío, viejo ya, que ha venido a San Petersburgo para negocios suyos. Llegó ayer; no nos vemos más que una vez cada cinco años.

—¿Y qué hace él?

—Sencillamente vegetar en un distrito donde estuvo de jefe de Correos... Cobra una modesta pensión, tiene sesenta y cinco años... Yo le aprecio bastante. También vendrá a casa Porfirio Petrovich, el juez de instrucción del distrito..., un jurista. Pero tú lo conoces ya.

—¿También es pariente tuyo?

—Muy lejano. Pero, ¿por qué pones esa cara? ¿Vas a dejar de venir porque un día discutiste con él?

—¡Me tiene sin cuidado!

—Es lo mejor que puedes hacer. En resumen: vendrán algunos estudiantes, y un profesor, un empleado, un músico, un oficial, Zametov...

—Dime, te lo suplico, lo que tú o él —Zosimov indicó a Raskolnikov con una seña— podéis tener de común con un Zametov.

—Bueno, si quieres que te lo diga, hay algo de común entre Zametov y yo: hemos emprendido una cosa juntos.

—Me gustaría saber de qué se trata.

—Es a propósito del pintor aquel... Trabajamos juntos para conseguir que lo pongan en libertad. Ahora irá todo eso como una seda. ¡El asunto está perfectamente claro! Nuestra intervención tiene únicamente por objeto acelerar el desenlace.

—¿De qué pintor se trata?

—¿Es posible que no te haya hablado de él? Es verdad, no te referí más que el principio..., se trata del asesinato de la vieja prestamista... Han detenido al pintor como autor del crimen.

—Sí, antes que me dijeras nada había oído ya hablar de ese asesinato, e incluso me interesa el asunto... hasta cierto punto...; he leído algo en los periódicos.

—¡También mataron a Isabel! —dijo de pronto Nastasia dirigiéndose a Raskolnikov.

No había salido de la habitación y escuchaba de pie, junto a la puerta, la conversación.

—¿Isabel? —balbuceó el enfermo con voz casi ininteligible.

—Sí, Isabel, la revendedora de ropas, ¿no la conocías? Venía aquí abajo. Incluso te hizo una camisa.

Raskolnikov volviose hacia la pared y empezó a mirar con la mayor atención una de las florecillas blancas sembradas en el papel que tapizaba su habitación. Sentía que sus miembros se entorpecían, pero no intentaba siquiera moverse, y su mirada continuaba obstinadamente fija en la florecilla.

—Bueno, ¿y habrán formulado cargos contra ese pintor que está complicado en el asunto? —dijo Zosimov, interrumpiendo con marcada impaciencia la charla de Nastasia, que suspiró y calló.

—Sí, pero cargos que no lo son, y eso es precisamente lo que se trata de demostrar. La policía está despistada en este caso, de la misma manera que se equivocó al principio cuando sospechó de Koch y de Pestriakov. Por desinteresado que uno esté en el asunto, tiene que revolverse al ver lo mal que llevan la investigación. Es posible que Pestriakov venga esta tarde a mi casa... A propósito, Rodia, tú estarás enterado de esto, pues ocurrió antes de ponerte tú enfermo, precisamente la víspera del día en que te desmayaste en la oficina de la policía cuando hablaban de ello...

Zosimov miró curiosamente a Raskolnikov, que ni siquiera se movió.

—Hay que tener cuidado contigo, Razumikin; te interesas demasiado por un asunto que no te afecta —observó el doctor.

—Es posible, pero, ¿qué importa? ¡Arrancaremos a ese desgraciado de las garras de la justicia! —gritó Razumikin, dando un puñetazo en la mesa—. Las equivocaciones de esa gente no son lo que más me irrita; puede equivocarse uno, el error es cosa perdonable, ya que por medio de él se llega a la verdad. No, lo que a mí me fastidia es que, aun equivocándose, creen que son infalibles. Yo aprecio a Porfirio, pero... ¿Sabes lo que los despistó desde el principio? La puerta estaba cerrada, pero cuando Koch y Pestriakov volvieron con el portero la encontraron abierta: ¡luego Koch y Pestriakov son los asesinos! ¡Ahí tienes su lógica!

—¡No te acalores, los han detenido porque no podían hacer otra cosa...! ¡A propósito, he tenido ocasión de tropezarme con ese Koch. Parece que estaba en relación con la vieja, a la que le compraba los objetos que no iban a desempeñar.

—Sí, es un vividor, una persona sospechosa. También compra letras de cambio. Sus contratiempos no me sublevan de ninguna manera. Lo que me indigna es la estúpida manera que tienen de obrar, utilizando procedimientos anticuados... Lo que interesa es abrir nuevos caminos y renunciar a una rutina cuya época pasó ya... Únicamente los datos psicológicos pueden ponerlo a uno en la verdadera pista. «¡Tenemos pruebas!», dicen ellos. Pero las pruebas no lo son todo, la manera de interpretarlas aporta por lo menos la mitad del éxito en una investigación.

—¿Y tú sabes interpretar las pruebas?

—Mira, es imposible callar cuando se siente, cuando uno tiene la íntima convicción de que podría ayudar al descubrimiento de la verdad si... ¿Conoces tú los detalles del asunto?

—Me hablaste de un pintor de fachadas y sigo esperando que me cuentes esa historia.

—Pues bien, escucha: al día siguiente del asesinato, por la mañana, cuando la policía procedía aún contra Koch y Pestriakov, a pesar de las explicaciones completamente categóricas dadas por ellos, surgió de pronto un incidente inesperado. Un tal Duchkin, aldeano, que tiene una taberna frente a la casa del crimen, llevó a la comisaría un estuche en el que había unos pendientes de oro y refirió toda una historia: «Anteayer por la noche un poco después de las ocho —fíjate en esta coincidencia—, Nikolai, un obrero pintor que frecuenta mi establecimiento, vino a rogarme que le prestara dos rublos dejándome en prenda los pendientes que había dentro del estuche. Al preguntarle yo: "¿Dónde has cogido eso?", me contestó que se los había encontrado en la acera. No le pregunté más y le di "un billetito", es decir, un rublo, y me dije que si no me quedaba con aquel objeto, otro se lo quedaría y mejor era que estuviera en mis manos, pues si no vienen a reclamarlo y me entero de que ha sido robado, iré enseguida a llevarlo a la policía». Desde luego que al hablar así mentía descaradamente, conozco a ese Duchkin, es un encubridor, y al engañar a Nikolai con la adquisición de un objeto que valía treinta rublos no tenía la intención de entregarlo a la policía; se decidió a dar ese paso bajo la influencia del miedo. Pero dejemos a Duchkin que continúe su relato: «Yo conozco desde mi infancia a ese pintor; se llama Nikolai Dementiev, y es, lo mismo que yo, del gobierno de Riazan, distrito de Zaraisk. Sin que pueda decirse que es un borracho, le gusta beber demasiado alguna vez. Yo sabía que estaba pintando en aquella casa con Mitrei, que es un paisano suyo. Después de recibir el billetito, Nikolai se bebió dos vasos seguidos, cambió su rublo para pagar y se marchó después de recoger la vuelta. Mitrei no iba con él entonces. Al día siguiente oí referir que habían matado a hachazos a Alena Ivanovna y a su hermana Isabel Ivanovna. Yo las conocía, y entonces empecé a tener dudas en cuanto a los pendientes, pues yo sabía que la vieja prestaba dinero sobre prendas así. Para poner en claro mis sospechas me dirigí a la casa aquella como quien no quiere la cosa y pregunté si Nikolai estaba allí. Mitrei me contestó que su compañero andaba de borrachera. Nikolai volvió a su casa al amanecer, borracho, y al cabo de diez minutos volvió a salir otra vez; Mitrei no volvió a verlo desde entonces y estaba terminando él sólo el trabajo. La escalera que conduce a casa de las víctimas es la misma que pasa por el cuarto donde trabajan los pintores, un cuarto que está en el segundo piso. Al enterarme de esto no le dije nada a nadie; pero recogí el mayor número posible de datos sobre las circunstancias del asesinato y volví a mi casa, preocupado siempre por la misma duda. Pero aquella mañana, a las ocho —es decir, al día siguiente del crimen, ¿comprendes?—, vi a Nikolai entrar en mi establecimiento; había bebido, pero no estaba demasiado borracho y podía comprender lo que se le decía. Se sentó en silencio en un banco. Cuando llegó no había en mi taberna más que un cliente, un parroquiano que dormía en otro banco; esto sin hablar de mis dos muchachos. "¿Has visto a Mitrei?", le pregunté a Nikolai apenas entró. "No —me contestó—, no lo he visto". "¿No has ido a trabajar?". "No he ido desde anteayer". "¿Dónde pasaste la noche?". "En las Atenas, en casa de los Kolomensky". "¿Y de dónde sacaste los pendientes que me trajiste ayer?". "Me los encontré en la acera", dijo en un tono extraño, esquivando mis miradas. "¿Has oído decir que aquella misma tarde, a esa hora, pasó tal y tal cosa en la misma casa donde trabajas?". "No —me dijo—, no sabía nada de eso". Le referí los hechos que escuchó arqueando las cejas. De pronto lo vi ponerse blanco como la pared; cogió su gorra y se levantó. Quise detenerlo. "Espera un poco, Nikolai —le dije—. ¿No quieres una copa?". A la vez hice seña a mi mozo para que se colocara delante de la puerta y yo salí de detrás del mostrador. Pero adivinando tal vez mis intenciones, se lanzó fuera de la casa, echó a correr, y al cabo de poco desapareció por una esquina. Desde entonces no me cupo la menor duda de que era culpable».

—¡Ya lo creo...! —dijo Zosimov.

—¡Espera! ¡Escucha el final! Como es natural, la policía se lanzó a la busca de Nikolai por todas partes, registraron en las casas de Dunchkin y de Mitrei; revolvieron todo en casa de Kolomensky; pero hasta anteayer no pudieron detener a Nikolai, al que encontraron en una posada de la barrera de ***, en las más curiosas circunstancias. Al llegar a aquella posada se quitó su cruz, que era de plata, se la dio al posadero y mandó que le sirviesen un *chkalik*[4] de aguardiente. Al cabo de pocos minutos, una aldeana que venía de ordeñar las vacas miró por una rendija que había en una cochera inmediata al establo y vio al pobre diablo que se disponía a ahorcarse: tenía arrollado a su cintura un nudo corredizo, ató un extremo a una viga del techo, y, subido en un montón de leña, intentaba pasar el cuello por el nudo corredizo. La gente acude a los gritos proferidos por la mujer. «¿En eso es en lo que te entretienes?», le preguntan. «Conducidme a tal puesto de policía, lo confesaré todo». Acceden a su petición, y con todos los honores debidos a su rango lo llevan al puesto indicado, es decir, al de nuestro barrio... Allí empezaron con el interrogatorio de vigor: «¿Quién eres? ¿Qué edad tienes?». «Veintidós años», etcétera. Pregunta: «Cuando trabajabas con Mitrei, ¿no viste pasar a nadie por la escalera entre tal y tal hora?». Respuesta: «Es posible que pasara alguien, pero no nos fijamos». «¿Y no oísteis ningún ruido?». «No oímos nada de particular». «Y tú, Nikolai, ¿no te enteraste de que aquel día y a tal hora asesinaron y desvalijaron a tal viuda y a su hermana?». «No supe absolutamente nada; la primera noticia

---

[4] Medida de capacidad de aproximadamente treinta centilitros. *(N. del T.)*

me la dio anteayer Atanasio Pavlich en la taberna». «¿De dónde cogiste los pendientes?». «Me los encontré en la acera». «¿Por qué no fuiste a trabajar al día siguiente con Mitrei?». «Porque estaba emborrachándome». «¿Dónde estuviste?». «En varios sitios». «¿Por qué te escapaste de casa de Duchkin?». «Porque tenía miedo». «¿De qué tenías miedo?». «De que me procesaran». «¿Y por qué habías de temerlo si no eras culpable de nada...?». Pues bien, lo creerás o no lo creerás, pero esas preguntas se hicieron literalmente como te digo, estoy perfectamente enterado; me han facilitado una copia textual del interrogatorio. ¿Qué te parece?

—No sé, pero las pruebas lo acusan.

—No se trata ahora de pruebas, se trata de las preguntas que le han hecho a Nikolai, de la manera como las gentes de la policía comprenden la condición humana. Bueno, está bien, dejémoslo. En resumen, que han atormentado de tal manera a ese desgraciado que ha acabado por confesar: «No me encontré los pendientes en la acera, sino en la habitación donde estaba trabajando con Mitrei». «¿Cómo los encontraste?». «Mitrei y yo estuvimos trabajando todo el día; eran las ocho y ya nos íbamos a marchar, cuando Mitrei cogió un pincel, me lo pasó por la cara y salió corriendo después de pintarme. Yo salí detrás de él, bajé los escalones de cuatro en cuatro, gritando como un desesperado; pero en el momento de llegar abajo con toda la velocidad de mis piernas atropellé al portero y unos señores que estaban con él, si bien no recuerdo exactamente los que eran. El portero empezó a insultarme, otro portero me insultó también, y la mujer del primero salió de la garita e hizo coro con ellos. Finalmente un señor que entraba en la casa con una señora nos insultaron a su vez a Mitka y a mí porque estábamos tumbados delante de la puerta e impedíamos el paso. Yo tenía cogido a Mitka por los cabellos y lo tenía tumbado en el suelo dándole puñetazos. Él me tenía también sujeto por los cabellos y me pegaba lo que podía a pesar de estar debajo de mí. Aquello lo hacíamos sin malicia, sencillamente para reírnos. Mitka logró desasirse y salió corriendo hacia la calle; corrí detrás de él, pero no pude alcanzarlo y me volví solo al piso, porque tenía que dejar ordenadas mis cosas. Mientras las arreglaba esperaba a Mitka, creyendo que volvería. Y he aquí que veo en el vestíbulo, detrás de la puerta, en un rincón, un objeto envuelto en un papel. Quito el papel y me encuentro una cajita que contenía unos pendientes...».

—¿Detrás de la puerta? ¿Estaba detrás de la puerta? ¿Detrás de la puerta? —gritó de pronto Raskolnikov, mirando aterrorizado a Razumikin, al mismo tiempo que hacía esfuerzos por incorporarse en el diván.

—Sí..., bueno, ¿y qué? ¿Qué te pasa? ¿Por qué te pones así? —preguntó Razumikin, levantándose también de su asiento.

—¡No es nada...! —pudo apenas decir Raskolnikov, que se dejó caer sobre la almohada y se volvió de nuevo hacia la pared.

Todos quedaron silenciosos durante unos breves instantes.

—Debía de estar adormilado —dijo finalmente Razumikin, interrogando con la mirada a Zosimov.

Este hizo un leve signo negativo con la cabeza.

—Bueno, continúa —dijo el doctor—. ¿Qué más?

—Ya sabes lo demás. En cuanto se vio en posesión de esos pendientes no volvió a pensar en su trabajo ni en Mitka. Cogió su gorra y se marchó inmediatamente a casa de Duchkin. Como ya te dije, aceptó un rublo del tabernero y le refirió que se había encontrado aquel estuche en la acera, e inmediatamente se marchó a correrla. Pero en lo que se refiere al asesinato, su lenguaje es firme: «Yo no sé nada —repite constantemente—. Yo no me enteré del asunto hasta el día siguiente». «Pero, ¿por qué estuviste escondido todo ese tiempo?». «Porque no me atrevía a presentarme en ninguna parte». «¿Y por qué querías ahorcarte?». «Porque tenía miedo». «¿De qué tenías miedo?». «De que me procesaran». Y ahí tienes toda la historia. ¿Qué conclusión crees tú que sacaron de ella?

—¿Qué quieres que piense yo? Hay una presunción tal vez discutible, pero no por eso deja de existir. Existe una prueba. ¿Era justo que pusieran en libertad a tu pintor?

—Pero, ¡es que lo han inculpado como autor del asesinato! Para ellos no existe la menor duda...

—Vamos, no te acalores. Se te olvidan los pendientes. El mismo día, pocos instantes después del asesinato, unos pendientes que se encontraban en el baúl de la víctima aparecen en las manos de Nikolai; reconoce tú mismo que hay que preguntarse necesariamente cómo han llegado a su poder. Esta es una circunstancia que el juez instructor debe aclarar necesariamente.

—¿Cómo se los ha procurado? —gritó Razumikin—. ¿Cómo se los ha procurado? Veamos, doctor; tu cometido, ante todo, debe ser estudiar al hombre; tú tienes, más que nadie, ocasión de profundizar en el alma humana. ¿Y es posible que no comprendas, después de todo esto, el carácter de Nikolai? ¿Cómo no comprendes *a priori* que las declaraciones hechas por él en el curso de sus interrogatorios son la pura verdad? Él se procuró los pendientes exactamente como ha dicho. Vio el estuche y lo recogió.

—¡La pura verdad! Sin embargo, él mismo ha reconocido que mintió la primera vez.

—Escúchame atentamente: el portero, Koch, Pestriakov, el otro portero, la mujer del primero, la vendedora que estaba con ella en la garita, el consejero Krukov que en aquel preciso momento acababa de bajar del coche y entraba en la casa con una señora del brazo, todos, es decir, ocho o diez testigos, declaran unánimemente que Nikolai tenía derribado en el suelo a Dimitri, y que teniéndolo debajo le daba puñetazos, mientras que Dimitri tenía cogido a su compañero por los cabellos y le devolvía los golpes. Estaban tendidos delante de la puerta e interceptaban el paso; los insultaron por todas partes, y ellos, «como unos niños», tal es la expresión textual de los testigos, gritan, se dan de cachetes, ríen con todas sus ganas y salen el uno detrás del otro por la calle, lo mismo que habrían hecho dos chiquillos. ¿Comprendes? Ahora fíjate en esto: arriba yacen dos cadáveres que no se han enfriado todavía, pues debes tener en cuenta que estaban calientes todavía cuando los descubrieron. Si el crimen lo hubieran cometido los dos obreros, o Nikolai sólo, habrás de permitirme que te haga una pregunta: ¿cabe una indiferencia por el estilo, una serenidad de espíritu semejante en unas personas que acaban de cometer un asesinato seguido de robo?

—Desde luego que es extraño, eso parece imposible, pero...

—No caben «peros», amigo mío. Reconozco que los pendientes hallados en poder de Nikolai a poco de cometerse el crimen constituyen una prueba material bastante seria, hecho, por otra parte, aclarado de un modo satisfactorio por las explicaciones del acusado y, como tal «sujeto a discusión»; pero también hay que tomar en consideración los hechos justificativos, tanto más cuanto que estos están «fuera de discusión». Desgraciadamente, dado el espíritu de nuestra jurisprudencia, nuestros magistrados son incapaces de admitir que un hecho justificativo, basado en una pura imposibilidad psicológica, pueda destruir unos cargos materiales, cualesquiera que estos fueren. No, ellos no admitirán eso jamás por la sencilla razón de que han encontrado el estuche y de que el hombre ha querido ahorcarse, cosa en la que no habría pensado siquiera si se hubiera sentido culpable. ¡He ahí la cuestión capital, ahí tienes por qué me sofoco! ¿Comprendes?

—Sí, ya veo que te sofocas. Espera, hay algo que se me había olvidado preguntarte: ¿hay algo que demuestre que el estuche de los pendientes procedía de casa de la vieja?

—Eso está demostrado —replicó Razumikin de mal humor—, Koch reconoció los pendientes y declaró quién los había empeñado. Por su parte, el dueño demostró enseguida que la alhaja le pertenecía.

—Tanto peor. Una pregunta más: ¿no vio nadie a Nikolai mientras que Koch y Pestriakov subían al cuarto piso, con lo que podría admitirse su coartada?

—El caso es que no lo vio nadie —respondió Razumikin, un poco enfadado—. ¡Y eso es lo más triste! Koch y Pestriakov no vieron a los obreros cuando subieron la escalera; además, su testimonio serviría ahora de muy poco. «Nosotros vimos —dicen— que el piso estaba abierto y que probablemente trabajaban en él, pero pasamos sin fijarnos, y no podemos acordarnos si allí trabajaban o no en aquel momento».

—¡Hum! Así, pues, toda la justificación de Nikolai tiene por único fundamento las carcajadas y los puñetazos que cambiaba con su compañero. Está bien, no deja de ser una prueba de consideración en favor de su inocencia, pero..., permíteme ahora que te pregunte cómo te das cuenta del hecho. Admitiendo como verídica la versión del acusado, ¿cómo explicas tú el hallazgo de los pendientes?

—¿Cómo lo explico? ¿Acaso hay algo que explicar aquí? El asunto está muy claro. Por lo menos queda perfectamente indicado el camino para la instrucción, precisamente por el estuche. El verdadero culpable dejó caer esos pendientes. Estaba arriba cuando Koch y Pestriakov aporrearon la puerta;

el asesino estaba encerrado por dentro con el cerrojo echado. Koch cometió la idiotez de bajar y el criminal lo aprovechó para escapar del cuarto y bajó también, ya que no había otra manera de escapar. Al bajar la escalera esquivó a Koch, Pestriakov y el portero refugiándose en el cuarto desalquilado del segundo piso precisamente en el momento en que los obreros acababan de salir. Se ocultó detrás de la puerta mientras que el portero y los otros subían a casa de la vieja; esperó a que cesara el ruido de sus pasos y llegó tranquilamente al arranque de la escalera en el mismo momento en que Nikolai se lanzó en persecución de su amigo por la calle. Como todo el mundo se había dispersado, no encontró a nadie en la puerta de entrada. Es posible que lo viera alguien, pero nadie se fijó en él. ¿Acaso se fija uno en todas las personas que entran y salen en una casa? En cuanto al estuche, se le debió caer del bolsillo cuando estaba detrás de la puerta y no se dio cuenta de ello porque entonces tenía otras cosas más importantes que resolver. El estuche demuestra con toda claridad que el asesino se ocultó en el departamento desalquilado del segundo piso. He ahí el misterio explicado.

—¡Muy ingenioso, amigo mío! Eso hace honor a tu imaginación. Es particularmente ingenioso.

—Pero, ¿por qué? ¿Por qué?

—Porque están muy bien buscados todos los detalles, porque todas las circunstancias se presentan con oportunidad..., exactamente como en el teatro.

Razumikin iba de nuevo a protestar, pero de pronto abrieron la puerta y los tres jóvenes vieron aparecer a un hombre a quien ninguno de ellos conocía.

V

Era un caballero de cierta edad, de aspecto grave, de fisonomía adusta y severa. Detúvose en el umbral, paseando su mirada alrededor con una sorpresa que no intentaba disimular y que era bastante descortés.

«¿Dónde me habré metido yo?», parecía preguntarse, desconcertado.

Contemplaba con desconfianza la pequeña habitación donde se hallaba, e incluso con cierta afectación de terror. Su mirada conservó la misma expresión de extrañeza cuando se fijó en Raskolnikov. El joven, descuidadamente vestido, estaba tumbado en el diván. Sin hacer el más leve movimiento se puso a mirar a su vez al visitante. Luego, este, siempre con el mismo gesto altanero, se fijó en la barba descuidada y en los alborotados cabellos de Razumikin, que, por su parte, lo miraba con curiosidad sin moverse de su sitio, con una curiosidad impertinente. Durante un minuto reinó un silencio embarazoso para todos. Por fin, haciéndose cargo quizá de que la altivez de su gesto no imponía a nadie, el caballero se humanizó un poco, y cortésmente, aunque con cierta altivez, se dirigió a Zosimov.

—¿Rodion Romanovich Raskolnikov, un caballero que es estudiante o antiguo estudiante? —preguntó destacando cada sílaba.

Zosimov se incorporó lentamente, y quizá hubiera respondido si Razuminkin, a quien no le dirigieron la pregunta, no se hubiera apresurado a advertir:

—Ahí lo tiene, en el diván. Pero, ¿qué desea usted?

La descortesía con que fueron pronunciadas aquellas palabras molestó al arrogante caballero; inició un movimiento hacia Razumikin pero se contuvo inmediatamente y se volvió rápidamente hacia Zosimov.

—¡Ahí tiene usted a Raskolnikov! —dijo negligentemente el doctor indicando al enfermo con un movimiento de cabeza.

Luego bostezó con fuerza, sacó del bolsillo del chaleco un reloj de oro, lo miró y volvió a guardárselo.

En cuanto a Raskolnikov, tumbado de espaldas, no decía nada sin dejar de apartar sus ojos del recién llegado, pero con el pensamiento alejado de lo que miraba. Desde que cesara la contemplación de la florecilla, su rostro, excesivamente pálido, dejaba adivinar un sufrimiento extraordinario. Dijérase que el joven acababa de sufrir una operación dolorosa o que estaba sometido al suplicio de la tortura. Poco a poco, no obstante, la presencia del visitante despertó en él un creciente interés, primeramente fue la sorpresa, luego la curiosidad, y finalmente una especie de temor. Cuando el doctor lo señaló, diciendo: «Ahí tiene a Raskolnikov», nuestro héroe se incorporó súbitamente, se sentó en el diván, y con voz débil y entrecortada, pero en la que traslucía como un acento de desafío:

—¡Sí —declaró—, yo soy Raskolnikov! ¿Qué desea usted?...

El caballero le contempló con atención y respondió en tono digno:

—Piotr Petrovich Lujin. Supongo que mi nombre no le será completamente desconocido.

Pero Raskolnikov, que sin duda esperaba otra cosa, se contentó con mirar silenciosamente a su interlocutor, con aire de extrañeza, como si el nombre de Piotr Petrovich lo oyera por primera vez.

—¡Cómo! ¿Es posible que no haya podido oír usted hablar todavía de mí? —preguntó Lujin un poco desconcertado.

Por toda respuesta, Raskolnikov se dejó caer suavemente en la almohada, se puso las manos detrás de la cabeza y miró hacia el techo.

La turbación se adivinaba perfectamente en el rostro de Piotr Petrovich. Zosimov y Razumikin lo observaban cada vez con mayor curiosidad, lo que acabó por desconcertarle.

—Yo presumía, yo contaba —balbuceó— con que una carta que pusieron en el correo hace diez días, tal vez quince...

—Oiga, ¿por qué se queda usted en la puerta? —interrumpió bruscamente Razumikin—. Si tiene usted necesidad de explicar alguna cosa, haga el favor de sentarse; pero Nastasia y usted no pueden estar al mismo tiempo en el umbral porque es demasiado estrecho. Nastasiuchka, apártate un poco y deja pasar. Venga, aquí tiene usted una silla, siéntese.

Separó su silla de la mesa, dejó un pequeño espacio libre entre esta y sus rodillas y esperó en una posición bastante molesta a que el visitante se escurriera por aquel paso. No había manera de rehusar. Piotr Petrovich se deslizó, no sin trabajo, y después de sentarse miró con aire de desafío a Razumikin.

—No se moleste por lo demás —dijo este con voz fuerte—. Rodia está enfermo desde hace cinco días y se ha llevado tres días delirando, pero ya ha recobrado el conocimiento e incluso ha comido con apetito. Aquí tiene a su médico. Yo soy un amigo de Rodia, antiguo estudiante como él, y en este momento le sirvo de enfermero; así, pues, no nos haga caso a nosotros y continúe su conversación como si no estuviéramos presentes.

—Muchas gracias; pero, ¿no fatigaré al enfermo con mi conversación? —preguntó Piotr Petrovich dirigiéndose a Zosimov.

—No, al contrario, le servirá de distracción —respondió el doctor en tono indiferente y bostezando de nuevo.

—¡Oh, ya hace mucho tiempo que recobró el conocimiento, desde esta mañana! —añadió Razumikin, cuya familiaridad dejaba entrever una camaradería tan franca que Piotr Petrovich empezó a sentirse más a gusto.

Y además, después de todo, aquel hombre incivil y mal trajeado se recomendaba por su cualidad de estudiante.

—Su madre...

—¡Hum! —dijo ruidosamente Raskolnikov.

Lujin lo miró sorprendido.

—No es nada, un tic; continúe...

—... Su madre empezó una carta para usted antes de salir yo. Al llegar aquí aplacé expresamente mi visita unos días para tener la seguridad de que estaría usted informado de todo. Pero ahora veo con extrañeza...

—¡Ya lo sé, ya lo sé! —replicó bruscamente Raskolnikov, cuyo rostro expresó una violenta irritación—. ¿Es usted el futuro? Pues bien, ya lo sé, ¡y basta!

Aquel lenguaje molestó profundamente a Piotr Petrovich, pero guardó silencio, preguntándose lo que significaba aquello. La conversación quedó momentáneamente interrumpida.

Sin embargo, Raskolnikov, que se había vuelto ligeramente para contestar, empezó de pronto a examinarlo con una marcada intención como si antes no hubiera tenido tiempo de verlo, o como si algo nuevo le chocara en la persona del visitante.

Se incorporó en el diván para mirarle más cómodamente. El caso era que el aspecto exterior de Piotr Petrovich ofrecía algo tan peculiar que parecía justificar la denominación de «futuro» tan bruscamente aplicada antes a aquel personaje.

Al primer golpe de vista se veía, y tal vez demasiado, que Piotr Petrovich se había apresurado a aprovechar su estancia en la capital para vestirse y acicalarse, previendo la próxima llegada de su prometida. Esto, por lo demás, era perfectamente explicable; pero quizá dejaba traslucir demasiado la satisfacción que experimentaba por haber logrado sus deseos, aunque también se le puede perdonar esta pequeña debilidad a un pretendiente.

Lujin iba completamente vestido con prendas nuevas y su elegancia sólo ofrecía un punto vulnerable en la crítica: era demasiado flamante y acusaba a las claras su objeto. ¡Qué respetuosos miramientos con el sombrero hongo que acababa de comprar! ¡Qué cuidados con sus preciosos guantes, color lila, marca Jouvin, que no se había atrevido a poner, conformándose con tenerlos en la mano para enseñarlos! En su indumentaria predominaban los tonos claros; llevaba una coqueta americana, un pantalón de verano de color delicado y un chaleco del mismo tono que el pantalón. Su camisa, recién estrenada, era de exquisita finura, y su cuello se adornaba con una delicada corbata de batista a rayas. Piotr Petrovich ofrecía un excelente aspecto con aquella indumentaria y representaba menos edad de la que tenía.

Su rostro, muy terso y no exento de distinción, estaba agradablemente encuadrado por negras patillas cortadas a la moda que destacaban la deslumbrante blancura de su barba cuidadosamente afeitada. Sus cabellos apenas si estaban agrisados y su peluquero había logrado rizárselos sin hacerle la cabeza ridícula de un casado alemán, como ocurre casi siempre. Si en aquella fisonomía seria y bastante hermosa había algo que era desagradable y antipático, aquello era debido a otras causas.

Después de haber mirado descortésmente al señor Lujin, Raskolnikov sonrió burlonamente, volvió a colocarse boca arriba y tornó a mirar al techo.

Pero el señor Lujin parecía resuelto a no molestarse por nada y fingió no reparar en aquellos extraños modales. Hasta hizo un esfuerzo para reanudar la conversación.

—Lamento infinito encontrarlo en este estado. Si yo me hubiera enterado de que estaba usted enfermo habría venido antes. Pero, ya lo sabe usted, ¡estoy muy atareado...! Tengo además un proceso importante en el Senado. Y no quiero hablarle de las gestiones y de las preocupaciones que usted mismo adivinará. Estoy esperando a su familia, es decir, a su madre y a su hermana, de un momento a otro...

Raskolnikov pareció querer decir algo; su rostro expresó cierta agitación. Piotr Petrovich se detuvo un instante, esperando, pero al ver que el joven continuaba en silencio, continuó:

—... De un momento a otro. Y previniendo su próxima llegada les he buscado habitación...

—¿Dónde? —preguntó con voz débil Raskolnikov.

—A poca distancia de aquí en casa de Bakaleiev...

—Eso está en el *pereulok* Voznesensky —interrumpió Razumikin—; hay dos pisos amueblados por el comerciante Juchin; he estado allí.

—Sí, allí alquilan habitaciones amuebladas.

—Es un cuchitril innoblemente sucio, y, además, tiene mala fama; allí han ocurrido algunas cosas bastante feas. ¡Cualquiera sabe quién vive allá dentro...! Yo mismo fui allí arrastrado por una aventurilla escandalosa. Por lo demás los alquileres no son caros.

—Como es natural, yo no podía saber nada de eso, porque acabo de llegar de provincias —replicó un poco picado Piotr Petrovich—; pero sea lo que quiera, las dos habitaciones que he elegido son muy limpias y como habrá de ser por poco tiempo... Ya tengo elegido nuestro futuro alojamiento —continuó, dirigiéndose a Raskolnikov—. Ya están haciendo los preparativos; de momento, yo también estoy en una casa amueblada. Vivo a dos pasos de aquí, en casa de la señora Lippevechzel, en compañía de un amigo mío, Andrei Semenich Lebeziatnikov; él fue quien me indicó la casa Bakaleiev.

—¿Lebeziatnikov? —dijo lentamente Raskolnikov, como si aquel nombre le recordara algo.

—Sí, Andrei Semenich Lebeziatnikov, que está empleado en un ministerio. ¿Lo conoce usted?

—Sí..., no... —respondió Raskolnikov.

—Perdone, su pregunta me ha hecho pensar que no es desconocido para usted. Yo fui antes su tutor... Es un joven muy simpático... y que profesa ideas muy avanzadas. Me gusta frecuentar el trato con la gente joven; de ellos se aprende lo nuevo.

Al terminar estas palabras, Piotr Petrovich miró a su auditorio con la esperanza de sorprender en sus fisonomías cualquier señal de aprobación.

—¿Desde qué punto de vista? —preguntó Razumikin.

—Desde el punto de vista más serio; quiero decir desde el punto de vista de la actividad social —respondió Lujin, encantado de que le hicieran aquella pregunta—. Fíjense ustedes, yo no había visitado San Petersburgo desde hacía diez años. Todas estas novedades, todas estas reformas han penetrado profundamente en nosotros los provincianos; para ver con más claridad y para verlo todo hay que estar en San Petersburgo. Y conforme a mi manera de ver, como mejor se informa uno es observando a nuestras jóvenes generaciones. Y, lo confieso, he quedado sumamente complacido.

—¿De qué?

—Su pregunta es muy amplia. Puedo equivocarme, pero creo haber notado perspectivas más claras, un espíritu crítico más profundo, una actividad más racional...

—Es verdad —dijo con indiferencia Zosimov.

—Mientes descaradamente, no hay sentido práctico ni nada que se le parezca —replicó Razumikin—. Es difícil adquirir el sentido práctico, no cae del cielo. Y nosotros hace ya doscientos años que no hacemos nada práctico... Es posible que no falten ideas —dijo, dirigiéndose a Piotr Petrovich—. Hay buena voluntad, aunque infantil, honradez también se puede encontrar, aunque los granujas se han infiltrado por todas partes; ¡pero no se encuentra sentido práctico ni para un remedio! El sentido práctico avanza a paso de tortuga.

—No estoy de acuerdo con usted —replicó Piotr Petrovich con visible delectación—; como es natural, hay un exceso de entusiasmo, hay anormalidades, pero tenemos que ser condescendientes. El entusiasmo testimonia el ardoroso espíritu consagrado a la causa y las anormales circunstancias exteriores en que dicha causa se encuentra. Si aún se ha hecho poco, es preciso no olvidar que no ha habido tiempo suficiente. Y no hablo ya de los medios. A mi parecer, se ha hecho algo, sin embargo: se han divulgado ideas nuevas y provechosas, se han difundido obras nuevas y útiles en lugar de las anteriores, soñadoras y novelescas; la literatura ha alcanzado un mayor grado de madurez; han sido arrancados de raíz y ridiculizados muchos prejuicios nocivos... En una palabra, hemos derrocado los puntos que nos unían al pasado, y eso, a mi parecer, es ya toda una obra...

—Mira, ¡ya nos ha recitado la lección aprendida de memoria! —dijo de pronto Raskolnikov.

—¿Qué? —preguntó Piotr Petrovich, que no lo había oído bien; pero no obtuvo respuesta.

—Todo eso es justo —se apresuró a decir Zosimov.

—¿No es así? —prosiguió Piotr Petrovich, después de recompensar al doctor con una amable mirada—. Usted estará de acuerdo conmigo —continuó, dirigiéndose a Razumikin— en que al menos hay progreso en el orden científico y económico...

—¡Eso es un lugar común!

—No, no es un lugar común. Si me dijeran, por ejemplo: «Ama a tu prójimo», y yo pusiera en práctica este consejo, ¿qué pasaría? —se apresuró a responder Lujin con una precipitación exagerada—. Partiría mi capa en dos, le daría la mitad a mi prójimo, y los dos quedaríamos medio desnudos. Como ya dice el proverbio ruso: «Si queréis cazar varias liebres a la vez, no cogeréis ninguna». La ciencia me ordena que no ame a nadie sino a mí mismo, teniendo en cuenta que todo en el mundo está fundado sobre el interés personal. Si no amamos a nadie más que a nosotros mismos, nuestros negocios marcharán favorablemente y no tendremos necesidad de partir nuestra capa. La economía política añade que cuanto mayores son las fortunas particulares en una sociedad, o en otros términos, cuantas más capas enteras se encuentran, más sólidamente asentada se haya esta sociedad y tanto más felizmente organizada. Por consiguiente, trabajando únicamente para mí, trabajo también para todo el mundo, de lo que resulta que mi prójimo recibe un poco más de la mitad de mi capa, y todo esto, no por las liberalidades particulares e individuales, sino como consecuencia del progreso general. La idea es bastante sencilla; desgraciadamente ha tardado mucho tiempo en abrirse paso, en triunfar de la quimera y del sueño; sin embargo, parece que no hace falta mucho talento para comprender...

—Perdone, yo pertenezco a la categoría de los imbéciles —interrumpió Razumikin—; así, pues, dejemos ese asunto. Yo tenía un objeto al empezar esta conversación; pero desde hace tres años tengo los oídos tan barrenados con toda esa charlatanería, con todas esas vulgaridades, que me avergüenza hablar y hasta oír hablar de ello delante de mí. Naturalmente, usted se ha apresurado a exponernos sus teorías, cosa disculpable, y yo no le censuro. Yo quería únicamente saber quién es usted, porque, mire, en estos últimos tiempos hay una multitud de intrigantes que se han ido metiendo en los asuntos públicos y sin buscar otra cosa que su medro personal, han estropeado todo lo que ha pasado por sus manos. ¡Y ya está bien!

—¡Caballero! —replicó Lujin, sintiéndose herido en lo más vivo—. ¡Esa es una manera de decirme a mí que yo también...!

—¡Oh, de ningún modo...! ¡Cómo...! ¡Basta! —respondió Razumikin.

Y sin hacer más caso de él, continuó con Zosimov la conversación que interrumpió a la llegada de Piotr Petrovich.

Este tuvo el buen juicio de aceptar buenamente la explicación del estudiante. Además, estaba decidido a marcharse en cuanto pasaran dos minutos.

—Ya que nos hemos conocido —le dijo a Raskolnikov—, espero que continuarán nuestras relaciones cuando se haya repuesto y que se harán más íntimas, gracias a las circunstancias que ya conoce... Le deseo un pronto restablecimiento.

Raskolnikov no dio señales siquiera de haberlo oído. Piotr Petrovich se levantó.

—Con seguridad que el autor del crimen habrá sido alguno de los deudores —afirmó Zosimov.

—Seguramente —repitió Razumikin—. Porfirio no dice lo que piensa, pero interroga a todos los que tenían empeñado algo en casa de la vieja.

—¿Les interroga? —preguntó con voz fuerte Raskolnikov.

—Sí, ¿y qué?

—Nada.

—¿Y cómo puede conocerlos? —quiso saber Zosimov.

—Koch ha designado a algunos; han encontrado los nombres de otros en los papeles que envolvían los objetos; y hasta hay algunos que se han presentado espontáneamente cuando se han enterado...

—¡El granuja que diera el golpe debe ser un mozo diestro y experimentado! ¡Qué decisión! ¡Qué audacia!

—Pues yo creo que no, y eso es lo que te engaña a ti y lo que nos engaña a todos. Yo sostengo que no es ni hábil ni experimentado, y que ese crimen es seguramente el primero que comete. En la hipótesis de que el asesino fuera un pillo consumado, no se explica nada, todo está lleno de inverosimilitudes. Si, por el contrario, suponemos que es un novicio, hay que admitir que la casualidad es lo único que le ha permitido escapar. ¿Qué no hace la casualidad? ¿Quién sabe? ¡Tal vez el asesino no previó los obstáculos! ¿Y cómo sale adelante del asunto? Se apodera de unos objetos que valen diez o veinte rublos con los que se llena los bolsillos; revuelve el baúl donde la vieja guarda sus trapos; pero en el cajón superior de la cómoda han encontrado una cajita en la que había guardados mil quinientos rublos en monedas, sin hablar de los billetes. ¡Ni siquiera ha sabido robar, no ha sabido más que matar! Lo repito, se trata de un principiante; ¡debió de perder el juicio! Y si no lo han cogido debe darle gracias a la casualidad más que al cálculo.

Piotr Petrovich se disponía a despedirse; pero antes de salir quiso pronunciar todavía algunas palabras profundas; intentaba dejar una buena impresión, y la vanidad se impuso al juicio.

—¿Se trata sin duda del asesinato de una vieja, viuda de un secretario de colegio? —preguntó dirigiéndose a Zosimov.

—Sí, ¿ha oído usted hablar de ese crimen?

—¡Cómo no! En sociedad...

—¿Conoce usted los detalles?

—Precisamente, no; pero ese asunto me interesa particularmente por el problema general que plantea. No hablo siquiera del aumento creciente de los crímenes en la clase baja en estos últimos cinco años; dejo a un lado la serie ininterrumpida de robos y de incendios. Me sorprende especialmente que la criminalidad siga una progresión paralela en las clases elevadas. Un día nos enteramos que un antiguo estudiante ha asaltado el correo; otro, que unas personas que por su posición social debieran ser progresistas, fabrican billetes falsos; otro, que en Moscú han atrapado a una banda de falsificadores de títulos del último empréstito de lotería y que uno de los más complicados es un catedrático de historia universal; otro, que nuestro embajador en el extranjero ha sido asesinado por un motivo misterioso, en el que ha intervenido bastante dinero... Y si ahora ha sido asesinada esa vieja usurera por alguien que pertenece a la sociedad distinguida, porque los aldeanos no empeñan objetos de oro, ¿cómo explicarse todo esto sólo por el relajamiento del sector civilizado de nuestra sociedad?

—Ha habido muchos cambios económicos... —respondió Zosimov.

—¿Cómo explicarlo? —dijo Razumikin—. Sencillamente por el arraigo de una excesiva falta de sentido práctico.

—¿Quiere explicarse con más claridad?

—¿Saben ustedes lo que respondió el catedrático a la pregunta de por qué fabricaba títulos falsos? Helo aquí: «Como quiera que todo el mundo se enriquece valiéndose de distintos procedimientos, yo también quería enriquecerme lo más aprisa posible». No recuerdo exactamente los términos, pero el sentido era este: ¡vivir a expensas de otro, deprisa y sin esfuerzo! Uno se acostumbra a vivir sin esfuerzo propio, a marchar con andadores, a encontrar un plato en la mesa. Y cuando suena la hora decisiva, cada uno se manifiesta tal como es.

—Sin embargo, ¿y la moral? ¿Y las reglas...?

—Pero, ¿qué le sorprende a usted? —observó bruscamente Raskolnikov—. Todo eso no es más que la práctica de sus teorías.

—Sí, la conclusión lógica del principio que usted sentaba antes es que se puede ahogar a las gentes...

—¡Vaya, vaya! —gritó Lujin.

Raskolnikov estaba pálido y respiraba con dificultad; un estremecimiento agitaba su labio superior.

—En todas las cosas hay una medida —continuó en tono altanero Piotr Petrovich—; la idea económica no es aún, que yo sepa, una provocación al asesinato, y en cuanto a que yo siente un principio...

—¿Es verdad —interrumpió bruscamente Raskolnikov con una voz que temblaba de cólera—, es verdad que usted le dijo a su futura mujer, precisamente en el mismo momento en que acababa de aceptar su petición, que lo que más le agradaba de ella... era su pobreza..., porque es preferible casarse con una mujer pobre para dominarla enseguida echándole en cara los beneficios que haya recibido...?

—¡Caballero! —exclamó Lujin, tartamudeando de furor—. Caballero... ¡Desnaturalizar de esa manera mi pensamiento! Perdone, pero debo manifestarle que los rumores que han llegado hasta usted, o mejor dicho, que han sido puestos en su conocimiento, no tienen la menor sombra de fundamento, y yo... sospecho que..., en una palabra..., que este dardo..., en una palabra, que su madre... Ya me había parecido que a pesar de sus excelentes cualidades, tenía un juicio ligeramente exaltado y novelesco, sin embargo, estaba muy lejos de suponer que llegara a equivocarse hasta este punto en cuanto al sentido de mis palabras y citarlas alterándolas de esa manera... Y en fin... en fin...

—¿Sabe usted una cosa? —vociferó el joven incorporándose al mismo tiempo que sus ojos llameaban—. ¿Sabe usted una cosa?

—¿Qué?

Y al pronunciar esta palabra, Lujin se detuvo y esperó con aire de desafío. Hubo unos instantes de silencio.

—Pues bien, si se permite usted todavía... decir algo respecto a mi madre... ¡lo tiro por la escalera abajo!

—¿Qué es eso? —gritó Razumikin.

—¡Como lo digo!

Lujin palideció y se mordió los labios. Ahogábase de rabia, aunque hiciera los mayores esfuerzos por contenerse.

—Escuche, señor— comenzó después de una pausa—, la acogida que usted me dispensó apenas puse aquí los pies no me dejó la menor duda respecto a su enemistad; sin embargo, he prolongado expresamente mi visita para asegurarme más a este respecto. Yo le habría perdonado mucho a un enfermo y a un pariente, pero ahora..., ¡jamás...! ¡Yo, no!

—¡Yo no estoy enfermo! —gritó Raskolnikov.

—Tanto peor...

—¡Váyase usted al diablo!

Pero Lujin no esperó aquella invitación para marcharse. Se había apresurado a salir precipitadamente sin mirar a nadie, y hasta sin saludar a Zosimov, que desde hacía rato le estaba indicando que dejara tranquilo al enfermo.

Lujin salió levantando el sombrero al nivel de la espalda, como medida de precaución, al pasar, encorvándose, por la puerta. Habríase dicho que la curva de su espalda expresaba la terrible ofensa que había recibido.

—¿Es posible que te conduzcas de esa manera? —dijo Razumikin, intrigado y moviendo la cabeza.

—¡Dejadme, dejadme todos! —gritó Raskolnikov en un transporte de cólera—. ¡Dejadme solo por fin, verdugos! ¡No os tengo miedo! ¡No le temo ahora a nadie, a nadie! ¡Marchaos! ¡Quiero estar solo, solo, solo!

—¡Vámonos! —dijo Zosimov haciéndole una señal con la cabeza a Razumikin.

—¿Y cómo vamos a dejarle en este estado?

—¡Vámonos! —repitió con insistencia el doctor.

Y salió.

Razumikin reflexionó un momento, y luego se decidió a seguirle.

—Nuestra resistencia a sus deseos no haría más que perjudicarle —dijo Zosimov cuando bajaban la escalera—. Hay que procurar no irritarle.

—¿Qué tiene?

—Una sacudida que lo distrajera de sus preocupaciones le convendría. Tiene alguna preocupación, alguna idea fija que le obsesiona... Eso es lo que más me preocupa.

—Es posible que ese señor Petrovich tenga alguna culpa de ello. Por la conversación que acaban de sostener parece que ese sujeto va a contraer matrimonio con la hermana de Rodia y que nuestro amigo ha recibido una carta a ese respecto muy poco antes de su enfermedad.

—Sí, ha debido ser el diablo quien ha traído a ese señor para estropearlo todo con su visita. ¿No te has fijado en que tan sólo un motivo de conversación hace salir al enfermo de su apatía y de su mutismo? Apenas se habla de ese asesinato se sobreexcita.

—Sí, sí, ya me he dado cuenta —respondió Razumikin—; enseguida presta atención y se inquieta. Debe de ser porque el mismo día en que comenzó su enfermedad le metieron miedo en la comisaría de policía donde sufrió un desvanecimiento.

—Ya me contarás todo eso detalladamente esta noche, y yo te diré al mismo tiempo alguna cosa. ¡Me interesa mucho! Dentro de media hora volveré para informarte acerca de su estado... Por lo demás, no hay que temer una congestión...

—Gracias. Ahora iré a casa de Pachenka y le diré a Nastasia que le atienda mientras...

Cuando se fueron, Raskolnikov miró a Nastasia con desagrado e impaciencia; ella tardaba en irse.

—¿Quieres tomar té ahora? —preguntó ella.

—¡Luego! ¡Ahora quiero dormir! ¡Déjame...!

Raskolnikov se volvió bruscamente hacia la pared. Nastasia salió.

VI

Y en cuanto Nastasia salió, Raskolnikov se levantó, cerró la puerta con la aldabilla y empezó a vestirse con la ropa que poco antes le trajera Razumikin. ¡Cosa extraña! Una tranquilidad completa parecía haber sacudido súbitamente al frenesí y al pánico de aquellos últimos días. Era el primer minuto de una tranquilidad extraña, repentina. Los movimientos del joven, claros y precisos, denotaban una resolución enérgica.

«¡Hoy mismo, hoy mismo!», murmuraba para sus adentros.

Comprendía, sin embargo, que estaba débil todavía, pero la extrema tensión moral a que debía su calma le daba fuerzas y confianza; además, esperaba no caer en la calle. Después de haberse cambiado completamente de ropa, miró el dinero que había encima de la mesa, reflexionó un instante y se lo guardó en el bolsillo.

Había veinticinco rublos. Cogió también toda la calderilla que le devolvió Razumikin del cambio de los diez rublos invertidos en la compra de ropa. Inmediatamente abrió la puerta con mucho cuidado, salió de su habitación y bajó la escalera. Al pasar por delante de la cocina que estaba abierta de par en par, miró hacia dentro: Nastasia estaba de espaldas a él, soplando en el samovar de la patrona, y no sintió nada. Además, ¿quién podía prever aquella fuga? Un instante después se hallaba en la calle.

Eran las ocho, el sol se había ocultado ya. Aunque la atmósfera fuera asfixiante como la víspera, Raskolnikov respiraba con avidez el aire polvoriento, envenenado por las mefíticas exhalaciones de la gran ciudad. La cabeza empezaba a darle vueltas; sus ojos encendidos y su rostro flaco y demacrado expresaban una alegría salvaje. No sabía adónde ir, ni se lo preguntaba siquiera; únicamente sabía que iba a terminar con todo «aquello» hoy mismo, de una vez, inmediatamente; pues de otra manera no volvería a su casa, «porque no quería vivir de aquella manera». ¿Cómo acabar? No tenía la menor idea respecto a ello y se esforzaba por rechazar semejante pregunta que le atormentaba. Sentía y sabía únicamente que era indispensable que cambiara todo, de una manera o de otra. «Cueste lo que cueste», repetía con desesperada resolución.

Por una inveterada costumbre, se dirigió hacia el mercado del heno. Antes de llegar a él se encontró plantado en mitad de la calle, frente a una tienda, a un tocador de armonio, un joven de cabellos negros que estaba tocando una melodía muy sentimental. El músico acompañaba con su instrumento a una jovencita de quince años que estaba de pie frente a él en la acera; la joven, vestía como una señorita, con miriñaque, mantilla, guantes y un sombrero de paja adornado con una pluma encarnada, todo ello viejo y estropeado. Con una voz cascada, pero bastante fuerte y agradable, cantaba una romanza esperando que desde la tienda le echaran una moneda de dos copecs. Dos o tres personas se pararon a escuchar; Raskolnikov hizo lo mismo, y después de haber escuchado un momento, sacó del bolsillo una moneda de plata que puso en la mano de la joven. Esta se interrumpió justamente en la nota más alta y más enternecedora.

—¡Basta! —gritó la cantante a su compañero.

Y ambos se dirigieron hacia la tienda siguiente.

—¿Le gustan a usted las canciones callejeras? —preguntó bruscamente Raskolnikov a un individuo de cierta edad que había estado escuchando a su lado a los músicos ambulantes.

El interpelado miró sorprendido al que le hacía aquella pregunta.

—A mí —continuó Raskolnikov, pero como si hablara de cualquier cosa menos de la música callejera—, a mí me gusta escuchar el canto acompañado por el armonio en una tarde húmeda y fría de otoño, sobre todo cuando hay mucha humedad, cuando los transeúntes tienen caras verdosas y enfermizas, y mejor aún, cuando la nieve cae perpendicularmente, sin que el viento la desvíe, ¿sabe usted?, y cuando los reverberos brillan a través de la nieve...

—No sé... Perdone —balbuceó aquel señor, asustado por la pregunta y por el extraño aspecto de Raskolnikov.

Y rápidamente se marchó por la otra acera.

El joven continuó su marcha y llegó a la esquina del mercado del heno, al sitio donde los vendedores charlaban con Isabel hacía sólo unos días, pero no estaban allí.

Al reconocer el lugar se detuvo y miró a su alrededor, dirigiéndose a un muchacho que llevaba una camisa roja y que bostezaba a la entrada de un almacén de harinas.

—Hay un negociante que vende en esta esquina con su mujer, ¿verdad?

—Todo el mundo vende —respondió el muchacho mirando desdeñosamente de arriba abajo a Raskolnikov.

—¿Cómo se llama?

—Lo llaman por su nombre.

—Pero tú, ¿no eres de Zaraisk? ¿De qué provincia eres?

El muchacho lanzó de nuevo una mirada a los ojos de su interlocutor.

—Alteza, nosotros no somos de una provincia, sino de un distrito; mi padre se ha marchado y yo me he quedado en casa; de suerte que no sé nada de eso... Que vuestra alteza me perdone generosamente.

—¿Hay una casa de comidas allí arriba?

—Es un *traktir* en el que hay billar; allá se ven hasta princesas... ¡Viene muy buena gente!

Raskolnikov se dirigió a otro extremo de la plaza donde se hallaba estacionada una compacta multitud, formada exclusivamente por *mujiks*. Se deslizó por donde más gente había, dirigiendo miradas a todo el mundo, deseoso de hablar con alguien. Pero los aldeanos no se fijaban en él y charlaban ruidosamente de sus asuntos, repartidos en pequeños grupos. Después de unos instantes de reflexión abandonó el mercado del heno y se internó en el *pereulok*...

Había pasado con frecuencia por aquella calle que formaba un recodo y conducía de la plaza a la Sadovaia. Ya hacía algún tiempo que le gustaba pasear por aquellos lugares, cuando empezaba a aburrirse, «con el único objeto de aburrirse más todavía». En aquel momento iba por allí sin objeto determinado. Allá se encuentra un enorme edificio cuyos bajos están ocupados por tabernas y casas de comidas, de aquellos establecimientos se veía salir a cada instante algunas mujeres descotadas y ligeramente vestidas. Se agrupaban en dos o tres puntos de la acera, particularmente cerca de las escaleras que dan acceso a distintos sótanos mal reputados. En uno de aquellos percibíase entonces un estrépito alegre; cantaban y tocaban la guitarra y el ruido llegaba de un extremo a otro de la calle. El grupo mayor de mujeres hallábase reunido a la entrada de aquel tugurio, unas sentadas en la escalera, otras en la acera, y algunas charlaban de pie. Un soldado borracho, con el cigarrillo en la boca, daba patadas en el suelo y profería imprecaciones; parecía como si quisiera entrar en algún sitio y que no supiera dónde. Dos individuos harapientos se insultaban. Un hombre completamente borracho estaba tendido cuan largo era en mitad de la calle.

Raskolnikov se detuvo cerca del grupo más numeroso de mujeres. Estas charlaban con voz fuerte, y todas llevaban vestidos de percal, zapatos de piel de cabra e iban descotadas. Muchas de ellas habían pasado ya de los cuarenta, pero otras no representaban más de diecisiete años, y casi tenían los ojos hinchados.

El canto y el ruido que subían del sótano cautivaron la atención de Raskolnikov. Enmedio de las carcajadas y de los gritos alegres, una desagradable voz de falsete se acompañaba con la guitarra al mismo tiempo que alguien danzaba furiosamente llevando el compás con los tacones.

El joven, asomado a la entrada de la escalera, escuchaba, sombrío y pensativo.

> *Hombrecito mío, tan guapo y tan fuerte,*
> *¡no me pegues sin razón!*

—decía la desagradable voz de falsete del cantor.

Y Raskolnikov habría querido no perder ni una palabra de aquella canción, como si aquello hubiera tenido la mayor importancia para él.

«¿Si yo entrara...? —pensaba—. Están todos borrachos y ríen. Bueno..., ¿y si me emborrachara?».

—¿No quiere entrar, señorito? —preguntó una de las mujeres que tenía una voz bastante bien timbrada y que conservaba aún cierta lozanía en su cutis.

Era joven y quizá la única mujer que no resultaba repugnante de todas las del grupo.

—¡Oh, qué muchacha tan bonita! —respondió levantando la cabeza y mirándola.

Ella le sonrió; le había gustado aquel piropo.

—¡También usted es guapo! —dijo.

—¡Guapo, un paliducho así! —murmuró con voz de bajo otra mujer—. ¡Si parece que acaba de salir del hospital!

Se acercó bruscamente un *mujik* que estaba alegre, con su blusa desabrochada y con el rostro radiante de burlona alegría.

—Parecen hijas de generales, lo que no les impide ser chatas —dijo el *mujik*—. ¡Oh, qué encanto!

—¡Entra, ya que estás ahí!

—Ya voy, preciosidad.

Raskolnikov hizo ademán de marcharse.

—¡Oiga! —le gritó la joven cuando volvía la espalda.

—¿Qué pasa?

—Dueño mío, ¡cuánto me gustaría pasar una hora con usted, pero me siento cohibida en su presencia! Deme seis copecs para echar un trago, amable caballero.

Raskolnikov registró en su bolsillo y le dio algún dinero.

—¡Qué bueno es usted!

—¿Cómo te llamas?

—Llámeme Duklida.

—¡Buena la ha hecho usted! —observó bruscamente una de las mujeres que estaban en el grupo, indicando a Duklida con un movimiento de cabeza—. ¡No sé cómo se puede pedir de esa manera! Yo no sería capaz de hacerlo: creo que me moriría de vergüenza antes...

Raskolnikov tuvo la curiosidad de mirar a la que hablaba de aquella manera. Era una mujer de treinta años, picada de viruelas, llena de cardenales y con el labio superior hinchado. Hizo aquella censura en tono tranquilo y serio.

«¿Dónde habré leído yo —pensaba Raskolnikov— aquella frase que se le atribuye a un condenado a muerte una hora antes de su ejecución? ¡Aunque tuviera que vivir en aquella cima escarpada, sobre una roca perdida en medio del océano! ¡Aunque tuviera que pasar de aquella manera toda mi vida, mil años, la eternidad, de pie y en el espacio de un pie cuadrado, en la soledad, en las tinieblas, expuesto a la intemperie, preferiría siempre aquella vida a la muerte! ¡Vivir, no importa cómo, pero vivir...! ¡Qué verdad es todo eso, Dios mío! ¡El hombre es cobarde! Y cobarde es también el que se lo llama», agregó al cabo de un instante.

Hacía ya mucho tiempo que vagaba a la ventura, cuando atrajo su atención el rótulo de un café.

«¡Hola, el Palacio de Cristal! ¡No hace mucho que me hablaba Razumikin de él! Pero, ¿qué es lo que yo quería hacer? ¡Ah, sí, leer...! Zosimov decía que había leído en los periódicos...».

—¿Tiene usted periódicos? —preguntó entrando en un salón muy espacioso y bastante limpio en el que, además, había poca gente: dos o tres personas que tomaban té. En un saloncito aparte, cuatro individuos sentados ante una mesa tomaban champaña. Raskolnikov creyó reconocer entre ellos a Zametov, pero la distancia no le permitía distinguirlo bien.

—Después de todo, ¿que importa? —se dijo.

—¿Quiere usted aguardiente? —le preguntó el camarero.

—Sírvame té. Y tráigame los periódicos atrasados, los de estos últimos días. Le daré buena propina.

—Bien. Aquí tiene los de hoy. ¿Quiere usted aguardiente también?

Cuando le trajeron el té y los periódicos atrasados, Raskolnikov empezó a buscar: Izler — Izler — los Aztecas — los Aztecas — Izler — Bartola — Massimo — los Aztecas — Izler... ¡Oh, qué lata! Veamos en los sucesos: una mujer que se cae por la escalera; un comerciante irritado por el vino; el incendio de las Arenas; el incendio de la Petersburskaya, otra vez el incendio de la Petersburskaya. Izler — Izler — Izler — Massimo... ¡Ah, ya esta aquí...!».

Al encontrar por fin lo que buscaba, empezó a leer; las líneas danzaban delante de sus ojos; sin embargo, pudo terminar de leer la crónica de sucesos hasta el final, y empezó a buscar ávidamente los «nuevos detalles» en los números siguientes. Una impaciencia febril hacía temblar sus manos al mismo tiempo que hojeaba los periódicos.

De pronto se sentó alguien a su mesa, junto a él. Miró. Era Zametov, Zametov en persona, tan atildado como en su despacho de la policía: llevaba todos sus anillos, sus cadenas, sus cabellos negros ensortijados, untados de cosmético y artísticamente separados por la raya en medio, su elegante chaleco, su levita un poco usada y su camisa un poco deslucida.

El jefe de la secretaría era alegre, al menos sonreía con bastante alegría y bondad. Un color algo encendido, a causa del champaña que había bebido, aparecía en su rostro moreno.

—¡Cómo! ¿Usted por aquí? —prorrumpió con admiración y con el tono que habría adoptado para dirigirse a un antiguo compañero—. Pero si ayer mismo me decía Razumikin que estaba usted aún sin conocimiento. ¡Si que es extraño! ¿Sabe que estuve en su casa?

Raskolnikov sospechaba que el jefe de la secretaría vendría a charlar con él. Apartó los periódicos y se volvió hacia Zametov con una sonrisa en la que se adivinaba cierta contrariedad.

—Ya me dijeron que vino usted a visitarme —respondió—, que buscó usted mi bota... Ha de saber que Razumikin está encantado con usted. A lo que parece fue con él a casa de Luisa Ivanovna, aquella mujer a la que intentó defender el otro día, ¿lo recuerda? Usted le hacía señas al teniente Pólvora y él no se daba cuenta de sus guiños. Sin embargo, no había de ser muy malicioso para comprenderlos; el asunto estaba claro...

—¡Sí que es escandaloso!

—¿Pólvora?

—No, su amigo Razumikin...

—Ustedes lo pasan muy bien, señor Zametov: ¡tiene entrada gratis en los lugares más encantadores! ¿Quién lo obsequiaba antes con champaña?

—¿Y por qué cree usted que me obsequiaban?

—¡En calidad de honorarios! ¡Ustedes sacan provecho de todo! —bromeó Raskolnikov—. ¡No se enfade por eso, muchacho! —añadió dándole unos golpecitos en la espalda—. Le digo eso sin malicia, sencillamente por broma, como decía, a propósito de los puñetazos que le dio a Mitia, el obrero detenido por el asunto de la vieja.

—Pero, ¿cómo sabe usted eso?

—Yo sé de eso quizá más que usted.

—¡Vaya si es usted raro...! Bien en verdad que todavía se encuentra usted bastante enfermo. Ha hecho usted mal en salir...

—¿Le parece a usted raro?

—Sí. ¿Qué está leyendo?

—Unos periódicos.

—Hay muchos incendios.

—A mí no me interesan los incendios.

Y miró a Zametov de una manera un poco extraña, y una sonrisa burlona dibujó una mueca en sus labios.

—No, los incendios no me interesan —continuó guiñando los ojos—. Pero confiese usted, querido joven, que tiene unas ganas terribles de saber lo que estaba leyendo.

—No me interesa en absoluto; le preguntaba eso por decir algo. ¿No puedo acaso preguntárselo? Porque siempre...

—Escuche, usted es un joven instruido, letrado, ¿verdad?

—Estudié en el instituto hasta el sexto curso inclusive —respondió Zametov con cierto orgullo.

—¡Hasta el sexto curso! ¡Vaya con el mozo! Y lleva una raya preciosa, sortijas..., ¡es un hombre rico! ¡Oh, y bastante guapo!

Y al decir aquello, Raskolnikov rompió a reír en las mismas narices de su interlocutor. Este retrocedió, pero no precisamente ofendido, sino muy sorprendido.

—¡Qué raro es usted! —repitió en tono muy serio Zametov—. Creo que sigue delirando todavía.

—¿Que yo deliro? Está de broma el muchacho... Así pues, ¿soy raro? Es decir, que le parezco curioso, ¿no? ¿Curioso?

—Sí.

—Entonces, ¿deseaba usted saber lo que estaba leyendo, lo que buscaba en los periódicos? ¿Ve cuántos números he hecho que me traigan? Eso da mucho que pensar, ¿verdad?

—Vamos, explíquese.

—Usted cree que ha encontrado el pájaro en el nido.

—¿Qué pájaro y qué nido es ese?

—Ya se lo diré más adelante; ahora, amigo mío, le declaro..., o mejor dicho, «confieso»... No, tampoco es eso: «Hago una declaración y usted toma nota de ella». ¡Y ya está! Pues bien, yo declaro que he leído, que tenía curiosidad por leer, que he buscado y que he encontrado... —Raskolnikov guiñó los ojos y esperó— los detalles relativos al asesinato de la vieja prestamista. He venido aquí precisamente para eso.

Al pronunciar aquellas palabras bajó la voz y acercó su cara hasta casi tocar la de Zametov. Este lo miró fijamente sin moverse siquiera y sin apartar su cabeza. Lo que más le extrañó al jefe de la secretaría fue que estuvieron mirándose durante un minuto de aquella manera sin proferir ni una palabra.

—Está bien. ¿Y qué me importa a mí lo que haya leído usted? —gritó súbitamente el policía, impaciente por aquellos modales enigmáticos.

—Ha de saber usted —continuó en voz baja Raskolnikov, sin hacer caso de la exclamación de Zametov— que se trata de aquella misma vieja de quien hablaban el otro día en la comisaría, cuando yo me desmayé. ¿Lo comprende usted ahora?

—¿El qué? ¿Qué quiere decir usted con ese «lo comprende ahora»? —dijo Zametov casi aterrado.

El rostro inmóvil y serio de Raskolnikov cambió instantáneamente de expresión, y, súbitamente, estalló en una risa nerviosa, como si fuera incapaz de contenerse. Era aquella una sensación idéntica a la que experimentó el día del asesinato, cuando al encontrarse sitiado en la habitación de la vieja por Koch y Pestriakov sintió de pronto deseos de interpelarlos, de decirles palabras insultantes, de provocarlos, de reírse en sus narices.

—Bueno, o usted está loco, o... —comenzó Zametov, pero se detuvo, como asaltado por una idea súbita.

—¿O qué? ¿Qué iba a usted a decir? ¡Acabe de una vez!

—No —replicó Zametov—; ¡todo esto es absurdo!

Callaron. Después de su repentino acceso de hilaridad, Raskolnikov se quedó sombrío y preocupado. Acodado en la mesa y con la cabeza entre sus manos, parecía haberse olvidado por completo de la presencia de Zametov.

El silencio duró bastante.

—¿Por qué no se toma usted el té? Se le va a enfriar —observó el policía.

—¿Eh? ¿Cómo? ¿El té...? Está bien...

Raskolnikov se llevó el vaso a los labios, mordisqueó un trozo de pan, y, dirigiendo su mirada hacia Zametov, sacudió bruscamente sus preocupaciones. Su fisonomía recobró la expresión burlona que tenía al principio y continuó bebiéndose el té.

—Estas granujadas son muy numerosas ahora —observó Zametov—. No hace mucho tiempo que leí en el *Moskovskia Viedomisti* que habían detenido en Moscú a una banda de falsificadores. Una sociedad completa que se dedicaba a la falsificación de billetes de banco.

—¡Oh, eso es viejo! Hace más de un mes que lo leí —respondió flemáticamente Raskolnikov—. Así, pues, según usted, ¿esos son unos granujas? —agregó, sonriendo.

—¿Cómo no lo han de ser?

—¿Esos? Son unas criaturas, unos pajarillos sin plumas, no unos bribones. Tienen que juntarse cincuenta para una cosa así. ¿Tiene eso sentido común? En casos así, tres son ya muchos, y aún hace falta que cada uno de ellos tenga más confianza en los demás que en sí mismo. Y si no, en cuanto uno de ellos beba un poco más de la cuenta y suelte una palabra, se viene todo por tierra. ¡Son unos pajarillos sin plumas! Mandan a unas personas de las que no pueden responder para que cambien sus billetes en los bancos, ¿y cree usted que se le puede dar ese encargo al primero que llega? Además, supongamos que, a pesar de todo, esos pajarillos triunfen; supongamos que la operación les reporte un millón a cada uno, ¿y después? ¡Ahí los tiene usted durante toda su vida dependiendo los unos de los otros! ¡Más vale ahorcarse que vivir de esa manera! Pero ni siquiera han sabido hacer pasar su papel: uno de sus agentes se presenta para cambiar en una oficina cualquiera, le dan el cambio de los cinco rublos y lo recoge temblándole las manos. Recuenta los primeros cuatro mil, y cuando llega al quinto se confía y se lo guarda en el bolsillo sin comprobar el cambio, de tal manera tiene ganas de salir corriendo. Por eso despertó sospechas y el negocio se les vino abajo por culpa de un sólo imbécil. ¿Es posible concebir eso?

—¿Que temblaran sus manos? —replicó Zametov—. Desde luego que se concibe, y a mí me parece la cosa más natural. En algunos casos no es uno dueño de sí. Mire, sin ir más lejos, aquí tiene usted una prueba bastante reciente: el asesino de esa vieja debe de ser un pillo muy resuelto cuando no ha vacilado en cometer su crimen en pleno día y en las condiciones más arriesgadas; no lo han cogido por un verdadero milagro. Pues bien, a pesar de eso, sus manos temblaban: no fue capaz de robar, le faltó valor; los hechos lo demuestran con bastante claridad.

Aquel lenguaje ofendió a Raskolnikov.

—¿Usted lo cree así? Pues bien, échele el guante. ¡Descúbralo ahora! —vociferó, experimentando un maligno placer en hacer de rabiar al jefe de la secretaría.

—No pase cuidado, ya lo descubrirán.

—¿Quién? ¿Usted? ¿Usted es quien lo va a descubrir? ¡Vamos, no se tome esa molestia! Para ustedes, toda la cuestión está en enterarse de si un hombre hace o no gastos. Si uno que no tenía nada empieza de pronto a tirar el dinero por la ventana, ese es el culpable. Procediendo de esa manera, un niño podría reírse de las investigaciones de ustedes.

—El caso es que todos proceden así —respondió Zametov—. Después de haber desplegado la mayor habilidad y astucia para llevar a cabo el asesinato, se dejan pescar en la taberna. Sus gastos son los que suelen denunciarlos. Todos no son tan maliciosos como usted. ¿A que usted, naturalmente, no iría a la taberna?

Raskolnikov frunció el entrecejo y miró fijamente a Zametov.

—Por lo que veo, usted querría saber cómo procedería yo en un caso parecido —le dijo con evidente mal humor.

—Me gustaría —replicó enérgicamente el jefe de la secretaría.

—¿De veras lo desea usted mucho?

—Sí.

—Bien. Pues aquí tiene usted lo que haría yo en semejante caso —comenzó Raskolnikov bajando repentinamente la voz y acercando nuevamente su cara a la de su interlocutor y mirándole a los ojos.

Zametov no pudo impedir estremecerse en esta ocasión.

—Mire lo que haría yo: recogería el dinero y las alhajas, y luego apenas saliera de la casa, me dirigiría sin pérdida de tiempo a un sitio cerrado y solitario, un patio o un huerto, por ejemplo. Yo me aseguraría previamente de que en un rincón de aquel patio hubiera una piedra que pesara unas cuarenta o cincuenta libras; levantaría aquella piedra debajo de la cual estaría hundido el suelo, y en ese hoyo escondería el dinero y las alhajas, después de lo cual volvería a colocar la piedra en su sitio, echaría tierra alrededor de ella y me marcharía de allí. Durante un año, durante dos o tres, dejaría allí los objetos robados. ¡Y que buscaran por donde quisieran!

—Está usted loco —respondió Zametov.

Y sin que podamos decir por qué, pronunció aquellas palabras en voz baja y se apartó bruscamente de Raskolnikov. Los ojos de este chispeaban, su rostro estaba terriblemente pálido, un temblor convulsivo agitaba su labio superior. Así transcurrió medio minuto. Nuestro héroe sabía lo que se hacía pero no podía contenerse. ¡La terrible confesión estaba a punto de escapársele!

—¿Y si yo fuera el asesino de la vieja y de Isabel? —dijo de pronto aunque luego volvió a imperar en él el sentimiento del peligro.

Zametov lo miró de una manera muy extraña y se puso pálido como la cera. Sus labios gesticularon una sonrisa.

—Pero, ¿acaso es posible esto? —dijo con una voz apenas inteligible. Raskolnikov fijó en él una mirada terrible.

—Confiese usted que lo ha creído así. ¿Verdad? ¿No lo ha creído usted así?

—No, no, ¡y ahora menos que nunca! —se apresuró a protestar Zametov.

—¡Vamos, ya cayó usted, amiguito! Luego lo creyó usted antes, puesto que «ahora lo cree menos que nunca».

—Le repito que no —exclamó el jefe de la secretaría visiblemente confundido—. Ha sido usted quien me ha asustado para que se me ocurra esa idea.

—Entonces, ¿no lo cree usted? ¿Y de qué empezaron a hablar el otro día cuando salí de la oficina de ustedes? ¿Y por qué el teniente Pólvora me interrogó después de mi desmayo? ¡Eh! ¿Qué debo yo? —le gritó al camarero levantándose y cogiendo su gorra.

—Treinta copecs —respondió este acudiendo a la llamada del consumidor.

—Toma, aquí tienes además veinte copecs de propina. ¡Fíjese en el dinero que tengo! —continuó enseñándole a Zametov un puñado de billetes rojos y azules, veinticinco rublos—. ¿De dónde he sacado esto? ¿Cómo voy tan vestido de nuevo? ¡Usted sabe, efectivamente, que yo no tenía ni un copec!

Apostaría a que ha hablado con mi patrona... ¡Y vamos, que ya hemos hablado bastante...! ¡Hasta que vuelva a tener el placer de verlo...!

Salió completamente agitado por una sensación extraña con la que se mezclaba un desagradable placer; además, estaba sombrío y terriblemente cansado. Su rostro congestionado parecía el de un hombre que hubiera sufrido un ataque de apoplejía; pero la fatiga empezó a rendirlo cada vez más. De momento, bajo el imperio de una viva excitación, recobraba súbitamente sus energías; pero apenas cesaba aquel ficticio estimulante, la debilidad se apoderaba de él.

Al quedarse solo, Zametov permaneció bastante rato sentado aún en el mismo sitio donde la precedente conversación acababa de tener lugar. El jefe de la secretaría estaba pensativo. Raskolnikov había trastornado inopinadamente todas sus ideas sobre cierto punto y se sentía extraviado.

—¡Ilia Petrovich es un animal! —se decidió por fin.

Apenas salió Raskolnikov del café se encontró en la escalinata con Razumikin, que entraba. Cuando sólo se encontraban a un paso de distancia no se había dado cuenta todavía el uno del otro y apenas si faltó nada para que se dieran un encontronazo. Razumikin quedó completamente estupefacto, pero de pronto la cólera, una cólera sincera, se apoderó de él y sus ojos chispearon.

—¡De manera que eres tú! —exclamó con voz tonante—. ¡Se nos ha escapado de la cama! ¡Y yo que he estado buscándote hasta debajo del diván, que he subido hasta el granero, y que por culpa de él he estado a punto de pegarle a Nastasia...! Y miren dónde estaba Rodia. ¿Qué quiere decir esto? ¡Dime toda la verdad! ¡Háblame claro! ¿Oyes?

—Esto no quiere decir otra cosa sino que todos me aburrís soberanamente y que quiero estar solo —respondió fríamente Raskolnikov.

—¿Solo? ¡Cuando ni siquiera puedes andar, cuando estás pálido como la cera, cuando te falta hasta el aliento! ¡Imbécil...! ¿Qué has venido a hacer al Palacio de Cristal? ¡Dímelo todo inmediatamente! ¡Lo exijo!

—¡Déjame pasar! —replicó Raskolnikov, queriendo alejarse.

Aquello terminó por poner fuera de sí a Razumikin, y cogió violentamente a su amigo por el hombro.

—¡Déjame pasar! Te atreves a decirme «¡déjame pasar!». ¿Sabes lo que voy a hacer ahora mismo? ¡Te voy a coger debajo del brazo como si fueras un paquete y te voy a llevar a tu habitación para encerrarte con llave!

—Escúchame, Razumikin —comenzó Raskolnikov sin levantar la voz y con el tono aparentemente más tranquilo—. ¿Cómo no te das cuenta de que no necesito tus atenciones? ¿Y qué manía es esa de obligar a la gente a pesar suyo, despreciando su regia voluntad? ¿Por qué viniste a establecerte a mi cabecera apenas empezó mi enfermedad? ¿Sabes acaso si yo no me habría alegrado con morirme? ¿Acaso no te he manifestado hoy con bastante claridad que me estabas martirizando y que me eras insoportable? ¡Vaya un gusto de atormentar a las personas! Te aseguro que todo eso no hace más que perjudicar mi curación, al mantenerme en una irritación continua. Ya viste antes que Zosimov se marchó precisamente para no irritarme, ¡déjame tú también, por amor de Dios! Razumikin se quedó un momento pensativo, y luego soltó el brazo de su amigo.

—Está bien, ¡vete al diablo! —dijo con una voz que había perdido toda vehemencia.

Pero al primer paso que dio Raskolnikov, replicó en un arranque súbito:

—¡Párate! ¡Escúchame! Ya sabes que doy una fiesta en mi casa hoy; mis invitados habrán llegado quizá, pero he dejado a mi tío para que los reciba en mi ausencia. Por consiguiente, si no fueras un imbécil sencillamente un imbécil, un rematado imbécil... Mira, Rodia, reconozco que eres inteligente, pero eres un imbécil... Así pues, si no fueras un imbécil vendrías a pasar la velada a mi casa en lugar de gastar las suelas vagando inútilmente por la calle. Ya que tenías tantas ganas de salir, lo mismo te dará aceptar mi invitación. Haré que suban para ti un sillón cómodo, pues mis patronas tienen alguno... Tomarás una taza de té y estarás acompañado... Si no quieres un sillón podrás echarte en la cama... Por lo menos estarás con nosotros... Irá Zosimov. ¿Vienes? ¿Vienes?

—No.

—¡Es absurdo decir que no! —replicó vivamente Razumikin—. ¿Tú qué sabes? No puedes responder de ti... También yo he abominado mil veces de la sociedad, y después de haberla abandonado, no he tenido más remedio que volver a ella... Uno llega a avergonzarse de su misantropía y busca otra vez a los hombres. Así pues, no lo olvides: en casa de Pochinkov, piso tercero...

—¡No iré, Razumikin!

Y después de decir estas palabras, Raskolnikov se alejó.

—¡Apuesto a que vendrás! —le gritó su amigo—. Porque si no..., si no, le haces cuenta de que no me conoces... Espera un momento... ¿Está ahí Zametov?

—Sí.

—¿Te ha visto?

—Sí.

—¿Te ha hablado?

—Sí.

—¿De qué? Bueno, está bien, no me lo digas si no quieres. ¡En casa de Pochinkov, número cuarenta y siete, habitaciones de Babuchkin, acuérdate!

Raskolnikov llegó a la Sadovaya y volvió la esquina.

Después de seguirlo atentamente con la mirada, Razumikin se decidió por fin a entrar en la casa, pero se detuvo al llegar a mitad de la escalera.

—¡Mal haya sea este hombre! —continuó casi en voz alta—. Y el caso es que habla con lucidez y como... ¡Qué imbécil soy! ¿Acaso los locos desatinan siempre? Zosimov, por lo que me ha parecido, lo teme también. Se lleva el dedo a la frente... ¿Y cómo..., sí, cómo abandonarlo a sí mismo ahora? Es capaz de ir a ahogarse... ¡Vaya, he hecho una tontería! ¡No hay que vacilar!

Y corrió para buscar a Raskolnikov. Pero no pudo encontrarlo y tuvo necesariamente que volver precipitadamente al Palacio de Cristal para preguntarle a Zametov.

Raskolnikov se dirigió hacia el puente de ***, se detuvo a mitad de él y apoyándose de codos en el pretil empezó a mirar a lo lejos. Desde que dejó a Razumikin, su debilidad fue aumentando de tal manera que le costó bastante trabajo arrastrarse hasta allí. Habría querido sentarse o tumbarse en cualquier sitio, en la calle. Asomado por encima del agua, contemplaba distraídamente los últimos reflejos del sol poniente y la hilera de casas que se oscurecían al acercarse la noche, mirando ora hacia un sitio lejano de la orilla izquierda donde, en una buhardilla, la ventana herida por el último rayo de sol parecía inflamada por las llamas, ora hacia el agua oscura del canal, que parecía mirar con atención. Finalmente, unos círculos rojizos empezaron a darle vuelta ante los ojos; las casas, los transeúntes, las orillas, los carruajes, todo comenzó a dar vueltas y a danzar ante sus ojos.

De pronto se estremeció, despertando tal vez de su ensimismamiento por una visión extraña. Raskolnikov experimentó la sensación de tener alguien a su lado, hacia la derecha: dirigió una mirada y vio una mujer alta que llevaba un pañuelo a la cabeza, rostro amarillento, alargado y enflaquecido y los ojos enrojecidos y entornados. Ella lo miraba fijamente, pero seguramente no veía nada, ni distinguía a nadie. De pronto se apoyó con la mano derecha en la barandilla, se encaramó a ella por encima del enrejado y se lanzó al canal. El agua sucia formó un remolino y sumergió en un instante a la víctima, pero al cabo de un minuto volvió a aparecer el cuerpo y flotó pausadamente corriente abajo, con la cabeza y las piernas sumergidas y la espalda a flor de agua con la falda hinchada por encima de la superficie como un cojín.

—¡Que se ahoga! ¡Que se ahoga! —gritaron docenas de voces; la gente corría; las dos orillas se llenaron de espectadores, la multitud se agrupaba en el puente alrededor de Raskolnikov, aplastándole y empujándole por detrás.

—¡Virgen santa, pero si es nuestra Afrosinuchka! —profirió no muy lejos la plañidera voz de una mujer—. ¡Sacadla, por Dios! ¡Hijos míos, sacadla del agua!

—¡Una barca, una barca! —gritaba la multitud.

Pero ya no había necesidad de ella. Un agente de policía bajó los peldaños de la escalera del canal, se quitó el capote y las botas y se lanzó al agua. La tarea no fue demasiado difícil: la corriente había llevado el cuerpo de la mujer a dos pasos de los escalones, el agente la atrapó con la mano derecha por los vestidos, se cogió a una pértiga que le alargó un compañero y la mujer fue sacada inmediatamente del agua. La tendieron en los escalones de granito de la escalera del canal. La mujer recobró el sentido enseguida, se incorporó, se sentó y empezó a estornudar y a resoplar, recogiéndose los vestidos mojados con un gesto inconsciente y sin decir una palabra ni mirar a nadie.

—Ha bebido agua por su padre y por su madre —dijo la misma voz de mujer al lado de Afrosinuchka—. Hace poco se quería ahorcar y la sacaron de la cuerda. Tiene una tienda cerca de aquí. Ahora mismo vengo de ella. Ha dejado a la muchacha para que estuviera al cuidado, y mientras tanto ha hecho lo que tenía metido en la cabeza. ¿No la conocen? Vive cerca de aquí, la segunda casa de la esquina.

La multitud iba aclarándose, los agentes de policía atendieron a la mujer: uno de ellos habló de la oficina.

Raskolnikov presenciaba aquella escena con una extraña sensación de indiferencia e impasibilidad. Aquello acabó por repugnarle. «No, es fastidioso..., el agua..., ¡no vale la pena!», balbuceó entre dientes. «No hay por qué esperar», añadió. «¿Y si me fuese a la oficina...? ¿Y por qué Zametov no está en la oficina? A las nueve y media está siempre abierta...». Se volvió de espaldas a la barandilla y lanzó una mirada a su alrededor.

«¡Sea de una vez!», decidió resueltamente.

Y abandonando el puente, tomó la dirección de la comisaría de policía. Su corazón estaba como vacío. No quería pensar, y ni siquiera experimentaba ya angustia; una completa apatía había sustituido a la energía que en él se manifestara antes, cuando salió de la habitación «para acabar con todo aquello».

«¡Después de todo, eso es una solución! —Pensaba mientras caminaba lentamente a lo largo del malecón del canal—. El desenlace es por lo menos, producto de mi voluntad... ¡Y, sin embargo, qué final! ¿Es posible que esto sea el final? ¿Confesaré o no confesaré? ¡Diablo de...! Pero yo no puedo más. ¡Quisiera tumbarme o sentarme en algún sitio! Lo que más vergüenza me da es la estupidez que esto representa. ¡Vamos, hay que sobreponerse a todo esto! ¡Qué ideas tan estúpidas tiene uno a veces...!».

Para ir a la comisaría tenía que seguir por aquella calle y torcer por la segunda travesía de la izquierda; apenas llegara allí estaría a dos pasos del puesto de policía. Pero cuando llegó a la primera esquina, se detuvo, lo pensó un instante y entró en el *pereulok*. Luego vagó sucesivamente por otras dos calles, quizá sin objeto, tal vez para ganar un minuto y tener tiempo para reflexionar.

Caminaba con la mirada fija en el suelo. De pronto le pareció que alguien le murmuraba algo al oído. Levantó la cabeza y se dio cuenta de que estaba delante de la puerta de «aquella casa». No había vuelto a pasar por allí desde la tarde que cometió el crimen.

Cediendo a un deseo tan irresistible como inexplicable, Raskolnikov entró en la casa, tomó la escalera de la derecha y se dispuso a subir al cuarto piso. En la estrecha y empinada escalera había bastante oscuridad. El joven se detenía en cada rellano y miraba curiosamente a su alrededor. En el descansillo del primer piso habían colocado un cristal en la ventana.

«Ese cristal no estaba ahí entonces —pensó—. Este es el cuarto del segundo piso donde estaban trabajando Nikolachka y Mitka. Está cerrado; la puerta está pintada, debe de estar alquilado ya... Este es el tercero..., y el cuarto... ¡Aquí es!».

Tuvo un momento de vacilación. La puerta del piso de la vieja estaba abierta de par en par y dentro había alguien; se oía hablar. Raskolnikov no había previsto aquello. Sin embargo, tomó rápidamente su resolución, subió los últimos escalones y entró en el cuarto.

Estaban arreglándolo; dentro se encontraban algunos obreros, lo que pareció extrañarle mucho a Raskolnikov, pues él esperaba encontrarse el piso exactamente como lo había dejado; hasta llegó a figurarse quizá que se encontraría los cadáveres en el suelo. Pero con gran sorpresa por su parte, las paredes estaban desnudas y las habitaciones sin muebles. Se acercó a la ventana y se sentó en el alféizar.

No había más que dos obreros, dos jóvenes, uno de los cuales era mayor que el otro. Estaban cambiando el papel viejo amarillo, completamente estropeado, por otro blanco, sembrado de florecillas violeta. Esta circunstancia —ignoramos por qué— le desagradó mucho a Raskolnikov. Y miró encolerizado el papel nuevo, como si todos aquellos cambios le hubieran contrariado.

Los empapeladores se disponían a marchar a sus casas. Apenas si prestaron atención a la presencia del visitante y continuaron su conversación.

Raskolnikov se levantó y pasó a la otra habitación, donde antes estuvo el cofre, la cama y la cómoda; aquella pieza, vacía de muebles, le pareció demasiado pequeña. Todavía no habían cambiado el papel y aún podía reconocerse en el rincón el sitio que ocupaba hacía poco el armario de las imágenes piadosas. Después de haber satisfecho su curiosidad, Raskolnikov volvió a sentarse en el alféizar de la ventana. El obrero de más edad lo miró de soslayo y le dijo de pronto, dirigiéndose a él:

—¿Qué hace usted ahí?

Raskolnikov, en lugar de responderle, se levantó, se dirigió al recibidor y empezó a tirar del cordón de la campanilla. ¡Era la misma, con su sonido de hojalata! Llamó una segunda, una tercera vez aplicando el oído y recordando. La terrible impresión que experimentó aquel día a la puerta de la vieja volvía a él con una claridad y una vivacidad crecientes; se estremecía a cada campanillazo y experimentaba con ello un placer cada vez mayor.

—¿Se puede saber lo que quiere? ¿Quién es usted? —gritó el obrero dirigiéndose a él.

Raskolnikov entró entonces en el cuarto.

—Deseo alquilar una habitación y por eso he venido a ver esta.

—No se puede venir a ver habitaciones por la noche, y además, debía haber venido usted acompañado por el portero.

—¿Han fregado el piso? ¿Lo van a pintar? —continuó Raskolnikov—. ¿No hay sangre?

—¿Qué es eso de sangre?

—La vieja y su hermana fueron asesinadas aquí. Allí había un gran charco de sangre.

—¿Qué clase de hombre es este?

—¿Quién, yo? ¿Quieres saberlo...? Pues vamos juntos a la comisaría; allí te lo diré.

Los empapeladores le miraban con creciente estupefacción.

—Ya es hora de marcharnos. Vámonos, Alechka. Hay que cerrar —dijo el mayor de ellos a su compañero.

—¡Bueno, vámonos! —replicó en un tono indiferente Raskolnikov.

Salió el primero, y, precediendo a los dos obreros, bajó la escalera.

—¡Hola, portero! —gritó al llegar a la puerta principal.

A la entrada de la casa había varias personas mirando a los que pasaban. Entre ellas estaban los dos porteros, una aldeana, un burgués en traje de casa y varios individuos. Raskolnikov se fue directamente hacia ellos.

—¿Qué desea usted? —preguntó uno de los porteros.

—¿Has estado en la comisaría?

—Acabo de venir de allí. ¿Qué desea usted?

—¿Están allí todavía?

—Sí.

—¿También el ayudante del comisario?

—No hace mucho estaba allí. ¿Qué desea?

Raskolnikov no respondió y se quedó pensativo.

—Ha venido a ver el piso —dijo acercándose el mayor de los obreros.

—¿Qué piso?

—Ese donde estamos trabajando nosotros y ha preguntado: «¿Por qué han lavado la sangre? Aquí se ha cometido un asesinato y yo vengo para alquilar el cuarto». Empezó a llamar y por poco rompe el cordón de la campanilla. «Vamos a la comisaría —añadió— y allí lo diré todo».

El portero, intrigado, frunció el entrecejo y examinó a Raskolnikov.

—¿Quién es usted? —le preguntó elevando la voz con acento de amenaza.

—Soy Rodion Romanovich Raskolnikov, antiguo estudiante, y vivo muy cerca de aquí, en el *pereulok* vecino, en la casa de Chil, habitación número catorce. Pregúntele al portero..., él me conoce.

Raskolnikov dio todos aquellos datos con el aire más indiferente y más tranquilo, miraba insistentemente a la calle y no volvió la cabeza ni una vez siquiera hacia su interlocutor.

—¿Qué ha venido usted a hacer en ese cuarto?

—He venido a verlo.

—¿Y qué tiene usted que ver allí?

—¿No sería mejor prenderlo y llevarlo a la comisaría? —propuso de pronto el burgués.

Raskolnikov lo miró atentamente por encima del hombro.

—¡Vamos! —dijo con indiferencia.

—Sí, hay que llevarlo a la comisaría —replicó con más firmeza el burgués—. Cuando ha subido allá debe de ser porque tenga alguna cosa sobre su conciencia...

—¡Vaya usted a saber si estará borracho...! —murmuró el obrero.

—Pero, ¿qué es lo que quieres? —gritó nuevamente el portero que empezaba a enfadarse de verdad—. ¿A qué vienes a molestarnos?

—¿Te da miedo ir a la comisaría? —dijo burlonamente Raskolnikov.

—¡Es un ratero! —gritó la aldeana.

—¿A qué discutir con él? —exclamó el otro portero.

Era un enorme *mujik* que llevaba una blusa desabrochada y que tenía un manojo de llaves colgando de la cintura.

—Seguramente que será algún ratero. ¡Vamos, largo de aquí, pronto!

Y cogiendo a Raskolnikov por los hombros lo lanzó al medio de la calle.

El joven estuvo a punto de caer, pero pudo mantenerse de pie. Cuando hubo recobrado el equilibrio miró silenciosamente a todos los espectadores, y luego se alejó.

—Es un granuja —observó el obrero.

—Hoy se vuelven todos granujas —observó la aldeana.

—Pero no importa, había que haberlo llevado a la comisaría —agregó el burgués.

«¿Iré o no iré?», pensaba Raskolnikov deteniéndose en medio de una encrucijada y mirando a su alrededor como si esperara un consejo de alguien. Pero su pregunta no recibió la menor respuesta; todo estaba sordo y muerto como las piedras que pisaba...

De pronto, a doscientos pasos de él, al final de una calle, distinguió a través de la oscuridad un grupo de personas del que partían gritos, palabras acaloradas. La gente rodeaba un coche... Una luz débil brillaba en medio de la calle

—¿Qué pasará allí?

Raskolnikov volvió hacia la derecha y fue a mezclarse con el gentío. Parecía querer aferrarse al menor incidente, y aquella pueril disposición le hacía sonreír, porque su resolución estaba tomada ya y se decía que dentro de un instante «acabaría con todo aquello».

VII

En el centro de la calzada estaba parado un elegante coche particular, tirado por dos ardientes caballos pardos; en su interior no había nadie, y el cochero, que se había bajado del pescante, sujetaba a los caballos por las bridas.

Alrededor del coche se agrupaba un grupo de personas que la policía trataba de contener. Uno de los policías llevaba una pequeña linterna en la mano, y enfocando hacia el suelo, alumbraba algo que estaba allí, cerca de las ruedas. Todo el mundo hablaba y gritaba; el cochero, aturdido, no dejaba de decir:

—¡Qué desgracia! ¡Dios mío, qué desgracia!

Raskolnikov se abrió paso a través de los curiosos hasta que por fin vio lo que atraía a aquel gentío. Sobre el empedrado yacía ensangrentado y privado de sentido un hombre que acababa de ser atropellado por los caballos. Aunque iba mal vestido, su indumentaria no era la de un hombre del pueblo. La cabeza y la cara hallábanse cubiertas de horribles heridas por las que salían borbotones de sangre. Indudablemente no se trataba de un caso de risa.

—¡Dios mío!— repetía incesantemente el cochero—. ¿Cómo habría podido yo evitar esto? Si los caballos hubiesen ido al galope, o si no le hubiera advertido, la culpa sería mía, pero no, el coche iba despacio todo el mundo lo ha visto. Desgraciadamente un hombre borracho no se fija en nada, ¡Ya se sabe...! Lo vi cruzar la calle tambaleándose y le grité varias veces: «¡Cuidado!». Sujeto los caballos y se viene directamente hacia ellos. Cualquiera diría que lo hacía expresamente. Los animales son jóvenes, espantadizos; se espantaron y él gritó, con lo que se asustaron más todavía... ¡Y así es como ha ocurrido la desgracia!

—Efectivamente, así ha sido como ha ocurrido —confirmó alguien que había sido testigo de la escena.

—Sí; le gritó por tres veces que se parara —dijo otro.

—¡Exacto; le gritó por tres veces, todo el mundo lo oyó! —agregó un tercero.

Por otra parte, el cochero no parecía muy preocupado por las consecuencias que aquello pudiera tener para él. Evidentemente, el propietario del carruaje era un hombre rico e importante que esperaría en algún sitio la llegada de su coche; esta última circunstancia avivaba la diligencia de los agentes de policía. Sin embargo, había que transportar al herido al hospital. Nadie sabía su nombre.

Mientras tanto, Raskolnikov logró acercarse más abriéndose camino a codazos. Y súbitamente, un rayo de luz que hirió el rostro del desgraciado le permitió reconocerlo.

—¡Yo le conozco, yo sé quién es! —exclamó, al mismo tiempo que empujaba a los que estaban delante de él y se colocaba en primera fila—. Es un antiguo funcionario, el consejero titular Marmeladov. Vive cerca de aquí, en la casa de Kozel... ¡Pronto, un médico! ¡Yo pagaré, aquí tienen!

Sacó dinero de su bolsillo y se lo enseñó a un agente de policía. Era presa de una agitación extraordinaria.

Los policías se alegraron de saber quién era el atropellado.

Raskolnikov dio su nombre y su dirección e insistió con el mayor interés para que llevaran lo más rápidamente posible al herido a su domicilio. No hubiese mostrado mayor celo de haberse tratado de su padre.

—Vive aquí cerca, a tres casas de distancia —decía—, en casa de Kozel, un alemán rico... Debía de volver a su casa borracho cuando le ha ocurrido esto... Yo lo conozco. Es un borracho... Vive allá con su familia, tiene mujer e hijos. Antes de llevarlo al hospital debe verlo algún médico; seguramente habrá alguno que viva cerca de aquí. Yo pagaré, yo pagaré... Su estado exige que se le atienda inmediatamente, y si no se le socorre enseguida morirá antes de llegar al hospital.

Hasta deslizó con disimulo algún dinero en la mano de un agente de policía. Además, lo que él pedía era perfectamente legítimo y se explicaba totalmente. Levantaron a Marmeladov y unos hombres de buena voluntad se ofrecieron para transportarlo a su casa, que sólo estaba a treinta pasos del sitio donde había tenido lugar el accidente. Raskolnikov marchó detrás, sosteniendo con cuidado la cabeza del herido e indicando el camino.

—¡Por aquí, por aquí! Tengan cuidado por la escalera de que no lleve baja la cabeza; vuelvan ustedes..., ¡así! Yo pagaré, se lo agradezco a ustedes —murmuraba.

En aquel preciso momento Katerin Ivanovna, como siempre que disponía de un momento de libertad, se paseaba de un extremo a otro de la habitación; iba de la ventana a la estufa y viceversa, con los brazos cruzados sobre su pecho, hablando sola y tosiendo. Desde hacía poco hablaba cada vez más y con más gusto con su hija mayor, Polenka. Aunque esta niña no tenía más que diez años y no podía comprender muchas cosas, no dejaba de darse cuenta de la necesidad que su madre tenía de ella; sus grandes e inteligentes ojos permanecían sin cesar fijos en Katerin Ivanovna, y apenas esta le dirigía la palabra, hacía todos los esfuerzos posibles por entenderla o aparentarlo por lo menos.

Polenka estaba desnudando a su hermanito que había estado enfermo todo el día e iba a acostarlo. En espera de que le quitaran la camisa para lavársela durante la noche, el pequeño con la cara muy seria, estaba sentado en una silla, silencioso e inmóvil, y escuchaba abriendo desmesuradamente los ojos, lo que su mamá le decía a su hermanita. Lidochka, la pequeñita, vestida con verdaderos harapos, esperaba también, de pie, al lado del biombo. La puerta que daba al rellano estaba abierta para dejar salir el humo del tabaco que llegaba de la habitación inmediata y que a cada momento hacía toser terriblemente a la pobre tísica. Katerin Ivanovna parecía haber empeorado desde hacía ocho días y las siniestras manchas rojizas de sus mejillas habían adquirido un brillo más destacado que nunca.

—No puedes imaginarte, Polenka —le decía a la niña mientras paseaba por la habitación—, la vida tan alegre y tan buena que había en casa de mi padre y lo desgraciados que ahora somos todos a causa de este borracho. Papá tenía un empleo civil equivalente al grado de coronel en el ejército; era casi gobernador y no le faltaba más que un ascenso para llegar a ese cargo, y todo el mundo le decía: «Nosotros lo consideramos ya a usted, Ivan Mijailich, como nuestro gobernador... ¡Oh vida tres veces maldita!» —añadió después de un golpe de tos.

Escupió y apretó sus manos contra el pecho.

—¿Está preparada ya el agua? Dame la camisa: ¿y las medias...? Lida —añadió dirigiéndose a la pequeña—, esta noche te acostarás sin camisa... Pon las medias al lado..., lo lavaremos todo a la vez. Y este borracho, ¿a qué hora irá a venir...? Sin embargo, quisiera lavarle la camisa con el resto de la ropa para no tener que molestarme dos noches seguidas. ¡Señor, otra vez la tos! ¿Qué pasará? —exclamó al ver que el vestíbulo se llenaba de gente y que algunas personas entraban en el cuarto con una especie de fardo—. ¿Qué hay? ¿Qué traen aquí? ¡Dios mío!

—¿Dónde se le deja? —preguntó un agente de policía mirando a su alrededor al mismo tiempo que introducían a Marmeladov en la habitación, sangrando e inanimado.

—¡En el diván! Tiéndanlo en el diván..., la cabeza aquí —indicó Raskolnikov.

—¡Es un borracho que han atropellado en la calle! —gritó alguien en el vestíbulo.

Katerin Ivanovna, completamente pálida, respiraba con dificultad. Los niños estaban aterrorizados. La pequeñita Lidochka corrió gritando hacia su hermana mayor y la estrechó entre sus brazos temblando.

Después de ayudar para que acostaran a Marmeladov en el diván, Raskolnikov se acercó a Katerin Ivanovna.

—¡Por amor de Dios, cálmese usted! ¡No se asuste! —le dijo precipitadamente—. Lo ha atropellado un coche cuando atravesaba la calle; no se preocupe, recobrará el sentido; he mandado que lo traigan aquí. Ya estuve en esta casa; tal vez no lo recuerde usted... No tardará en volver en sí... ¡Yo pagaré su asistencia!

—¡No volverá en sí! —dijo desesperadamente Katerin Ivanovna.

Y se lanzó hacia su marido.

Raskolnikov se dio cuenta inmediatamente de que aquella mujer no era de las que se desmayan enseguida. En un instante apareció una almohada debajo de la cabeza del desgraciado, cosa en la que nadie había caído. Katerin Ivanovna empezó a desnudar a Marmeladov, a examinar sus heridas, a prodigarle sus diligentes cuidados. La emoción no le privaba de su presencia de ánimo, y olvidándose de sí misma se mordía sus labios temblorosos y ahogaba en su pecho los lamentos que pugnaban por escapársele.

Durante este tiempo, Raskolnikov mandó a alguien para que fuera a buscar un médico. Había uno que vivía en una casa inmediata.

—He mandado buscar un médico —le dijo a Katerin Ivanovna—, no se preocupe usted, yo lo pagaré. ¿Tiene usted un poco de agua?... Traiga también una toalla, una servilleta, un paño cualquiera, pero pronto; aún no se puede formar juicio acerca de la gravedad de las heridas... Está herido, pero no ha muerto, tenga usted la seguridad de ello... Esperemos a ver lo que dice el doctor.

Katerin Ivanovna corrió hacia la ventana; en un rincón cerca de ella estaba colocada, en una silla desvencijada, una palangana grande llena de agua que tenía dispuesta para lavar durante la noche la ropa de su marido y de sus niños. Katerin lavaba sus ropas durante las noches, una o dos veces por semana, y algunas veces con más frecuencia, pues los Marmeladov habían llegado a tal estado de miseria que les faltaba ropa para mudarse; cada miembro de la familia no tenía más camisa que la que llevaba puesta, pero Katerin Ivanovna no podía soportar la suciedad, y antes de verla reinar en su casa, la pobre tísica prefería molestarse lavando por la noche la ropa de sus familiares para que se la encontrasen limpia y cosida al día siguiente.

Ante las peticiones de Raskolnikov, cogió la palangana y se la acercó, pero estuvo a punto de caer con su carga. El joven consiguió encontrar una toalla, la mojó en el agua y lavó con ella la cara ensangrentada de Marmeladov. Katerin Ivanovna se mantenía de pie a su lado, respirando con bastante fatiga y apoyando sus manos contra el pecho. También estaba ella necesitada de los cuidados del médico.

«Quizá he hecho mal al hacer que trajeran al herido a su casa», empezaba a decirse a sí mismo Raskolnikov.

El guardia municipal no sabía qué hacer.

—¡Polia! —gritó Katerin Ivanovna—. Ve inmediatamente a casa de Sonia y dile que a su padre le ha atropellado un coche, que venga inmediatamente. Si no la encuentras en su casa le dices a los Kapernaumov que le den el encargo apenas llegue. Date prisa, Polia. Toma, ponte este pañuelo por la cabeza.

Mientras tanto, la habitación se había llenado de tal manera de gente que no se cabía. Los agentes de policía se retiraron y sólo quedó uno que intentó hacer retirar a la gente al descansillo de la escalera, pero al mismo tiempo que él se esforzaba por conseguirlo, por la puerta de comunicación interior penetraron casi todos los inquilinos de la señora Lippevechzel; primero se mantuvieron en el umbral, pero inmediatamente invadieron la habitación. Katerin Ivanovna se encolerizó.

—¡Hagan el favor de dejarlo morir tranquilo! —le gritó a aquella multitud—. ¡Vienen ustedes aquí como si se tratara de un espectáculo! ¡No dejan de fumar y se permiten ustedes entrar con el sombrero puesto...! ¡Márchense inmediatamente...! ¡Tengan siquiera respeto a la muerte!

La tos que la ahogaba le impidió poder decirles más, pero aquella severa amonestación produjo su efecto. Efectivamente, respetaban hasta cierto punto a Katerin Ivanovna; los inquilinos de la casa desfilaron el uno detrás del otro llevando en sus corazones ese extraño sentimiento de dolor que el hombre menos compasivo no puede eximirse de experimentar ante la desgracia de otro.

Apenas salieron, sus voces se oyeron al otro lado de la puerta: decían en voz alta que había que mandar al herido al hospital, pues no estaba bien perturbar la tranquilidad de la casa.

—¡Pues no dicen que es inconveniente morir! —vociferó Katerin Ivanovna.

Y ya se disponía a contestarles adecuadamente, pero al ir a abrir la puerta se encontró frente a frente a la señora Lippevechzel en persona. Acababa de enterarse de la desgracia y venía para restablecer el orden. Aquella era una alemana excesivamente grosera y mal educada.

—¡Vaya por Dios! —dijo dando una palmada—. Su marido, por ir borracho, se ha dejado atropellar por un coche. ¡Que le lleven al hospital! ¡Yo soy la propietaria!

—¡Amalia Ludvigovna! Haga el favor de pensar lo que dice —comenzó en tono arrogante Katerin Ivanovna. (Siempre le hablaba de aquella manera a

149

la dueña de la casa para obligarla a reportarse, y ni aun en semejante momento quiso privarse de aquel placer)—. Amalia Ludvigovna...

—Ya le he dicho de una vez para siempre que no me llame nunca Amalia Ludvigovna; ¡yo soy Amalia Ivanovna!

—Usted no es Amalia Ivanovna, sino Amalia Ludvigovna, y como yo no pertenezco al grupo de sus viles aduladores, tales como el señor Lebeziatnikov, que está ahora mismo riendo detrás de la puerta —efectivamente en la habitación contigua decían burlonamente: «¡Se van a agarrar!»—, yo la llamaré siempre Amalia Ludvigovna, si bien no me cabe en la cabeza por qué no le gusta que la llamen así. Ya puede ver usted misma lo que le ha ocurrido a Simón Zajarich: se morirá. Le ruego que cierre inmediatamente esta puerta y que no deje pasar a nadie. ¡Permítanle por lo menos que muera en paz! Y si no, le aseguro que mañana mismo informaré al gobernador general de la conducta de usted. El príncipe me conoce desde que yo era pequeña y recuerda perfectamente a Simón Zajarich, a quien le ha hecho algunos favores en más de una ocasión. Todo el mundo sabe que mi marido tenía muchos amigos y protectores. Él mismo, con perfecta conciencia de sus defectos, ha dejado de visitarlos; pero ahora —añadió indicando a Raskolnikov—, hemos encontrado un apoyo en este magnánimo joven que posee fortuna, relaciones y que desde su infancia apreció mucho a Simón Zajarich. Convénzase usted, Amalia Ludvigovna...

Todo este discurso fue soltado con creciente rapidez, pero la tos interrumpió bruscamente la elocuencia de Katerin Ivanovna.

Marmeladov volvió en sí en aquel momento y lanzó un gemido. Katerin Ivanovna corrió al lado de su marido. Este abrió los ojos, y sin darse cuenta de nada, miraba a Raskolnikov, que estaba de pie a su cabecera. Su respiración era entrecortada y penosa; veíase sangre en las comisuras de sus labios y el sudor perlaba su frente. No reconoció a Raskolnikov y lo miraba con inquietud. Katerin Ivanovna fijó en el herido una mirada triste, pero severa, y a poco brotaron las lágrimas de los ojos de la pobre mujer.

—¡Dios mío, tiene el pecho aplastado! ¡Cuánta sangre, cuánta sangre! —decía desolada—. Hay que quitarle toda la ropa de encima. Vuélvete un poco si puedes, Simón Zajarich —le dijo.

Marmeladov la reconoció.

—¡Un sacerdote! —profirió con voz ronca.

Katerin Ivanovna se acercó a la ventana, apoyó su frente en el marco y exclamó con desesperación:

—¡Oh vida tres veces maldita!

—¡Un sacerdote! —exclamó el moribundo después de un minuto de silencio.

—¡Calla! —le dijo Katerin Ivanovna.

El herido obedeció y se calló. Sus ojos buscaban a su mujer con una expresión tímida y anhelante. Ella volvió a colocarse a su cabecera. Se calmó un poco, pero su tranquilidad duró poco. Vio en un rincón a su pequeña Lidochka, la hija más querida, que temblaba como presa de una convulsión y que lo miraba con sus grandes ojos de niño asustado.

—¡Ah...! ¡Ah...! —exclamó con agitación, indicando a la niña.

Se veía que quería decirle algo.

—¿Qué quieres? —gritó Katerin Ivanovna.

—¡No tiene zapatos, no tiene zapatos! —murmuraba.

Y su mirada extraviada no se apartaba de los pies desnudos de la niña.

—¡Calla! —replicó en tono irritado Katerin Ivanovna—. Ya sabes por qué no tiene zapatos.

—¡Gracias a Dios! —exclamó con alegría Raskolnikov—. ¡Ya está aquí el doctor!

Entró un viejecito alemán de modales metódicos que miró a su alrededor con desconfianza. Se acercó al herido, le tomó el pulso y examinó detenidamente la cabeza; después, ayudado por Katerin Ivanovna, rasgó la camisa completamente empapada en sangre y puso el pecho al descubierto. Lo tenía terriblemente aplastado; a la derecha tenía varias costillas rotas; a la izquierda, encima del corazón, se veía una mancha grande de un color negruzco amarillento, producida por una coz de caballo. El doctor frunció el entrecejo. El agente de policía le había contado ya que el individuo atropellado había sido alcanzado debajo de una rueda y arrastrado por la calle un espacio de más de treinta pasos.

—Lo maravilloso es que esté vivo aún —murmuró en voz baja el doctor dirigiéndose a Raskolnikov.

—¿Qué le parece a usted? —preguntó este.

—Es una cosa perdida.

—¿No hay ninguna esperanza?

—¡Ni la más pequeña! Pronto exhalará el último suspiro... Además tiene una herida muy peligrosa en la cabeza... ¡Hum! Podemos sangrarlo..., pero... será inútil. Morirá infaliblemente dentro de cinco o seis minutos.

—Pruebe usted con la sangría.

—Bueno..., pero ya le advierto que no servirá absolutamente de nada.

Mientras tanto, se oyó de nuevo ruido de pasos, la multitud que invadía el vestíbulo se apartó y un sacerdote de cabellos blancos apareció en el umbral. Le traía la extremaunción al moribundo. El doctor le cedió el puesto inmediatamente cambiando con él una mirada significativa. Raskolnikov le rogó al médico que se quedara un momento, y este accedió encogiéndose de hombros.

Apartáronse todos. La confesión duró muy poco. Marmeladov no se encontraba en estado de comprender casi nada, apenas si podía proferir sonidos entrecortados e ininteligibles. Katerin Ivanovna fue a arrodillarse en el rincón próximo a la estufa e hizo que se arrodillaran delante de ella los dos niños. Lidochka no hacía más que temblar. El niño, que también estaba arrodillado, imitaba las cruces que hacía su madre santiguándose y se prosternaba hasta el suelo golpeándolo con la frente; aquello parecía producirle placer. Katerin Ivanovna se mordía los labios y contenía sus lágrimas. Al mismo tiempo que rezaba, le ajustaba de vez en cuando la camiseta al pequeño, y sin interrumpir sus oraciones ni levantarse, logró alcanzar un pañuelo grande de la cómoda para echárselo por los hombros, demasiado desnudos, a la pequeña. Mientras tanto, la puerta de comunicación había sido abierta de nuevo por los curiosos. El aluvión de espectadores aumentaba también en el vestíbulo; todos los inquilinos de los distintos pisos estaban reunidos allí; pero no franqueaban el umbral de la habitación. Aquella escena estaba alumbrada únicamente por la luz de un cabo de vela.

En aquel momento, Polenka, que había ido a buscar a su hermana, se abrió paso a través de la multitud que se apretujaba en el pasillo. Entró casi sin poder respirar a causa de lo que había corrido. Después de desembarazarse de su pañuelo, buscó a su madre con la vista, se acercó a ella y le dijo:

—¡Viene! ¡La he encontrado en la calle!

Katerin Ivanovna la mandó arrodillarse a su lado.

Sonia se abrió paso tímidamente y sin hacer ruido por medio de la multitud. Su aparición en aquella habitación que era la imagen de la miseria, de la desesperación, y de la muerte, produjo un efecto muy extraño. Aunque pobremente vestida, iba ataviada a la manera llamativa de las busconas de la acera. Cuando llegó a la entrada de la habitación, se detuvo sin atreverse a pasar el umbral, dirigiendo una mirada de espanto al interior.

Parecía no tener conciencia de nada; no se daba cuenta de que su vestido de seda, comprado de ocasión, su color llamativo y la cola desmesuradamente larga, su enorme miriñaque que ocupaba casi todo el ancho de la puerta, sus botines subidos de color, la sombrilla que llevaba en la mano, aunque no había necesidad de ella y finalmente, su ridículo sombrero de paja adornado con una pluma de un rojo escandaloso, estaban fuera de lugar allí. Bajo aquel sombrero, caprichosamente colocado de lado, veíase un rostro pequeño y enfermizo, pálido y asustado, con la boca abierta y los ojos inmóviles de terror. Sonia tenía dieciocho años: era rubia, de pequeña estatura y un poco delgada, pero bastante bonita; sus ojos claros eran muy hermosos. Miraba fijamente a la cama y al sacerdote. De la misma manera que Polenka, llegaba jadeando por haber venido muy aprisa. A sus oídos llegaron probablemente algunas palabras pronunciadas por los curiosos. Y franqueó por fin el umbral, bajando la cabeza, penetró en la habitación, pero permaneció cerca de la puerta.

Cuando el sacerdote hubo terminado de administrar los sacramentos al moribundo, su mujer volvió a su lado. Antes de retirarse, el sacerdote creyó un deber dirigirle algunas palabras de consuelo a Katerin Ivanovna.

—¿Y qué va a ser de ellos? —interrumpió Katerin con amargura, mostrando a sus hijos.

—Dios es misericordioso. Confíe usted en la ayuda del Altísimo.

—¡Dios es misericordioso, pero no para nosotros!

—Eso es un pecado, señora, un pecado —observó el pope moviendo la cabeza.

—¿Y eso no es un pecado? —replicó vivamente Katerin Ivanovna, señalando al moribundo.

—Los que involuntariamente la han privado de su sostén le ofrecerán quizá alguna indemnización para reparar al menos el perjuicio material...

—¡Usted no lo comprende! —gritó en tono irritado Katerin Ivanovna—. ¡Cómo me van a indemnizar! ¡Él mismo ha sido quien se arrojó debajo de las patas de los caballos estando borracho! ¡Él, mi sostén! ¡Nunca fue para mí más que motivo de disgusto! ¡Se lo bebía todo! ¡Nos despojaba de todo para irse a la taberna a beberse el dinero de la casa! ¡Bien ha hecho Dios con librarnos de él! ¡Su muerte es un verdadero alivio para nosotros!

—Hay que perdonar a un moribundo, señora. ¡Esos sentimientos son un pecado, un pecado muy grande!

Pero al mismo tiempo que hablaba con el sacerdote, Katerin Ivanovna no cesaba de cuidarse del herido: le daba de beber, enjugaba el sudor y la sangre que inundaban su cabeza y le arreglaba las almohadas. Las últimas palabras del sacerdote despertaron en ella una especie de furia.

—¡Eh, *batuchka,* todo eso son palabras, nada más que palabras! Si hoy no lo hubiera atropellado el coche habría vuelto borracho. Y como no tiene más camisa que ese harapo sucio que lleva encima del cuerpo, habría tenido que lavársela mientras durmiera, de la misma manera que la ropa de los niños. Después habría tenido que ponerla a secar para repasarla antes de salir el sol. ¡Ahí tiene usted el empleo de mis noches...! ¿A qué viene hablarme de perdón? ¡Además, lo tengo perdonado ya!

Un violento acceso de tos le impidió continuar hablando. Escupió en un pañuelo que le enseñó inmediatamente al sacerdote, al mismo tiempo que con su mano izquierda se oprimía el pecho. El pañuelo estaba ensangrentado.

El pope bajó la cabeza y guardó silencio.

Marmeladov estaba agonizando: sus ojos no se apartaban del rostro de su mujer, que de nuevo se había inclinado sobre él. Tenía constantemente deseos de decir algo, intentaba hablar, movía la lengua con esfuerzo, pero de su boca no salían más que sonidos inarticulados. Al comprender Katerin Ivanovna que quería pedirle perdón, le gritó imperiosamente:

—¡Calla! ¡Es inútil...! ¡Ya sé lo que me quieres decir...!

El herido calló, pero en aquel mismo instante sus ojos miraron en dirección a la puerta y vio a Sonia...

Hasta entonces no había reparado en el rincón oscuro donde ella se encontraba.

—¿Quién está ahí? ¿Quién está ahí? —dijo de pronto con voz ronca y ahogada.

Y a la vez mostraba la puerta con la vista, con una expresión de terror, la puerta cerca de la cual se encontraba su hija de pie e intentaba incorporarse.

—¡Sigue echado! ¡No te muevas! —gritó Katerin Ivanovna.

Pero al fin logró incorporarse, haciendo un esfuerzo sobrehumano. Durante un instante miró a su hija de una manera extraña. Parecía como si no la reconociera; además, era la primera vez que la veía vestida de aquella manera.

Tímida, humillada, y llena de rubor bajo sus oropeles de prostituta, la desgraciada esperaba humildemente que le permitieran darle el último adiós a su padre. De pronto la reconoció, y en su rostro se dibujó un sufrimiento indescriptible.

—¡Sonia! ¡Hija mía! ¡Perdóname! —gritó.

Quiso tenderle la mano, pero perdió el punto de apoyo y cayó rodando al suelo. Apresuráronse a levantarlo y lo colocaron en el diván... Pero aquello había terminado.

Sonia, medio desfallecida, lanzó un débil grito, corrió hacia su padre y lo abrazó. Marmeladov expiró entre los brazos de su hija.

—¡Está muerto! —gritó Katerin Ivanovna al contemplar el cadáver de su esposo—. ¿Y qué va a ser de mí, Dios mío? ¿Con qué voy a enterrarlo? ¿Cómo podré mañana darles de comer a mis hijos?

Raskolnikov se acercó a la viuda.

—Katerin Ivanovna —le dijo—, su esposo me refirió la semana pasada toda su vida y todo lo que les ocurre... Tenga la seguridad de que hablaba de usted con un aprecio entusiasta. Desde aquella noche cuando yo vi de la manera que los quería a todos, y particularmente lo que la respetaba y la amaba a usted, desde aquella noche, le repito, me hice amigo suyo... Permita, pues, que ahora... la ayude... a cumplir sus últimos deberes con mi difunto amigo. Aquí tiene... veinte rublos, y si mi presencia le puede ser de alguna utilidad..., yo... vendría..., seguramente vendría a verla..., quizá vuelva mañana... ¡Adiós!

Salió rápidamente de la habitación, pero al cruzar el vestíbulo se encontró de pronto entre la multitud a Nikodim Fomich, que se había enterado del accidente y venía a instruir las diligencias propias del caso. Desde la escena ocurrida en la oficina de la policía, el comisario no había vuelto a ver a Raskolnikov; sin embargo, lo reconoció inmediatamente.

—¡Ah! ¿Es usted? —le preguntó.

—Ha muerto —respondió Raskolnikov—. Ha recibido la asistencia de un médico y de un sacerdote; no le ha faltado nada, no moleste demasiado a la pobre mujer; está tísica, y esta desgracia acabará de matarla. Consuélela, si puede... Usted es una buena persona, me consta... —añadió al mismo tiempo que miraba a la cara al comisario.

—Va usted manchado de sangre —observó Nikodim Fomich al ver algunas manchas recientes en el chaleco de Raskolnikov.

—Sí, me ha manchado... ¡Estoy lleno de sangre! —dijo el joven de una manera un poco extraña.

Luego sonrió, saludó a su interlocutor con un movimiento de cabeza y se alejó.

Bajaba lentamente la escalera, sin apresurarse. Una especie de fiebre agitaba todo su ser. Sentía afluir bruscamente en sí una vida nueva y potente.

Aquella sensación podía identificarse con la de un condenado a muerte que recibe el indulto sin esperarlo. Al llegar a la mitad de la escalera tuvo que apartarse para dejarle paso al sacerdote que volvía a su casa. Los dos hombres cambiaron un silencioso saludo. Cuando bajaba los últimos escalones oyó de pronto unos pasos rápidos detrás de él. Alguien trataba de alcanzarlo. Era Polenka, que corría tras de él, gritándole:

—¡Escuche, escuche!

Se volvió hacia la niña. La chiquilla descendía apresuradamente el último tramo y se detuvo delante del joven quedándose un escalón más arriba que él. Del patio llegaba una luz muy tenue. Raskolnikov examinó el rostro enflaquecido, pero bonito, sin embargo, de Polenka. Esta sonreía y lo miraba con alegría infantil. La habían encargado de una comisión que, evidentemente, le agradaba mucho.

—Escuche... ¿Cómo se llama usted? ¡Ah! ¿Dónde vive? —preguntó precipitadamente.

Raskolnikov le puso las dos manos en los hombros y la contempló con una especie de éxtasis.

¿Por qué experimentaba tanto placer al contemplarla? Ni él mismo lo sabía.

—¿Quién te ha mandado?

—Me ha mandado mi hermana Sonia —respondió la chiquilla sonriendo más alegremente todavía.

—Ya sospechaba yo que vendrías de parte de tu hermana Sonia.

—También vengo de parte de mamá. Sonia me mandó primero, pero mamá me dijo enseguida: «¡Corre mucho, Polenka!».

—¿Quieres mucho a tu hermana Sonia?

—¡La quiero más que a nada! —declaró con energía Polenka.

Y su sonrisa adquirió súbitamente una expresión más seria.

—¿Y a mí? ¿Me querrás a mí?

En lugar de responderle, la chiquilla acercó su carita y ofreció sencillamente sus labios para besarlo. Y sus delgados bracitos, de pronto, estrecharon fuertemente a Raskolnikov, e inclinando su cabeza sobre el hombro del joven rompió a llorar en silencio.

—¡Pobre papá! —dijo al cabo de un instante, levantando su carita humedecida por las lágrimas que enjugó en su mano—. ¡No hay mayor desgracia que esta! —añadió inesperadamente, con esa gravedad especial que afectan los niños cuando sienten deseos de hablar «como las personas mayores».

—¡Tu papá os quería mucho!

—A quien más quería era a Lidochka —respondió con la misma seriedad; su sonrisa había desaparecido—. Tenía una especial predilección por ella, porque era la más pequeña y porque está enferma; siempre le traía algún regalito. Nos enseñaba a leer, y a mí me enseñaba la gramática y el catecismo —añadió con dignidad—. Mamá no decía nada, pero nosotras sabíamos que eso le gustaba, y papá lo sabía también. Mamá quiere enseñarme francés, porque ya tengo edad para empezar mi educación.

—Pero, ¿tú sabes rezar?

—¡Claro, sabemos rezar todos! ¡Desde hace mucho tiempo! Yo, como soy la mayor, rezo para mí, pero Kolia y Lidochka dicen sus oraciones en voz alta con mamá. Primero recitan la letanía de la Santísima Virgen y luego otra oración: «Dios mío, concede tu perdón y tu bendición a nuestro papá», pues ha de saber usted que nuestro antiguo papá murió hace mucho: este es otro papá, pero nosotros rezamos también por el primero.

—Polenka, yo me llamo Rodion; nómbrame también alguna vez en tus oraciones: «Perdona también a tu siervo Rodion», y nada más.

—Rezaré por usted toda mi vida —respondió con entusiasmo la niña empezando a reír de nuevo y besándolo otra vez con ternura.

Raskolnikov le dijo su nombre, le dio su dirección y le prometió volver al día siguiente sin falta. La niña se despidió de él, encantada. Ya eran más de las diez cuando salió de la casa.

«¡Basta! —se decía al alejarse—. ¡Atrás, los espectros, los vanos terrores y los fantasmas! ¡La vida no me ha abandonado! ¿Acaso no vivía antes? ¡Mi vida no desapareció con la de la vieja! ¡Dios le conceda la paz a vuestra alma, maluchka, pero ya es tiempo también de que dejéis tranquila la mía! ¡Ahora que he recobrado ya la inteligencia, la voluntad y la fuerza, nos veremos! —añadió como si desafiara a alguna potencia invisible—. Me encuentro muy débil en este momento, pero... creo que ya no estoy enfermo. Cuando salí de mi casa tenía la seguridad de que mi enfermedad desaparecería. A propósito: la casa de Pochinkov está a dos pasos de aquí. Voy a ir a casa de Razumikin. ¡Que gane su apuesta...! Que se divierta incluso a mi costa, me da igual. La fuerza es necesaria, sin ella no se puede hacer nada; pero la fuerza comunica fuerza, y eso es lo que ellos no saben», terminó con firmeza».

Su audacia y su confianza en sí mismo aumentaban por momentos. Era una especie de cambio bastante visible lo que se operaba en él.

Encontró fácilmente el domicilio de Razumikin, en la casa de Pochinkov conocían ya al nuevo inquilino y el portero le indicó inmediatamente a Raskolnikov la habitación de su amigo. El rumor de una reunión numerosa y animada llegaba hasta la escalera. La puerta que daba al rellano estaba abierta de par en par y se oían risotadas y gritos.

La habitación de Razumikin era bastante espaciosa; la reunión estaba integrada por unas quince personas. El visitante se detuvo en la antesala. Allí, detrás del tabique, había dos grandes samovares, botellas, platos, bandejas llenas de pasteles y entremeses; dos criadas de la dueña de la casa danzaban entre todo aquello. Raskolnikov preguntó por Razumikin, que llegó enseguida muy alborozado. A simple vista se veía que había bebido demasiado, y si bien resultaba bastante difícil ver borracho a Razumikin, en esta ocasión no podía ocultar que se había despachado bien.

—Escucha —comenzó Raskolnikov—, he venido únicamente para decirte que me has ganado la apuesta y que nadie, en efecto, puede asegurar lo que le puede ocurrir, pero no puedo quedarme con vosotros porque me siento bastante débil, pues apenas si me puedo mantener derecho. Que os divirtáis..., hasta la vista. Pásate mañana por mi casa...

—¿Sabes lo que voy a hacer? Te voy a acompañar. Ya que según tú mismo dices estás bastante débil, pues...

—¿Y tus invitados? ¿Quién es ese hombre del pelo rizado que ha entreabierto la puerta?

—¿Ese? ¡Cualquiera lo sabe! Debe de ser algún amigo de mi tío o tal vez alguno que ha venido sin que lo inviten... Los dejaré con mi tío; es un hombre inapreciable; siento que no puedas conocerlo ahora. Por lo demás, ¡que el diablo se los lleve a todos! No tengo nada que hacer ahí dentro ahora, tengo necesidad de tomar el aire. Has llegado muy a propósito, amiguito, pues si no, dentro de dos minutos caería sobre ellos a trompazos. ¡Dicen tales estupideces...! ¡Tú no puedes imaginarte de cuántas divagaciones es capaz un hombre! Aunque después de todo, ya te lo puedes imaginar. ¿Acaso no divagamos nosotros? Vámonos, que continúen con sus chismes, que no los despacharán siempre... Espera un momento, que voy a traerte a Zosimov.

El médico se precipitó al encuentro de Raskolnikov. Al ver a su cliente se dibujó en su rostro una curiosidad especial que muy pronto se aclaró.

—Debes ir a acostarte enseguida —le dijo al enfermo—, y debes tomar alguna cosa para procurarte un sueño tranquilo. Toma, aquí tienes unos polvos que te preparé hace poco. ¿Los tomarás?

—Seguramente —respondió Raskolnikov.

—Haces muy bien en acompañarlo —observó Zosimov, dirigiéndose a Razumikin—, ya veremos cómo estará mañana, pero hoy no parece que esté mal: el cambio ha sido muy notable. Hay que vivir para aprender...

—¿Sabes lo que me decía Zosimov hace un instante? —empezó con voz pastosa Razumikin apenas estuvieron en la calle los dos amigos—. Me recomendaba que hablara contigo por el camino, que te hiciera hablar y que le contara después lo que me dijeras, porque tiene la idea... de que tú... estás loco o corres peligro de estarlo. ¿Qué te parece? En primer lugar, tú eres tres veces más inteligente que él; en segundo lugar, como quiera que no estás loco, puedes reírte de su estúpida opinión, y finalmente, ese pedazo de carne cuya especialidad es la cirugía no tiene otra cosa en la cabeza desde hace bastante tiempo que las enfermedades mentales; pero la conversación que has mantenido hoy con Zametov ha modificado por completo el juicio que había formado sobre ti.

—¿Te lo ha contado todo Zametov?

—Todo; e hizo muy bien. Ahora he llegado a comprender toda la historia y Zametov ha llegado a comprenderla también... En una palabra, Rodia..., el caso es... Ahora estoy un poco borracho..., pero eso no importa... el caso es que esa idea..., ¿comprendes?, esa idea ha nacido ya en su cerebro..., ¿comprendes? Es decir, que ninguno de ellos se atrevía a formularla en voz alta, porque resulta un absurdo inconcebible y sobre todo, desde que detuvieron a ese pintor se ha desvanecido para siempre. ¿Y por qué serán tan imbéciles? Yo casi me pegué entonces con Zametov dicho sea esto entre nosotros, amigo mío; te ruego que no dejes adivinar siquiera lo que sabes; ya me había dado cuenta de que era muy susceptible; la cosa ocurrió en casa de Luisa; pero el asunto está hoy perfectamente claro. La idea era particularmente de Ilia Petrovich. Se fundaba para ello en tu desmayo en la comisaría; pero a él mismo le dio vergüenza después una sospecha así; yo sé...

Raskolnikov le escuchaba con ansiedad. Razumikin charlaba excesivamente bajo la influencia de la bebida.

—Me desmayé porque hacía demasiado calor en la sala y el olor de la pintura me sofocaba —dijo Raskolnikov.

—¡Tú buscas una explicación! Pero la pintura no tenía nada que ver en todo eso: la inflamación se estaba incubando desde hacía más de un mes, ahí está Zosimov para decirlo. Y no puedes imaginarte lo confundido que está ahora ese pelele de Zametov. «Yo no valgo ni lo que el dedo meñique de ese hombre». Pero la lección que le has dado hoy en el Palacio de Cristal es ya el colmo de la perfección. Empezaste por meterle miedo, por producirle escalofríos. Casi lo llevaste a admitir nuevamente esa monstruosa estupidez, cuando de pronto le demostraste que te estabas burlando de él. ¡Lo has dejado con un palmo de narices! ¡Estupendo! Ahora se siente aplastado, aniquilado. Verdaderamente, eres un maestro, y hay que ser así. ¡Lástima que yo no estuviera allí! Zametov está ahora en mi casa y habría tenido mucho gusto en verte. Porfirio desea conocerte también...

—¡Ah, ese también...! Pero, ¿por qué me toman por loco?

—Veamos, como un loco, no. Amigo mío, creo que he charlado demasiado contigo. Ya ves, lo que más le llamó la atención fue que únicamente te interesara ese asunto; ahora está convencido del porqué te interesa, pues está instruido acerca de las circunstancias tuyas... sabiendo la impresión que eso te produjo y cómo ese asunto tiene relación con tu enfermedad... Estoy un poco borracho amigo mío, todo lo que puedo decirte es que él tiene su idea... Te lo repito: no sueña más que con enfermedades mentales. Pero tú no tienes por qué preocuparte por eso...

Permanecieron en silencio tal vez más de medio minuto.

—Escucha, Razumikin —dijo enseguida Raskolnikov—. Quiero hablarte con franqueza: vengo ahora de la casa de un difunto, de uno que era funcionario... Les he dado todo el dinero que tenía... Y después de eso me ha besado una criatura que, aunque yo hubiera cometido un crimen... Y además, he visto allí a otra criatura..., con una pluma encarnada..., pero estoy divagando; estoy muy débil, sostenme..., ya está ahí la escalera...

—¿Qué te pasa? ¿Qué te pasa? —preguntó Razumikin, preocupado.

—Me da vueltas la cabeza, pero esto no es nada, la mayor desgracia es que estoy tan triste, tan triste..., como una mujer... ¡Es verdad! Mira: ¿qué es eso? ¡Mira, mira!

—¿Qué?

—Pero, ¿no lo ves? Hay luz en mi cuarto, ¿no lo ves? Por la rendija...

Se encontraban en el último rellano, cerca de la puerta de la patrona, y desde allí se veía perfectamente, que, en efecto, la habitación de Raskolnikov estaba iluminada.

—¡Qué extraño! Será Nastasia —observó Razumikin.

—Nunca sube a estas horas a mi cuarto; además, debe de estar acostada hace bastante, pero... lo mismo me da. ¡Adiós!

—¿Qué estás diciendo? ¡Te acompaño, subiremos juntos!

—Ya sé que subiremos juntos, quiero estrecharte aquí la mano y decirte adiós. ¡Vamos, dame la mano, y adiós!

—¿Qué te pasa, Rodia?

—Nada, subamos; serás testigo.

Mientras subían la escalera, a Razumikin se le ocurrió que Zosimov tal vez tendría razón.

«¡Vaya, a lo mejor lo he trastornado yo con mi charlatanería!», se dijo para sus adentros.

Y de pronto, a medida que se acercaban a la puerta, oyeron unas voces en la habitación.

—Pero, ¿quién está ahí? —gritó Razumikin.

Raskolnikov se adelantó para abrir la puerta y la puso de par en par, quedándose en el umbral como petrificado.

Su madre y su hermana, sentadas en el diván, lo esperaban desde hacía media hora.

¿Cómo le cogía de improviso aquella visita? ¿Cómo no había pensado en aquello, cuando aquel mismo día le habían anunciado su inminente llegada a San Petersburgo? Desde hacía media hora, las dos mujeres no dejaban de hacerle preguntas a Nastasia que se encontraba con ellas. La criada les había referido ya todos los detalles posibles acerca de Raskolnikov. Al enterarse de que había salido aquel día de su habitación, enfermo y seguramente en algún acceso de fiebre, de darle crédito a Nastasia, Pulqueria Alexandrovna y Avdotia Romanovna estaban asustadas y lo creyeron perdido. ¡Cuántas lágrimas habían derramado! ¡Cuántas angustias sufrieron durante aquella media hora de espera!

Unos gritos de alegría saludaron la aparición de Raskolnikov. Su madre y su hermana se lanzaron sobre él, pero él permanecía inmóvil como falto de vida; un pensamiento súbito e insoportable había paralizado su ser. Ni siquiera pudo tenderles los brazos. Las dos mujeres lo oprimieron contra su pecho y le cubrieron de besos, riendo y llorando a la vez... Dio un paso, vaciló y cayó desmayado en el suelo.

Alarma, gritos de espanto, gemidos. Razumikin, que había permanecido en el umbral hasta entonces, se lanzó al interior de la habitación, levantó al enfermo con sus brazos vigorosos y en un instante lo echó en el diván.

—¡Esto no es nada, no es nada! —le dijo vivamente a la madre y a la hermana—. Es un desmayo; esto no tiene importancia. ¡Pero si el médico decía hace un momento que estaba mejor, que estaba completamente restablecido! ¡Agua! Vamos, ya empieza a volver en sí, ¿no lo ven ustedes...?

Y diciendo esto estrechó con rudeza inconsciente el brazo de Dunechka y la forzó a que se inclinara sobre el diván para comprobar que, en efecto, su hermano volvía en sí. Para la madre y para la hermana que lo miraban tiernamente reconocidas, Razumikin se les representaba como una verdadera providencia. Nastasia les había explicado ya con qué cariño había atendido a su amigo durante la enfermedad de su Rodia aquel joven tan avispado, como lo llamaba aquella misma noche en una conversación íntima con Dunia la misma Pulqueria Alexandrovna.

TERCERA PARTE

I

Raskolnikov se levantó y se sentó en el sofá. Con un leve gesto invitó a Razumikin para que suspendiera el discurso consolador que estaba dirigiendo a su madre y a su hermana. Después, cogiendo a ambas por las manos, las miró silenciosamente durante dos minutos. De su mirada se desprendía un sentimiento de dolor y también algo fijo e insensato. Su madre se asustó y comenzó a sollozar.

Avdotia Romanovna estaba pálida; su mano temblaba en la de su hermano.

—Volveos a vuestra casa... con él —dijo con voz entrecortada, señalando a Razumikin—. Hasta mañana; mañana... ¿Cuándo habéis llegado?

—Hemos llegado esta tarde, Rodia —respondió Pulqueria Alexandrovna—. El tren ha venido con retraso, pero, Rodia, por nada del mundo consentiré en separarme de ti ahora. Pasaré la noche aquí, a tu cabecera...

—No me atormentéis —replicó con un gesto de irritación.

—Me quedaré aquí con él —dijo vivamente Razumikin—; no lo abandonaré ni un minuto ¡y que mis invitados se vayan al diablo! ¡Que se enfaden si quieren! Además, allí está mi tío para hacer las funciones de anfitrión.

—¡Cómo se lo agradeceremos a usted! —comenzó Pulqueria Alexandrovna estrechando otra vez las manos de Razumikin.

Pero su hijo la interrumpió.

—No puedo..., no puedo... —repetía en tono irritado—. ¡No me atormentéis! ¡Basta ya! Marchaos... ¡No puedo más...!

—Vámonos, mamá —dijo en voz baja Dunia, inquieta—. Salgamos de la habitación aunque sólo sea por un instante; es evidente que nuestra presencia lo aniquila.

—¡Y no podré pasar un momento con él al cabo de una separación de tres años! —gimió Pulqueria Alexandrovna.

—¡Esperad un poco! —dijo Raskolnikov—. No dejáis de interrumpirme y me hacéis perder el hilo de mis ideas... ¿Habéis visto a Lujin?

—No Rodia, pero está enterado de nuestra llegada. Ya hemos sabido que Piotr Petrovich ha tenido la atención de venir a verte —añadió con cierta timidez Pulqueria Alexandrovna.

—Sí, ha tenido esa atención... Dunia, a Lujin le dije hace poco que iba a tirarlo por la escalera abajo, y lo mandé al diablo...

—Rodia, ¿qué estás diciendo? Pero tú..., ¡eso es imposible! —prorrumpió la madre horrorizada.

Pero la mirada que cambió con Dunia la decidió a no continuar.

Avdotia Romanovna, con la mirada fija en su hermano, esperaba que se explicara más detalladamente. Informada de antemano por Nastasia de la reyerta, que le había contado a su manera y como mejor pudo comprenderla, ambas señoras se sentían presas de una penosa perplejidad.

—Dunia —continuó haciendo un esfuerzo Raskolnikov—, no quiero que lleves a cabo ese matrimonio, por consiguiente, despide mañana a Lujin y que no vuelva a hablarse más de él.

—¡Dios mío! —exclamó Pulqueria Alexandrovna.

—Hermano mío, piensa bien en lo que dices —observó con vehemencia Avdotia Romanovna, pero se contuvo inmediatamente—. Quizá no estás ahora en tu estado normal; estás fatigado —terminó con dulzura.

—¿Creéis que deliro? No... Tú te vas a casar con Lujin por mí. Pero yo no puedo aceptar ese sacrificio. Por consiguiente, le escribes una carta mañana... para evitar el tener que hablar con él... Me la lees por la mañana, y todo habrá concluido.

—¡Yo no puedo hacer eso! —exclamó la joven sintiéndose ofendida—. ¿Con qué derecho...?

—¡Dunechka, tú también te arrebatas! Espera, mañana... acaso no ves... —balbuceó la madre asustada, dirigiéndose hacia su hija—. Vámonos, será lo mejor.

—¡No sabe lo que se dice! —empezó a gritar Razumikin con una voz que revelaba su embriaguez—. De otra manera, no se habría permitido... Mañana estará más razonable... Pero hoy, en efecto, lo ha plantado en la calle; el señor se enfadó... Estuvo aquí perorando, exponiendo sus teorías, pero se marchó con el rabo entre las piernas...

—Por lo visto, es verdad... —exclamó Pulqueria Alexandrovna.

—Hasta mañana, hermano —dijo en tono compasivo Dunia—. Vámonos, mamá. ¡Adiós, Rodia!

Raskolnikov hizo un esfuerzo para decirle algunas palabras más.

—Mira, hermana, yo no deliro, ese matrimonio sería una infamia. Porque yo sea un infame, tú no debes serlo; por lo menos..., ya hay bastante con uno.

Pero por muy miserable que sea yo, renegaré de ti como hermana si llegas a contraer una unión así. ¡O yo, o Lujin! Marchaos...

—¡Pero tú has perdido el juicio! ¡Eres un déspota! —vociferó Razumikin.

Raskolnikov no respondió; tal vez no estaba en condiciones de responder. Completamente agotado se tumbó en el diván y se volvió hacia la pared. Avdotia Romanovna miró curiosamente a Razumikin; sus ojos negros chispeaban, el estudiante se estremeció bajo el imperio de aquella mirada. Pulqueria Alexandrovna estaba consternada.

—¡Yo no puedo resignarme a marcharme! —murmuró con una especie de desesperación al oído de Razumikin—. Me quedaré por aquí en cualquier sitio... Acompañe usted a Dunia.

—¡Y entonces lo estropeará usted todo! —respondió en voz baja también el joven y fuera de sí—. Salgamos de la habitación por lo menos. ¡Nastasia, alúmbranos! Yo le juro a usted —continuó a media voz cuando estuvieron en la escalera— que hace un momento estuvo a punto de pegarnos al doctor y a mí. ¿Se hace usted cargo? ¡Al mismo doctor! Además, es imposible que deje usted a Avdotia Romanovna que esté sola en aquella casa. ¡Piense usted un poco en la casa adonde han venido a parar! ¿No había podido encontrarles un alojamiento más aceptable ese granuja de Lujin...? Además, como he bebido un poco, mis expresiones... son un poco violentas, pero no haga usted caso...

—Bueno —prosiguió Pulqueria Alexandrovna—, voy a buscar a la patrona de Rodia y le rogaré que nos ceda a Dunia y a mí algún rincón para esta noche. ¡Yo no puedo abandonarlo en el estado en que se encuentra, no puedo de ninguna manera!

Esta conversación la mantenían en el rellano, delante de la puerta de las habitaciones de la patrona. Nastasia estaba en el último escalón, con la luz en la mano. Razumikin estaba extraordinariamente animado. Media hora antes, cuando acompañaba a Raskolnikov, hablaba excesivamente, como él mismo reconocía; pero tenía la cabeza bastante despejada a pesar del mucho vino que había bebido por la tarde. Ahora se encontraba sumergido en una especie de éxtasis y la influencia alcohólica de la bebida actuaba en él por duplicado. Llevaba cogidas a las dos señoras de la mano y las arengaba en lenguaje desenvuelto, y para convencerlas mejor, sin duda, a cada palabra oprimía de modo terrible las falanges de los dedos de sus interlocutoras. Al mismo tiempo, y con el mayor descaro, devoraba con los ojos a Avdotia Romanovna.

Alguna vez, vencidas por el dolor, las pobres mujeres intentaban liberar sus dedos aprisionados en aquella manaza ósea; pero él parecía no darse cuenta y continuaba apretándoles las manos sin pensar en que pudiera hacerles daño. Si ellas le hubieran pedido, como un favor, que se tirara de cabeza por el hueco de la escalera, no habría vacilado ni un segundo en acceder a sus deseos. Pulqueria Alexandrovna se daba perfecta cuenta de que Razumikin era un excéntrico y sobre todo que tenía unos puños terribles; pero sin dejar de pensar constantemente en su Rodia, cerraba los ojos ante las extrañas maneras del joven que era en aquel momento una providencia para ella.

En cuanto a Avdotia Romanovna, aunque compartiera las preocupaciones de su madre y no fuera naturalmente asustadiza, veía con sorpresa e incluso con cierta inquietud cómo se fijaban en ella las miradas inflamadas del amigo de su hermano. De no haber sido por la ilimitada confianza que los relatos de Nastasia le habían inspirado respecto a aquel hombre tan especial, no habría resistido la tentación de escaparse arrastrando con ella a su madre. Por otra parte, comprendía también que en aquel momento no podían prescindir de él. Se tranquilizó, sin embargo, al cabo de diez minutos: a pesar del estado de ánimo en que se encontraba Razumikin, uno de los rasgos de su carácter era manifestarse tal como era a primera vista, de tal manera que se sabía inmediatamente con quién se las tenía uno.

—Ustedes no le pueden pedir eso a la patrona porque sería el colmo de lo absurdo —le replicó vivamente a Pulqueria Alexandrovna—. Aunque sea usted la madre de Rodia, llegará a exasperarlo si se queda, y Dios sabe lo que ocurriría entonces. Escuche usted lo que voy a proponerle: Nastasia se quedará al cuidado de él por ahora, y yo las llevaré a ustedes a su casa, pues en San Petersburgo es una imprudencia el que dos mujeres se aventuren solas a ir por las calles. Después de acompañarlas volveré aquí en dos saltos, y les doy mi palabra de honor que dentro de un cuarto de hora estaré con ustedes para informarlas de cómo sigue, si duerme, etcétera. Vamos enseguida. Inmediatamente iré por mi casa, donde tengo invitados, seguramente estarán borrachos, y me traeré a Zosimov, que es el médico que cuida a Rodia. En este momento se encuentra en mi casa, pero no estará borracho porque no bebe nunca. Lo traeré para que vea al enfermo y después iré con él a casa de ustedes. De esta manera recibirán noticias de su hijo por dos veces en el espacio de una hora. Si estuviera mal, les juro que las traeré; pero si está bien, se acostarán ustedes. Yo pasaré la noche aquí, en el vestíbulo, y él no se enterará. Haré que se acueste Zosimov en casa de la patrona, y así lo tendré cerca en caso de necesidad. Creo que en este momento le es más útil a Rodia la presencia del médico que la de ustedes. Así pues, márchense. En cuanto a quedarse de huéspedes con la propietaria, es imposible; yo puedo hacerlo pero ustedes no; no consentiría en admitirlas en su casa porque..., porque es tonta. Si quiere usted saberlo, se lo diré: está enamorada de mí y tendría celos de Avdotia Romanovna, y hasta de usted... Pero con toda seguridad los tendrá de Advotia Romanovna. Es un carácter completamente extraño. Por otra parte, yo también soy un imbécil... ¡Ea, vengan ustedes! Tienen confianza en mí, ¿verdad? ¿Tienen confianza en mí? ¿Sí o no?

—Vamos, mamá —dijo Avdotia Romanovna—. Hará lo que promete con toda seguridad. Mi hermano le debe la vida a sus atenciones, y si es verdad que el doctor accede a pasar la noche aquí, ¿qué otra cosa podemos desear?

—Usted..., usted me comprende porque es un ángel —exclamó Razumikin con exaltación—. ¡Vámonos! Nastasia, sube inmediatamente y quédate allí a su lado con la luz; estaré aquí dentro de un cuarto de hora.

A pesar de que no estaba completamente convencida, Pulqueria Alexandrovna no hizo la menor objeción. Razumikin tomó del brazo a las señoras, y mitad de grado y mitad por fuerza, las obligó a bajar la escalera. La madre seguía inquieta.

«Seguramente que sabe lo que se hace y que está muy bien dispuesto en nuestro favor —se decía la madre—, pero, ¿podrá fiarse una de sus promesas en el estado en que se encuentra...?».

Razumikin pareció adivinar aquel pensamiento.

—¡Vamos, ya me lo explico! ¡Ustedes creen que estoy bajo los efectos de la bebida! —dijo mientras daba grandes zancadas por la acera sin darse cuenta de que las señoras no podían apenas seguirlo—. ¡Eso no significa nada! Es decir, sí... he bebido como un animal; pero no se trata de eso, el vino no me emborracha a mí. En cuanto las vi a ustedes parece como si hubiera recibido un mazazo en la cabeza. No hagan caso, no digo más que necedades, soy indigno de ustedes..., lo soy en el más alto grado. En cuanto las deje en su casa, iré al canal, que está cerca de aquí, y me echaré dos cubos de agua por la cabeza y todo desaparecerá... ¡Si ustedes supieran cuánto las quiero a las dos...! ¡No se rían ni se enfaden...! ¡Enfádense con todo el mundo menos conmigo! Soy amigo de Rodia, y, por consiguiente, de ustedes también. Yo lo quiero... Presentía esto... el año pasado, hace un momento... Pero no; yo no presentía absolutamente nada, pues ustedes, por decirlo así, han caído del cielo. Pero yo no dormiré en toda la noche... Ese Zosimov temía antes que se volviera loco... ¡Por eso hay que tener cuidado con irritarlo!

—¿Qué dice usted? —exclamó la madre.

—¿Es posible que el doctor haya dicho eso? —preguntó con asombro Avdotia Romanovna.

—Lo ha dicho, pero se equivoca; se equivoca por completo. Le dio también un medicamento a Rodia, unos polvos, que los vi yo; pero, mientras tanto, llegaron ustedes... ¡Mejor habrían hecho viniendo mañana! Hemos hecho bien con retirarnos. Dentro de una hora vendrá el mismo Zosimov a darles noticias de su salud. Él no se emborracha nunca, y yo no lo habría hecho tampoco. Pero, ¿por qué me he caldeado de esta manera? ¡Porque esos malditos me han hecho discutir! Había jurado no tomar parte en sus discusiones... ¡Dicen tales necedades...! ¡Por poco me pego con ellos! He dejado a mi tío para que presida la reunión... No querrán ustedes creerlo, pero son partidarios de la impersonalidad completa; para ellos, el supremo progreso consiste en parecerse lo menos posible a sí mismos. A nosotros los rusos, nos agrada vivir de las ideas de otros y estamos saturados de ellas. ¿Es cierto esto? ¿Es verdad lo que digo? —gritó Razumikin estrechando las manos de ambas señoras.

—¡Oh Dios mío...! ¡No sé! —dijo la pobre Pulqueria Alexandrovna.

Apenas terminó de pronunciar estas palabras cuando se le escapó un grito de dolor provocado por un enérgico apretón de Razumikin.

—¿Sí? ¿Ha dicho usted que sí? Pues bien, después de eso, usted... usted es... —vociferó el joven transportado de alegría—, usted es un dechado de bondad, de pureza, de razón y... de perfección. ¡Deme usted su mano, deme..., deme usted también la suya, quiero besarles las manos aquí, ahora mismo, de rodillas!

Y se arrodilló en medio de la acera, que, afortunadamente, estaba desierta en aquel momento.

—¡Basta, se lo ruego! ¿Qué hace usted? —exclamó Pulqueria Alexandrovna, alarmadísima.

—¡Levántese, levántese usted! —dijo Dunia, riéndose, aunque no dejaba de estar también inquieta.

—¡De ninguna manera, si no me dan ustedes sus manos...! Bien, ahora sí me levanto, ¡adelante! Soy un desgraciado imbécil, indigno de ustedes, y borracho como me encuentro ahora, me avergüenzo... Soy indigno de amarlas, pues el deber de cualquiera que no sea un bruto completo es el de inclinarse y prosternarse ante ustedes. Por esto me he prosternado... Aquí está su casa. Rodion hizo perfectamente poniendo en la calle a Piotr Petrovich, aunque no fuera más que por esto. ¿Cómo se ha atrevido a buscarles alojamiento en esta casa? ¡Esto es escandaloso! ¿Ustedes saben la clase de gente que vive aquí? ¡Y usted es su prometida! ¿Sí? Pues bien, yo le digo que después de ver esto, su futuro esposo es un bribón.

—Oiga, señor Razumikin, usted se olvida... —comenzó Pulqueria Alexandrovna.

—Sí, sí, tiene usted razón, se me ha olvidado algo, de lo que me avergüenzo —se excusó el estudiante—; pero..., pero... usted no debe tomar a mal mis palabras. Yo le he hablado así porque soy franco y no porque... ¡Hum! ¡Eso sería innoble! En una palabra, no lo hago porque yo la... ¡Hum! ¡No me atrevo a decirlo! Pero no hace mucho, cuando fue a visitar a Rodia, comprendimos todos que ese hombre no pertenece a nuestro mundo. No porque llevase los cabellos rizados por el barbero, ni porque se apresurase a mostrarnos su talento, sino porque es un espía y un especulador; porque es un judío y un charlatán, y todo eso lo lleva pintado en la cara. ¿Creen que es inteligente? ¡No, es un tonto; es un tonto! ¿Por ventura es eso lo que os conviene para hacer pareja? ¡Oh Dios mío! Ved —dijo deteniéndose de pronto, cuando empezaba ya a subir la escalera—, la juventud que hay en mi casa, por ejemplo: aunque estén embriagados, son honrados por lo menos, y si mienten, pues yo también miento, ¿verdad?, alcanzaremos al fin y al cabo la verdad, tal como vamos por un sendero noble, y Piotr Petrovich no va por un sendero noble. Y aunque hace un momento les he dicho la lección del puerco, los respeto a todos, incluso a Zametov, si bien no lo respeto, lo estimo porque es un perrillo faldero; y ese puerco de Zosimov, porque es honrado y sabe su asunto... ¡En fin, basta! Todo está perdonado. ¿Verdad que me han perdonado? ¡Vamos, pues! Conozco este pasillo, he venido por aquí otras veces; miren, aquí, en el número tres ocurrió un escándalo... ¿Qué habitación tienen ustedes? ¿Qué número? ¿El ocho? Entonces harán ustedes muy bien en cerrar bien por la noche y no dejen entrar a nadie. Dentro de un cuarto de hora les traeré noticias, y media hora después volveré con Zosimov. ¡Adiós, me largo!

—¡Dios mío, Dunechka, qué nos irá a pasar! —dijo con ansiedad Pulqueria Alexandrovna a su hija.

—Tranquilícese usted, mamá —respondió Dunia, despojándose de su sombrero y de su mantilla—. Dios nos ha enviado a este señor; aunque acabe de tomar parte en una orgía podemos contar con él, puedo asegurárselo. Y todo lo que ha hecho por mi hermano...

—¡Ay, Dunechka! ¡Dios sabe si volverá! ¡No sé cómo he podido resignarme a dejar a Rodia! ¡Nunca esperaba encontrarlo así! ¡Qué recibimiento nos ha hecho! Cualquiera diría que nuestra llegada le ha contrariado...

Las lágrimas brillaban en sus ojos.

—No, no es eso, mamá. Usted no ha podido verlo bien, porque no ha dejado de llorar. Ha debido sufrir mucho con su enfermedad, y eso es la causa de todo.

—¡Ah, dichosa enfermedad! ¿Qué resultará de todo esto? ¡Y cómo te ha hablado, Dunia! —replicó la madre, intentando tímidamente leer en los ojos de su hija; pero ya debía de estar casi consolada puesto que Dunia tomaba la defensa de su hermano, y, por consiguiente, lo había perdonado—. Yo sé que mañana pensará de otra manera —añadió queriendo informarse hasta el fin.

—Y yo sé positivamente que mañana continuará diciendo lo mismo... a ese respecto —replicó Avdotia Romanovna.

La cuestión era tan delicada de tratar que Pulqueria Alexandrovna no se atrevió a continuar la conversación. Dunia abrazó a su madre, y esta, sin decir nada, la estrechó con fuerza entre sus brazos. Inmediatamente se sentó y esperó entre angustias crueles la llegada de Razumikin. Miraba con timidez a su hija, que, pensativa y con los brazos cruzados, se paseaba de un extremo a otro de la habitación. Aquella manera de pasear era una costumbre en Avdotia Romanovna cuando había algo que la preocupaba, y cuando esto ocurría, su madre tenía el cuidado de no molestarla en sus reflexiones.

Razumikin, borracho y enamorado súbitamente de Avdotia Romanovna, se prestaba seguramente al ridículo. Sin embargo, contemplando ahora a la joven cuando se paseaba ensoñadora y afligida por la habitación con los brazos cruzados, quizá muchos habrían disculpado al estudiante sin que hubiera necesidad de invocar en su favor la circunstancia atenuante de la embriaguez. La presencia de Avdotia merecía llamar la atención: alta, robusta, maravillosamente bien formada, dejaba adivinar en cada uno de sus gestos una confianza en sí misma que, por otra parte, nada le restaba ni a la gracia ni a la delicadeza de sus movimientos. Su rostro se parecía al de su hermano, pero podía decirse de ella que era una belleza. Sus cabellos castaños eran un poco más claros que los de Rodion. La nobleza se leía en la mirada brillante de sus ojos casi negros que revelaban también, por momentos, una bondad extraordinaria. Era pálida, pero su palidez no tenía nada de enfermizo; su rostro estaba radiante de frescura y de salud. Tenía la boca bastante pequeña; su labio inferior, de un rojo vivo, se proyectaba un poco hacia adelante, de la misma manera que la barbilla; aquella irregularidad, la única que se advertía en aquel hermoso rostro, le proporcionaba una expresión particular de firmeza y casi de altivez. Su fisonomía era de ordinario más bien grave y pensativa que alegre; en cambio, ¡qué encanto el de aquella cara habitualmente seria cuando una sonrisa alegre y juvenil la animaba!

Razumikin no había visto jamás nada parecido: él era ardiente, sincero, honrado, un poco ingenuo, fuerte como un antiguo guerrero, y estaba muy caldeado por el vino. En estas condiciones, el «flechazo» se explica perfectamente. Además, la casualidad determinó que viera por primera vez a Dunia en un momento en que la ternura y la alegría de ver a Rodia transfiguraban en cierto modo los rasgos de la joven. Después la vio soberbia de indignación ante las órdenes insolentes de su hermano y ya no pudo contenerse.

Por otra parte, había dicho la verdad cuando en sus explicaciones de borracho dijera que la patrona de Raskolnikov, Praskovia Paulovna tendría celos no sólo de Avdotia Romanovna, sino tal vez de Pulqueria Alexandrovna también, pues aunque esta tenía cuarenta y tres años conservaba todavía restos de su pasada belleza; además, parecía más joven de lo que era, particularidad que se observaba con frecuencia entre las mujeres que han conservado hasta las proximidades de la vejez la lucidez del espíritu, la frescura de las impresiones y el puro y honrado afecto del corazón. Sus cabellos empezaban a blanquear y a ser escasos, unas pequeñas arrugas se destacaban ya desde hacía bastante tiempo alrededor de sus ojos; las preocupaciones y las penas habían hundido sus mejillas, mas a pesar de todo, su rostro era hermoso. Era el retrato de Dunechka con veinte años más y sin el labio inferior saliente que caracterizaba la fisonomía de la joven. Pulqueria Alexandrovna tenía el alma delicada, pero no llevaba la sensibilidad hasta la sensiblería; era naturalmente tímida y dispuesta siempre a ceder; pero sabía contenerse en el camino de las concesiones apenas su honradez, su educación y sus más caras convicciones le imponían tal deber.

A los veinte minutos justos después de la separación de Razumikin sonaron dos ligeros golpes en la puerta; el joven estaba de vuelta.

—¡No pasaré, no tengo tiempo! —se apresuró a decir apenas abrieron—. Duerme como un bendito, con el sueño más tranquilo del mundo y Dios quiera que continúe durmiendo así durante diez horas. Nastasia está junto a él y tiene orden de permanecer allí hasta que yo vuelva. Ahora voy en busca de Zosimov; vendrá a explicarles lo que hay, e inmediatamente se acuestan ustedes, porque veo que se están cayendo de cansancio.

Apenas hubo pronunciado estas palabras salió rápidamente a lo largo del pasillo.

—¡Qué hombre tan avispado y... tan fiel! —exclamó alegremente Pulqueria Alexandrovna.

—Parece una excelente persona —respondió con cierto entusiasmo Avdotia Romanovna.

Y volvió a reanudar su paseo.

Una hora después se oyó por el pasillo rumor de pasos, y nuevamente llamaron a la puerta. Las dos mujeres esperaban con entera confianza que Razumikin cumpliría su promesa, y, en efecto, era él, acompañado de Zosimov. Este no titubeo en abandonar inmediatamente el banquete para ir a visitar a Raskolnikov; pero le costó trabajo decidirse a ir a ver a las señoras porque no quería concederle mucho crédito a las palabras de su amigo que parecía haber dejado parte de su razón en el fondo de los vasos. Por lo demás, el amor propio del doctor se tranquilizó pronto e incluso se sintió halagado. Zosimov comprendió que lo escuchaban como si fuera un oráculo.

Durante los diez minutos que duró su visita, consiguió tranquilizar por completo a Pulqueria Alexandrovna. Dio muestras del mayor interés por el enfermo a pesar de expresarse con una seriedad y una reserva extremas, como es propio de un médico de veintisiete años a quien llaman en una circunstancia grave. No se permitió la menor digresión fuera de su asunto y no manifestó el menor deseo de hablar demasiado con sus interlocutoras. A pesar de haber reparado desde el principio en la belleza de Avdotia Romanovna, se esforzó en no fijarse en la joven y se dirigió constante y exclusivamente a Pulqueria Alexandrovna.

Todo aquello le proporcionaba una indecible satisfacción interior. Con referencia a Raskolnikov manifestó que lo había encontrado bastante bien. A juicio suyo, la enfermedad de su cliente se debía en parte a las malas condiciones materiales en que este vivía desde hacía algunos meses, pero era debida también a otras causas de tipo moral: era, por así decirlo, el producto complejo de influencias múltiples, bien físicas o psicológicas, tales como preocupaciones, inquietudes, temores, ensueños, etcétera. Y al darse cuenta, sin afectarlo, de que Avdotia Romanovna lo escuchaba con mucha atención, Zosimov se extendió con mucho gusto sobre este tema.

Al preguntarle Pulqueria Alexandrovna con voz tímida y preocupada si había notado en su hijo algunos síntomas de locura, le respondió con una tranquila y franca sonrisa que habían exagerado el alcance de sus palabras, que desde luego se había comprobado en el enfermo la existencia de una idea fija, algo parecido a una monomanía, tanto más cuanto que él se dedicaba ahora especialmente al estudio de esta rama tan interesante de la medicina.

—Pero hay que considerar —añadió— que hasta hoy el enfermo ha estado casi siempre con delirio, y seguramente la llegada de su familia será un motivo de distracción para él, contribuirá a devolverle sus energías y ejercerá una acción saludable... si, no obstante, se le pueden evitar nuevas sacudidas —terminó en tono significativo.

Después se levantó, y saludando de una manera ceremoniosa y cordial al mismo tiempo, salió en medio de acciones de gracias, bendiciones y efusiones de agradecimiento. Avdotia Romanovna le tendió incluso su mano que él no había intentado siquiera estrechar. En resumen, el doctor se retiró encantado de su visita y más todavía de sí mismo.

—Mañana hablaremos, acuéstense ustedes enseguida, pues ya es tiempo de que descansen —ordenó Razumikin, que salió con Zosimov—. Mañana temprano vendré a darles a ustedes noticias.

—¡Qué muchacha tan encantadora es Avdotia Romanovna! —observó con la mayor sinceridad Zosimov cuando llegaron ambos a la calle.

—¿Encantadora? ¿Has dicho encantadora? —rugió Razumikin.

Y lanzándose sobre el doctor, lo cogió por el cuello.

—¡Si te atreves...! ¿Comprendes? ¿Comprendes? —gritaba mientras lo mantenía sujeto por el cuello y lo acercaba a la pared—. ¿Has comprendido?

—Pero, ¡déjame, demonio de borracho! —dijo Zosimov intentando desprenderse.

Y luego, cuando Razumikin lo hubo soltado, lo miró fijamente y prorrumpió en una carcajada. El estudiante estaba de pie frente a él, con los brazos colgantes y la cara triste.

—Naturalmente soy un burro —dijo con aire sombrío—; pero... tú también lo eres.

—No, amigo mío, yo no soy un burro. No sueño tonterías.

Continuaron su camino sin decirse nada, y únicamente cuando llegaron cerca de la casa de Raskolnikov fue cuando Razumikin, muy preocupado, rompió el silencio.

—Escucha —le dijo a Zosimov—, tú eres un excelente muchacho, pero tienes una hermosa colección de vicios; eres, sobre todo, un voluptuoso, un innoble sibarita. Te gustan las comodidades, engordas, no te privas de nada. Y te digo que eso es innoble porque conduce a la grosería. Tan afeminado como eres, no me cabe en la cabeza cómo puedes ser un buen médico e incluso un médico celoso. ¡Se acuesta en colchones de pluma y se levanta a media noche para ir a ver a un enfermo! Cuando pasen tres años no dejarás la cama por mucho que llamen a tu puerta... Pero no se trata de esto, lo que yo quería decirte es lo siguiente: yo voy a dormir en la cocina, y tú pasarás la noche en la habitación de la patrona, pues he conseguido, con bastante trabajo, lograr que acceda a ello; esta ocasión te permitirá adquirir un conocimiento más íntimo de ella. ¡No es lo que tú piensas! En este caso amigo mío, no hay la menor sombra de eso...

—Pero si yo no pienso absolutamente nada.

—Amiguito, es una criatura honesta, callada, de una castidad a toda prueba, y tan sensible, tan tierna... ¡Líbrame de ella, te lo suplico por todos los diablos! Es muy simpática... Pero ya estoy harto. ¡Quiero un sustituto!

Zosimov se echó a reír con todas sus ganas.

—¡Ya se ve que no estás en tus cabales! ¡No sabes lo que te dices! Pero, ¿por qué voy a hacerle yo la corte?

—Te aseguro que no le costará mucho trabajo conseguir sus gracias; no tienes más que hablar mucho, sea de lo que fuere; basta con que te sientes a su lado y le hables. Además, tú eres médico, empieza por curarle algo. Te juro que no tendrás por qué arrepentirte. Tiene un clavicordio; yo, como tú sabes, canto algo; le canté una cancioncilla rusa: «¡Lloro lágrimas ardientes...!». A ella le gustan las melodías sentimentales. Pues bien, ese fue el punto de partida; pero tú eres un maestro en el piano, un virtuoso de la categoría de Rubinstein... Te aseguro que no lo sentirás.

—Pero, ¿qué saldré ganando con eso?

—Creo que no sé hacerme comprender. Me parece que os convenís el uno al otro maravillosamente. No es la primera vez que he pensado en ti... Y como quiera que acabarás por eso, poco te importa que sea pronto o más tarde. Aquí, amigo mío, encontrarás el colchón de plumas y algo mejor todavía. Encontrarás el puerto, el refugio, el fin de las agitaciones, buenas galletas, sabrosos pasteles de pescado, el samovar de la tarde, el calentador para la noche; serás como un muerto, y, sin embargo, vivirás; ¡doble ventaja! Pero basta de charla, ya es hora de acostarse. Mira, a veces se me ocurre despertar a medianoche; si así fuera subiría a ver cómo sigue Rodion; si me oyes subir, no te preocupes. Y si el corazón te lo manda a ti, puedes ir a verlo también un momentito, y en el caso de que notaras en él algo anómalo me despiertas enseguida. Aunque creo que no hará falta.

II

Razumikin se despertó al día siguiente después de las siete con unas preocupaciones que hasta entonces no habían perturbado su existencia. Recordó todos los incidentes de la noche anterior y se dio cuenta de que había experimentado una emoción muy diferente de todas las que hasta entonces había sentido. Comprendía también que el sueño que cruzara por su mente era de todo punto irrealizable. Aquella quimera le pareció de tal manera absurda que se avergonzó de pensar en ella. Por esto se apresuró a pasar a las otras cuestiones, más prácticas que aquella, que en cierta manera le había legado la maldita jornada del día anterior.

Lo que más le apenaba era el haberse mostrado la víspera como un grandísimo grosero. No sólo lo habían visto borracho, sino que además, abusando de la ventaja que su posición de bienhechor le daba sobre una joven necesitada de recurrir a él, había vilipendiado, por un sentimiento de necios y súbitos celos, al pretendiente de aquella joven, sin saber las relaciones que entre ellos pudieran existir, ni saber siquiera quién era aquel señor.

¿Qué derecho tenía para juzgar tan temerariamente a Piotr Petrovich? ¿Y quién le pedía su opinión? Por otra parte, ¿podía una criatura como Avdotia Romanovna casarse por interés con un hombre indigno de ella? Por consiguiente, Piotr Petrovich debía de tener algún mérito. Claro que estaba por medio la cuestión del alojamiento, pero, ¿cómo podía saber él lo que era aquella casa? Además, aquellas señoras estaban allí provisionalmente, pues les estaban preparando otra vivienda... ¡Oh, qué miserable era todo esto! ¿Y podría justificarse alegando su estado de embriaguez? Aquella estúpida justificación no hacía más que envilecerlo. Con el vino se dice la verdad, y he aquí que bajo la influencia del vino había dicho toda la verdad, es decir, la bajeza de un corazón groseramente celoso. ¿Acaso podía permitirse él, Razumikin, un sueño parecido...? ¿Quién era él, comparado con aquella joven, el borracho charlatán y brutal del día anterior? ¿Puede haber nada más odioso ni más ridículo al mismo tiempo que la idea de un acercamiento entre dos seres tan distintos?

El joven, completamente avergonzado por un pensamiento tan disparatado, recordó de pronto haberle dicho a la madre de Rodia cuando bajaban la escalera que la patrona lo amaba y que tendría celos de Avdotia Romanovna... Este recuerdo vino justamente a colmar su confusión. Era demasiado. Y descargó un puñetazo en la estufa de la cocina haciéndose daño en la mano y rompiendo un ladrillo.

«Indudablemente —pensó al cabo de un minuto, con un sentimiento de profunda humillación—, indudablemente, ya está hecho y no hay manera de borrar todas esas torpezas... Es inútil pensar en eso; me presentaré sin decir nada; cumpliré silenciosamente con mi obligación y... no les presentaré excusas, ni diré nada... Ya es demasiado tarde, ¡el daño está hecho ya!».

Sin embargo, dedicó un cuidado especial a su presentación.

No tenía más que un traje pero aunque hubiera tenido varios tal vez habría querido ponerse el de la víspera «para no aparentar un atildamiento expresamente rebuscado...». Pero el desaseo habría sido de muy mal gusto; no tenía derecho a herir los sentimientos de otra persona, sobre todo en aquella ocasión, pues se trataba de personas que tenían necesidad de él y que le habían rogado que fuera a verlas. En consecuencia, cepilló cuidadosamente su traje. Y en cuanto a la ropa interior, Razumikin no podía soportar nunca la suciedad.

Encontró el jabón de Nastasia y procedió cuidadosamente a lavarse; se lavó la cabeza, el cuello y particularmente las manos. Y cuando llegó el momento de decidir si se afeitaría (Praskovia Pavlovna tenía buenas navajas, herencia de su difunto marido Zarnizin), resolvió la cuestión negativamente, e incluso se dijo con cierta brusquedad irritada: «No, me quedaré como estoy. Ellas se figurarían quizá que me he afeitado para... Nunca... ¡Por nada del mundo!».

Este monólogo fue interrumpido por la llegada de Zosimov.

Después de pasar la noche en la alcoba de Praskovia Pavlovna, el doctor había ido a dar una vuelta por su casa y venía para ver al enfermo. Razumikin le dijo que Raskolnikov dormía como una marmota. Zosimov prohibió que lo despertaran y prometió volver entre diez y once.

—Lo que hace falta es que esté en casa —agregó—. Con un cliente tan propenso a las fugas no se puede decir nada. ¿Sabes si irá a verlas o vendrán ellas aquí?

—Presumo que vendrán —respondió Razumikin, comprendiendo por qué le hacía esta pregunta—; tendrán que hablar de sus cosas de familia. Yo me marcharé; pero tú, en calidad de médico, tienes, naturalmente, más derecho que yo.

—No soy un confesor; además, tengo otras cosas que hacer que escuchar sus secretos; yo me marcharé también.

—Hay una cosa que me preocupa —replicó Razumikin frunciendo el entrecejo—: ayer, estando borracho y cuando acompañaba a Rodion aquí, no pude sujetarme la lengua; entre otras tonterías le dije que tú temías en él... una cierta predisposición... a la locura...

—Y lo mismo le dijiste ayer a esas señoras.

—¡Ya sé que he cometido una tontería! ¡Pégame si quieres! Pero, entre nosotros, con toda sinceridad, ¿cuál es tu opinión sobre él?

—¿Qué quieres que te diga? Tú mismo me lo pintaste como un monomaníaco cuando me trajiste a que lo viera... Y ayer lo trastornamos más todavía. Y aunque diga lo trastornamos, fuiste tú quien lo puso así con tus conversaciones a propósito de ese pintor. ¡Bonita conversación para mantenerla con un hombre cuyo trastorno mental procede quizá de ese asunto! Si yo hubiera tenido noticia detallada entonces de la escena que tuvo lugar en la comisaría, si hubiera sabido que había sido víctima de las sospechas de un canalla, a la primera palabra te habría hecho callar. Estos monomaníacos hacen un mar de una gota de agua; las ilusiones de su imaginación les parecen realidades... Ahora me lo explico casi todo por lo que Zametov nos contó en tu casa. A propósito, ese Zametov es un muchacho encantador; sólo que..., ¡hum...!, ayer cometió una equivocación al contar aquello. ¡Es un charlatán terrible!

—Pero de todas maneras, ¿a quién se lo dijo? A ti y a mí.

—Y a Porfirio también.

—Bueno, ¿y qué importa que se lo contara a Porfirio?

—Pero, ahora pienso, ¿tiene alguna influencia con la madre y la hermana? Hoy deben ser un poco prudentes con él...

—¡Así lo haré! —respondió con cierta contrariedad Razumikin.

—Hasta luego, y dale las gracias de mi parte a Prakovia Pavlovna por su hospitalidad. Está encerrada en su habitación y le he gritado al pasar: «¡Buenos días!», pero no me ha contestado. Sin embargo, me consta que está levantada desde las siete; he visto por el pasillo que le llevaban su samovar de la cocina... Ni siquiera se ha dignado admitirme en su presencia...

A las nueve en punto llegaba Razumikin a la casa Bakaleiev. Las señoras lo esperaban con una impaciencia febril. Estaban levantadas desde antes de las siete. El joven entró sombrío como por la noche, saludó sin gracia e inmediatamente empezó a lamentarse amargamente por haberse presentado a ellas de aquella manera. Pero no había contado con la huésped. Pulqueria Alexandrovna salió a su encuentro, le estrechó las dos manos y poco faltó para que se las besara. Razumikin miró tímidamente a Avdotia Romanovna; pero en lugar del aire burlón y el desdén involuntario y mal disimulado que esperaba encontrar en aquel rostro altivo, vio en él tal expresión de reconocimiento y de afectuosa simpatía, que su confusión no tuvo límites. Con seguridad que se habría sentido menos molesto si lo hubieran acogido con reproche. Afortunadamente, había un motivo de conversación y lo abordó inmediatamente.

172

Al enterarse de que su hijo no había despertado aún, pero que el estado del enfermo no dejaba nada que desear, Pulqueria Alexandrovna manifestó que lo celebraba, pues tenía necesidad de cambiar impresiones previamente con Razumikin. La madre y la hija le preguntaron inmediatamente si había tomado el té, y ante su respuesta negativa le invitaron a que lo tomara con ellas, pues estaban esperando que llegara para sentarse a la mesa.

Avdotia Romanovna tiró del cordón de la campanilla e inmediatamente acudió un astroso criado. Le dijeron que sirviera el té y el criado lo trajo de una manera tan inconveniente y tan poco limpia que las dos señoras se sintieron avergonzadas. Razumikin echó pestes contra aquel servicio, pero pensando después en Lujin, se calló, perdió su presencia de ánimo y se consideró dichoso al salir de aquella situación gracias a las preguntas que Pulqueria Alexandrovna dejó caer sobre él como una granizada.

Interrogado incesantemente, habló cerca de tres cuartos de hora y les refirió lo que sabía en relación con la vida de Raskolnikov desde hacía un año, terminando con el relato detallado de la enfermedad de su amigo. Como era natural, calló lo que debía callar, por ejemplo, la escena de la comisaría y sus consecuencias. Las dos señoras lo escuchaban ávidamente, y cuando ya creía haberles dado todos los detalles que pudieran interesarles, su curiosidad no se dio aún por satisfecha.

—Dígame, dígame cómo cree usted... ¡Ah perdón! Todavía no sé cómo se llama —dijo vivamente Pulqueria Alexandrovna.

—Demetrio Prokofich.

—Pues bien, Demetrio Prokofich, tengo mucho interés en saber... cómo..., en general..., ve él ahora las cosas, o, para decirlo mejor, qué es lo que le agrada y qué es lo que le desagrada. ¿Está siempre tan irritable? ¿Cuáles son sus deseos, sus sueños, si a usted le parece? ¿Bajo qué influencia se encuentra en este momento?

—¿Qué le diría yo? Conozco a Rodion hace dieciocho meses; es lúgubre, sombrío, orgulloso y altivo. En estos últimos tiempos, pero quizá esa disposición existiera en él de antiguo, se ha tornado receloso e hipocondríaco. Es bueno y generoso. No le gusta revelar sus sentimientos, y le cuesta menos molestar a las personas que mostrarse expansivo. Algunas veces no es completamente melancólico, pero sí frío e insensible hasta lo inhumano. Diríase que en él hay dos caracteres opuestos que se manifiestan alternativamente. Hay momentos en que es un taciturno terrible. Todo le repugna, todo le molesta, y permanece acostado sin hacer nada. No es burlón, y no porque su espíritu carezca de causticidad, sino porque desdeña la broma como un pasatiempo demasiado frívolo. No escucha por completo lo que se le dice y jamás le interesan las cosas que en determinado momento interesan a todo el mundo. Tiene una elevada opinión de sí mismo y creo que en eso no está completamente equivocado. ¿Y qué más le diré? Creo que la llegada de ustedes ejercerá sobre él una acción de las más saludables.

—¡Ay, Dios lo quiera así! —exclamó Pulqueria Alexandrovna, inquietísima por aquellas revelaciones sobre el carácter de su Rodia.

Por último, Razumikin se atrevió a mirar con más atrevimiento a Avdotia Romanovna. Con frecuencia le había dirigido alguna mirada mientras hablaba, pero de soslayo y apartando enseguida los ojos. La joven, por su parte, tan pronto se sentaba junto a la mesa y escuchaba atentamente, como se levantaba, y, de acuerdo con su costumbre, se paseaba de lado a lado por la habitación, con los brazos cruzados y los labios contraídos, haciendo de vez en cuando alguna pregunta sin interrumpir su paseo. También tenía la costumbre de no escuchar hasta el final lo que le decían. Llevaba un vestido ligero de una tela oscura y un pañuelo blanco alrededor del cuello.

Por diferentes detalles, Razumikin reconoció pronto que aquellas señoras eran muy pobres. Si Avdotia Romanovna hubiera estado ataviada como una reina, es probable que no le hubiera intimidado; pero tal vez por el hecho de ir modestamente vestida, experimentaba gran temor frente a ella y se esmeraba cuidadosamente en sus expresiones y en sus gestos, lo que, como es natural, le hacía sentirse más turbado, hombre ya poco seguro de sí como él era.

—Nos ha proporcionado usted curiosos detalles sobre el carácter de mi hermano y... los ha dado usted imparcialmente. Está bien; yo creía que usted lo admiraba —observó Avdotia Romanovna sonriendo—. Creo que debe de haber alguna mujer en su existencia —añadió, pensativa.

—Yo no he dicho eso, pero es posible que tenga usted razón, sólo que...

—¿Qué?

—Rodia no ama a nadie; y hasta es posible que no llegue a amar nunca —replicó Razumikin.

—Es decir, ¿que es incapaz de amar?

—¿Sabe usted, Avdotia Romanovna, que se parece terriblemente a su hermano, y hasta me atrevería a decir que bajo todos los aspectos? —dijo aturdidamente nuestro joven.

Luego recordó de pronto el juicio que acababa de dar respecto a Raskolnikov, se turbó y se puso encendido como la grana.

Avdotia Romanovna no pudo por menos que sonreír al contemplarlo.

—Me parece que muy bien podríamos equivocarnos los dos respecto a Rodia —observó Pulqueria Alexandrovna algo molesta—. No hablo del presente, Dunechka. Lo que Piotr Petrovich nos dice en esa carta... y lo que tú y yo hemos supuesto, puede que no sea verdad, pero usted no puede imaginarse, Demetrio Prokofich, cuán fantástico y caprichoso es. Hasta cuando sólo contaba quince años, su carácter era para mí una sorpresa constante. Todavía hoy lo considero capaz de ocurrírsele algo que a nadie puede pasarle por la imaginación... Sin ir más lejos, ¿no está usted enterado de que hace dieciocho meses por poco me quita la vida con motivo del casamiento con aquella..., con la hija de la señora Zarnizina, su patrona?

—¿No conoce usted los detalles de esta historia...? —preguntó Avdotia Romanovna.

—¿Cree usted —continuó la madre animadamente— que habría tenido en cuenta mis ruegos, mis lágrimas, que mi enfermedad, que el temor a verme morir o nuestra miseria le habrían conmovido? No, habría llevado a cabo su proyecto con la mayor tranquilidad del mundo, sin que lo contuviera ninguna consideración. Y, sin embargo, ¿es posible que no nos ame?

—Nunca me dijo una palabra a ese respecto —respondió con cierta reserva Razumikin—; pero he sabido algo de ello por la señora Zarnizina, que no es muy charlatana, y lo que me dijo no deja de ser bastante extraño.

—¿Y qué fue lo que le dijo? —preguntaron a la vez ambas señoras.

—Nada particularmente interesante en honor a la verdad. Todo lo que sé es que ese matrimonio, que era ya un asunto convenido y que iba a tener lugar cuando murió la novia, le disgustaba bastante a la misma señora Zarnizina. Además, dicen que la joven no era hermosa, o para decirlo con más propiedad, que era fea, que estaba bastante enferma y... que era antipática. Sin embargo, parece que tenía ciertas cualidades, y seguramente las tendría, porque de otra manera no se explicaría...

—Estoy convencida de que esa joven tenía algún mérito —observó lacónicamente Avdotia Romanovna.

—Que Dios me lo perdone, pero yo me alegré de su muerte, y, sin embargo, no sé para cuál de los dos habría sido más funesto ese matrimonio —concluyó la madre.

Y luego tímidamente, tras muchas vacilaciones y mirando a su hija visiblemente contrariada, a quien aquel artificio parecía desagradarle bastante, empezó a interrogar de nuevo a Razumikin sobre la escena del día anterior entre Rodia y Lujin. Este incidente parecía preocuparla por encima de todo y producirle verdadero espanto. El joven relató detalladamente el altercado de que había sido testigo, pero agregando su opinión: acusó abiertamente a Raskolnikov por haber insultado deliberadamente a Piotr Petrovich, sin invocar siquiera la enfermedad para justificar la conducta de su amigo.

—Seguramente lo tenía premeditado antes de caer enfermo —concluyó.

—Yo también lo creo así —exclamó vivamente Pulqueria Alexandrovna, en cuyo rostro se dibujaba la consternación.

Pero quedó muy sorprendida al ver que esta vez había hablado Razumikin de Piotr Petrovich en los términos más discretos y hasta con cierta estimación. Aquello le extrañó de la misma manera a Avdotia Romanovna.

—Así, pues, ¿ese es su parecer acerca de Piotr Petrovich? —no pudo menos de preguntar Pulqueria Alexandrovna.

—No puedo tener otro sobre el futuro marido de su hija —respondió en tono firme y caluroso Razumikin—. Y no lo digo por simple cortesía; lo digo porque..., porque basta que ese hombre sea el que Avdotia Romanovna ha honrado con su elección. Si ayer llegué a expresarme en términos injuriosos acerca de él, fue porque estaba perdidamente embriagado y, además..., loco. Había perdido el juicio, estaba completamente extraviado..., y hoy estoy completamente avergonzado.

Se ruborizó y guardó silencio. Las mejillas de Avdotia Romanovna se colorearon también, pero no dijo palabra; callaba desde que se empezó a hablar de Lujin.

Sin embargo, Pulqueria Alexandrovna, privada del auxilio de su hija, se encontraba visiblemente descentrada. Por fin tomó la palabra con voz vacilante y dirigiendo sus miradas a cada instante hacia Dunia, dijo que en aquel momento la preocupaba muchísimo una determinada circunstancia.

—Ya ve usted, Demetrio Prokofich —comenzó—. ¿Te parece que sea completamente franca con Demetrio Prokofich, Dunechka?

—Desde luego, mamá —respondió de un modo categórico Avdotia Romanovna.

—Pues mire usted de lo que se trata —se apresuró a decir la madre como si le hubieran quitado una montaña de encima del pecho al permitirle que comunicara sus penas—. Esta mañana temprano hemos recibido una carta de Piotr Petrovich contestándonos a la que le escribimos ayer comunicándole nuestra llegada. Mire, él debía salir a la estación a recibirnos, conforme nos había prometido. Pero en lugar de recibirnos él mandó a un criado que nos acompañó aquí y nos anunció para esta mañana la visita de su amo. Pero en lugar de venir, Piotr Petrovich nos ha enviado una carta... Lo mejor será que usted mismo la lea, hay un punto que me preocupa bastante... Ya lo verá usted enseguida..., y me dirá después su opinión, Demetrio Prokofich. Usted conoce mejor que nadie el carácter de Rodia, y mejor que nadie podrá también aconsejarnos. Le prevengo que Dunechka ha decidido la cosa inmediatamente; pero yo no sé todavía qué partido tomar, y... le estaba esperando a usted.

Razumikin desdobló el pliego, fechado el día anterior, y leyó lo que sigue:

«Tengo el honor de participarle, Pulqueria Alexandrovna, que causas imprevistas me impidieron ir a recibirlas a la estación, y por este motivo les envié un hombre de confianza. Los asuntos que tengo que despachar en el Senado me privarán igualmente del honor de verlas mañana por la mañana; además no quiero estorbar la íntima entrevista que hayan de tener con su hijo, ni la de Avdotia Romanovna con su hermano. Iré mañana a las ocho en punto de la noche para tener el honor de saludarlas en su habitación. Le ruego encarecidamente me evite en esta entrevista la presencia de Rodion Romanovich, pues me insultó de la manera más grosera en la visita que le hice ayer, cuando se encontraba enfermo. Independientemente de esto quisiera tener con usted una explicación personal respecto a un punto que quizá interpretamos de manera distinta usted y yo. Tengo el honor de advertirle por adelantado que si a pesar de mi deseo formalmente expresado, encontrara en su casa a Rodion Romanovich, me veré precisado a retirarme inmediatamente, y a nadie podrá culparse entonces sino a usted.

»Le escribo esto en vista de que Rodion Romanovich, que parecía tan enfermo cuando fui a visitarlo, recobró la salud repentinamente al cabo de dos horas y puede, por consiguiente, ir a casa de ustedes. Ayer, en efecto, lo vi con mis propios ojos en casa de un borracho que acababa de ser atropellado por un coche, y con el pretexto de pagar los funerales, le entregó veinticinco rublos a la hija del difunto, joven de mala conducta. Eso me sorprendió bastante, porque me consta los trabajos que le ha costado a usted reunir esa cantidad.

»Le ruego que salude muy cortésmente a la honorable Avdotia Romanovna y permítame que me reitere, con respetuosa fidelidad, su más afectísimo servidor,

P. Lujin».

—¿Qué hacer ahora, Demetrio Prokofich? —preguntó Pulqueria Alexandrovna casi con lágrimas en los ojos—. ¿Cómo vamos a decirle a Rodia que no venga? Ayer insistía él con vehemencia para que despidiéramos a Piotr Petrovich, y aquí tiene usted que hoy me prohíben que lo reciba a él. Pero mi hijo es capaz de venir expresamente si se entera de esto, y... ¿qué ocurrirá entonces?

—Haga usted lo que le parezca mejor a Avdotia Romanovna —respondió tranquilamente y sin la más leve vacilación Razumikin...

—¡Ah, Dios mío! Ella dice... ¡Dios sabrá lo que ella dice, pues no explica lo que quiere! Según dice, es preferible, absolutamente indispensable, mejor dicho, que Rodia venga esta noche a las ocho y que se encuentre aquí con Piotr Petrovich... Yo preferiría enseñarle la carta y emplear cierta astucia para impedir que viniera... Pensaba conseguirlo con la ayuda de usted... Tampoco veo de qué borracho muerto y de qué joven se trata en esas líneas; no me explico que haya dado a dicha persona las últimas monedas de plata... que...

—Que representan para usted tantos sacrificios, mamá —terminó la joven.

—Ayer no se encontraba en su estado normal —dijo Razumikin con aire pensativo—. ¡Si supiera usted a qué pasatiempos se entregó ayer en un tabernucho! Por lo demás, hizo muy bien. ¡Hum...! En efecto, ayer me habló de un muerto y de una joven cuando lo acompañé a su casa; pero yo no le entendí lo que quería decir... Bien es verdad que estaba yo también...

—Mamá, lo mejor que haremos será ir a su casa y allí le aseguro a usted que veremos inmediatamente lo que debemos hacer. Por otra parte, es hora... ¡Dios mío, ya son más de las diez! —exclamó Avdotia Romanovna mirando un soberbio reloj de oro esmaltado que llevaba pendiente del cuello por una fina cadena de Venecia y que contrastaba singularmente con el conjunto de su tocado.

«Debe de ser un regalo de su prometido», se dijo Razumikin.

—Sí, es hora de salir... Quizá sea tarde, Dunechka —dijo Pulqueria Alexandrovna un poco turbada—. Va a creer que le guardamos rencor por el recibimiento que nos hizo ayer y atribuirá a eso nuestro retraso. ¡Ay Dios mío...!

Mientras hablaba se apresuraba a ponerse el sombrero y la mantilla. Dunechka se preparaba también para salir. Sus guantes no estaban solamente usados, sino agujereados además, como notó Razumikin; sin embargo, aquella pobreza daba a aquellas mujeres un tono particular de dignidad, como les ocurre siempre a las mujeres que saben llevar vestidos humildes.

—¡Dios mío! —exclamó Pulqueria Alexandrovna—. ¡Jamás habría creído que llegara a temer tanto una entrevista con mi hijo, con mi Rodia querido...! ¡Me da miedo, Demetrio Prokofich! —añadió mirando con timidez al joven.

—No temas, mamá —dijo Dunia abrazando a su madre—, cree en él. Yo tengo confianza.

—Y yo la tengo también; sin embargo, no he podido dormir esta noche —replicó la pobre mujer.

Los tres salieron de la casa.

—¿Sabes, Dunechka, que esta mañana, cuando estaba amaneciendo, cuando apenas empezaba a quedarme traspuesta, vi en sueños a la difunta Marfa Petrovna...? Iba completamente vestida de blanco... ¡Ay Dios mío! Demetrio Prokofich, ¿usted no sabe que murió Marfa Petrovna?

—No, no lo sabía. ¿Qué Marfa Petrovna es esa?

—Murió de repente. Y figúrese usted...

—Déjelo, mamá, que él no sabe todavía de qué Marfa Petrovna se trata.

—¡Ah! ¿No la conocía usted? Yo creí que se lo había dicho ya. Dispense, Demetrio Prokofich. ¡Tengo la cabeza tan trastornada desde hace dos días! Yo lo considero a usted como nuestra providencia, y vea usted por qué estaba persuadida de que estaba usted al corriente de todos nuestros asuntos. Yo lo considero a usted como a una persona de la familia... No se enfade por lo que le digo. ¡Ay Dios mío! ¿Qué tiene usted en la mano? ¿Está herido?

—Sí, tengo una herida —murmuró Razumikin completamente satisfecho.

—Yo soy a veces demasiado expansiva, y Dunia me reprocha por eso... Pero, ¡Dios mío, en que tugurio vive! ¡Con tal que haya despertado! ¡Y esa mujer, su patrona, le llama una habitación a eso! Dice usted que no le gusta ser expansivo; ¿podré molestarlo yo con mis... debilidades...? ¿No me dará usted algunas instrucciones, Demetrio Prokofich? ¿Cómo deberé conducirme en su presencia? Mire usted, estoy completamente desorientada.

—No le pregunte demasiado si le ve fruncir el entrecejo; procure usted no repetir las preguntas referentes a su salud, eso no le gusta.

—¡Ay, Demetrio Prokofich, qué difícil es a veces la posición de una madre! Y ahora esta escalera... ¡Qué horrible!

—Mamá, está usted pálida, cálmese, querida mía —dijo Dunia acariciando a su madre—. ¿Por qué se atormenta de esa manera cuando para él debe ser una alegría verla? —añadió brillándole los ojos.

—Esperen, me adelantaré para asegurarme de que está despierto.

Razumikin se adelantó y las señoras empezaron a subir muy despacio la escalera. Cuando llegaron al cuarto piso observaron que la puerta de la patrona estaba entreabierta y que por la estrecha abertura las observaban dos ojos negros y penetrantes. Cuando las miradas se encontraron, la puerta se cerró con tal ruido que faltó poco para que Pulqueria Alexandrovna lanzara un grito de terror.

III

—¡Sigue bien, sigue bien! —exclamó alegremente Zosimov al ver entrar a las dos señoras.

Hacía diez minutos que el doctor se encontraba allí y ocupaba el mismo sitio en el diván que el día anterior. Raskolnikov estaba sentado en el otro extremo y se hallaba completamente vestido; incluso se había tomado el trabajo de lavarse la cara y peinarse, lo que no había hecho desde hacía algún tiempo.

A pesar de que con la llegada de Razumikin y de las señoras quedó materialmente ocupada la habitación, Nastasia logró escurrirse detrás de ellas y se quedó para escuchar las conversaciones.

Efectivamente, Raskolnikov se encontraba bien, particularmente en relación con la víspera; pero estaba muy pálido y sumergido en tristes reflexiones.

Cuando Pulqueria Alexandrovna entró con su hija, Zosimov notó, con sorpresa, la impresión que se manifestaba en la fisonomía del enfermo. No era precisamente alegría, sino una especie de estoicismo resignado. El joven parecía recurrir a todas sus energías para soportar durante una hora o dos una tortura a la que no había manera de escapar. Cuando empezaron la conversación, el doctor empezó a observar que cada palabra parecía abrir una herida en el alma de su cliente; pero al mismo tiempo se extrañó de verlo relativamente dueño de sí mismo. El monomaníaco furioso de la víspera sabía dominarse ahora hasta cierto punto y disimular sus impresiones.

—Sí, yo mismo me doy cuenta de que estoy casi curado —dijo Raskolnikov, abrazando a su madre y a su hermana con una cordialidad que inundó de alegría el rostro de Pulqueria Alexandrovna— y me desdigo de lo que dije ayer —añadió, dirigiéndose a Razumikin, a quien estrechaba afectuosamente la mano.

—Yo mismo he quedado extrañado al encontrarle hoy tan repuesto —comentó Zosimov—. Si continúa así, dentro de tres o cuatro días estará completamente como antes, como se encontraba hace un mes o dos; pues esta enfermedad se le estaba incubando desde hace tiempo. Debe reconocer usted ahora que quizá ha sido culpa suya —terminó el doctor conteniendo una sonrisa, como si temiera irritar todavía al enfermo.

—Es muy posible —respondió Raskolnikov con frialdad.

—Ya que se puede hablar con usted —continuó Zosimov—, quisiera convencerle de que es preciso suprimir las causas fundamentales que han dado lugar a su enfermedad; si lo hace usted así, curará; de lo contrario, su estado volverá a agravarse. Yo ignoro tales causas, pero usted debe conocerlas; es usted un hombre inteligente y no me cabe duda de que usted mismo se observará. Creo que su salud empezó a resentirse desde que abandonó la universidad. Usted no puede estar sin tener una ocupación; será muy conveniente, a mi parecer, que trabaje usted, que se proponga un determinado fin y que lo persiga con tenacidad.

—Sí, sí, tiene usted mucha razón... volveré lo más pronto posible a la universidad, y entonces todo irá sobre ruedas...

El doctor dio aquellos consejos en parte para producir efecto entre las señoras; pero cuando terminó y miró al enfermo quedó un poco defraudado al ver que el rostro de este expresaba sólo una franca burla. Pronto se consoló de aquella decepción, pues Pulqueria Alexandrovna se apresuró a darle las gracias y a testimoniarle su reconocimiento por la visita que hizo la noche anterior a las dos señoras.

—¡Cómo! ¿Fue a veros anoche? —preguntó Raskolnikov, preocupado—. ¿No habéis descansado entonces después de un viaje tan molesto?

—¡Oh, todavía no eran las dos! Dunia y yo no nos acostamos nunca antes.

—No sé cómo agradecerlo —continuó Raskolnikov, frunciendo bruscamente el entrecejo y bajando la cabeza—. Dejando aparte la cuestión del dinero, y perdone que haga alusión a ello —dijo a Zosimov—, no me explico siquiera por qué he merecido ese interés por su parte. No lo comprendo..., e incluso diría que lamento tanta bondad, por lo mismo que resulta incomprensible para mí; ya ve usted que soy franco.

—No se torture —respondió Zosimov, afectando sonreír—. ¡Hágase cuenta de que es mi primer cliente! Y nosotros, los médicos, cuando debutamos, le tomamos cariño a nuestros primeros enfermos como si fueran hijos nuestros. Ya ve usted, yo no tengo todavía una clientela numerosa.

—Y no hablemos de aquel —continuó Raskolnikov señalando a Razumikin—. No he hecho más que insultarle y darle disgustos.

—¡Que tonterías dices! Por lo visto estás hoy sentimental —exclamó Razumikin.

De haber sido más perspicaz se habría dado cuenta de que su amigo, en lugar de ser sentimental, se encontraba en una situación completamente distinta. En cambio, Avdotia Romanovna no se equivocaba y miraba con preocupación a su hermano.

—De usted, mamá, no me atrevo a decir nada —añadió Raskolnikov, que parecía recitar una lección aprendida por la mañana—, hasta hoy no he podido darme cuenta de lo que sufriría usted ayer esperando mi vuelta.

Después de estas palabras tendió bruscamente la mano a su hermana. Este gesto no fue acompañado de palabra alguna, pero la sonrisa del joven expresaba entonces un sentimiento verdadero; en aquello no había la menor ficción. Dunia, contenta y agradecida, cogió inmediatamente la mano que le tendían y la estrechó con fuerza. Aquella era la primera muestra de atención que le dispensaba su hermano después del altercado del día anterior. Pulqueria Alexandrovna, al presenciar la reconciliación muda y definitiva de ambos hermanos, experimentó una gran satisfacción.

Razumikin, se agitó vivamente en su silla.

«¡La amaría nada más que por eso! —murmuró con su tendencia a exagerarlo todo—. ¡Qué arranques tiene...!».

«¡Y qué bien lo ha hecho! —se dijo aparte la madre—. ¡Qué impulsos tan nobles tiene! El simple hecho de tenderle la mano de esta manera, mirándola con tanto cariño, ¿no era el modo más franco y delicado de poner fin al disgusto de ayer?».

—¡Ay Rodia! —dijo apresurándose a responder a la observación de su hijo—. ¡No podrás figurarte hasta qué extremo sufrimos ayer tu hermana y yo! Ya que se ha terminado todo y que volvemos a ser felices todos, se puede decir. Figúrate que apenas salimos del coche corrimos hacia acá para abrazarte, cuando esa mujer... ¡Ah, pero si está aquí! ¡Buenos días, Nastasia...! Nos dijo de pronto que estabas enfermo y con fiebre en la cama y que acababas de escaparte a la calle, delirando, y que te buscaban. ¡Tú no puedes figurarte el disgusto que eso nos produjo!

—Sí, sí, todo eso es muy enojoso... —murmuró Raskolnikov.

Pero dijo aquellas palabras de una manera tan distraída, por no decir tan indiferente, que Dunechka lo miró sorprendida.

—¿Qué más tenía que deciros? —continuó esforzándose por acordarse—. ¡Ah, sí! Os ruego a ambas que no creáis que haya rehusado ir a veros antes por esperar a que vinierais vosotras primero.

—¿Por qué dices eso, Rodia? —exclamó Pulqueria Alexandrovna no menos admirada esta vez que su hija.

«Parece como si nos respondiera sencillamente por cortesía —pensaba Dunechka—. Hace las paces y pide perdón como si cumpliera con una simple formalidad o recitara una lección».

—Quería haber ido a veros apenas me desperté, pero no tengo otra ropa que ponerme; debí decirle ayer a Nastasia que lavara esa sangre..., pero no he podido vestirme hasta hace un momento.

—¡Sangre! ¿Qué sangre? —preguntó Pulqueria Alexandrovna alarmada.

—No es nada..., no os preocupéis. Ayer, cuando estaba con mi delirio, deambulando por la calle, me tropecé con un hombre que acababan de atropellar..., un empleado; y a eso obedece que mis ropas se mancharan.

—¿Cuando delirabas? ¡Pero si te acuerdas de todo! —interrumpió Razumikin.

—Es verdad, me acuerdo de todo, hasta del más pequeño detalle, ya ves si es extraño; pero no puedo explicarme por qué hice eso, por qué dije aquello, ni por qué fui a tal sitio.

—Es un fenómeno bastante conocido —observó Zosimov—; el acto se realiza a veces con una rapidez y una habilidad extraordinarias; pero la causa de donde procede está alterada en el alienado y depende de distintas impresiones morbosas. Algo parecido a lo que ocurre en el sueño.

La palabra «alienado» produjo un escalofrío. Zosimov la dejó escapar inconscientemente, entregado por completo al placer de perorar sobre su tema predilecto. Raskolnikov parecía absorto en una especie de contemplación y no hacía caso de las palabras del doctor. Una extraña sonrisa flotaba en sus pálidos labios.

—Bueno, pero, ¿y ese hombre atropellado? Ya te lo pregunté hace un momento... —se apresuró a decir Razumikin.

—¿Qué? —preguntó Raskolnikov como si saliera de un sueño—. ¡Ah, sí...! Me llené de sangre ayudando a transportarlo a su casa... A propósito, mamá; ayer hice una cosa imperdonable; ni que hubiera perdido el juicio. Todo el dinero que me mandó usted se lo di ayer... a la viuda... para los gastos del entierro. La pobre mujer es muy digna de compasión..., está tísica..., queda con tres hijos en los brazos y no tiene con qué alimentarlos..., tiene también una hija... Es muy posible que usted hubiera hecho lo mismo que yo si hubiera visto aquella miseria. Por lo demás, reconozco que no tenía derecho a obrar así, sobre todo teniendo en cuenta el trabajo que le habrá costado a usted proporcionarme ese dinero.

—No te preocupes, Rodia; estoy convencida de que todo lo que haces está bien —respondió la madre.

La conversación permaneció cortada unos momentos. Palabras, silencio, reconciliación, perdón, todo aquello tenía algo de forzado y cada uno se daba cuenta de ello.

—¿Sabes, Rodia, que ha muerto Marfa Petrovna...? —dijo de pronto Pulqueria Alexandrovna.

—¿Qué Marfa Petrovna?

—¡Dios mío! ¡Pues Marfa Petrovna Svidrigailova! ¡Ya te hablé bastante extensamente de ella en mi última carta!

—¡A-a-ah, sí! Ya recuerdo... Así pues, ¿ha muerto? En efecto —dijo con el súbito estremecimiento de quien se despierta—. ¿Es posible que haya muerto? ¿Y de qué ha sido?

—¡Murió de repente! —se apresuró a contestar Pulqueria Alexandrovna, animada a continuar por la curiosidad que manifestaba su hijo—. Murió el mismo día que te mandé mi carta. Por lo que parece, ha tenido la culpa aquel hombre malvado. Dicen que le dio una terrible paliza.

—¿Menudeaban estas escenas entre ellos? —preguntó Raskolnikov.

—No, al contrario; se mostraba siempre muy humilde, hasta cortés con ella. En muchas ocasiones daba pruebas de indulgencia con ella. Y así fue durante siete años..., hasta que la paciencia le desapareció de repente.

—Entonces no era un hombre tan terrible, cuando dio pruebas de paciencia durante siete años. Parece como si lo disculparas, Dunechka.

—Sí, sí, es un hombre terrible; no es posible concebir otro que lo sea más —respondió casi estremeciéndose.

—Tuvieron aquella escena por la mañana —continuó Pulqueria Alexandrovna—. Luego, ella dio inmediatamente la orden de que engancharan su carruaje porque quería ir a la ciudad apenas comiera, como acostumbraba hacerlo en tales ocasiones; comió, según dicen, con bastante apetito.

—¿Y la molió completamente a golpes?

—... Tenía la costumbre de bañarse apenas terminaba de comer, y así lo hizo antes de salir para encontrarse más ágil... Se curaba por medio de la hidroterapia; en su casa hay un manantial y se bañaba regularmente todos los días. Y apenas entró en el agua sufrió un ataque de apoplejía.

—¡Eso no tiene nada de extraño! —observó Zosimov.

—Pero su marido le había pegado bastante.

—¿Y qué importa ahora todo eso? —dijo Avdotia Romanovna.

—¡Hum...! Además, mamá, no sé por qué nos cuentas esas tonterías —dijo Raskolnikov súbitamente contrariado.

—Pero, hijo mío, si no sé de qué hablar... —confesó sencillamente Pulqueria Alexandrovna.

—Parece como si las dos me tuvierais miedo —replicó él con amarga sonrisa.

—Es verdad —respondió Dunia, dirigiéndole una severa mirada—. Mamá venía tan asustada que hizo la señal de la cruz cuando subíamos la escalera.

Las facciones del joven se alteraron como si de pronto fuera presa de una convulsión.

—Pero, ¿qué estás diciendo, Dunia? No te enfades, Rodia, te lo ruego... ¿Por qué hablas así, Dunia? —se excusó completamente confundida Pulqueria Alexandrovna—. Lo que sí es verdad es que en el tren no dejé de pensar durante todo el trayecto más que en la dicha de verte y de hablar contigo... ¡Me prometía tal dicha, que ni me di cuenta siquiera de lo largo del viaje! ¡Y ahora soy tan feliz, tan feliz al verme a tu lado, Rodia...!

—¡Basta, mamá! —murmuró él con agitación.

Y le estrechó la mano a su madre, sin mirarla siquiera.

—Ya tendremos tiempo de hablar —continuó.

Apenas hubo pronunciado aquellas palabras se turbó y palideció; de nuevo sentía un frío mortal en el fondo de su alma. Reconocía una vez más que acababa de decir una horrible mentira, ya que en lo sucesivo no le sería posible hablar francamente con su madre ni con nadie. Por el momento, la impresión de aquella cruel idea fue tan viva, que olvidando la presencia de sus huéspedes, el joven se levantó y encaminóse hacia la puerta.

—¿Qué haces? —gritó Razumikin sujetándolo por el brazo.

Raskolnikov volvió a sentarse y miró a su alrededor. Todos le miraban estupefactos.

—¡Pero qué fastidiosos sois todos! —exclamó de repente—. ¡Decid algo! ¿Por qué permanecéis como mudos? ¡Hablad! Las personas no se reúnen para estar calladas. ¡Vaya, hablemos!

—¡Alabado sea Dios! Creí que le iba a dar otro ataque como el de ayer —dijo Pulqueria Alexandrovna haciendo la señal de la cruz.

—¿Qué tienes, Rodia? —preguntó con inquietud Avdotia Romanovna.

—Nada, una tontería que se me había ocurrido —respondió.

—Menos mal si era una tontería. Pero yo mismo llegué a temer... —murmuró Zosimov, levantándose—. Tengo que marcharme; trataré de volver hoy...

Saludó y salió.

—¡Qué hombre tan bueno! —observó Pulqueria Alexandrovna.

—Sí, es un hombre muy bueno, un hombre que vale mucho, instruido, inteligente... —dijo Raskolnikov, pronunciando aquellas palabras con animación desusada—. No recuerdo dónde le vi antes de caer enfermo... Creo que le vi en alguna parte... ¡Y aquí tenéis otra persona excelente! —añadió indicando con un movimiento de cabeza a Razumikin—. Pero, ¿adónde vas?

El aludido acababa, en efecto, de levantarse.

—Tengo que marcharme también..., tengo que hacer... —dijo.

—¡No tienes nada que hacer en absoluto, quédate! Quieres marcharte sencillamente porque se ha marchado Zosimov. No te vayas... Pero, ¿qué hora es? ¿Ya son las doce? ¡Qué reloj tan bonito tienes Dunia! ¿Por qué continuáis calladas? ¡No habla nadie más que yo...!

—Es un regalo de Marfa Petrovna —respondió Dunia.

—Y que vale bastante —agregó Pulqueria Alexandrovna.

—Creía que sería algún regalo de Lujin —observó Raskolnikov.

—No, aún no le ha regalado nada a Dunechka.

—¡A-ah! ¿Recuerda usted, mamá, que estuve enamorado y que quería casarme? —dijo bruscamente, mirando a su madre, extrañado por el drástico cambio que daba a la conversación y el tono con el que hablaba.

—¡Ah, sí, hijo mío! —respondió Pulqueria Alexandrovna cambiando una mirada con Dunechka y Razumikin.

—¡Hum..., sí! Pero no sé qué os diga. Ya casi no me acuerdo de eso. Era una joven enfermiza, muy desdichada —continuó con aspecto pensativo, mirando al suelo—. Le gustaba dar limosna a los pobres y siempre estaba pensando meterse en un convento; un día la vi llorar amargamente mientras hablaba de esto; sí..., sí, lo recuerdo perfectamente. Era más bien fea que bonita. En honor a la verdad, no sé por qué llegue a tomarle cariño, quizá porque la veía siempre enferma... Si además hubiera sido coja o jorobada, creo que la habría querido quizá más —sonrió pensativamente—. Aquello no tuvo importancia..., fue una locura efímera...

—No, aquello no fue sólo una locura pasajera —observó Dunechka con convicción.

Raskolnikov miró con mucha atención a su hermana, pero no oyó bien o no comprendió las palabras de la joven. Luego, con aire melancólico, se levantó y fue a abrazar a su madre, volviendo a sentarse en su sitio.

—¿La amas todavía? —murmuró con voz conmovida Pulqueria Alexandrovna.

—¿Que si la amo todavía? ¡Ah, sí...! ¡Hablaba usted de ella! No. Todo aquello lo veo ya muy lejos de mí... y desde hace mucho tiempo. Además, todo lo que me rodea me produce la misma impresión...

Y contempló atentamente a las dos señoras.

—Mirad, a pesar de que estáis aquí, me parece que os encontráis a una distancia de mil verstas... ¡Pero el diablo sabe por qué hablamos de esto! ¿Para qué me preguntáis? —añadió encolerizado.

Y empezó a morderse silenciosamente las uñas, volviendo a quedarse ensimismado.

—¡Qué habitación más mala tienes, Rodia! Parece una tumba —dijo bruscamente Pulqueria Alexandrovna para romper aquel penoso silencio—; tengo la seguridad de que esta habitación tiene la mitad de la culpa de tu tristeza.

—¿Esta habitación? —replicó distraídamente—. Sí, ha contribuido bastante..., eso mismo había pensado yo también... ¡Si supiera usted, mamá, qué idea tan extraña se le ha ocurrido! —añadió bruscamente con una enigmática sonrisa.

Raskolnikov apenas si podía soportar la presencia de aquella madre y de aquella hermana de las que había estado separado tres años, pero con las cuales se daba cuenta que era imposible mantener conversación. Sin embargo, había un asunto que no podía aplazarse. Cuando se levantó hacía un momento se decía que había que resolverlo inmediatamente de una u otra manera. Y se consideró feliz en aquel instante al encontrar en tal asunto la manera de salir del atolladero en que se encontraba.

—Aquí tienes lo que tengo que decirte, Dunia —comenzó con un tono de dureza—. Naturalmente, te presento mis excusas por el incidente de ayer, pero creo un deber en mí recordarte que mantengo los términos de mi dilema: Lujin o yo. Yo seré un infame, pero tú no debes serlo. Ya hay bastante con uno. Por consiguiente, si te casas con Lujin, dejaré en el acto de considerarte mi hermana.

—¡Rodia, Rodia, ya vuelves a hablar como ayer...! —exclamó Pulqueria Alexandrovna desolada—. ¿Por qué has de tratarte de infame? ¡Yo no puedo soportarlo! Ayer empleabas también ese lenguaje.

—Hermano mío —respondió Dunia con un acento que superaba en dureza y acritud al de Raskolnikov—, el equívoco que nos separa proviene de un error tuyo. He estado pensando en él toda la noche y he llegado a descubrir en qué consiste. Tú partes del supuesto de que yo me sacrifico por alguien; pero te equivocas. Yo me caso por mi propia voluntad, porque mi situación personal es difícil. Sin duda que después me agradará ser útil a los míos, pero eso no es el motivo principal de mi resolución...

«¡Miente! —pensaba Raskolnikov, mordiéndose las uñas con rabia—. ¡Orgullosa! ¡No quiere confesar que quiere ser mi protectora! ¡Qué arrogancia! ¡Oh, qué caracteres más bajos! Su amor se parece al odio... ¡Cómo las detesto!».

—En una palabra, me caso con Piotr Petrovich —continuó Dunechka— porque entre dos males elijo el menor. Tengo la intención de cumplir lealmente con todo lo que él espera de mí; por consiguiente, no le engaño... ¿Por qué sonreías antes?

Se sonrojó y en sus ojos brilló un relámpago de cólera.

—¿Lo cumplirás todo? —preguntó él, sonriendo con amargura.

—Hasta cierto límite. Por la manera de pedir mi mano Piotr Petrovich, me hice cargo inmediatamente de lo que quiere. Tiene un concepto demasiado elevado de sí mismo; pero yo confío en que sabrá apreciarme también... ¿Por qué te ríes aún?

—¿Y tú, por qué vuelves a ruborizarte? Mientes, hermana mía; tú no puedes querer a Lujin. Le he visto y he hablado con él. Por consiguiente, te casas por el interés; de todas maneras, cometes una bajeza, pero me gusta ver que por lo menos sabes ruborizarte.

—¡Eso no es verdad, yo no miento...! —exclamó la joven perdiendo su sangre fría—. Yo no me casaría jamás sin tener la seguridad de que me quiere, de que me estima; no me casaría si no estuviera plenamente convencida de que yo misma pueda estimarlo. Afortunadamente, dispongo de medios para asegurarme perentoriamente de ello, hoy mismo. ¡Ese matrimonio no es una bajeza como tú dices! Pero, aun cuando tuvieras razón, aun cuando realmente estuviese decidida a cometer una bajeza, ¿no sería cruel hablarme de esa manera? ¿Por qué exigirme a mí un heroísmo que quizá tú no tengas? ¡Eso es tiranía, violencia! Si yo le hago daño a alguien no será más que a mí... ¡Todavía no he matado a nadie...! ¿Por qué me miras así? ¿Por qué te pones tan pálido? ¿Qué te pasa? ¡Rodia, querido Rodia!

—¡Dios mío! ¡Se ha desmayado! ¡Tú tienes la culpa! —gritó Pulqueria Alexandrovna.

—No, no ha sido nada, una tontería... Se me ha ido un poco la cabeza. No me he desmayado del todo... Eso de los desmayos es cosa de las mujeres... ¡Hum...! ¿Qué quería decirte yo? ¡Ah, sí! ¿Cómo podrás convencerte hoy mismo de que podrás apreciar a Lujin y de que él te... aprecia? ¿No era eso lo que estabas diciendo, o lo he entendido acaso mal?

—Mamá, enséñele a mi hermano la carta de Piotr Petrovich —dijo Dunechka.

Pulqueria Alexandrovna tendió la carta con mano temblorosa. Raskolnikov la leyó atentamente dos veces. Todos esperaban un estallido. La madre en particular estaba muy inquieta.

Después de permanecer pensativo un momento, el joven le devolvió la carta.

—No comprendo nada de esto —comenzó sin dirigirse a nadie en particular—: pleitea, para eso es abogado; habla bien, pero escribe como un hombre iletrado.

Aquellas palabras produjeron una estupefacción general; no era esto lo que esperaban.

—No escribe muy literariamente por lo menos, aunque su estilo no sea completamente el de un hombre iletrado; maneja la pluma como un hombre de negocios —añadió Raskolnikov.

—Piotr Petrovich no disimula que haya recibido poca instrucción y le enorgullece ser hijo de sus obras —dijo Avdotia Romanovna, un poco ofendida por el tono que adoptaba su hermano.

—Está bien; tiene razón para enorgullecerse, no digo lo contrario. Pareces enfadada, hermana mía, porque sólo he hecho una observación insignificante respecto a esa carta, pero, ¿crees que yo insisto expresamente en tales pequeñeces para molestarte? Nada de eso; la observación que yo he hecho en relación con el estilo tiene bastante importancia en este caso. Aquella frase: «A nadie podrán quejarse sino a ustedes mismos» no deja nada que desear desde el punto de vista de la claridad. Además, anuncia su propósito de retirarse inmediatamente si yo voy a casa de ustedes. Esta amenaza de marcharse quiere decir que si ustedes no le obedecen las dejará plantadas a las dos, después de haberlas hecho venir a San Petersburgo. Bueno, ¿y qué piensas tú de eso? Viniendo de Lujin, ¿pueden ofender esas palabras de la misma manera que si las hubiera escrito este —y señaló a Razumikin—, Zosimov u otro cualquiera?

—No —respondió Dunechka—. Me he hecho cargo de que ha expresado su pensamiento con demasiada sencillez y que tal vez no es lo suficientemente hábil para dominar la pluma. Tu observación es muy juiciosa, hermano mío. No la esperaba siquiera...

—Teniendo en cuenta que escribe como un hombre de negocios, no podía expresarse de otra manera, y quizá no tenga culpa de ello, al mostrarse grosero. Por otra parte, tengo que desencantarte un poco: en esa carta hay una calumnia contra mí, y bastante vil. Yo le di ayer dinero a una viuda tísica y agobiada por la desgracia, no como él dice «con el pretexto de pagar los funerales», sino precisamente para los funerales, y esa cantidad se la entregué a la misma viuda y no a la hija del difunto, esa muchacha de «mala conducta», como él dice, a la que, por otra parte, vi ayer por vez primera en mi vida. En todo esto yo no descubro más que deseo de rebajarme e indisponerme ante vosotras. En eso emplea también el estilo jurídico, es decir, que expone su objeto con toda claridad y lo persigue sin adornarlo con forma alguna. Es inteligente, pero para conducirse correctamente no basta sólo con la inteligencia. Todo eso retrata al hombre y... no creo que te aprecie demasiado. Dicho sea todo para tu gobierno, pues yo únicamente deseo tu felicidad.

Dunechka no respondió, su resolución estaba tomada ya con anterioridad; no esperaba sino que llegara la tarde.

—Bueno, Rodia, ¿y tú que dices? —preguntó Pulqueria Alexandrovna.

Su inquietud había aumentado al ver a su hijo discutir con toda tranquilidad como un hombre de negocios.

—¿Qué quiere usted decir?

—Ya ves lo que nos dice Piotr Petrovich: desea que no vengas esta noche a casa, y dice que se marchará... si tú vienes. Por eso te pregunto acerca de lo que piensas hacer.

—No tengo que decidir nada. Eso a quien le interesa es a usted y a Dunia; vean si en esa exigencia de Piotr Petrovich hay algo ofensivo para ustedes. Yo haré lo que gustéis —dijo fríamente.

—Dunechka ha resuelto ya la cuestión, y yo opino de la misma manera que ella —se apresuró a responder Pulqueria Alexandrovna.

—Creo, Rodia, que es indispensable que asistas a esa entrevista y te ruego encarecidamente que vayas —dijo Dunia—. ¿Irás?

—Sí.

—Le ruego a usted también que venga a casa a las ocho —continuó dirigiéndose a Razumikin—. Mamá, he invitado también a Demetrio Prokofich.

—Tienes razón, Dunechka. Que todo se haga conforme a tus deseos —añadió Pulqueria Alexandrovna—. Yo lo celebro por mi parte, pues no me gusta fingir ni mentir; es preferible una franca explicación... ¡Piotr Petrovich tiene ahora completa libertad para enfadarse si le parece bien!

IV

En aquel mismo momento se abrió la puerta sin ruido y una joven entró en la habitación dirigiendo tímidas miradas a su alrededor. Su aparición produjo sorpresa general, y todos los ojos se dirigieron hacia ella con curiosidad. Raskolnikov no la reconoció al momento. Era Sonia Semenovna Marmeladovna. La había visto por primera vez el día anterior, pero en unas circunstancias y con un vestido que dejaron una imagen distinta en su memoria. Ahora se presentaba como una muchacha modesta, de modales correctos y reservados y fisonomía temerosa. Llevaba un trajecillo muy sencillo y un sombrero viejo y pasado de moda. De su porte de la víspera no había quedado nada en ella, excepto la sombrilla que conservaba en la mano. Al ver tantas personas, que no esperaba encontrar, su confusión fue extremada y hasta dio un paso para retirarse.

—¡Ah...! ¿Es usted? —dijo Raskolnikov en el colmo de la sorpresa, turbándose a su vez.

Entonces pensó que la carta de Lujin que acababa de leerle su madre contenía una alusión para cierta joven «de mala conducta». Acababa de protestar contra la calumnia de Lujin y de manifestar que había visto a aquella joven el día anterior por primera vez. ¡Y he aquí que ella misma se presentaba en su casa! Recordó también que había dejado pasar sin protesta aquellas palabras de «mala conducta». Todos aquellos pensamientos cruzaron por su cerebro en un abrir y cerrar de ojos; pero al observar con atención a la pobre criatura, la vio tan confundida por la vergüenza, que de pronto se apiadó de ella. En el mismo momento en que, aterrada, iba a abandonar la habitación, una especie de revolución se operó dentro de él.

—No la esperaba —se apresuró a decirle e invitándola con la mirada a que se quedara—. Tenga la bondad de sentarse. Vendrá usted sin duda de parte de Katerin Ivanovna. Permítame, ahí no; siéntese aquí...

Al llegar Sonia, Razumikin, que estaba sentado cerca de la puerta en una de las tres sillas que había en la habitación, habíase levantado para dejarle paso a la joven. El primer gesto de Raskolnikov fue para indicarle a esta el extremo del diván donde estuvo sentado Zosimov, pero pensando en el carácter íntimo de aquel mueble, que le servía de cama, varió de opinión enseguida y le indicó a Sonia la silla que ocupara Razumikin.

—Tú siéntate aquí —le dijo a su amigo, haciendo que se sentara en el sitio que antes ocupara el doctor.

Sonia se sentó casi temblando de espanto y miró con timidez a las dos señoras. Veíase que ella misma no comprendía cómo había tenido la audacia de sentarse al lado de ellas. Aquel pensamiento le causaba tal emoción que se levantó bruscamente, y completamente turbada se dirigió a Raskolnikov.

—No estaré aquí más de un minuto... Perdonen que haya venido a molestar —dijo con voz temblorosa—. Me ha mandado Katerin Ivanovna, no tenía otra persona a quien mandar... Katerin Ivanovna le ruega encarecidamente que tenga la bondad de asistir a los funerales... en San Mitrofan, e ir luego a nuestra casa..., a su casa..., a tomar algo... Ella espera que usted le conceda ese honor.

Después de aquellas palabras, penosamente articuladas, Sonia guardó silencio.

—Desde luego que trataré..., haré todo lo posible —balbuceó Raskolnikov, que también se había levantado—. Tenga la bondad de sentarse —añadió bruscamente—, se lo ruego... ¿Tiene usted mucha prisa...? Quisiera hablar un momento con usted; haga el favor de concederme dos minutos...

Al mismo tiempo, la invitaba con el gesto a que se sentara. Sonia obedeció; dirigió otra vez una tímida mirada a aquellas dos señoras, terminando por bajar la vista.

Las facciones de Raskolnikov se contrajeron, su pálido rostro se encendió y sus ojos chispearon.

—Mamá —dijo con voz vibrante—, es Sonia Semenovna Marmeladovna, la hija del desgraciado señor Marmeladov, a quien ayer atropelló un coche delante de mí, y de quien ya os hablé antes...

Pulqueria Alexandrovna miró a Sonia y guiñó levemente los ojos. A pesar del temor que sentía delante de su hijo no pudo reprimir aquella reacción. Dunechka se volvió hacia la pobre muchacha y empezó a examinarla seriamente. Al oír que la nombraba Raskolnikov, Sonia levantó nuevamente los ojos, pero su turbación aumentó.

—Quisiera preguntarle —se apresuró a decirle el joven— lo que ha ocurrido en su casa... ¿Las han molestado? ¿No ha ido por allí la policía?

—No, no ha ocurrido nada de particular...; la causa de la muerte estaba bastante clara y nos han dejado tranquilas. Los inquilinos son los que se han enfadado un poco.

—¿Por qué?

—Les parece que el cuerpo está demasiado tiempo en la casa... Ahora hace calor y el olor... Por eso hoy, a la hora de vísperas, lo llevarán a la capilla del cementerio, donde permanecerá hasta mañana. Katerin Ivanovna no quería al principio, pero por fin se ha convencido de que no podía hacerse de otra manera...

—Entonces, el traslado del cadáver lo harán hoy.

—Katerin Ivanovna espera que usted nos concederá el honor de asistir mañana a las exequias, y que venga a casa después para tomar parte en la comida fúnebre.

—¿Da una comida?

—Sí, una colación; me ha encargado que venga a darle las gracias por el socorro que usted nos concedió ayer... Si no hubiera sido por usted no habríamos podido pagar los gastos de los funerales.

Un temblor súbito agitó los labios y la barbilla de la joven, pero logró dominar su emoción y bajó nuevamente los ojos.

Durante aquel diálogo, Raskolnikov la había contemplado atentamente. Sonia tenía una carita delgada y pálida; su pequeña nariz y su barbilla tenían algo de anguloso y afilado; el conjunto era bastante irregular; no podría decirse que era bonita. En cambio sus ojos azules eran tan límpidos, que cuando se animaban le daban a su fisonomía una expresión tal de bondad, que involuntariamente se sentía uno atraído hacia ella. Además, en su rostro, como en toda su persona, se destacaba una particularidad característica: parecía mucho más joven de lo que era, y a pesar de sus dieciocho años, parecía todavía una chiquilla. Aquello se prestaba a risa al observar algunos de sus movimientos.

—¿Es posible que Katerin Ivanovna pueda salir adelante de tantas cosas con tan modestos recursos? ¿Y todavía piensa en dar una colación...? —preguntó Raskolnikov.

—El féretro será sencillísimo..., todo se hará con modestia, y así no costará mucho... Katerin Ivanovna y yo estuvimos calculando antes los gastos, y después de pagarlo todo, quedará algo para dar una comida... Katerin Ivanovna no quiere que falte ese detalle. No se la puede contradecir en eso... Para ella es un consuelo... Ya sabe usted cómo es...

—Lo comprendo, lo comprendo, desde luego... ¿Se ha fijado usted en mi habitación? Mi madre dice que parece una tumba.

—Ayer se desprendió usted de todo para dárnoslo a nosotros —respondió Sonechka con voz sorda y rápida, bajando nuevamente los ojos.

Sus labios y su barbilla comenzaron a agitarse de nuevo. Estaba sorprendida, desde que llegó, de la pobreza que reinaba en la habitación de Raskolnikov y aquellas palabras se le escaparon espontáneamente. Hubo un silencio. Los ojos de Dunechka se aclararon, y la misma Pulqueria Alexandrovna miró a Sonia afablemente.

—Rodia —dijo levantándose—, queda convenido que comeremos juntos. Vámonos, Dunechka... Rodia, creo que debías salir a dar un paseo corto; luego descansarías un poco y vendrías a buscarnos lo más pronto posible... Temo haberte fatigado.

—Sí, sí, iré —se apresuró a contestar, levantándose también—. Además tengo que hacer algo...

—¡Vamos! ¡No vayáis a comer separados! —empezó a gritar Razumikin, mirando con extrañeza a Raskolnikov—. ¡Tú no puedes hacer eso!

—No, no; iré seguramente, seguramente... Pero tú, quédate un minuto. No lo necesitaréis enseguida, ¿verdad, mamá? ¿No os privo de él?

—¡Oh, no no! Y usted también, Demetrio Prokofich, ¿sería tan amable que quisiera venir a comer con nosotros?

—Le ruego que venga —añadió Dunia.

Razumikin se inclinó, radiante. Una extraña zozobra se apoderó de todos durante un instante.

—Adiós, Rodia, es decir, hasta la vista; no me gusta decir «adiós». Adiós, Nastasia... ¡Vaya, que sigo diciéndolo todavía...!

Pulqueria Alexandrovna tenía la intención de saludar a Sonia; pero a pesar de toda su buena voluntad, no pudo resolverse a ello y salió precipitadamente de la habitación.

No ocurrió lo mismo con Avdotia Romanovna, quien parecía esperar aquel momento con impaciencia. Cuando pasó al lado de Sonia, después de su madre, le hizo un saludo en toda regla a la joven. La pobre muchacha se turbó, hizo una reverencia con presuroso temor y su rostro expresó una dolorosa impresión, como si la cortesía de Dunia la hubiera afectado penosamente.

—¡Adiós, Dunia! —gritó Raskolnikov en el vestíbulo—. ¡Dame la mano!

—Pero si ya te la di. ¿Se te ha olvidado acaso...? —respondió Dunia volviéndose hacia él afablemente, a pesar de sentirse cohibida.

—Está bien; pero vuelve a dármela.

Y estrechó con fuerza los dedos de su hermana. Dunechka le sonrió ruborizada y se apresuró a soltar la mano de su hermano para seguir a su madre.

También ella estaba muy contenta sin que sepamos decir por qué.

—¡Vaya, esto está muy bien! —dijo el joven volviendo al lado de Sonia, que se había quedado en la habitación y mirándola al mismo tiempo con aire sereno—. ¡Que el Señor conceda la paz a los muertos pero que deje vivir a los vivos! ¿Verdad? Aquí tienes el asunto de que tengo que hablarte... —dijo Raskolnikov, llevándose a Razumikin junto a la ventana.

—¿Le diré a Katerin Ivanovna que irá usted?

Al pronunciar aquellas palabras, Sonia se disponía a despedirse.

—Enseguida estoy con usted, Sonia Semenovna, nosotros no tenemos secretos, usted no nos molesta... Quisiera decirle unas palabras todavía...

E, interrumpiéndose de pronto, se dirigió a Razumikin:

—¿Conoces a ese...? ¿Cómo se llama? ¿Conoces a Porfirio Petrovich?

—¡Claro que lo conozco, como que es pariente mío! ¿Para qué le quieres? —respondió Razumikin, muy intrigado por aquella entrada en materia.

—¿No decías ayer que él era el juez instructor... de ese asunto... relativo al asesinato de la vieja?

—Sí..., ¿y qué se te ocurre? —preguntó Razumikin abriendo desmesuradamente los ojos.

—Decías que le tomaba declaración a las personas que tenían empeñado algo en casa de la vieja. Y yo tenía empeñado algo allí, por esto vale la pena que hablemos de ello. Tenía empeñada una sortija que mi hermana me regaló cuando salí para San Petersburgo y un reloj de plata que fue de mi padre. En total vendrán a representar de cinco a seis rublos; pero yo tengo esos objetos en bastante consideración como recuerdos. ¿Qué debo hacer entonces? No quiero que esos objetos se pierdan, sobre todo el reloj. Antes estaba temblando de que mi madre me dijera que se lo enseñara cuando se habló del de Dunechka. Es lo único que conservamos de mi padre. Si llegara a perderse, le costaría una enfermedad a mi madre. ¡Pobres mujeres! Dime, pues, cómo me las arreglaré. Sé que hará falta quizá hacer una declaración a la policía, pero, ¿no sería mejor que me dirigiera a Porfirio? ¿Qué te parece? Tengo prisa por arreglar eso. Ya verás como antes de comer me habrá preguntado mi madre por el reloj.

—La policía no tiene nada que ver con eso, hay que dirigirse a Porfirio —gritó Razumikin, presa de una agitación extraordinaria—. ¡Oh, qué contento estoy! Podemos ir enseguida, pues vive a dos pasos de aquí y seguramente lo encontraremos.

—Está bien, vamos...

—Seguro que se alegrará de conocerte. Le he hablado bastante de ti varias veces..., ayer mismo. ¡Vamos...! Así, pues, ¿tú conocías a la vieja? ¡Todo eso se explica admirablemente! ¡Ah, sí...! Sonia Ivanovna.

—Sonia Semenovna —rectificó Raskolnikov—. Sonia Semenovna, aquí tiene a mi amigo Razumikin, un hombre honrado.

—Si van a salir ustedes... —comenzó Sonia, a quien aquella presentación la confundió más todavía y que no se atrevía a levantar la mirada sobre Razumikin.

—Bueno, vamos —decidió Raskolnikov—; ya pasaré después por su casa, Sonia Semenovna. Dígame dónde vive.

Y pronunció aquellas palabras con desenvoltura, pero con alguna precipitación y evitando al mismo tiempo las miradas de la joven. Esta le dio su dirección no sin ruborizarse. Salieron juntos los tres.

—¿No cierras tu puerta? —preguntó Razumikin cuando bajaban la escalera.

—¡Nunca...! Ya hace dos años que estoy queriendo comprar una cerradura —dijo negligentemente Raskolnikov—. ¿No le parecen felices las personas que no tienen que guardar nada bajo llave? —añadió alegremente dirigiéndose a Sonia.

Al llegar al umbral de la puerta principal se detuvieron.

—¿Va usted por la derecha, Sonia Semenovna? Y a propósito: ¿cómo se ha enterado usted de mi dirección?

Veíase que lo que decía no era lo que habría querido decir; no cesaba de fijarse en los ojos claros y dulces de la joven.

—Pero si ayer le dio usted su dirección a Polechka.

—¿Quién es Polechka? ¡Ah, sí..., la pequeñita! ¿Es hermana suya? ¿Y le di las señas de mi casa?

—¿Se le ha olvidado a usted?

—No..., ya lo recuerdo...

—Le oí hablar de usted al difunto... Sólo que ni siquiera sabía su nombre; él tampoco lo sabía... Hoy he venido... Y cuando ayer me enteré de su nombre... vine aquí y pregunté: «¿Vive aquí el señor Raskolnikov?» Yo no sabía que estaba usted en una casa de huéspedes... Adiós, ya le diré a Katerin Ivanovna...

Contenta al poderse marchar, Sonia se alejó con paso rápido, mirando al suelo. Deseaba volver cuanto antes la primera esquina de la derecha para esquivar la mirada de ambos jóvenes y reflexionar sin testigos sobre todos los incidentes de aquella visita. Jamás había experimentado nada parecido. Todo un mundo ignorado surgía confusamente en el fondo de su alma. De pronto recordó que Raskolnikov le había manifestado espontáneamente la intención de ir a verla aquel mismo día y tal vez se le ocurriría ir por la mañana, quizá enseguida.

—¡Que no venga hoy! —murmuró angustiada—. ¡Señor! En mi casa..., en aquella habitación..., y verá... ¡Oh, Señor!

Iba demasiado preocupada para darse cuenta de que la seguía un desconocido desde que salió de la casa. En el momento en que Raskolnikov, Razumikin y Sonia se entretuvieron en la acera para hablar durante un minuto, la casualidad quiso que aquel señor pasara al lado de ellos. Las palabras que dijo Sonia: «Y pregunté: ¿es aquí donde vive el señor Raskolnikov?», llegaron forzosamente a sus oídos y casi le hicieron estremecer. Miró de soslayo a los tres interlocutores, y en particular a Raskolnikov, a quien la joven se había dirigido, y luego se fijó en la casa como para reconocerla en caso de necesidad. Todo aquello tuvo lugar en un abrir y cerrar de ojos y lo menos ostensiblemente que pudo; y después de aquello, el señor se alejó muy despacio, como si esperara a alguien. A quien esperaba era a Sonia, a la que vio despedirse de ambos jóvenes y encaminarse hacia su domicilio.

«¿Dónde vivirá esta mujer? Yo he visto esa cara en alguna parte —pensaba aquel hombre—. Necesito averiguarlo».

Cuando llegó a la esquina de la calle pasó a la otra acera, volvió la cabeza y se dio cuenta de que la joven marchaba en la misma dirección que él; ella no se dio cuenta de nada. Cuando llegó a la esquina de la calle, ella siguió por aquel lado. Él la siguió, yendo por la acera opuesta, sin perderla de vista. Al cabo de cincuenta pasos, cruzó la calle, alcanzó a la joven y marchó detrás de ella a una distancia de cinco pasos.

Era un hombre de cincuenta años, pero muy bien conservado: parecía mucho más joven de su edad. Su talla era superior a la media y era de una corpulencia respetable, de hombros anchos y un poco curvados. Vestía de una manera tan elegante como confortable, con guantes nuevos, llevando en la mano un precioso bastón que hacía resonar a cada paso por la acera. Todo en él revelaba un gentilhombre. Su rostro ancho era bastante agradable. Al mismo tiempo, el buen color de sus mejillas y sus rojos labios no permitían tomarlo por un peterburgués. Sus cabellos, abundantes todavía, eran muy rubios y apenas si empezaban a encanecer; su barba, larga y poblada, era de un color más claro aún que sus cabellos. Sus ojos azules tenían una mirada fría, seria y fija.

El desconocido tuvo bastante tiempo la facultad de observar a Sonia para fijarse en que la joven iba distraída y ensimismada. Al llegar frente a su casa, la joven franqueó el umbral; el señor que iba detrás de ella continuó siguiéndola, aun pareciendo un poco extraño. Después de entrar en el patio, Sonia tomó por la escalera de la derecha, la que conducía a su habitación.

«¡Bah!», dijo para sí el señor.

Y subió la escalera detrás de ella.

Hasta entonces no se dio cuenta Sonia de la presencia del desconocido. Cuando llegó al tercer piso se internó por un pasillo y llamó al número 9, donde se leían estas dos palabras escritas con yeso encima de la puerta: «Kapernaumov, sastre».

«¡Bah!», repitió el desconocido, sorprendido por aquella coincidencia.

Y llamó en el número 8. Las dos puertas estaban a seis pasos la una de la otra.

—¿Vive usted en casa de Kapernaumov? —le preguntó sonriendo a Sonia—. Ayer me arregló un chaleco. Yo vivo aquí, cerca de usted, en el cuarto de la señora Resslich Gertrudis Karlovna. ¡Qué casualidad!

Sonia lo miró con atención.

—Somos vecinos —continuó él en tono jovial—. Llegué anteayer a San Petersburgo. ¡Vaya, hasta que tenga el gusto de verla otra vez!

Sonia no respondió siquiera. La puerta se abrió y la muchacha entró precipitadamente en su casa. Se sentía intimidada, avergonzada...

* * *

Razumikin iba muy animado cuando se dirigía a casa de Porfirio con su amigo.

—¡Eso está muy bien, amigo mío —repetía varias veces—, y yo estoy encantado, encantado! Yo no sabía que tú también tenías empeñado algo en casa de la vieja... Y..., ¿hace mucho tiempo de eso? Quiero decir que si hace mucho tiempo que estuviste la última vez en su casa.

—¿Cuándo...? —dijo Raskolnikov como si recurriera a sus recuerdos—. Creo que fue la antevíspera de su muerte cuando estuve en su casa. Además, no es que quiera desempeñar ahora mismo esos objetos —se apresuró a añadir, como si aquella cuestión le preocupara vivamente—: ahora resulta que no tengo más que un rublo, gracias a las locuras que hice ayer bajo la influencia de aquel maldito delirio.

Y acentuó de una manera particular la palabra «delirio».

—Vamos..., sí, sí, sí —se apresuró a decir Razumikin, respondiendo a lo que pensaba en aquel momento—, entonces por eso era por lo que tú , ya me llamaba a mi la atención..., porque, ya ves, mientras tú delirabas no hacías más que hablar de sortijas y de cadenas de reloj. Sí, sí..., está muy claro, ahora se explica todo.

«Ya se ve bien claro que ha tenido esa idea —pensó Raskolnikov—. Ahora tengo la prueba de ello. Este hombre sería capaz de dejarse crucificar por mí, y es feliz al poderse "explicar" por qué hablaba yo de sortijas durante mi delirio. ¡Mi lenguaje ha debido confirmarles a todos en sus sospechas...!».

—Pero, ¿le encontraremos? —preguntó con voz fuerte.

—Seguramente le encontraremos —respondió Razumikin sin titubear—. Es muy campechano, amigo mío, ya lo verás. Algo torpe, es verdad; lo cual no quiere decir que carezca de tacto; no, yo lo encuentro torpe desde otro punto de vista. No es un bruto, incluso lo encuentro bastante inteligente; sólo que tiene una inteligencia un poco particular... Es incrédulo, escéptico, cínico..., le gusta confundir a las gentes...; además, permanece fiel a las antiguas costumbres, es decir, que no admite más que las pruebas materiales... Pero sabe bien su oficio. El año pasado desembrolló una causa por asesinato en la que casi no se veía ningún indicio. ¡Tiene muchos deseos de conocerte!

—¿Y por qué tiene tantos deseos?

—¡Oh, no es que...! Estos últimos días, cuando tú estabas enfermo, tuvimos frecuentemente ocasión de hablar de ti... Asistía a nuestra tertulia... Cuando se enteró de que eras estudiante de Derecho y de que te habías visto obligado a dejar la universidad, dijo: «¡Qué lástima!». De lo cual he deducido..., es decir, yo no me fundo solamente en eso, sino en otras cosas. Ayer, Zametov... Escucha, Rodia, cuando te traje ayer a tu casa estaba yo borracho y hablé sin ton ni son; sentiría que hubieras tomado en serio mis palabras...

—¿Qué fue lo que me dijiste? ¿Que me consideran como un loco? Pues bien, quizá tengan razón —respondió Raskolnikov con una sonrisa forzada.

Se callaron. Razumikin estaba contentísimo, y Raskolnikov se dio cuenta de ello con ira. Lo que su amigo acababa de decirle respecto al juez de instrucción no dejaba de preocuparle.

«Tendré que ponerle cara seria y eso con mucha naturalidad —pensó mientras acallaba los latidos de su corazón y palidecía intensamente—. Pero, ¿de qué sirve la naturalidad? ¿De qué el poner cuidado? No, si voy con cuidado perderé la naturalidad... Bien, veremos cómo van las cosas... Veremos..., ahora mismo. ¿Hago bien o mal en presentarme? Las mariposas vuelan hacia la llama. ¡Cómo palpita mi corazón! ¡Esto es malo!».

—En esa casa gris —dijo Razumikin.

«Lo esencial es saber —se decía Raskolnikov— si Porfirio está enterado de mi visita de ayer al cuarto de aquella bruja y de la pregunta que hice a propósito de la sangre. Es necesario que me fije antes en todo eso; hace falta que desde el primer momento, apenas entre en la habitación, lo lea en su rostro; de otra manera..., si me viera perdido, ya sabré a qué atenerme».

—¿Sabes una cosa? —dijo bruscamente dirigiéndose a Razumikin con una traviesa sonrisa—. Me parece, amigo mío, que desde esta mañana tienes una agitación extraordinaria. ¿Es así?

—¿Cómo? ¡Nada de eso! —respondió Razumikin un poco vejado.

—Yo no me equivoco nunca, amigo mío. Antes te veía sentado al borde de la silla, cosa que no haces nunca, y cualquiera habría dicho que tenías calambres. Te sobresaltabas a cada instante; tu humor variaba sin cesar; tan pronto estabas colérico como al cabo de un momento eras todo miel y azúcar. Incluso llegaste a ruborizarte y cuando te invitaron a comer te pusiste encendido como la grana.

—¡Eso es absurdo! ¿Por qué dices eso?

—Tienes verdaderamente timideces de colegial. ¡Diablo, vuelves a ruborizarte ahora!

—¡Eres insoportable!

—¿A qué viene esa confusión, Romeo? Déjame obrar, que hoy contaré todo eso en algún sitio... ¡Ja!, ¡ja!, ¡ja! ¡Cómo se van a divertir mi madre... y otra persona también...!

—Escucha, escucha... Te hablo en serio... Todo eso es... Y después de todo..., ¡qué diablo! —balbuceó Razumikin, helado de espanto—. ¿Qué les vas a contar? Amigo mío, yo... ¡Oh, qué cerdo eres!

—¡Una verdadera rosa de primavera! ¡Y si supieras lo bien que te sienta! ¡Un Romeo alto de dos *archinas* y doce *verchoks!* ¡Supongo que te habrás lavado hoy! Te habrás limpiado también las uñas, ¿verdad? ¿Cuándo te has arreglado? Que Dios me perdone, pero creo que te has perfumado. ¡Baja la cabeza que te huela!

—¡Cochino!

Raskolnikov soltó una sonora carcajada, y aquella hilaridad que parecía incapaz de dominar, duraba todavía cuando los jóvenes llegaron a casa de Porfirio Petrovich. Desde el despacho podía oírse la risa del visitante en la antesala, y Raskolnikov confiaba en que fuera oída.

—¡Si dices una palabra te aplasto! —murmuró Razumikin enfurecido y sujetando a su amigo por el hombro.

V

Raskolnikov entró en casa del juez de instrucción con la fisonomía de un hombre que hace todo lo posible por aparecer serio y que lo consigue a costa de grandes esfuerzos. Detrás de él marchaba torpemente Razumikin, encendido como una amapola, con las facciones descompuestas por la cólera y la vergüenza. El aspecto desmadejado y la cara descompuesta de aquel enorme muchacho eran en aquel momento bastante graciosos para justificar la hilaridad de su camarada.

Porfirio Petrovich, de pie en medio de la habitación, interrogaba con su mirada a los dos visitantes. Raskolnikov se inclinó ante el dueño de la casa, cambió un apretón de manos con él y pareció realizar un violento esfuerzo para contener la risa mientras decía su nombre y su condición. Mas apenas había terminado de recobrar su sangre fría y de balbucear algunas palabras, cuando, en medio de la presentación, sus ojos se encontraron como por casualidad con Razumikin. A partir de entonces, le fue imposible contenerse y su seriedad se cambió en una risa tanto más ruidosa cuanto más comprimida había estado.

Razumikin prestó, a su pesar, un gran servicio a su amigo, porque aquella «risa loca» le encolerizó de tal manera, que acabó por darle a aquella escena una apariencia de alegría franca y natural.

—¡El muy bribón! —aulló con un violento movimiento de su brazo, gesto que dio lugar a derribar por el suelo un veladorcito en el que había un vaso que había servido para el té.

—¡Señores, no hay que deteriorar el mobiliario, pues con eso perjudican al Estado! —exclamó alegremente Porfirio Petrovich.

Raskolnikov reía de tal manera que se olvidó por un momento que tenía entre la suya la mano del juez de instrucción; pero habría sido poco natural retenérsela demasiado, y la retiró en el momento calculado para dar verosimilitud a su papel. En cuanto a Razumikin, estaba más confuso desde que había derribado aquella mesita y roto un vaso; y después de haber considerado con tristeza las consecuencias de su arrebato, se dirigió hacia la ventana y, volviendo la espalda a los demás, empezó a mirar por ella, aunque sin ver nada.

Porfirio Petrovich reía por condescender, pero esperaba evidentemente alguna explicación.

En un rincón, sentado en una silla, se encontraba Zametov.

Al aparecer los visitantes se levantó y esbozó una sonrisa. Sin embargo no parecía dejarse engañar por aquella escena y contemplaba a Raskolnikov con particular curiosidad. Este último no esperaba encontrar allí al agente de policía, cuya presencia le produjo una sorpresa agradable.

«Otra cosa que tener en cuenta», se dijo.

Y continuó en voz alta:

—Le ruego que perdone —comenzó con una turbación simulada Raskolnikov.

—Nada de eso; al contrario, he tenido un gran placer al verlo entrar de esa manera tan agradable... Está bien, ni siquiera me ha dado los buenos días —añadió Porfirio, indicando con la cabeza a Razumikin.

—No sé por qué se habrá enfadado conmigo. Únicamente le dije por el camino que se parecía a Romeo, y... se lo he demostrado, no ha habido otra cosa.

—¡Cochino! —gritó Razumikin sin volver la cabeza.

—Debe de tener motivos muy fundados para tomar tan en serio una broma así —observó Porfirio Petrovich.

—Ya tenemos aquí al juez de instrucción..., ¡siempre sondeando...! Vaya, ¡que el diablo se os lleve a todos! —replicó Razumikin, riéndose también.

Había recobrado de pronto su buen humor y se acercó alegremente a Porfirio Petrovich.

—¡Basta de tonterías, y vamos al asunto! Te presento a mi amigo Rodion Romanovich Raskolnikov, que ha oído hablar mucho de ti y desea conocerte. Además tiene un pequeño asunto que tratar contigo. ¡Caramba, Zametov! ¿Qué casualidad te ha traído por aquí? ¿Os conocéis? ¿Desde cuándo?

«¿Qué querrá decir todo eso?», se preguntó con inquietud Raskolnikov.

La pregunta de Razumikin pareció molestarle un poco a Zametov; sin embargo, se repuso enseguida.

—Nos conocimos ayer en tu casa —dijo con indiferencia.

—Entonces la mano de Dios lo ha hecho todo. Figúrate, Porfirio, que la semana pasada me expresó un vivo deseo de que te lo presentara, pero parece que no habéis tenido necesidad de mí para entrar en relación el uno con el otro... ¿Tienes tabaco?

Porfirio Petrovich estaba en traje de casa: traje de hilo, zapatillas sin tacones y camisa muy limpia. Era un hombre de treinta y cinco años, de talla superior a la mediana, grueso y ligeramente obeso. No llevaba barba ni bigote y tenía el pelo cortado al rape. Su gruesa cabeza redonda presentaba una redondez particular en la región de la nuca. Su rostro inflado, redondo y un poco aplastado, no carecía de vivacidad ni de jovialidad, aunque el cutis, de un amarillo intenso estuviera muy lejos de indicar salud. En aquella cara habría podido presumirse franqueza a no ser por la expresión de los ojos, que, rodeados por unas pestañas casi blancas, parecían hacer constantemente guiños como para hacer señas a alguien. La mirada de aquellos ojos daba un extraño mentís al resto de la fisonomía. A primera vista, el físico del juez de instrucción ofrecía cierta analogía con el de una aldeana, pero aquella máscara no engañaba mucho tiempo a un observador atento.

Apenas le dijeron que Raskolnikov tenía un «pequeño asunto» que tratar con él, Porfirio Petrovich le invitó a que tomara asiento en el diván, sentándose él en el otro extremo y poniéndose a su disposición con la mayor premura.

Ordinariamente nos sentimos un poco molestos cuando un hombre a quien apenas conocemos manifiesta una curiosidad así por escucharnos; nuestra turbación es mayor aun si el objeto de que queremos hablarle es, a nuestro modo de ver, poco digno de atención tan extremada. Sin embargo, Raskolnikov expuso con toda claridad su consulta con pocas palabras y precisas; incluso pudo, mientras lo exponía, observar cómodamente a Porfirio Petrovich quien, por su parte no apartaba la vista del joven. Razumikin, sentado frente a ellos, escuchaba con impaciencia, y sus miradas iban alternativamente de su amigo al juez, lo que resultaba un poco excesivo.

«El imbécil», apostrofábale interiormente Raskolnikov.

—Hay que hacer una declaración a la policía —respondió con indiferencia Porfirio Petrovich—; en ella expondrá usted que informado de tal suceso, es decir, del asesinato, desearía usted que llegara a conocimiento del juez de instrucción encargado del sumario que dichos objetos le pertenecen a usted y que desea desempeñarlos... o, pero, por otra parte, ya le escribirán a usted.

—Desgraciadamente —agregó Raskolnikov fingiendo confusión— no puedo disponer de dinero ahora..., y los medios con que cuento no me permiten siquiera desempeñar esas bagatelas... Por eso quisiera limitarme a declarar que esos objetos son míos y que cuando tenga dinero...

—Eso no importa —respondió Porfirio Petrovich, que acogió fríamente aquella explicación—; además, si a usted le parece bien, puede escribirme directamente a mí, declarando que informado de tal cosa desea poner en mi conocimiento que tales objetos le pertenecen y que...

—¿Puedo escribir esa carta en un papel cualquiera? —interrumpió Raskolnikov, afectando siempre no ver más que el aspecto pecuniario de la cuestión.

—Sí, un papel cualquiera.

Porfirio Petrovich pronunció aquellas palabras en un tono francamente burlón, guiñando un ojo a Raskolnikov. Por lo menos el joven habría jurado que aquel guiño iba dirigido a él y dejaba adivinar algún oculto pensamiento. Es posible que, después de todo, se equivocara, porque aquello duró apenas un segundo.

«¡Está enterado!» se dijo instantáneamente.

—Perdone que haya venido a molestarlo por tan poca cosa —replicó un poco desconcertado—; esos objetos valdrán en total unos cinco rublos, pero su procedencia me los hacen estimar mucho, y confieso que sentí inquietud al saber...

—¡Seguramente por eso te estremeciste ayer al oírme decirle a Zosimov que Porfirio interrogaba a los propietarios de los objetos empeñados! —hizo notar, con evidente intención, Razumikin.

Aquello era demasiado. Raskolnikov no pudo contenerse y le lanzó al impertinente charlatán una mirada llena de cólera. Inmediatamente se dio cuenta de que acababa de cometer una imprudencia e intentó repararla.

—Tienes ganas de reírte de mí, amigo mío —le dijo a Razumikin afectando una viva contrariedad—. Reconozco que quizá me preocupo demasiado de cosas absolutamente insignificantes; pero esta no es una razón para considerarme como un hombre egoísta y apasionado. Esas miserias pueden tener bastante valor para mí. Como decía hace un momento, ese reloj de plata, que vale muy poco, es todo lo que me queda de mi padre. Puedes burlarte de mí si quieres; pero ha venido a verme mi madre —y al decir esto se volvió hacia Porfirio—, y si supiera —continuó dirigiéndose a Razumikin con una voz lo más emocionada posible—, si ella se enterara de que no tengo ese reloj, te juro que se desesperaría. ¡Pobres mujeres!

—¡En absoluto! ¡No lo entendía yo de esa manera! ¡Has tergiversado por completo mi pensamiento! —protestaba Razumikin desolado.

«¿Está esto bien? ¿Es esto natural? ¿No habré forzado la nota? —se preguntaba Raskolnikov con ansiedad—. ¿Por qué habré nombrado a las mujeres?».

—¡Ah! ¿Ha venido a verle su madre? —preguntó Porfirio Petrovich.

—Sí.

—¿Cuándo ha llegado?

—Ayer tarde.

El juez de instrucción permaneció un momento silencioso; parecía reflexionar.

—Sus objetos no podían perderse de ninguna manera —replicó tranquilamente—. Ya hace, por cierto, bastante tiempo que esperaba la visita de usted.

Al terminar estas palabras le acercó el cenicero a Razumikin que sacudía descuidadamente la ceniza de su cigarrillo en la alfombra. Raskolnikov se estremeció, pero el juez de instrucción no pareció darse cuenta de ello, porque estaba completamente ocupado en proteger su alfombra.

—¿Cómo que esperabas su visita? ¿Sabías tú entonces que tenía alguna cosa empeñada allí? —gritó Razumikin.

Porfirio Petrovich, sin responderle, se dirigió a Raskolnikov.

—Los objetos de usted, una sortija y un reloj, se encontraban en casa de ella envueltos en un trozo de papel en el que su nombre estaba escrito con lápiz, con la indicación de la fecha en que ella recibió esos objetos de usted...

—¡Qué buena memoria tiene! —dijo Raskolnikov, sonriendo contrariado.

Esforzábase principalmente por mirar tranquilamente al juez de instrucción; sin embargo, no pudo por menos que añadir bruscamente:

—Me he permitido hacer esa observación porque los propietarios de objetos empeñados deben de ser muy numerosos y creo que le debe de costar bastante trabajo recordarlos a todos... Pero ya veo, por el contrario que no se le olvida a usted ninguno, y... «¡Débil! ¡Idiota! ¿Qué necesidad tenías de añadir eso?», se dijo para sí.

—Pero casi todos se han dado ya a conocer; únicamente faltaba usted —respondió Porfirio con expresión casi imperceptible de burla.

—No me encontraba muy bien.

—Ya me lo dijeron. Incluso me enteré de que estaba usted bastante enfermo. Todavía está bastante pálido...

—Nada de eso; por el contrario, me encuentro bastante bien —replicó Raskolnikov en un tono que de pronto se hizo brutal y violento.

Sentía interiormente hervir una cólera que no podía dominar.

«La violencia me va a hacer cometer alguna tontería —pensaba—. Mas, ¿por qué han de exasperarme?».

—¡Dice que no se encontraba bien! ¡Eso es un eufemismo! —exclamó Razumikin—. La verdad es que hasta ayer ha estado casi sin conocimiento. ¿Querrás creer, Porfirio, que ayer, cuando aún no podían sostenerlo sus piernas, aprovechó un momento en que Zosimov y yo lo dejamos para vestirse, escabullirse a hurtadillas e irse a pasear Dios sabe adónde, hasta muy avanzada la noche... y en completo estado de delirio? ¿Puedes pensar algo parecido? ¡Es un caso de lo más notable!

—¡Efectivamente! «¿En un completo estado de delirio?», —dijo Porfirio con el movimiento de cabeza característico en los aldeanos rusos.

—¡Eso es absurdo! ¡No lo crea usted! Además, no tengo necesidad de decirle eso, pues usted tiene ya formada su opinión —se dejó escapar Raskolnikov, arrebatado por la cólera.

Pero Porfirio Petrovich no pareció darse cuenta de aquellas extrañas palabras.

—¿Cómo hubieras salido a no ser en estado de delirio? —agregó, acalorándose, Razumikin—. ¿Para qué tenías que salir? ¿Con qué objeto? Y sobre todo, ¿por qué salir a escondidas? ¡Vamos, reconoce que no estabas en tu juicio! Ya que ha pasado todo el peligro, puedo decírtelo sin rodeos.

—Ayer me molestaron estos terriblemente —dijo Raskolnikov, dirigiéndose al juez de instrucción con una sonrisa que parecía un desafío—, y para verme libre de ellos salí para alquilar una habitación donde no pudieran descubrirme y al efecto me guardé cierta cantidad. El señor Zametov vio el dinero en mis manos. Pues bien, señor Zametov, ¿estaba yo ayer en mi juicio o deliraba? Sea usted juez en nuestra disputa.

Con mucho gusto habría estrangulado en aquel momento al policía, que le irritaba con su mutismo y por la equívoca expresión de su mirada.

—A mi parecer hablaba usted con bastante sensatez y hasta con bastante cortesía; sólo que estaba demasiado irascible —declaró secamente Zametov.

—Y hoy me ha dicho Nikodim Fomich —añadió Porfirio Petrovich— que se lo encontró ayer a hora bastante avanzada en el cuarto de un funcionario que acaba de ser atropellado por un coche...

—¡Pues bien, todo eso no hace más que corroborar lo que digo! —replicó Razumikin—. ¿No te portaste como un loco en casa de ese funcionario? ¡Dejaste allí todo tu dinero para pagar el entierro! Comprendo que quisieras ayudar a la viuda; pero podías haberle dado quince rublos, incluso veinte, cuando más, y reservar algo para ti; y en lugar de eso le dejaste todo tu caudal, los veinticinco rublos que tenías.

—A lo mejor me he encontrado un tesoro, ¿qué sabes tú de eso? Ayer me sentía con humor para derrochar... El señor Zametov, aquí presente, sabe que ayer me encontré un tesoro... Perdone usted que le moleste con una conversación tan inútil —continuó con los labios temblorosos y dirigiéndose a Porfirio—. Estará usted cansado, ¿verdad?

—¿Qué dice usted? ¡Al contrario! ¡Si supiera usted hasta qué punto me interesa! ¡Encuentro tan curioso verle y escucharle...! Confieso que estoy encantado de haber recibido por fin su visita...

—¡Ofrécenos té, que tenemos el gaznate seco! —gritó Razumikin.

—¡Excelente idea...! Pero antes del té preferirás tomar quizá alguna cosa sólida, ¿verdad?

—Date prisa.

Porfirio salió para pedir el té.

En el cerebro de Raskolnikov se confundían toda clase de ideas. Estaba excitadísimo.

«Ni siquiera se toman el trabajo de disimular: van derechos a lo suyo, y ese es el punto principal. Si Porfirio no me conocía en absoluto, ¿para qué ha hablado de mí con Nikodim Fomich? No se cuidan siquiera de ocultar que me siguen como una jauría de perros. ¡Me escupen descaradamente al rostro! —se decía temblando de rabia—. Pues bien, proceded con franqueza, y no juguéis conmigo como el gato con el ratón. Eso es una descortesía, Porfirio Petrovich, y es muy posible que yo no lo pueda consentir... Me levantaré, os arrojaré la verdad a la cara, y ya veréis cómo os desprecio...».

Respiró haciendo un esfuerzo:

«¿Y si todo eso no existiera más que en mi imaginación? ¿Y si fuera un espejismo y hubiera interpretado mal las cosas? Tratemos de sostener nuestro feo papel y no vayamos a perdernos, como un estornino, con nuestra ciega cólera. ¿Acaso les atribuyo unas intenciones que no tienen? Sus palabras no tienen nada de particular, eso es verdad, pero pueden tener un doble sentido. ¿Por qué Porfirio ha dicho sencillamente «en su casa» al hablar de la vieja? ¿Por qué Zametov ha observado que ayer hablé «con bastante cortesía»? ¿Por qué afectan ese tono? Sí, es ese tono... ¿Cómo no le ha llamado todo eso la atención a Razumikin? Ese zángano no se da cuenta de nada. ¡Y ahora tengo fiebre todavía! ¿Me ha guiñado acaso Porfirio el ojo o he sido engañado por una apariencia? Eso es absurdo, ¿para qué iba a guiñarme el ojo? ¿Quieren acaso irritarme los nervios y ponerme en el disparadero? ¡O todo eso es pura fantasmagoría o están enterados...! Zametov me resulta insolente. Habrá hecho sus reflexiones desde ayer. ¡Ya sospechaba yo que cambiaría de opinión! ¡Se encuentra aquí como en su casa y es la primera vez que viene aquí! Porfirio no lo trata como a un extraño, y se sienta volviéndole la espalda. Estos dos hombres se han hecho amigos, y seguramente sus relaciones han surgido por causa mía. Tengo la seguridad de que estarían hablando de mí cuando llegamos... ¿Estarán enterados de mi visita al cuarto de la vieja? ¡Me gustaría saberlo...! Cuando dije que había salido para buscar otra habitación Porfirio no se ha dado cuenta... Pero yo he hecho perfectamente con decirlo, porque otro día podrá servirme... En cuanto al delirio, el juez parece no darle importancia... Está perfectamente enterado del empleo de mi tiempo... Ignoraba la llegada de mi madre... ¡Y esa bruja que tenía apuntado con lápiz la fecha del empeño...! No, no, la seguridad que afectan ustedes no me engaña; hasta ahora carecen ustedes de pruebas; se fundan en vagas conjeturas. Cítenme una sola, a ver si pueden alegar una sola contra mí. La visita que hice a la casa de la vieja no prueba nada; puede explicarse por el delirio; recuerdo lo que les dije a los obreros y al portero... Pero, ¿sabrán que fui allá? No me marcharé sin haberme enterado. ¿A qué he venido yo aquí? Pero me estoy enfadando ahora, y eso hay que evitarlo. ¡Con qué facilidad me irrito! Después de todo quizá sea preferible que así sea; estoy dentro de mi papel de enfermo... Este hombre me va a hostigar y hacerme perder la cabeza. ¿Para qué habrá venido?».

Todas estas ideas cruzaron por su cerebro con la celeridad del relámpago.

Al cabo de un instante volvió Porfirio Petrovich. Parecía de muy buen humor.

—Ayer, amigo mío, al salir de tu casa, tenía la cabeza un poco mal —comenzó, dirigiéndose a Razumikin con una jovialidad que no había manifestado hasta entonces—, pero ya se me ha pasado...

—Y qué, ¿resultó interesante la velada? Los dejé a ustedes en el mejor momento. ¿De quién fue la victoria por fin?

—De nadie, como era natural. Cada cual argumentó lo mejor que pudo en apoyo de sus viejas tesis.

—Figúrate, Rodia, que la discusión se mantuvo sobre esta cuestión: «¿Hay crímenes o no los hay?». ¡Y las tonterías que dijeron a propósito de eso...!

—¿Qué hay de particular en eso? Es una cuestión social que no tiene ni siquiera el mérito de la novedad —respondió tristemente Raskolnikov.

—La cuestión no se planteó de esa manera —observó Porfirio.

—Efectivamente, no fue exactamente eso —reconoció enseguida Razumikin que se había embalado como acostumbraba—. Escucha, Rodia, y dinos tu opinión, pues lo deseo. Ayer me sacaron de mis casillas, y yo estaba esperándote, les había prometido tu visita... Los socialistas empezaron por exponer su teoría. Ya sabemos en lo que consiste: el crimen es una protesta contra un orden social mal organizado, y nada más. Y cuando dicen eso ya lo han dicho todo; no admiten otra causa de los actos criminales; para ellos, el hombre se siente impulsado al crimen por la irresistible influencia del medio, y solamente por ella. Esta es su frase favorita.

—A propósito del crimen y del medio —dijo Porfirio Petrovich, dirigiéndose a Raskolnikov—; recuerdo un trabajo de usted que me interesó mucho, me refiero a su artículo «Sobre el crimen...»; no recuerdo exactamente el título. Tuve el gusto de leerlo hace dos meses en *La palabra periódica*.

—¿Mi artículo en *La palabra periódica*? —preguntó extrañado Raskolnikov—. En efecto, hace seis meses, cuando salí de la universidad, escribí un artículo, pero lo llevé a *La palabra hebdomadaria* y no a *La palabra periódica*.

—Pues en esta es donde se ha publicado.

—Por entonces dejó de publicarse *La palabra hebdomadaria* y a ello se debió que no publicara mi artículo.

—Es verdad, pero al desaparecer *La palabra hebdomadaria* se fusionó con *La palabra periódica*, y por eso hace dos meses que este periódico publicó su artículo. ¿No lo sabía?

Raskolnikov lo ignoraba.

—Entonces puede usted ir a cobrarlo. ¡Qué carácter tan extraño el suyo! ¡Vive usted tan retirado que no llega a enterarse de las cosas que le interesan! Como se lo digo.

—¡Bravo, Rodia! ¡Tampoco lo sabía yo! —exclamó Razumikin—. Hoy mismo iré a pedir el número a la biblioteca. ¿Hace dos meses que insertaron el artículo? ¿En qué fecha? ¡No importa, ya lo buscaré! ¡Vaya una broma! ¡Y no lo ha dicho siquiera!

—¿Y cómo se ha enterado de que el artículo era mío? Lo firmé con una inicial.

—Me enteré por casualidad, hace poco. El redactor jefe es amigo mío, y él ha sido quien me ha revelado el secreto de su anónimo... El artículo me interesó mucho.

—En él examinaba, si mal no recuerdo, el estado psicológico del culpable durante la realización de su crimen.

—Sí, y usted se esforzaba en demostrar que el criminal, en el momento de llevar a cabo su crimen, es un enfermo siempre. Ese es un punto de vista bastante original, pero... no fue esa parte de su trabajo la que más me interesó, me fijé particularmente en una idea que se encontraba al final del artículo y que, por desgracia, se conformó usted con indicarla someramente... En una palabra, si lo recuerda, daba a entender que existen sobre la tierra algunos hombres que tienen derecho absolutamente a cometer toda clase de acciones culpables y criminales; unos hombres para quienes, en cierta manera, no existe la ley.

Raskolnikov sonrió ante aquella pérfida interpretación de su pensamiento.

—¿Cómo? ¿El derecho al crimen? ¿No querrá decir usted más bien que el criminal se ve impulsado al crimen por la influencia irresistible del «medio»? —preguntó Razumikin con cierta inquietud.

—No, no, no se trata de eso —respondió Porfirio—. En el artículo en cuestión, los hombres se dividen en «ordinarios» y «extraordinarios». Los primeros deben vivir en la obediencia y no tienen derecho a violar la ley, teniendo en cuenta que son hombres ordinarios; los segundos tienen derecho a cometer todos los crímenes y a prescindir de todas las leyes, por aquello de que son hombres extraordinarios. Creo que es eso lo que usted dice, si no me engaño.

—¡Cómo! ¡Eso no puede ser! —balbuceó Razumikin estupefacto.

Raskolnikov sonrió de nuevo. Comprendió inmediatamente que quería arrancarle una declaración de principios, y, recordando lo que decía en su artículo, no vaciló en explicarlo.

—No es precisamente eso —comenzó con sencillez y modestia—. Aunque he de confesar, por lo demás, que ha reproducido usted aproximadamente mi pensamiento; y si usted quiere diría que con bastante exactitud... —pronunció estas palabras con cierto placer—. Pero no he dicho, como usted me atribuye, que las personas extraordinarias están autorizadas para cometer toda clase de actos criminales. Creo que la censura no habría dejado publicar un artículo concebido en tal sentido. He aquí todo lo que buenamente expuse: el hombre extraordinario tiene derecho, no oficialmente, sino por sí mismo, a autorizar a su conciencia a franquear ciertos obstáculos, en el caso de exigirlo así la realidad de su idea, que en ocasiones puede ser útil a todo el género humano. Usted pretende que mi artículo no está claro, y voy a intentar explicárselo, tal vez no me equivoque al suponer que tal es su deseo. A mi manera de ver, si los descubrimientos de Kepler y de Newton, a consecuencia de determinadas circunstancias, no hubieran podido llegar a conocerse más que por el sacrificio de una, de diez, de cien o de un número mayor de vidas que hubiesen constituido un obstáculo para esos descubrimientos, Newton habría tenido derecho, más aún, habría estado obligado a «suprimir» a esos diez o a esos cien hombres para que sus descubrimientos llegaran al conocimiento del mundo entero. Esto, por otra parte, no quiere decir que Newton tuviera el derecho de asesinar a cualquier persona por su capricho o a robar como le pareciera. En otro lugar de mi artículo insisto, lo recuerdo perfectamente, sobre la idea de que todos los legisladores y los conductores de la Humanidad, empezando por los más antiguos para continuar con Licurgo, Solón, Mahoma, Napoleón, etcétera, que todos, sin excepción, han sido unos criminales, ya que al dar leyes nuevas violaron por ello mismo las antiguas, observadas fielmente por la sociedad y transmitidas por los antepasados; seguramenteque tampoco retrocedían ante la efusión de sangre apenas comprendían que esta podía serles útil. Es de notar igualmente que casi todos estos bienhechores y estos conductores de la especie humana fueron terriblemente sanguinarios. Por consiguiente, no sólo todos los grandes hombres, sino todos aquellos que se elevan, aunque sea poco, por encima del nivel ordinario, que son capaces de decir algo nuevo, deben ser, en virtud de su propia naturaleza, unos criminales necesariamente, más o menos, se entiende. De otra manera, les sería difícil salir del montón; en cuanto a quedar confundidos en él, no pueden consentir en ello y a mi entender, su mismo deber se lo prohíbe. Ya ven ustedes, en una palabra, que hasta aquí no hay nada de particularmente nuevo en mi artículo. Eso se ha dicho y se ha impreso millares de veces. En cuanto a mi división de las personas en ordinarias y extraordinarias, reconozco que es un poco arbitraria, pero dejo a un lado la cuestión de cifras, que las considero de poca importancia. Únicamente creo que, en el fondo, mi pensamiento es justo. Viene a decir que la naturaleza divide a los hombres en dos categorías: una inferior, la de los hombres ordinarios, especie de materiales cuya única misión es la de reproducir unos seres semejantes a ellos; y la otra superior, que comprende a los hombres que tienen el don o el talento de hacer oír en su medio un palabra nueva. Las subdivisiones, naturalmente, son innumerables, pero las dos categorías ofrecen rasgos diferentes bastante marcados. A la primera pertenecen en general los conservadores, los hombres de orden que viven en la obediencia y la aman. En mi concepto, están incluso obligados a obedecer, porque ese es su destino y porque la obediencia no tiene nada de humillante para ellos. El segundo grupo se compone exclusivamente de hombres que violan la ley o tienden, según sus medios, a violarla. Sus crímenes son, naturalmente, relativos y de una gravedad variable. La mayoría reclaman la destrucción de lo que existe en nombre de lo que debe existir. Mas, si por su idea tienen que derramar sangre y pasa por encima de los cadáveres, pueden en conciencia hacer lo uno y lo otro «en interés de su idea», fijémonos en esto. En este sentido es como mi artículo les reconocía el derecho al crimen. Ya recordarán ustedes que nuestro punto de partida ha sido una cuestión jurídica. Por otra parte, no hay razón para inquietarse demasiado, pues la masa no les concede casi nunca este derecho, ya que ella los decapita, los ahorca y de ese modo cumple justamente su misión conservadora, hasta el día, bien es verdad, en que esa masa erija estatuas a los ajusticiados y los venere. El primer grupo es siempre dueño del presente; el segundo, del porvenir. El uno conserva el mundo y multiplica sus habitantes, el segundo mueve al mundo y lo conduce al objetivo. Estos y aquellos tienen absolutamente el mismo derecho a la existencia y... ¡viva la guerra eterna!, hasta la nueva Jerusalén, se entiende.

—Según eso, ¿cree usted en la nueva Jerusalén?

—Creo en ella —respondió enérgicamente Raskolnikov, que durante su larga perorata había estado con los ojos bajos, mirando obstinadamente un trozo de la alfombra.

—¿Y... y... y... cree usted en Dios? Perdone esta curiosidad.

—Creo en él —replicó el joven levantando los ojos hacia Porfirio.

—¿Y... en la resurrección de Lázaro?

—Sí. Pero, ¿por qué me pregunta todo eso?

—¿Cree usted en ello literalmente?

—Literalmente.

—Perdone que le haya hecho estas preguntas, pues me interesa. Pero, permítame, y vuelvo al motivo de que hablábamos antes, no siempre se los ejecuta; por el contrario, hay quienes...

—¿Quiénes triunfan durante toda su vida? ¡Oh, sí! Eso ocurre con algunos, y entonces...

—¿Son ellos los que entregan a los otros al suplicio?

—Si fuera necesario, y, a decir verdad, este suele ser el caso más frecuente. En general, la observación de usted es muy acertada.

—Muchas gracias. Pero dígame: ¿cómo pueden distinguirse los hombres extraordinarios de los ordinarios? ¿Traen al nacer determinadas señales? Mi opinión es que en esto hace falta un poco más de precisión, una delimitación más aparente en alguna forma. Perdone esta natural preocupación en un hombre práctico y de buena intención. ¿No podrían, por ejemplo, vestir de una manera especial o llevar un emblema cualquiera...? Porque, convenga usted en que si se produce una contusión, si un individuo de una categoría se figura que pertenece a la otra y se dispone, según su feliz expresión, a «suprimir todos los obstáculos», entonces...

—¡Oh, eso ocurre con mucha frecuencia! Y esta segunda observación es más fina aún que la primera...

—Muchas gracias...

—No hay de qué. Pero piense en que el error es posible únicamente en la primera categoría, es decir, entre los que yo he llamado, quizá inoportunamente, hombres «ordinarios». A pesar de su tendencia innata a la obediencia, a muchos de ellos, a consecuencia de un capricho de la naturaleza, les gusta pasar por hombres de vanguardia, por «destructores», creyéndose llamados a dejar oír una «palabra nueva», y la ilusión es sincera en ellos. Al mismo tiempo, no distinguen de ordinario a los verdaderos innovadores, incluso llegan a despreciarlos como unas personas atrasadas y sin alteza de miras. Pero, en mi opinión, no puede haber en eso un serio peligro y no tiene usted por qué preocuparse, porque nunca van muy lejos. Desde luego que pudiera castigárselos algunas veces para corregirlos en su desvío y reintegrarlos a su puesto, pero eso es todo y ni siquiera hay necesidad de molestar al verdugo; ellos mismos se aplican el correctivo, porque son gentes muy morales, que tan pronto se prestan un servicio los unos a los otros como se azotan con sus propias manos... Se los ve infligirse distintas penitencias públicas, lo que no deja de ser edificante; en una palabra, no tiene por qué preocuparse de ellos.

—Por esta parte, al menos, me tranquiliza usted un poco, pero hay algo más que me preocupa. Dígame, ¿existen muchas personas de esas que usted llama «extraordinarias» que tienen el derecho de matar a los demás? Desde luego que estoy dispuesto a inclinarme ante ellas; pero si fueran muy numerosas, confiese usted que sería muy desagradable.

—¡Oh, no se preocupe usted tampoco por eso! —continuó Raskolnikov en el mismo tono—. En general, nace un número muy reducido de hombres que aporten una idea nueva, o incluso capaces de decir algo que pueda llamarse nuevo. Es evidente que la repartición de los nacimientos en las distintas categorías y subdivisiones de la especie humana debe de estar estrictamente determinada por alguna ley de la naturaleza. Esta ley nos es actualmente desconocida, pero yo creo que existe y que incluso llegará a ser conocida más adelante. Hay una enorme masa de gentes que están únicamente sobre la tierra para dar a luz un hombre, a consecuencia de largos y misteriosos cruzamientos de raza que, entre mil, tendrá alguna independencia. Conforme aumenta el grado de esta, no se encuentra más que un hombre de cada diez mil, de cada cien mil..., estas son cifras aproximadas. Se cuenta un genio entre muchos millones de individuos, y sobre la tierra pasan millares de millones de hombres quizá antes que surja una de esas elevadas inteligencias que renueven la faz del mundo. Para terminar, diré que yo sólo me he asomado al alambique donde todo se elabora. Pero seguramente hay y debe de haber una ley fija, pues la casualidad no puede existir en este caso.

—Pero, veamos, ¿estáis de broma los dos? —exclamó Razumikin—. Estáis zarandeándonos recíprocamente, ¿no es así? ¡Ahí los tenemos divirtiéndose el uno con el otro! ¿Estáis hablando en serio, Rodia?

Raskolnikov volvió hacia él su rostro pálido y enfermo. Al contemplar la fisonomía triste de su amigo, Razumikin encontró extraño el tono cáustico, provocativo y descortés que había adoptado Porfirio.

—Bueno, si efectivamente eso va en serio... Sin duda que tienes razón al decir que eso no es nuevo y que se parece a todo lo que hemos leído y oído millares de veces; pero lo que hay verdaderamente original en todo eso, lo que realmente no pertenece a nadie más que a ti es ese derecho moral de derramar sangre que concedes y que niegas, perdóname, con tanto fanatismo... He ahí, por consiguiente, la idea principal de tu artículo. Esta autorización moral de matar es, en mi opinión, algo más espantoso que la misma autorización oficial, legal...

—Eso es muy justo, efectivamente, es algo más espantoso —observó Porfirio.

—¡No, la expresión ha rebasado tu pensamiento, eso no es lo que tú has querido decir! Ya leeré tu artículo... Cuando se habla se deja uno arrastrar a veces. Tú no puedes pensar así... Lo leeré.

—En mi artículo no hay nada de eso, apenas si he rozado la cuestión —dijo Raskolnikov.

—Sí, sí —replicó Porfirio—. Ahora voy casi comprendiendo su manera de considerar el crimen, pero... perdone mi insistencia: si un joven se imagina ser un Licurgo, un Mahoma... futuro, es inútil decirlo, empezará por suprimir todos los obstáculos que puedan impedir el cumplimiento de su misión... «Voy a emprender una larga campaña —se dirá—, y para una campaña hace falta dinero...». Y después de esto se procurará los medios necesarios... ¿Adivina usted de qué manera?

Al oír aquellas palabras Zametov resopló bruscamente en un rincón. Raskolnikov no le miró siquiera.

—Debo reconocer —respondió con tranquilidad— que pueden darse tales casos. Este es un lazo que el amor propio tiende a los vanidosos y a los necios; la gente joven suele dejarse atrapar en él.

—¡Ya ve usted! Y entonces...

—Bueno, ¿y qué? —replicó sonriendo Raskolnikov—. Yo no tengo la culpa. Eso se ha visto y se verá siempre. Antes me reprochaba por autorizar el asesinato —añadió designando a Razumikin—. ¿Qué importa? ¿Acaso la sociedad no está suficientemente protegida con las deportaciones, las cárceles, los jueces de instrucción y las galeras? ¿Para qué preocuparse entonces? ¡Búsquese al ladrón...!

—¿Y si lo encontramos?

—Peor para él.

—Es usted lógico por lo menos. Pero, ¿qué dirá su conciencia?

—¿Qué le importa a usted?

—Es una cuestión que interesa al sentimiento humano.

—El que tiene conciencia sufre al reconocer su error. Ese es su castigo, independientemente de las galeras.

—Según eso —preguntó Razumikin frunciendo el entrecejo—, los hombres de genio, aquellos a quienes les está permitido matar, ¿no deben sentir el menor sufrimiento, ni siquiera cuando derraman la sangre?

—¿Qué tiene que ver aquí la palabra «deben»? El sufrimiento no les está permitido ni prohibido. Son dueños de sufrir si tienen compasión por su víctima... El sufrimiento pone siempre de manifiesto una inteligencia elevada y un corazón noble. Los hombres verdaderamente grandes deben experimentar, en mi opinión, una gran tristeza sobre la tierra —añadió Raskolnikov presa de súbita melancolía que contrastaba con el tono de la conversación precedente.

Alzó los ojos; miró a sus oyentes con aire ensoñador; sonrió y tomó su gorra. Estaba demasiado tranquilo en relación con la actitud que tenía al entrar y se daba cuenta de ello. Todos se levantaron.

Porfirio Petrovich volvió a la carga todavía.

—Mire, aunque me injurie o no, se enfade o no se enfade, pero esto es más fuerte que yo, necesito hacerle una pregunta todavía... Verdaderamente, estoy confundido al abusar de esta manera... Pero pensándolo ahora, y para que no se me olvide, quisiera exponerle una idea que se me ha ocurrido... Y le ruego me perdone, pues ya le he molestado bastante.

—Esta bien, exponga usted su idea —respondió Raskolnikov, de pie, pálido y serio, frente al juez de instrucción.

—Es que... no sé cómo expresarme..., es una idea muy extraña... psicológica... Cuando escribía usted su artículo es muy probable, ¡je!, ¡je!, que usted mismo se considerara como uno de esos hombres «extraordinarios» de que habla... Vamos, ¿no es verdad?

—Es muy posible —respondió desdeñosamente Raskolnikov.

Razumikin hizo un gesto.

—Si así fuese, ¿no estaría usted decidido, bien para salir adelante de agobios materiales o para hacer progresar a la Humanidad a franquear el obstáculo...? Por ejemplo, a matar y a robar...

Al mismo tiempo guiñaba el ojo izquierdo y reía silenciosamente, exactamente igual que antes.

—Si estuviera decidido a eso tenga la seguridad de que no se lo diría jamás —replicó Raskolnikov con un acento de altanero desafío.

—Mi pregunta no tenía otro objetivo que el de curiosidad literaria. Se la he hecho con el único fin de penetrar mejor el sentido de su artículo.

«¡Oh, qué ardid más grosero! ¡Qué malicia más deshilvanada!», pensó Raskolnikov defraudado.

—Permítame que le diga —respondió secamente— que yo no me creo ni un Mahoma, ni un Napoleón..., ni ningún personaje de esa naturaleza, y, por consiguiente, no puedo informarle sobre lo que haría si estuviese en el lugar de ellos.

—¡Vaya! ¿Quién es el que aquí, en Rusia, no se cree ahora un Napoleón? —dijo con brusca familiaridad el juez de instrucción.

Esta vez se adivinaba un oculto pensamiento hasta en la entonación misma de su voz.

—¿No habrá sido un futuro Napoleón el que mató la semana pasada a nuestra Alena Ivanovna? —soltó de repente desde su rincón Zametov.

Y sin pronunciar una palabra, Raskolnikov fijó en Porfirio una mirada firme y penetrante. Los rasgos de Razumikin se contrajeron. Parecía sospechar algo desde hacía tiempo. Miró irritadamente a su alrededor. Durante un minuto reinó un sombrío silencio. Raskolnikov se dispuso a salir.

—¡Ya se marcha usted! —dijo graciosamente Porfirio tendiéndole la mano al joven con una exquisita amabilidad—. Encantado de conocerle. Y en cuanto a lo que reclama, esté usted tranquilo. Escriba en la forma que le he dicho. Y si no, mejor será que venga a buscarme un día cualquiera..., mañana, por ejemplo. Estaré aquí, sin falta, a las once. Ya lo arreglaremos todo... Hablaremos un poco... Como usted fue de los últimos que estuvieron «allá», quizá podrá decirnos algo —añadió con sencillez.

—¿Quiere usted interrogarme en toda regla?

—¿Para qué? De momento no se trata de eso. Usted no me ha comprendido. Mire, yo aprovecho todas las ocasiones, y... ya he hablado con todos los que tenían objetos empeñados en casa de la víctima..., algunos me han proporcionado datos de utilidad..., y como usted es el último... ¡A propósito! —exclamó con súbita alegría—. Celebro haberme acordado, pues estaba a punto de olvidárseme —y al decir esto se volvió hacia Razumikin—; el otro día me aturdiste hablándome de aquel Nikolachka... Pues bien, estoy seguro, estoy completamente convencido de su inocencia —continuó dirigiéndose nuevamente a Raskolnikov—. Pero, ¿qué hacer? Ha habido que molestar también a Mitka... Pero he aquí lo que quería preguntarle: cuando subió la escalera..., permítame, ¿no llegó usted a la casa entre las siete y las ocho de la tarde?

—Sí —respondió Raskolnikov.

E inmediatamente lamentó haber contestado indebidamente.

—Pues bien, al subir la escalera entre siete y ocho de la tarde, ¿no vio usted en el piso segundo, en un cuarto cuya puerta estaba abierta, a dos obreros, o uno de ellos por lo menos? ¿Lo recuerda usted? Estaban pintando la habitación; ¿no se fijó usted? ¡Esto es importantísimo para ellos...!

—¿Unos pintores? No, no los vi —respondió lentamente Raskolnikov como si intentara recordar; durante un segundo mantuvo en tensión todos los resortes de su espíritu para descubrir con la mayor rapidez posible el lazo que ocultaba la pregunta hecha por el juez de instrucción—. No, no los vi, ni siquiera me fijé en que hubiera un cuarto abierto —continuó, feliz por haber conseguido apagar la mecha—; pero sí recuerdo que en el cuarto piso, el empleado que vivía frente a Alena Ivanovna estaba en disposición de mudarse; lo recuerdo perfectamente..., me encontré con unos soldados que llevaban un sofá y yo tuve que arrimarme a la pared...; pero, unos pintores, no, no recuerdo haber visto ninguno..., ni siquiera recuerdo haber visto ningún cuarto cuya puerta estuviera abierta. No, no vi nada de eso...

—Pero, ¿qué estás diciendo? —gritó de pronto Razumikin, que hasta entonces había escuchado pareciendo reflexionar—. Fue el mismo día del asesinato cuando los pintores estaban trabajando en la casa, y él fue a ver a la vieja dos días antes. ¿Por qué le preguntas eso?

—¡Toma! Es verdad; he confundido las fechas —exclamó Porfirio, dándose una palmada en la frente—. ¡Lléveme el diablo! ¡Este asunto me hace perder la cabeza! —añadió a modo de excusa, dirigiéndose a Raskolnikov—; es tan importante para nosotros el saber si alguien los vio en el cuarto entre las siete y las ocho de la tarde que, sin pararme a pensar en ello, creía poder obtener de usted esa declaración... ¡Había confundido por completo las fechas!

—Pues hay que fijarse un poco más —refunfuñó Razumikin.

Estas palabras las dijo en la antesala. Porfirio acompañó muy amablemente a sus visitantes hasta la puerta. Estos estaban sombríos y lúgubres cuando salieron de la casa y dieron algunos pasos sin hablar. Raskolnikov respiraba como un hombre que acababa de pasar por una prueba penosa...

VI

—¡No lo creo, no lo puedo creer! —repetía Razumikin perplejo esforzándose por rechazar las conclusiones de Raskolnikov. Estaban ya cerca de casa de Bakaleiev, donde Pulqueria Alexandrovna y Avdotia Romanovna les esperaban desde hacía rato. Razumikin se detenía frecuentemente en la calle por el calor de la discusión; estaba muy agitado, porque era la primera vez que hablaban con claridad de «aquello».

—¡No lo creas si no quieres! —respondió Raskolnikov con sonrisa fría e indiferente—, tú, como de costumbre, no te has fijado en nada, pero yo he pensado cada palabra.

—Tú eres muy propenso a la desconfianza y por eso descubres segundas intenciones en todo. ¡Hum...! En efecto, reconozco que el tono de Porfirio era bastante extraño, y sobre todo aquel pícaro de Zametov... Tienes razón..., había en él una cosa extraña... Pero, ¿cómo puede ser eso? ¿Cómo?

—Habrá cambiado de opinión desde ayer.

—¡No, tú te equivocas! Si tuvieran esa estúpida idea, habrían tenido, por el contrario, mucho cuidado en disimularla; te habrían ocultado su juego para inspirarte una engañosa confianza, aguardando el momento de quitarse las caretas... En la hipótesis en que te colocas, su modo de obrar ahora sería tan torpe como insolente.

—Si tuvieran pruebas, pruebas serias desde luego, o presunciones siquiera un poco fundadas, entonces se esforzarían en ocultar su juego con la esperanza de lograr algún resultado respecto a mí... además, habrían hecho algún registro en mi domicilio. Pero no tienen ninguna prueba, ni una siquiera; para ellos se reduce todo a conjeturas gratuitas sin ningún fundamento real, y por eso han recurrido al descaro. Quizá no es preciso ver en todo esto más que el despecho de Porfirio, que está furioso por no haber logrado ninguna prueba. Quizá también sus intenciones... Parece inteligente... Es posible que haya querido asustarme... Tiene una psicología particular, amigo mío... Por otra parte todas esas cuestiones son repugnantes para aclararlas. ¡Dejémoslo!

—¡Eso es odioso, odioso! ¡Te comprendo! Pero..., ya que hemos abordado francamente ese asunto, y creo que hemos hecho bien, no vacilaré en confesarte que he venido observando en ellos esa idea desde hace bastante tiempo. Desde luego que apenas se atrevían a formularla, flotaba en su espíritu en forma de duda vaga, pero ya es demasiado que la hayan acogido aunque sea en esa forma. ¿Y qué es lo que despertó tan abominables sospechas? ¡Si supieras lo furioso que me puso! ¡Aquí tenemos a un pobre estudiante víctima de la miseria y de la hipocondría, en la víspera de una enfermedad grave que probablemente existe en él; aquí tenemos a un joven desconfiado, con un amor propio excesivo y que tiene conciencia de lo que vale, que desde hace seis meses no sale de su habitación, en la que no ve a nadie; se presenta vestido con harapos y con unas botas que no tienen suela ante unos miserables policías cuyas insolencias ha tenido que soportar; le reclaman a quemarropa el pago de una letra protestada, la sala está atestada de gente, hace un calor de treinta grados Réaumur, el olor del aceite de la pintura acaba por hacer la atmósfera irrespirable; el desgraciado oye hablar del asesinato de una persona a cuya casa fue el día anterior y tiene el estómago vacío! ¡Cómo no va uno a desmayarse en tales condiciones! ¡Y en ese desmayo se funda todo! ¡He ahí el punto de partida de la acusación! ¡Que el diablo se los lleve! Comprendo que todo eso es muy desagradable; pero si yo estuviera en tu lugar, Rodia me reiría en las barbas de todos; más aún: les lanzaría mi desprecio en plena cara en forma de salivazos. Así terminaría yo con ellos. ¡Ten coraje! ¡Escúpeles! ¡Eso es vergonzoso!

«Sin embargo, ha largado su parrafada con convicción», pensó Raskolnikov.

—¿Escupirles? Eso se dice con bastante facilidad; pero mañana tendré que sufrir otro interrogatorio —respondió tristemente—. ¡Tendré que descender a darles explicaciones! Ahora lamento la conversación que tuve ayer con Zametov en el *traktir*...

—¡Que el diablo se los lleve! ¡Yo mismo iré a casa de Porfirio! Me aprovecharé de que es mi pariente para tirarle de la lengua. ¡Tendrá que confesármelo todo! Y en cuanto a Zametov...

«Por fin ha mordido el anzuelo», se dijo Raskolnikov.

—¡Espera! —gritó de pronto Razumikin asiendo por el hombro a su amigo—. ¡Espera! Tú divagabas antes. Pensándolo bien, estoy convencido de que divagabas. ¿En qué ves tú un ardid? ¿No decías que la pregunta referente a los obreros ocultaba un lazo? Reflexiona un poco: si tú hubieras hecho «eso», ¿habrías sido lo bastante necio para decir que habías visto a los pintores trabajar en el cuarto del segundo? Al contrario; aunque los hubieras visto lo habrías negado. ¿Quién puede hacer confesiones para comprometerse?

—Si yo hubiera hecho «aquello», no habría dejado de decir que había visto a los obreros —replicó Raskolnikov, que parecía continuar aquella conversación con marcado disgusto.

—Pero, ¿por qué decir una cosa que le perjudica a uno?

—Porque únicamente los *mujiks* y las personas más limitadas son las que niegan premeditadamente. Un hombre despejado, por poco inteligente que sea, confiesa en lo posible los hechos materiales, cuya realidad en vano intentaría destruir; pero los explica de otra manera, modificando su significación y presentándolos bajo un aspecto distinto. Según todas las probabilidades, Porfirio esperaba que yo respondiera así; creía que, para darle más verosimilitud a mis declaraciones confesaría yo que había visto a los obreros, y que explicaría inmediatamente el hecho en un sentido favorable a mi causa.

—Pero él te habría respondido que la antevíspera del crimen no estaban allí los obreros, y que, por consiguiente, estuviste en la casa el día del asesinato, entre las siete y las ocho. ¡Habrías caído enseguida!

—Él contaba con que yo no tendría tiempo para reflexionar y que, presuroso por responder de la manera más verosímil, olvidaría esa circunstancia: la imposibilidad de la presencia de los obreros en la casa la antevíspera del crimen.

—¿Y cómo iba a olvidarse eso?

—¡Nada más fácil! Los pequeños detalles son los escollos de los maliciosos; al responder con rapidez es como se comprometen en los interrogatorios. Cuanto más listo es un hombre, menos sospecha el peligro de las preguntas insignificantes. Porfirio lo sabe perfectamente; no es tan necio como tú crees...

—Entonces es un pícaro...

Raskolnikov no pudo menos que reír, pero en aquel mismo momento se admiró de haber dado la última explicación con verdadero placer, cuando hasta entonces había sostenido la conversación a pesar suyo, y porque el fin que se proponía constituía una necesidad.

«¿Acaso llegaré a tomarle gusto a estas cuestiones?», pensó.

Pero casi al mismo tiempo se sintió sobrecogido por una súbita inquietud que muy pronto le llegó a ser intolerable. Los jóvenes se encontraban ya en la puerta de la casa de Bakaleiev.

—Entra tú solo —dijo bruscamente Raskolnikov—. Vuelvo enseguida.

—¿Adónde vas? ¡Ya hemos llegado!

—Tengo que hacer un encargo... Estaré aquí dentro de media hora... Ya les dirás...

—¡Te acompaño!

—¡Cómo! ¿También tú has jurado perseguirme hasta la muerte?

Esta exclamación fue proferida con tal acento de furia y desesperación que Razumikin no se atrevió a insistir. Permaneció algún tiempo en el portal siguiendo con una mirada sombría a Raskolnikov, que marchaba a grandes pasos en la dirección de su *pereulok*. Finalmente, rechinando los dientes, apretando los puños y después de prometerse estrujar a Porfirio aquel mismo día como si fuera un limón, subió a ver a las señoras para tranquilizar a Pulqueria Alexandrovna, preocupada ya por aquella tardanza.

* * *

Cuando Raskolnikov llegó delante de la casa, sus sienes estaban humedecidas de sudor y respiraba fatigosamente. Subió la escalera de cuatro en cuatro peldaños, entró en su habitación, que había quedado abierta, y enseguida se encerró echando la aldabilla. Inmediatamente lleno de terror, se dirigió a un escondite, metió la mano debajo del papel y exploró el agujero en todas direcciones. Al no encontrar nada después de bucear por todos los rincones y rinconcillos, se levantó y lanzó un suspiro de satisfacción. Poco antes, cuando se acercaban a la casa de Bakaleiev, se le ocurrió de pronto que alguno de los objetos podía haberse deslizado por alguna grieta de la pared: si cualquier día llegaran a encontrar allí una cadena de reloj, unos gemelos, o siquiera uno de los papeles que envolvían las alhajas y que llevaban notas escritas por la vieja, ¡qué prueba tan terrible constituiría aquello contra él!

Permanecía como sumido en un vago ensueño, y una sonrisa extraña, casi embrutecida, vagaba por sus labios. Por último, cogió su gorra y salió de su habitación sin hacer ruido. Sus ideas se embrollaban. Bajó pensativo la escalera y llegó hasta la puerta del portal.

—¡Mírelo, aquí está! —gritó una voz fuerte.

El joven levantó la cabeza.

El portero, de pie a la entrada de su garita hablaba con un hombre bajo y de aspecto burgués, señalando a Raskolnikov. Aquel individuo llevaba una especie de *khalat* y chaleco; desde lejos se le habría tomado por una aldeana. Su cabeza, tocada con una gorra grasienta, se inclinaba sobre su pecho y parecía completamente jorobado. A juzgar por su rostro, arrugado y marchito, debía de pasar de los cincuenta años. Sus ojillos tenían algo de dureza y de molesto.

—¿Qué hay? —preguntó Raskolnikov acercándose al portero.

El desconocido lo miró de soslayo y lo examinó detenidamente, y luego, sin proferir palabra, volvió la espalda y se alejó de la casa.

—Pero, ¿qué significa esto? —gritó Raskolnikov.

—No sé, es un hombre que ha venido a informarse de si vivía aquí un estudiante; lo ha nombrado a usted y ha preguntado en casa de quién vivía. Mientras tanto ha bajado usted, yo se lo he indicado y él se marchó... ¡Y nada más!

El portero estaba también extrañado, aunque no mucho por lo demás. Y después de haber estado pensando un momento volvió a su garita.

Raskolnikov se lanzó detrás del desconocido. Apenas salió de la casa lo vio andando despacio al otro lado de la calle; el desconocido marchaba con un paso lento y regular, mirando al suelo y como ensimismado. El joven habría podido alcanzarlo enseguida, pero se limitó durante algún tiempo a seguirle; finalmente se colocó a su lado y le miró de reojo al rostro. El burgués se dio cuenta inmediatamente, le lanzó una rápida mirada y volvió a bajar la vista. Marcharon juntos de aquella manera durante un minuto sin decirse nada.

—¿Ha preguntado usted por mí... en casa del portero? —comenzó Raskolnikov sin levantar la voz.

El interpelado no dio respuesta alguna y ni siquiera miró al que le hablaba. Siguió un nuevo silencio.

—Ha venido usted... a preguntar por mí... y se calla... ¿Qué quiere decir esto? —agregó Raskolnikov con voz entrecortada— hubiérase dicho que las palabras apenas si podían salir de su boca.

El desconocido levantó entonces los ojos y miró al joven con aire siniestro.

—¡Asesino! —dijo bruscamente en voz baja, pero clara y distinta...

Raskolnikov marchaba a su lado. Sintió de pronto que sus piernas flaqueaban y que por su espalda corría un escalofrío; durante un segundo, su corazón sufrió una especie de colapso, empezando después a latir con una violencia extraordinaria. Anduvieron unos cien pasos el uno al lado del otro sin pronunciar una palabra.

214

El desconocido no miraba a su compañero.

—Pero, ¿qué es lo que usted...? ¿Quién es un asesino? —balbuceó Raskolnikov con una voz casi ininteligible.

—¡Tú eres un asesino! —exclamó el otro, de pronto, acentuando esta réplica con más claridad y energía que antes.

A la vez parecía tener en los labios la sonrisa del odio triunfador, y miraba fijamente el rostro pálido de Raskolnikov, cuyos ojos se habían tornado vidriosos.

Ambos se acercaban a un cruce de calles. El desconocido tomó por una de ellas a la izquierda y continuó su camino sin mirar detrás de él. Raskolnikov lo dejó alejarse, pero lo siguió bastante rato con la vista. Después de andar cincuenta pasos, el otro se volvió para observar al joven que continuaba como clavado en el mismo sitio. La distancia impedía ver con claridad, pero, a pesar de ello, Raskolnikov creyó observar que aquel individuo continuaba mirándole todavía con su sonrisa de odio frío y triunfante.

Transido de terror, y temblándole las piernas, regresó como pudo a su casa y subió a su habitación. Dejó su gorra encima de la mesa y permaneció de pie, inmóvil, durante diez minutos. Y luego completamente agotado, se echó lánguidamente en el diván, dejando escapar un débil suspiro.

Cerró los ojos, y permaneció media hora echado de aquella manera.

No pensaba en nada, a lo sumo, pasaban por su magín ciertos pensamientos, o mejor dicho, fragmentos de pensamientos, imágenes sin orden ni concierto: rostros de personas vistas por él durante la infancia o encontradas en una sola ocasión de las cuales no se habría acordado nunca, el campanario de la iglesia de V...; el billar de una cervecería y cerca de aquel un oficial desconocido; tufo de tabaco de un estanco establecido en un sótano, una taberna, una escalera completamente oscura llena de charcos y de cascarones de huevo, y un repique dominical de campanas que procedía de lejos, sin saber de dónde... Unos objetos sucedían a los otros y daban vueltas como un remolino. Algunos de ellos le agradaban y se aferraba a ellos; pero se desvanecían enseguida, y, en general, había algo que le oprimía en lo más profundo de su alma, pero que le oprimía dulcemente. A veces sentía una verdadera delectación... Los escalofríos seguían estremeciéndole y aquello le producía una sensación agradable.

Al cabo de media hora oyéronse pasos precipitados al mismo tiempo que Raskolnikov percibía la voz de Razumikin, cerró los ojos y fingió dormir. Razumikin abrió la puerta y permaneció en el umbral unos minutos, como si no supiera qué hacer. Luego entró despacio en la habitación y se acercó cautelosamente al diván.

—No lo despierte, déjelo dormir hasta que se harte; ya comerá después —dijo en voz baja Nastasia.

—Tienes razón —contestó Razumikin.

Salieron de puntillas y entornaron la puerta. Al cabo de media hora Raskolnikov abrió los ojos, se colocó de espaldas con un brusco movimiento y puso sus manos detrás de la cabeza.

«¿Quién será? ¿Quién es ese hombre salido de debajo de la tierra? ¿Dónde estaba y qué ha visto? Lo ha visto todo, es indudable. ¿Dónde se encontraba en aquel momento y desde qué sitio vio aquella escena? ¿Cómo se explica que no haya dado señales de vida antes? ¿Y cómo pudo verlo? ¿Acaso es posible? ¡Hum...! —continuó Raskolnikov presa de un escalofrío glacial—. ¿Y el estuche que Nikolai se encontró detrás de la puerta? ¿Podía esperarse eso? ¿Indicios? ¡Una mosca volaba y lo vio! ¿Acaso es posible de esta forma?».

Se sentía desfallecer, que sus fuerzas físicas le faltaban y experimentó una violenta depresión de ánimo.

«Debía habérmelo figurado —se decía con una amarga sonrisa—. ¿Cómo me atreví, conociéndome, sabiendo lo que me iba a ocurrir, cómo me he atrevido a coger un hacha y a matar? Estaba obligado a preverlo... Además, lo sabía...».

A cada instante le asaltaba un pensamiento.

«No, esas personas no han sido hechas de la misma manera que las demás: el verdadero "amo" a quien le está permitido todo, bombardea Tolón, arrasa París, "olvida" un ejército en Egipto, pierde medio millón de hombres en la campaña de Moscú, escapa de milagro de Vilna, gracias a un equívoco. Y después de su muerte le erigen estatuas... Señal de que "todo" le está permitido. No, esas personas no están hechas de carne, sino de bronce».

Una idea que le acudió rápidamente al espíritu le hizo casi reír:

«Napoleón, las pirámides, Waterloo... y una vieja viuda de un registrador, una innoble usurera que tiene un cofrecillo forrado de tafilete rojo debajo de la cama... ¿Cómo se le atravesaría semejante comparación a Porfirio...? La estética la rechaza... ¿Acaso Napoleón se habría deslizado debajo de la cama de una vieja? —diría él—. ¡Qué simpleza!».

De cuando en cuando se daba cuenta de que casi deliraba, que se hallaba en un estado de nerviosismo febril.

«¡Qué importa la vieja! —se decía a veces—. Admitamos que la vieja fuera un error, no se trata de ella. La vieja no fue más que un obstáculo... Yo quería saltarlo lo antes posible... ¡No maté a una criatura humana, sino un principio! ¡Maté el principio, pero no supe pasar por encima de él, quedé del otro lado...! ¡No he sabido más que matar! Y aún no llegué a realizarlo bien por lo que parece. ¿Un principio? ¿Por qué el imbécil de Razumikin atacaba hace poco a los socialistas? Son hombres laboriosos; se ocupan de la "felicidad común"... No, yo no tengo más que una vida; yo no quiero esperar "la felicidad universal". Quiero vivir para mí mismo; de otra manera es preferible no existir. No quiero pasar al lado de una madre hambrienta guardando mi rublo en el bolsillo con el pretexto de que algún día todo el mundo será feliz. "Yo aporto —dicen— mi piedra para el edificio de la felicidad universal, y con eso basta para que mi conciencia esté tranquila". ¡Ja! ¡Ja! ¿Por qué, pues, me habéis olvidado? Puesto que sólo he de vivir cierto tiempo, quiero mi parte de felicidad inmediatamente... ¡Soy un gusano estético y nada más!» —añadió de pronto, sonriendo como un loco.

Y se aferró a aquella idea, experimentando un verdadero placer en darle vueltas en todos sentidos y en considerarla bajo todos los aspectos.

«Sí, en efecto, soy un gusano, y por eso medito ahora en primer lugar acerca de si soy uno de ellos; después porque durante un mes he molestado a la Divina Providencia, tomándola por testigo de que me decidía a aquella empresa, no para proporcionarme satisfacciones materiales, sino persiguiendo un fin grandioso. ¡Ja! ¡Ja! Y, en tercer lugar, porque en la ejecución procedí con tanta justicia como era posible; elegí entre todos los gusanos el más perjudicial, y, al matarlo, no pensaba en tomar de él más que lo que justamente me hacía falta para mis comienzos en la vida, ni más ni menos..., el resto habría ido a parar al convento a quien tenía legada su fortuna... ¡Ja! ¡Ja! Decididamente, soy un gusano —añadió rechinando los dientes—, porque quizá soy más vil todavía y más innoble que el gusano que maté, y porque yo "presentía" que después de haberla matado me diría esto mismo. ¿Hay algo comparable a un terror semejante? ¡Oh, vulgaridad! ¡Oh vulgaridad...! ¡Cómo me explico al profeta a caballo, con la cimitarra en el puño! ¡Alá lo quiere! ¡Obedece, temblorosa criatura! ¡Tiene razón, tiene razón el profeta cuando dispone un buen escuadrón en la calle y castiga indistintamente a los justos y a los culpables, sin dignarse dar explicaciones! ¡Obedece, temblorosa criatura y "guárdate de exigir nada", porque eso no te incumbe...! ¡Oh, jamás, jamás perdonaré a la vieja!».

Sus cabellos estaban empapados de sudor, sus labios resecos se agitaban, su inmóvil mirada no se apartaba del techo.

«¡Madre mía, hermana mía! ¡Cuánto las amaba! ¿A qué se debe que las aborrezca ahora? Sí, las detesto, las odio físicamente, no puedo soportarlas a mi lado... Antes me acerqué a mi madre y la besé, lo recuerdo perfectamente... ¡Abrazarla..., y pensar que si ella supiera...! ¡Oh, cuánto odio a la vieja ahora! ¡Creo que si resucitara la mataría otra vez! ¡Pobre Isabel! ¿Por qué la llevó allí el azar? ¡Qué extraño es esto! Apenas si pienso en ella, como si no la hubiera matado... ¡Isabel! ¡Sonia! ¡Pobres humildes criaturas de dulces ojos...! ¡Queridas...! ¿Por qué no lloran nunca? ¿Por qué no gimen...? Víctimas resignadas, lo sufren todo en silencio... ¡Sonia, Sonia, dulce Sonia...!».

Perdió la conciencia de sí mismo, y con gran sorpresa suya se dio cuenta de que estaba en la calle. La noche estaba ya bastante avanzada. Las tinieblas se espesaban y la luna llena brillaba con un resplandor cada vez más intenso, pero la atmósfera era asfixiante. Había muchas personas por las calles; los obreros y los hombres que trabajaban volvían a sus hogares, los demás se paseaban; en el aire había un olor a cal y a polvo, a agua corrompida. Raskolnikov marchaba entristecido y preocupado; recordaba perfectamente que había salido de su casa con un objeto determinado, que tenía algo urgente que hacer pero, ¿qué era? Se le había olvidado. Detúvose bruscamente y observó que en la acera opuesta había un hombre que le hacía un signo con la mano. Cruzó la calle para acercarse a él, pero aquel hombre dio media vuelta, y como si no hubiera mirado a nadie, continuó su marcha con la cabeza baja, sin volverse, y sin dar señales de llamar a Raskolnikov.

«¿Me habré engañado?», pensó éste.

Le sigue, sin embargo, y antes de haber andado diez pasos lo reconoce de pronto y queda aterrado: era el individuo de antes, tan encorvado y vestido de la misma manera. Raskolnikov cuyo corazón latía con violencia, marchaba a alguna distancia de él: entran en un *pereulok*. El hombre no volvía la cabeza.

«¿Sabrá que le sigo?», se preguntaba Raskolnikov.

El burgués franquea el umbral de una casa grande. Raskolnikov se adelanta deprisa hacia la puerta y comienza a mirar, creyendo que tal vez aquel misterioso personaje volvería la cabeza y lo llamaría. Efectivamente, cuando el desconocido estuvo en el patio se volvió bruscamente y pareció llamar con un gesto al joven. Este se apresuró a entrar en la casa, pero apenas penetró en el patio, no encontró a aquel individuo. Presumiendo que aquel hombre debió subir por la primera escalera, Raskolnikov fue detrás de él. En efecto, dos pisos más arriba se sentían pasos lentos y regulares. Y, cosa extraña, le pareció reconocer aquella escalera. Aquí está la ventana del primer piso; a través de los cristales se filtraba, misteriosa y triste, la luz de la luna; he aquí el segundo piso. ¡Bah! Este es el cuarto donde trabajaban los pintores... ¿Cómo no habría reconocido la casa inmediatamente? Cesaron de oírse los pasos del hombre que le precedía.

«Ha debido de detenerse o se habrá escondido en alguna parte. El tercer piso. ¿Subiré más? ¡Qué silencio, qué silencio más horrible...!».

Sin embargo continúa subiendo la escalera. El ruido de sus propios pasos le da miedo.

«¡Dios mío, qué oscuridad! El hombre ha debido de esconderse en algún rincón. ¡Ah!».

El cuarto que daba al rellano estaba abierto de par en par. Raskolnikov reflexiona un momento y entra después. La antesala está completamente vacía y muy oscura. El joven pasa a la sala de puntillas. La luz de la luna entraba de lleno en aquella habitación y la iluminaba por completo, el mobiliario no había cambiado. Raskolnikov encontró las sillas en el mismo sitio donde estaban, el espejo, el sofá amarillo y los cuadros. Por la ventana se percibía la luna, cuya enorme cara redonda era de un color rojo cobrizo. Esperó bastante tiempo en aquel profundo silencio. De pronto oye un ruido seco como el de una copa que se rompe y el silencio vuelve a restablecerse. Una mosca que volaba vino a chocar contra los cristales sin cesar de zumbar lastimeramente. En aquel mismo instante creyó ver en el rincón, entre el armario y la ventana, una capa de mujer colgada en la pared.

«¿Por qué estará así esa capa? —pensó—. Antes no estaba ahí».

Se acercó silenciosamente sospechando que debajo de aquella prenda debía de haber alguien escondido. Y apartando con el mayor cuidado la capa, vio que había una silla, y en ella, sentada en el rincón, la vieja; estaba como doblada por la cintura, y bajaba tanto la cabeza que no podía distinguírsele el rostro; pero era Alena Ivanovna con toda seguridad.

«¡Tiene miedo!», se dijo Raskolnikov.

Y desatando cuidadosamente su hacha del nudo corredizo, le dio dos hachazos a la vieja. Pero, cosa extraña, no se movió siquiera, parecía como si fuera de madera. El joven, estupefacto, se inclinó hacia ella para examinarla, pero la vieja bajó más aún la cabeza. Él se encorvó entonces y quedó espantado al ver su rostro: la vieja se reía, se reía, sí, con una risa silenciosa, haciendo los mayores esfuerzos para que no se la oyera. De pronto le pareció a Raskolnikov que la puerta de la alcoba estaba abierta, y que allí reían y cuchicheaban también. La rabia se apoderó de él, y empezó a golpear con todas sus fuerzas la cabeza de la vieja, pero a cada hachazo que daba se oían más distintamente las risas y los cuchicheos de la alcoba, la vieja, por su parte, se retorcía de risa. Quiso escapar, pero la antesala estaba completamente llena de gente; la puerta que daba al rellano estaba abierta; en el rellano y en la escalera, de arriba abajo, había una gran cantidad de personas; todos miraban, pero todos se habían escondido y esperaban en silencio. Su corazón se oprimió, sus pies parecían haberse clavado en el suelo..., quiso gritar y despertó.

Respiró con esfuerzo, pero creyó que no había dejado de soñar, al ver, de pie en el umbral de su puerta, abierta de par en par, a un hombre desconocido para él y que le miraba con atención.

Raskolnikov no había tenido tiempo de abrir los ojos por completo cuando volvió a cerrarlos de pronto. Estaba de espaldas en el diván y no se movió siquiera.

«¿Será la continuación de mi pesadilla?», pensó.

Y entreabrió sus párpados casi imperceptiblemente para dirigir una tímida mirada al desconocido.

Este, sin moverse del sitio donde estaba, no cesaba de observarlo. De pronto franqueó el umbral, cerró suavemente la puerta tras sí, se acercó a la mesa y después de esperar un minuto, se sentó sin hacer ruido en una silla que había al lado del diván. Mientras hacía todo esto no dejó de mirar a Raskolnikov. Luego dejó el sombrero en el suelo, a su lado, apoyó sus dos manos en el puño de su bastón y dejó caer su barbilla sobre sus manos, como quien se dispone a esperar mucho tiempo.

A juzgar por lo que Raskolnikov pudo observar con una furtiva mirada, aquel hombre no era joven; representaba un aspecto robusto y tenía espesa barba, de un rubio casi albino.

Diez minutos transcurrieron de aquella manera. Aún se veía, pero iba haciéndose tarde. En la habitación reinaba el más profundo silencio. Ni aun de la escalera llegaba el menor ruido. No se oía más que el ruido de una mosca que tropezaba con los cristales al volar. Aquello se hacía insoportable. Raskolnikov no pudo contenerse más y se sentó de pronto en el diván.

—Vamos, hable, ¿qué desea usted?

—Ya sabía que su sueño era fingido —respondió el desconocido con tranquila sonrisa—. Permítame que me presente: Arcadio Ivanovich Svidrigailov...

CUARTA PARTE

I

«¿Estaré soñando todavía?», pensó de nuevo Raskolnikov, mirando con desconfianza al inesperado visitante.

—¿Svidrigailov? ¡Es imposible, no puede ser! —dijo finalmente en alta voz, sin creer muy bien lo que decía.

El visitante no pareció sorprendido por aquella exclamación.

—He venido a verle por dos razones: en primer lugar, deseaba conocerle personalmente por haber oído hablar de usted hace mucho tiempo y en los términos más halagüeños, y en segundo lugar, porque confío en que quizá no me negará usted su concurso en una empresa que afecta directamente a los intereses de su hermana, Avdotia Romanovna. Solo, sin recomendación de nadie, me hubiera costado trabajo ser recibido por ella, ahora que está prevenida contra mí; pero si usted me presenta creo que la cosa cambiará.

—Me parece que se ha equivocado usted al contar conmigo —replicó Raskolnikov.

—¿Fue ayer cuando llegaron su madre y su hermana? Permítame que le haga esta pregunta.

Raskolnikov no contestó.

—Ya sé que llegaron ayer. Yo estoy aquí desde anteayer. Pues bien, he aquí lo que tengo que decirle a propósito de esto, Rodion Romanovich. Creo superfluo justificarme, pero permítame que se lo pregunte: ¿Qué hay, en concreto, de tan particularmente criminal en todo esto, por mi parte se entiende, si las cosas se aprecian imparcialmente y sin prejuicios?

Raskolnikov continuaba examinándole en silencio.

—Usted dirá desde luego que yo perseguí en mi casa a una muchacha indefensa y que «la insulté haciéndole proposiciones deshonrosas». Ya ve usted que me adelanto a su acusación. Pero tenga usted en cuenta únicamente que soy hombre, y *nihil humanum...;* en una palabra, que soy susceptible de sentir una pasión, de enamorarme, cosa que indudablemente no depende de nuestra voluntad, y que todo se explica de la manera más natural. La cuestión es esta: ¿soy un monstruo, o soy una víctima? ¡Y con seguridad que soy una víctima! Cuando yo le proponía al objeto de mi pasión que huyera conmigo a América o a Suiza, abrigaba respecto a ella los sentimientos más respetuosos y pensaba en asegurar nuestra felicidad común... La razón es esclava de la pasión; yo he sido particularmente el perjudicado por ella.

—No se trata de eso —replicó malhumorado Raskolnikov—. Tenga o no usted razón, me es sencillamente aborrecible; no quiero conocerlo a usted y lo echo de mi casa. ¡Salga de aquí...!

Svidrigailov soltó una carcajada.

—¡No hay manera de engañarlo! —dijo con franca alegría—. Quería hacerme el malicioso, pero está visto que con usted no vale.

—Y aún intenta usted engañarme ahora.

—Bueno, ¿y qué? —continuó Svidrigailov, riendo con todas sus ganas—; eso es de *bonne guerre*, como dicen en francés, esa malicia está justificada... Pero no me ha dejado usted terminar; volviendo a lo que le decía antes, nada desagradable habría ocurrido sin el incidente del jardín. Marfa Petrovna...

—Dicen que usted mató a Marfa Petrovna —interrumpió brutalmente Raskolnikov.

—¡Ah! ¿Ya le han hablado a usted de eso? Además, eso no tiene nada de extraño. Y en cuanto a la pregunta que me ha hecho, no sé verdaderamente qué contestarle, si bien mi conciencia está verdaderamente tranquila a ese respecto. No vaya usted a creer que yo tema las consecuencias de ese asunto; las formalidades habituales han sido llevadas a cabo de la manera más minuciosa, el informe médico ha demostrado que la difunta murió de un ataque de apoplejía provocado por el baño que tomó después de una comida abundante en la que se bebió cerca de una botella de vino; no ha podido descubrirse nada más... No, eso no es lo que me preocupa. Pero muchas veces, sobre todo cuando venía en el tren hacia San Petersburgo, me he preguntado si yo no habría contribuido moralmente a esa... desgracia, bien por algún disgusto que le diera a mi mujer, o por algo por el estilo. Y he llegado a la conclusión de que no puede haber sido por eso.

Raskolnikov se echó a reír.

—¿Qué le preocupa entonces?

—¿Por qué se ríe? Únicamente le di un par de latigazos que ni siquiera le dejaron señales... Le ruego que no me considere un cínico; sé perfectamente que eso es innoble por mi parte, etcétera, pero sé también que mis accesos de brutalidad no le desagradaban a Marfa Petrovna. Cuando ocurrió lo de su hermana, mi mujer fue pregonando el suceso por toda la ciudad y aburriendo a sus amistades con aquella famosa carta. Ya sabrá usted que se la leyó a todo el mundo. ¡Entonces fue cuando los latigazos cayeron como del cielo! Lo primero que hizo fue mandar preparar el carruaje. No hablo ya de que a las mujeres, en ciertas ocasiones, les gusta extraordinariamente que las ofendan, a pesar de la indignación que aparentan. Eso ocurre con todas ellas, al hombre en general le gusta ser ofendido; ¿no se ha dado cuenta? Pues bien, en las mujeres, esta característica se manifiesta de una forma particular. Hasta se puede decir que sólo viven de eso.

Hubo un momento en que Raskolnikov pensó levantarse y salir para poner término a la conversación; pero una especie de curiosidad y cierto cálculo le decidieron a tener paciencia.

—¿Le gusta manejar el látigo? —le preguntó distraídamente.

—No, no mucho —respondió tranquilamente Svidrigailov—. Yo no tenía casi nunca disputas con Marfa Petrovna. Vivíamos muy a gusto y ella estaba siempre contenta de mí. En los siete años que vivimos juntos no hice uso del látigo más que dos veces...; dejo aparte un tercer caso, bastante dudoso por cierto; la primera vez fue a los dos meses de casarnos, cuando acabábamos de instalarnos en la campiña; la segunda y última vez, en las circunstancias que le recordaba antes. ¿Me había tomado usted ya por un monstruo, por un retrógrado, por un partidario de la esclavitud? ¡Je! ¡Je! A propósito, ¿no recuerda usted, Rodion Romanovich, que, hace unos años, cuando se puso de moda una bienhechora publicidad, se cubrió de oprobio ante todo el pueblo, por medio de la prensa, a un noble, ¡he olvidado su nombre!, que atracó a una alemana en el tren? Entonces, aquel mismo año, si no estoy equivocado, se produjo el «acto escandaloso del siglo», ¿lo recuerda?, la lectura pública de las «noches egipcias». ¡Oh, la negrura de aquellos ojos! ¡Dónde estáis! ¡Dónde estáis, horas doradas de nuestra juventud! Pues bien, le diré mi opinión: no siento por él una profunda antipatía. Sin embargo, no puedo dejar de reconocer que a veces tropieza uno con algunas alemanas que le excitan de tal forma que me parece que no hay ni un sólo progresista que, en determinados casos, pueda responder de él. ¡Entonces nadie va a examinar la cosa desde este punto de vista, el único humano, el único justo!

Después de decir esto, Svidrigailov, de repente, volvió a soltar la risa.

Para Raskolnikov, aquel hombre tenía algún proyecto firmemente decidido y era un redomado tunante.

—Debe usted haber pasado muchos días consecutivos sin hablar con nadie, ¿verdad? —preguntó el joven.

—Algo de verdad hay en su conjetura. Pero, ¿verdad que le extraña que tenga tan buen carácter?

—Incluso me parece que lo tiene demasiado bueno —dijo Raskolnikov.

—¿Por qué no me he ofendido ante la grosería de sus preguntas? Bueno, ¿y qué? ¿Por qué voy a ofenderme? Yo le he respondido en la misma forma que usted me preguntó —replicó Svidrigailov con una sincera expresión de bondad—. Hablando en verdad, nada me afecta —continuó con aire pensativo—. Ahora, especialmente, no me preocupa nada. Por otra parte, es usted libre de pensar que trato de conquistarlo, tanto más cuanto que tengo algo que resolver con su hermana, como ya le he dicho. Pero tengo que decírselo con toda franqueza: ¡estoy muy aburrido! Sobre todo desde hace tres días, razón por la cual celebro mucho haberle encontrado... No se enfade usted, Rodion Romanovich, si le confieso que me parece usted muy raro. Aunque diga usted lo que quiera, hay en usted algo extraño; sobre todo ahora, no precisamente en este momento, sino desde hace algún tiempo... ¡Vaya, vaya, me callaré, no frunza usted el entrecejo! No soy tan oso como usted cree.

—Quizá no lo es usted de tal modo —dijo Raskolnikov—. Yo diría más: me parece usted un hombre de muy buena sociedad, o, por lo menos, que sabe usted ser correcto cuando hace falta.

—No me preocupa la opinión de nadie —respondió Svidrigailov en tono seco y un poco desdeñoso—. ¿Cómo no va uno a adquirir los modales de un hombre mal educado en un país donde es ello tan ventajoso y... sobre todo cuando se tiene propensión natural? —añadió sonriendo.

Raskolnikov lo miraba sombríamente.

—He oído decir que conoce usted aquí a mucha gente. Usted no es lo que suele llamarse «un hombre sin relaciones». Y siendo así, ¿qué viene a hacer en mi casa si no tiene usted algún objeto?

—Es verdad lo que usted dice, de que tengo aquí conocidos —replicó el visitante, sin responder a la pregunta principal que le dirigían—; hace tres días que deambulo por las calles de la capital y ya he encontrado algunos; los he reconocido y creo que ellos me han reconocido a mí también. Voy bien vestido y me consideran entre la gente bien; la abolición de la esclavitud no nos ha arruinado; sin embargo, no me interesa reanudar mis antiguas relaciones; ya me eran insoportables hace tiempo. Estoy aquí desde anteayer y aún no me he acordado de nadie. No, será necesario que los habituales de los círculos y del restaurante Dussaud se pasen sin mi presencia. Además, ¿qué placer hay en jugar?

—¡Ah! ¿Juega usted?

—¡Naturalmente! Hace ocho años éramos toda una sociedad, caballeros capitalistas, poetas, que pasábamos el tiempo jugando a las cartas y haciendo fullerías de lo lindo. ¿No se ha fijado usted en que las personas de la mejor sociedad de Rusia son unos tramposos? En aquella época, un griego de Niejin a quien le debía setenta mil rublos me hizo meter en la cárcel por deudas. Entonces fue cuando surgió Marfa Petrovna. Entró en arreglos con mi acreedor y consiguió mi libertad mediante la entrega de treinta mil rublos, que ella pagó. Nos unimos en legítimo matrimonio, después de lo cual me llevó a su campiña para esconderme como si fuera un tesoro. Tenía cinco años más que yo y me amaba mucho. Durante siete años no me moví del pueblo, y le advierto que mientras vivió conservó el pagaré que le firmé al griego como medida de precaución contra mí; si hubiera intentado siquiera sacudir el yugo, me habría mandado encarcelar inmediatamente. ¡Oh, a pesar de lo mucho que me quería no habría vacilado! Las mujeres tienen esas contradicciones.

—Y si ella no le hubiera tenido sujeto de esa manera, ¿la habría plantado usted?

—No sé qué responderle. El documento no me preocupaba mucho. No tenía deseos de ir a ninguna parte. La misma Marfa Petrovna, al ver que me aburría, me propuso dos veces que hiciera un viaje al extranjero. ¡Y para qué! Yo había visitado ya Europa y siempre me desagradó. Allí sin duda, los espectáculos de la naturaleza despiertan la admiración de cualquiera, pero al mismo tiempo que se contempla una salida de sol, el mar, la bahía de Nápoles, uno se siente triste, y lo más desagradable es que uno no sabe por qué. No, en casa se está mejor. Aquí, por lo menos, se acusa a los demás de todo y se justifica uno a sus propios ojos. Ahora quizá iré con una expedición al Polo Norte, porque el vino, que era mi único recurso, ha empezado a dejarme de gustar. Ya no puedo beber. Ya lo he intentado. Dicen que el domingo habrá una ascensión aerostática en el jardín Yusupov. Al parecer, Berg intenta hacer un gran viaje aéreo y admite dos compañeros de viaje mediante cierta cantidad. ¿No es cierto?

—¿Tiene usted ganas de subir en globo?

—¿Quién, yo? No..., sí... —murmuró Svidrigailov, que parecía otra vez pensativo.

«¿Qué hombre será este?», pensó Raskolnikov.

—No, la letra de cambio no me molestaba —continuó Svidrigailov—; yo permanecía en el pueblo por mi gusto. Pronto hará un año con motivo de mi cumpleaños, Marfa Petrovna me devolvió ese papel, acompañado de una suma respetable como regalo. Tenía mucho dinero mi mujer. «Para que veas que tengo confianza en ti, Arcadio Ivanovich», me dijo. Yo le aseguro que se expresó de esa manera, ¿querrá usted creerlo? Y ha de saber que yo cumplía muy bien con mis deberes de propietario rural; en todo el país me conocían. Además, para distraerme, mandaba que me enviaran libros. Al principio, Marfa Pretrovna aprobaba mi gusto por la lectura, pero más tarde llegó a temer que me fatigase demasiado la excesiva aplicación.

—Parece como si la muerte de Marfa Petrovna hubiera dejado en usted un vacío.

—¿A mí? Quizá. A propósito, ¿cree usted en las apariciones?

—¿En qué apariciones?

—En las apariciones, en el sentido ordinario de la palabra.

—¿Usted cree en ellas?

—Sí y no; yo no creo, sin embargo...

—¿Ve usted alguna?

Svidrigailov miró a su interlocutor de una manera un poco extraña.

—Marfa Petrovna me visita —dijo.

Y su boca se frunció con una sonrisa indefinible.

—¿Cómo que lo visita?

—Sí, ha venido tres veces ya. La primera vez la vi el mismo día de su entierro, a la hora de volver del cementerio. Era la víspera de mi salida para San Petersburgo. Luego la volví a ver durante el viaje: se me apareció anteayer en la estación de Malaia Vichera; la tercera vez ha sido hace unas dos horas, en una habitación de la casa donde vivo; yo estaba solo.

—¿Estaba despierto?

—Completamente. Las tres veces estaba despierto. Ella viene, habla un minuto y luego se marcha por la puerta, siempre por la puerta. Me parece oírla caminar.

224

—Ya me decía yo que debían de ocurrir cosas así —dijo bruscamente Raskolnikov, y al mismo tiempo se extrañó de haber proferido aquellas palabras. Estaba muy agitado.

—¿De veras? ¿Pensaba usted en eso? —preguntó Svidrigailov sorprendido—. ¿Es posible? ¡Ya decía yo que entre nosotros había algún punto de contacto!

—¡Usted no ha dicho nada de eso! —replicó indignado Raskolnikov.

—¿No lo he dicho?

—No.

—Pues creía que lo había dicho. Hace un momento, cuando entré aquí y lo vi acostado, con los ojos cerrados y haciendo como que dormía, pensé para mí: «¡Este es aquel mismo!».

—«¡Aquel mismo!». ¿Qué quiere usted decir con eso? ¿A qué hace usted alusión? —gritó Raskolnikov.

—¿A qué? Verdaderamente, no sabría decírselo... —balbuceó algo turbado.

Miráronse silenciosamente durante un minuto.

—¡Eso no quiere decir nada! —replicó encolerizado Raskolnikov—. ¿Qué le dice ella cuando viene a verlo?

—¿Ella? Me habla de futilidades, de cosas completamente insignificantes, y ya ve usted lo que somos los hombres: eso me disgusta. Cuando se me apareció por primera vez estaba yo cansado; el funeral, el réquiem, la comida, todo aquello me tenía sin poder respirar; por fin me encontraba solo en mi despacho fumándome un cigarro y entregado a mis reflexiones, cuando la vi entrar por la puerta. «Arcadio —me dijo—. Hoy, con el trajín que has tenido, se te ha olvidado darle cuerda al reloj del comedor». Efectivamente, yo era quien cada semana le daba cuerda a ese reloj desde hacía siete años, y cuando se me olvidaba mi mujer me lo recordaba siempre. Al día siguiente me puse en camino para San Petersburgo. Cuando amanecía, bajé del tren al llegar a una estación y entré en el comedor. Había dormido muy mal y tenía cargados los ojos; pedí una taza de café. Y de pronto, ¿qué veo? Marfa Petrovna estaba sentada a mi lado, con una baraja en la mano. «¿Quieres que te adivine lo que te pasará durante el viaje, Arcadio Ivanovich?», me preguntó. Ella echaba muy bien las cartas, y no me perdonaré el no haberla dejado que me dijera la buenaventura. Hui, aterrado; la campanilla llamaba, además, a los viajeros. Hoy, después de una comida detestable que no podía digerir, me encontraba sentado en mi habitación y apenas encendí un cigarro cuando vi llegar otra vez a Marfa Petrovna, en esta ocasión vestida con lujo; llevaba un vestido nuevo de seda verde con una cola muy larga. «Buenos días, Arcadio Ivanovich, ¿qué te parece mi vestido? Aniska no los hace así». Aniska es una costurera de nuestro pueblo, una antigua sierva que ha hecho su aprendizaje en Moscú, una buena moza. Yo miré el vestido y después clavé atentamente mis ojos en la cara de mi mujer, diciéndole: «Es inútil que te molestes, Marfa Petrovna, para venir a hablarme de semejantes bagatelas». «¡Dios mío, *batuchka*, no hay manera de meterte miedo!». «Voy a casarme, Marfa Petrovna», le respondí yo queriendo molestarla un poco. «Eres libre para hacer lo que quieras Arcadio Ivanovich, pero te haces poco favor al quererte casar tan pronto después de haber perdido a tu mujer. Aunque eligieras bien, no harías más que atraerte el desprecio de las personas honradas». Y apenas dijo esto salió, e incluso creí oír el frufrú de su cola. ¿Verdad que es gracioso?

—Dudo que diga usted la verdad —observó Raskolnikov.

—Es muy difícil que mienta yo —respondió Svidrigailov un poco pensativo y sin parecer darse cuenta de la observación.

—¿No ha tenido usted apariciones antes de esto?

—Sí, pero eso no me ha ocurrido más que una vez, hace ya seis años. Tenía yo un criado llamado Filka, que se murió, y cuando acababan de enterrarlo se me ocurrió llamarlo como de costumbre, diciéndole: «¡Filka, mi pipa!». Y entonces lo vi entrar e ir derecho al armario donde estaban mis utensilios de fumador. «Está enfadado conmigo», me dije, pues poco antes de morirse tuvimos un fuerte altercado. «¿Cómo te atreves a presentarte delante de mí con un traje roto por los codos? ¡Vete, granuja!». Dio media vuelta, salió y no lo volví a ver más. A Marfa Petrovna no le dije una palabra de aquello. Mi primera intención fue mandarle decir una misa, pero inmediatamente pensé que aquello habría sido una puerilidad.

—Vaya usted a ver a un médico.

—Su advertencia es inútil; yo comprendo que estoy enfermo, aunque si he de decirle la verdad, no sé lo que tengo. Creo, sin embargo, que estoy mucho mejor que usted. Yo no le he preguntado: ¿cree usted que hay apariciones?

—No, no lo creo —replicó vivamente y hasta enfurecido el joven.

—¿Y qué dicen por ahí? —murmuró a modo de soliloquio Svidrigailov, quien, con la cabeza un poco inclinada, miraba de lado—. La gente suele decir: «Como está usted enfermo, eso que se le aparece no es más que un sueño debido al delirio». Eso no es razonar con buena lógica. Yo admito que las apariciones no se le presentan más que a los enfermos, pero eso no demuestra sino que hace falta estar enfermo para verlas y no que no existan realmente.

—¡Es cierto que no existen! —replicó violentamente Raskolnikov.

Svidrigailov le contempló durante un rato.

—¿Que no existen? ¿Esa es su opinión? Pero acaso podría decirse: «Las apariciones son, en cierto modo fragmentos, trozos de otros mundos. El hombre sano, naturalmente, no tiene motivos para verlas en atención a que el hombre sano es sobre todo un hombre material, y, por consiguiente, para que su vida sea normal, debe vivir únicamente la vida de aquí abajo. Pero apenas enferma, en cuanto se quebranta el orden normal, terrestre, de su organismo, inmediatamente comienza a manifestarse la posibilidad de otro mundo; a medida que su enfermedad se agrava se multiplican sus contactos con el otro mundo, hasta que la muerte le hace entrar en él por completo». Hace ya mucho tiempo que me hice este razonamiento, y si usted cree en la vida futura, no creo que haya nada que pueda impedirle su admisión.

—Yo no creo en la vida futura —respondió Raskolnikov.

Svidrigailov se quedó pensativo.

—¿Y si allí no hubiera más que arañas o algo por el estilo? —dijo de pronto.

«Está loco», pensó Raskolnikov.

—Nosotros nos representamos siempre la eternidad como una idea que no podemos comprender, ¡inmensa, inmensa! Pero, ¿por qué ha de ser así necesariamente? Pues en lugar de eso, imagínese una habitación pequeña, como quien dice un cuarto de baño, ennegrecido por el humo, con telarañas por todos los rincones, y he ahí toda la eternidad. Mire usted, yo me la imagino así algunas veces.

—¡Cómo! ¿Es posible que usted no se haya formado una idea más consoladora y más justa? —exclamó Raskolnikov con un sentimiento de malestar.

—¿Más justa? ¿Quién sabe si ese punto de vista será el verdadero? ¡Y seguramente lo sería si dependiera de mí! —respondió Svidrigailov con una vaga sonrisa.

Aquella siniestra respuesta hizo correr un escalofrío por todos los miembros de Raskolnikov. Svidrigailov levantó la cabeza, miró fijamente al joven y de pronto prorrumpió en una carcajada.

—¡Es curioso esto! —exclamó—. Hace media hora no nos conocíamos todavía y nos considerábamos como enemigos, pues teníamos que zanjar un asunto; hemos dejado aparte esa cuestión y nos hemos puesto a filosofar. ¡Cuando yo le decía que éramos dos plantas de la misma siembra!

—Perdone —replicó el joven irritado—. Hágame el favor, si le parece, de explicarme inmediatamente a qué debo el honor de su visita..., tengo prisa, debo salir...

—Está bien. ¿Va a casarse su hermana, Avdotia Romanovna con el señor Lujin, Piotr Petrovich?

—Le agradecería que dejara a mi hermana al margen de esta conversación y que no pronunciara siquiera su nombre. No me explico que se atreva usted a nombrarla en mi presencia, si usted es, en efecto Svidrigailov.

—¿Y cómo quiere usted que no la nombre cuando precisamente vengo a hablar de ella?

—Está bien, hable usted, dese prisa.

—Ese señor Lujin es pariente político mío. Tengo la seguridad de que usted tendrá ya formada su opinión respecto a él, si lo ha tratado aunque sólo haya sido media hora o si alguna persona digna de crédito le ha hablado de él. No es un partido que pueda convenirle a Avdotia Romanovna. A mi entender, su hermana se sacrifica de una manera tan magnánima como extremada; ella se inmola por... su familia. Por lo que ya sabía de usted, presumía que habría de gustarle la ruptura de ese proyecto de matrimonio, si pudiera hacerse sin perjuicio para los intereses de su hermana. Y ahora que le conozco personalmente no me cabe ya la menor duda a ese respecto.

—Viniendo de parte de usted, eso me parece demasiado ingenuo; perdone, quiero decir bastante descarado —replicó Raskolnikov.

—¿Es decir, que usted supone en mí que lo hago con miras interesadas? Esté tranquilo, Rodion Romanovich, si yo trabajara para mí ocultaría mi juego con más habilidad, pues no soy imbécil del todo. Voy a explicarle, con este motivo, una particularidad psicológica. Hace poco me justificaba por haber amado a su hermana, diciendo que yo había sido la víctima. Pues bien, ha de saber usted que actualmente no me inspira amor ninguno. Esto es lo que me admira a mí mismo, porque estaba de tal manera enamorado...

—Eso era un capricho de hombre desocupado y vicioso —interrumpió Raskolnikov.

—En efecto, yo soy un hombre vicioso y desocupado, pero su hermana tiene méritos suficientes para impresionar hasta a un libertino como yo. Pero todo aquello no fue más que fuego de virutas; ahora lo veo.

—¿Desde cuándo se dio usted cuenta?

—Lo sospechaba hacía algún tiempo y me convencí definitivamente ayer, casi en el momento de llegar a San Petersburgo. Pero cuando me hallaba en Moscú estaba decidido todavía a obtener la mano de Avdotia Romanovna y convertirme en rival de Lujin.

—Perdone usted que le interrumpa, pero, ¿no podría usted abreviar y exponer inmediatamente el objeto de su visita? Se lo repito, tengo mucha prisa, tengo que hacer muchas cosas...

—Con mucho gusto. Decidido a emprender cierto... viaje, quisiera, previamente, ultimar algunos asuntos. Mis hijos viven en casa de su tía; son ricos y no tienen necesidad de mí. Además, ¿me concibe usted en el papel de padre? No llevo conmigo más que la suma que me regaló Marfa Petrovna hace un año. Con este dinero me basta. Perdone usted, voy al asunto. Antes de ponerme en camino quiero terminar con el señor Lujin. No es que le deteste precisamente, pero él tuvo la culpa del último disgusto con mi mujer; yo me enfadé cuando me enteré de que ella había arreglado este matrimonio. Hoy me dirijo a usted para poderme acercar a Avdotia Romanovna; usted puede si le parece, asistir a esta entrevista. En primer lugar, quisiera explicarle los inconvenientes que para ella tiene ese matrimonio con el señor Lujin; después le rogaría que perdonara todas las molestias que le he ocasionado y le pediría permiso para ofrecerle diez mil rublos, con lo que se vería indemnizada por su ruptura con Lujin, ruptura que seguramente no le repugnaría a su hermana, estoy convencido de ello, si entreviera su posibilidad.

—Pero usted está loco, ¡positivamente loco! —exclamó Raskolnikov, más sorprendido que encolerizado—. ¿Cómo se atreve usted a hablar de esa manera?

—Ya sabía yo que usted se escandalizaría; pero empezaré por hacerle observar que, aunque no soy rico, puedo perfectamente disponer de esos diez mil rublos... Quiero decir que no los necesito para nada. Si Avdotia Romanovna no los aceptara, Dios sabe el uso que yo haría de ellos. En segundo lugar, mi conciencia está completamente tranquila, mi ofrecimiento está exento de cálculo. Créalo usted o no, el porvenir se lo demostrará a usted y a Avdotia Romanovna. En resumen, fui bastante culpable para con su honradísima hermana, estoy sinceramente arrepentido y deseo vivamente, no reparar con una compensación pecuniaria los disgustos que yo la acarreé, sino devolverle un pequeño favor para que no se diga que yo no le hice más que daño. Si mi propósito ocultara un pensamiento distinto no lo haría con tanta franqueza y no me limitaría a ofrecerle hoy diez mil rublos cuando hace cinco semanas le ofrecía mucho más. Además, es posible que dentro de poco me case con una joven, y en tales condiciones no cabe sospechar que yo quisiera seducir a Avdotia Romanovna. Para terminar, le diré que si llega a casarse con el señor Lujin, Avdotia Romanovna recibirá esta misma cantidad, pero de otra manera... Pero no se enfade usted, Rodion Romanovich, y juzgue con calma y sangre fría.

Svidrigailov pronunció aquellas palabras con una flema extraordinaria.

—Le ruego que no continúe —dijo Raskolnikov—. Esa proposición es de una insolencia imperdonable.

—En absoluto. Con arreglo a esa manera de pensar, en este mundo no puede uno hacer más que daño a sus semejantes, no teniendo derecho en cambio a hacer el menor bien, pues las conveniencias sociales se oponen a ello. Eso es absurdo. Suponga usted que yo muriera y que le dejara en mi testamento esa cantidad a su hermana. ¿La rechazaría entonces?

—Es muy posible.

—No hablemos más de eso. En todo caso, le ruego que transmita mi petición a Avdotia Romanovna.

—No haré tal cosa.

—En ese caso, Rodion Romanovich, me veré precisado a verme con ella, lo que no dejará de preocuparla.

—Y si yo le comunicara su proposición, ¿desistiría usted de verse con ella?

—No sé qué decirle. Me gustaría mucho verme con ella.

—Pues no lo espere.

—Tanto peor. Además, usted no me conoce. Es muy posible que nos hagamos amigos.

—¿Usted lo cree?

—¿Por qué no? —dijo sonriendo Svidrigailov, quien se levantó y cogió su sombrero—. No es que yo quiera imponerme a usted; cuando venía hacia acá no contaba demasiado..., esta mañana me llamó la atención...

—¿Dónde me ha visto usted esta mañana? —preguntó Raskolnikov inquieto.

—Lo vi por casualidad... Cada vez me parece más que somos dos frutos del mismo árbol.

—Vamos, ya está bien. Permítame que le pregunte si se pondrá pronto en camino.

—¿Para qué viaje?

—Para ese del que hablaba usted antes.

—¿Le he hablado yo de un viaje? ¡Ah, sí, en efecto...! ¡Si supiera usted, sin embargo, qué cuestión acaba de suscitar! —añadió sonriendo secamente—. Es posible que en lugar de hacer ese viaje me case. Tratan de arreglarme un matrimonio.

—¿Aquí?

—Sí.

—No ha perdido el tiempo desde que llegó a San Petersburgo.

—Vaya, hasta la vista... ¡Ah, sí! ¡Ya se me olvidaba! Dígale a su hermana, Rodion Romanovich, que Marfa Petrovna le ha dejado tres mil rublos. Es completamente verdad. Marfa Pretovna hizo testamento ocho días antes de morir, en presencia mía. Dentro de dos o tres semanas podrá Avdotia Romanovna entrar en posesión de su legado.

—¿Es cierto lo que dice?

—Sí. Dígaselo. Vaya, a sus órdenes. Vivo muy cerca de aquí.

Cuando salía, Svidrigailov se cruzó en el umbral con Razumikin.

II

Eran cerca de las ocho; los dos jóvenes partieron inmediatamente para la casa de Bakaleiev, deseando llegar antes que Lujin.

—¿Quién era ese que salía de tu habitación cuando llegué? —preguntó Razumikin apenas se encontraron en la calle.

—Era Svidrigailov, el propietario en cuya casa estuvo mi hermana de institutriz y que tuvo que dejar porque él le hacía la corte; Marfa Petrovna, la mujer de ese caballero, la puso en la calle. Más adelante, dicha Marfa Petrovna le pidió perdón a Dunia, y días pasados murió de repente. De ella era de quien hablaba mi madre hacía poco. No sé por qué me da miedo ese hombre. Es muy raro y tiene algún propósito firmemente decidido... Parece que sabe algo... Ha llegado aquí inmediatamente después del entierro de su mujer... Hay que proteger a Dunia de él... Eso es lo que quería decirte, ¿comprendes?

—¡Protegerla! ¿Qué puede hacer ese hombre contra Avdotia Romanovna? Vaya, Rodion, te agradezco que me hayas dicho eso... ¡La protegeremos, pierde de cuidado...! ¿Dónde vive él?

—Lo ignoro.

—¿Por qué no se lo has preguntado? ¡Es una lástima! Pero yo le reconoceré enseguida.

—¿Le viste? —preguntó Raskolnikov tras breve silencio.

—Sí, me fijé en él.

—¿Estás seguro? ¿Te fijaste bien en él? —insistió Raskolnikov.

—Sin la menor duda; recuerdo perfectamente su cara y la reconocería entre mil, tengo memoria para las fisonomías.

De nuevo callaron.

—¡Hum...! Ya sabes..., pensaba...; me parece constantemente... que soy víctima de una ilusión —balbuceó Raskolnikov.

—¿A propósito de qué lo dices? No te comprendo muy bien.

—Te lo diré —continuó Raskolnikov haciendo una mueca que quería parecer una sonrisa—. Todos vosotros decís que estoy loco... Pues bien, antes se me ocurrió que quizá tengáis razón y que sólo habré visto un espectro.

—¡Qué ocurrencia!

—¿Quién sabe? Acaso esté loco, y es posible que todos los acontecimientos de estos días no hayan tenido lugar más que en mi imaginación...

—¡Vaya, Rodia, ya te han trastornado el juicio otra vez! Pero, ¿qué te ha dicho ese hombre? ¿Por qué ha venido a tu casa?

Raskolnikov no respondió. Razumikin reflexionó un instante.

—Vamos, escucha lo que voy a decirte: antes pasé por aquí y estabas durmiendo. He comido y después fui a ver a Porfirio. Zametov estaba todavía con él. Quise empezar, pero no fui afortunado en mi debut, pues nunca podía entrar en materia. Ellos aparentaban no comprenderme, y no mostraban, por otra parte, mucha inquietud. Me llevé a Porfirio al lado de la ventana y empecé a hablarle, pero no logré nada. Él miraba a un lado y yo a otro; hasta que por fin le acerqué mi puño a su cara y le dije que le iba a pulverizar; pero se conformó con mirarme en silencio. Yo le escupí entonces y me marché. Eso es todo. Bastante estúpido, ¿verdad? Con Zametov no cambié una palabra siquiera. Yo me criticaba terriblemente por mi estúpida conducta cuando una idea súbita me consoló. Cuando bajaba la escalera me dije: ¿vale la pena que tú y yo nos preocupemos de esta manera? Evidentemente, si te amenazara algún peligro, sería otra cosa... Pero, en resumen, ¿qué tienes que temer? Tú no eres culpable, por consiguiente, no tienes que preocuparte por ellos. Más adelante nos burlaremos de su error, y yo en tu lugar me alegraría de engañarlos. ¡Qué vergüenza será para ellos el haberse equivocado tan burdamente! Desprécialos y échalo todo a rodar después, pero por el momento no hay más que reírse de su tontería.

—Justo —respondió Raskolnikov—. «Pero, ¿qué dirás mañana?», se dijo para sí.

Y cosa extraña, hasta entonces no se le había ocurrido preguntarse: «¿Qué pensará Razumikin cuando sepa que soy culpable?».

Miró fijamente a su amigo al asaltarle aquella idea. El relato de la visita a Porfirio apenas le había interesado; otras cosas le preocupaban en aquel momento.

En el corredor encontraron a Lujin; llegó a las ocho en punto, pero había perdido algún tiempo buscando el número, de manera que los tres llegaron a la vez, aunque sin mirarse ni saludarse siquiera. Los jóvenes se presentaron los primeros; Piotr Petrovich, fiel observador de las conveniencias, se detuvo un momento en la antesala para quitarse el paletó. Pulqueria Alexandrovna se adelantó inmediatamente hacia él. Dunia y Raskolnikov se dieron las buenas noches.

Piotr Petrovich saludó a las señoras al entrar de manera bastante amable, aunque con una gravedad exagerada. Por otra parte, se sentía un poco desconcertado. Pulqueria Alexandrovna, que parecía un poco molesta ella también, se apresuró a hacer sentar a todos alrededor de la mesa donde se encontraba el samovar. Dunia y Lujin se sentaron el uno frente al otro en los dos extremos de la mesa. Razumikin y Raskolnikov se sentaron frente a Pulqueria Alexandrovna, el primero al lado de Lujin y el segundo al lado de su hermana.

Hubo un momento de silencio. Piotr Petrovich sacó lentamente de su bolsillo un pañuelo de batista perfumado y se limpió. Sus modales eran los de un hombre afable desde luego, pero un algo herido en su dignidad y dispuesto firmemente a exigir explicaciones. Cuando estaba en la antesala, en el momento de quitarse el paletó se preguntaba si el mejor castigo que podía infligir a las señoras no sería el de retirarse. Sin embargo, no llevó a cabo aquella idea, porque le gustaban las situaciones claras; pero en esto había un punto que estaba algo oscuro para él. Puesto que tan abiertamente había provocado su defensa, debía de haber alguna razón para ello. ¿Cuál era esta razón? Mejor sería poner las cosas en claro en primer lugar, pues siempre tendría tiempo de castigar severamente, y el castigo, aunque fuera retardado, no sería menos seguro.

—¿Han hecho ustedes bien su viaje? —preguntó Lujin, sencillamente por cumplido, a Pulqueria Alexandrovna.

—Muy bien, gracias a Dios, Piotr Petrovich.

—Lo celebro mucho. Y Avdotia Romanovna, ¿no se ha cansado?

—Yo soy joven y fuerte y no me canso nunca, pero a mamá este viaje le ha resultado muy fatigoso —respondió Dunia.

—¿Qué le vamos a hacer? Nuestros caminos nacionales son muy largos; Rusia es grande... A pesar de mi deseo, no pude ir ayer a recibirlas. Supongo, sin embargo, que no habrán tenido ningún obstáculo.

—¡Oh, perdone! Piotr Petrovich, nos encontramos en una situación difícil —se apresuró a contestar con una entonación particular Pulqueria Alexandrovna—, y si Dios no nos hubiera enviado ayer a Demetrio Prokofich, según creo, no sé qué habría sido de nosotras. Permítame que le presente a nuestro salvador: Demetrio Prokofich Razumikin.

—Ya tuve ayer el placer... —balbuceó Lujin lanzándole al joven una mirada oblicua y rencorosa.

Luego frunció el ceño y calló.

Piotr Petrovich era de esas personas que se esfuerzan, por parecer amables, pero que, bajo la influencia de la menor contrariedad, pierden súbitamente el dominio de sí mismos, hasta el punto de parecer más sacos de harina que despejados caballeros.

El silencio volvió a reinar de nuevo. Raskolnikov se encerró en un mutismo obstinado; Avdotia Romanovna estimaba que no había llegado el momento para hablar ella; Razumikin no tenía nada que decir, por lo que Pulqueria Alexandrovna se vio en la necesidad de reanudar la conversación.

—¿Se ha enterado usted de la muerte de Marfa Petrovna? —comenzó ella acudiendo a su supremo recurso en tales casos.

—¡Como no! Lo supe enseguida, y hasta puedo informarle que Arcadio Ivanovich Svidrigailov, apenas terminó el entierro de su mujer, se apresuró a venir a San Petersburgo. Lo sé de buena tinta.

—¿A San Petersburgo? ¿Aquí? —preguntó alarmada Dunia, cambiando una mirada con su madre.

—Precisamente, y hay que suponer que haya venido con alguna intención; la precipitación de su salida y el conjunto de circunstancias precedentes lo hacen creer así.

—¡Señor! ¿Será posible que venga a acusar a Dunechka hasta aquí? —exclamó Pulqueria Alexandrovna.

—Creo que ninguna de ustedes tiene por qué preocuparse de su presencia en San Petersburgo, desde el momento en que procuren evitar toda clase de relaciones con él. Yo por mi parte, estoy ojo avizor y pronto sabré dónde para.

—¡Ay Piotr Petrovich! Usted no puede imaginarse hasta qué punto me asusta lo que dice —agregó Pulqueria Alexandrovna—. Yo no le he visto más que dos veces y me pareció terrible, ¡terrible! Estoy segura de que él ha tenido la culpa de la muerte de Marfa Petrovna.

—Los detalles concretos que he recibido no autorizan esa suposición. Por lo demás, no niego que sus malos procedimientos hayan podido, en cierta medida, precipitar el curso natural de las cosas. Pero en cuanto a la conducta, y, en general, a la característica moral del personaje, estoy de acuerdo con usted. Ignoro si ahora será rico y lo que Marfa Petrovna haya podido dejarle, pero no tardaré en saberlo. Lo que sí es cierto es que al encontrarse aquí en San Petersburgo no tardará mucho en continuar su antigua manera de vivir, si cuenta con recursos pecuniarios para ello. ¡Es el hombre más plagado de vicios y el más depravado que pueda darse! Yo me inclino a creer que Marfa Petrovna, que tuvo la desgracia de enamorarse de él y que pagó sus deudas hace ocho años, le ha sido útil además en otro sentido. A fuerza de gestiones y sacrificios logró cortar de raíz un asunto criminal que podía muy bien haber terminado con la deportación a Siberia del señor Svidrigailov. Se trataba de un asesinato cometido en unas condiciones particularmente espantosas y, por decirlo así, fantásticas. Ahí tiene usted lo que es ese hombre si desea saberlo.

—¡Dios mío! —exclamó Pulqueria Alexandrovna.

Raskolnikov escuchaba atentamente.

—¿Usted habla, según dice, conforme a datos verídicos? —preguntó en tono severo Dunia.

—Yo me limito a repetir lo que la misma Marfa Petrovna me dijo. Hay que advertir que desde el punto de vista jurídico, este asunto está muy oscuro. En aquella época vivía aquí..., y parece que vive todavía..., una tal Resslich, una extranjera que era prestamista y que ejercía además otros oficios. Entre esta mujer y Svidrigailov existían unas relaciones tan íntimas como misteriosas. Tenía con ella una parienta lejana, una sobrina, según creo, muchacha de quince años o catorce, que era sordomuda. La Resslich no podía soportar a aquella muchacha y le regateaba el pan, pegándole inhumanamente. Un día encontraron a la desgraciada ahorcada en el granero. La investigación de oficio terminó por calificar el hecho de suicidio, y todo parecía quedar en aquello cuando la policía recibió un aviso de que la niña había sido violada por Svidrigailov. En honor a la verdad, todo aquello estaba muy oscuro; la denuncia procedía de otra alemana, mujer de notoria inmoralidad, y cuyo testimonio no era de mucha garantía. En resumen, no hubo lugar a proceso. Marfa Petrovna se puso en acción, prodigó el dinero y logró impedir la continuación de las indagaciones. Mas no por eso cesaron de correr los más insistentes rumores respecto al señor Svidrigailov. Cuando estaba usted en su casa, Avdotia Romanovna, seguramente oiría contar la historia de su criado Filka, muerto a consecuencia de sus malos tratos. Eso ocurrió hace seis años, y la esclavitud existía aún en esa época.

—Yo oí decir, por el contrario, que Filka se había ahorcado.

—Sí, pero fue impulsado o, hablando con más propiedad, obligado a suicidarse por las brutalidades continuas y las vejaciones sistemáticas de su amo.

—Ignoraba eso —respondió secamente Dunia—; yo únicamente oí referir a ese propósito una historia muy extraña: el tal Filka era, según parece, un hipocondríaco, una especie de criado filósofo; sus camaradas sostenían que la lectura lo había trastornado, y, de darle crédito a ellos parece que se ahorcó, no por miedo a los golpes, sino a las burlas del señor Svidrigailov. Yo le vi siempre tratar muy humanamente a sus criados; estos le querían, aunque, efectivamente, le imputasen la muerte de Filka.

—Veo, Avdotia Romanovna, que tiene usted tendencia a justificarle —replicó Lujin con una sonrisa agridulce—. El caso es que se trata de un hombre muy hábil para insinuarse en el corazón de las mujeres; la pobre Marfa Petrovna, que acaba de morir, es una lamentable prueba de ello. He querido únicamente advertirlas, a usted y a su mamá, en previsión de las tentativas que seguramente no dejará de renovar. En lo que a mí respecta, estoy firmemente convencido de que ese hombre terminará en la cárcel por deudas. Marfa Petrovna se cuidaba demasiado de los intereses de sus hijos para que jamás tuviera la intención de dejarle a su marido una parte seria de su fortuna. Es posible que le haya dejado lo suficiente para que pueda vivir con modestia, pero con la afición que tiene a derrochar se lo habrá comido todo antes de un año.

—Le ruego, Piotr Petrovich, que no hablemos más de Svidrigailov —dijo Dunia—. Me resulta desagradable.

—Hace poco estuvo en mi casa —dijo bruscamente Raskolnikov, que hasta entonces no había pronunciado palabra.

Todos se volvieron hacia él con sorpresa. El mismo Piotr Petrovich pareció intrigado.

—Hace media hora, mientras dormía yo, entró en mi habitación, me despertó y me dijo quién era —continuó Raskolnikov—. Estaba bastante contento y alegre; cree que me haré amigo suyo. Entre otras cosas, solicitaba vivamente una entrevista contigo Dunia, y me rogó que le sirviera de mediador a este efecto. Dice que tiene que hacerte una proposición y me dijo en qué consistía esta. Por otra parte, me ha asegurado positivamente que Marfa Petrovna, ocho días antes de morir, había hecho testamento y que te dejaba tres mil rublos y que podrías hacer efectiva esa cantidad dentro de poco.

—¡Alabado sea Dios! —exclamó Pulqueria Alexandrovna, haciendo la señal de la cruz—. Reza por ella, Dunia, reza por ella.

—El hecho es cierto —no pudo menos que afirmar Lujin.

—Bueno, ¿y qué más? —preguntó vivamente Dunechka.

—Después me dijo que no era rico y que toda la fortuna pasaba a sus hijos, que se encontraban ahora en casa de su tía. También me participó que vivía cerca de mí, pero, ¿dónde? Lo ignoro, no se lo pregunté siquiera...

—¿Qué es lo que quiere proponerle a Dunia? —preguntó con inquietud Pulqueria Alexandrovna—. ¿No te lo dijo?

—Sí.

—¿Y qué?

—Ya lo diré después.

Y después de dar esta respuesta, Raskolnikov empezó a tomar el té. Piotr Petrovich miró su reloj.

—Un asunto urgente me obliga a dejarlas a ustedes. Así no seré un estorbo en su conversación —añadió algo picado y levantándose al pronunciar estas palabras.

—Quédese, Piotr Petrovich —dijo Dunia—. Su intención era pasar la velada con nosotros. Además, usted mismo le ha escrito a mamá diciéndole que quería tener una explicación con ella.

—Es verdad —añadió con el mismo tono Piotr Petrovich, el cual volvió a sentarse en el borde de la silla, conservando el sombrero en la mano—; yo desearía, en efecto, tener una explicación con su madre y con usted sobre algunos puntos de bastante gravedad. Pero como su hermano no puede explicarse delante de mí sobre algunas proposiciones del señor Svidrigailov, yo no puedo ni quiero tampoco explicarme... ante terceros... sobre determinados puntos de extremada importancia. Además, yo expresé en los términos más formales un deseo que no se ha tenido en cuenta...

La fisonomía de Lujin habíase tornado dura y altanera.

—Usted nos rogó, en efecto, que mi hermano no asistiera a nuestra entrevista, y si no se ha accedido a su petición ha sido a instancias mías —respondió Dunia—. Usted nos decía en su carta que había sido insultado por mi hermano; entre ustedes, a mi entender, no debe existir el menor desacuerdo, y es necesario que se reconcilien. Si Rodia le ha ofendido realmente a usted, él debe presentarle sus excusas y se las presentará.

Al oír aquellas palabras, Piotr Petrovich se sintió menos dispuesto que nunca a hacer concesiones.

—A pesar de mi buena voluntad, Avdotia Romanovna, no se pueden olvidar ciertas injurias. Todas las cosas tienen un límite que es peligroso traspasar, pues una vez franqueado, el retroceso es imposible.

—No es de eso de lo que le hablaba, Piotr Petrovich —interrumpió Dunia con cierta impaciencia—, hágase cuenta de que todo nuestro porvenir depende ahora de que todo eso se pueda o no aclarar y arreglar cuanto más pronto mejor. He de decirle sin equívocos que no puedo considerar eso de otra manera, y que si me estima usted algo, hoy se ha de poner fin a este equívoco por difícil que sea. Os repito que si mi hermano es culpable, pedirá que le excuséis.

—Me sorprende que plantee la cuestión de esa manera, Avdotia Romanovna —dijo Lujin con creciente irritación—. Puedo estimarla y apreciar todo lo que vale usted, y al mismo tiempo puedo no estimar ni mucho menos a alguno de los suyos. Al pretender la dicha de obtener su mano no puedo tomar a la vez sobre mi obligaciones que no concuerdan con...

—¡Procure desterrar esa vana susceptibilidad, Piotr Petrovich! —interrumpió Dunia con voz conmovida—. Sea usted el hombre noble e inteligente que siempre conocí, que quiero ver siempre en usted. Yo le hice una gran promesa; soy su futura mujer; fíese, pues, de mí en este asunto y crea que yo puedo juzgar con imparcialidad. El papel de árbitro que yo me atribuyo en este momento no es menos sorprendente para mi hermano que para usted. Cuando hoy, después de leer su carta, le rogué insistentemente para que viniera a nuestra entrevista, no le he dicho nada en absoluto respecto a mis intenciones. Comprenda usted que si se niegan a reconciliarse yo me veré en la necesidad de optar por uno de ustedes con exclusión del otro y no quiero ni debo engañarme en la elección. Si atiendo a usted, tendré que romper con mi hermano, y si lo atiendo a él, tendré que romper con usted. Quiero y puedo informarme ahora acerca de los sentimientos de ustedes respecto a mí, y voy a ver si por parte de Rodia tengo un hermano, y por parte de usted tengo un marido que me ama y me aprecia.

—Avdotia Romanovna —replicó incomodado Lujin—, su lenguaje se presta a muchas interpretaciones. Diré más: lo encuentro ofensivo, teniendo en cuenta la situación que tengo el honor de ocupar respecto a usted. Sin hablar de lo que para mí hay de molesto al ser comparado con un joven... orgulloso, usted parece admitir como posible la ruptura del matrimonio convenido entre nosotros. Usted dice que tiene que elegir entre su hermano y yo; con eso demuestra lo poco que represento para usted... Yo no puedo aceptar eso, dadas nuestras relaciones y... nuestros recíprocos compromisos.

—¡Cómo! —exclamó Dunia, cuya frente se cubría de rubor—. Pongo su interés en contrapeso con cuanto hasta la fecha constituyó mi vida entera, y de pronto, se ofende usted alegando que le tengo poca estima.

Raskolnikov sonrió cáusticamente, Razumikin hizo una mueca, pero la contestación de la joven no calmó en manera alguna a Lujin, que por momentos se tornaba más arrogante y más intratable.

—El amor por el esposo, por el futuro compañero de la vida, debe estar por encima del cariño fraternal —declaró sentenciosamente—, y de ninguna manera puede compararse con él... Aunque yo dijera antes que no quería ni podía expresarme en presencia de su hermano acerca del principal objeto de mi visita, hay un punto muy importante para mí que desearía poner en claro ahora mismo con su madre. Su hijo —continuó dirigiéndose a Pulqueria Alexandrovna—, ayer, en presencia del señor Razsudkin..., ¿no es así como se llama usted? Perdone que se me haya olvidado su nombre... —le dijo a Razumikin haciéndole un amable saludo—, me ofendió por la manera de alterar una frase pronunciada hace poco en casa de usted cuando tomaba café. Yo dije que, a mi parecer, una joven pobre y probada por la desgracia, ofrecía al marido más garantías de moralidad y de dicha que otra criada en la abundancia. Su hijo, con deliberado propósito, dio un sentido absurdo a mis palabras, atribuyéndome intenciones odiosas, y presumo que para hacerlo se basó en una carta de usted. Para mí sería una gran satisfacción que usted, Pulqueria Alexandrovna, pudiera demostrarme que estoy equivocado. Dígame, pues, con exactitud, en los términos que usted reprodujo mi pensamiento al escribirle a Rodion Romanovich.

—No lo recuerdo —respondió turbada Pulqueria Alexandrovna—. Yo se lo escribí tal como lo entendí. No sé cómo habrá repetido Rodia esa frase. Es posible que haya alterado los términos.

—No habrá podido hacerlo más que inspirándose en lo que usted le haya escrito.

—Piotr Petrovich —replicó con dignidad Pulqueria Alexandrovna—, la mejor prueba de que tanto Dunia como yo no hemos tomado sus palabras en mal sentido está en que nos encontramos aquí.

—¡Muy bien, mamá! —aprobó la joven.

—¡Entonces, el culpable soy yo! —dijo Lujin ofendido.

—Usted, Piotr Petrovich, está acusando siempre a Rodion, pues usted mismo, en la carta que recibimos hace poco, le atribuye un hecho falso —continuó Pulqueria Alexandrovna, notablemente confortada por la aprobación de su hija.

—No recuerdo haber escrito nada que sea falso.

—Según la carta de usted —declaro ásperamente Raskolnikov sin volverse hacia Lujin—, el dinero que yo le di ayer a la viuda de un hombre que había sido atropellado por un coche, se lo entregó a su hija..., a la que vi entonces por primera vez... Usted ha escrito eso con el único objeto de indisponerme con mi familia, y para conseguirlo mejor, ha calificado usted de la manera más innoble la conducta de una joven a la que ni siquiera conoce. Eso es una vil difamación.

—Perdone, caballero —respondió Lujin, temblando de cólera—, si yo me extendí en mi carta en cosas referentes a usted fue únicamente porque su madre y su hermana me rogaron que les dijera cómo lo había encontrado y qué impresión me había producido usted. Por otra parte le desafío a que señale una sola falsedad en el párrafo a que hace alusión. ¿Negará, en efecto, que ha derrochado usted su dinero? Y en cuanto a la desgraciada familia de que estamos hablando, ¿se atrevería usted a garantizar la honorabilidad de todos sus miembros?

—Mi opinión es que, con toda su moralidad, usted no vale lo que el dedo meñique de la pobre muchacha contra quien lanza la piedra.

—Por consiguiente, ¿no vacilaría usted en admitirla en la sociedad de su madre y de su hermana?

—Incluso lo he hecho ya, si desea usted saberlo. La he invitado hoy para que venga a sentarse al lado de ellas.

—¡Rodia! —exclamó Pulqueria Alexandrovna.

Dunechka se ruborizó; Razumikin frunció el entrecejo. Lujin sonrió despectivamente.

—Juzgue usted misma, Avdotia Romanovna, si el arreglo es posible. Creo ahora que el asunto está terminado y que no hay que hablar más de ello. Me retiro para no ser más tiempo un estorbo a su reunión de familia; además, creo que deben ustedes tener secretos que comunicarse —se levantó y cogió su sombrero—. Pero permítanme que les diga antes de marcharme que deseo en lo sucesivo no verme expuesto a altercados semejantes. A usted muy particularmente, honorable Pulqueria Alexandrovna, le hago especialmente esta petición, tanto más cuanto que mi carta iba dirigida a usted y no a otra persona.

Pulqueria Alexandrovna se sintió un tanto zaherida.

—¡Así, pues, se cree usted nuestro amo, Piotr Petrovich! Dunia le ha explicado por qué no ha sido atendido su deseo; ella lo ha hecho con la mejor intención. Pero, en verdad, usted me ha escrito con un estilo demasiado imperioso. ¿Hemos de considerar los deseos de usted como una orden? Yo le diré, por el contrario, que ahora, sobre todo, debe tratarnos con miramiento y respeto, porque nuestra confianza en usted nos trajo aquí, y, por consiguiente, nos tiene a su disposición.

—Eso no es completamente exacto, Pulqueria Alexandrovna, sobre todo en este momento en que tiene usted conocimiento del legado que le ha hecho Marfa Petrovna a su hija. Esos tres mil rublos llegan con bastante oportunidad, a juzgar por el tono distinto que ustedes adoptan conmigo —añadió Lujin.

—Esa observación permite suponer que usted había especulado con nuestra miseria —observó con voz irritada Dunia.

—Pero ya no puedo especular con ella, y sobre todo no quiero impedir que escuchen las proposiciones secretas que Arcadio Ivanovich Svidrigailov le ha encargado a su hermano para que se las transmita. Por lo que veo, esas proposiciones tienen para ustedes una significación importante, y hasta muy agradable quizá.

—¡Dios mío! —exclamó Pulqueria Alexandrovna.

Razumikin se agitaba impacientemente en su silla.

—¿No te da vergüenza, hermana mía? —preguntó Raskolnikov.

—Sí, Rodia —respondió la joven—. ¡Piotr Petrovich, márchese usted! —le dijo pálida de cólera a Lujin.

Este no esperaba un desenlace parecido. Había contado demasiado con su fuerza y con la impotencia de sus víctimas. Aun ahora no se atrevía a dar crédito a sus oídos.

—Avdotia Romanovna —díjole, completamente pálido y temblándole los labios—, si salgo en este momento, tenga la seguridad de que no volveré jamás. ¡Piénselo bien! ¡Yo no tengo más que una palabra!

—¡Qué impertinencia! —exclamó Dunia, saltando de la silla—. ¡Pero si yo no quiero de ninguna manera que vuelva usted!

—¡Cómo! ¡Lo dice usted así! —gritó Lujin tanto más desconcertado cuanto que hasta el último instante había creído imposible la ruptura—. ¡Pues sepa usted, Avdotia Romanovna, que yo podría protestar...!

—¿Con qué derecho se permite usted hablar así...? —dijo con vehemencia Pulqueria Alexandrovna—. ¿Cómo se atreve a contestar? ¿Cuáles son sus derechos? ¿Cómo iba yo a entregar mi Dunia a un hombre como usted? ¡Márchese, déjenos en paz! La culpa la tenemos nosotras por acceder a una cosa deshonrosa, y sobre todo yo...

—Sin embargo, Pulqueria Alexandrovna —replicó exasperado Piotr Petrovich—, usted se comprometió conmigo dándome una palabra que ahora me retira..., y, en fin..., esto me ha ocasionado gastos...

Esta última recriminación era tan propia del carácter de Lujin, que Raskolnikov, a pesar de la cólera que sentía, no pudo escucharla sin soltar una carcajada. Pero no ocurrió lo propio con Pulqueria Alexandrovna.

—¿Gastos? —replicó violentamente—. ¿Se refiere quizá a la maleta que nos mandó? ¡Porque los billetes los consiguió usted gratuitos! ¡Dios mío, y pretende que nos hemos comprometido con él! ¡Qué manera de alterar las cosas! ¡Pero si somos nosotras las que estamos a merced de usted y no usted a la nuestra!

—¡Basta, mamá! ¡Basta, se lo ruego! —dijo Avdotia Romanovna—. ¡Piotr Petrovich, tenga la bondad de retirarse!

—Ya me marcho; pero escuchen ustedes una palabra nada más —respondió casi fuera de sí—. Su madre parece haberse olvidado por completo de que yo pedí su mano en ocasión de que corrían malos rumores acerca de usted por toda la comarca. Al desafiar por usted a la opinión pública, al restaurar su reputación, tenía motivos para esperar su agradecimiento; hasta tenía derecho a esperarlo así... ¡He tenido un gran desengaño! Ya veo que no ha sido comprendida mi conducta y que quizá hice muy mal no teniendo en cuenta la opinión pública...

—¡Pero este hombre quiere que le rompan la cabeza! —exclamó Razumikin que se había levantado ya para castigar al insolente.

—¡Es usted un hombre ruin y malo! —dijo Dunia.

—¡Ni una palabra! ¡Ni un gesto! —dijo vivamente Raskolnikov deteniendo a Razumikin.

Luego se acerco a Lujin y hablándole casi al oído:

—¡Haga el favor de marcharse! —le dijo en voz baja, pero perfectamente clara—. Y ni media palabra más, pues de lo contrario...

Piotr Petrovich, con el rostro pálido y contraído por la cólera, lo miró durante unos segundos; pero inmediatamente giró sobre sus talones y desapareció, llevando en su corazón un odio mortal hacia Raskolnikov a quien únicamente imputaba su desgracia. Y, cosa extraña, mientras bajaba la escalera se imaginaba todavía que no estaba irremisiblemente perdido todo y que no sería completamente imposible un acuerdo con las señoras.

III

Lo fuerte del caso era que, hasta el último momento, Piotr Petrovich no había esperado en manera alguna semejante desenlace. No había cesado ni un momento de presumir, no pudiendo admitir ni siquiera la posibilidad de que aquellas dos mujeres pobres e indefensas se le pudiesen escapar de las garras. Esta convicción se apoyaba principalmente en la presunción y en aquel grado de confianza en sí mismo que mejor sería llamarlo enamoramiento de sí. Piotr Petrovich, que había salido de la nada, se había abierto camino él solo, a empellones, estaba acostumbrado a admirarse, tenía una idea muy elevada de su talento y de sus capacidades, y, a veces, cuando se encontraba a solas, se colocaba ante el espejo para contemplar su figura y extasiarse ante ella.

Sin embargo, estimaba su dinero más que nada en el mundo, obtenido con el trabajo y por todos los medios legales, y que le permitía hacerlo igual a todo lo que le era superior.

Al recordarle amargamente en todo momento a Dunia que estaba decidido a aceptarla a pesar de todo lo que decían de ella, Piotr Petrovich hablaba con absoluta sinceridad e incluso experimentaba una profunda indignación ante «tan negra ingratitud». Y a pesar de todo, al prometerse entonces con Dunia estaba convencido de lo absurdo de aquellas habladurías, cuya falta de fundamento había proclamado ya por todas partes la misma Marfa Petrovna y en la veracidad de las cuales no creía ya nadie, de tal manera que todo el pueblo defendía calurosamente a Dunia. Ahora mismo no rehusaría aceptar que entonces sabía ya todo aquello. Sin embargo, consideraba como un acto de gran valor moral el haberse decidido a elevar a Dunia hacia él. Al hablar poco con ella había exteriorizado su secreto, el pensamiento que había producido ya su propia admiración más de una vez, y no podía comprender que los demás no se sintiesen admirados ante su acción. Al visitar a Raskolnikov entró en la habitación de este con el sentimiento del protector que se prepara para recoger los frutos de sus buenas acciones y escuchar las gracias más aduladoras. Y ahora, naturalmente, al bajar la escalera, se consideraba ofendido de la manera más injusta del mundo.

Dunia le era sencillamente necesaria; le parecía inconcebible tener que renunciar a ella. Ya hacía algunos años que pensaba en casarse; pero estaba ahorrando y esperaba. Soñaba secretamente, con una especie de embriaguez, en una muchacha decente y pobre (era absolutamente necesario que fuese pobre), muy joven, distinguida e instruida, muy abatida, que hubiera sufrido muchas contrariedades, muy humillada ante él, una muchacha que toda su vida lo considerara como su salvador, que lo venerase y se sometiese a él de manera exclusiva y que no admirase a nadie más que a él. ¡Cuántas escenas, qué dulces episodios había creado su imaginación sobre este candente tema durante las horas que el trabajo le dejaba libres!

Y he aquí que el sueño que había incubado durante tantos años estaba a punto de realizarse: la belleza y la instrucción de Avdotia Romanovna lo habían deslumbrado; la situación de desamparo en que ella se encontraba había terminado por colmarlo. Incluso había algo más de lo que él soñara: Avdotia Romanovna era una muchacha orgullosa, con carácter, virtuosa, con una instrucción y un desarrollo intelectual superior al suyo (él se daba perfecta cuenta de ello), y una criatura como aquella le estaría eternamente agradecida, como una esclava, por su acción, y se sometería devotamente a él, ¡y él sería el amo y señor sin la más leve limitación...! Poco antes de prometerse, después de largas reflexiones y esperas, había decidido definitivamente cambiar de carrera y penetrar en un campo de acción más amplio, y, al mismo tiempo, ir introduciéndose en una sociedad más elevada, en lo que pensaba hacía tiempo con voluptuosidad... En una palabra, había decidido probar fortuna en San Petersburgo. Él sabía que las mujeres, en tales ocasiones, sirven de mucho. La fascinación ejercida por una mujer encantadora, virtuosa e instruida, podía embellecer admirablemente su camino, llamar la atención hacia él, crear una aureola... ¡Y todo se había hundido! Esta ruptura repentina, escandalosa, había caído sobre él como un rayo. ¡Era una peripecia extravagante y absurda! Ella no había hecho más que levantar un poquitín la voz, no había tenido ni siquiera tiempo para decir lo que se proponía, más bien había parecido una cosa de cumplido, se había dejado llevar y había terminado de una manera tan seria...

En fin, pensándolo bien, él estimaba a Dunia a su manera, en su pensamiento, ejercía ya cierto dominio, y de pronto... ¡No! Mañana, mañana mismo, sin falta se arreglará todo, se restablecerán las cosas y, principalmente, hay que abatir a ese mocoso lleno de orgullo que tiene la culpa de todo lo ocurrido. Involuntariamente, con una sensación punzante, se acordó también de que Razumikin...; por esta parte, sin embargo, se tranquilizó inmediatamente. «¡No faltaría más que eso, que lo colocaran en plano de igualdad con él!». Pero a quien verdaderamente temía era a Svidrigailov... En una palabra, no le faltarían preocupaciones...

—No, soy yo, soy yo la más culpable —dijo Dunia abrazando y besando a su madre—. Me gustaba su dinero; y te juro, sin embargo hermano mío, que no imaginaba que él fuera un hombre tan indigno. Si yo hubiera sabido antes la clase de persona que era no habría bastado nada del mundo para gustarme. ¡No me acuses, hermano!

—¡Qué peso nos hemos quitado de encima! ¡Esto ha sido obra de Dios! —balbuceaba Pulqueria Alexadrovna, la cual parecía, sin embargo, no haberse dado perfecta cuenta de lo que había pasado.

Durante cinco minutos permanecieron todos muy alegres, traduciéndose su satisfacción en risas. Sólo Dunechka palidecía de cuando en cuando ante el recuerdo de la escena que acababa de tener lugar. Pero el más encantado de todos era Razumikin. Su alegría, que aún no se atrevía a exteriorizar francamente, se revelaba a pesar suyo por un temblor febril de todo su cuerpo. Desde ahora podía darles toda su vida a las señoras y consagrarse a su servicio... Sin embargo, procuraba apartar estos pensamientos en lo más profundo de sí mismo, temiendo dar rienda suelta a su imaginación. En cuanto a Raskolnikov, inmóvil y serio, no tomaba parte en la alegría general; incluso habría podido decirse que su espíritu estaba en otra parte. Después de haber insistido tanto para que rompieran con Lujin le parecía, una vez consumada aquella ruptura, que a él era a quién menos interesaba. Dunia no pudo menos de pensar si continuaría disgustado con ella y Pulqueria Alexandrovna lo miró con inquietud.

—¿Qué ha sido entonces lo que te dijo Svidrigailov? —preguntó la joven acercándose a su hermano.

—¡Ah, sí, sí! —apoyó vivamente Pulqueria Alexandrovna.

Raskolnikov levantó la cabeza.

—Quiere a toda costa regalarte diez mil rublos y desea tener una sola entrevista contigo en mi presencia.

—¡Verle! ¡Jamás! —exclamó Pulqueria Alexandrovna—. ¿Y cómo se atreve a ofrecerle dinero?

Y a continuación les refirió Raskolnikov, muy secamente, su conversación con Svidrigailov, pasando por alto lo que se refería a las apariciones de Marfa Petrovna con tal de no dar aliciente a la verbosidad de su madre y porque sentía repugnancia en sostener cualquier conversación que no fuese más que estrictamente necesaria.

—¿Qué le has contestado? —preguntó Dunia.

—Le dije rápidamente que no te diría nada. Entonces manifestó que se valdría de todos los medios para obtener personalmente la entrevista. Me aseguró que su pasión había sido fuego de virutas y que ya no siente nada por ti... No quiere que te cases con Lujin... En general hablaba de manera evasiva.

—¿Cómo te explicas eso, Rodia? ¿Qué impresión te ha producido?

—Debo confesar que en conjunto me cuesta trabajo comprenderlo. Ofrece diez mil rublos y él mismo declara que no es rico. Dice que quiere emprender un viaje, y al cabo de diez minutos no se acuerda de haberlo dicho. De pronto anuncia que quiere casarse también y que ya le han buscado novia. Naturalmente, él tiene algo metido en la cabeza, y probablemente no será nada bueno. Sin embargo, me parece inadmisible que planteara el asunto de una manera tan ingenua si tuviera malas intenciones respecto a ti... Ni que decir tiene que yo he rechazado ese dinero en nombre tuyo y le he prohibido que volviera a hablarme de ti. En general me ha producido una impresión extraña... y hasta me ha parecido observar en él síntomas de enajenación mental. Es posible que esté equivocado, sin embargo: eso pudiera muy bien ser un artificio por su parte. La muerte de Marfa Petrovna, por lo que se ve, le ha producido impresión...

—¡Que Dios la tenga en su santa gloria! —exclamó Pulqueria Alexandrovna—. Toda la vida, toda la vida, rogaré a Dios por ella. ¡Qué sería de nosotros, Dunia, en estos momentos sin esos tres mil rublos! ¡Señor, Señor, diría que vienen de tu mano! ¡Ay, Rodia! ¡Esta mañana no nos quedaban más que tres rublos, y habíamos contado con Dunia para empeñar el reloj con tal de no pedirle nada a Lujin, en espera de que él mismo se diera cuenta de nuestra situación.

Dunia quedó en extremo sorprendida cuando se enteró en qué consistían las proposiciones de Svidrigailov y quedó pensativa mucho rato.

«¡Ese hombre tiene algún terrible proyecto!», murmuró ella para sí, estremeciéndose.

Raskolnikov se dio cuenta de aquella agitación:

—Creo que tendré ocasión de verle alguna vez más —le dijo a su hermana.

—¡Buscaremos su pista! ¡Yo le encontraré! —gritó enérgicamente Razumikin—. ¡No le perderé de vista! Rodia me ha autorizado para ello. Él mismo me dijo no hace mucho: «Vela por mi hermana». ¿Consiente usted en ello, Avdotia Romanovna?

Dunia sonrió y le tendió la mano al joven, pero su rostro seguía expresando preocupación. Pulqueria Alexandrovna la miró con timidez; por otra parte, los tres mil rublos la habían tranquilizado bastante.

Al cabo de un cuarto de hora hablaban todos animadamente. El mismo Raskolnikov, aunque permanecía silencioso, prestaba oído de cuando en cuando a lo que decían. El peso de la conversación lo llevaba Razumikin.

—¿Y por qué se han de marchar ustedes? —decía, convencido—. ¿Qué van a hacer en su poblacho? Pero lo más interesante es que aquí se encuentran ustedes reunidos y que se necesitan los unos a los otros. Han de hacerse cargo de que no pueden separarse. Creo que deben quedarse por lo menos una temporada... Acéptenme como amigo, como socio, y yo les aseguro que montaremos un excelente negocio. Miren, voy a explicarles mi proyecto con todo detalle... Esto se me ha ocurrido esta mañana, cuando nada había sucedido aún... He aquí el asunto: yo tengo un tío..., ya se lo presentaré a ustedes, es un viejo agradable y respetable..., que tiene un capital de mil rublos de los que no sabe qué hacer, pues percibe una pensión que le basta para sus necesidades. Hace dos años que no cesa de ofrecerme esa cantidad al seis por ciento de interés. Yo adivino su intención: no es más que un pretexto para ayudarme. El año pasado no tenía yo necesidad de dinero, pero este año estaba esperando que llegara mi tío para decirle que acepto. A los mil rublos de mi tío puede usted agregar mil de los suyos y ya tenemos formada la sociedad. ¿Qué negocio emprenderemos?

Entonces empezó Razumikin a exponer su proyecto. Según él, la mayoría de nuestros libreros y editores hacían malos negocios porque no conocían su oficio; pero con buenas obras, se podía ganar dinero... El joven, que trabajaba hacía dos años para distintas editoriales, estaba al corriente del negocio y conocía bastante bien tres lenguas europeas. A Raskolnikov le dijo seis días antes que conocía mal el alemán, pero se lo dijo sencillamente para decidir a su amigo a que colaborara en una traducción que había de reportarle algunos rublos. Raskolnikov no se dejó engañar por aquella mentira.

—¿Por qué no vamos a emprender ese negocio cuando tenemos uno de los medios más esenciales: el dinero? —continuó, entusiasmándose Razumikin—. Desde luego que habrá que trabajar mucho, pero trabajaremos, todos pondremos mano a la obra: usted, Avdotia Romanovna; Rodion, yo... ¡Hay actualmente publicaciones que producen mucho! Nosotros contamos con la ventaja de saber precisamente lo que se debe traducir. Seremos al mismo tiempo traductores, editores y profesores. Yo puedo ser muy útil ahora porque tengo experiencia. Va a hacer ya dos años que estoy metido entre editores y conozco bien a fondo el asunto, no es ninguna cosa del otro mundo, créalo. ¿Por qué no hemos de aprovechar la ocasión de ganar algo cuando se nos presenta? Podría citarle dos o tres libros extranjeros cuya publicación sería un excelente negocio. Si yo se los indicara a cualquiera de nuestros editores no sacaría por todo ello más de quinientos rublos, pero no hay cuidado en que se los recomiende... Además serían capaces de discutirlo, los imbéciles. En cuanto a la parte material de la empresa: impresión, papel, venta, etcétera, ya me encargaría yo de ello. ¡Eso lo conozco al dedillo! Empezaríamos modestamente, y poco a poco iríamos planeando más cosas hasta llegar a abarcarlo todo.

Los ojos de Dunia brillaban.

—Me gusta mucho lo que nos propone Demetrio Prokofich —dijo.

—Yo, naturalmente, no entiendo nada de eso —añadió Pulqueria Alexandrovna—; esa idea puede ser buena, Dios sabe. Lo que no ofrece duda es que pasaremos algún tiempo aquí... —terminó dirigiendo una mirada a su hijo.

—¿Qué te parece esto, hermano? —preguntó Dunia.

—Me parece una idea excelente —respondió Raskolnikov—. Desde luego que no se improvisa de la noche a la mañana una librería importante; pero hay cinco o seis libros cuyo éxito sería indiscutible. Yo conozco uno que seguramente se vendería bastante. Y por otra parte, podéis tener absoluta confianza en Razumikin, porque conoce el negocio... Además, tenéis todavía mucho tiempo para hablar del asunto...

—¡Hurra! —gritó Razumikin—. Ahora escuchad. Aquí hay en esta misma casa, un cuarto separado e independiente del local donde se encuentran estas habitaciones; no cuesta muy caro y está amueblado.... son tres piezas pequeñas. Les aconsejo que lo alquilen. Estarían muy bien allí, por cuanto de esta manera pueden estar los tres juntos, teniendo a Rodia con ustedes... Pero, ¿adónde vas?

—¡Cómo! ¿Te marchas ya? —preguntó con inquietud Pulqueria Alexandrovna.

—¡Y en un momento así! —gritó Razumikin.

Dunia miró a su hermano con sorpresa y desconfianza. Tenía la gorra en la mano y se disponía a salir.

—¡Parece como si mi separación fuera a ser eterna! ¡No me enterréis todavía! —dijo con aire extraño.

Sonreía, pero, ¡con qué sonrisa!

—Aunque después de todo, ¿quién sabe? Tal vez sea la última vez que nos veamos —añadió de pronto.

Aquellas palabras salieron espontáneamente de sus labios.

—Pero, ¿qué tienes? —dijo su madre con ansiedad.

—¿Adónde vas, Rodia? —le preguntó su hermana poniendo en su pregunta un acento particular.

—Necesito salir —respondió.

Su voz era vacilante, pero su pálido rostro expresaba una resolución firme.

—Mamá, yo quería decirle..., al venir aquí..., y decírtelo a ti también, Dunia, que sería mejor que nos separásemos por algún tiempo... Yo no estoy bien, tengo necesidad de descansar..., vendré después, siempre que me sea posible. Conservaré vuestro recuerdo y siempre os amaré... Pero, ¡dejadme! ¡Dejadme solo! Mi intención era esa ya... Y mi resolución es irrevocable... Sea lo que fuere de mí, perdido o no, quiero estar solo. Olvidadme por completo. Eso será lo mejor... No preguntéis por mí. Cuando sea necesario, vendré yo a vuestra casa o... mandaré llamaros... ¡Es posible que se arregle todo...! Pero, entretanto, si verdaderamente me amáis, renunciad a verme... Si no lo hacéis así llegaré a aborreceros. Digo lo que siento... ¡Adiós!

—¡Dios mío! —gimió Pulqueria Alexandrovna.

Un espanto terrible se apoderó de ambas mujeres, así como de Razumikin.

—¡Rodia, Rodia! ¡Reconcíliate con nosotras, seamos amigos siempre! —exclamó la pobre madre.

Raskolnikov se dirigió hacia la puerta, pero antes de llegar a ella, Dunia lo alcanzó.

—¡Hermano mío! ¿Por qué procedes de esa manera con nuestra madre? —murmuró la joven, con los ojos llameantes de indignación.

Raskolnikov hizo un esfuerzo para volver los ojos hacia ella.

—Esto no es nada; ya volveré —balbuceó a media voz, como un hombre que no tiene plena conciencia de lo que dice.

Y salió de la habitación.

—¡Egoísta, corazón de piedra, hombre sin piedad...! —vociferó Dunia.

—¡No es un egoísta, es un a-lie-nado! ¡Ya les dije que está loco! ¿Acaso no lo ven? Son ustedes las despiadadas en este caso —murmuró vivamente Razumikin, acercándose al oído de la joven, cuya mano estrechó con fuerza.

—¡Vuelvo enseguida! —gritó a Pulqueria Alexandrovna que estaba casi desfallecida.

Y se lanzó fuera de la habitación.

Raskolnikov le esperaba al final del corredor.

—Ya me figuraba que vendrías detrás de mí —le dijo—. Vete con ellas y no las dejes... Continúa mañana a su lado... y siempre. Yo..., yo quizá vuelva..., si puede ser. ¡Adiós!

Iba a alejarse sin darle la mano a Razumikin.

—Pero, ¿adónde vas? —le preguntó este, estupefacto—. ¿Qué te pasa? ¿Por qué obras de ese modo...?

Raskolnikov se detuvo de nuevo.

—De una vez para siempre: no me preguntes jamás sobre nada, porque no te contestaré... Déjame, pero a ellas... no las abandones. ¿Me comprendes?

El corredor estaba oscuro, se hallaban cerca de una lámpara. Ambos se miraron en silencio durante un minuto. La mirada fija e inflamada de Raskolnikov parecía querer penetrar hasta el fondo de su alma. De pronto Razumikin se estremeció y se puso pálido como un cadáver, la horrible verdad acababa de revelársele.

—¿Lo comprendes ahora? —dijo de pronto Raskolnikov, cuyos rasgos se alteraron terriblemente—. Vuelve al lado de ellas —agregó.

Y, con rápido paso, salió de la casa.

Es imposible describir la escena que siguió a la vuelta de Razumikin a la habitación de Pulqueria Alexandrovna. Como puede presumirse, el joven empleó todos los medios imaginables para tranquilizar a las dos señoras. Les aseguró que Rodia tenía necesidad de descanso a causa de su enfermedad y les juró que Rodia no dejaría de venir a verlas cada día; que estaba muy afectado moralmente y que había que procurar no irritarlo; les prometió que cuidaría a su amigo y que haría que lo atendiera un buen médico, el mejor que hubiera, y si era necesario llamaría a consulta a las eminencias de la facultad... En resumen, a partir de aquella noche, Razumikin fue para las dos señoras un hijo y un hermano.

IV

Raskolnikov se encaminó directamente al canal donde vivía Sonia. La casa, de tres pisos, era un viejo edificio pintado de verde. Al joven le costó bastante trabajo encontrar al portero y obtuvo de él vagas indicaciones acerca del piso del sastre Kapernaumov. Después de descubrir en un rincón del patio la entrada de una escalera estrecha y oscura, subió al segundo piso y luego siguió la galería que daba frente al patio. Mientras marchaba por la oscuridad, preguntándose por dónde podría entrar en casa de Kapernaumov, una puerta se abrió a tres pasos de él y se asió a una de las hojas en un gesto mecánico.

—¿Quién está ahí? —preguntó una miedosa voz de mujer.

—Soy yo... que vengo a verla —respondió Raskolnikov, entrando en una pequeña antesala, en la que se veía sobre una mesa estropeada un cabo de vela que ardía en un candelabro de bronce deformado.

—¡Dios mío, pero es usted! —dijo Sonia con voz débil, que parecía no tener fuerza para moverse del sitio.

—¿Cuál es su cuarto? ¿Este?

Y Raskolnikov pasó rápidamente a la habitación, esforzándose en no mirar a la joven.

Al cabo de un minuto, Sonia se le unió, llevando la vela en la mano y se quedó de pie frente a él, presa de indecible agitación. Aquella inesperada visita la turbaba, incluso le infundía miedo. De repente, su pálido rostro se coloreó y las lágrimas acudieron a sus ojos... Experimentaba una extrema confusión a la que se mezclaba cierta dulzura... Raskolnikov se volvió en un rápido movimiento y se sentó en una silla cerca de la mesa. Rápidamente hizo el inventario de cuanto había en la habitación.

La pieza era grande, pero excesivamente baja, y era la única que tenían alquilada los Kapernaumov; en el tabique de la izquierda había una puerta que daba acceso a las habitaciones de ellos. En el lado opuesto había otra puerta que estaba cerrada siempre. Allá había otra vivienda señalada con otro número. La habitación de Sonia parecía un cobertizo y tenía la forma de un rectángulo muy irregular y aquella disposición le daba algo de monstruoso. La pared, en la que se veían tres huecos de ventana, formaba fachada frente al canal, la cortaba de través, formando de esta manera un ángulo muy agudo, en el fondo del cual no se veía nada con la débil luz de la vela. El otro rincón, por el contrario, era desmesuradamente obtuso.

En aquella enorme habitación no había casi muebles. En el rincón de la derecha se encontraba la cama; entre la cama y la puerta había una silla; en el mismo lado, justamente frente a la puerta de la vivienda inmediata, estaba colocada una mesa de madera blanca cubierta por un tapete azul; al lado de la mesa había dos sillas de junco. Contra la pared opuesta, cerca del ángulo agudo, se encontraba adosada una cómoda pequeña de madera sin barnizar, que parecía perdida en el vacío. A esto se reducía todo el mobiliario. El papel amarillento y deteriorado había adquirido en todos los rincones unos tonos negruzcos, seguramente debido a la humedad y al humo del carbón. Todo denotaba pobreza; ni siquiera había cortinas en la ventana.

Sonia contempló en silencio al visitante que examinaba su habitación de manera tan despreocupada; finalmente empezó a temblar de miedo como si se encontrara delante del árbitro de su suerte.

—He venido demasiado tarde... ¿Han dado ya las once? —preguntó Raskolnikov sin levantar los ojos hacia ella.

—Sí —balbuceó Sonia—. ¡Sí, sí que son ya las once! —repitió apresuradamente, como si aquello fuera lo único que podía hacerle salir del paso—. Sí, sí, ahora mismo las he oído en el reloj de mis patrones... yo misma las he oído... Sí que son las once.

—Vengo a su casa por última vez —dijo tristemente Raskolnikov, pareciendo olvidarse de que era la primera vez que venía— y es posible que no vuelva a verla...

—¿Se va usted... a marchar?

—No lo sé...; mañana, probablemente.

—¿No irá usted entonces a casa de Katerin Ivanovna mañana? —dijo Sonia con voz temblorosa.

—No lo sé. Mañana por la mañana, probablemente... Pero no se trata de eso: he venido para decirle algo.

Y levantó hacia ella su mirada abstraída, y de pronto se dio cuenta de que estaba sentado, mientras que ella permaneció de pie delante de él.

—¿Por qué está usted de pie? Siéntese —le dijo con una voz que de pronto se hizo dulce y cariñosa.

Ella obedeció, y durante un minuto él la contempló con benevolencia, casi estremecido.

—¡Qué delgada está usted! ¡Qué manos tiene! Se ve la luz a través de ellas y sus dedos se parecen a los de una muerta.

Raskolnikov le tomó la mano, y Sonia sonrió tristemente.

—Siempre fui así —dijo ella.

—¿Incluso cuando vivía usted con sus padres?

—Sí.

—Sí, desde luego —dijo él con brusquedad.

Un cambio súbito se había operado nuevamente en la expresión de su rostro y en el tono de su voz. Volvió a mirar a su alrededor.

—¿Está usted hospedada en casa de Kapernaumov?

—Sí.

—¿Viven allí, detrás de la puerta aquella?

—Sí..., su habitación es igual a esta.

—¿No tienen más que una habitación para todos?

En una habitación como esta tendría yo miedo por las noches —observó con gesto sombrío.

—Mis patrones son muy buenas personas, muy afables —respondió Sonia, que no parecía haber recobrado aún su presencia de ánimo—, y todo el mobiliario, todo... es de ellos. Son muy buenos; sus niños vienen con frecuencia a verme.

—¿Son tartamudos?

—Sí... El padre es tartamudo y cojo; la madre también... No es que ella tartamudee, pero tiene un defecto en la lengua. Es una mujer muy buena. Kapernaumov es un antiguo siervo. Tienen siete hijos... El mayor es el único que tartamudea; los otros son enfermizos, pero no tartamudean..., pero, ¿cómo se explica que esté usted enterado de eso? —añadió con cierta extrañeza.

—Me lo contó su padre hace algún tiempo. También me enteré por él de todo lo que a usted le ha pasado. Me dijo que salió usted a las seis y que volvió después de las ocho, y que Katerin Ivanovna se arrodilló junto a su cama.

Sonia se turbó.

—Me parece que lo he visto ayer.

—¿A quién?

—A mi padre. Yo estaba en la calle en una esquina cerca de aquí, entre las nueve y las diez; iba delante de mí. Habría jurado que era él. Hasta quería ir a decírselo a Katerin Ivanovna...

—¿Estaba usted paseando?

—Sí —murmuró Sonia, bajando los ojos un poco confusa.

—¿Le pegaba a usted Katerin Ivanovna cuando estaba usted en casa de su padre?

—¡Oh, no! ¿Cómo puede usted decir eso? ¡No! —exclamó la joven mirando a Raskolnikov con una especie de terror.

—Entonces, ¿la quiere usted?

—¿A ella? ¿Y cómo no? —replicó Sonia con voz apagada y doliente, y luego juntó las manos con una expresión de piedad—. ¡Ah, usted la...! ¡Si usted la conociera! Mire, es exactamente lo mismo que un niño... Tiene algo perturbado el juicio... por la desgracia. Pero, ¡qué inteligente es...! ¡Qué buena y qué generosa! Usted no sabe nada, nada... ¡Ah!

Sonia dio a sus últimas palabras un acento casi desesperado. Era presa de una agitación extraordinaria y se retorcía las manos desolada. Sus pálidas mejillas se colorearon de nuevo y en sus ojos se leía el sufrimiento. Evidentemente, acababan de herirle una cuerda sensible y hablaba acaloradamente para disculpar a Katerin Ivanovna. De repente, todos los rasgos de su rostro expresaron una compasión insaciable, si así puede decirse.

—¡Ella maltratarme! Pero, ¿qué dice usted, Dios mío? ¡Pegarme ella! ¡Y aunque me hubiera pegado! ¿Qué? usted no sabe nada, nada... ¡Es tan desgraciada la pobre! ¡Tan desgraciada...! Además está enferma... Busca la justicia... Ella es pura... Cree que la justicia debe reinar en todo y la reclama... Por mucho que la maltraten, ella no hará nada injusto. Ella no se da cuenta de que es imposible que la justicia exista en el mundo y se irrita... como un niño, como un niño pequeño. ¡Es justa, justa!

—¿Y usted? ¿Qué va a ser de usted?

Sonia le interrogó con los ojos.

—Los tiene usted todos a su cargo. Claro está que antes era lo mismo; el difunto venía a pedirle dinero para beber. Pero, ¿qué va a ocurrir?

—No lo sé —respondió tristemente.

—¿Se quedarán allí?

—No lo sé. Le deben a la patrona, y me parece que hoy les ha dicho que quiere que se marchen, Katerin Ivanovna por su parte dice que no puede continuar allí ni un minuto más.

—¿Y en qué se funda para tener tal seguridad? ¿Cuenta con usted?

—¡Oh, no, no diga usted eso! Tenemos bolsa común y nuestros intereses son los mismos —replicó vivamente Sonia, cuyo enojo en aquel momento se parecía a la inofensiva cólera de un pajarillo—. Por otra parte, ¿cómo podría hacerlo ella? —preguntó animándose cada vez más—. ¡Y cuánto, cuánto lloró hoy! Tiene perturbado el juicio. ¿No lo ha notado usted? Su inteligencia no está bien. Unas veces se inquieta puerilmente por lo que tiene que hacer mañana, para que no falte nada, el dinero y lo demás... Otras se retuerce las manos, escupe sangre, llora, se golpea la cabeza contra la pared inesperadamente. Inmediatamente se consuela y pone todas sus esperanzas en usted y dice que usted será ahora su sostén; habla de pedir dinero prestado en algún sitio y de volver a su pueblo natal conmigo, allí dice que establecerá un internado para señoritas nobles, confiándome a mí las funciones de inspectora de la casa: «Una vida completamente nueva, una vida feliz empezará para nosotras», me dice abrazándome. Estos pensamientos la consuelan; ¡cree tan firmemente en sus imaginaciones! Y yo le pregunto a usted: ¿se le puede contradecir? Se ha pasado todo el día lavando, poniendo sus cosas en orden; a pesar de lo débil que está, ha revuelto toda la habitación; después cayó rendida en la cama porque no podía más. Por la mañana hemos estado recorriendo las tiendas para comprarle zapatos a Polechka y a Lena, porque los que tienen están inservibles. Desgraciadamente no teníamos bastante dinero, pues hacía falta bastante para comprarles unas botitas preciosas como ella quería, pues tiene bastante gusto... Empezó a llorar en la misma tienda, delante de los comerciantes porque no tenía para comprarlas... ¡Ah, qué triste era ver aquello!

—Sabiendo eso se comprende que usted viva de esta manera... —observó Raskolnikov con una amarga sonrisa.

—¿Y usted no siente compasión por ella? —exclamó Sonia—. Yo sé que usted mismo se ha despojado de todo lo que tenía, de sus últimos recursos, y eso que no había visto nada todavía. Pero, ¡si lo hubiera visto usted todo! ¡Ay, Dios mío! ¡Y cuántas, cuántas veces le he hecho yo llorar! La semana pasada, ocho días antes de la muerte de mi padre, me porté muy mal con ella. ¡Y cuántas veces he obrado así! ¡Ah, qué pena he sentido esta mañana acordándome de todas esas cosas!

Sonia se retorcía las manos. Tan doloroso le era el recuerdo.

—¿Usted obró con dureza?

—¡Sí, yo, yo! Fui a verlos —continuó llorando—, y mi padre me dijo: «Sonia, me duele la cabeza, léeme algo..., ahí tienes un libro». Era un volumen de Andrei Semenich Lebeziatnikov, que nos prestaba de cuando en cuando algunos libros muy graciosos. «Tengo que marcharme», le respondí, yo no tenía ganas de leer; había ido principalmente para enseñarle a Katerin Ivanovna algunas cosas que acababa de comprar. Isabel, la vendedora, me había proporcionado unos puños y unos cuellos muy bonitos, casi nuevos; los había adquirido muy baratos. A Katerin Ivanovna le gustaron mucho, se los probó, se miró en el espejo y los encontró muy bonitos. «¡Dámelos, Sonia, te lo ruego!», me dijo. No le servían para nada, pero ella es así: recuerda siempre los tiempos felices de su juventud. Le gusta mirarse al espejo, y no tiene ropas, ni nada, desde hace bastante tiempo. Además, es incapaz de pedirle a nadie nada, es orgullosa; mejor daría lo poco que ella tiene; sin embargo, me pidió aquellos cuellos, ¡ya se ve si le gustarían!». «¿Y qué necesidad tienes tú de eso, Katerin Ivanovna?», le dije. Sí, le dije eso. ¡No debí hablarle así! Me miró de una manera tan triste que daba pena verla... Y lo que sentía ella no eran los cuellos, no; lo que sentía era la contestación que le di. ¡Ah, si yo pudiera ahora retirar todo aquello y hacer que mis palabras no se hubieran pronunciado...! ¡Oh, sí...! Pero, ¿qué digo? ¡Qué le puede importar eso a usted!

—¿Usted conocía a esa Isabel, la vendedora?

—Sí... ¿Y usted? ¿Acaso la conocía también? —preguntó Sonia un poco extrañada.

—Katerin se encuentra en el último grado de la tisis y morirá pronto —dijo Raskolnikov después de un silencio y sin contestar a la pregunta.

—¡Oh, no, no!

Y Sonia, inconsciente de lo que hacía, se apoderó de las manos del joven, como si la suerte de Katerin Ivanovna dependiera de él.

—Pero será mucho mejor que muera...

—¡No, no será mejor, de ninguna manera! —dijo la joven con espanto.

—¿Y los niños? ¿Qué hará usted con ellos, puesto que no los puede tener a su lado?

—¡Oh, no sé! —exclamó con acento desesperado y oprimiéndose la cabeza.

Claro se veía que este pensamiento le preocupaba con frecuencia.

—Admitamos... que Katerin Ivanovna viva todavía algún tiempo. Usted puede caer enferma, y cuando la lleven al hospital, ¿qué ocurrirá? —continuó despiadadamente Raskolnikov.

—¡Oh! ¿Qué dice usted? ¿Qué dice usted? ¡Eso es imposible!

El espanto había demudado el rostro de la joven.

—¿Cómo imposible? —replicó él con una sarcástica sonrisa—. Supongo que no estará usted asegurada contra la enfermedad. ¿Y qué será de ellos entonces? Toda la cuadrilla se encontrará en la calle, la madre pedirá limosna tosiendo y golpeándose la cabeza contra las paredes, lo mismo que hoy; los niños llorarán... Katerin Ivanovna caerá en el empedrado, la llevarán a la casa de socorro, luego al hospital, donde morirá, y los niños...

—¡Oh, no...! ¡Dios no permitirá eso! —profirió por fin Sonia con voz entrecortada.

Hasta entonces ella había escuchado en silencio con los ojos fijos en Raskolnikov y las manos juntas en muda plegaria, como para conjurar las desgracias que el joven predecía.

Raskolnikov se levantó y empezó a pasear por la habitación. Así transcurrió un minuto. Sonia permanecía de pie, con los brazos colgantes y la cabeza baja, presa de un sufrimiento terrible.

—¿Y usted no puede hacer economías, dejar algo aparte para cualquier desgracia? —preguntó Raskolnikov deteniéndose de pronto delante de ella.

—No —murmuró Sonia.

—Naturalmente que no. Pero, ¿lo ha intentado usted? —añadió con cierta ironía.

—Ya lo he intentado.

—¡Y no lo habrá conseguido! ¡Vaya, eso se comprende! Es inútil insistir.

Y Raskolnikov continuó su paseo por la habitación, y luego, después de un minuto de silencio:

—¿No gana usted, pues, algo de dinero todos los días? —le dijo.

Al hacerle aquella pregunta, Sonia se turbó más que nunca y sus mejillas enrojecieron.

—No —respondió ella en voz baja y haciendo un doloroso esfuerzo.

—Sin duda que le ocurrirá lo propio a Polechka —dijo él con brusquedad.

—¡No, no! ¡Eso no es posible, no! —exclamó Sonia, a quien aquellas palabras hicieron el efecto de una puñalada—. ¡Dios no permitirá semejante abominación!

—Ya permite otras.

—¡No, no, Dios la protegerá...! —repitió ella fuera de sí.

—¡Pero si quizá no haya Dios! —replicó rencorosamente Raskolnikov, quien empezó a reír mirando a la muchacha.

En la fisonomía de Sonia se operó un cambio brusco; todos los músculos de su cara se contrajeron. Fijó en su interlocutor una mirada cargada de reproches y quiso hablar, pero de sus labios no salió ni una palabra, y empezó a sollozar cubriéndose el rostro con las manos.

—Usted dice que Katerin Ivanovna tiene trastornado el juicio, pero a usted le pasa otro tanto —dijo él después de un breve silencio.

Transcurrieron cinco minutos.

Él seguía paseándose de un extremo al otro de la habitación, sin hablar y sin mirar a la joven. Por fin, se acercó a ella. Tenía los ojos chispeantes; sus labios temblaban. Poniéndole ambas manos en los hombros, clavó una ardiente mirada en aquel rostro lleno de lágrimas... De repente se inclinó, se puso de rodillas y besó el pie de la joven. Esta retrocedió aterrada como lo habría hecho ante un loco. Y en verdad que la fisonomía de Raskolnikov en aquel momento parecía la de un alienado.

—¿Qué hace usted? ¡Arrodillarse ante mí! —balbuceó Sonia palideciendo y con el corazón oprimido.

Raskolnikov se levantó enseguida.

—No me he prosternado ante ti, sino ante todo el dolor humano —dijo con aire extraño y yendo a apoyarse de codos en la ventana—. Escucha —continuó volviendo hacia ella al cabo de un instante—, hace un momento le dije a un insolente personaje que no valía lo que tu dedo meñique y que hoy le había hecho a mi hermana el honor de invitarla a que se sentara a tu lado.

—¿Y cómo ha podido decir usted eso? ¡Delante de ella! —exclamó Sonia, estupefacta—. ¿Un honor el sentarse a mi lado? Pero si yo soy una criatura deshonrada... ¿Por qué ha dicho usted eso?

—Al hablar de esa manera yo no pensaba ni en tu deshonor ni en tus faltas, sino en tu gran sufrimiento. Sin duda que eres culpable —continuó con creciente emoción—, pero lo eres sobre todo por haberte inmolado inútilmente. ¡Creo ciertamente que eres desgraciada! ¡Vivir en el fango que detestas, y saber, porque no puedes forjarte ilusiones sobre ello, que tu sacrificio no sirve para nada, que no salvará a nadie! Pero dime —terminó, exaltándose cada vez más—, ¿cómo con tu delicadeza de alma te resignas a semejante oprobio? ¡Mil veces preferible sería arrojarse al agua y acabar con todo de una vez!

—¿Y ellos? ¿Qué sería de ellos? —preguntó débilmente Sonia elevando hacia él una mirada de mártir, pero sin parecer admirada del consejo.

Raskolnikov la contempló con singular curiosidad.

Aquella sola mirada se lo dijo todo. Por lo visto, ella había tenido también aquella idea. Tal vez bastantes veces, en el límite de la desesperación, había pensado en terminar de una vez; incluso había pensado tan seriamente en ello que ya no experimentaba la menor sorpresa al oír que le proponían aquella solución. Ni siquiera se fijó en la crueldad de aquellas palabras, ni se fijó en los reproches del joven como podría suponerse, ni comprendió el punto de vista particular desde el cual consideraba Raskolnikov su deshonra, como pudo observar el joven. Pero se daba perfecta cuenta de la tortura que le producía su situación infamante y se preguntaba qué habría podido impedir hasta entonces el que terminara con su vida. La única respuesta a esta pregunta estaba en el cariño de la joven a aquellos pobres niños y a Katerin Ivanovna, la desdichada tísica y casi loca que se golpeaba la cabeza contra las paredes.

Sin embargo, estaba claro para él que Sonia, con su carácter y su educación, no podía continuar así indefinidamente. Hasta le costaba trabajo explicarse que, ya que no se había suicidado, la joven no se hubiera vuelto loca. Él se daba perfecta cuenta, sin la menor duda, de que la situación de Sonia constituía un fenómeno social rarísimo, pero, ¿no era esto una razón más para que la vergüenza la matara al entrar en una senda de la que todo debía alejarla, lo mismo su pasado de honradez que su cultura intelectual relativamente elevada?

¿Qué era pues, lo que la sostenía? ¿Sería el placer mismo de la depravación? No, sólo su cuerpo se había entregado a la prostitución, el vicio no había penetrado en su alma. Raskolnikov lo veía: leía como en un libro abierto en el corazón de la joven.

«Su suerte está decidida —pensaba—. Ante sí tiene el canal, la casa de locos o... el embrutecimiento».

Le repugnaba admitir esta última eventualidad, pero en su escepticismo no podía eximirse de creerla más probable.

«¿Es posible, sin embargo, que ocurra así? —se decía—. ¿Es posible que esta criatura que conserva todavía la pureza del alma termine por hundirse deliberadamente en el fango? ¿No ha dado ya el primer paso? Y si ha podido soportar semejante vida, ¿no es porque el vicio ha perdido ya para ella su horror? ¡No! ¡Es imposible! —exclamaba para sí como poco antes había exclamado ante Sonia—: ¡No, lo que hasta este momento le impidió suicidarse es el temor a cometer un pecado y el interés que "ellos" le inspiran...! Y si no se ha vuelto loca... Pero, ¿quién dice que no lo esté? ¿Goza acaso de todas sus facultades? ¿Puede ir uno a la perdición con esa tranquilidad y cerrar los oídos a las advertencias? ¿Espera tal vez un milagro? Indudablemente. ¿No son estos claros indicios de enajenación mental?».

Se detenía obstinadamente en esta idea. Sonia está loca. Tal perspectiva le desagradaba menos que las demás. Y empezó a examinar atentamente a la joven.

—¿Rezas mucho, Sonia? —le preguntó.

La joven guardaba silencio; Raskolnikov, de pie a su lado, esperaba la respuesta.

—¿Qué sería de mí sin Dios? —dijo ella en voz baja, pero enérgica con sus ojos brillantes, y estrechándole fuertemente la mano.

«Vaya, no me engañaba», se dijo para sí, y añadió dirigiéndose a Sonia como para aclarar sus dudas:

—Pero, ¿qué es lo que Dios ha hecho por ti?

Sonia permaneció en silencio, como si no se hallase en estado de responder. La emoción henchía su débil pecho.

—¡Cállese! ¡No me pregunte! Usted no tiene derecho... —exclamó de pronto mirándole encolerizada.

«¡Eso está bien!», pensó Raskolnikov.

—¡Dios lo puede todo! —murmuró ella rápidamente, volviendo a mirar al suelo.

«¡He ahí el recurso! ¡Ya encontró la explicación!», concluyó él mentalmente y mirando a Sonia con ávida curiosidad.

Experimentaba una sensación nueva, extraña, casi insana al contemplar aquella carita pálida, demacrada, angulosa, aquellos ojos azules y dulces que podían despedir tanto fuego y expresar una pasión tan vehemente, y aquel cuerpecito que temblaba de indignación y de cólera; todo aquello le parecía cada vez más extraño, casi fantástico.

«¡Está loca, loca!», se repetía para sí.

Sobre la cómoda había un libro. Raskolnikov se había fijado varias veces en él en sus idas y venidas por la habitación. Por fin lo cogió y lo examinó. Era una traducción rusa del Nuevo Testamento, un libro antiguo encuadernado en piel.

—¿Quién te ha dado esto? —le gritó a Sonia desde un extremo de la habitación.

La joven continuaba en el mismo sitio, a tres pasos de la mesa.

—Me lo han prestado —respondió ella como a su pesar y sin mirar a Raskolnikov.

—¿Quién te lo ha prestado?

—Isabel; se lo pedí yo.

«¡Isabel! ¡Qué extraño!», pensó él.

Todo lo que se refería a Sonia adquiría por momentos un aspecto más extraordinario. Se acercó a la luz con el libro y empezó a hojearlo.

—¿Dónde está lo de Lázaro? —preguntó bruscamente.

Sonia, con los ojos obstinadamente clavados en el suelo, guardó silencio; se había apartado ligeramente de la mesa.

—¿Dónde está la resurrección de Lázaro? Búscamela, Sonia.

La joven miró de soslayo a su interlocutor.

—No está por ahí..., está en el cuarto Evangelio... —dijo secamente y sin moverse del sitio.

—Busca ese pasaje y léemelo —dijo.

Luego tomó asiento, se puso de codos en la mesa, apoyó la cabeza en la mano y mirando de soslayo se dispuso a escuchar con aire sombrío.

Sonia vaciló antes de acercarse a la mesa. El extraño deseo expresado por Raskolnikov parecía poco sincero. Sin embargo, tomó el libro.

—¿Acaso no lo ha leído usted? —le preguntó Sonia, mirándole de reojo.

Su tono se hacía cada vez más duro.

—Hace tiempo..., cuando era niño. ¡Lee!

—¿No lo ha oído usted en la iglesia?

—No..., no voy nunca a ella. ¿Vas tú con frecuencia?

—No —balbuceó Sonia.

Raskolnikov sonrió.

—Comprendo... Entonces, ¿no asistirás mañana a las exequias de tu padre?

—Sí. La semana pasada fui también a la iglesia... Asistí a una misa de réquiem.

—¿Por quién?

—Por Isabel. La mataron a hachazos.

Los nervios de Raskolnikov estaban cada vez mas irritados. Empezaba a darle vueltas la cabeza.

—¿Tenías amistad con Isabel?

—Sí..., era buena..., venía a mi casa... raras veces..., no podía hacerlo con facilidad. Leíamos juntas algunas cosas y... charlábamos. Ahora ve a Dios.

Raskolnikov se quedó pensativo. ¿Qué misteriosas conversaciones podían mantener aquellas dos idiotas de Sonia e Isabel?

«¡Yo mismo me volvería loco en esta habitación! ¡Aquí se respira locura!», pensó.

Sonia continuaba vacilando. Su corazón latía con violencia. Parecía como si tuviera miedo de leer. Raskolnikov miró con una expresión casi dolorosa «a la pobre alienada».

—¿Qué puede importarle eso, si usted no cree...? —murmuró con voz sofocada.

—¡Lee, lo deseo! —insistió—. ¿No le leías a Isabel?

Sonia abrió el libro y buscó el pasaje. Sus dos manos temblaban, la voz se detenía en su garganta. Intentó leer dos veces y no pudo articular ni una sílaba.

—«Cierto Lázaro, de Betania, estaba enfermo...» —comenzó al fin, haciendo un esfuerzo, pero de repente, a la tercera palabra, su voz se hizo silbante y se quebró como una cuerda demasiado tensa. Su oprimido pecho estaba falto de aliento.

Raskolnikov se explicaba en parte la vacilación de Sonia en obedecerle, y, a medida que la comprendía mejor, reclamaba imperiosamente la lectura. Se daba cuenta del trabajo que le costaba a la joven abrirle en cualquier forma su mundo interior.

Evidentemente, ella no podía determinarse sin trabajo a hacerle a un extraño la confidencia de unos sentimientos que tal vez desde su adolescencia la habían sostenido, que habían sido su viático moral, cuando entre un padre borracho y una madrastra enloquecida por la desgracia, entre unos niños hambrientos, no oía más que reproches y clamores injuriosos. Raskolnikov veía todo aquello, pero también veía que, a pesar de aquella repugnancia, ella tenía grandes deseos de leer, de leer para «él», sobre todo «ahora», «aunque pasara lo que fuera después»... Los ojos de la joven, la agitación de que ella era presa se lo dijeron... Tras un violento esfuerzo sobre sí misma, Sonia logró dominar el espasmo que le oprimía la garganta y continuó leyendo el capítulo once del Evangelio según san Juan. De esta manera llegó al versículo 19:

—«Y muchos de los judíos habían venido a Marta y María para consolarlas por la muerte de su hermano. Entonces Marta, como oyó que Jesús venía, salió a su encuentro; mas María permaneció en casa. Y Marta dijo a Jesús: "Señor, si hubieses estado aquí, mi hermano no habría muerto; mas también sé ahora que todo lo que pidieres de Dios, te dará Dios"».

Al llegar aquí hizo una pausa para sobreponerse a la emoción que de nuevo hacía temblar su voz...

«Dile Jesús: "Resucitará tu hermano". Marta le dice: "Yo sé que resucitará en la resurrección del día postrero". Díjole Jesús: "Yo soy la resurrección y la vida: el que cree en Mí, aunque esté muerto, vivirá. Y todo aquel que vive y cree en Mí, no morirá eternamente. ¿Crees esto?". Y ella le contestó —aunque Sonia apenas si podía respirar, levantó la voz, como si al leer las palabras de Marta hiciera ella misma su propia profesión de fe—: "Sí, Señor; yo he creído que Tú eres el Cristo, el hijo de Dios que has venido al mundo"».

Sonia se interrumpió, levantó rápidamente los ojos hacia «él», pero los bajó inmediatamente sobre su libro y continuó leyendo. Raskolnikov escuchaba sin inmutarse, sin volverse hacia ella, con los codos apoyados en la mesa y mirando de reojo. La lectura continúa así hasta el versículo 32:

—«Mas María, como vino donde estaba Jesús, viéndole, se echó a sus pies, diciéndole: "Señor, si hubieras estado aquí no hubiese muerto mi hermano". Jesús entonces, como la vio llorando, y a los judíos que habían venido juntamente con ella llorando, se conmovió en espíritu y turbóse, y dijo: "¿Dónde le pusisteis?" Dícenle: "Señor, ven y ve". Y lloró Jesús. Dijeron entonces los judíos: "Mirad cómo le amaba". Y algunos de ellos dijeron: "¿No podrá este que abrió los ojos al ciego hacer que este no muera?"».

Raskolnikov se volvió hacia ella y la miró con agitación. ¡Sí, era aquello! Estaba temblorosa, verdaderamente febril... Tal como él esperaba. Cuando se acercaba al milagroso relato, un sentimiento de triunfo se apoderaba de ella. Su voz, reforzada por la alegría, ponía sonoridades metálicas. Las líneas se confundían ante sus ojos enturbiados, pero ella se sabía aquel pasaje de memoria. En el último versículo: «¿No podrá este que abrió los ojos al ciego?». Bajó la voz dándole un acento apasionado a la duda, a la censura, al reproche de aquellos judíos incrédulos y ciegos que dentro de un minuto caerían de rodillas, heridos por el rayo, sollozando y creyendo...

«Y "él, él" que también es un ciego, un incrédulo, también dentro de un instante entenderá y creerá. ¡Sí, sí, inmediatamente, ahora mismo!», pensaba ella, estremecida por aquella alegre esperanza.

«Y Jesús, conmoviéndose otra vez en sí mismo, vino al sepulcro. Era una cueva, la cual tenía una piedra encima. Dice Jesús: "Quitad la piedra". Marta, la hermana del difunto, le dice: "Señor, hiede ya, que es de *cuatro días*"».

Sonia destacó con fuerza la palabra *cuatro*.

«Jesús le dice: "¿No te he dicho que, si creyeres, verás la gloria de Dios?". Entonces quitaron la piedra de donde el muerto había sido puesto. Y Jesús, alzando los ojos arriba, dijo: "Padre, te doy gracias porque me has oído. Que yo sabía que siempre me oyes; mas por causa de la compañía que está alrededor lo dije, para que crean que tú me has enviado". Y habiendo dicho estas cosas, gritó: "Lázaro, ven afuera". Y el que había estado muerto salió —al leer estas líneas, Sonia se estremecía como si ella fuera testigo del milagro—, atadas las manos y los pies con vendas Y su rostro estaba envuelto en un sudario. Díceles Jesús: "Desatadle y dejadle ir". Entonces muchos de los judíos que habían venido a María y habían visto lo que había hecho Jesús creyeron en Él».

No pasó de allí en su lectura. Le hubiera sido imposible seguir leyendo. Cerró el libro y se levantó rápidamente de la silla.

—Esto es todo lo que hay respecto a la resurrección de Lázaro —dijo en voz baja y temblorosa, sin volverse hacia aquel a quien hablaba.

Parecía tener miedo de levantar los ojos hacia Raskolnikov. Su temblor febril le duraba aún. El cabo de vela que acababa de consumirse alumbraba vagamente aquella habitación baja donde un asesino y una prostituta acababan de leer juntos el Evangelio. Transcurrieron cinco minutos cuando más.

De repente, Raskolnikov se levantó y se acercó a Sonia.

—He venido para hablarte de un asunto —dijo en voz muy alta.

Y al decir esto fruncía el entrecejo. La joven levantó silenciosamente los ojos hacia él y vio que su mirada, de dureza particular, expresaba alguna feroz resolución.

—Hoy —continuó— he renunciado a cuantos lazos me unían con mi madre y con mi hermana. No volveré a visitarlas. Mi ruptura con los míos está consumada.

—¿Por qué? —preguntó Sonia extrañada.

Su encuentro de poco antes con Pulqueria Alexandrovna y Dunia le había dejado una impresión extraordinaria, si bien oscura para ella misma. Una especie de terror apoderóse de Sonia al enterarse de que el joven había roto con su familia.

—Ahora no tengo a nadie más que a ti —agregó—. Marchémonos juntos... He venido para proponerte esto. Sobre nosotros dos pesa una maldición. ¡Partamos juntos!

Sus ojos chispeaban.

«¡Diríase que está loco!», pensó la joven.

—¿Y adónde iríamos? —preguntó espantada y retrocediendo involuntariamente.

—¡Qué sé yo! Sólo sé que el camino y la meta son los mismos para ti y para mí. ¡Estoy seguro de ello!

Ella lo miró sin comprenderle. De las palabras de Raskolnikov se desprendía claramente para ella una sola idea, la de que era en extremo desgraciado.

—Nadie te comprenderá por mucho que hables —continuó—; pero yo te he comprendido. Me eres necesaria y por eso he venido a buscarte.

—No comprendo... —balbuceó Sonia.

—Ya lo comprenderás más adelante. ¿Acaso no obraste tú... como obré yo? Tú también has infringido la ley..., tuviste ese valor. Tú has atentado contra ti misma, destruiste una vida..., la tuya..., ¡viene a ser lo mismo! Pudiste vivir para el espíritu, para la razón, y acabarás sobre el mercado del heno..., pero tú no podrás sostenerte, y si te quedas «sola» perderás la razón, y a mí me pasará lo mismo. Ya estás como una loca. Es preciso, pues, que partamos juntos, que sigamos el mismo camino. ¡Marchémonos!

—¿Por qué? ¿Por qué dice usted eso? —exclamó Sonia, extrañamente turbada por aquel lenguaje.

—¿Por qué? Porque no puedes continuar así; ¡ahí tienes por qué! Hay que razonar seriamente y ver las cosas bajo su verdadero aspecto en lugar de llorar como un niño y ponerlo todo en manos de Dios. ¿Qué ocurrirá, te pregunto yo, si mañana tuvieran que llevarte al hospital? Katerin Ivanovna, que está casi loca y tísica, morirá pronto. ¿Qué será de sus hijos? ¿No es segura la perdición de Polechka?

—¿Qué hacer, pues? ¿Qué hacer? —agregó Sonia, llorando y retorciéndose las manos.

—¿Qué hacer? Hay que cortar la cuerda de un sólo tajo y seguir adelante, pase lo que pase. ¿No lo comprendes? Más adelante lo comprenderás... La libertad y el poder, ¡el poder sobre todo! Reinar sobre todas las criaturas temblorosas, sobre todo el hormiguero... ¡He aquí el fin! ¡Recuérdalo! Este es el testamento que te dejo. Quizá te hable ahora por última vez. Si no viniera mañana, ya lo sabrás todo, y acuérdate entonces de mis palabras. Más adelante, dentro de unos años, con la experiencia de la vida, quizá comprendas lo que significan. Si vengo mañana, te diré entonces quién mató a Isabel. ¡Adiós!

Sonia se estremeció y le contempló con extravío.

—Pero..., ¿acaso sabe usted quién la mató? —preguntó helada de terror.

—Lo sé y te lo diré..., a ti, a ti sola. Te he elegido a ti para eso. No vendré a pedirte perdón, sino sencillamente a decírtelo. Hace tiempo que te elegí. Desde el momento en que tu padre me habló de ti, en vida de Isabel se me ocurrió esta idea. ¡Adiós...! No me des la mano. ¡Hasta mañana!

Salió, dejándole a Sonia la impresión de que estaba loco, pero ella estaba también como una loca y se daba cuenta de ello. La cabeza le daba vueltas.

«¡Dios mío! ¿Cómo es que sabe quién mató a Isabel? ¿Qué significan estas palabras? ¡Es extraño!».

Sin embargo, no tuvo la menor sospecha de la verdad...

«¡Oh, debe de ser terriblemente desgraciado...! Ha abandonado a su madre y a su hermana. ¿Por qué? ¿Qué le ha ocurrido? ¿Cuáles son sus intenciones? ¿Qué fue lo que me dijo? Me besó el pie y me dijo..., me dijo..., sí, estas fueron sus palabras..., que no podía vivir sin mí... ¡Oh Señor!».

Detrás de la puerta de la derecha había una habitación desocupada desde hacía tiempo que pertenecía al cuarto de Gertrudis Karlovna Resslich. Aquella habitación estaba por alquilar, como indicaba un papel blanco colocado en la puerta y los papeles pegados en las ventanas que daban al canal. Sonia sabía que allí no vivía nadie. Pero el señor Svidrigailov, oculto detrás de la puerta, había estado prestando atentamente el oído a la conversación. Cuando Raskolnikov salió, el inquilino de la señora Ressilch reflexionó un momento y luego penetró sin hacer ruido en su habitación desocupada, cogió una silla y vino a colocarla contra la puerta. Lo que acababa de oír le interesaba extraordinariamente; por eso se llevó aquella silla al objeto de escuchar la próxima vez sin verse obligado a permanecer de pie durante una hora.

V

Cuando al día siguiente, a las once, Raskolnikov se presentó en casa del juez de instrucción, se extrañó de tener que hacer antesala tanto tiempo. Conforme a lo que él presumía, deberían haberlo recibido en el acto; pero pasaron diez minutos por lo menos antes de ver a Porfirio Petrovich. En el recibidor donde tuvo que esperar primero, iban y venían algunas personas despreocupadamente, sin reparar en él. En la habitación inmediata, que parecía una cancillería, trabajaban algunos escribientes, y se veía claro que ninguno de ellos tenía la menor idea de quién era Raskolnikov.

El joven dirigió una mirada de desafío a su alrededor; ¿no habría por allí algún esbirro, algún misterioso argos encargado de vigilarlo, y en caso necesario, impedir su fuga? Pero no descubrió nada parecido. Los escribientes estaban entregados a su tarea y los demás no se fijaban en él. El visitante empezó a tranquilizarse.

«Sí, en efecto —pensó—, aquel misterioso personaje de ayer, aquel espectro salido de debajo de la tierra lo supiera todo y lo hubiera visto todo, ¿me dejarían tan tranquilo como estoy? ¿No me habrían detenido ya en lugar de esperar que viniera aquí por mi propia voluntad? Por consiguiente, o este hombre no ha hecho aún ninguna revelación contra mí..., o sencillamente no sabe nada ni ha visto nada. Además, ¿cómo habría podido verlo? Por consiguiente, he sido víctima de una ilusión de mi imaginación enferma».

Cada vez le parecía más inverosímil aquella explicación que la víspera se le ofrecía a su mente, cuando más inquieto estaba.

Reflexionando de este modo y preparándose para una nueva lucha. Raskolnikov se dio cuenta de pronto de que estaba temblando, y llegó a indignarse sólo al pensar que lo hiciera temblar el miedo a la entrevista con el odioso Porfirio Petrovich. Lo más terrible para él era volverse a encontrar en presencia de aquel hombre. Lo odiaba por encima de todo y temía incluso traicionarse por su odio. Su indignación era tan grande que fue suficiente para detener radicalmente su temblor. Se dispuso a entrar con toda tranquilidad y seguridad, prometiéndose hablar lo menos posible, mantenerse siempre alerta y dominar a toda costa su irascibilidad... Mientras se hacía estas reflexiones le hicieron pasar a donde estaba Porfirio Petrovich.

Este se encontraba en aquel momento solo en su despacho. Esta habitación, no muy espaciosa, contenía una mesa grande colocada enfrente de un sofá forrado de hule, un archivador, un armario colocado en un rincón y varias sillas. Todo este mobiliario, suministrado por el Estado, era de madera amarilla. En la pared, o mejor dicho, en el tabique del fondo, había una puerta cerrada, lo que permitía sospechar que debía de haber, probablemente, otras habitaciones detrás del tabique.

Apenas vio Porfirio Petrovich que entraba Raskolnikov en su despacho, fue a cerrar la puerta por donde entró el joven, quedando ambos frente a frente. El juez de instrucción le dispensó a su visitante un recibimiento de lo más agradable y acogedor, al menos en apariencia; pero al cabo de algunos minutos, Raskolnikov se dio cuenta de la turbación del juez, que parecía como si lo hubieran sorprendido en algún manejo clandestino.

—¡Ah, muy respetable señor! Ya está usted aquí... en nuestros parajes... —comenzó Porfirio Petrovich, tendiéndole ambas manos. ¡Vaya, siéntese usted, *batuchka...*! Aunque quizá no le guste a usted que le llamen muy respetable y *batuchka,* así tan secamente, ¿verdad? Hágame el favor de no tomarlo eso como una familiaridad... Siéntese aquí en el sofá.

Raskolnikov se sentó sin apartar los ojos del juez de instrucción.

«¿Qué querrían decir aquellas frases "en nuestros parajes", aquellas excusas acerca de la familiaridad y aquella expresión "tan secamente"? Me ha tendido las dos manos sin darme ninguna, retirándolas a tiempo», pensó Raskolnikov con desconfianza.

Se observaron el uno al otro, pero apenas se encontraron sus miradas, volvieron los ojos con la rapidez del relámpago.

—He venido para traerle este papel... respecto al reloj... Aquí lo tiene. ¿Está bien así o hay que escribir otra carta?

—¿Cómo? ¿Qué papel? ¡Ah, sí! No se preocupe; está bien —respondió Porfirio pronunciando aquellas palabras con una especie de precipitación, incluso antes de haber examinado aquel escrito, añadiendo cuando lo hubo mirado con rapidez—: Sí, está muy bien; eso es lo que se necesita —continuó hablando con precipitación y dejando el papel encima de la mesa.

Un minuto después lo guardaba en un cajón y empezaba a hablar de otra cosa.

—Me parece que ayer manifestó usted deseos de interrogarme... por pura fórmula respecto a mis relaciones con la... víctima —dijo Raskolnikov.

«¿Por qué habré dicho "me parece" —pensó súbitamente el joven—. Bueno, ¿y qué puede importar esa palabra?», añadió mentalmente y casi a renglón seguido.

Por el sólo hecho de encontrarse en presencia de Porfirio, con quien apenas si había cambiado un par de palabras, su desconfianza adquirió insensatas proporciones; de pronto se dio cuenta de ello y comprendió que aquella disposición de espíritu era en extremo peligrosa, pues su agitación y la irritación de sus nervios no harían sino aumentar.

«¡Malo, malo...! ¡Se me va a escapar alguna necedad...!».

—Sí, sí, no se preocupe usted. Tenemos tiempo —murmuró Porfirio Petrovich, quien, sin la menor intención, acercándose unas veces a la mesa, otras al archivador, para volver luego a la mesa, a veces se detenía bruscamente y miraba a su visitante con fijeza, frente a frente. Era un espectáculo extraordinariamente chocante el que ofrecía en tal momento aquel hombrecillo rechoncho cuyas evoluciones recordaban las de una pelota rebotando de una pared a otra.

—No hay prisa, no hay prisa... ¿Fuma usted? ¿Tiene tabaco? Tome un cigarrillo —continuó, ofreciéndole uno al visitante—. Mire usted, lo recibo aquí, pero mis habitaciones están allá, detrás de ese tabique... Para el Estado..., estoy aquí provisionalmente, porque tienen que hacer algunos arreglos en mi despacho. Ya debe de estar arreglado o debe de faltar poco... ¡Qué gran cosa es vivir en una casa pagada por el Estado! ¿No le parece?

—Sí, es una gran cosa —respondió Raskolnikov, mirándolo casi burlonamente

—Una gran cosa... —repitió Porfirio Petrovich que parecía preocupado por otra causa—. ¡Sí, una gran cosa! —dijo bruscamente con una voz casi tonante, deteniéndose a dos pasos de Raskolnikov, a quien miró con fijeza. La incesante y estúpida repetición de aquella frase contrastaba por su insulsez con la mirada seria, profunda y enigmática que le dirigía entonces a su visitante.

La cólera de Raskolnikov aumentó y no pudo reprimirse de dirigirle al juez de instrucción un desafío burlón y bastante imprudente.

—Ya sabe usted —comenzó, mirándole casi con insolencia y complaciéndose en ello—, que es, a lo que parece, una regla jurídica, un principio para todos los jueces de instrucción, el empezar a hablar de cosas insignificantes o de cosas serias, pero ajenas a la cuestión, al objeto de animar a los que interrogan, o mejor dicho, a fin de distraerlos, para adormecer su prudencia, y bruscamente después, de improviso, asestarles en plena coronilla la pregunta más peligrosa. ¿Verdad que esa es una piadosa costumbre observada en su profesión?

—Entonces usted cree que si yo le he hablado de la habitación que paga el Estado era porque...

Y al decir aquello, Porfirio Petrovich guiñó los ojos adquiriendo su rostro durante un instante una expresión de maliciosa alegría; las arrugas de su frente desaparecieron, sus ojillos se hicieron más pequeños aún, los rasgos de su fisonomía se dilataron, y mirando fijamente a Raskolnikov, rompió en una prolongada risa nerviosa que sacudió todo su cuerpo. El joven se rio también, aunque esforzándose un poco, y al verlo así, la hilaridad de Porfirio Petrovich aumentó hasta el extremo de que el rostro del juez de instrucción se tornó casi carmesí.

Raskolnikov experimentó entonces un malestar que le hizo olvidar toda prudencia; cesó de reír, frunció el entrecejo, y, durante todo el tiempo que Porfirio estuvo entregado a aquella alegría que parecía un poco ficticia, le asestaba miradas de odio. Por lo demás, cada uno de ellos procuraba observar detenidamente al otro. Porfirio, entregado a su risa, parecía cuidarse poco del descontento de Raskolnikov. Esta última circunstancia le dio mucho que pensar al joven, creyendo comprender que su llegada no había impresionado al juez de instrucción, sino que por el contrario, él era el que había caído en la trampa; sospechaba que allí había algún ardid, alguna emboscada que no acertaba a descubrir, la mina estaba cargada quizá e iba a estallar en cualquier momento... Y yendo derecho al asunto, se levantó y tomó su gorra.

—Porfirio Petrovich —exclamó en tono resuelto, pero en el que se adivinaba una viva irritación—, ayer manifestó usted el deseo de hacerme sufrir un interrogatorio —y subrayó particularmente la palabra «interrogatorio»—. He venido para ponerme a su disposición, si tiene que hacerme usted algunas preguntas, pregúnteme, y si no, permítame que me retire. No puedo perder el tiempo, porque tengo otras cosas que hacer...; tengo necesidad de ir al entierro de ese funcionario que fue atropellado por un coche y del cual... ha oído usted hablar también... —añadió, arrepintiéndose enseguida de haber añadido aquella frase. Después continuó con una cólera creciente—: Todo esto me está molestando ya, ¿sabe usted? Ya dura demasiado... En parte, esto tiene la culpa de que yo haya estado enfermo. En una palabra —continuó con voz cada vez más irritada, pues se daba cuenta de que la frase acerca de su enfermedad estaba más fuera de lugar aún que la otra—, tenga la bondad de interrogarme inmediatamente o lo dejaré plantado ahora mismo... Pero si me interroga, procure hacerlo en la forma exigida por el procedimiento, pues de otra manera no se lo permitiría. Así, pues, adiós, hasta entonces, ya que por el momento no tenemos nada que hacer juntos.

—¡Señor! Pero, ¿qué está usted diciendo? ¿Sobre qué voy a tener que interrogarle? —replicó el juez de instrucción que dejó instantáneamente de reír—. No se preocupe, se lo ruego.

E invitó a Raskolnikov a que se sentara, al mismo tiempo que él iba y venía por la habitación.

—Tenemos tiempo, tenemos tiempo. ¡Todo eso carece de importancia! Al contrario, estoy tan contento de que haya venido usted a verme... Yo lo recibo a usted como una visita. Y en cuanto a esta maldita risa, *batuchka,* Rodion Romanovich, perdone... Soy un hombre muy nervioso y me ha hecho mucha gracia la agudeza de su observación; verdaderamente que hay veces en que me pongo a saltar como una pelota de goma, y a veces me dura media hora... Me gusta reír. Mi temperamento me hace temer una apoplejía. Pero siéntese usted, ¿por qué continúa de pie...? Se lo ruego, *batuchka,* de otra manera creería que estaba usted enfadado.

Raskolnikov guardaba silencio; sin dejar de fruncir el entrecejo, escuchaba y observaba. Sin embargo, se sentó.

—En lo que a mí se refiere, *batuchka,* Rodion Romanovich, le diré a usted algo que le explicará mi carácter —continuó Porfirio Petrovich sin interrumpir sus paseos y procurando evitar, como siempre, tropezar con la mirada de su visitante—. Vivo solo, ya lo sabe, y no voy a ninguna parte, no me conocen, soy un hombre acabado ya, y... y... ¿no ha observado usted, Rodion Romanovich, que entre nosotros, es decir, en Rusia, y sobre todo en nuestros círculos petersburgueses, cuando se encuentran dos hombres inteligentes que no se conocen bien todavía, pero que se estiman recíprocamente, como usted y yo, por ejemplo, en este momento, no saben qué decirse durante media hora y permanecen como petrificados el uno frente al otro? Todo el mundo tiene un motivo de conversación, las señoras, las gentes de mundo, las personas de la aristocracia..., en todos esos medios tienen de qué hablar, hay un tema de rigor; pero las personas de la clase media se quedan como cortadas y taciturnas. ¿A qué obedecerá esto, *batuchka?* ¿Acaso no tenemos intereses sociales? ¿O bien obedece a que nosotros somos personas honradas que no quieren engañarse el uno al otro? No lo sé. ¿Qué opinión tiene usted acerca de esto? Pero deje usted su gorra, pues parece como si quisiera usted marcharse y eso me disgusta... Yo, por el contrario estoy tan contento...

Raskolnikov dejó su gorra, pero no rompió su mutismo y con el ceño fruncido, escuchaba la inútil verborrea de Porfirio...

«Indudablemente dice estas necedades sólo para distraerme», se decía.

—No le ofrezco a usted café porque no es hora de ello, pero, ¿quiere pasar cinco minutos con un amigo y procurarle así alguna distracción? —continuó el inagotable Porfirio—. Ya ve usted, todas estas obligaciones del servicio... No se preocupe usted, *batuchka,* si me ve ir y venir de esta manera..., perdone, *batuchka,* sentiría ofenderlo, pero tengo mucha necesidad de moverme. Estoy siempre sentado, y para mí es un gran alivio el poder moverme durante cinco minutos..., tengo hemorroides..., siempre he querido hacerme un tratamiento por la gimnasia; dicen que el trapecio disfruta del favor de los consejeros de Estado, e incluso de los consejeros íntimos. Actualmente, la gimnasia ha llegado a ser una verdadera ciencia... En cuanto a los deberes de nuestro cargo, a esos interrogatorios, confunden a veces al magistrado más que al detenido... Usted acaba de hacer esa observación con bastante justeza —Raskolnikov no había hecho semejante observación—. Uno se embrolla y pierde el hilo... En lo referente a nuestras costumbres jurídicas, estoy completamente de acuerdo con usted. ¿Quién es el acusado, dígame, aunque sea el *mujik* más robusto, que ignora que empezarán por hacerle preguntas extrañas para adormecerlo..., conforme su feliz expresión... y que después le asestarán un hachazo en la coronilla? ¡Je, je, je! En mitad de la coronilla..., para servirme de su ingeniosa metáfora... ¡Je!, ¡je! Así, pues, usted creía que al hablarle yo de la casa quería... ¡Je!, ¡je! Es usted un hombre cáustico. ¡Vaya, no volvamos sobre eso! ¡Ah, sí! A propósito, unas palabras llaman a otras, los pensamientos se atraen mutuamente, antes hablaba usted de la forma en lo concerniente al magistrado instructor... Pero, ¿qué es la forma? Ya sabe usted que en muchos casos la forma no quiere decir nada. A veces, una sencilla conversación, una charla amistosa conduce con más seguridad a un resultado. La forma no desaparecerá jamás, permítame que lo tranquilice a ese respecto, pero yo le pregunto: ¿qué es en el fondo la forma? No se puede obligar al juez de instrucción a que sin cesar se sujete a ella. La tarea del juez es, en este punto, un arte liberal o algo parecido... ¡Je!, ¡je!

Porfirio se detuvo un instante para respirar. Hablaba sin interrupción, tan pronto diciendo verdaderas simplezas como deslizando breves frases enigmáticas y volviendo luego a decir cosas insignificantes. Su paseo alrededor de la habitación parecía ahora una carrera, movía sus gruesas piernas cada vez más aprisa, mirando siempre al suelo; su mano derecha estaba metida dentro del bolsillo de su levita, mientras que con la mano izquierda esbozaba continuamente diversos gestos que no tenían la menor relación con sus palabras. Raskolnikov observó, o creyó observar, que mientras corría alrededor de la habitación se había detenido dos veces cerca de la puerta, pareciendo escuchar un instante...

«¿Esperará algo?», se dijo.

—Tiene usted mucha razón —prosiguió alegremente Porfirio, mirando al joven con tal benevolencia que le inspiró recelo—, nuestras costumbres jurídicas merecen, en efecto, sus chanzas. ¡Je!, ¡je! Estos procedimientos pretenciosamente inspirados en una profunda psicología son demasiado ridículos, y con bastante frecuencia, estériles... Y volviendo a la forma, supongamos que yo estuviera encargado de la instrucción de un proceso. Yo sé, o creo saber, que el culpable es un señor determinado... ¿No se preparaba usted, Rodion Romanovich, para seguir la carrera de Derecho?

—Sí, la estudiaba...

—Pues aquí tiene un ejemplo que podrá servirle para más adelante; pero no vaya usted a creer que me voy a poner de profesor con usted: ¡líbreme Dios de enseñarle nada a un hombre que trata en los periódicos cuestiones de criminalidad! No, yo me permito únicamente citarle una cosa sin importancia a título de ejemplo. Suponga que he descubierto al culpable. ¿Por qué he de molestarle prematuramente, aunque tenga pruebas contra él? Sin duda que a otro que no fuese de su condición le habría hecho detener; pero, ¿por qué no voy a dejar a este que se pasee un poco por la ciudad? ¡Je!, ¡je! Ya me doy cuenta de que no lo comprende usted muy bien; procuraré explicárselo con más claridad. Si, por ejemplo, me apresuro demasiado en dictar un auto de prisión contra él, le doy, por decirlo así, un punto de apoyo moral. ¿Se ríe usted? —Raskolnikov no pensaba siquiera en reírse; tenía los labios apretados y su ardiente mirada no se apartaba de Porfirio Petrovich—. Sin embargo, la cosa es así, porque las personas son muy diferentes, aunque por desgracia, el procedimiento sea el mismo para todos. Pero desde el momento en que tiene usted pruebas..., me dirá usted. Ya sabe lo que son las pruebas, *batuchka:* en las tres cuartas partes de los asuntos, las pruebas tienen dos fines, y yo, como juez de instrucción, soy hombre también, y sujeto a error. Pero yo quisiera darle a mis diligencias el rigor absoluto de una demostración matemática; quisiera que mis conclusiones fueran tan claras, tan indiscutibles como dos y dos son cuatro. Por consiguiente, si mando detener a ese señor antes de su tiempo, por muy convencido que esté de que es «él», me privo de los medios ulteriores para dejar perfectamente sentada su culpabilidad. ¿Por qué es esto? Porque le doy en cierto modo una situación definida; al encarcelarlo, lo tranquilizo, le hago recuperar su equilibrio psicológico; en lo sucesivo se me escapará, se replegará sobre sí mismo y se meterá en su concha; comprende, en fin, que es un detenido. Si, por el contrario, dejo completamente tranquilo al presunto culpable, si no lo mando detener, si no lo molesto y lo dejo obsesionado con el pensamiento de que yo lo sé todo, de que es objeto de una vigilancia infatigable por mi parte, ¿qué ocurrirá en estas condiciones? Infaliblemente se sentirá presa del vértigo, vendrá a verme a mi casa, me proporcionará infinidad de armas contra sí mismo y me pondrá en condiciones de dar a mi información un carácter de evidencia matemática, lo que no deja de tener cierto encanto. Si este procedimiento puede dar resultados con un *mujik* inculto, no carece de eficacia tampoco cuando se trata de un hombre despejado, inteligente, incluso distinguido en ciertos aspectos. Porque lo importante, amigo mío, es adivinar en qué sentido se desenvuelve un hombre. Yo supongo que este es inteligente, pero tiene unos nervios que están excitados, enfermos... ¡Y la bilis, no hay que olvidar la bilis, que desempeña un gran papel entre todas esas personas! Se lo repito, en eso hay una verdadera mina de información. ¿Qué puede importarme entonces que se pasee en libertad por la ciudad? Puedo permitirle que goce de lo que queda, pues sé perfectamente que es mi presa y que no se me escapará. En efecto, ¿adónde va a ir? Un polaco podrá marcharse al extranjero, pero «él» no, tanto más cuanto que yo lo vigilo y tengo tomadas todas las medidas. ¿Se retirará al interior del país? Pero allí viven unos *mujiks* groseros, unos rusos primitivos que no tienen la menor civilización; ese hombre despejado preferirá ir a la prisión antes que vivir en un medio parecido. ¡Je!, ¡je! Además, todo eso no significa nada todavía, eso es lo accesorio, la parte externa de la cuestión. No se escapará no porque no sepa adónde ir, sino principalmente porque, «psicológicamente», me pertenece. ¡Je!, ¡je! ¿Qué le parece esa expresión? En virtud de una ley natural no se marchará aunque pudiera hacerlo. ¿Se ha fijado usted en las mariposas cuando ven una luz? Pues él girará incesantemente a mi alrededor, lo mismo que el insecto alrededor de la llama; la libertad no tendrá dulzuras para él; cada vez estará más inquieto, más asustado. Si yo le dejara tiempo se entregaría a acciones tales que su culpabilidad surgiría tan clara como dos y dos son cuatro. Y siempre, siempre se agitará alrededor de mí, describiendo círculos más pequeños cada vez, hasta que finalmente... ¡paf!, vendrá a caer en mi boca y yo me lo tragaré. ¡Je!, ¡je!, ¿No le parece a usted así?

Raskolnikov guardó silencio. Pálido e inmóvil, continuaba observando a Porfirio con penoso esfuerzo de atención.

«¡Está bien la lección! —pensó, aterrado—. No es el juego del ratón y el gato, como ayer. Sin duda que no me hablaba así por el único placer de demostrarme su fuerza, pues es demasiado inteligente para eso... Debe de hacerlo con otra intención. ¿Cuál será? Mira, amiguito, todo eso que estás diciendo no es más que para asustarme. Tú no tienes pruebas, y el hombre de ayer es ya otro. Quieres aturdirme, hacer que me encolerice y dar el golpe de una vez en cuanto me veas en ese estado; pero te engañas, tus esfuerzos son inútiles. Pero, ¿por qué habla con tantos rodeos...? Quiere especular con la irritabilidad de mi sistema nervioso. Pero no, amigo mío, no caeré... Ya veremos lo que tienes preparado».

Y se dispuso a luchar bravamente contra la terrible catástrofe que preveía. De vez en cuando sentía deseos de lanzarse sobre Porfirio y estrangularlo en el acto. Desde que entrara en el despacho del juez, su mayor temor era el de no poder llegar a dominar su cólera. Sentía latir violentamente su corazón, secarse sus labios y acudir a ellos la espuma. Sin embargo, resolvió callar, comprendiendo que en su posición era la mejor táctica. De aquella manera, no solamente no se comprometería, sino que lograría tal vez irritar a su enemigo y arrancarle alguna palabra imprudente. Tal era, por lo menos, la esperanza de Raskolnikov.

—No, ya veo que usted no lo cree; piensa que bromeo —agregó Porfirio, cada vez más alegre y sin dejar de pasearse—, quizá tiene usted razón. Dios me ha dado una cara que no despierta en los demás sino ideas cómicas; soy un bufón, pero perdone usted el lenguaje de un viejo; usted, Rodion Romanovich, está en la flor de su vida y, como todos los jóvenes, aprecia por encima de todo la inteligencia humana. Le seducen los atractivos del ingenio y las deducciones abstractas de la razón. Y volviendo al «caso particular» de que hablábamos hace un momento, le diré, caballero, que hay que contar con la realidad, con la naturaleza. Eso es una cosa importante. ¡Y cómo triunfa a veces sobre la habilidad más consumada! Escuche a un viejo, se lo digo seriamente, Rodion Romanovich —y al pronunciar aquellas palabras, Porfirio Petrovich, que apenas si tenía treinta y cinco años, pareció, en efecto, envejecer de pronto; una metamorfosis súbita se había operado en toda su persona y hasta en su voz—; además, yo soy un hombre franco... ¿No es verdad? ¿Qué le parece a usted? Me parece que no se puede ser más. Le confío todas estas cosas sin pedirle siquiera una recompensa. ¡Je!, ¡je! Pues bien —continuó—; la agudeza del ingenio es, a mi parecer, una cosa muy hermosa, es, por decirlo así, el ornato de la naturaleza, el consuelo de la vida, y con ella se puede confundir a un juez de instrucción que, por otra parte, en ocasiones, se ve engañado por su propia imaginación, porque al fin y al cabo es hombre. Pero la naturaleza viene en ayuda del pobre juez de instrucción. ¡He aquí la desgracia! Y he aquí en lo que no piensa la juventud que confía en su inteligencia, la juventud «que atropella todos los obstáculos», como dijo usted de una manera tan fina y tan ingeniosa. En el «caso particular» que nos ocupa, el culpable, yo lo admito, mentirá magistralmente; pero cuando crea que no tiene otra cosa que hacer que recoger el fruto de su habilidad, ¡crac!, se desmayará en el mismo sitio donde el accidente se puede prestar a comentarios. Admitamos que puede explicar su síncope por encontrarse delicado, por la atmósfera asfixiante que hay en la casa; no importa, no por ello dejará de dar lugar a sospechas. Ha mentido de una manera incomparable, pero no ha sabido precaverse contra la naturaleza. ¡He aquí dónde está el lazo! En otra ocasión, arrastrado por su carácter burlón, se divertirá con quien sospeche de él, y, para divertirse, fingirá ser el criminal que busca la policía, pero hará demasiado el papel de buena persona y representará la comedia con «demasiada naturalidad», y eso será un indicio más. De momento su interlocutor podrá engañarse, pero si este no es bobo, sospechará inmediatamente. ¡Nuestro hombre se comprometerá a cada instante! Pero, ¿qué digo? Irá a donde no lo llamen, dirá palabras imprudentes, alusiones cuyo sentido no escapará a nadie... ¡Je!, ¡je! Irá a preguntar por qué no lo han detenido todavía... ¡Je!, ¡je! Y eso le puede ocurrir a una persona de aguda inteligencia, incluso a un psicólogo o a un literato. ¡La naturaleza es el espejo más transparente. Y basta contemplarlo! Pero, ¿por qué se pone usted tan pálido, Rodion Romanovich? ¿Tiene usted calor? ¿Quiere usted que abra la ventana?

—¡Oh, no se preocupe usted, haga el favor! —exclamó Raskolnikov. Y de pronto empezó a reír—. No haga caso, se lo suplico.

Porfirio se detuvo frente a él, esperó un momento y de pronto rompió a reír también. Raskolnikov, cuya risa desapareció de pronto, se levantó.

—¡Porfirio Petrovich! —dijo con voz clara y fuerte, aunque apenas si podía sostenerse con sus piernas que le temblaban—. No me cabe la menor duda de que usted sospecha positivamente que yo asesiné a aquella vieja y a su hermana Isabel. Por mi parte, tengo que decirle que ya hace tiempo que lo sabía. Si se cree usted con derecho a perseguirme, a detenerme, persígame y métame en la cárcel. Pero yo no puedo consentir que se burlen de mí y que me martiricen...

Sus labios empezaron a temblar, sus ojos despidieron llamaradas, y su voz, contenida hasta entonces, adquirió el diapasón más alto.

—¡No lo consiento! —gritó con brusquedad, pegando un fuerte puñetazo en la mesa—. ¡No lo consiento, Porfirio Petrovich! ¿Lo ha oído usted bien, Porfirio Petrovich?

—Pero, ¡señor!, ¿qué le pasa a usted? —exclamó el juez de instrucción, muy inquieto en apariencia—. *¡Batuchka!* ¡Rodion Romanovich! ¡Mi buen amigo! ¿Qué le pasa a usted?

—¡No lo consiento! —repitió Raskolnikov.

—*¡Batuchka,* un poco más bajo! Lo van a oír, acudirán, ¿y qué diremos entonces? ¡Piense en eso! —murmuró con aspecto aterrado Porfirio Petrovich, acercando su rostro al de su visitante.

—¡No lo consiento! ¡No lo consiento! —continuó mecánicamente Raskolnikov.

Pero esta vez bajó el tono, de manera que únicamente podía oírlo Porfirio. Este abrió la ventana.

—Hay que ventilar esta habitación. ¿Y si bebiera usted un poco de agua, querido amigo? ¡Eso es un pequeño ataque, sin duda!

Ya se dirigía a la puerta para llamar a un criado, cuando vio en un rincón una botella de agua.

—Beba, *batuchka* —murmuró acercándose al joven con la botella—. Quizá le siente bien.

El asombro y la solicitud de Porfirio Petrovich parecían tan naturales que Raskolnikov guardó silencio y empezó a mirarlo con sombría curiosidad, rechazando el agua que le ofrecía.

—¡Rodion Romanovich! ¡Querido amigo! Si continúa usted así se va a volver loco, se lo aseguro. Beba, beba usted aunque no sea más que un sorbo.

Le puso el vaso en la mano casi a la fuerza, y Raskolnikov se lo llevó a los labios casi mecánicamente, cuando de pronto cambió de parecer y lo dejó sobre la mesa con cierto disgusto.

—Sí, ha tenido usted un pequeño ataque. Si continúa usted así acabará por recaer en su enfermedad —observó con el tono más afectuoso el juez de instrucción, que parecía muy turbado—. ¡Señor! ¿Por qué no se cuida usted? Le pasa lo mismo que a Demetrio Prokofich, que vino a verme ayer. Yo reconozco que tengo un humor cáustico, que mi carácter es insufrible; pero, ¡Señor, qué significado le dan a veces a las ocurrencias más inofensivas! Vino ayer después de su visita, cuando me disponía a comer, y empezó a hablar y más hablar. Yo me contenté con cruzarme de brazos, pero me decía para mí: «¡Ay, Dios mío...!». Lo mandó usted aquí, ¿verdad? ¿No vino de parte suya? Pero siéntese, *batuchka,* ¡siéntese, por el amor de Dios!

—No, yo no lo mandé; pero me enteré de que había venido a verlo y del motivo de su visita —respondió secamente Raskolnikov.

—¿Lo sabía usted?

—Sí. ¿Y qué saca usted de eso?

—Yo deduzco, *batuchka,* Rodion Romanovich, que conozco además otros hechos y andanzas de usted. ¡Estoy enterado de todo! Sé que al anochecer salió usted «para alquilar la habitación», que se puso usted a tirar del cordón de la campanilla y que hizo una pregunta respecto a la sangre; sus ademanes llamaron la atención de los obreros y los porteros. ¡Oh, yo me hago cargo de la situación moral en que se encontraba entonces..., pero no es menos cierto que todas esas preocupaciones acabarán por volverle loco! Una noble indignación hierve dentro de usted; pero debe quejarse en primer lugar del destino y de los policías después. Después va usted de acá para allá, obligando en cierta manera a las gentes a que formulen en voz alta sus acusaciones. Esas estúpidas habladurías son insoportables para usted y quiere acabar rápidamente con todo eso. ¿No es así? ¿He adivinado bien a qué sentimientos obedece...? Sólo que usted no se conforma con perder la cabeza, pues se la hace perder también a mi pobre Razumikin y es una verdadera lástima trastornar a un chico tan bueno. Su bondad lo expone más que a nadie a sufrir el contagio de su enfermedad... Cuando se haya tranquilizado, *batuchka,* ya le referiré... ¡Pero siéntese, *batuchka,* por amor de Cristo! Se lo ruego, tranquilícese; está usted deshecho, siéntese.

Raskolnikov se sentó; un temblor febril agitaba todo su cuerpo, escuchando con profunda sorpresa a Porfirio Petrovich que le prodigaba las mayores atenciones. Pero no le daba el menor crédito a las palabras del juez aunque sintiera una extraña tendencia a creer en ellas. Se impresionó terriblemente al oír hablar a Porfirio de su visita al cuarto de la vieja.

«¿Cómo habrá podido enterarse y por qué me lo cuenta él mismo?», pensaba.

—Sí, en nuestra práctica judicial se nos presentó un caso muy parecido, un caso morboso —continuó Porfirio—. Un hombre se acusó de un asesinato que no había cometido. Y no sólo se declaró culpable, sino que refirió toda una historia, una alucinación de que había sido juguete, y su relato era tan verosímil, de tal manera parecía estar de acuerdo con los hechos, que no había contradicción posible. ¿Cómo explicarse aquello? Sin que fuera culpable, este individuo fue, en parte, causa de un asesinato. Cuando se enteró de que, a pesar suyo, había facilitado la obra del asesino, se sintió tan desolado que su razón se perturbó y llegó a creerse que él mismo había sido el autor del crimen. El tribunal competente juzgó el hecho y llegó a descubrirse que el desgraciado era inocente. ¡Qué hubiera sido de este pobre diablo sin la prudencia del tribunal! ¡Y a esto está expuesto usted, *batuchka!* También puede uno volverse monomaníaco cuando se va por las noches a tirar de los cordones de la campanilla y a hacer preguntas respecto a la sangre. Mire usted, en el ejercicio de mi profesión he tenido ocasiones para estudiar toda esa psicología. Una atracción de la misma clase es la que impulsa a veces a un hombre a tirarse por una ventana o desde lo alto de un campanario... Está usted enfermo, Rodion Romanovich. Ha hecho usted muy mal en no cuidarse su enfermedad desde el principio. Debía haber consultado con un médico experimentado en lugar de hacerse visitar por ese obeso de Zosimov... Todo lo que le pasa a usted no obedece más que al delirio...

Durante unos instantes, Raskolnikov creyó ver que todos los objetos daban vueltas a su alrededor.

«¿Es posible que mienta ahora también?», se preguntaba.

Y esforzábase por descartar aquella idea, presintiendo el exceso de loca rabia a que podía conducirle.

—¡Yo no deliraba, estaba en todo mi juicio! —exclamó, mientras torturaba su espíritu intentando penetrar en el de Porfirio—. Estaba en mi juicio, sépalo usted.

—Sí, ya lo comprendí, y lo escucho. Ya dijo usted ayer que no deliraba, incluso insistió muy particularmente sobre este punto. Comprendo todo lo que pueda decir. ¡Je!, ¡je! Pero permítame que le someta una nueva observación, mi querido Rodion Romanovich. Sí, en efecto, usted fuera culpable o hubiera tenido alguna participación en ese maldito asunto, le pregunto yo, ¿acaso sostendría usted que había hecho todo eso no en estado de delirio, sino en pleno juicio? A mi entender, sería lo contrario. Si usted sintiera que su caso era dudoso, debiera sostener precisamente con tenacidad que había obrado en estado de delirio. ¿No es así?

El tono de la pregunta permitía sospechar que ocultaba una trampa. Al pronunciar las últimas palabras, Porfirio Petrovich se había inclinado hacia Raskolnikov. Este se recostó en el respaldo del sillón, y silenciosamente, contempló de frente a su interlocutor.

—Lo mismo que respecto a la visita de Razumikin. Si usted fuera culpable habría dicho que había venido a verme por su cuenta y ocultarme que había hecho esa gestión por encargo suyo. Pero lejos de ocultármelo, usted afirma, por el contrario, que fue usted quien lo mandó.

Raskolnikov no había afirmado aquello. Un frío intenso corría a lo largo de su espina dorsal.

—Usted no hace más que mentir —dijo con voz lenta y débil, esbozando una penosa sonrisa—. Usted quiere demostrarme que lee mis pensamientos, que conoce por adelantado mis respuestas —continuó, pero dándose cuenta de que ya no pensaba sus frases como debía—; usted quiere meterme miedo..., o sencillamente burlarse de mí...

Mientras decía esto, Raskolnikov no apartaba su mirada del juez de instrucción. Y de pronto, una cólera violenta hizo súbitamente chispear sus ojos.

—¡No hace usted más que mentir! —exclamó—. Usted sabe perfectamente que la mejor táctica para un culpable es la de confesar lo que es imposible ocultar. ¡No le creo a usted!

—¡Qué bien sabe usted retractarse! —dijo Porfirio bromeando—. Pero es usted demasiado testarudo, *batuchka*. Eso es efecto de la monomanía. ¡Ah! ¿No me cree usted? Pues yo le digo que empieza a creerme un poco y que haría muy bien si me creyera por completo, pues yo le aprecio sinceramente y tengo por usted un verdadero interés.

Los labios de Raskolnikov empezaron a agitarse.

—Sí, yo le aprecio bastante —continuó Porfirio Petrovich cogiendo amistosamente el brazo del joven un poco por encima del codo—, se lo pido terminantemente: cuídese su enfermedad. Además, tiene usted ahora aquí a su familia; piense un poco en ella. Debe procurar la felicidad de los suyos, y, por el contrario, no hace más que producirles inquietudes...

—¿Y qué le importa a usted? ¿Cómo lo sabe? ¿Para qué se mezcla en esas cosas? ¿Es que me vigila y quiere hacérmelo saber?

—¡*Batuchka!* Pero, vamos..., ha sido usted quien me lo ha dicho. Usted no se fija en que con sus trastornos habla espontáneamente de sus asuntos, lo mismo conmigo que con los demás. Razumikin me hizo saber ayer algunas particularidades interesantes. No, usted me ha interrumpido cuando iba a decirle que a pesar de todo su buen juicio ha perdido la clara visión de las cosas a consecuencia de su humor receloso. Ahí tiene, por ejemplo, ese incidente del cordón de la campanilla; ese es un detalle precioso, un detalle inapreciable para un magistrado inquiridor. Se lo facilito sencillamente yo, juez de instrucción, ¿y eso no le hace abrir los ojos? Si yo hubiera creído la menor culpabilidad en usted, ¿habría obrado así? Mi línea de conducta en ese caso estaría trazada; habría empezado, por el contrario, por adormecer su desconfianza, fingir ignorar ese hecho, llamar su atención hacia un punto opuesto; y luego, bruscamente, le habría asestado en la coronilla según su expresión, la pregunta siguiente: caballero, ¿qué fue a hacer usted a las diez de la noche al domicilio de la víctima? ¿Por qué tiró usted del cordón de la campanilla? ¿Por qué preguntó usted respecto a la sangre? ¿Por qué aturdió a los porteros diciéndoles que «lo llevaran a la comisaría»? Ahí tiene usted cómo habría procedido yo necesariamente si tuviera alguna sospecha respecto a usted. Habría tenido que someterlo a un interrogatorio en regla, ordenar un registro, apoderarme de su persona... Y como quiera que he obrado de muy distinta manera, será porque no sospecho. Pero usted ha perdido el sentido exacto de las cosas y no ve nada, nada, se lo repito.

Raskolnikov tembló con todo su cuerpo, y Porfirio se dio perfecta cuenta de ello.

—¡Continúa usted mintiendo! —vociferó el joven—. No sé cuáles serán sus intenciones, pero continúa mintiendo... Antes ni hablaba usted en ese sentido, y no puedo forjarme ilusiones... ¡Miente usted!

—¿Que miento yo? —replicó Porfirio con una vivacidad aparente, pero conservando el aire más jovial y sin parecer dar importancia al juicio de Raskolnikov—. ¿Que miento yo...? Pero, ¿cómo procedí antes con usted? Yo, juez de instrucción, le he sugerido los argumentos psicológicos que usted podía hacer valer: la enfermedad, el delirio, los sufrimientos de amor propio, la hipocondría, la afrenta sufrida en la comisaría, etcétera. ¿No es así? ¡Je!, je!, ¡je! Bien es verdad, dicho sea de paso, que esos medios de defensa no pueden sostenerse; encierran dos fines y se pueden volver contra usted. Si dice: «Yo estaba enfermo, tenía delirio, no sabía lo que hacía, no me acuerdo de nada», le responderán a usted: «Todo eso está muy bien, *batuchka,* pero, ¿por qué el delirio afecta siempre en usted el mismo carácter? ¡Porque, en resumidas cuentas, podía manifestarse también en otras formas!». ¿No es verdad? ¡Je!, ¡je!, ¡je!

Raskolnikov se levantó, y, mirándole despreciativamente:

—En resumen —dijo con energía—, quiero saber si soy sospechoso o no. Hable, Porfirio Petrovich, explíqueme sin rodeos y pronto, ¡ahora mismo!

—¡Dios mío! ¡Se parece usted a los niños que piden la luna! —prosiguió Porfirio socarronamente—. ¿Para qué tiene necesidad de saber tanto si hasta ahora lo han dejado perfectamente tranquilo? ¿Por qué se preocupa de esa manera? ¿Para qué viene usted a verme cuando no lo llaman? ¿Qué razones tiene usted? ¡Je!, ¡je!, ¡je!

—Le repito —gritó Raskolnikov— que yo no puedo soportar...

—¿Qué? ¿La incertidumbre? —interrumpió el juez de instrucción.

—¡No me exaspere usted! ¡No quiero...! ¡Le repito que no quiero...! ¿Se entera? —replicó con una voz de trueno Raskolnikov, descargando de nuevo un puñetazo en la mesa.

—¡Más bajo, más bajo! ¡Lo van a oír! Le voy a hacer una advertencia seria: dománese —murmuró Porfirio.

El juez de instrucción no tenía ya aquel aire de aldeano que simulaba la bonachería de su rostro; fruncía el ceño, hablaba autoritariamente y parecía a punto de quitarse la careta. Pero esta actitud no duró más que un instante. Intrigado al principio, Raskolnikov tuvo un súbito acceso de cólera; sin embargo, ¡cosa extraña!, aun entonces, a pesar de hallarse en el colmo de la exasperación, obedeció la orden de que bajara la voz. Además, se daba cuenta de que no podía proceder de otra manera, y este pensamiento contribuyó a irritarle más.

—¡No me dejaré martirizar! —murmuró—. Deténgame, regístreme, haga las pesquisas que quiera, pero proceda en forma y no juegue conmigo. No tenga usted la audacia...

—Vamos, no se preocupe de la forma —interrumpió Porfirio con su tono burlón, al mismo tiempo que contemplaba a Raskolnikov con una especie de júbilo y como derritiéndose de cariños por él—. Lo invité a venir a verme con carácter familiar, completamente amistoso, *batuchka*.

—No necesito para nada su amistad. ¡La desprecio! ¿Lo entiende? Y ahora cojo mi gorra y me marcho. ¿Qué dirá si tiene intención de mandarme detener?

En el momento de acercarse a la puerta, Porfirio volvió a cogerlo del brazo, un poco por encima del codo.

—¿No quiere que le dé una pequeña sorpresa? —bromeó el juez de instrucción, que cada vez parecía más alegre y más socarrón, lo que ponía fuera de sí a Raskolnikov.

—¿Qué pequeña sorpresa? ¿Qué quiere decir? —preguntó el joven deteniéndose de pronto y mirando a Porfirio con inquietud.

—Una pequeña sorpresa que tengo detrás de esa puerta ¡Je!, ¡je!, ¡je! —dijo señalando con el dedo la puerta cerrada que daba acceso a sus habitaciones, situadas detrás del tabique—. Yo mismo la he encerrado con llave para que no se vaya.

—¿Qué es eso? ¿Dónde? ¿Qué...?

Raskolnikov se acercó a la puerta intentando abrirla, pero no pudo.

—Está cerrada, aquí está la llave.

Y diciendo esto sacó la llave de su bolsillo y se la enseñó al visitante.

—¡Sigues mintiendo! —rugió este, fuera de sí—. ¡Mientes, maldito polichinela!

Y al mismo tiempo intentó lanzarse contra Porfirio, pero este se retiró hacia la puerta sin mostrar, por lo demás, miedo alguno.

—¡Lo comprendo todo, todo! —vociferó Raskolnikov—. Mientes y me irritas para que me haga traición...

—Pero si no tiene usted por qué traicionarse, *batuchka*, Rodion Romanovich. ¡Fíjese en qué estado se encuentra! No grite, o llamo.

—¡Mientes, no habrá nada! ¡Llama a los tuyos! Sabías que estaba enfermo y has querido exasperarme, sacarme de quicio para hacerme confesar. ¡Eso era lo que buscabas! ¡No, presenta tus pruebas! ¡Lo he comprendido todo! No tienes prueba ninguna, no tienes más que miserables suposiciones, las conjeturas de Zametov... Tú conocías mi carácter, has querido ponerme fuera de mí para llamar de pronto a los popes y a los agentes... ¿Los aguardas? ¿Eh? ¿Qué es lo que esperas? ¿Dónde están? ¡Que salgan!

—¿Qué está usted diciendo de agentes, *batuchka*...? ¡Vaya unas ideas! La forma, para emplear su lenguaje, no permite obrar así; usted no conoce el procedimiento, querido amigo... Pero la forma se observará, usted mismo lo verá... —murmuró Porfirio poniéndose a escuchar en la puerta.

En la habitación inmediata se notaba, en efecto, cierto ruido.

—¡Ah, vienen! —exclamó Raskolnikov—. ¡Los has mandado llamar! ¡Los esperabas! Habías contado... ¡Pues bien, que pasen todos: agentes, testigos! ¡Haz entrar a quien quieras! ¡Estoy preparado!

Pero entonces ocurrió un incidente tan extraño, tan fuera del ordinario curso de las cosas, que ni Raskolnikov ni Porfirio Petrovich habían podido preverlo.

VI

He aquí el recuerdo que aquella escena dejó en el cerebro de Raskolnikov.

El ruido que se percibió detrás de la puerta, en la habitación inmediata, aumentó súbitamente y la puerta se entreabrió.

—¿Qué pasa? —gritó encolerizado el juez—. Ya he advertido que...

No respondieron; pero la causa del alboroto se adivinaba en parte. Alguien quería entrar en el despacho del juez de instrucción y se esforzaban por impedirlo.

—¿Qué pasa? —repitió Porfirio, inquieto.

—Es el acusado Nikolai que trajeron —dijo una voz.

—¡No lo necesito para nada! ¡No quiero verlo! ¡Lleváosle! ¡Esperad...! ¿Cómo es que lo han traído aquí? ¡Qué desorden! —refunfuñó Porfirio dirigiéndose a la puerta.

—Pero si es que el... —replicó la misma voz, y se detuvo de pronto.

Durante dos segundos se oyó el rumor de lucha entre dos hombres: finalmente, uno de ellos rechazó al otro violentamente y penetró en el despacho.

El que acababa de entrar tenía un aspecto muy extraño. Miraba delante de sí, pero no parecía ver a nadie. En sus ojos chispeantes se leía la resolución, al mismo tiempo que su rostro estaba lívido como el de un condenado a quien llevan al cadalso. Sus labios, completamente blancos, temblaban ligeramente.

Era un hombre muy joven todavía, delgado, de estatura mediana y vestido como un obrero, llevaba los cabellos cortados al rape; sus rasgos eran finos y secos. El que acababa de ser rechazado se lanzó detrás de él en la habitación y lo sujetó por los hombros: era un guardia; pero Nikolai logró una vez más desasirse de él.

A la entrada de la puerta se detuvieron varios curiosos. Algunos tenían grandes deseos de entrar. Todo aquello pasó en menos tiempo del que hemos tardado en referirlo.

—¡Márchate, aún es demasiado pronto! ¡Espera que te llamen! ¡Para qué te han traído tan pronto! —refunfuñó Porfirio Petrovich tan irritado como sorprendido.

Pero Nikolai cayó de rodillas.

—¿Qué haces? —le gritó el juez de instrucción cada vez más extrañado.

—¡Perdón, yo soy el culpable! ¡Yo soy el asesino! —dijo Nikolai con voz fuerte, a pesar de la emoción que lo ahogaba.

Durante diez minutos hubo un silencio tan profundo como si todos los presentes estuvieran catalépticos; el guardia no intentó siquiera apoderarse del prisionero y se dirigió mecánicamente hacia la puerta, donde se quedó inmóvil.

—¿Qué estás diciendo? —gritó Porfirio Petrovich en cuanto su estupefacción le permitió hablar.

—Yo soy... el asesino... —repitió Nikolai después de haber callado un momento.

—¿Cómo... tú? ¿A quién has asesinado tú?

El juez de instrucción estaba visiblemente desconcertado.

Nikolai esperó un instante antes de responder.

—Yo... asesiné... a hachazos a Alena Ivanovna y a su hermana Isabel Ivanovna. Yo estaba trastornado... —añadió bruscamente.

Luego guardó silencio, pero continuó arrodillado.

Después de oír aquella respuesta, Porfirio Petrovich pareció reflexionar profundamente; inmediatamente, con un gesto violento invitó a los testigos a que se retiraran. Estos obedecieron inmediatamente y la puerta se cerró.

Raskolnikov, de pie en un rincón, contemplaba sorprendido a Nikolai. Durante unos instantes, las miradas del juez iban del visitante al detenido y viceversa. Finalmente se dirigió a Nikolai con una especie de arrebato.

—¡Espera que se te interrogue antes de decirme que estabas trastornado! —dijo con una voz casi irritada—. Yo no te he preguntado eso todavía... Habla ahora: ¿has asesinado tú...?

—Yo soy el asesino..., lo confieso... —respondió Nikolai.

—¡Oh! ¿Y con qué lo hiciste?

—Con un hacha. La llevaba ex profeso.

—¡Oh, cómo se precipita! ¿Solo?

Nikolai no comprendió la pregunta.

—¿No tuviste cómplices?

—No. Mitka es inocente; no tuvo ninguna parte en el crimen.

—No te apresures a disculpar a Mitka. ¿Te he preguntado yo algo acerca de él...? Sin embargo, ¿cómo se explica que los porteros os vieran a los dos bajar la escalera corriendo?

—Lo hice expresamente al correr detrás de Mitka..., era un recurso para no infundir sospechas —respondió Nikolai.

—Está bien. ¡Basta! —gritó Porfirio encolerizado—. ¡No dices la verdad! —refunfuñó aparte.

Sus ojos tropezaron con Raskolnikov, cuya presencia había olvidado durante aquel diálogo con Nikolai. Al darse cuenta de su visitante, el juez de instrucción pareció turbarse... Se adelantó inmediatamente hacia él...

—Rodion Romanovich, *batuchka,* perdone usted..., le ruego...; no tiene que hacer nada aquí..., yo mismo..., ¡ya ve usted qué sorpresa...! Yo le ruego...

Y cogiendo a nuestro joven por el brazo le señalaba la puerta.

—¿Parece ser que usted no se esperaba esto? —observó Raskolnikov.

Naturalmente, lo que acababa de ocurrir era todavía para él un enigma; sin embargo, había recobrado en gran parte su seguridad.

—Pero usted no se lo esperaba tampoco, *batuchka.* Mire cómo tiemblan sus manos. ¡Je!, ¡je!

—También tiembla usted, Porfirio Petrovich.

—Es verdad; no esperaba esto...

Ya se encontraban en el umbral de la puerta. El juez de instrucción tenía prisa por desembarazarse de su visitante.

—Entonces, ¿no me enseñará la pequeña sorpresa...? —preguntó bruscamente este.

—No ha hecho usted más que recobrar fuerza y ya viene con ironía. ¡Je!, ¡je! ¡Es usted un hombre cáustico! ¡Vaya, hasta la vista!

—Creo que mejor será decirnos «adiós».

—Será lo que Dios quiera —balbuceó Porfirio con una sonrisa forzada.

Al atravesar la cancillería, Raskolnikov observó que algunos empleados lo miraban fijamente. En la antesala reconoció entre la multitud a los dos porteros de la «casa aquella», aquellos a quienes les propuso aquella tarde que lo llevaran a la comisaría. Parecían esperar algo; pero apenas llegó al rellano de la escalera oyó nuevamente detrás de él la voz de Porfirio Petrovich. Volvió la cabeza y vio al juez de instrucción que corría para darle alcance.

—Una palabrita, Rodion Romanovich. Este asunto terminará como Dios quiera, pero por razones de forma tendré que hacerle algunas preguntas aún... Así, pues, nos veremos seguramente pronto.

Y Porfirio se detuvo sonriendo frente al joven.

—¡Seguramente! —repitió.

Podía suponerse que aún quería decir algo más, pero no agregó nada.

—Perdone mis maneras de antes, Porfirio Petrovich..., he estado un poco violento —comenzó Raskolnikov, que había recobrado su aplomo y que incluso experimentaba un irresistible deseo de burlarse del magistrado.

—No se preocupe, no tiene importancia —replicó Porfirio en un tono casi alegre—. Yo también tengo un carácter muy desagradable, lo reconozco. Pero nos veremos. Si Dios quiere, nos veremos con frecuencia.

—¿Y nos conoceremos del todo? —dijo Raskolnikov.

—Y nos conoceremos del todo —respondió como un eco Porfirio Petrovich, y, guiñando el ojo, miró muy seriamente a su interlocutor—. ¿Va usted ahora invitado a una comida?

—A un entierro.

—¡Ah, sí, justamente! Cuide de su salud.

—Yo, por mi parte, no sé qué desearle —respondió Raskolnikov.

Empezaba a bajar la escalera cuando de pronto se volvió hacia Porfirio:

—De verdad le deseo que tenga usted más éxitos que hoy; ¡son muy cómicas sus funciones!

Al oír aquellas palabras, el juez de instrucción, que se disponía ya a volver a su oficina, prestó especial atención.

—¿Qué tienen de cómicas?

—¡Y cómo no! Ahí tiene a ese pobre Nikolai. ¡Cuánto ha debido atormentarlo usted para arrancarle esa confesión! Día y noche ha debido de repetirle en todos los tonos imaginables: «Tú eres el asesino, tú eres el asesino...». Lo habrá hostigado sin descansar, conforme a su método psicológico. Y ahora que se reconoce culpable volverá usted a trastornarlo en otro tono: «Mientes, tú no eres el asesino, no puedes serlo, tú no dices la verdad». Pues bien, después de todo esto, ¿no tengo derecho a afirmar que son cómicas sus funciones?

—¡Je! ¡Je! ¡Je! Así pues, ¿usted se ha fijado en que antes le hacía yo observar a Nikolai que no decía la verdad?

—¿Cómo no iba a fijarme?

—¡Je! ¡Je! Tiene usted un ingenio muy sutil, no se le escapa nada. Y además le gusta hacer chistes, tiene usted la cuerda humorística. ¡Je! ¡Je! ¿No dicen que ese era el rasgo distintivo de nuestro escritor Gogol?

—Sí, de Gogol.

—Efectivamente, de Gogol... Hasta que tenga el gusto de volverlo a ver.

—Hasta que tengamos ese placer.

El joven se encaminó directamente a su casa. Apenas llegó a su habitación se echó en el diván y durante un cuarto de hora intentó poner un poco de orden en sus ideas, que estaban bastante confusas. Incluso intentó explicarse la conducta de Nikolai, admitiendo que en todo aquello había un misterio cuya clave buscaba inútilmente de momento. Además, no se hacía demasiadas ilusiones sobre las consecuencias probables del incidente; las confesiones del obrero no tardarían en ser reconocidas como falsas y entonces volverían a recaer las sospechas sobre él. Pero mientras tanto, se veía libre y podía tomar sus medidas en previsión del peligro que juzgaba inminente.

Pero, ¿hasta qué punto estaba amenazado? La situación empezaba a aclararse. El joven se estremecía aún al recordar la conversación que acababa de tener con el juez de instrucción. Sin duda que no podía penetrar todas las intenciones de Porfirio, pero lo que adivinaba era más que suficiente para hacerle comprender el terrible peligro del que acababa de escapar. Un poco más y se habría perdido irremisiblemente. Teniendo en cuenta la irritabilidad nerviosa de su visitante, el magistrado se había lanzado a fondo conociendo este punto débil y había dejado al descubierto su juego, pero jugaba con seguridad. Cierto que no se había comprometido demasiado; sin embargo, las imprudencias de que se inculpaba no constituían aún una prueba contra él; pero esto no tenía sino un valor relativo. ¿No se engañaba al pensar de aquella manera? ¿Cuál era el objeto de Porfirio? Algo había maquinado para aquel día. ¿Cuál era su idea? Sin la inesperada aparición de Nikolai, ¿como habría terminado la entrevista?

Raskolnikov estaba sentado en el diván, con los codos apoyados en las rodillas y la cabeza entre sus manos. De pronto experimentó una especie de alegría: se le ocurrió dirigirse lo antes posible a casa de Katerin Ivanovna. Desde luego que era demasiado tarde para ir al entierro, pero llegaría a tiempo para la comida, y vería allí a Sonia.

Se detuvo, reflexionó y una dolorosa sonrisa apareció en sus labios.

«¡Hoy! ¡Hoy! —repetía—. ¡Sí, hoy mismo! ¡Es necesario...!».

En el momento en que iba a abrir la puerta, esta se abrió sola. Retrocedió espantado al ver aparecer al enigmático personaje de la víspera, al hombre «salido de debajo de la tierra».

El visitante se detuvo en el umbral y después de mirar silenciosamente a Raskolnikov adelantó un paso en la habitación. Iba vestido exactamente como el día anterior, pero su rostro no tenía la misma expresión. Parecía muy afligido y lanzaba profundos suspiros.

—¿Qué desea usted? —preguntó Raskolnikov, pálido como un muerto.

El hombre no respondió y de pronto se prosternó casi hasta el suelo, llegando a tocar el pavimento con el anillo que llevaba en la mano derecha.

—¿Quién es usted? —exclamó Raskolnikov.

—Vengo a pedirle perdón —dijo el hombre en voz baja.

—¿Por qué?

—Por mis malos pensamientos.

Se miraron el uno al otro.

—Yo estaba enfadado. Cuando el otro día, quizá trastornado por la bebida, habló usted de sangre y le dijo a los porteros que lo llevaran a la comisaría, vi con sentimiento que no tomaban en cuenta sus palabras tomándolo por un hombre borracho. Aquello me contrarió de tal manera que no pude dormir. Pero yo recordaba su dirección y ayer vine aquí...

—¿Fue usted quien vino? —interrumpió Raskolnikov.

—Sí. Lo insulté.

—¿Luego estaba usted en aquella casa?

—Sí, yo me encontraba en la puerta cuando hizo usted aquella visita. ¿Lo ha olvidado acaso? Vivo allí desde hace bastante tiempo. Soy peletero...

Raskolnikov recordó entonces toda la escena de la antevíspera. En efecto, independientemente de los porteros, había también en el portal varias personas, hombres y mujeres. Alguien propuso que lo llevaran inmediatamente a la comisaría. No podía recordar las facciones de quien había emitido aquel parecer, y ni siquiera ahora lo reconocía; pero recordaba haberle respondido algo y haberse vuelto hacia quien habló.

De esta manera quedaba perfectamente explicado el aterrador misterio de la víspera. ¿Y había estado a punto de perderse bajo la impresión de inquietud que le produjo una circunstancia tan insignificante? Aquel hombre no habría podido referir nada sino que Raskolnikov se había presentado para alquilar el cuarto de la vieja y había hablado de sangre. Por consiguiente, salvo aquello de un «enfermo delirante» y salvo aquella «psicología de dos fines», Porfirio no sabía nada; no tenía la menor prueba, nada positivo. Desde luego no tenía nada positivo.

«Por consiguiente —pensaba el joven—, si no surgen nuevos cargos..., y no surgirán, estoy seguro de ello..., ¿qué me pueden hacer? Aunque llegaran a detenerme, ¿cómo iban a demostrar mi culpabilidad?».

Otra conclusión surgía de las palabras del visitante, según Raskolnikov: Porfirio debía de haberse enterado hacía muy poco tiempo de su visita al cuarto de la víctima.

—¿Le ha dicho usted hoy a Porfirio que yo estuve allí? —preguntó, asaltado por una súbita idea.

—¿A qué Porfirio?

—Al juez de instrucción.

—Sí, se lo he dicho. Como quiera que los porteros no fueron a verle, fui yo entonces.

—¿Hoy?

—Llegué un minuto antes que usted. Lo he oído todo; ya sé que le ha hecho pasar un mal cuarto de hora.

—¿Sí? ¿Cuándo?

—Yo estaba allí, en la habitación inmediata a su despacho; permanecí allí todo el tiempo.

—¡Cómo! Luego, ¿usted era la sorpresa? Pero, ¿qué es lo que ha sucedido? ¡Hable usted, se lo ruego!

—Al ver que los porteros —comenzó el burgués— no querían ir a prevenir a la policía con el pretexto de que era demasiado tarde y estaría cerrada la oficina, yo experimenté un vivo disgusto y resolví pedir informes de usted; al día siguiente, es decir, ayer, me fui a ver al juez de instrucción. La primera vez que me presente no estaba allí. Volví al cabo de una hora y no me recibió; por fin me hicieron pasar a la tercera vez. Le referí las cosas tal como pasaron;

mientras me escuchaba saltaba por la habitación y se golpeaba el pecho: «¡He ahí cómo hacéis vuestro servicio, bandidos! —gritaba—; ¡si yo hubiera sabido eso antes te habría mandado buscar con los guardias!». Enseguida llamó a alguien, y estuvo hablando con él en un rincón; luego volvió conmigo y empezó a preguntarme al mismo tiempo que profería fuertes imprecaciones. Yo se lo dije todo; le dije que usted no se atrevía a responder a mis palabras de ayer y que no me había reconocido. Y continuó golpeándose el pecho, vociferando y dando saltos por la habitación. En aquel momento le anunciaron a usted: «Retírate detrás de ese tabique —me dijo entonces acercándome una silla— y permanece ahí sin moverte oigas lo que oigas; es posible que te interrogue todavía». Luego cerró la puerta detrás de mí. Cuando llevaron a Nikolai y lo despidió a usted me mandó salir: «Aún tengo que hacerte algunas preguntas», me dijo.

—¿Han interrogado a Nikolai delante de ti?

—Yo salí inmediatamente después de usted, y entonces empezaron el interrogatorio de Nikolai.

Terminado su relato, el visitante saludó de nuevo, inclinándose humildemente hacia el suelo.

—Perdóneme usted por mi denuncia y por el mal que le he hecho.

—¡Que Dios le perdone! —respondió Raskolnikov.

Nada más oír aquellas palabras, el visitante se inclinó de nuevo, pero sólo hasta la cintura. Después salió de la habitación.

«No hay acusaciones concretas, sólo hay pruebas ambiguas, que pueden tener dos filos», pensó Raskolnikov, renaciendo de nuevo en él la esperanza.

Y abandonó la habitación.

«¡Todavía puedo luchar!», se dijo con una sonrisa malévola, mientras bajaba la escalera.

Estaba enfadado consigo mismo, sentía vergüenza por su «cobardía».

QUINTA PARTE

I

Al día siguiente del día fatal en que Piotr Petrovich tuvo su explicación con las señoras Raskolnikovna, sus ideas se aclararon, y con gran disgusto por su parte, se vio obligado a reconocer que la ruptura, en la que no quería creer aun en la víspera, era una cosa perfectamente consumada. La negra serpiente del amor propio herido había estado mordiéndole el corazón durante toda la noche. Al abandonar la cama, el primer gesto de Piotr Petrovich fue el de mirarse en el espejo, pues temía que durante la noche hubiera sufrido algún derrame de bilis.

Afortunadamente, aquella aprensión no era fundada. Al contemplar su rostro pálido y distinguido se consoló incluso un instante pensando que no sería difícil reemplazar a Dunia y..., ¿quién sabe?, tal vez con ventaja. Pero no tardó en rechazar aquella quimérica esperanza y escupió a un lado con fuerza, lo que hizo sonreír burlonamente a su amigo y compañero de habitación, Andrei Semenovich Lebeziatnikov.

Piotr Petrovich se dio cuenta de aquella muda burla y la cargó en la cuenta de su amigo, cuenta que ya estaba demasiado cargada desde hacía bastante tiempo. Su cólera aumentó al reflexionar que no le debió decir nada de aquella historia a Andrei Semenovich. Era la segunda tontería que el arrebato le había hecho cometer la noche anterior: había cedido a la necesidad de compartir su excesiva irritación.

Durante toda aquella mañana, la desgracia persiguió a Lujin. En el Senado, el asunto en que se ocupaba le reservaba un desencanto. Lo que le molestaba particularmente era el no poder hacer entrar en razón al propietario de la casa que había alquilado con miras a su próximo matrimonio. Aquel individuo, alemán de origen, era un antiguo obrero a quien la suerte había sonreído. No aceptaba ninguna transacción y reclamaba por entero lo estipulado en el contrato, a pesar de que Piotr Petrovich le devolvía el piso casi nuevo.

El tapicero no se mostraba menos rígido, y pretendía guardarse hasta el último rublo de la fianza que había cobrado con la venta de un mobiliario que Piotr Petrovich no había recibido siquiera.

«¿Tendré que casarme a la fuerza por culpa de los muebles? —se decía rechinando los dientes el desgraciado hombre de negocios—. ¿Es posible que el mal no tenga remedio? ¿No se podrá intentar nada?

El recuerdo de los encantos de Dunechka lo tenía clavado en su corazón como una espina. Aquel momento fue para él muy duro de pasar, y si hubiera podido con un simple deseo matar a Raskolnikov, Piotr Petrovich lo habría hecho inmediatamente.

«Otra tontería que he cometido ha sido el no darles dinero —pensaba mientras se acercaba tristemente al cuartito de Lebeziatnikov—. ¿Por qué diablos habré sido tan judío? ¡Lo he pensado muy mal...! Yo creí que al dejarlas en la penuria momentáneamente las preparaba para que vieran en mí una providencia, y ahora se me escurren entre los dedos... No, si yo les hubiera dado quinientos rublos, por ejemplo, para que adquirieran el *trousseau*, si les hubiera comprado algunos regalos en el almacén inglés, esa conducta habría sido la más noble y... la más hábil. ¡No me habrían dejado con tanta facilidad como lo han hecho! Dados sus principios, se habrían creído obligadas con toda seguridad a devolverme esos regalos en caso de ruptura, y eso les habría sido muy penoso y muy difícil. Y además, habría sido para ellas un caso de conciencia. "¿Cómo, se habrían dicho entonces, vamos a despedir tan ligeramente a un hombre que se ha manifestado tan generoso y tan delicado...?" ¡Hum! ¡He cometido una torpeza!».

Piotr Petrovich rechinó nuevamente los dientes y se trató de imbécil... en su fuero interno, se entiende.

Y con esta conclusión sobre sí mismo se trajo a su casa un humor peor que el que sacó. Sin embargo, ocupó hasta cierto punto su curiosidad el movimiento que se notaba en casa de Katerin Ivanovna con los preparativos de la comida. Ya oyó hablar el día anterior de aquella comida; recordó también que le habían invitado a ella, pero sus preocupaciones personales habían acaparado toda su atención y le habían impedido fijarse en aquello.

En ausencia de Katerin Ivanovna, que estaba en el cementerio, la señora Lippevechzel se apresuraba en torno de la mesa donde estaban colocados los cubiertos. Al hablar con la patrona, Piotr Petrovich se enteró de que se trataba de una verdadera comida de ceremonia, que habían invitado a casi todos los inquilinos de la casa, y entre ellos a algunos que ni siquiera habían conocido al difunto, el mismo Andrei Semenovich Lebeziatnikov había recibido una invitación, a pesar de su disgusto con Katerin Ivanovna. Hasta se hubieran sentido muy honrados si Piotr Petrovich se hubiera dignado asistir a aquella comida, en atención a que era el personaje más distinguido de todos los inquilinos.

Katerin Ivanovna, olvidando sus rencillas con la patrona, se creyó en el deber de dirigirle una invitación en regla. Por esto constituía una verdadera satisfacción para Amalia Ivanovna el ocuparse en aquel momento de la comida. Además, la señora Lippevechzel se vistió con el mayor lujo, aunque iba de luto, pero encontraba un verdadero placer en exhibir un precioso vestido de seda completamente nuevo. Informado de aquellos detalles, Piotr Petrovich tuvo una idea y entró pensativo en su habitación, o mejor dicho, en la de Andrei Semenovich Lebeziatnikov: acababa de enterarse de que Raskolnikov figuraba entre los invitados.

Aquel día, por una razón o por otra, Andrei Semenovich pasó toda la mañana en su cuarto. Entre este señor y Piotr Petrovich existían unas relaciones un poco raras, bastante explicables por lo demás: Piotr Petrovich le odiaba y le despreciaba olímpicamente, casi desde el día en que vino a pedirle hospitalidad; sin embargo, parecía temerle un poco.

Al llegar a San Petersburgo, Lujin se presentó en casa de Lebeziatnikov, en primer lugar y principalmente por economía, pero por otro motivo además. En su provincia había oído hablar de Andrei Semenovich, su antiguo pupilo, como de uno de los jóvenes progresistas más avanzados de la capital, e incluso como un hombre que ocupaba un puesto distinguido en ciertos círculos cuya fama era legendaria. Aquella circunstancia impresionó a Lujin. Hacía mucho tiempo que experimentaba cierto vago temor respecto a aquellos círculos poderosos que lo sabían todo, que no respetaban nada y que le hacían la guerra a todo el mundo.

Inútil sería añadir que su alejamiento no le permitía conocer claramente las cosas. Como los demás, había oído decir que en San Petersburgo abundaban los progresistas, los nihilistas, enderezadores de entuertos, etcétera; pero en su espíritu, como en el espíritu de la mayoría, aquellas palabras habían adquirido una significación exagerada hasta el absurdo. De lo que tenía más miedo particularmente era de las pesquisas dirigidas contra tal o cual personalidad por el partido revolucionario. Algunos recuerdos que se remontaban a los primeros tiempos de su carrera contribuían bastante a modificar en él aquel temor, avivado extraordinariamente desde que acariciaba el sueño de establecerse en San Petersburgo.

Dos personajes de un rango bastante elevado que habían protegido sus comienzos estuvieron a punto de caer por los ataques de los radicales, y aquello había terminado muy mal para ellos. Y he aquí por qué Piotr Petrovich apenas llegó a la capital, procuró informarse de dónde soplaba el viento, para, en caso de necesidad, conquistar el aprecio de «nuestras jóvenes generaciones». Y contaba con el apoyo de Andrei Semenovich. La conversación de Lujin cuando visitó a Raskolnikov nos ha demostrado que ya había conseguido en parte apropiarse del lenguaje de los reformadores.

Andrei Semenovich estaba empleado en un ministerio. Bajito, de complexión débil, escrofuloso, tenía unos cabellos de un color rubio casi blanco y unas patillas de las que estaba muy orgulloso. Además, tenía casi siempre los ojos malos. Aunque era un hombre bastante bueno en el fondo, demostraba en su lenguaje una presunción llevada casi al extremo, lo que contrastaba ridículamente con su enfermizo exterior.

Pasaba por ser uno de los inquilinos más distinguidos de la casa, porque no se embriagaba y pagaba regularmente su alquiler. Prescindiendo de sus méritos, Andrei Semenovich era en realidad bastante bruto. Un ardor irreflexivo le había impulsado a enrolarse bajo la bandera de los progresistas. Era uno de esos innumerables bobos que se apropian de la idea de moda sin comprenderla y desacreditan con su tontería una causa a la que en ocasiones están sinceramente adheridos.

Por otra parte, a pesar de su buen carácter, Lebeziatnikov había llegado a encontrar insoportable a su huésped y antiguo tutor, Piotr Petrovich. Por ambas partes, la antipatía era recíproca. A pesar de su sencillez, Andrei Semenovich empezaba a darse cuenta de que en el fondo Piotr Petrovich le despreciaba y que «no tenía nada que hacer con aquel hombre». Había intentado exponerle el sistema de Fourier y la teoría de Darwin, pero Piotr Petrovich, que se había conformado primero con escuchar burlonamente, no se recataba ahora para decirle palabras mortificantes a su joven catequista. El caso es que Lujin había terminado por sospechar que Lebeziatnikov no era sólo un imbécil, sino un charlatán sin la menor importancia en su propio partido. Su función especial consistía en la «propaganda», y aun no debía de estar muy fuerte en aquello porque titubeaba con bastante frecuencia en sus explicaciones; decididamente, ¿qué había que temer de un individuo así?

Hagamos notar de paso que desde que se instalara en casa de Andrei Semenovich (sobre todo en los primeros tiempos), Piotr Petrovich aceptaba complacido, o al menos sin protesta, los cumplidos bastante extraños de su huésped. Cuando este le recomendaba, por ejemplo, con mucho interés el establecimiento de una nueva *commune* en la calle de los Burgueses; cuando le decía: «Usted es bastante inteligente para no enfadarse si su mujer tiene un amante al mes de haberse casado, un hombre tan inteligente como usted no debe permitir que bauticen a sus hijos», etcétera. Pero Piotr Petrovich no pestañeaba siquiera al oírse alabar de aquella manera, de tal manera le agradaba el elogio, fuera cual fuera.

Por la mañana había negociado algunos títulos, y ahora, sentado ante la mesa, recontaba la suma que acababa de recibir. Andrei Semenovich, que casi nunca tenía dinero, se paseaba por la habitación afectando considerar aquellos fajos de billetes con una indiferencia despreciativa.

Naturalmente, Piotr Petrovich no creía en la sinceridad de aquel desprecio, y Andrei Semenovich, por su parte, adivinaba, no sin pena, el pensamiento escéptico de Lujin, y se decía que quizá le agradara mucho la acción de contar delante de él su dinero para humillarle y recordarle la distancia que la fortuna había establecido entre ellos...

Piotr Petrovich estaba en aquella ocasión peor dispuesto y más desatento que nunca, a pesar de que Lebeziatnikov desarrollara su tema favorito: el establecimiento de una nueva *commune* de un género particular. El hombre de negocios no interrumpía sus cuentas más que para hacer de cuando en cuando alguna observación burlona e incorrecta. Pero Andrei Semenovich no se preocupaba por aquello. El mal humor de Lujin se explicaba, a su parecer, por el despecho de un enamorado despedido. También tenía prisa por abordar aquel tema de conversación al objeto de emitir respecto a aquel capítulo algunos puntos de vista progresistas que pudieran consolar a su respetable amigo y, de todas maneras, contribuir a su desarrollo ulterior.

—Parece que preparan una comida de entierro en casa de esa... ¿en casa de la viuda? —preguntó bruscamente Lujin, interrumpiendo a Andrei Semenovich en el punto más interesante de su exposición.

—¡Como si usted no lo supiera! Ya le hablé ayer a ese respecto y le hice saber mi opinión sobre todas esas ceremonias... La viuda le ha invitado a usted también, por lo que he oído decir. Usted mismo habló ayer con ella...

—Jamás habría creído que en la miseria en que se encuentra esa imbécil fuera capaz de gastar en una comida todo el dinero que ha recibido de ese otro imbécil de... Raskolnikov. Antes, cuando volví, me quedé estupefacto al ver todos esos preparativos, todos esos vinos... Ha invitado a muchas personas, ¡el diablo sabrá lo que es eso! —continuó Piotr Petrovich, que parecía poner más interés en aquella conversación—. ¿Dice usted que me ha invitado también? —añadió de pronto, levantando la cabeza—. ¿Cuándo ha sido? No lo recuerdo. Además, no iré. ¿Qué voy a hacer allí? No la conozco más que de haber hablado ayer un minuto con ella; le dije que como viuda de un empleado podría obtener un socorro momentáneo. ¿Me habrá invitado por eso? ¡Je! ¡Je!

—Yo no tengo intención de ir —dijo Lebeziatnikov.

—¡No faltaría más! Después de haberle zurrado de lo lindo... Ya se comprende que sienta usted escrúpulo para ir a comer en su casa.

—¿A quién le he pegado yo? ¿De quién habla? —replicó Lebeziatnikov turbado y ruborizándose.

—Le hablo de Katerin Ivanovna, a quien le pegó usted hace un mes. Ayer me enteré de eso... ¡Mírenlos con sus convicciones...! ¡He ahí su manera de establecer la cuestión de las mujeres! ¡Je! ¡Je! ¡Je!

Después de aquella salida, que pareció aliviarle un poco el corazón, Piotr Petrovich continuó contando su dinero.

—¡Eso es una tontería y una calumnia! —replicó vivamente Lebeziatnikov, a quien no le gustaba que le recordaran aquella historia—. ¡Las cosas no fueron así! Lo que le han contado a usted es falso. En el caso a que hace usted alusión yo me limité a defenderme. Fue Katerin Ivanovna la primera que se lanzó sobre mí para arañarme... Me arrancó una de mis patillas... Un hombre cualquiera tiene, creo yo, derecho a defender su personalidad. Además, yo soy enemigo de la violencia, de dondequiera que venga, y por principio, porque eso es casi despotismo. ¿Qué tenía que hacer yo entonces? ¿Dejarla que me apaleara a su gusto? Me limité a rechazarla.

—¡Je! ¡Je! ¡Je! —continuó burlonamente Lujin.

—Usted tiene ganas de molestarme porque está de mal humor, pero eso no quiere decir nada ni tiene ninguna relación con el problema de la mujer. Yo me hice el siguiente razonamiento: si se admite que la mujer es igual al hombre, incluso en fuerza..., lo que empieza a admitirse..., la igualdad debe existir también para esto. Naturalmente que yo pensé de inmediato que en el fondo no había lugar a plantear la cuestión porque no debe existir la violencia en la sociedad futura, en la cual serán imposibles las querellas...; por consiguiente, es absurdo buscar la igualdad en la lucha. Yo no soy tan bruto..., aunque, por lo demás, haya querellas..., es decir, que más adelante no habrá más, pero por el momento las hay todavía... ¡Qué diablo, con usted se embrolla uno! No es esto lo que me impide aceptar la invitación de Katerin Ivanovna. Si no voy a comer a su casa es sencillamente por principios, para no sancionar con mi presencia la estúpida costumbre de las comidas de entierro. ¡Ahí tiene por qué! Además, podría ir para reírme..., pero desgraciadamente no vendrán popes; si asistiera alguno iría yo con toda seguridad.

—Es decir que usted iría a sentarse a su mesa para despreciarla a ella y su hospitalidad. ¿No es así?

—No iría para despreciarla, sino para protestar, y con una mira interesada. Yo puedo ayudar indirectamente a la propaganda civilizadora que es un deber para todos los hombres. Quizá se cumple mejor con esa tarea cuando menos formas se observan. Yo puedo sembrar la idea, el grano..., de ese grano nacerá un hecho. ¿Acaso se molesta a las personas obrando de esta manera? Al principio se sienten incómodas, pero enseguida se dan cuenta de que se les ha prestado un buen servicio. Mire, sin ir mas lejos: Terebieva..., ¿la conoce usted?, es uno de los miembros de la *commune,* cuando abandonó a su familia y... se libertó, escribió a sus padres que no quería vivir entre prejuicios y que se uniría libremente. Ahora bien, la inculparon de haber obrado de una manera demasia-

284

do grosera con sus progenitores: había que tener piedad de ellos, escribirles en tono más suave. A mi parecer, este razonamiento es completamente falso, no es tono suave lo que conviene; al contrario, lo que hace falta es protestar. Otro ejemplo: Varentz vivió siete años con su marido, abandonó a dos hijos y en una carta dirigida al esposo le habló clara y terminantemente: «He comprendido que no puedo ser feliz contigo. Jamás te perdonaré que me hayas engañado ocultándome que existiera otro régimen social basado en las *communes*. De todo esto me he enterado hace poco gracias a un hombre generoso al que me he entregado y con el cual fundaremos una *commune*. Te hablo francamente porque no considero honrado engañarte. Vive como te plazca. No confíes en que vuelva a tu lado. Has llegado tarde. Quiero ser feliz». ¡Ya ve usted cómo se escriben esas cartas!

—Y esa Terebieva es la misma a propósito de la cual me dijo que es ya la tercera vez que se casa libremente.

—De manera efectiva no se ha casado más que dos veces. Pero aunque se hubiera casado cuatro, quince veces, eso no tendría la menor importancia. Si jamás me ha dolido que el padre y la madre se murieran, es ahora. Más de una vez he pensado con delectación en la protesta que les habría soltado si estuvieran vivos. ¡Los dejaría parados! La verdad es que es una lástima que no tenga ninguno.

—¡Bah! ¡Dejarlos parados! ¡Je! ¡Je!

—Está bien —interrumpió Piotr Petrovich—; pero dígame: ¿conoce a la hija del difunto, esa pequeña delgaducha...? ¿Es verdad lo que dicen de ella?

—Bueno, ¿y qué? A mi entender, es decir, según mi convicción personal, su situación es la situación normal de la mujer. ¿Por qué no? Es decir, distingamos. En la sociedad actual es indudable que tal género de vida no tiene nada de normal, porque es forzado, pero en la sociedad futura lo será absolutamente, porque será libre. Ahora incluso tenía la obligación de hacerlo: era desgraciada, ¿por qué no había de disponer libremente de lo que constituía su único capital? Entiéndase bien que en la sociedad futura el capital no tendrá ninguna razón de ser; pero el papel de la mujer galante tendrá otro sentido y se regulará de un modo racional. En cuanto a Sonia Semenovna, sus actos en el momento actual tienen la significación de una protesta contra la organización social, y por eso la aprecio profundamente; aun diría más: ¡la admiro!

—A pesar de ello, me han contado que usted la arrojó de esta casa.

Lebeziatnikov se enfadó.

—¡Eso es otra mentira! —replicó con energía—. ¡Eso no fue así! Katerin Ivanovna ha contado esa historia de la manera más inexacta porque ella no lo comprendió. ¡Yo no busqué nunca los favores de Sonia Semenovna! Yo me limitaba lisa y llanamente a educarla, sin la menor reserva mental, esforzándome en despertar en ella el espíritu de protesta... Yo no perseguía otra cosa; ¡ella misma se dio cuenta de que no podía vivir aquí!

—¿La invitó usted a formar parte de la *commune?*

—Sí, actualmente me esfuerzo por atraerla hacia la *commune,* porque allí estaría en mejores condiciones que aquí. ¿Por qué se ríe usted? Queremos fundar una *commune* sobre bases más amplias que las precedentes. Nosotros vamos más lejos que nuestros predecesores, negamos más cosas que ellos. Si Dobroliubov y Bielinsky salieran de la tumba, me tendrían por adversario de ellos. Mientras tanto, continúo educando a Sonia Semenovna. ¡Es una naturaleza hermosa, muy hermosa!

—¿Y se aprovecha usted de esa hermosa naturaleza? ¡Je!, ¡je!

—¡No, no, en absoluto! ¡Al contrario!

—¡Dice que al contrario! ¡Je! ¡Je! ¡Je!

—Puede creerlo. ¿Qué razones iba a tener para ocultárselo? Al contrario, incluso hay una cosa que me admira: conmigo parece siempre turbada, tiene como una especie de respetuoso pudor.

—Y, naturalmente, usted le educa... ¡Je! ¡Je! ¡Je! ¿Usted le demuestra que todos esos pudores son una cosa estúpida?

—¡Está usted muy equivocado! ¡Qué sentido tan grosero, tan bestial..., perdone, le da usted a la palabra educación! ¡Dios mío, qué poco avanzado es usted... todavía! ¡Usted no comprende nada! Nosotros buscamos la libertad de la mujer, y usted no piensa más que en pequeñeces... Al dejar aparte la cuestión de la castidad y del pudor femenino, cosas en sí mismas inútiles y hasta absurdas, yo admito perfectamente su reserva frente a mí, teniendo en cuenta que con eso ella no hace otra cosa que hacer uso de su libertad, ejercer su derecho. Seguramente que si ella misma se dijera: «Te quiero para mí», yo me consideraría muy feliz, pues esa muchacha me gusta mucho; pero en el estado actual de las cosas nadie, sin duda alguna, se ha portado más correcta y finamente con ella que yo; nadie le ha hecho justicia a sus méritos..., yo espero y aguardo, ¡y eso es todo lo que hay!

—Hágale un regalito. Apostaría a que ni siquiera ha pensado en eso.

—¡Usted no comprende nada en absoluto, ya se lo he dicho! Desde luego que su situación parece autorizar sus burlas, pero la cuestión es muy diferente. Usted no siente más que desprecio por ella. Al fundarse usted en un hecho que le parece injustamente deshonroso, deja de considerar con humanidad a una criatura humana. ¡Usted no tiene noción de lo que vale! Lo que me duele extraordinariamente es que en estos últimos tiempos haya dejado de leer y no me pida más libros. Antes me pedía siempre. También es una lástima que a pesar de su energía y su decisión en la protesta..., lo que demostró ya en cierta ocasión..., no demuestre bastante independencia, el suficiente espíritu de negación para deshacerse completamente de otros prejuicios y... necedades. Aun así comprendo perfectamente ciertas cuestiones. Por ejemplo, ha comprendido de manera excelente la cuestión de besar las manos, es decir, que el hombre, al besarle las manos a la mujer, la ofende al hacerla sentir la desigualdad existente entre ellos. Esta cuestión fue debatida en nuestro círculo y yo fui inmediatamente a comunicarle el resultado de nuestras discusiones. También escuchó con atención lo referente a las asociaciones obreras de Francia. Ahora estoy explicándole lo de la entrada libre a las habitaciones en la sociedad futura.

—¿Qué quiere decir eso?

—La cuestión ha sido discutida durante los últimos tiempos: ¿tienen los miembros de la *commune* derecho a entrar en la habitación de otro miembro de la *commune,* sea hombre o mujer, en cualquier momento...? Se ha decidido que tenían derecho a ello...

—¿Y si en aquel momento se encontrara el hombre ocupado en ciertas cosas necesarias? ¡Je! ¡Je!

Andrei Semenovich llegó incluso a enfadarse.

—¡Usted no hace más que hablar de esas malditas «necesidades»! —gritó enojado—. ¡Ah, qué mal me sabe y cómo me duele que al exponerle mi sistema le haya recordado prematuramente esas malditas necesidades! Esa es la piedra de toque para todos los de su calaña. ¡Se burlan de las cosas antes de conocerlas! ¡Y presumen como si tuvieran razón! ¡Parece como si se enorgullecieran ustedes de su ignorancia! Ya he dicho más de una vez que esta cuestión puede exponerse a los noveles únicamente al final, cuando el hombre está ya desarrollado y orientado. A ver, dígame si le parece bien: ¿encuentra usted algo de vergonzoso y despreciable, por ejemplo, en lo de los estercoleros? ¡Yo mismo estoy dispuesto a limpiar el estercolero que quiera! En eso no hay el menor sacrificio, sino sólo trabajo, trabajo noble, útil a la sociedad y que está por encima de cualquier forma de actividad, de la de Rafael, de la Pushkin, porque es más útil.

—Y muy noble, muy noble, ¡je, je!

—¿Qué quiere decir nobleza? Esas expresiones no las comprendo yo en el sentido de la determinación de la actividad humana. «Nobleza», «generosidad», todo eso son tonterías, absurdos, viejas palabras que expresan otros tantos prejuicios y que yo rechazo. Todo lo que es útil a la Humanidad es noble. Yo no comprendo más que una palabra: «útil», ríase todo lo que quiera. ¡Así es y no de otra manera!

Piotr Petrovich se reía con todas sus ganas. Había terminado ya de contar el dinero y lo había retirado de la mesa, separándolo de una parte que había dejado. Esta «cuestión de los estercoleros» había dado lugar otras veces ya, a pesar de su vulgaridad, a la ruptura entre Piotr Petrovich y su joven amigo. Lo absurdo de la discusión consistía en que Andrei Semenovich se enfadaba de verdad. Lujin encontraba en esta circunstancia una especie de consuelo para sus disgustos, y en este instante se sentía particularmente espoleado por la manía de exasperar a Lebeziatnikov.

—Si me cocea usted de esa manera es a causa de su fracaso de ayer —dijo finalmente Lebeziatnikov, no pudiéndose contener; este, a pesar de toda su «independencia» y de todas sus «protestas», no lograba hacer la contra a gusto a Piotr Petrovich y seguía observando ante él una actitud respetuosa, que le había quedado, por costumbre, de los tiempos pasados.

—Dígame —replicó Lujin—, podría usted... o, para decirlo mejor, ¿tiene usted bastante confianza con la joven mencionada para rogarle que venga aquí un momento? Ya deben de haber regresado todos del cementerio... Me parece haberlos oído subir por la escalera. Quisiera ver un momento a esa persona.

—¿Para qué? —preguntó extrañado Andrei Semenovich.

—Tengo necesidad de hablarle. Me marcharé de aquí hoy o mañana y tengo algo que comunicarle... Por lo demás, puede usted estar presente en mi conversación, y hasta será lo mejor, de otra manera ¡sabe Dios lo que pensaría!

—No pensaría nada... Le he hecho esa pregunta sin el menor interés. Si tiene usted algún asunto con ella, no hay nada más fácil que hacerla subir. Voy a buscarla enseguida, y tenga la seguridad de que no lo molestaré.

Efectivamente, al cabo de cinco minutos, Lebeziatnikov volvió con Sonechka, que llegó en extremo turbada y sorprendida. En circunstancias parecidas, era siempre muy tímida, pues las caras desconocidas le daban miedo. Era así desde su infancia y la edad no había hecho sino acentuar aquel defecto... Piotr Petrovich se mostró cortés y benévolo. Al recibir, como hombre serio y respetable, a una criatura tan joven y en cierto sentido tan interesante, creyó deber acogerla con jovial familiaridad. Se apresuró, pues, a «tranquilizarla» y la invitó a tomar asiento frente a él. Sonia le obedeció, mirando sucesivamente a Lebeziatnikov y al dinero que había encima de la mesa; luego, de repente, sus ojos se fijaron en Lujin, del que no pudo apartarlos ya, como si experimentara una especie de fascinación. Lebeziatnikov se dirigió hacia la puerta. Lujin se levantó, hizo una indicación a Sonia para que se sentara y retuvo a Andrei Semenovich en el momento en que este se disponía a salir.

—¿Está ahí Raskolnikov? ¿Ha venido ya? —le preguntó en voz baja.

—¿Raskolnikov? Sí, ¿qué pasa? Sí, está allí... He visto que acaba de llegar... ¿Qué desea?

—En tal caso le ruego que no me deje solo con esta... señorita. El asunto de que se trata no tiene la menor importancia, pero sabe Dios las conjeturas que harían. No quiero que Raskolnikov vaya a contarlo «allá»... ¿Comprende usted por qué le digo eso?

—¡Comprendido, comprendido! —respondió Lebeziatnikov—. Sí, está en su derecho. Desde luego que, en mi apreciación personal, sus temores son exagerados, pero... no importa, está usted en su derecho. Bueno, me quedaré. Voy a ponerme cerca de la ventana y así no los molestaré. Se lo repito, a mi entender está usted en su derecho.

Piotr Petrovich volvió a sentarse frente a Sonia y la miró atentamente. Luego su rostro expresó de pronto una expresión grave, casi severa, pareciendo decir: «No vaya usted a figurarse, señorita, cosas que no son». Sonia perdió definitivamente el aplomo.

—En primer lugar, Sonia Semenovna, le ruego que presente mis excusas a su muy honorable mamá... ¿No me equivoco al expresarme así? ¿No hace Katerin Ivanovna las veces de madre con usted? —empezó Piotr Petrovich con tono bastante serio, aunque bastante amable. Evidentemente, tenía las más amistosas intenciones.

—Sí, en efecto, hace conmigo las veces de madre —se apresuró a responder la pobre Sonia.

—Pues bien, haga el favor de decirle cuánto siento que causas ajenas a mi voluntad me impidan aceptar su atenta invitación.

—Sí, iré a decírselo enseguida.

Y Sonechka se levantó.

—Eso no es todo —continuó Piotr Petrovich, sonriendo, al ver la ingenuidad de la muchacha y su ignorancia de las costumbres sociales—. Usted no me conoce apenas, querida Sonia Semenovna, si cree que por un motivo tan insignificante iba a molestar a una persona como usted. Tengo que decirle otra cosa.

Y atendiendo a un gesto de su interlocutor, Sonia volvió a sentarse. Los billetes multicolores que había encima de la mesa se presentaron nuevamente a su vista, pero ella apartó rápidamente sus ojos y los fijó en Piotr Petrovich; mirar el dinero ajeno le parecía una cosa mal hecha, sobre todo en su situación. Miró alternativamente los lentes de montura de oro que Piotr Petrovich tenía en la mano izquierda y luego el grueso anillo con una piedra amarilla que brillaba en el dedo medio de aquella mano. Finalmente, no sabiendo qué hacer con los ojos, los fijó en el rostro mismo de Lujin. Este, después de haber guardado un majestuoso silencio, continuó:

—Ayer tuve ocasión de cambiar unas palabras, al pasar, con la desgraciada Katerin Ivanovna. Aquello me bastó para darme cuenta de que se encuentra en un estado... anormal, si puede uno expresarse así.

—Sí..., anormal —repitió dócilmente Sonia.

—O, para hablar más sencillamente y más inteligentemente, enfermizo.

—Sí, más sencillamente y más intel..., sí está enferma.

—Sí, y al verla, por un sentimiento de humanidad y... y... y, por decirlo así, de compasión, quisiera serle útil por mi parte, previendo que inevitablemente llegará a encontrarse en una situación más triste todavía. Parece que ahora toda esa familia no tiene más sostén que el de usted.

Sonia se levantó bruscamente.

—Permítame que le pregunte si usted no le ha dicho que podría obtener alguna pensión. Ayer me dijo que usted se había encargado de conseguirla. ¿Es eso verdad?

—De ninguna manera, e incluso en cierto sentido es absurdo. Yo me limité a decirle que, como viuda de funcionario muerto en acto de servicio, podría obtener un socorro temporal, si tenía algunas recomendaciones. Mas parece que en lugar de haber servido mucho tiempo para tener derecho al retiro, su difunto padre no prestaba servicios cuando murió. En una palabra, cabe esperar, pero la esperanza es muy poco probable, pues en casos así no hay derecho al menor socorro, al contrario... ¡Ah, soñaba con una pensión! ¡Je! ¡Je! ¡Je! ¡Esa señora se lo cree todo!

—Sí, ella soñaba con una pensión... Es muy crédula y muy buena... y su bondad le hace creer en todo, y... y... su espíritu está... Sí, perdónela —dijo Sonia, levantándose de nuevo para marcharse.

—Permítame, no he terminado aún.

—No ha terminado aún —balbuceó la joven.

—Siéntese usted.

Sonia, completamente confundida, se sentó por tercera vez.

—Al verla en una situación así y con niños pequeños, quisiera, como le he dicho, serle útil en la medida de mis medios, y nada más. Se podría, por ejemplo, organizar una suscripción en beneficio suyo, una tómbola... o algo parecido, como hacen siempre en tales casos las personas que desean ayudar a sus familiares o a los extraños. Eso es posible.

—Sí, está bien... Y Dios le... —balbuceó Sonia, sin apartar los ojos de Piotr Petrovich.

—Se podría hacer eso, pero... ya hablaremos más adelante..., es decir, podría empezarse hoy mismo. Ya hablaremos esta tarde, hablaremos y empezaremos a echar los cimientos por decirlo así. Venga a buscarme a las siete. Andrei Semenovich tendrá la bondad, así lo espero, de asistir a nuestra conferencia... Pero... hay un detalle que debe ser cuidadosamente examinado previamente. Por eso me he permitido molestarla rogándole que viniera. A mi parecer, no se debe entregar directamente a Katerin Ivanovna lo que se recaude, pues incluso creo que habría peligro en ello, y la prueba la tiene en la comida que da hoy. No tiene zapatos, no le queda para comer ni para dos días y compra ron de Jamaica, madeira, café... Ya lo he visto al pasar. Mañana volverá a quedar toda la familia a cargo de usted y se verá necesitada de proporcionarles hasta el último pedazo de pan. Eso es absurdo. Por esto soy partidario de la suscripción sin que se entere la desgraciada viuda y que usted sola sea la que disponga del dinero. ¿Qué le parece?

—No sé. Únicamente hoy ha procedido así..., eso no ocurre más que una sola vez en la vida..., ella tenía mucho interés en honrar la memoria del difunto..., pero es muy inteligente. Además, eso se hará como usted quiera, yo le quedaré muy, muy..., todos ellos le quedarán..., y Dios le... y los huérfanos...

Sonia no pudo terminar y dio rienda suelta a sus lágrimas.

—Entonces estamos de acuerdo. Y ahora haga el favor de aceptar esta pequeña cantidad para su madre, que representa mi suscripción personal. Deseo vivamente que no se pronuncie mi nombre con este motivo. Lamento no poder hacer más a causa de las dificultades pecuniarias que tengo ahora...

Y Piotr Petrovich entregó a Sonia un billete de diez rublos, después de desdoblarlo cuidadosamente. La muchacha recibió el billete completamente ruborizada, balbuceó algunas palabras ininteligibles y se apresuró a retirarse. Piotr Petrovich la acompañó hasta la puerta. Por fin salió de la habitación y volvió con Katerin Ivanovna presa de una agitación extraordinaria.

Durante toda aquella escena, Andrei Semenovich había permanecido al pie de la ventana para no molestar durante la conversación. Inmediatamente que salió Sonia se acercó a Piotr Petrovich y le tendió la mano con un gesto solemne.

—Lo he oído y lo «he visto» todo —dijo recalcando intencionadamente la última palabra—. Eso es noble, humano quiero decir, porque yo no admito la palabra noble. ¡Ya me he fijado en que ha procurado evitar que le den las gracias! Y si bien, en honor a la verdad, soy enemigo de la beneficiencia privada, que en lugar de extirpar radicalmente la miseria la fomenta, no puedo por menos que reconocer que me ha gustado su acción. Sí, sí, eso me ha gustado.

—¡Bah! ¡Eso no tiene importancia! —murmuró Lujin algo confuso, mirando a Lebeziatnikov con particular atención.

—¡No, eso tiene mucha importancia! Un hombre que como usted está herido por una reciente afrenta, es capaz todavía de interesarse por la desgracia de otro, un hombre así, aunque obre en contra de la sana economía social, tiene que ser digno de aprecio. No esperaba eso de usted, Piotr Petrovich, y menos conociendo su manera de ser. ¡Oh, qué aferrado está aún a sus ideas! ¡Cuánto se trastornó por el disgusto de ayer! —exclamó el buenazo de Andrei Semenovich que experimentaba un retorno de viva simpatía por Piotr Petrovich—. ¿Y qué necesidad tiene usted, por ejemplo, de casarse «legalmente», muy noble y muy querido Piotr Petrovich? ¿Qué puede importarle la unión «legal»? Péguemе usted si quiere, pero yo me alegro de su fracaso, tengo un verdadero placer al pensar que es usted libre, que no está completamente perdido todavía para la Humanidad... ¡Ya ve que soy franco!

—Yo sostengo el matrimonio legal porque no quiero ser un marido burlado ni educar a unos hijos de los que no soy padre, como ocurre con su matrimonio libre —respondió por decir algo.

Piotr Petrovich estaba pensativo y apenas si escuchaba lo que le decía su interlocutor.

—¿Los hijos? ¿Ha hecho usted alusión a los hijos? —replicó Andrei Semenovich, animándose de pronto como un caballo de combate que ha oído el clarín—. Eso de los hijos es una cuestión social que se zanjará ulteriormente. Hay muchos que hasta los niegan sin restricción, como todo lo referente a la familia. Ya hablaremos más adelante de los hijos, ocupémonos ahora de las infidelidades. Le confieso que ese es mi punto flaco. La palabra «cuernos», puesta en circulación por Pushkin, esa palabra baja y grosera no figurará en los diccionarios del porvenir. ¿Qué quiere decir en resumen eso de los cuernos? ¡Oh, qué vano espantajo! ¡Oh, qué insignificante es eso! Al contrario, en el matrimonio libre no existirá precisamente el peligro que usted teme. Los cuernos no son más que la consecuencia natural y, por decirlo así, el correctivo del matrimonio legal, una protesta contra un lazo indisoluble: mirados desde este punto de vista nada tienen de humillante... Si en alguna ocasión..., cosa absurda hasta en hipótesis..., me llegara a casar yo legalmente, me gustaría mucho que me pusieran esos cuernos que tanto le espantan; y entonces le diría a mi mujer: «Hasta la fecha te he amado únicamente, querida mía; pero ahora te admiro además porque has sabido protestar». ¿Se ríe usted? ¡Eso es porque no tiene la energía necesaria para romper con los prejuicios! ¡Que el diablo me lleve! Yo comprendo que en la unión legítima sea desagradable ser engañado, pero eso es el efecto miserable de una situación que degrada igualmente a ambos esposos. Cuando los cuernos aparecen abiertamente en la frente de uno, como en el matrimonio libre, es precisamente cuando no existen; dejan de tener sentido y hasta de merecer el nombre de cuernos. Muy al contrario, vuestra mujer os demuestra de esa manera que os estima, puesto que os cree incapaz de ser un obstáculo a su dicha y lo suficientemente avanzado como para no tomar venganza de su nueva pareja. Hablando en verdad, creo que si estuviera casado, libre o legítimamente, lo mismo da, y mi mujer tarda mucho en tener un amante, yo mismo le procuraría uno. «Querida —le diría—, te amo, pero quiero que me distingas». ¿No tengo razón?

Aquellas palabras hicieron reír a Piotr Petrovich; su pensamiento estaba en otra parte y se frotaba las manos un poco preocupado. Andrei Semenovich recordó más adelante la preocupación de su amigo...

II

Difícil sería decir cómo había nacido en el cerebro enfermizo de Katerin Ivanovna la idea de aquella comida inoportuna. Para el banquete en cuestión gastó más de la mitad del dinero que recibiera de Raskolnikov con destino a las exequias de Marmeladov. Quizá se creía obligada a honrar «convenientemente» la memoria de su marido para demostrar a todos los inquilinos, y particularmente a Amalia Ivanovna, que el difunto «valía tanto como ellos, si no más». Tal vez obedecía a ese «orgullo de los pobres» que en determinadas circunstancias de la vida: bautismo, matrimonio, entierro, etc., impulsa a los desgraciados a sacrificar sus últimos recursos, con el único objeto de «hacer las cosas tan bien como los demás». Incluso es permitido suponer que en el momento mismo en que se veía reducida a la más extremada miseria, Katerin Ivanovna quería demostrarle a aquella «gentecilla» no sólo que sabía «vivir y recibir», sino que como hija de un coronel, educada «en una casa noble, incluso aristocrática, se podía decir», no había nacido para fregar y lavar por la noche la ropa de sus críos.

Las botellas de vino no eran ni muy abundantes ni de marcas muy variadas; el madeira brillaba por su ausencia, Piotr Petrovich había exagerado las cosas. Sin embargo, había vino, y habían adquirido también aguardiente, ron y oporto, todo ello de calidad inferior; el *menú*, preparado en la cocina de Amalia Ivanovna, comprendía, además del *kutia,* tres o cuatro platos más. Además se dispusieron dos samovares para los invitados que quisieran tomar té y ponche después de la comida, Katerin Ivanovna se ocupó personalmente de las compras con ayuda de un inquilino de la casa, un polaco famélico que vivía Dios sabe por qué y en qué condiciones, en casa de la señora de Lippevechzel.

Aquel pobre diablo se puso desde el primer momento a disposición de la viuda y durante treinta y seis horas se prodigó en hacer recados con un interés tal que no perdía ninguna ocasión para salir a la calle. A cada instante, por la menor fruslería, corría apresuradamente a pedirle instrucciones a la «*panna* Marmeladova». Después de haber dicho al principio que sin la diligencia de aquel hombre servicial y magnánimo no sabía lo que habría sido de ella, Katerin Ivanovna acabó por encontrar a su factótum completamente insoportable.

Uno de los defectos de Katerin Ivanovna era el de entusiasmarse inmediatamente con el primero que llegaba, viéndolo con los colores más brillantes y atribuyéndole unos méritos que no existían más que en su imaginación, pero en los que creía ciegamente. Y luego, al entusiasmo sucedía bruscamente la desilusión; entonces empezaba a lanzarle palabras injuriosas al que poco antes había colmado de las alabanzas más excesivas.

Amalia Ivanovna adquirió también súbita importancia a los ojos de Katerin Ivanovna y ganó mucho en su aprecio quizá por la única razón de que la patrona se había cuidado de la organización del banquete. Ella fue, en efecto, quien se encargó de poner la mesa, de facilitar la vajilla, los manteles, etcétera, y de guisar.

Al marcharse al cementerio, Katerin Ivanovna delegó en ella sus poderes y la señora Lippevechzel se mostró digna de aquella confianza. Verdad es que la vajilla, los vasos, las tazas, los cubiertos prestados por distintos inquilinos, revelaban, por su disparidad, sus distintos orígenes, pero, a la hora señalada, todo se encontraba a punto.

Cuando volvieron al lugar del duelo pudieron observar una expresión de triunfo en el rostro de Amalia Ivanovna. Orgullosa de haber cumplido tan bien con su misión, la patrona se pavoneaba con su traje nuevo de luto. Aquel orgullo, por legítimo que fuera, no le gustó a Katerin Ivanovna. «¡Como si no hubiera sabido poner la mesa sin Amalia Ivanova!». El gorro con la cinta nueva le disgustó también. «¿A qué se dará importancia esta estúpida alemana? ¡Miren la patrona, que se ha dignado por bondad de alma a ayudar a los pobres inquilinos! ¡Por bondad de alma! ¡Hay que ver! En casa del papá de Katerin Ivanovna, que era coronel, había algunas veces hasta cuarenta personas invitadas a comer, y no habrían recibido, ni entre el servicio siquiera, a una Amalia Ivanovna, o, para decirlo mejor, Ludwigovna...». Katerin Ivanovna no quiso manifestar de momento sus sentimientos, pero se prometió darle una lección aquel mismo día por aquella impertinencia.

Otra circunstancia contribuyó a molestar a la viuda: exceptuando al polaco, que fue hasta el cementerio, casi ninguno de los inquilinos invitados a asistir a él fue a acompañar el cadáver; en cambio, cuando se trató de acercarse a la mesa, acudieron los más desastrados y menos recomendables entre los habitantes de la casa; algunos incluso se presentaron con el mayor desaliño. Los inquilinos un poco limpios parecieron ponerse de acuerdo para no acudir, empezando por Piotr Petrovich Lujin, el más relevante de todos.

Sin embargo, el día anterior dijo maravillas Katerin Ivanovna a todo el mundo acerca de él, es decir, a la señora Lippevechzel, a Polechka, a Sonia y al polaco. Aseguraba que era un hombre muy noble y muy magnánimo, y muy rico además, que tenía grandes relaciones; según ella, había sido amigo de su primer marido, frecuentaba antaño la casa de su padre y le había prometido poner en juego toda su influencia para lograrle una pensión importante. Hagamos notar a este propósito que cuando Katerin Ivanovna ensalzaba la fortuna y las relaciones de algunos de sus conocidos lo hacía siempre sin el menor cálculo de interés personal y únicamente para elevar el prestigio de la persona que alababa.

Además de Lujin, y probablemente «por su ejemplo», se abstuvo también de presentarse «aquel polizón de Lebeziatnikov». ¿Qué idea se había formado aquel de sí mismo? Katerin Ivanovna había sido bastante buena con invitarle, y si se había decidido a ello era porque Piotr Petrovich y él vivían juntos; desde el momento en que se tenía una atención con uno había que tenerla con el otro. También se notó la ausencia de una mujer de mundo y de su hija «ya granadita». Aquellas dos personas hacía sólo quince días que vivían en casa de la señora Lippevechzel; sin embargo, ya habían hecho algunas observaciones respecto al ruido que se producía en la habitación de los Marmeladov sobre todo cuando el difunto volvía borracho a casa. Como puede suponerse, la patrona se apresuró a poner aquellas quejas en conocimiento de Katerin Ivanovna, y en el curso de sus incesantes querellas con su inquilina, Amalia Ivanovna comenzaba por echar a la calle a todos los Marmeladov, «teniendo en cuenta, gritaba, que turbaban el reposo de las personas distinguidas, cuando no valen ni lo que la suela de sus zapatos».

En las presentes circunstancias, Katerin Ivanovna se había dignado invitar a aquellas dos damas «a pesar de no valer lo que la suela de sus zapatos», tanto más cuanto que se encontró en la escalera con la mujer de mundo en una ocasión y esta volvió la cara desdeñosamente. Aquella era una manera de demostrarle a aquella presumida cómo Katerin Ivanovna era superior a ella en sentimientos, ya que sabía olvidar las malas acciones: por otra parte, la madre y la hija podrían convencerse durante la comida que ella no había nacido para la condición en que se encontraba. Estaba decidida a explicarles aquello en la mesa, a decirles que su papá había desempeñado las funciones de gobernador y que no tenía motivo, por consiguiente, para volver la cabeza cuando se la encontrara. Un obeso teniente coronel (en realidad, capitán de Estado mayor retirado) le falló también a Katerin Ivanovna. Bien es verdad que este tenía una excusa: desde el día anterior no podía moverse del sillón con un ataque de gota.

En cambio, además del polaco, llegó en primer lugar un clérigo de cancillería, feo, lleno de granos, oliendo mal y mudo como un pez; luego un antiguo empleado de correos viejecillo, sordo y casi ciego al que alguna persona desconocida le pagaba el alquiler desde tiempo inmemorial. A estos individuos siguió un teniente retirado, o mejor dicho, un antiguo patatero. Este último, bastante bebido, hizo su entrada riendo a carcajadas de la manera más indecente y figúrenselo ustedes, ¡sin chaleco! Un invitado fue de buenas a primeras a sentarse a la mesa sin saludar siquiera a Katerin Ivanovna. Otro a falta de traje, se presentó en bata. Pero aquello era ya demasiado, y aquel señor despreocupado fue expulsado por Amalia Ivanovna, ayudada por el polaco. Este, por lo demás, había traído a dos compatriotas suyos que jamás habían vivido en casa de la señora Lippevechzel y a los que nadie conocía en la casa.

Todo aquello produjo un vivo disgusto a Katerin Ivanovna. «¡No valía la pena haber hecho tantos preparativos para recibir a gente así!». Ante el temor de que la mesa resultara pequeña, a pesar de ocupar todo el largo de la habitación, colocaron los cubiertos de los niños encima de una maleta, en un rincón. Polechka, como la mayor, debía tener cuidado de los más pequeños, darles de comer y limpiarles la nariz.

En tales condiciones, Katerin Ivanovna acogió a sus invitados con una altanería casi insolente. Echándole la culpa a Amalia Ivanovna, no sabemos por qué, de la ausencia de los principales invitados, adoptó de pronto un tono tan desatento con la patrona que esta lo observó inmediatamente y se molestó en extremo. La comida se anunciaba bajo malos auspicios. Finalmente se sentaron a la mesa.

Raskolnikov se presentó apenas llegaron del cementerio. Katerin Ivanovna quedó encantada de verle, en primer lugar porque de todas las personas presentes era el único hombre culto (ella lo presentó a sus invitados como un futuro catedrático de la Universidad de San Petersburgo que ocuparía aquel cargo dentro de un par de años), y además porque se excusó respetuosamente de no haber podido asistir, a pesar de sus deseos, a las exequias. Ella se apresuró a hacerle sentar a su izquierda, colocando a Amalia Ivanovna a su derecha, y enseguida empezó una conversación a media voz con el joven, tan continuada como le permitían sus deberes de ama de casa.

Por otra parte, la enfermedad que la aquejaba había adquirido un carácter alarmante desde hacía dos días y la tos que le desgarraba el pecho le impedía frecuentemente terminar sus frases; sin embargo, estaba contenta de tener a quien confiar la indignación que experimentaba ante aquella reunión de tipos tan heterogéneos. Al principio, su enojo se traducía en burlas a sus invitados, sobre todo a la propietaria.

—De todo esto tiene la culpa esa imbécil. Ya comprenderá usted de quién hablo.

Y Katerin Ivanovna señaló con un gesto a la patrona.

—Mírela: entorna sus ojos y adivina que hablamos de ella, pero no puede comprender lo que decimos, y por eso pone esos ojos de rana. ¡Oh, la lechuza! ¡Ja! ¡Ja! ¡Ja! ¡Ji! ¡Ji! ¡Ji! ¿Qué querrá demostrarnos con su gorro? ¡Ji! ¡Ji! ¡Ji! ¿Quiere hacerle comprender a todo el mundo que me concede un gran honor sentándose a mi mesa? Yo le rogué que invitara a personas un poco correctas, y preferentemente a los que conocieron al difunto, pero ya ve usted qué colección de palurdos y groseros me ha reclutado. Fíjese, aquel no se ha lavado, es repugnante. Y esos desgraciados polacos... ¡Ja! ¡Ja! ¡Ja! ¡Ji! ¡Ji! ¡Ji! Aquí no los conoce nadie, yo los veo ahora por primera vez. ¿Para qué habrán venido? Allí los tiene usted como una ristra de ajos, el uno al lado del otro.

—¡Eh, *pane!*[5] —le gritó a uno de ellos—. ¿Se ha servido de este plato? ¡Póngase más! ¡Beban cerveza! ¿Quieren aguardiente?

Y dirigiéndose a Raskolnikov de nuevo:

—Fíjese, se ha levantado y saluda. Deben de ser unos pobres diablos muertos de hambre. Para ellos es todo igual con tal de comer. Por lo menos no arman ruido, sólo que... tengo miedo por los cubiertos de plata de la patrona...

Y dirigiéndose casi en voz alta a la señora Lippevechzel:

—¡Amalia Ivanovna! —le dijo—, si por casualidad le roban las cucharas le advierto que yo no respondo de ellas.

Y después de esta satisfacción a su resentimiento, se volvió nuevamente hacia Raskolnikov, e indicándole burlonamente a la patrona:

—¡Ja! ¡Ja! ¡Ja! ¡No lo ha comprendido! ¡Jamás se entera de nada! ¡Allí la tiene con la boca abierta! ¡Fíjese, es una verdadera lechuza, una lechuza emperifollada! ¡Ja! ¡Ja! ¡Ja!

La risa terminó en un acceso de tos que duró cinco minutos. Se llevó el pañuelo a los labios y se lo enseñó silenciosamente a Raskolnikov: estaba manchado de sangre. Unas gotas de sudor caían por la frente de Katerin Ivanovna; sus mejillas se coloreaban de rojo y su respiración se hacía difícil. Sin embargo, continuó hablando en voz baja con extraordinaria animación.

—Yo le confié el encargo bastante delicado, así puede decirse, de invitar a esa dama y a su hija... ¿Sabe usted de quién le hablo? En este caso había que proceder con mucho tacto. ¡Pues bien!, ella se lo tomó de tal manera que esa estúpida forastera, esa impertinente provinciana que ha venido aquí para solicitar una pensión como viuda de un comandante, y que corre por las cancillerías de la mañana a la noche con un disfraz de colorete en la cara, a sus cincuenta y cinco años corridos... Para terminar, ha rechazado mi invitación sin excusarse siquiera, como ordena la más vulgar cortesía en tales casos. No me explico por qué no habrá venido Piotr Petrovich. Pero, ¿dónde está Sonia? ¿Qué ha sido de ella? ¡Ah, ya la veo! ¡Sonia! ¿Dónde andas? Es raro que en un día como este seas tan poco puntual. Rodion Romanovich, déjela que se siente a su lado. Aquí tienes tu sitio, Sonia..., toma lo que quieras. Te recomiendo el caviar, es muy bueno. Van a traerte otra cosa. ¿Le han servido a los niños? Polechka, ¿se olvidan de vosotros? Vaya, está bien. Sé buena, Lena, y tú, Kolia, no muevas tanto las piernas; sé juicioso; siéntate y procura estar como los niños de buena familia. ¿Qué estabas diciendo, Sonechka?

Sonia se apresuró a transmitirle a su madrastra las excusas de Piotr Petrovich, esforzándose en hablar alto para que todos la oyeran. Y no contenta con reproducir las fórmulas corteses que Lujin había empleado, se permitió

---

[5]   Señor. *(N. del T.)*

todavía ampliarlas. Piotr Petrovich le había encargado que le dijera a Katerin Ivanovna que vendría a verla lo antes posible para hablar de «negocios» y entenderse con ella sobre la marcha a seguir ulteriormente, etcétera.

Sonia sabía que aquello tranquilizaría a Katerin Ivanovna y principalmente que su amor propio encontraría en ello una satisfacción. La joven se sentó al lado de Raskolnikov, a quien saludó precipitadamente, dirigiéndole una mirada rápida y curiosa. Pero durante la comida pareció evitar mirarle y dirigirle la palabra. Hasta parecía distraída, contemplando fijamente a Katerin Ivanovna, como para adivinar los deseos de su madrastra.

Por falta de vestidos, ninguna de las dos mujeres estaba de luto. Sonia llevaba un trajecito color canela oscuro; la viuda llevaba un vestido de indiana oscuro, el único que tenía. Las excusas de Piotr Petrovich fueron bien acogidas.

Después de haber escuchado con agrado el relato de Sonia, Katerin Ivanovna adoptó un aire de importancia para preguntar por la salud de Piotr Petrovich. Enseguida, sin inquietarle el temor de que pudieran oírla los demás invitados, hizo notar a Raskolnikov que un hombre tan fino y tan respetable como Piotr Petrovich se hubiera hallado muy fuera de lugar en una reunión tan «extraordinaria», comprendía, pues, su ausencia, no obstante los lazos de amistad que le unían a su familia.

—Ahí tiene usted por qué, Rodion Romanovich, le agradezco particularmente que no haya desdeñado mi hospitalidad, aun en estas condiciones —agregó en voz alta—. Por lo demás, estoy convencida de que la amistad que le unía a mi difunto esposo es lo único que le ha obligado a cumplir con su palabra.

Luego, Katerin Ivanovna volvió a gastar bromas a propósito de sus invitados. De pronto, dirigiéndose con particular solicitud al viejo sordo, le gritó de un extremo al otro lado de la mesa: «¿Quiere usted más asado?». «¿Le han dado oporto?». El invitado, interpelado de aquella manera, no respondió y estuvo mucho tiempo sin saber lo que le decían, aunque sus vecinos intentaran riendo hacérselo entender. Miraba a su alrededor y se quedaba con la boca abierta, lo que contribuía a que aumentaran las risas.

—¡Qué zopenco! ¡Mire!, ¿por qué lo habrán invitado? —le dijo Katerin Ivanovna a Raskolnikov—. En cuanto a Piotr Petrovich, siempre conté con él; desde luego —continuó dirigiéndose a Amalia Ivanovna con una severa mirada que intimidó a la patrona—, desde luego que no se parece a sus impertinentes endomingadas; a esas no las habría querido mi papá ni para cocineras, y si mi difunto marido les hubiera dispensado el honor de recibirlas, lo habría hecho únicamente por su excesiva bondad.

—¡Sí, le gustaba beber, tenía debilidad por la botella! —gritó de pronto el antiguo empleado de abastos cuando vaciaba su segundo vaso de aguardiente.

Katerin Ivanovna acusó agriamente aquellas palabras inconvenientes.

—En efecto; mi difunto marido tenía ese defecto, todo el mundo lo sabía, pero era un hombre bueno y noble que amaba y respetaba a su familia. No podía reprochársele más que el exceso de su bondad. Aceptaba con la mayor facilidad por amigo a cualquier perdido, y Dios sabe con quién no habría bebido. Los individuos con quienes trataba no valían lo que la suela de sus zapatos. Figúrese usted, Rodion Romanovich, que le encontraron en el bolsillo un gallito de mazapán; ni aun en sus borracheras se olvidaba de sus hijos.

—¿Un gallito? ¿Ha dicho usted un gallito? —gritó el patatero.

Katerin Ivanovna no se dignó contestar siquiera. Se quedó pensativa y lanzó un suspiro.

—Usted creerá quizá, como todo el mundo, que fui demasiado dura con él —replicó, dirigiéndose a Raskolnikov—. ¡Eso es un error! ¡Él me quería mucho y me respetaba mucho también! Su alma era muy buena. Y a veces me inspiraba tanta compasión... Cuando estando sentado en un rincón dirigía sus ojos hacia mí, me sentía tan enternecida que me costaba trabajo ocultar mi emoción, pero yo me decía: «Si flaqueas, volverá a beber». No se le podía contener más que por la severidad.

—Sí, lo arrastraban por los cabellos, eso le ocurrió más de una vez —chilló el patatero.

Y se bebió otro vaso de aguardiente.

—Hay imbéciles a quienes no sólo se les debe tirar de los cabellos, sino echarlos a escobazos. Y no hablo del difunto en este momento —replicó con vehemencia Katerin Ivanovna.

Sus mejillas enrojecían, su pecho jadeaba cada vez más. Un momento más y aquello se habría convertido en un escándalo. Muchos reían, encontrándolo gracioso. Excitaban al empleado de abastos, le hablaban bajo, estaban a ver quién atizaba más el fuego.

—Permítame que le pregunte a quién se refiere. ¿Quién le molesta a usted? —dijo el empleado con voz amenazadora—. Pero no, es inútil. ¡La cosa no tiene importancia! ¡Una viuda, una pobre viuda! ¡La perdono! ¡Pase!

Y se bebió otro vaso de aguardiente.

Raskolnikov escuchaba en silencio. Experimentaba una sensación de malestar. Sólo por cortesía y para no disgustar a Katerin Ivanovna probaba un poco los manjares con que ella llenaba a cada instante su plato.

El joven tenía los ojos fijos en Sonia. Esta, más preocupada cada vez, seguía con inquietud los progresos de la exasperación de Katerin Ivanovna. Presentía que la comida iba a terminar mal. Entre otras cosas, Sonia sabía que ella era la causa principal que había impedido a las provincianas el asistir a la comida. Se había enterado por la propia Amalia Ivanovna de que al recibir la invitación la madre, ofendida, había respondido «cómo iba a consentir que su hija se sentara al lado de aquella señorita».

La muchacha sospechaba que su madrastra estaría enterada ya de aquella afrenta. Pero un insulto que afectara a Sonia era para Katerin Ivanovna peor que una afrenta a ella misma, a sus hijos o la memoria de su papá, aquello era un ultraje moral. Sonia adivinaba que Katerin Ivanovna no tenía ahora más que una cosa en la cabeza: demostrarles a aquellas impertinentes que ambas eran... etc. En aquel momento, un invitado que estaba en el extremo opuesto de la mesa le mandó a Sonia un plato en el que había dos corazones traspasados por una flecha hechos con migas de pan. Katerin Ivanovna, muy encolerizada, declaró inmediatamente con voz atronadora que el autor de aquella broma sería seguramente algún «asno borracho».

Después anunció su deseo de retirarse, apenas obtuviera su pensión, a T... su ciudad natal, donde abriría un internado para jóvenes de la nobleza. De pronto apareció en sus manos la «mención honorífica» de la que el difunto Marmeladov le habló a Raskolnikov el día que se encontraron en la taberna. En las circunstancias presentes, aquel documento debía darle derecho a Katerin Ivanovna para abrir un pensionado, pero ella lo había sacado principalmente para confundir a los dos «impertinentes», si hubieran aceptado su invitación; ella les habría demostrado documentalmente que «la hija de un coronel, la descendiente de una familia noble, por no decir aristocrática, valía un poco más que las aventureras cuyo nombre había subido tanto». La mención honorífica dio pronto la vuelta a toda la mesa, y los invitados bebidos ya, se la pasaban de mano en mano sin que Katerin Ivanovna se opusiera a ello, pues aquel papel la designaba, con todas sus letras, como hija de un consejero de corte, lo que la autorizaba, aproximadamente, a llamarse hija de un coronel.

Luego se extendió la viuda en los encantos de la existencia feliz y tranquila que se prometía llevar en T...; solicitaría el concurso de los profesores del gimnasio, entre los cuales se encontraba un viejo respetable, *monsieur* Mangot, que antaño le enseñara el francés, que no vacilaría en dar lecciones en su internado y no le cobraría demasiado.

Finalmente anunció su propósito de llevar consigo a Sonia a T... y confiarle la dirección de su establecimiento.

Al oír aquellas palabras se oyó una carcajada al extremo de la mesa.

Katerin Ivanovna hizo como si no hubiera oído nada; pero inmediatamente levantó la voz y declaró que Sonia Semenovna tenía las condiciones necesarias para secundarla en su tarea. Después de ensalzar la dulzura de la joven, su paciencia, su abnegación, su cultura intelectual y su nobleza de sentimientos, le golpeó dulcemente la mejilla y la abrazó con efusión. Sonia se ruborizó. Y Katerin Ivanovna rompió de pronto a llorar.

—Tengo los nervios muy excitados —dijo como para excusarse—, y estoy muy fatigada; en cuanto termine la comida, servirán el té.

Amalia Ivanovna, humilladísima por no haber podido pronunciar ni una palabra en la precedente conversación, eligió aquel momento para arriesgar una última tentativa e hizo observar muy juiciosamente a la futura directora del pensionado que debía conceder la mayor importancia a la ropa blanca de sus discípulos e impedirles que leyeran novelas por la noche.

La fatiga y la irritabilidad hacían que Katerin Ivanovna fuera poco tolerante; así es que tomó muy mal aquellos sabios consejos; a su juicio, la patrona no sabía lo que decía, pues en un internado de nobles, el cuidado de la ropa estaba a cargo del ama de llaves y no de la directora; y en cuanto a la observación referente a las novelas, era una pura inconveniencia. En conclusión, le mandó a la patrona que callara.

Pero en lugar de atender aquella súplica, la patrona respondió agriamente que ella había hablado únicamente «para hacer un favor», que siempre lo hacía con la mejor intención, y que desde hacía bastante tiempo Katerin Ivanovna no le pagaba un céntimo.

—Miente usted al hablar de sus buenas intenciones —replicó la viuda—; sin ir más lejos ayer, ante el cadáver de mi esposo, vino usted a hacerme una escena a propósito del alquiler.

Seguidamente la patrona hizo observar con bastante lógica que ella «había invitado a aquellas damas, pero que aquellas no habían venido porque eran nobles y no podían ir a casa de una señora que no lo era».

A lo que su interlocutora objetó que una cocinera no tenía motivos para juzgar de la verdadera nobleza.

Amalia Ivanovna, muy picada, replicó que su padre era un hombre importantísimo en Berlín, que se paseaba continuamente con las manos metidas en los bolsillos haciendo «¡puf, puf!». Para dar una idea más exacta de su padre, la señora Lippevechzel se levantó, metió las manos en sus bolsillos, e inflando los carrillos, empezó a imitar el ruido de un fuelle de fragua.

Entre los inquilinos se produjo una risa general porque adivinaban una pelea entre las dos mujeres y excitaban a Amalia Ivanovna. Katerin Ivanovna, perdiendo los estribos, manifestó en voz muy alta que tal vez Amalia Ivanovna no había tenido padre, pues era sencillamente una finlandesa que había venido a San Petersburgo y que antaño había sido cocinera o algo peor. Amalia Ivanovna contestó furiosamente, diciendo que quien no debía tener padre era Katerin Ivanovna, y que el padre de ella era un berlinés que lucía unas levitas muy largas y que constantemente hacía «¡puf, puf!» Katerin Ivanovna contestó despreciativamente que todo el mundo conocía su nacimiento y que aquella misma mención honorífica, en letra impresa, la designaba como hija de un coronel, mientras que Amalia Ivanovna —en el supuesto de que tuviera padre—, debía de haber visto la luz gracias a algún lechero finlandés; pero a juzgar por las apariencias, no debía de tener padre conocido, ya que no sabía cuál era su apellido, pues todavía se ignoraba cómo se llamaba Amalia Ivanovna; si Ivanovna o Ludwigovna...

La patrona, fuera de sí, gritó dando puñetazos en la mesa que ella se llamaba Ivanovna y no Ludwigovna, que su padre se llamaba Johan y que había sido juez, lo que no fue nunca el padre de Katerin Ivanovna. Esta se levantó rápidamente, y con voz tranquila que desmentían la palidez de su rostro y la agitación de su pecho exclamó:

—Si se atreve usted a comparar a su miserable padre con mi papá, le arranco ese gorro y lo pisoteo.

Al oír aquellas palabras, Amalia Ivanovna empezó a correr por la habitación, gritando con todas sus fuerzas que ella era la propietaria y que Katerin Ivanovna se marcharía de su casa en aquel mismo momento, y se apresuró a recoger los cubiertos de plata que estaban encima de la mesa. Siguió una confusión y un escándalo indescriptible; los niños empezaron a llorar, Sonia se adelantó hacia su madrastra para impedir que pudiera cometer alguna violencia; pero Amalia Ivanovna lanzó súbitamente una alusión a la cartilla amarilla, y Katerin Ivanovna al oír aquello rechazó con furia a la joven y se fue derecha hacia la patrona, dispuesta a arrancarle el gorro.

En aquel mismo instante se abrió la puerta, y en el umbral apareció Piotr Petrovich Lujin. Este paseó una mirada severa sobre toda aquella reunión.

Katerin Ivanovna corrió hacia él.

III

—Piotr Petrovich —gritó—, ¡protéjame! ¡Hágale comprender a esta estúpida que no tiene derecho a hablar como lo ha hecho a una señora noble y desgraciada; que eso no está permitido... Me quejaré al mismo gobernador general... Esta mujer tendrá que responder de lo que ha dicho. ¡En recuerdo de la hospitalidad que recibió usted en casa de mi padre, ayude a unos huérfanos!

—Permítame, señora... Permítame, permítame, señora —dijo Piotr Petrovich haciendo un gesto para apartar a la viuda—. Jamás tuve el honor, como usted misma sabe, de conocer a su papá. Permítame, señora —alguien se echó a reír ruidosamente—, no tengo la intención de intervenir en sus continuos altercados con Amalia Ivanovna... Vengo aquí para un asunto personal..., deseo tener una explicación inmediata con su hijastra Sonia... Ivanovna... ¿No es así como se llama? Déjeme pasar...

Y dejando a la puerta a Katerin Ivanovna, Piotr Petrovich se dirigió hacia el extremo de la mesa donde se encontraba Sonia.

Katerin Ivanovna se quedó como clavada en su sitio. No podía comprender que Piotr Petrovich se negara a reconocer que había sido huésped de su papá. Aquella hospitalidad, que no existía más que en su imaginación, había llegado a convertirse para ella en un artículo de fe. Y lo que más la sorprendía era el tono altanero, seco e incluso amenazador de Lujin.

Cuando este apareció, el silencio fue restableciéndose poco a poco. La correcta presencia del hombre de leyes contrastaba con el desaliño de los inquilinos de la señora Lippevechzel; todos se daban cuenta de que únicamente un motivo de gravedad excepcional podía explicar la presencia de aquel personaje en semejante sitio; por consiguiente, todos esperaban un acontecimiento. Raskolnikov, que estaba junto a Sonia, se apartó para dejar paso a Piotr Petrovich, quien hizo como si no viera al joven.

Un instante después apareció Lebeziatnikov; pero en lugar de entrar se quedó en la puerta, escuchando curiosamente, sin llegar a comprender de qué se trataba.

—Perdonen que venga a turbar la reunión, pero me veo obligado a ello por un asunto muy importante —empezó Piotr Petrovich sin dirigirse a nadie en particular—. Celebro poder explicarme ante una concurrencia tan numerosa. Amalia Ivanovna, en su calidad de propietaria, le ruego humildemente que preste atención a lo que voy a hablar con Sonia Ivanovna.

Y luego, dirigiéndose a la joven, extremadamente sorprendida y asustada, añadió:

—Sonia Ivanovna, apenas salió usted de visitarme comprobé la desaparición de un billete de cien rublos que se hallaba encima de la mesa de la habitación de mi amigo Andrei Semenovich Lebeziatnikov. Si usted sabe lo que ha sido de ese billete y me lo dice, yo le doy mi palabra de honor que el asunto no tendrá más consecuencias. En caso contrario me veré precisado a recurrir a medidas más enérgicas, y entonces... no podrá quejarse usted más que a sí misma.

Un profundo silencio siguió a estas palabras. Hasta los niños dejaron de llorar. Sonia, pálida como una muerta, miraba a Lujin sin poder contestar. Parecía no haber comprendido. Transcurrieron unos instantes.

—Bueno, ¿qué contesta usted? —preguntó Piotr Petrovich observando atentamente a la joven.

—Yo no sé... Yo no sé nada... —dijo por fin con voz débil.

—¿No? ¿No sabe usted nada? —preguntó Lujin y dejó transcurrir algunos segundos, continuando enseguida en tono severo—: Piense usted en ello, señorita, reflexione con calma, quiero darle tiempo. Mire usted, si yo no tuviera absoluta seguridad en lo que le digo, me guardaría muy bien de lanzar contra usted una acusación tan formal; tengo demasiada experiencia para exponerme a una denuncia por calumnia. Esta mañana fui a negociar varios títulos por un valor nominal de tres mil rublos. Al volver a casa conté el dinero..., Andrei Semenovich es testigo de ello... Después de contar dos mil trescientos rublos los guardé en una cartera que puse en el bolsillo interior de mi levita. En la mesa quedaron aproximadamente quinientos rublos en billetes de banco; había precisamente tres de cien rublos cada uno. En aquel momento fue cuando subió usted a mi casa invitada por mí, y durante el tiempo que duró su visita estuvo muy agitada. Se levantó tres veces para marcharse, a pesar de que nuestra conversación no había terminado aún. Andrei Semenovich puede atestiguar todo eso. Creo que no negará, señorita, que la mandé llamar con Andrei Semenovich con el exclusivo objeto de hablar con usted de la desgraciada situación de su madrastra Katerin Ivanovna, a cuya casa no podía ir a comer, y de los medios de poderla socorrer por medio de una suscripción, rifa o de otra manera. Usted me dio las gracias con lágrimas en los ojos. Desciendo a todos estos detalles porque quiero demostrarle que tengo buena memoria. Después tomé yo de la mesa un billete de diez rublos y se lo di como primer socorro para su madrastra. Andrei Semenovich lo vio. Luego la acompañé hasta la puerta y usted se marchó exteriorizando los mismos signos de agitación que antes. Después de marcharse usted estuve hablando cinco minutos con Andrei Semenovich. Este se marchó finalmente y yo me acerqué a la mesa para guardar el resto del dinero, y, con gran sorpresa mía, comprobé la falta de un billete de cien rublos.

Juzgue usted ahora: ¡yo no puedo sospechar de Andrei Semenovich de ninguna manera! No puedo ni concebirlo siquiera. Yo no puedo equivocarme en mis cuentas, porque un minuto antes de su visita acababa de comprobarlas. Hágase cargo de esto. Al recordar su agitación, su deseo de salir enseguida y el hecho de que usted tuviera sus manos en la mesa durante algún tiempo, y teniendo en cuenta, finalmente, su situación social y las costumbres que en ella se adquieren, no he tenido mas remedio, a pesar mío, en contra de mi propia voluntad, que sospechar de usted, una sospecha cruel, desde luego pero legítima. Por muy convencido que esté acerca de su culpabilidad sé a lo que me expongo al lanzar esta acusación contra usted. Sin embargo, no titubeo en hacerla, y le diré por qué: ¡lo hago únicamente señorita, por su negra ingratitud! ¿Cómo puede explicarse? ¡Le mando venir a mi casa porque me intereso por su infortunada madrastra, le regalo para ella diez rublos y me paga de esa manera! ¡No, eso no está bien! Necesita usted una lección. Reflexione, concéntrese en sí misma; se lo aconsejo como su mejor amigo, porque es lo mejor que puede hacer en este momento, y si no lo hace así seré inflexible. ¿Confiesa usted por fin?

—Yo no le he quitado nada —murmuró aterrada Sonia—. Usted me dio diez rublos y aquí los tiene, tómelos.

La joven sacó un pañuelo de su bolsillo deshizo un nudo hecho en una de las puntas y saco de él un billete de diez rublos que ofreció a Lujin.

—Entonces, ¿persiste en negar el robo de los cien rublos? —dijo en tono de reproche.

Sonia miró a su alrededor y sorprendió en todos los rostros una expresión severa, indignada o burlona. Miró también a Raskolnikov... El joven estaba apoyado contra la pared, con los brazos cruzados y miraba a la joven con ojos ardientes.

—¡Dios mío! —gimió ella.

—Amalia Ivanovna, habrá de avisar a la policía; por consiguiente, le ruego humildemente que haga subir al portero —dijo Lujin con voz dulce y afectuosa.

—*Got der barmherzig!*[6] ¡Ya sabía yo que era una ladrona! —exclamó Amalia Ivanovna palmoteando.

—¿Lo sabía usted? —preguntó Piotr Petrovich—. Por lo visto tiene usted motivos por algún caso anterior para llegar a esa conclusión. Yo le ruego, muy honorable Amalia Ivanovna, que recuerde las palabras que acaba de pronunciar. Por lo demás, hay testigos.

Por todas partes se hablaba ruidosamente. La asistencia se agitaba.

—¡Cómo! —exclamó Katerin Ivanovna saliendo súbitamente de su estupor.

Y en un rápido movimiento se lanzó hacia Lujin.

—¡Cómo! ¿La acusa de robo? ¿A ella? ¿A Sonia? ¡Oh, cobarde, cobarde!

---

6   ¡Dios misericordioso! *(N. del T.)*

Luego se dirigió a la joven y la estrechó fuertemente entre sus brazos enflaquecidos.

—¡Sonia! ¿Cómo pudiste aceptar diez rublos de él? ¡Oh, necia! ¡Devuélveselos ahora mismo! ¡Dale inmediatamente ese dinero!

Katerin Ivanovna tomó el billete de las manos de Sonia, lo estrujó entre sus dedos y se lo tiró a la cara de Lujin.

El papel, hecho una bola, rebotó contra Piotr Petrovich y cayó al suelo. Amalia Ivanovna se apresuró a recogerlo. El hombre de negocios se enfadó.

—¡Contened a esa loca! —gritó.

En aquel momento llegaron varias personas que se quedaron en el umbral al lado de Lebeziatnikov; entre ellas estaban las dos señoras provincianas.

—¿Loca? ¿A mí me tratas de loca, imbécil? —vociferó Katerin Ivanovna—. ¡Tú si que eres un imbécil, un vil agente de negocios, un hombre ruin! ¡Pues no dice que Sonia le ha robado, que Sonia es una ladrona! ¡Pero si más bien te daría dinero, imbécil!

Y Katerin Ivanovna estalló en una risa nerviosa.

—¿Habéis visto a este imbécil? —agregó, yendo de uno a otro inquilino y mostrándoles a Lujin.

De repente se fijó en la propietaria y su cólera llegó al colmo.

—¡Cómo! ¡También tú, cocinera, también tú, infame prusiana, sostienes que es una ladrona! ¿Es posible? ¡Pero si ella no ha salido de aquí! ¡Si al salir de tu habitación vino inmediatamente a sentarse a la mesa, granuja! ¡Todos lo han visto! ¡Se sentó al lado de Rodion Romanovich...! ¡Registradla! ¡Puesto que no ha ido a ninguna parte llevará el dinero encima! ¡Registra, pues, registra! Pero si no le encuentras nada tendrás que responder de tu conducta, querido mío. Me quejaré al emperador, al zar misericordioso; iré hoy mismo a arrojarme a sus rodillas. ¡Soy huérfana de militar y me dejarán entrar! ¿Crees acaso que no me recibirá? Te equivocas, obtendré una audiencia. Como la has visto humilde habrás creído que no tenías nada que temer, contaste con su timidez, ¿no es eso? Pero si ella es tímida, yo, amigo mío, no tengo miedo, y te saldrá mal la cuenta. ¡Regístrala, pues! ¡Vamos, regístrala, date prisa!

Al mismo tiempo, Katerin Ivanovna asía a Lujin por el brazo y lo arrastraba hacia Sonia.

—No tengo inconveniente, me parece lo mejor..., pero cálmese, señora, cálmese —balbuceó—. ¡Ya veo que no tiene usted miedo...! Pero donde habría que hacer eso es en la comisaría... Por lo demás, aquí hay un número suficiente de testigos... No tengo inconveniente... Sin embargo, es bastante delicado para un hombre... por razones de sexo... Si Amalia Ivanovna quisiera ayudar... Pero las cosas no se hacen así...

—¡Mándela registrar por quien quiera! —gritó Katerin Ivanovna—. ¡Sonia, enseña los bolsillos! ¡Aquí tiene! ¡Mira, monstruo, ya ves que están vacíos; aquí tenía un pañuelo, y nada más! ¿Te convences? ¡Ahora el otro bolsillo! ¡Mire, mire!

Y no conforme con vaciarle los bolsillos a Sonia, Katerin Ivanovna los volvió del revés el uno después. Pero en el momento en que ponía al descubierto el forro del bolsillo derecho, cayó de él un papelito que, describiendo una parábola en el aire, vino a caer a los pies de Lujin. Todos lo vieron y algunos lanzaron una exclamación. Piotr Petrovich se bajó hasta el suelo, recogió el papel entre los dedos y lo desplegó *coram populu*. Era un billete de cien rublos plegado en ocho. Piotr Petrovich lo exhibió ante todos para que no quedara la menor duda acerca de la culpabilidad de Sonia.

—¡Ladrona, fuera de aquí! ¡La policía, la policía...! —aulló la señora Lippevechzel—. ¡Que se la lleven a Siberia! ¡A la calle!

De todas partes surgían exclamaciones. Raskolnikov, silencioso, no dejaba de mirar a Sonia más que para lanzar de vez en cuando una rápida mirada a Lujin. La joven, inmóvil en su sitio, parecía más alelada que sorprendida. Súbitamente enrojeció y se cubrió la cara con las manos.

—¡No, no he sido yo! ¡Yo no he robado nada! ¡Yo no sé nada! —exclamó con voz desgarradora y precipitándose hacia Katerin Ivanovna, que le abrió sus brazos como un refugio inviolable a la desgraciada criatura.

—¡Sonia, Sonia, no lo creo! ¡Ya ves, no lo creo! —repetía Katerin Ivanovna, rebelde a la evidencia.

Estas palabras fueron acompañadas de infinitas caricias, prodigándole besos, cogiéndole las manos, meciéndola en sus brazos como un niño.

—¡Tú, haber tomado tú ninguna cosa! Pero, ¡qué necia es esa gente! ¡Dios mío! ¡Burros, bestias! —les gritaba a todos los presentes—. ¡Ustedes no saben todavía el corazón que tiene esta muchacha y lo que vale! ¡Robar ella! ¡Ella! Pero si ella es capaz de vender hasta el último trapo e ir descalza antes que dejar de favorecer a alguien que esté necesitado. ¡Así es ella! ¡Si ha llegado hasta adquirir la cartilla amarilla para que mis hijos no mueran de hambre, si se ha vendido por nosotros! ¡Ay, mi pobre difunto, mi pobre difunto! ¡Dios mío! ¡Pero defiéndanla, defiéndanla todos en lugar de quedarse impasibles! Rodion Romanovich, ¿por qué no sale en defensa de ella? ¿Acaso la cree usted culpable también? ¡Entre todos ustedes no valen lo que su dedo meñique! ¡Dios mío, defendedla!

Las lágrimas, las súplicas, la desesperación de la pobre Katerin Ivanovna parecieron producir una profunda impresión en el público. Aquel rostro tísico, aquellos labios secos y aquella voz apagada expresaban un sufrimiento tan doloroso que era difícil no afectarse, Piotr Petrovich empezó a dar muestras de más dulces sentimientos.

—¡Señora! ¡Señora! —dijo con toda solemnidad—. ¡Este asunto no le afecta a usted para nada! Nadie piensa en acusarla de complicidad; además, usted misma ha sido la que al volverle los bolsillos descubrió el objeto robado; eso basta para dejar sentada su inocencia. Estoy dispuesto a mostrarme indulgente por un acto al que ha podido arrastrar la miseria de Sonia Semenovna, pero, ¿por qué, señorita, no quiso usted confesar? ¿Temía acaso el deshonor? ¿Era la primera vez que lo hacía? ¿Había perdido la razón? La cosa se comprende, se comprende muy bien... ¡Ya ve a lo que se ha expuesto! ¡Señores! —dijo dirigiéndose a los asistentes—. Movido por un sentimiento compasivo, estoy dispuesto a perdonar ahora mismo, a pesar de las injurias que he recibido.

Y añadió, dirigiéndose a Sonia:

—Señorita, que la humillación de hoy le sirva de lección para el porvenir. No le daré curso a este asunto y las cosas quedarán como están. Me conformo con esto.

Piotr Petrovich miró por encima a Raskolnikov. Sus miradas se encontraron; la del joven lanzaba llamaradas ardientes. En cuanto a Katerin Ivanovna, parecía no haber oído nada y continuaba abrazando a Sonia con una especie de frenesí. Los niños, a ejemplo de su madre estrechaban a la joven en sus bracitos: Polechka, sin comprender de lo que se trataba, sollozaba de un modo que partía el corazón; su cara bonita, anegada en lágrimas, estaba apoyada en el hombro de Sonia.

De repente, en el umbral de la habitación resonó una voz sonora:

—¡Qué ruin es esto!

Piotr Petrovich se volvió con rapidez.

—¡Qué bajeza! —repitió Lebeziatnikov, mirando fijamente a Lujin.

Este experimentó como un escalofrío. Todos le miraron y se percataron de ello. Luego lo recordaron.

Lebeziatnikov penetró en la habitación.

—¡Y usted se permite invocar mi testimonio! —dijo acercándose al hombre de negocios.

—¿Qué significa esto, Andrei Semenovich? ¿De qué habla usted? —balbuceó Lujin.

—Esto significa que es usted un... calumniador, ¡eso es lo que quieren decir mis palabras! —replicó con ira Lebeziatnikov.

Estaba encolerizado y, al mirar a Lujin, sus ojillos enfermos tenían una dureza inusitada.

Raskolnikov escuchaba con avidez sin apartar la mirada del joven socialista.

Reinó un profundo silencio. En el primer momento, Piotr Petrovich quedó casi desconcertado.

—¿Es a mí a quien usted...? —balbuceó—. ¿Qué le pasa? ¿No está en su juicio?

—Sí, estoy en mi juicio, y usted es ¡un... canalla! ¡Ah, qué ruin es esto! Lo he escuchado todo, y si no he hablado antes ha sido porque quería entenderlo completamente; todavía hay algunas cosas que, lo confieso, no me las explico bien... Y me pregunto por qué ha hecho usted esto.

—Pero ¿qué es lo que dice? ¿Acabará de hablar de enigmas? ¿Ha bebido acaso?

—Hombre ruin, si alguno de los dos ha bebido ha debido de ser usted, yo no. Yo no bebo nunca aguardiente porque eso está en oposición con mis principios. Figúrense ustedes que ha sido él con sus propias manos, quien ha metido ese billete de cien rublos en el bolsillo de Sonia Semenovna; lo he visto yo, he sido testigo de ello y lo declararé bajo juramento. ¡Ha sido él, ha sido él! —repetía Lebeziatnikov, dirigiéndose a todos y a cada uno.

—¿Está usted loco, mocoso? —replicó violentamente Lujin—. Ella misma, hace un instante, acaba de manifestar delante de todos ustedes que no recibió de mí más que diez rublos. ¿Cómo se explica que yo le haya dado más?

—¡Lo he visto yo, lo he visto yo —repetía con energía Andrei Semenovich—, y aunque esté en oposición con mis principios, estoy dispuesto a jurarlo delante de la justicia! Yo le vi a usted poner el billete en el bolsillo disimuladamente. Sólo que creí, en mi estupidez, que usted lo hacía así por generosidad. En el momento en que usted se despedía de ella en la puerta, al darle la mano derecha, le guardó discretamente en el bolsillo un papel que tenía usted en la mano izquierda. ¡Lo he visto yo, lo he visto yo!

Lujin palideció.

—¿Qué cuento está contando usted ahí? —replicó insolentándose—. ¿Cómo es posible que estando usted al pie de la ventana pudiera ver ese papel? Sus ojos malos le han hecho juguete de una ilusión..., usted ve visiones.

—¡No, yo no veo visiones! Y a pesar de la distancia, yo lo vi perfectamente todo, todo. Efectivamente, desde la ventana es difícil ver el papel..., en esto su observación es justa...; pero a causa de una circunstancia especial yo sabía perfectamente que era un billete de cien rublos. Cuando le dio los diez rublos a Sonia Semenovna, me encontraba yo cerca de la mesa y lo vi a usted coger un billete de cien rublos al mismo tiempo. Yo no olvidé aquel detalle porque entonces se me ocurrió una idea. Después de doblar cuidadosamente el billete, usted se lo quedó en la mano. De momento se me olvidó, pero cuando usted se levantó, se cambió el billete de la mano derecha a la mano izquierda y estuvo a punto de dejarlo caer. Me di cuenta enseguida, porque volvió a ocurrírseme la misma idea, a saber, que usted quería obsequiar a Sonia Semenovna sin que yo me diera cuenta. Ya puede imaginar la atención con que yo observaría sus acciones y sus gestos. Y entonces vi perfectamente que usted le guardó ese papel en el bolsillo. ¡Lo he visto yo, lo he visto yo! ¡Y lo declararé bajo juramento!

Lebeziatnikov estaba casi sofocado por la indignación. Por todos lados se entrecruzaron exclamaciones diversas; la mayor parte expresaban extrañeza, pero algunas fueron proferidas en tono de amenaza. Los asistentes rodearon a Piotr Petrovich. Katerin Ivanovna se lanzó hacia Lebeziatnikov.

—¡Andrei Semenovich! ¡Ahora le conozco! ¡Usted la defiende! ¡Únicamente usted se pone de parte de ella! ¡Dios lo ha enviado en socorro de una huérfana! ¡Andrei Semenovich, mi amigo querido, *batuchka!*

Y Katerin Ivanovna, sin conciencia siquiera de lo que hacía, cayó de rodillas ante el joven.

—¡Eso son necedades! —vociferó Lujin, arrebatado por la cólera—. Usted no dice más que estupideces, caballero. «Se me ha olvidado, he recordado, he recordado, se me ha olvidado»; ¿qué quiere decir eso? Así pues, de darle crédito a usted, yo le habría deslizado expresamente en el bolsillo esos cien rublos... ¿Por qué? ¿Con qué objeto? ¿Qué tengo que ver con esta...?

—¿Por qué? Ahí tiene usted lo que yo no me explico todavía; me limito a referir el hecho tal como ha ocurrido, sin pretender explicarlo, y dentro de esos límites, garantizo su actitud. Tan poco me equivoco, vil criminal, que recuerdo haberme hecho esta pregunta en el momento en que yo le felicité estrechándole la mano. Yo me preguntaba entonces por qué había hecho usted aquel regalo de una manera clandestina. Tal vez, me dije, ha procurado ocultarme su buena acción al saber que yo soy enemigo de la caridad privada, por principio, y que la considero como un paliativo inútil. Luego llegué a pensar que querría darle una sorpresa a Sonia Semenovna; hay, en efecto, quienes gustan dar a sus favores el sabor de lo imprevisto. Inmediatamente se me ocurrió otra idea: su intención era quizá probar a la joven; usted querría saber si cuando se encontrara aquellos cien rublos en el bolsillo vendría a darle las gracias. Y tal vez porque usted quería sustraerse a su agradecimiento, conforme a ese precepto de que la mano izquierda debe ignorar... Para terminar, ¡Dios sabe todas las suposiciones que yo he llegado a hacerme! Su conducta me intrigaba de tal manera que me proponía reflexionar sobre ella más tarde y con tranquilidad. Creí faltar a la delicadeza si le hubiera dejado adivinar que estaba enterado de su secreto y por eso he callado. Mientras tanto tuve un temor: que Sonia Semenovna, al no estar enterada de su generosidad, pudiera por casualidad perder el billete. Y esta es la razón por la cual me decidí a venir aquí pues quería llamarla aparte y decirle que usted le había colocado cien rublos en el bolsillo. Pero antes entré en casa de las señoras Kobyliatnikova para devolver una *Visión general del método positivo* y recomendarles el artículo de Piderit..., el de Wagner tampoco deja de tener su valor. Al cabo de un momento llegué aquí y he sido testigo de todo lo que ha pasado. ¿Es posible que a mí se me ocurrieran estas cosas, que pudiera hacerme todos estos razonamientos si no hubiera visto deslizar los cien rublos en el bolsillo de Sonia Semenovna?

Cuando Andrei Semenovich hubo terminado de hablar, estaba completamente fatigado y su rostro empapado en sudor. ¡Ah! Aun hablando en ruso le costaba bastante trabajo expresarse con soltura aunque, por lo demás, no conocía otra lengua. Aquel esfuerzo oratorio le agotó por completo. Sin embargo, sus palabras produjeron un efecto extraordinario. El acento de sinceridad con que las pronunció llevó al ánimo de todos la convicción más absoluta. Piotr Petrovich se dio cuenta de que las cosas se le ponían mal.

—¡Qué me importan a mí esas sandeces que se le han ocurrido! —exclamó—. ¡Eso no demuestra nada! ¡Todas esas tonterías las puede haber soñado usted! ¡Yo le digo que miente, caballero! ¡Miente usted y me calumnia para dar satisfacción al rencor que me tiene! ¡Me guarda rencor porque rechazo el radicalismo impío de sus doctrinas antisociales!

Pero lejos de redundar en su provecho, aquel ataque no hizo otra cosa que provocar violentos murmullos en torno suyo.

—¿Eso es todo lo que tiene que responder? ¡No es mucho! —replicó Lebeziatnikov—. ¡Llame a la policía, que juraré delante de ella! Únicamente hay una cosa que permanece oscura para mí: el motivo que le haya impulsado a cometer una acción tan vil. ¡Miserable cobarde!

Raskolnikov salió de entre la multitud.

—Yo puedo explicar su conducta, y, si hace falta, prestaré juramento también —dijo con voz firme.

A primera vista, la tranquila seguridad del joven le demostró al público que conocía el asunto a fondo y que aquel embrollo tocaba al desenlace.

—Ahora lo comprendo todo —continuó Raskolnikov, dirigiéndose a Lebeziatnikov—. Desde el principio del incidente adiviné en todo esto alguna innoble intriga; mis sospechas se basaban en determinadas circunstancias que sólo yo conozco y que las voy a revelar porque demuestran este asunto con perfecta claridad. Usted, Andrei Semenovich, con su preciosa declaración me lo ha hecho ver con toda claridad. Ruego a todos que me escuchen. Este señor —continuó, dirigiéndose con el gesto a Piotr Petrovich— pidió hace poco la mano de mi hermana Avdotia Romanovna Raskolnikov. Apenas llegado a San Petersburgo vino a verme anteayer, pero en nuestra primera entrevista disputamos violentamente y lo eché de mi casa, como pueden acreditar dos testigos. Este hombre es malo... Anteayer no sabía yo que se hospedaba con usted, Andrei Semenovich, y gracias a esa circunstancia que yo ignoraba se encontró presente, el mismo día de nuestra disputa, en el momento en que, como amigo del difunto señor Marmeladov, le di algún dinero a su mujer, Katerin Ivanovna, para atender a los gastos de los funerales, e inmediatamente le escribió a mi madre diciéndole que yo le había dado aquel dinero no a Katerin Ivanovna, sino a Sonia Semenovna, al mismo tiempo que calificaba a esta joven con los términos más injuriosos, dando a entender, además, que yo tenía relaciones íntimas con ella. Su objeto, como ustedes comprenderán, no era otro que el de indisponerme con mi familia, insinuándole que yo derrocho en vicios el dinero de que ellas se privan para subvenir a mis necesidades. Ayer noche, en una entrevista con mi madre y mi hermana, a la que él asistió, establecí la verdad de los hechos desnaturalizados por él. «Ese dinero —dije— se lo di a Katerin Ivanovna para pagar los gastos del entierro y no a Sonia Semenovna, cuya cara desconocía hasta entonces». Y él, furioso al ver que aquellas calumnias no daban el resultado apetecido, insultó groseramente a mi madre y a mi hermana. Siguió a esto una ruptura definitiva y lo pusieron en la calle. Todo esto ocurrió ayer por la noche. Piensen ustedes ahora y comprenderán el interés que tendría en dejar sentada la culpabilidad de Sonia Semenovna. Si hubiera logrado hacerla aparecer como ladrona, yo habría sido culpable ante mi madre y mi hermana, puesto que había pretendido ponerlas en contacto con una mujer así, mientras que él, por el contrario, habría reconquistado la consideración de mi madre y de su prometida. En resumen: para él era ese un medio de enemistarme con mi familia y de volver al favor de los míos. Al mismo tiempo se vengaría de mí, pensando que me interesan vivamente el honor y la tranquilidad de Sonia Semenovna. ¡Ahí tienen el cálculo que se hacía y he aquí cómo se explican las cosas! ¡Esa es la explicación de su conducta y no cabe otra!

Raskolnikov terminó su exposición con aquellas palabras, siendo frecuentemente interrumpido por las exclamaciones de un público que lo escuchó con la mayor atención. Pero, a pesar de las interrupciones, su palabra conservó hasta el final una calma, una firmeza y una claridad imperturbables. Su voz vibrante, su acento convencido y su rostro severo emocionaron profundamente al auditorio.

—¡Sí, sí, es verdad! —se apresuró a reconocer Lebeziatnikov—. Debe de tener usted razón, porque en el momento mismo en que Sonia Semenovna entró en nuestra habitación me preguntó si estaba usted aquí y si lo había visto entre los invitados de Katerin Ivanovna. Y me llevó hacia la ventana para hacerme esa pregunta en voz baja. ¡Luego necesitaba que usted se encontrara aquí para presenciarlo! ¡Sí, eso es!

Lujin, muy pálido, permaneció silencioso y sonreía desdeñosamente. Parecía buscar un medio para salir del apuro. Tal vez se hubiera marchado inmediatamente, pero la retirada era casi imposible, pues marcharse habría sido reconocerse culpable del delito de calumnia a Sonia Semenovna.

Por otra parte, la actitud del público, excitado por copiosas libaciones, no era muy tranquilizadora. El empleado de abastos, a pesar de no tener una idea muy clara del asunto, gritaba más alto que nadie y proponía ciertas medidas demasiado desagradables para Lujin. Además allí no había más que gente bebida. La escena atrajo a la habitación a muchos inquilinos que no habían comido en casa de Katerin Ivanovna. Los tres polacos vociferaban incesantemente en su lengua amenazas contra Lujin.

Sonia lo escuchaba todo con atención; pero no daba señales de haber recobrado aún su presencia de ánimo; habríase dicho que la joven acababa de salir de un desvanecimiento. No apartaba los ojos de Raskolnikov, dándose cuenta de que su apoyo estaba en el joven. Katerin Ivanovna daba señales de encontrarse bastante mal; de su pecho se escapaba un sonido ronco cada vez que respiraba.

La cara más extraña era la de la patrona. Amalia Ivanovna parecía no darse cuenta de nada y permanecía con la boca abierta, mirando como alelada. Únicamente veía que Piotr Petrovich estaba pasando un mal rato.

Raskolnikov quiso hablar de nuevo, pero tuvo que renunciar a ello porque no había manera de entenderse. Las injurias y los insultos llovían por todas partes, dirigidos a Lujin, alrededor del cual se formó un grupo tan nutrido como compacto. El hombre de negocios se mostró firme, y comprendiendo que la partida estaba definitivamente perdida, recurrió al descaro.

—Permítanme, señores, permítanme... No se pongan así, déjenme pasar —dijo intentando abrirse camino entre la multitud—. Les aseguro que es inútil el que intenten intimidarme con sus amenazas, yo no me asusto por tan poca cosa. Al contrario, son ustedes, señores, quienes tendrán que responder ante la justicia de la protección con que encubren un acto delictivo. El robo está suficientemente probado y presentaré la denuncia. Los jueces son personas despejadas y... no están borrachos; recusarán el testimonio de dos impíos, de dos revolucionarios desprestigiados que me acusan únicamente por venganza personal, como ellos mismos han reconocido estúpidamente... ¡Sí, permítanme!

—No quiero ni respirar el mismo aire que usted y le ruego que abandone mi habitación —gritó Andrei—. ¡Todo ha terminado entre nosotros! Cuando pienso que durante quince días he sudado sangre por exponerle...

—Ya hace rato, Andrei Semenovich, que le dije que me marcharía de su lado y era usted quien se empeñaba en que me quedara, pero ahora me limitaré a decirle que es un imbécil. ¡Le deseo que se cure usted del espíritu y de los ojos! ¡Hagan el favor, señores!

Por fin logró abrirse paso; pero el empleado de abastos, viendo que los insultos no eran suficiente castigo para Piotr Petrovich, cogió un vaso de encima de la mesa y se lo tiró con todas sus fuerzas. Desgraciadamente, el proyectil destinado al hombre de negocios fue a dar contra Amalia Ivanovna que empezó a lanzar penetrantes gritos. Al lanzar el vaso, el empleado de abastos perdió el equilibrio y rodó pesadamente por debajo de la mesa. Lujin volvió a la habitación de Lebeziatnikov y una hora después abandonaba la casa.

Sonia, tímida por naturaleza, se dio cuenta con aquello de que su situación la exponía a cualquier ataque y que cualquiera podría ultrajarla casi impunemente. Hasta entonces pensó que podría desarmar la malevolencia a fuerza de circunspección, de dulzura, de humildad. Pero su ilusión quedó desvanecida en aquel instante. Desde luego que tenía la suficiente paciencia para soportar aquello con resignación y casi sin murmurar, pero la decepción del momento era muy cruel. Aunque su inocencia hubiera triunfado de la calumnia, aunque su espanto primero había pasado, aunque se encontrara en disposición de darse cuenta de las cosas, su corazón se oprimió dolorosamente al pensar en su abandono, en su aislamiento de la vida, y experimentó una crisis nerviosa. Por fin, no siendo dueña de sí, huyó de aquella casa y volvió apresuradamente a su domicilio. Su partida tuvo lugar poco después de la de Lujin.

Lo ocurrido a Amalia Ivanovna produjo risa general, pero la patrona lo tomó muy a mal y se dirigió a Katerin Ivanovna, que, vencida por el dolor, se había visto precisada a tumbarse en la cama.

—¡Váyase de aquí! ¡Enseguida! ¡Ahora mismo! ¡Fuera!

Y al mismo tiempo que pronunciaba estas palabras, la señora Lieppevechzel cogía todos los objetos de su inquilina y los amontonaba en medio de la habitación. Aniquilada y desfallecida, Katerin Ivanovna saltó de la cama y se lanzó sobre Amalia Ivanovna. Pero la lucha era demasiado desigual y a la patrona no le costó demasiado rechazar aquel asalto.

—¡Cómo! ¡No es bastante haber calumniado a Sonia para que esta mujer la tome ahora conmigo! ¡El mismo día del entierro de mi marido me arrojan de mi casa, después de haber recibido mis atenciones! ¡Me lanzan a la calle con mis hijos! ¿Y adónde iré? —sollozaba la desgraciada mujer—. ¡Dios mío!
—exclamó de pronto, con los ojos extraviados—. ¿Es posible que no haya

justicia? ¿A quién defenderás si no nos defiendes a nosotros, que estamos huérfanos de toda protección? ¡Pero ya nos veremos! ¡Jueces y tribunales hay en la tierra! ¡Me dirigiré a ellos! ¡Espera un poco, criatura despiadada! Polechka, quédate con los niños, que vuelvo enseguida. ¡Si os echan, esperadme en la calle! ¡Veremos si hay justicia en el mundo!

Katerin Ivanovna se puso por la cabeza aquel mismo pañuelo verde «de señora» de que hablara Marmeladov, y cruzando entre aquella multitud borracha y escandalosa de los inquilinos que continuaban llenando la habitación, bajó las escaleras con el rostro inundado en lágrimas, con la firme resolución de ir a buscar justicia en alguna parte, costara lo que costara.

Polechka, horrorizada, estrechó entre sus brazos a sus hermanitos, y los tres niños, apiñados al lado del baúl, esperaron temblorosos el regreso de su madre.

Amalia Ivanovna, como una furia, iba y venía por la habitación aullando de rabia y tirando al suelo cuanto hallaba a su alcance. En cuanto a los inquilinos, unos comentaban lo ocurrido, otros discutían y los demás cantaban...

«Tengo que marcharme ya —pensó Raskolnikov—. ¡Veremos lo que dirá ahora Sonia!».

Y se dirigió a casa de la joven.

IV

Raskolnikov defendió valientemente la causa de Sonia contra Lujin, aunque el lance ocurrido tuviese para él bastantes inquietudes y preocupaciones. Independientemente del interés que la joven le inspiraba, había aprovechado con alegría la ocasión, después de la tortura de la mañana, para ahuyentar unas impresiones que habían llegado a serle insoportables. Por otra parte, su próxima entrevista con Sonia le preocupaba, le asustaba por momentos: «debía» revelarle que había matado a Isabel, y, presintiendo cuán penoso era su propósito, se esforzaba en apartarlo de su pensamiento.

Cuando al salir de casa de Katerin Ivanovna se dijo: «Veremos ahora lo que dirá Sonia», era el combatiente excitado por la lucha, caldeado aún por su victoria sobre Lujin que había pronunciado la palabra de desafío. Mas, cosa singular, cuando llegó al cuarto de los Kapernaumov, su energía lo abandonó de pronto para dejar lugar al temor. Detúvose indeciso ante la puerta y se preguntó: «¿Es necesario decir que maté a Isabel?».

La pregunta era extraña, pues en el momento en que se la hacía sentía la imposibilidad no sólo de confesar su delito, sino la necesidad de no aplazar la confesión un solo minuto.

Aún no sabía por qué era esto imposible, lo «sentía» solamente, y se encontraba como aplastado por aquella dolorosa conciencia de su flaqueza ante la necesidad. Para librarse de mayores torturas se apresuró a abrir la puerta, y antes de franquear el umbral, miró a su joven amiga. Sonia estaba sentada, apoyada de codos en su mesita y con el rostro oculto entre sus manos. Al ver a Raskolnikov se levantó inmediatamente y salió a su encuentro, como si lo esperara.

—¿Qué hubiera sido de mí sin usted? —dijo precipitadamente, mientras lo introducía en la habitación.

Al parecer no pensaba sino en el servicio que el joven le prestara y se apresuró a darle las gracias.

Después de hacerlo, esperó.

Raskolnikov se acercó a la mesa y se sentó en la silla que acababa de dejar la joven. Ella permaneció de pie a dos pasos de él, exactamente como el día anterior.

—¿Qué hay, Sonia? —dijo, notando súbitamente que su voz temblaba—. Ya se fijaría en que toda la acusación se fundaba en su «posición social y en los hábitos que implica». ¿Lo comprendió usted antes?

El rostro de Sonia adquirió una expresión de tristeza.

—¡No me hable usted como ayer! —respondió—. Se lo ruego, no vuelva a empezar. Ya he sufrido bastante.

Se apresuró a sonreír ante el temor de que aquel reproche molestara al visitante.

—Salí de allí como una loca. ¿Qué pasará ahora? Quería volver, pero... pensé que vendría usted.

Raskolnikov le dijo que Amalia Ivanovna había despedido a los Marmeladov y que Katerin Ivanovna había salido para «pedir justicia» donde fuera.

—¡Dios mío! —exclamó Sonia—. Vamos allá enseguida...

Y tomó rápidamente su mantilla.

—¡Siempre lo mismo! —replicó Raskolnikov, humillado—. ¡Sólo piensa usted en ellos! Quédese un momento conmigo.

—Pero... ¿y Katerin Ivanovna?

—Katerin Ivanovna vendrá por aquí, tenga la seguridad de ello —respondió enojado—. Si no la encuentra aquí, será por su culpa.

Sonia tomó asiento, presa de extraña perplejidad. Raskolnikov, con los ojos fijos en el suelo, reflexionaba.

—Lo que Lujin quería hoy es sencillamente manchar su reputación —comenzó, sin mirar a Sonia—. Y si le hubiera convenido mandarla detener y no hubiéramos estado allí ni Lebeziatnikov ni yo, ahora estaría usted en la cárcel. ¿No es así?

—Sí —dijo ella con voz débil—. Sí —repitió mecánicamente, distraída por la inquietud que experimentaba.

—Pero yo pude muy bien no encontrarme allá, de la misma manera que Lebeziatnikov estaba allí por casualidad.

Sonia guardó silencio.

—¿Y qué habría sucedido si la hubieran metido en la cárcel? ¿Recuerda usted lo que le dije ayer?

La joven continuó callada, y Raskolnikov esperó un momento la respuesta.

—Creí que iba usted a decir otra vez: «¡Ah, no me hable de eso déjelo!» —replicó Raskolnikov con una risa un poco forzada—. ¿Continúa callada? —preguntó al cabo de un minuto—. Entonces tendré que mantener yo sólo la conversación. Pues bien, me gustaría saber cómo resolvería la siguiente «cuestión», como diría Lebeziatnikov —su emoción empezaba a ser visible—. No, le hablo en serio. Suponga usted, Sonia, que está enterada por adelantado de las intenciones de Lujin; que sabe que tales proyectos van encaminados a la perdición de Katerin Ivanovna y de sus hijos, sin contar la de usted, pues la suya hay que descartarla; suponga que, a consecuencia de esto, Polechka se vea condenada a una vida como la suya. Sentado esto, si dependiera de usted salvar a Katerin Ivanovna y a su familia o dejar que Lujin viviera y llevara a cabo sus infames designios, ¿de qué modo obraría?

Sonia lo miró inquieta; bajo aquellas palabras pronunciadas con voz vacilante, adivinaba una segunda intención lejana.

—No esperaba una pregunta así —dijo ella interrogando con los ojos.

—Es posible, pero no importa. ¿Qué haría usted?

—¿Qué interés puede tener en saber lo que yo haría en unas circunstancias que no pueden presentarse? —respondió Sonia con repugnancia.

—Así pues, ¿dejaría que viviera Lujin y que llevara a cabo sus locuras? ¿No se atreve a decirme lo que haría?

—Pero..., veamos..., yo no puedo penetrar los designios de la Divina Providencia. ¿A qué preguntarme ahora lo que haría en un caso imposible? ¿Para qué me hace esas inútiles preguntas? ¿Cómo es posible que la vida de un hombre dependa de mi voluntad? ¿Y quién me ha erigido a mí en árbitro de la vida y la muerte de las personas?

—Desde el momento en que hace intervenir a la Divina Providencia, ya no hay nada que decir —replicó en tono agrio Raskolnikov.

—¡Dígame con más franqueza lo que quiere! —exclamó Sonia, angustiada—. ¡Déjese de indirectas...! ¿No ha venido usted más que para atormentarme?

No pudo contenerse más y rompió a llorar amargamente. Raskolnikov la miró sombríamente durante cinco minutos.

—Tienes razón, Sonia —dijo por fin en voz baja.

Un brusco cambio se operó en él. Su aplomo ficticio, el tono agrio que afectaba antes desaparecieron repentinamente. Apenas se le oía ahora.

—Te dije ayer que no vendría a pedirte perdón, y he empezado esta conversación contigo casi con excusas... Al hablarte de Lujin me excusaba, Sonia...

Quiso sonreír, pero su fisonomía continuó lúgubre; bajó la cabeza y se cubrió el rostro con las manos.

De pronto creyó darse cuenta de que detestaba a Sonia. Sorprendido, incluso asustado de un descubrimiento tan extraño, levantó rápidamente la cabeza y miró atentamente a la joven. Esta fijaba en él una mirada llena de ansiedad y no de amor. El odio desapareció inmediatamente del corazón de Raskolnikov. No era aquello; se había engañado sobre la naturaleza del sentimiento que experimentaba. Aquello significaba únicamente que el momento fatal había llegado.

Nuevamente volvió a ocultar su rostro entre las manos y bajó la cabeza. Súbitamente palideció, se levantó, y después de mirar a Sonia fue mecánicamente a sentarse en su cama sin proferir palabra.

La impresión de Raskolnikiv era entonces exactamente la misma que experimentara cuando al encontrarse de pie detrás de la vieja sacó el hacha del nudo corredizo y se dijo: «¡No hay momento que perder!».

—¿Qué le pasa? —preguntó Sonia con extrañeza.

No pudo responder. Había pensado explicarse en circunstancias muy distintas y ni él mismo comprendía lo que le pasaba ahora. Sonia se le acercó muy dulcemente, se sentó a su lado y esperó sin apartar los ojos de él. Su corazón latía violentamente. La situación se hacía insoportable; Raskolnikov volvió su rostro pálido hacia la joven y sus labios se plegaron en un esfuerzo por hablar.

El terror se apoderó de Sonia.

—¿Qué le pasa? —repitió, apartándose un poco de él.

—Nada, Sonia, no te asustes... No vale la pena, es una tontería —murmuró como un hombre falto de juicio—. ¿Por qué habré venido a atormentarte? —añadió de pronto, mirando a su interlocutora—. Sí, ¿por qué? No dejo de hacerme esa pregunta, Sonia...

Tal vez se la hacía un cuarto de hora antes pero en aquel momento era tal su debilidad que apenas si tenía conciencia de sí mismo, y un temblor continuo agitaba todo su cuerpo.

—¡Oh, cuánto sufre usted! —dijo con voz emocionada la joven clavando sus ojos en él.

—No es nada, Sonia... He aquí de lo que se trata —por espacio de dos segundos se vió en sus labios una leve sonrisa—: ¿recuerdas lo que quería decirte ayer?

Sonia esperaba inquieta.

—Al separarme de ti te dije que quizá me despedía para siempre, pero que si volvía hoy te diría... quién mató a Isabel.

Todos los miembros de Sonia empezaron a temblar.

—Pues bien, a eso he venido.

—En efecto, ayer me dijo... —contestó con voz insegura—. ¿Cómo sabe usted eso? —añadió vivamente.

Sonia respiraba con esfuerzo. Su rostro estaba cada vez más pálido.

—Lo sé.

—¿Han descubierto al criminal? —preguntó tímidamente al cabo de un minuto de silencio.

—No, no lo han descubierto.

Sonia guardó silencio otra vez.

—Entonces, ¿cómo sabe usted eso? —preguntó rápidamente y con voz casi ininteligible.

Raskolnikov se volvió hacia la joven y la miró con fijeza singular, al mismo tiempo que una leve sonrisa flotaba en sus labios.

—Adivina —dijo.

Sonia se sintió afectada por una convulsión.

—Pero usted me... ¿Por qué me asusta? —preguntó con una sonrisa infantil.

—Comprenderás que si lo sé será porque tengo mucha amistad con él —replicó Raskolnikov, cuya mirada no se apartaba de ella, como si no tuviera fuerza para apartar sus ojos—. A Isabel... él no quería matarla... La mató sin premeditarlo... Quería matar únicamente a la vieja..., cuando estuviera sola..., y fue a su casa... Pero entretanto llegó Isabel... Él estaba allí... y la mató.

Un silencio lúgubre siguió a aquellas palabras. Durante dos minutos continuaron mirándose el uno al otro.

—¿Conque no adivinas...? —preguntó Raskolnikov bruscamente, experimentado la sensación de un hombre que se arrojara de lo alto de un campanario.

—No —balbuceó Sonia con voz apenas perceptible.

—Busca bien.

En el momento en que pronunciaba estas palabras, Raskolnikov sintió dentro de sí aquella impresión de frío glacial que le era tan familiar, miraba a Sonia y de repente creyó encontrar en su rostro la expresión que tenía él de Isabel cuando la desgraciada mujer retrocedía ante el asesino que se adelantaba hacia ella con el hacha levantada. En aquel instante supremo, Isabel tendió los brazos como los niños cuando empiezan a tener miedo, y cuando, prontos a llorar, fijan una mirada inmóvil y asustada en el objeto que produce su espanto. De idéntica manera, la fisonomía de Sonia expresaba un indecible terror; también ella tendía los brazos hacia adelante, rechazó ligeramente a Raskolnikov poniéndole una mano en el pecho y se apartó un poco de él sin dejar de mirarlo fijamente. Su terror se comunicó al joven, quien, a su vez, la miraba con espanto.

—Adivinaste —murmuró, finalmente, con voz queda, Raskolnikov.

—¡Dios mío! —exclamó Sonia.

Y cayó sin fuerzas en la cama; su rostro se hundió en la almohada. Pero un instante después se levantó con un rápido movimiento, se acercó a él, y, asiéndole por ambas manos, que sus pequeños dedos apretaron como tenazas, clavó en él una mirada sostenida. ¿No se habría engañado? Todavía lo esperaba, pero apenas hubo puesto en el joven aquella mirada, cuando la sospecha que había cruzado por su alma se transformó en certidumbre.

—¡Basta, Sonia, basta! ¡No me mires! —suplicó Raskolnikov.

El resultado de su confesión contrariaba sus previsiones, porque no era «de aquel modo» cómo pensaba revelarle su crimen.

Sonia parecía en aquel momento fuera de sí; saltó de su cama y fue hasta el centro de la habitación retorciéndose las manos; luego volvió bruscamente sobre sus pasos y se sentó al lado del joven, casi tocándole los hombros. De

316

pronto se estremeció, lanzó un grito y, sin saber por qué, cayó de rodillas ante Raskolnikov.

—¡Está usted perdido! —dijo con acento desesperado.

Y levantándose súbitamente, se lanzó a su cuello, lo abrazó prodigándole las mayores muestras de ternura.

Raskolnikov se desprendió de ella y con una triste sonrisa contempló a la joven.

—No te comprendo, Sonia. Me abrazas después de haberte dicho eso... No tienes conciencia de lo que haces.

Ella no atendió la observación.

—¡No hay en toda la tierra un hombre más desgraciado que tú! —exclamó en un arranque de compasión y rompiendo a llorar.

Raskolnikov sintió que su alma se enternecía bajo la influencia de un sentimiento que desconocía desde hacía mucho tiempo. No intentó luchar contra aquella impresión: dos lágrimas brotaron de sus ojos y quedaron suspendidas en sus pestañas.

—¿No me abandonarás, Sonia? —dijo con una mirada casi suplicante.

—¡No, no! ¡Nunca! ¡De ningún modo! —exclamó—. ¡Te seguiré a todas partes! ¡Dios mío! ¡Qué desgraciada soy...! ¿Por qué, por qué no te habré conocido antes? ¿Por qué no has venido antes? ¡Dios mío!

—Ya ves que he venido.

—¡Ahora! ¿Y qué hacer ahora...? ¡Juntos, juntos siempre! —repetía con exaltación.

Y volvió a abrazar al joven.

—Iré contigo al presidio.

Estas últimas palabras produjeron una penosa impresión a Raskolnikov; una sonrisa amarga y casi altanera apareció en sus labios.

—Quizá no tenga aún ganas de ir a presidio, Sonia —dijo.

Sonia volvió rápidamente sus ojos hacia él.

Hasta entonces no había experimentado más que una inmensa piedad por un hombre desgraciado. Aquellas palabras y el tono con que fueron pronunciadas le recordaron a la joven que aquel desgraciado era un asesino. Le miró con sorpresa. Ella no sabía aún ni cómo ni por qué había llegado a ser un criminal. En aquel momento todas aquellas preguntas se agolparon en su cerebro, y de nuevo empezó a dudar: «¡Él, el asesino! ¿Era posible?».

—¡No, eso no es verdad! ¿Dónde estoy, pues? —dijo como si se creyera objeto de un sueño—. ¿Cómo se explica que tú, siendo quien eres, hayas podido hacer eso...? ¿Por qué?

—¡Para robar! ¡Y basta, Sonia! —respondió abatido y un poco molesto.

Sonia quedó estupefacta; pero de pronto se le escapó un grito.

—¿Tenías hambre? ¿Lo hiciste por ayudar a tu madre? ¿Sí?

—No, Sonia, no —balbuceó él, bajando la cabeza—. No me vi en esa necesidad...; quería, en efecto, ayudar a mi madre, pero no fue esa la verdadera razón... ¡No me atormentes, Sonia!

La joven hizo un gesto de extrañeza.

—¿Es posible que todo eso sea cierto? ¡Señor! ¿Es posible? ¿Cómo creerlo? ¡Tú has asesinado por robar, cuando te desprendes de todo lo que tienes para dárselo a los demás! ¡Ah...! —exclamó de pronto—. Ese dinero que le diste a Katerin Ivanovna... Ese dinero... ¡Señor! ¿Es posible que ese dinero...?

—No, Sonia —interrumpió rápidamente—, ese dinero no procede de ahí, tranquilízate. Me lo mandó mi madre cuando yo estaba enfermo por mediación de un comerciante, y acababa de recibirlo cuando se lo di... Razumikin lo vio..., él mismo lo recibió en mi nombre... Ese dinero me pertenecía.

Sonia escuchaba con perplejidad y se esforzaba por comprender.

—En cuanto al dinero de la vieja..., ni siquiera sé si lo tendría —añadió con vacilación—. Yo le quité del cuello una bolsa de piel de camello que parecía bien repleta... Pero no llegué siquiera a ver lo que contenía, quizá porque no tuve tiempo... Me apoderé de diferentes objetos, gemelos, cadenas de reloj... Estos objetos, así como la bolsa, los escondí al día siguiente debajo de una piedra bastante grande en un patio que da a la avenida de V. Allí están todavía...

Sonia le escuchaba ávidamente.

—Pero si dices que mataste para robar, ¿por qué no guardaste nada? —replicó ella, asiéndose a una última y muy vaga esperanza.

—No lo sé... Todavía no he decidido si tomaré o no aquel dinero —respondió Raskolnikov con la misma vacilación y sonriendo después—. ¡Qué necia historia te estoy contando!

«¿Estará loco?», se preguntó Sonia.

Pero rechazó inmediatamente aquella idea.

«¡No, pero debe de pasarle algo!».

Decididamente, no sabía explicárselo.

—¿Sabes lo que te digo, Sonia? —replicó como inspirado—. Si únicamente me hubiera impulsado al asesinato la necesidad —continuó recalcando cada palabra y con aire enigmático en su mirada a pesar de su franqueza—, yo sería ahora... «¡feliz!». ¡Puedes creerme! Pero, ¿qué puede importarte el motivo si ya te confesé antes que obré mal? —exclamó con desesperación al cabo de un momento—. ¿De qué sirve este estúpido triunfo sobre mí? ¡Ah, Sonia! ¿Para qué he venido a tu casa?

Ella quería hablar, pero calló.

—Ayer te propuse que siguieras el mismo camino que yo porque no tengo a nadie más que a ti.

—¿Y para qué me quieres contigo? —preguntó tímidamente la joven.

—No para matar ni para robar, tranquilízate —respondió Raskolnikov con una cáustica sonrisa—. No somos personas de la misma índole... ¿Sabes una cosa, Sonia? Hasta hace un momento no comprendí por qué te invité ayer a venir conmigo. Cuando te hice esa pregunta no sabía aún por qué te la hacía. Pero ahora comprendo que no tengo más que un deseo: que no me abandones. ¿Me abandonarás, Sonia?

Ella le estrechó la mano.

«¿Y por qué, por qué le he dicho yo eso? ¿Por qué le he hecho esta confesión?», pensó al cabo de un instante.

Y miraba a la joven con una compasión infinita y su voz expresaba la más profunda desesperación.

—Tú esperas de mí explicaciones, Sonia, lo adivino, pero ¿qué te diré yo? ¡No comprenderías nada de esto y no harías más que afligirte! ¡Vamos, ya empiezas a llorar otra vez y a abrazarme! ¿Por qué me abrazas? ¿Tal vez porque falto de coraje para cargar con mi culpa me he descargado en otro? ¿O porque he buscado en el sufrimiento de otro un alivio para mis penas? ¿Y tú puedes amar a un cobarde así?

—¿Acaso no sufres tú también? —exclamó Sonia, que tuvo durante un segundo un nuevo arranque de sensibilidad.

—Sonia, tengo mal corazón. Piensa en esto, que puede explicarte muchas cosas. He venido porque soy malo. Otros no lo hubieran hecho. Pero yo soy cobarde e... infame. ¿Por qué he venido? Jamás me lo perdonaré.

—¡No, no, has hecho bien en venir! —exclamó Sonia—. Es mejor que yo lo sepa todo, ¡mucho mejor!

Raskolnikov la miró dolorosamente.

—Yo quería ser un héroe, un Napoleón; ahí tienes la razón por la cual he asesinado. ¿Te lo explicas todo ahora?

—No —respondió ingenuamente Sonia con voz tímida—; pero habla, habla... ¡Ya lo comprenderé todo!

—¿Lo comprenderás? Bueno, ya lo veremos.

Raskolnikov procuró coordinar sus ideas.

—El hecho es que un día me hice esta pregunta: si Napoleón, por ejemplo, hubiera estado en mi lugar, si no hubiera contado para comenzar su carrera con Tolón, ni con Egipto, ni con el paso del Mont Blanc; si en lugar de todas estas hazañas se hubiera hallado en presencia de un crimen, de un asesinato que cometer para asegurar su porvenir, ¿le habría repugnado la idea de asesinar a una vieja y robarle tres mil rublos? ¿Hubiérase dicho que semejante acción era deshonrosa y demasiado... criminal? Yo me torturé el cerebro durante mucho tiempo con esta pregunta, y no pude por menos de experimentar un sentimiento de vergüenza cuando por fin reconocí que no sólo no habría vacilado Napoleón, sino que ni aún hubiera comprendido la posibilidad de la duda. Y viendo que no tenía otro remedio, no se habría hecho el melindroso y habría ido adelante sin el menor escrúpulo. Desde aquel momento no titubeé ya, pues me sentía a cubierto por la autoridad de Napoleón... Encontrarás cómico esto, y tienes razón, Sonia.

La joven no tenía ningún deseo de reír.

—Háblame francamente y sin rodeos... —dijo ella con voz más tímida aún y apenas perceptible.

Raskolnikov se volvió hacia ella, la miró con tristeza y le estrechó las manos.

—¡Tienes razón, Sonia! Todo eso es absurdo, nada más que charlatane-ría... Tú sabes que mi madre se encuentra falta de recursos. La casualidad quiso que mi hermana recibiera cierta educación, y actualmente se encuentra condenada a tener que ejercer el oficio de institutriz. Todas sus esperanzas estaban cifradas en mí. Ingresé en la universidad, pero tuve que interrumpir mis estudios por carecer de medios para continuar. Supongamos incluso que yo hubiera podido continuarlos. Poniéndose en lo mejor, dentro de diez o de quince años podría haber sido nombrado profesor de un instituto o conseguiría un empleo con mil rublos de sueldo —parecía como si recitara una lección—. Pero de aquí a entonces las preocupaciones y las penas habrían quebrantado la salud de mi madre, y mi hermana..., tal vez lo habrían pasado peor. Privarse de todo, dejar a su madre en la necesidad, sufrir el deshonor de su hermana, ¿es vivir eso? Y todo, ¿para qué? Después de enterrar a los míos habría podido fundar una nueva familia, ¡exponiéndome a que mi mujer y mis hijos se murie-ran de hambre! Pues bien..., yo me dije que con el dinero de la vieja dejaría de ser una carga para mi madre, que podría volver a la universidad y asegurarme después mis comienzos en la vida... ¡Y eso ha sido todo...! Desde luego que soy culpable de haber matado a la vieja... Pero... ¡basta!

Raskolnikov parecía agotado, y bajó la cabeza con agobio.

—¡No, no, no es eso! —exclamó Sonia con voz dolorosa—. ¡No es posi-ble..., tiene que haber otra cosa!

—¡Crees que pueda haber otra cosa! ¡Sin embargo, te he dicho la verdad!

—¡La verdad, Dios mío, la verdad!

—Después de todo, Sonia, no maté más que a un gusano innoble y mal-vado...

—¡Pero ese gusano era una criatura humana! —contestó Sonia.

—¡Ya sé que no era un gusano, en el sentido literal de la palabra! —repli-có Raskolnikov mirándola de manera un poco extraña—. Además, lo que he dicho no tiene sentido común —añadió—: tienes razón Sonia, no es eso. Han sido otros los motivos que me impulsaron... Hace mucho tiempo que no hablo con nadie, Sonia... Esta conversación me está produciendo un fuerte dolor de cabeza.

Sus ojos brillaban como si tuviera fiebre. El delirio se apoderaba de él; una inquieta sonrisa vagaba en sus labios. Bajo su ficticia animación adivinábase un extremo cansancio. Sonia comprendió que sufría mucho. También ella em-pezaba a perder el juicio.

—¡Qué lenguaje tan extraño! ¡Dar semejantes explicaciones como bue-nas!

No podía comprender aquel misterio y se retorcía las manos en su deses-peración.

—No, Sonia, no es eso —continuó, levantando de pronto la cabeza.

Sus ideas habían tomado un nuevo giro súbitamente, y parecía haber ad-quirido mayor vivacidad.

—¡No es eso, Sonia, no es eso! Figúrate más bien que estoy saturado de amor propio, que soy envidioso, malo, vengativo, y, además, propenso a la locura. Ya te dije antes que tuve que abandonar la universidad. Pues bien, quizá habría podido continuar en ella. Mi madre habría pagado mis matrículas y yo habría ganado con mi trabajo lo suficiente para vestirme y comer, ¡y hubiera conseguido lo que deseaba! Yo tenía algunas lecciones que me pagaban a cincuenta copecs. ¡Razumikin trabaja así! Pero yo estaba exasperado y no quise. «¡Exasperado!», así, ¡esa es la palabra! Y entonces me encerré en mi casa como la araña en su tela. Ya conoces mi tabuco, porque fuiste a él... ¿Sabes, Sonia, que el alma se ahoga en las habitaciones bajas y estrechas? ¡Oh, cómo aborrezco aquel cuchitril! Y, sin embargo, no quería salir de él. Me quedaba días enteros, acostado siempre y no queriendo trabajar, sin cuidarme siquiera de comer. «Si Nastenka me trajera algo, comería —me decía—, y si no viene me pasaré sin comer». ¡Estaba demasiado irritado para pedir nada! Renuncié al estudio, vendí todos mis libros; sobre mis notas y mis cuadernos hay un dedo de polvo. Por la noche no tenía luz, pues no tenía para comprarme una vela, ya que para eso habría sido preciso trabajar, y yo no quería; prefería soñar tumbado en mi diván. Inútil es decir cuáles eran mis sueños. Entonces empecé a pensar... Pero no, no es eso. Aún no cuento las cosas como son... Yo siempre me estaba preguntando: ya que sabes que los demás son unos bestias, ¿por qué no intentas tú ser más inteligente que ellos? Pero inmediatamente me di cuenta, Sonia, de que si se esperara el momento en que todo el mundo fuera inteligente sería necesario tener mucha paciencia. Más adelante me convencí de que ese momento no llegaría nunca, que los hombres no cambiarían jamás y que se perdía el tiempo intentando modificarlos. ¡Sí, así es! Esa es su ley... Yo estoy convencido ahora de que el amo de ellos es el que posee inteligencia superior. El que sea atrevido será el que tenga más razón. El que los desafía y los desprecia les impone respeto. Esto es lo que siempre se ha visto y se verá. Habría que estar ciego para no verlo.

Mientras hablaba, Raskolnikov miraba a Sonia, pero no se preocupaba por saber si lo entendía o no. Estaba a punto de experimentar una sombría exaltación. Desde hacía bastante tiempo, en efecto, no había hablado con nadie. La joven se dio cuenta de que aquella terrible doctrina era su fe y su ley.

—Entonces me convencí, Sonia —continuó, acalorándose cada vez más de que el poder no se le concede más que al que se inclina para tomarlo. Todo consiste en eso: basta, pues, atreverse. Desde el momento en que esa verdad se me presentó, clara como el sol, quise «atreverme», y asesiné...; únicamente quise ser audaz, Sonia, y ese fue el móvil de mi acción.

—¡Oh, cállate, cállate! —exclamó la joven fuera de sí—. ¡Tú te alejaste de Dios, y Dios te castigó, entregándote al diablo...!

—A propósito, Sonia, ¿tú crees que cuando todas esas ideas me asaltaban en la oscuridad de mi habitación era porque el diablo me tentaba?

—¡Cállate, impío! ¡No te burles, que no lo comprendes! ¡Dios mío, no lo comprenderás!

—Cállate, Sonia, yo no me burlo de nada; sé muy bien que el diablo me arrastró. ¡Cállate, Sonia, cállate! —repitió con sombría insistencia—. Lo sé todo, todo lo que tú pudieras decirme me lo decía yo mil veces cuando estaba acostado en las tinieblas... ¡Cuántas luchas interiores he sufrido! ¡Qué insoportables me resultaban aquellos sueños y cuánto habría dado por desembarazarme de ellos para siempre! ¿Crees acaso que yo fui como un aturdido, como un desequilibrado? No; lo hice después de duras reflexiones, y eso fue lo que me perdió. Cuando yo me preguntaba si tendría derecho al poder, me daba perfecta cuenta de que mi derecho era nulo por lo mismo que lo sometía a pregunta. Cuando me preguntaba si una criatura humana era un gusano, sabía que no me lo preguntaba por mí, sino por el audaz que no se hace esta pregunta y que obra sin torturarse el cerebro con semejante duda... Por último, el sólo hecho de plantearme este problema: «¿Habría matado Napoleón a aquella vieja?», bastaba para demostrarme que yo no era un Napoleón... Finalmente renuncié a buscar justificaciones sutiles: quise matar sin pensarlo, matar por mí ¡por mí sólo! Hasta en un asunto como este desdeñé fantasear con mi conciencia. Si maté no fue por aliviar el infortunio de mi madre, ni para consagrar al bien de la Humanidad el poder y la riqueza que a mi entender, me ayudaría a conquistar aquel crimen. No, no, todo eso estaba lejos de mi espíritu. En aquel momento no me preocupaba en absoluto por saber si haría bien a alguien o si sería durante toda mi vida un parásito social... El dinero no fue el principal móvil del asesinato para mí; fue otra razón la que me determinó a ello... Ahora lo veo... Compréndeme: si tuviera que repetir aquello es posible que no lo hiciera. Pero entonces tenía prisa por saber si yo era un gusano como los demás o un hombre, en la verdadera acepción de la palabra; si tenía o no en mí la energía para franquear el obstáculo, si era una cobarde criatura o si tenía «derecho»...

—¿Derecho a matar? —exclamó Sonia estupefacta.

—¡Sonia! —dijo él con irritación.

A sus labios acudió una respuesta, pero se abstuvo desdeñosamente de formularla.

—¡No me interrumpas, Sonia! Yo quería demostrarte únicamente una cosa: que fue el diablo quien me llevó a casa de la vieja y que inmediatamente me hizo comprender que no tenía derecho a ir allí desde el momento en que no soy más que un gusano, ni más ni menos que los demás. ¡El diablo se burló de mí, y aquí me tienes en tu casa! ¿Crees que hubiera venido a verte si yo no fuera un gusano? Escucha: cuando fui a casa de la vieja, mi propósito no era otro que el de hacer una «experiencia»...

—¡Pero mataste!

—¿Y cómo maté? ¿Acaso se asesina de esa manera? ¿Se procede así como yo lo hice cuando se va a matar a alguien? Ya te contaré algún día todos los detalles... ¿Acaso maté yo a la vieja...? ¡No, me maté a mí mismo, y me perdí para siempre...! En cuanto a la vieja, no la maté yo, fue el diablo. ¡Basta, Sonia, basta! ¡Déjame! —gritó de pronto con voz desgarradora—. ¡Déjame!

Raskolnikov apoyó los codos en las rodillas y oprimió convulsivamente su cabeza entre las manos.

—¡Qué tormento! —gimió Sonia.

—Bueno, ¿y qué hacer ahora? Dímelo tú —preguntó él levantando de pronto la cabeza.

Sus facciones estaban horriblemente demudadas.

—¡Qué hacer! —exclamó la joven.

Y avanzó hacia él. Sus ojos, hasta entonces llenos de lágrimas, brillaron de repente.

—¡Levántate!

Diciendo esto asió a Raskolnikov por los hombros. Él se incorporó y miró a Sonia sorprendido.

—Ve inmediatamente, ahora mismo, a la plazoleta más próxima, prostérnate y besa la tierra que has manchado; doblégate después a uno y otro lado y di en voz alta para que te oiga todo el mundo: «¡Yo he matado!». Y Dios te devolverá la vida. ¿Irás? ¿Irás? —le preguntó, toda temblorosa, al mismo tiempo que le estrechaba las manos cada vez con más fuerza y fijaba en él sus ojos encendidos.

Aquella súbita exclamación de la joven sumergió a Raskolnikov en un estupor profundo.

—¿Quieres que vaya entonces a presidio, Sonia? ¿Crees que debo denunciarme, verdad? —dijo sombríamente.

—Es preciso que aceptes la expiación y que te redimas por ella.

—No, Sonia, no iré a denunciarme.

—¿Y vivir? ¿Cómo vas a vivir? —replicó ella con energía—. ¿Es posible ya? ¿Cómo podrás soportar la presencia de tu madre? ¡Oh! ¡Qué será de ellas ahora? Pero, ¿qué estoy diciendo, si ya has abandonado a tu madre y a tu hermana? ¡Por eso rompiste tus relaciones de familia! ¡Dios mío! —exclamó—. ¡Él mismo comprende ya su situación! ¿Cómo va a vivir fuera de la sociedad humana? ¿Qué va a ser?

—Sé razonable, Sonia —dijo humildemente Raskolnikov—. ¿Por qué he de ir a entregarme a la policía? ¿Qué voy a decirles a esas gentes? Esto no significa nada... Ellos degüellan a miles de hombres y se comportan como si hicieran un bien. Son unos granujas y unos cobardes, Sonia... No iré. ¿Qué voy a decirles? ¿Que he cometido un asesinato y que por no atreverme a aprovecharme del dinero robado lo escondí debajo de una piedra? —añadió con una amarga sonrisa—. Se burlarán de mí y dirán que soy un imbécil por no haberme aprovechado. Dirán que soy un imbécil y un cobarde. Sonia, no me comprenderían, son incapaces de comprenderme. ¿Para qué voy a ir a entregarme? No iré. Sé razonable, Sonia.

—¡Cómo vas a llevar sobre tu conciencia semejante peso! ¡Y toda la vida así, toda la vida!

—Ya me acostumbraré... —respondió enfurecido—. Escúchame —continuó al cabo de un momento—: Basta de lágrimas; hay que hablar en serio. He venido a decirte que me buscan, que van a detenerme...

—¡Ah! —exclamó Sonia, espantada.

—¿Qué te pasa? Si tú misma deseas que me lleven a presidio, ¿por qué te horrorizas? Sólo que aún no me tienen en su poder. Yo les daré que hacer y al final no conseguirán nada. No tienen indicios positivos. Ayer corrí bastante peligro y creí que me detendrían; pero ya está reparado el mal. Todas las pruebas que tienen se prestan a dos interpretaciones; es decir, que los cargos que presentan contra mí puedo explicarlos a favor de mi causa, ¿comprendes?, y no me costaría mucho trabajo hacerlo, pues ya he adquirido experiencia... Pero seguramente me detendrán. Si no hubiera sido por una circunstancia fortuita es muy probable que me hubiesen encerrado hoy, y aún corro peligro de que me detengan antes que termine el día... Pero eso no es nada, Sonia; me detendrán, pero tendrán que soltarme luego, porque ni tienen pruebas verdaderas ni las tendrán, te lo aseguro. Por simples sospechas como las que tienen no se puede condenar a un hombre. Y basta... Únicamente quería prevenirte... En cuanto a mi madre y a mi hermana, voy a ver cómo me las arreglo para que no se inquieten. Parece que mi hermana está ahora al abrigo de la necesidad y puedo estar tranquilo también en lo referente a mi madre... Y eso es todo. Procura ser prudente. ¿Irás a visitarme cuando esté en la cárcel?

—¡Oh, sí, sí!

Estaban sentados el uno junto al otro, tristes y abatidos, como dos náufragos arrojados por la tempestad a una playa desierta. Al mirar a Sonia, Raskolnikov se daba cuenta de que la joven le amaba, y, aunque parezca extraño, aquella misma ternura de que era objeto le produjo de pronto una dolorosa impresión. Había ido a casa de Sonia repitiéndose que ella era su único refugio y su única esperanza; había cedido a una irresistible necesidad de confiar su pena, y cuando la joven le entregaba plenamente su corazón, reconocía que era infinitamente más desgraciado que antes.

—Sonia —dijo—, mejor será que no vengas a verme cuando esté detenido.

Sonia no respondió; lloraba. Pasaron unos minutos.

—¿Tienes una cruz? —preguntó de pronto Sonia, como asaltada por una idea repentina.

Raskolnikov no se dio cuenta enseguida de la pregunta.

—¿No la tienes? Pues toma esta, que es de madera de ciprés. Yo tengo otra de bronce que me la dio Isabel. Hicimos un cambio, y ella me dio su cruz por una imagen que le di yo. Llevaré la cruz de Isabel ahora y tú te pondrás esta... Tómala..., es la mía —insistió—. Iremos juntos a la expiación y juntos llevaremos la cruz.

—¡Dámela! —dijo Raskolnikov para no disgustarla.

Y alargó la mano, pero la retiró enseguida.

—Ahora no, Sonia. Más adelante será mejor —agregó a modo de concesión.

—Sí, sí, más adelante —respondió ella con calor—. Te la daré en el momento de la expiación. Vendrás a mi casa, te la pondré al cuello, rezaremos una oración y partiremos juntos.

En aquel instante resonaron tres golpes en la puerta.

—Sonia Semenovna, ¿se puede pasar? —dijo una voz afable y muy conocida.

Llena de inquietud, Sonia corrió a abrir. El visitante no era otro que el señor Lebeziatnikov.

V

Andrei Semenovich tenía el semblante descompuesto.

—Vengo a buscarla, Sonia. Dispense usted... Ya me figuraba que le encontraría aquí —le dijo bruscamente a Raskolnikov—. No es que me imaginara nada malo..., no lo crea...; pero precisamente pensaba... Katerin Ivanovna ha regresado a su habitación. Está loca —concluyó, dirigiéndose de nuevo a Sonia.

La joven lanzó un grito.

—Al menos lo parece. Además..., estamos allí sin saber qué hacer. La han echado del sitio adonde fue, y es muy posible que la despidieran a golpes..., al menos, así lo parece... Fue a casa del jefe de Simón Zajarich y no le encontró, pues estaba comiendo en casa de uno de sus colegas. ¿Y qué dirá usted que hizo? Pues se dirigió inmediatamente al domicilio del otro general e insistió en que quería ver al jefe de Simón Zajarich, que aún estaba sentado a la mesa. Como es natural, la echaron a la calle. Ella dice que la colmaron de injurias y que hasta le tiraron alguna cosa a la cabeza. ¡No sé cómo no la detuvieron...! Y ahora le expone a todo el mundo sus proyectos, sin excluir a Amalia Ivanovna. Sólo que como está tan agitada, apenas sí se le entiende nada de lo que dice con aquel chorro de palabras... ¡Ah, sí!, dice que como no le queda ningún recurso se va a ir por las calles tocando un organillo y que sus hijos cantarán y bailarán para implorar la caridad de los transeúntes; que todos los días irá a colocarse debajo de las ventanas del general... «Y verán —dice— a los hijos de una familia noble pedir limosna por las calles». Les pega a todos sus hijos y les hace llorar. Le enseña una canción a Lena al mismo tiempo que enseña a bailar al niño, así como a Paulina Mijailovna. Desgarra sus vestidos para hacerse trajes de saltimbanqui, y a falta de instrumento de música quiere llevarse un cubo a guisa de tambor... No admite que se le haga ninguna observación... ¡Usted no puede imaginarse aquello!

Lebeziatnikov habría continuado hablando más todavía, pero Sonia, que lo había escuchado sin respirar, tomó rápidamente su sombrero y su mantilla y se lanzó fuera de la habitación. Acabó de arreglarse mientras marchaba.

Los dos jóvenes salieron detrás de ella.

—Está completamente loca —le dijo Andrei Semenovich a Raskolnikov—. He dicho que lo parecía para no asustar a Sonia, pero no cabe duda. Parece que se forman tubérculos en el cerebro de los tísicos; es una lástima que no sepa medicina. Por otra parte, he intentado convencer a Katerin Ivanovna, pero ella no hace caso.

—¿Le ha hablado usted de tubérculos? —preguntó Raskolnikov.

—Le diré; precisamente de tubérculos, no. No me habría entendido. Pero mire usted lo que yo digo; si con ayuda de la lógica se persuade a alguien de que no debe llorar, no llorará. Eso está muy claro. ¿Por qué, pues, iba a continuar llorando?

—Si así fuera, la vida sería muy fácil —respondió Raskolnikov.

Al pasar por delante de su casa, Raskolnikov se despidió de Lebeziatnikov con una inclinación de cabeza y subió a su cuarto.

Apenas se vio en su habitación, Raskolnikov se preguntó por qué había vuelto. Sus ojos contemplaron el empapelado amarillento y desgarrado, el polvo, el diván que le servía de cama... Del patio subía incesantemente un ruido seco como el de un martillo, ¿estarían clavando algo en algún sitio? Se acercó a la ventana, se empinó un poco y miró detenidamente el patio con una atención extraordinaria; pero no vio a nadie. A la izquierda se veían algunas ventanas abiertas en las que había tiestos con geranios, mientras que fuera de ella se veía ropa tendida... Aquello lo había visto ya un centenar de veces. Abandonó su puesto de observación y se sentó en el diván.

¡Jamás había experimentado tan terrible sensación de aislamiento! Sí, de nuevo sentía que, en efecto, detestaba a Sonia, y que la detestaba después de haber aumentado su infortunio. ¿Por qué había ido a hacerla llorar? ¿Qué necesidad tenía de envenenar su vida? ¡Qué cobardía!

«Seguiré solo —se dijo resueltamente—. Y ella no irá a verme a la cárcel».

Al cabo de cinco minutos levantó la cabeza y sonrió ante una extraña idea que había tenido de pronto:

«En efecto, quizá será mejor que me manden a trabajos forzados», pensaba.

¿Cuánto tiempo le duró aquel ensueño? Nunca pudo recordarlo. De pronto se abrió la puerta y apareció Avdotia Romanovna. La joven se detuvo en el umbral y desde allí lo miró como antes mirara él a Sonia. Después se acercó y se sentó enfrente de él, en una silla, en el mismo sitio donde se sentó el día anterior. Raskolnikov la contempló en silencio, sin que en sus ojos pudiera leerse ninguna idea.

—No te enfades, hermano mío; estaré aquí un minuto nada más —dijo Dunia.

Estaba seria, mas no severa; su mirada tenía una dulce limpidez. El joven comprendió que el paso que daba su hermana lo daba por cariño a él.

—Hermano mío, estoy enterada de todo. Dimitri Prokofich me lo ha dicho. Sé que te persiguen, te atormentan y que eres objeto de unas sospechas tan insensatas como odiosas... Dimitri Prokofich cree que no hay nada que temer y que es una lástima que te preocupes hasta ese punto. Yo pienso como él; me explicó perfectamente tu indignación y no me extrañaría que tu vida entera se resintiera de este golpe. Eso es lo que me temo. Te separaste de nosotras... No juzgo tu resolución; no me atrevo a juzgarla y te ruego perdones los reproches que te hice. Yo me doy cuenta de que si estuviera en tu lugar haría lo mismo y huiría de la gente. No le diré nada de esto a nuestra madre, pero le hablaré constantemente de ti, diciéndole de tu parte que tardarás en ir a verla. No te preocupes por ella; yo la tranquilizaré, pero procura por tu parte no darle disgustos. Ve a verla aunque no sea más que una vez, piensa que es tu madre. El único objeto de mi visita es decirte —terminó Dunia, levantándose— que si tienes necesidad de mí para lo que quiera que sea, me tienes a tu disposición hasta morir..., llámame, y vendré... ¡Adiós!

Giró sobre sus talones y se dirigió a la puerta.

—¡Dunia! —exclamó Raskolnikov, levantándose y dirigiéndose a la puerta—. Razumikin es un hombre excelente.

Dunia se ruborizó ligeramente.

—Es un hombre activo, laborioso, honrado y capaz de un cariño verdadero... ¡Adiós, Dunia!

La joven se puso encendida, pero inmediatamente sintió miedo.

—Pero, ¿es que nos separamos para siempre, hermano mío? Parece como si me dejaras un testamento...

—No importa... ¡Adiós!

Y apartándose de ella se dirigió hacia la ventana. Dunia esperó un momento, lo miró con inquietud y se retiró muy turbada.

No, no era indiferencia lo que le inspiraba a su hermana. Hubo un momento al final en que sintió un violento deseo de estrecharla entre sus brazos, de despedirse de ella y de decírselo todo; sin embargo, no pudo resolverse ni a tenderle la mano.

«Más adelante se estremecería ante ese recuerdo y diría que le robé un beso. Y además, ¿soportaría una confesión así? —añadió mentalmente al cabo de unos minutos—. No, no la soportaría; "estas mujeres" no saben soportar nada».

Y su pensamiento se dirigió a Sonia.

Por la ventana entraba fresco. La noche se acercaba. Raskolnikov cogió bruscamente su gorra y salió a la calle.

Estaba fuera de duda que no quería ni preocuparse por su salud. Pero aquellos terrores, aquellas angustias continuas debían tener sus consecuencias, y si la fiebre no lo había hecho caer todavía era tal vez gracias a la fuerza ficticia que le proporcionaba de momento aquella agitación moral.

Vagaba sin objeto. El sol se había puesto ya. Desde hacía algún tiempo, Raskolnikov experimentaba un sufrimiento que, sin ser particularmente agudo, se presentaba con caracteres de continuidad. Entreveía largos años de mortal ansiedad, «la eternidad en el espacio de un pie cuadrado».

Ordinariamente era por la noche cuando con más fuerza le obsesionaba aquel pensamiento.

—¡Con este estúpido malestar físico que produce la puesta del sol no es extraño hacer tonterías! Además de ir a casa de Sonia, ¿no iré también a la de Dunia? —murmuró con voz irritada.

Oyó que le llamaban y volvió la cabeza. Lebeziatnikov le seguía corriendo.

—Vengo ahora de casa de usted; le estoy buscando. Imagine que Katerin Ivanovna ha puesto su programa en ejecución: ha salido con sus hijos. Sonia Semenovna y yo hemos corrido lo indecible hasta encontrarlos. Va dando golpes contra una estufa y haciendo bailar a los pequeños. Los angelitos van llorando. Se paran en las plazuelas y delante de las tiendas, y van seguidos de una multitud de imbéciles. Vamos aprisa.

—¿Y Sonia...? —preguntó con inquietud Raskolnikov, que se apresuró a seguir a Andrei Semenovich.

—Ha perdido el juicio por completo. Es decir, Sonia Semenovna no es la que ha perdido el juicio, sino Katerin Ivanovna; aunque quizá pueda decirse otro tanto de la joven. En cuanto a Katerin Ivanovna, es verdadera locura. Le aseguro que está verdaderamente atacada de enajenación mental... Los van a llevar a la comisaría y ya puede usted suponer el efecto que eso le va a producir. Ahora están en el canal, cerca del puente de ***, no muy lejos de casa de Sonia Semenovna. Llegaremos enseguida.

En el canal, a poca distancia del puente, había estacionada una multitud integrada en su mayor parte por chiquillos y chiquillas. La voz ronca y desgarrada de Katerin Ivanovna se oía ya desde el puente. Efectivamente, el espectáculo era bastante chocante para llamar la atención de los transeúntes. Cubierta la cabeza con un sombrero de paja deteriorado, vestida con un traje viejo sobre el que se había echado un velo, Katerin Ivanovna justificaba demasiado las palabras de Lebeziatnikov. Estaba agotada, jadeante. Su rostro de tísica expresaba más sufrimiento que nunca, pues los tísicos tienen peor aspecto a plena luz que en sus casas; pero a pesar de su debilidad, era presa de una agitación que aumentaba por momentos.

Se lanzaba sobre sus hijos y los reprendía con vivacidad, ocupándose delante de todo el mundo de su educación coreográfica y musical, recordándoles por qué tenían que bailar y cantar, y luego, desolada por verlos tan poco inteligentes, empezaba a vociferar y a pegarles.

Katerin Ivanovna interrumpía aquellos ejercicios para dirigirse al público; apenas veía a un hombre decentemente vestido se apresuraba a explicarle al extremo que habían quedado reducidos los hijos «de una familia noble, casi aristocrática». Si oían risas o frases burlonas, inmediatamente se encaraba con los insolentes y empezaba a pelearse con ellos.

El caso es que unos se burlaban, otros bajaban la cabeza y todos en general miraban con curiosidad a aquella loca rodeada de unos niños asustados. Lebeziatnikov se equivocó al hablar de la estufa, pues Raskolnikov al menos no la vio. Para hacer el acompañamiento, Katerin Ivanovna daba palmadas acompasadamente mientras que Polechka cantaba y Lena y Kolia bailaban. A veces intentaba ella cantar, pero ordinariamente, apenas daba un par de notas sufría un golpe de tos; entonces se desesperaba, maldecía su enfermedad y no podía por menos de llorar.

Lo que principalmente la ponía fuera de sí eran las lágrimas y el miedo de Kolia y Lena. Tal como había dicho Lebeziatnikov, había intentado vestir a sus niños como se visten los cantantes que van por las calles. El niño iba tocado con una especie de turbante rojo y blanco, como si fuera un turco. Por carecer de tela para hacerle un vestido adecuado a Lena, su madre se limitó a ponerle en la cabeza la *chapka* roja o, para hablar con más propiedad, el gorro de dormir del difunto Simón Zajarich. El gorro estaba adornado con una pluma blanca de avestruz que antaño perteneciera a la abuela de Katerin Ivanovna y que esta había conservado hasta entonces en su baúl como un precioso recuerdo de familia. Polechka llevaba su vestidito de todos los días. No se separaba del lado de su madre, cuya perturbación mental adivinaba, y, mirándola con timidez, procuraba que no viera sus lágrimas. La chiquilla estaba asustada de encontrarse en la calle en medio de aquella multitud. Sonia seguía a Katerin Ivanovna y le suplicaba incesantemente sin dejar de llorar que volviera a su casa; pero Katerin Ivanovna se mostraba inflexible.

—¡Calla, Sonia! —vociferaba mientras tosía—. No sabes lo que dices; pareces una niña. Ya te he dicho que no volveré a casa de aquella borracha alemana. Quiero que todo el mundo, que todo San Petersburgo vea reducidos a la mendicidad a los hijos de un padre noble que sirvió lealmente durante toda su vida y que puede decirse que murió en acto de servicio —Katerin Ivanovna había llegado a meterse aquella idea en la cabeza y habría sido bastante difícil obligarla a desprenderse de ella—. Quiero que el granuja del general sea testigo de nuestra miseria. ¡Pero qué tonta eres, Sonia! ¿Comer? ¡Ya te hemos explotado bastante y no quiero continuar así! ¡Ah, Rodion Romanovich! ¿Es usted? —exclamó al ver a Raskolnikov, dirigiéndose hacia él—. Haga el favor de convencer a esta tonta de que esto es lo mejor para nosotras. Si les dan limosna a los organilleros, no creo que haya diferencia con nosotros; reconocerán enseguida que somos una familia noble caída en la miseria, y ese malvado general perderá su cargo. ¡Ya verá usted! Iremos todos los días debajo de sus ventanas, el emperador pasará por allí; yo me arrojaré a sus pies y les mostraré a mis hijos: «¡Padre —le diré—, protégenos!». Es el padre de los huérfanos, es misericordioso y nos protegerá. ¡Ya lo verá usted! Y ese odioso general... ¡Lena, ponte más derecha! Y tú, Kolia, vuelve a empezar ese paso. ¿Por qué lloriqueas? ¿No vamos a terminar nunca? ¿De quién tienes miedo, imbécil? ¡Dios mío!

También ella tenía lágrimas en los ojos (lo que no impedía que hablara sin descanso) al mostrarle sus hijos a Raskolnikov. Este intentó persuadirla para que volviera a su casa. Creyendo poder afectarla en su amor propio, le hizo observar que no estaba bien ir rodando por las calles como los organilleros cuando se tenía el propósito de abrir un internado para jóvenes nobles...

—¡Un internado! ¡Ja, ja, ja! ¡Vaya una broma! —exclamó Katerin Ivanovna, quien después de reír tuvo un violento acceso de tos—. No, Rodion Romanovich, el sueño se ha desvanecido. ¡Todos nos han abandonado! Y ese general... Ha de saber usted, Rodion Romanovich que le tiré a la cara el tintero que había en la mesa de la antesala al lado de la hoja donde se inscribían los que querían visitarle. Apenas escribí mi nombre cogí el tintero y se lo tiré; luego salí corriendo. ¡Cobardes, cobardes! Pero yo me río de todo eso; ahora sostendré yo sola a mis hijos y no tendré necesidad de hacerle reverencias a nadie. ¡Ya la hemos martirizado bastante! —añadió, indicando a Sonia—. Polechka, ¿cuánto hemos recogido? ¡Enséñamelo! ¡Cómo, dos copecs nada más! ¡Qué ladrones! ¡No dan nada y se contentan con ir detrás de nosotros para tirarnos de la lengua! ¿De qué se ríe aquel cretino? —dijo, indicando a alguien entre la multitud—. La culpa de todo la tiene Kolia, que con su falta de inteligencia hace que se rían de nosotros. ¿Qué quieres, Polechka? Háblame en francés; ya te di algunas lecciones y puedes decir algunas frases... Si no lo haces así, ¿cómo se van a dar cuenta de que pertenecéis a una familia noble, que estáis bien educados y no sois unos vulgares músicos ambulantes? Dejaremos aparte las canciones triviales y no cantaremos más que delicadas romanzas... ¡Ah, sí! ¿Qué cantaremos ahora? Siempre me estáis interrumpiendo y..., mire usted, Rodion Romanovich, nos hemos parado aquí para elegir nuestro repertorio, pues, como comprenderá, nos ha cogido esto de improviso y no teníamos nada preparado; necesitamos ensayar, y enseguida iremos por la perspectiva de Newsky donde hay personas de la buena sociedad y enseguida se fijarán en nosotros. Lena sabe *La granjita,* pero eso empieza a ser una lata que lo cantan por todas partes. Cantaremos algo más distinguido... Kolia, dame alguna idea, procura ayudar a tu madre, que yo no tengo memoria. ¿No podríamos cantar el *Húsar apoyado en su sable?* No, mejor será que cantemos en francés *Cinq sous*. Eso te lo enseñé yo y debes recordarlo. Y como se trata de una canción francesa, se verá enseguida que perteneces a la nobleza y será más emocionante... También podríamos cantar *Mambrú se fue a la guerra,* tanto más cuanto que esa canción es absolutamente infantil y que la cantan en todas las casas aristocráticas para dormir a los niños.

> *Mambrú se fue a la guerra,*
> *no sé cuándo vendrá...*

—comenzó a cantar—. ¡Pero no, mejor es *Cinq sous*! ¡Vamos, Kolia, la mano en la cadera! ¡Listo! ¡Y tú, Lena, ponte frente a él! Polechka y yo acompañaremos:

> *Cinco sueldos, cinco sueldos,*
> *para alhajar nuestra casa...*

—¡Ji! ¡Ji! ¡Ji! ¡Ji! Polechka, súbete esa ropa que se te cae por los hombros! —agregó, empezando a toser de nuevo—. Ahora se trata de presentarte convenientemente y de enseñar lo bien formado del pie para que se vea que sois hijos de un noble... ¡Otro soldado! ¿Qué deseas, imbécil?

Un guardia se abrió paso a través de la multitud. Pero al mismo tiempo se acercó un señor de unos cincuenta años y de aspecto imponente que llevaba debajo de su capa un uniforme de funcionario. El recién llegado, cuyo rostro expresaba una sincera compasión llevaba en el cuello un distintivo, lo que produjo alegría a Katerin Ivanovna, así como su efecto en el gendarme. Le ofreció silenciosamente a Katerin Ivanovna un billete de tres rublos, y al recibir esta aquella ofrenda hizo una reverencia con la cortesía ceremoniosa de una mujer de mundo.

—Le doy a usted las gracias, caballero —comenzó con un tono pleno de dignidad—. Las causas que nos han llevado... Polechka, recoge el dinero. Ya ves, hay hombres generosos y magnánimos dispuestos a socorrer a una dama noble que ha caído en la desgracia. Los huérfanos que tiene usted delante, caballero, son de raza noble, hasta puede decirse que están emparentados con lo mejor de la aristocracia... Y ese general que estaba en disposición de comer buenos pollos se puso a pegar patadas en el suelo porque me permití molestarle... «Excelencia —le dije—, usted conoció bastante a Simón Zajarich; proteja a los huérfanos que ha dejado; el día de su entierro fue calumniada su hija por el peor de los sinvergüenzas...». ¡Otro soldado! ¡Protégeme! —exclamó, dirigiéndose al funcionario—. ¿Por qué la toma conmigo ese soldado? Ya nos echó de la calle de los Burgueses... ¿Qué quieres, imbécil?

—Está prohibido formar escándalo en las calles. Haga el favor de conducirse con más corrección.

—¡El incorrecto eres tú! No hago ni más ni menos que los organilleros... ¡Déjame tranquila!

—Los organilleros necesitan una autorización; usted no la tiene y hace que se formen grupos en las calles. ¿Dónde vive usted?

—¡Cómo autorización! —vociferó Katerin Ivanovna—. ¡Acabo de enterrar a mi marido, y creo que ya es bastante autorización!

—Señora, cálmese usted —intervino el funcionario—; venga, yo la acompañaré... Este no es su sitio entre tanta gente... Está usted enferma.

—¡Caballero, caballero, usted no sabe nada! —gritó Katerin Ivanovna—. Tenemos que ir a la perspectiva Newsky... ¡Sonia, Sonia! ¿Dónde estará? ¡También está llorando! Pero, ¿qué os pasa a todos...? ¡Konia, Lena! ¿Dónde estáis? —dijo con repentina inquietud—. ¡Oh necias criaturas! ¡Kolia, Lena! Pero, ¿dónde están...?

Al ver a un soldado que quería detenerlos, Kolia y Lena, asustados ya por la presencia del público y por las excentricidades de su madre invadidos por un loco terror habían escapado a todo correr. La pobre Katerin Ivanovna, llorando y gimiendo, se lanzó en su persecución. Sonia y Polechka corrían detrás de ella.

—¡Diles que vengan, Sonia, llámalos! ¡Oh, qué criaturas más tontas y más ingratas...! ¡Polia, cógelos...! ¡Después que por vosotros...!

En su carrera tropezó con un obstáculo y cayó.

—¡Se ha herido! ¡Está llena de sangre! ¡Dios mío! —exclamó Sonia inclinándose sobre su madrastra.

Pronto se formó un grupo alrededor de las dos mujeres. Raskolnikov y Lebeziatnikov fueron de los primeros en acudir, así como el funcionario y el guardia.

—¡Retírense, retírense! —repetía incesantemente el guardia intentando hacer circular a los curiosos.

Pero al examinar a Katerin Ivanovna se vio que no estaba herida como había creído Sonia y que la sangre que había por el suelo la había arrojado por la boca.

—Yo sé lo que es eso —murmuró el funcionario al oído de los jóvenes—; está tísica; cuando se tiene esa enfermedad se arroja mucha sangre y puede uno ahogarse. No hace mucho que vi una cosa así en un pariente mío: arrojó como un vaso y medio de sangre..., así, de pronto... ¿Qué haremos? Se va a morir...

—¡Llévenla allí, a mi casa! —suplicó Sonia—. Yo vivo allí, en la segunda casa... ¡Pronto, pronto! Vayan a buscar un médico... ¡Dios mío! —repetía asustada, yendo de un sitio a otro.

Gracias a la activa intervención del funcionario pudo arreglarse todo; el guardia ayudó a transportar a Katerin Ivanovna, a la que depositaron como muerta en la cama de Sonia. La hemorragia continuó durante algún tiempo, pero la enferma volvió en sí poco a poco. En la habitación entraron, además de Sonia, Raskolnikov, Lebeziatnikov y el funcionario. El guardia vino a reunirse con ellos después de haber dispersado previamente a los curiosos, algunos de los cuales acompañaron el triste cortejo hasta la puerta.

Polechka llegó trayendo a los fugitivos que temblaban y lloraban. También acudieron de casa de los Kapernaumov: el sastre, cojo y tuerto, era un tipo bastante extraño con sus cabellos y sus patillas tiesas como cerdas; su mujer parecía estar asustada, pero aquella era su expresión corriente; el rostro de sus hijos no expresaba sino sorpresa.

Entre las personas que estaban allí apareció de pronto Svidrigailov. Raskolnikov se extrañó de verlo, pues ni sabía que viviera en aquella casa ni recordaba haberlo visto entre el público.

Hablaron de llamar a un médico y a un sacerdote. El funcionario consideraba inútiles los socorros de la ciencia y así se lo dijo en voz baja a Raskolnikov; sin embargo, hizo lo posible por atender a la enferma. Kapernaumov se encargó de ir a buscar a un médico.

Mientras tanto, Katerin Ivanovna se tranquilizó un poco y la hemorragia cesó momentáneamente. La infortunada clavó una mirada doliente, pero fija y penetrante, en la pobre Sonia, quien, pálida y temblorosa, le limpiaba la frente con un pañuelo. Por último, pidió que la incorporasen. La sentaron en la cama, sosteniéndola para que no cayera.

—¿Dónde están los niños? —preguntó con voz débil—. ¿Los has traído, Polia...? ¡Oh, los imbéciles...! Bueno, ¿por qué os escapasteis...? —dijo al verlos—. ¡Oh!

La sangre cubría aún sus labios resecos. Paseó su mirada alrededor de la habitación.

—¡Hay que ver cómo vives, Sonia...! No había venido siquiera a ver tu casa... ¡Ha tenido que ocurrir esto para que la vea!

Y dirigió a la joven una mirada llena de compasión.

—Te hemos explotado, Sonia... Polia, Lena, Kolia, venid... Ahí los tienes, Sonia; recógelos... Los pongo en tus manos... Yo... ya tengo bastante... ¡El baile ha terminado! ¡Ah...! Idos todos. Dejadme, dejadme siquiera morir tranquila.

La obedecieron. Se dejó caer sobre la almohada.

—¿Qué? ¿Un sacerdote...? No lo necesito... ¿Acaso tenéis un rublo por casualidad...? ¡Yo no tengo pecados sobre mi conciencia...! Y aunque los tuviera, Dios me perdonaría... ¡Él sabe lo mucho que he sufrido! ¡Y tanto peor si no me perdona...!

Sus ideas se confundían cada vez más. A veces se estremecía, miraba a su alrededor y reconocía durante un minuto a los que la rodeaban, pero inmediatamente empezaba a delirar de nuevo. Respiraba con dificultad y se oía como un estertor en su garganta.

—Yo le dije: «¡Excelencia...!» —gritaba, deteniéndose a cada palabra—. ¡Esta Amalia Ludwigovna...! ¡Ah, Lena, Kolia! ¡La mano en la cadera! ¡Vivo, vivo! ¡Deslizaos, deslizaos! ¡Paso de danza...! ¡Golpead con los pies! ¡Qué gracioso eres!

Tienes diamantes y perlas...

¿Qué sigue ahora? Mirad lo que hay que cantar...

Tienes los más lindos ojos.
¿Qué más quieres, muchacha?

¡Es verdad! ¿Qué más quiere la imbécil...? ¡Ah! Y esto también:

En un valle del Daghestán
que el sol quema con sus rayos...

¡Ah, cómo me gustaba...! ¡Cómo me gustaba esta romanza, Polechka...! Tu padre la cantaba antes de casarnos... ¡Oh, qué días aquellos...! ¡Eso es lo que deberíamos cantar! ¡Sí! ¿Y por qué no? ¿Por qué no? Mira, se me ha olvidado... ¡Pero recordadme cómo sigue...!

Presa de extraordinaria agitación, hacía esfuerzos para levantarse. Por fin, con voz ronca, ahogada y siniestra empezó, respirando con fuerza después de cada palabra, al mismo tiempo que su rostro expresaba un creciente espanto:

> *En un valle del Daghestán*
> *que el sol quema con sus rayos...*
> *con un balazo en el pecho...*

Luego, de repente, Katerin Ivanovna rompió a llorar y con una desolación conmovedora, exclamó:

—¡Excelencia, proteja a los huérfanos! ¡En recuerdo de la hospitalidad recibida en casa del difunto Simón Zajarich...! ¡Una casa que puede incluso llamarse aristocrática! ¡Ah!

De pronto se estremeció y como si intentara recordar dónde se encontraba, miró con una especie de angustia a los presentes, pero reconoció enseguida a Sonia y pareció sorprendida al verla delante.

—¡Sonia, Sonia! —dijo con voz dulce y tierna—. ¡Sonia querida! ¿Estás ahí?

La levantaron de nuevo.

—¡Basta...! ¡Esto ha terminado...! ¡La bestia ha muerto...! —gritó la pobre enferma con acento de amarga desesperación.

Y dejó caer la cabeza sobre la almohada.

Se adormeció una vez más, pero no fue por mucho tiempo. Su rostro amarillento y descarnado cayó hacia atrás, su boca se abrió y las piernas se estiraron convulsivamente. Dejó escapar un profundo suspiro, y murió.

Sonia, más muerta que viva, se precipitó sobre el cadáver, lo estrechó entre sus brazos y apoyó su cabeza sobre el pecho de la difunta. Polechka empezó a sollozar, besando los pies de su madre. Lena y Kolia, aunque eran demasiado jóvenes para comprender lo ocurrido, no dejaban por eso de sentir que sobre ellos pesaba una terrible catástrofe. Se abrazaron, y después de mirarse a los ojos empezaron a gritar. Los dos niños estaban aún vestidos de saltimbanquis, el uno con su turbante y el otro con su gorro de dormir adornado con una pluma de avestruz.

¿Por qué casualidad se encontró encima de la cama, al lado de Katerin Ivanovna, la «mención honorífica»? Estaba encima de la almohada; Raskolnikov la vio.

El joven se dirigió a la ventana. Lebeziatnikov se apresuró a reunirse con él.

—¡Ha muerto! —dijo Andrei Semenovich.

Svidrigailov se acercó a ellos.

—Rodion Romanovich, quisiera decirle unas palabras.

Lebeziatnikov cedió su sitio y se apartó discretamente. Sin embargo, Svidrigailov creyó que debía llevarse a un rincón a Raskolnikov, el cual estaba muy intrigado al ver sus modales.

—De todos estos asuntos, es decir, de la inhumación y de lo demás, me encargo yo. Usted sabe que todo eso cuesta dinero, y, como ya sabe, yo lo tengo y no me sirve para nada. A Polechka y a los dos chiquillos los haré que ingresen en un orfelinato donde estarán bien y depositaré mil quinientos rublos por cada uno hasta que sean mayores de edad, al objeto de que Sonia Semenovna no tenga que preocuparse por su sostenimiento. Y en lo que a ella respecta, la retiraré del lupanar porque es una buena muchacha. ¿No le parece? Ya le puede decir a Avdotia Romanovna el uso que hago de mi dinero.

—¿Y a qué obedece que se muestre usted tan generoso? —preguntó Raskolnikov.

—¡Qué escéptico es usted! —respondió riendo Svidrigailov—. Ya le he dicho que no tenía necesidad de ese dinero. Pues bien, lo hago sencillamente por humanidad. ¿Acaso no lo admite usted? Después de todo —añadió indicando con el dedo el extremo de la habitación donde reposaba la difunta—, esa mujer no era un «gusano» como cierta vieja usurera... ¿Está usted de acuerdo en que ella muriera y que viviera Lujin para cometer infamias? Sin la ayuda mía, Polechka, por ejemplo, se vería condenada a la misma vida que su hermana.

Su tono alegremente malicioso estaba lleno de intención, y mientras hablaba no apartaba los ojos del rostro de Raskolnikov. Este palideció y se estremeció al oír las expresiones casi textuales que había empleado en su conversación con Sonia. Retrocedió bruscamente y miró a Svidrigailov con extrañeza, balbuceando:

—¿Cómo... sabe usted eso?

—Yo vivo ahí, al otro lado de la pared, en el cuarto de la señora Resslich, mi vieja y excelente amiga. Soy vecino de Sonia Semenovna.

—¿Usted?

—Yo —siguió Svidrigailov, riendo intensamente—. Y puedo darle mi palabra de honor, Rodion Romanovich, de que usted me ha atraído bastante. Ya le dije que volveríamos a encontrarnos. ¡Pues bien! Aquí estamos. Ya comprobará usted que yo soy un hombre tratable. Y verá que es posible vivir conmigo.

SEXTA PARTE

I

Raskolnikov había llegado a una situación extraña. Parecía que una especie de niebla le envolvía y le aislaba del resto de los hombres. Cuando, mucho tiempo después, recordaba esta época, pensaba que su conciencia se había perdido por momentos, y que aquello había durado, con algunos intervalos de lucidez, hasta llegar a la catástrofe final.

Estaba totalmente convencido de que había cometido muchos errores; por ejemplo, no controló el tiempo que habían durado aquellos acontecimientos; al menos, tuvo que reconocer los testimonios de otras personas para conocer las cosas que le habían sucedido a él mismo.

Confundía, particularmente, un hecho con otro; o bien consideraba un determinado incidente como consecuencia de otro que no existía más que en su imaginación. En ocasiones veíase dominado por un miedo morboso que incluso degeneraba en terror y pánico. Pero también recordó que había tenido momentos, horas y quizá días en los que por el contrario, estaba sumergido en una lúgubre apatía comparable únicamente a la indiferencia de algunos moribundos.

En general, en aquellos últimos tiempos, en lugar de intentar darse cuenta exacta de su situación, se esforzaba por no pensar en ella. Ciertos actos de la vida corriente que admitían aplazamiento, se imponían a pesar suyo a su atención, en cambio descuidaba los asuntos cuyo olvido, en una situación como la suya, podía serle fatal.

Tenía miedo, particularmente, a Svidrigailov. Desde que este le repitiera las palabras pronunciadas por él en la habitación de Sonia, los pensamientos de Raskolnikov tomaron una dirección nueva. Pero, a pesar de que aquella imprevista complicación le preocupara seriamente, no se apresuraba a poner las cosas en claro. En ocasiones, cuando se internaba en un barrio lejano y solitario de la ciudad, cuando se veía sentado ante una mesa de cualquier *traktir* infecto, sin recordar por qué casualidad estaba allí, pensaba de pronto en Svidrigailov y se prometía tener lo más pronto posible una explicación definitiva con aquel hombre cuyo recuerdo le obsesionaba.

Un día que fue a pasearse a un lugar apartado llegó incluso a creer que había dado una cita en aquel sitio a Svidrigailov. En otra ocasión, al despertarse antes de venir el día, quedó muy extrañado al verse tumbado en el suelo en medio de un bosquecillo. Además, durante los dos o tres días que siguieron a la muerte de Katerin Ivanovna, Raskolnikov se encontró dos veces con Svidrigailov: primero en la habitación de Sonia y la otra vez en el vestíbulo, cerca de la escalera que conducía a la casa de la joven.

En ambas ocasiones se limitaron ambos a cambiar pocas palabras, absteniéndose de abordar el asunto capital, como si por mutuo acuerdo se hubiesen entendido para descartar momentáneamente aquella cuestión. El cadáver de Katerin Ivonovna estaba aún encima de la mesa. Svidrigailov tomaba las disposiciones relativas a los funerales. Sonia estaba también muy ocupada. En el último encuentro, Svidrigailov le dijo a Raskolnikov que sus gestiones en favor de los niños de Katerin Ivanovna se habían visto coronadas por el éxito, pues gracias a la intervención de ciertos personajes a quienes conocía, había podido obtener —decía— la admisión de los tres niños en buenos asilos. Los mil quinientos rublos asignados para cada uno de ellos habían sido un aliciente para lograr aquel resultado, pues recibían con más gusto a los huérfanos que tenían algún capital que a los que carecían de recursos. Añadió algunas palabras respecto a Sonia y le prometió pasar uno de aquellos días por casa de Raskolnikov, dándole a entender que tenía algunos asuntos acerca de los cuales deseaba vehementemente hablar con él... Mientras hablaba, Svidrigailov no cesaba de observar a su interlocutor. De pronto calló, y después le preguntó bajando la voz:

—¿Qué le pasa a usted, Rodion Romanovich? Parece como si no estuviera en su juicio. ¡Escucha usted, mira y parece como si no se enterara de nada! Procure usted recobrarse. Tendremos que hablar de algunas cosas. Desgraciadamente estoy tan ocupado con los asuntos de los demás como con los míos propios... ¡Rodion Romanovich! —añadió bruscamente—. ¡Todos los hombres tenemos necesidad de aire, aire, aire... sobre todo!

Y se apartó vivamente para dejarle paso a un sacerdote y a un sacristán que se disponían a subir la escalera. Iban a celebrar el oficio de difuntos. Svidrigailov había querido que aquella ceremonia se verificase dos veces al día. Se alejó, y Raskolnikov, después de pensarlo un momento, siguió al pope a casa de Sonia.

Se quedó en el umbral. La ceremonia empezó con la tranquila y triste solemnidad acostumbrada. Raskolnikov experimentaba desde su infancia una especie de terror místico ante las ceremonias fúnebres, por lo que evitaba presenciarlas. Además, esta tenía para él un carácter particularmente conmovedor. Miró a los niños; los tres estaban arrodillados al lado del féretro, Polechka lloraba. Detrás de ellos Sonia lloraba también, procurando ocultar sus lágrimas.

«En todos estos días no me ha mirado una vez siquiera ni me ha dicho ni una palabra», pensó de pronto.

El sol iluminaba fuertemente la habitación y el humo del incienso ascendía en espesos torbellinos.

El sacerdote leyó la plegaria de ritual: «¡Dadle, Señor, el descanso eterno!». Raskolnikov permaneció allí hasta el final. Después de dar la bendición y despedirse, el sacerdote miró a su alrededor un poco extrañado. Terminado el oficio, Raskolnikov se acercó a Sonia. Ella tomó las manos del joven e inclinó la cabeza sobre su hombro. Aquella demostración de amistad produjo en él una gran extrañeza. ¡Cómo! ¡Sonia no manifestaba la menor aversión ni la menor repugnancia hacia él ni temblaba su mano! Aquello era el colmo de la abnegación personal. Por lo menos, así lo creyó él. La joven no dijo una palabra. Raskolnikov le estrechó la mano y salió.

Experimentaba un insoportable malestar. Si en aquel momento le hubiera sido posible encontrar la soledad en algún sitio, aunque aquella soledad tuviera que durar toda su vida, se habría considerado feliz. ¡Desgraciado! Aunque desde hacía algún tiempo estuviera solo casi siempre, no podía decirse que lo estaba. A veces se le ocurría pasear fuera de la ciudad, marchar por un camino apartado; en una de esas ocasiones llegó a internarse en un bosque espeso. Pero cuanto más solitario era el lugar, más cerca de sí sentía un ser invisible cuya presencia, antes que asustarle, le irritaba.

Se apresuró, pues, a internarse en la ciudad; se mezclaba entre la multitud, penetraba en los cafés, en las tabernas, iba a Tolkuchii o a la Siennaia. En aquellos lugares se encontraba más a gusto y menos solo.

Cuando la noche empezaba, oyó que cantaban canciones en una taberna y pasó una hora entera escuchando y gozando con ello. Pero finalmente volvió a apoderarse de él la inquietud; un recuerdo doloroso como un remordimiento empezó a torturarle.

«¡Estoy escuchando estas canciones...! ¿Es esto lo que debo hacer?», se dijo.

Adivinaba que aquella no era su única preocupación; había otra cuestión que era preciso zanjar sin tardanza; pero más que tratar de someterla a su atención le era imposible resolverse a darle una forma precisa.

—¡No, prefiero luchar! ¡Prefiero encontrarme frente a Porfirio... o a Svidrigailov...! ¡Sí, sí! ¡Un adversario cualquiera! ¡Rechazar cualquier ataque!

Hecha esta reflexión abandonó precipitadamente la taberna. De repente, el recuerdo de su madre y de su hermana le sumió en una especie de terror. Aquella noche la pasó tumbado entre el follaje de Kestowsky-Ostrov; antes que amaneciera despertó temblando de fiebre y tomó el camino de su casa, adonde llegó muy temprano. Después de dormir algunas horas desapareció la fiebre, pero se levantó tarde, después de las dos.

Raskolnikov recordó que aquel era el día señalado para las exequias de Katerin Ivanovna y se felicitó de no haber asistido. Nastasia le llevó la comida. Comió y bebió con buen apetito, casi con avidez. Su cabeza estaba más despejada; gozaba de una calma que no había experimentado hacia tres días. Incluso hubo un momento en que se sorprendió por los accesos de terror y pánico que había sentido. La puerta se abrió y entró Razumikin.

—¡Ah, come, luego no está enfermo! —dijo el visitante, tornando una silla, sentándose cerca de la mesa, enfrente de él.

Estaba agitado y no intentaba ocultarlo. Hablaba con visible cólera, pero sin precipitarse ni levantar demasiado la voz. Había que suponer que algún motivo serio le traía.

—Escucha —comenzó en tono decidido—. Os dejo a todos porque veo de la manera más clara que vuestro proceder es indescifrable para mí. Te ruego que no creas que he venido a interrogarte. No intento tirarte de la lengua. Ahora, aunque quisieras revelarme todos vuestros secretos, es muy posible que no quisiera escucharlos: escupiría y me marcharía. Vengo únicamente a informarme en primer lugar acerca de tu estado mental. Ya ves, hay personas que creen que estás loco o en vísperas de ello. Yo te confieso que estoy dispuesto a compartir esa opinión, dado que tu manera de actuar es bastante estúpida, fea y absolutamente inexplicable. Por otra parte, ¿qué pensar de tu reciente conducta respecto a tu madre y tu hermana? ¿Qué hombre, que no sea un canalla o un loco, se hubiera portado con ellas como tú? Por consiguiente, estás loco...

—¿Cuándo las has visto?

—No hace mucho, ¿Y tú no las ves? Haz el favor de decirme por dónde andas todo el día, pues he venido tres veces a buscarte. Tu madre está bastante enferma desde ayer y quiere verte. Avdotia Romanovna se ha esforzado por disuadirla, pero Pulqueria Alexandrovna no ha querido escucharla. «Si está enfermo, si tiene mal su cabeza —dijo—, ¿quién va a asistirlo mejor que su madre?». Y para no dejarla sola vinimos todos aquí, suplicándole por el camino que se calmara. Llegamos y tú no estabas en casa. Mira, ahí tienes el sitio donde estuvo sentada durante diez minutos. Nosotros estuvimos de pie a su lado y callados durante todo ese tiempo. «Si sale —dijo al levantarse— es porque no está enfermo y porque se olvida de su madre; no me parece bien ir a mendigar las caricias de mi hijo». Se volvió a su casa y se metió en la cama con fiebre. «Bien claro lo veo —dijo—. No tiene tiempo más que para ella». Supone que Sonia Semenovna es tu novia o tu amante. Fui a casa de esta joven, porque, amigo mío, tenía prisa por saber a qué atenerme. Entro, ¿y qué veo? Un ataúd, unos niños que lloran, mientras que Sonia Semenovna les prueba unos vestiditos de luto. Tú no estabas. Después de buscarte con la vista presenté mis excusas y salí; fui inmediatamente a contarle a Avdotia Romanovna el resultado de mis gestiones. Decididamente, todo eso no quiere decir nada; no se trata ya de una aventurilla amorosa; hay que admitir, por consiguiente, como más probable la hipótesis de la locura. Pero he aquí que le encuentro dispuesto a devorar ese trozo de carne como si no hubieras comido desde hace cuarenta y ocho horas. Por lo visto, el estar loco no impide comer bien, aunque, eso sí, aún no me has dicho ni una palabra... No, tú no estás loco. ¡Pondría la mano en el fuego a que no es así! Para mí, eso está fuera de discusión. Por consiguiente, os mando a todos al cuerno, convencido de que aquí hay un misterio y no quiero romperme la cabeza para penetrar vuestros secretos. He venido únicamente para poder hablar contigo y desahogar mi corazón. En cuanto a lo demás, sé ya perfectamente lo que tengo que hacer.

—¿Qué vas a hacer?

—¿Y a ti qué te importa?

—¿Vas a entregarte a la bebida?

—¿Cómo lo has adivinado?

—¡No es muy difícil de adivinar!

Razumikin permaneció un momento silencioso y después dijo:

—Siempre has sido muy inteligente y jamás, jamás has estado loco —observó con vivacidad—. Has dicho la verdad: me voy a entregar a la bebida. ¡Adiós!

Dio un paso hacia la puerta.

—Anteayer, si mal no recuerdo, le hablé a mi hermana de ti —dijo Raskolnikov.

Razumikin se contuvo de pronto.

—¡De mí! Pero..., ¿dónde pudiste verla anteayer? —preguntó palideciendo un poco.

La turbación que le agitaba no podía ser objeto de duda.

—Vino aquí ella sola, se sentó en ese sitio y estuvo hablando conmigo.

—¿Ella?

—Sí, ella.

—¿Qué le dijiste de mí, se entiende?

—Le dije que eras un hombre muy bueno, honrado y trabajador. No le dije que la amabas, porque ella lo sabe.

—¿Ella lo sabe?

—¡Hombre! ¡Por Dios...! Sea lo que fuere de mí, pero tú debes estar al cuidado de ellas y protegerlas. Las pongo, por decirlo así, en tus manos Razumikin. Y te digo esto porque sé muy bien que tú la amas, y estoy convencido de la pureza de tus sentimientos. Sé también que ella puede llegar a amarte, si no te ama ya. Decide pues, ahora si debes o no entregarte a la bebida.

—Rodia..., ya ves... Pues bien... ¡Ah, diablo! Pero, ¿adónde quieres ir tú? Bueno, desde el momento en que eso es un secreto, no hablemos de esto más. Pero... yo me enteraré de lo que es... Estoy convencido de que no es nada grave, que todo son tonterías con las que tu imaginación hace montañas. Por lo demás, eres un hombre excelente. ¡Un hombre excelente!

—Quería añadir, pero me interrumpiste, que tenías mucha razón antes, cuando me decías que renunciabas a conocer ciertos detalles. No te preocupes. Las cosas se descubrirán a su tiempo y te enterarás de todo cuando sea el momento oportuno. Ayer me dijo alguien que el hombre necesitaba aire, aire, aire. Voy a ir inmediatamente a preguntarle lo que quiere decir eso.

Razumikin reflexionaba. Se le ocurrió una idea.

«Seguramente será algún conspirador político. Está en vísperas de alguna audaz tentativa, bien se ve. No puede ser otra cosa, y... Dunia lo sabe...», se dijo de pronto.

—Por lo visto, Avdotia Romanovna viene a verte —replicó, recalcando las palabras—. Y tú quieres ir a ver a uno que dice que hace falta más aire... Es probable que la carta la haya mandado ese hombre —terminó como si hablase aparte.

—¿Qué carta?

—Tu hermana ha recibido hoy una carta que la ha inquietado mucho. Quise hablarle de ti, pero me rogó que callara. Enseguida..., enseguida me dijo que quizá nos separaríamos dentro de poco y me dio calurosamente las gracias... Y después de esto se encerró en la habitación.

—¿Que ha recibido una carta? —preguntó Raskolnikov intranquilo.

—Sí. ¿No lo sabías? ¡Hum...!

Ambos callaron durante un minuto.

—Adiós, Rodion... Yo, amigo mío..., hubo un tiempo... Vaya, ¡adiós! Tengo que marcharme también... Y en cuanto a entregarme a la bebida no lo haré; es inútil.

Salió presurosamente, pero apenas cerró la puerta volvió a abrirla bruscamente y dijo, mirando de reojo:

—¡A propósito! ¿Te acuerdas de aquella muerte, del asesinato de aquella vieja? Pues bien han descubierto al asesino, él mismo se ha confesado culpable y ha presentado las pruebas de ello. ¡Ha sido uno de los pintores a quienes tan calurosamente defendí! ¿Querrás creerlo? La carrera de los dos obreros por la escalera cuando subían el portero y los dos testigos y las bromas que se daban riendo no era más que un truco imaginado por el asesino para descartar las sospechas. ¡Qué astucia y qué habilidad la de ese granuja! Cuesta trabajo creerlo, pero él mismo lo ha explicado todo y ha confesado de plano. ¡Hay que ver cómo me equivoqué! A mi modo de ver, ese hombre es el genio de la simulación y la astucia, y después de eso no puede uno extrañarse ya de nada. ¿Cómo pueden existir personas así? Si no ha podido mantenerse en el papel que hacía y se ha visto en la necesidad de confesar, yo no tengo más remedio que admitir la verdad de lo que dice. Eso hace la cosa más verosímil... ¡Y yo estaba emperrado en mi actitud! ¡Mira que romper lanzas en favor de esos dos hombres!

—Dime, Razumikin, hazme el favor, ¿cómo te has enterado y por qué te interesa tanto ese asunto? —preguntó Raskolnikov, visiblemente agitado.

—¿Por qué me interesa? ¡Vaya una pregunta...! En cuanto a las noticias, las he recibido por varios conductos, particularmente por Porfirio. Él ha sido quien me ha dicho casi todo.

—¿Porfirio?

—Sí.

—Bueno, y... ¿qué es lo que te ha dicho? —preguntó Raskolnikov, inquieto.

—Me lo ha explicado todo con el mayor detalle, procediendo con arreglo al método psicológico, como acostumbra.

—¿Te ha explicado eso? ¿Él mismo?

—Él mismo, él mismo, ¡adiós! Más tarde sabrás otra cosa; ahora tengo necesidad de marcharme... Hubo un tiempo en que pensé... Vaya te lo contaré otro día... ¿Qué necesidad tengo de beber? Tus palabras han bastado para emborracharme. Rodia, ahora estoy borracho, borracho sin haber probado una gota de vino... ¡Adiós, hasta pronto!

Salió.

«Es un conspirador político, no cabe la menor duda —dedujo definitivamente Razumikin cuando bajaba la escalera—. Y han comprometido a su hermana en la empresa; esta conjetura es muy probable, dado el carácter de Avdotia Romanovna. Han debido de hablar... Ella me dejó entrever por algunas palabras... Ahora me explico a qué se referían aquellas palabras sueltas..., aquellas alusiones... Sí, seguramente es eso. Además, ¿qué otra explicación puede tener ese misterio? ¡Hum...! Ya se me había ocurrido a mí... ¡Dios mío! ¡Qué había imaginado yo! Sí, he tenido una debilidad y me siento culpable respecto a él. La otra noche, en el corredor, al mirar su cara iluminada por la lámpara, tuve un minuto de extravío. ¡Puf! ¡Qué horrible idea la que concebí! ¡Mikolka ha hecho muy bien en confesar...! Sí, ahora se explica todo lo ocurrido; la enfermedad de Rodion, lo extravagante de su conducta, aquel humor sombrío y feroz que manifestaba ya en sus tiempos de estudiante... Pero, ¿qué significa esa carta? ¿De dónde viene? Aún queda algo. Yo sospecho... ¡Hum...! ¡He de enterarme de todo lo que pasa!

Al pensar en Dunechka sentía que se le helaba el corazón y que se quedaba como clavado en donde estaba. Tuvo que hacer un violento esfuerzo sobre sí mismo para continuar andando.

Raskolnikov se levantó inmediatamente después de salir Razumikin; se acercó a la ventana y después se paseó de un extremo a otro de la habitación, diríase que había olvidado las exiguas dimensiones de su cuarto. Finalmente se sentó en el diván. Parecía haberse operado en él una completa renovación; aún tendría que luchar, pero aquello era una salida.

Sí, aquello era un recurso, una manera de escapar de la penosa situación, del medio asfixiante en que vivía desde la aparición de Mikolka en casa de Porfirio. Después de aquel dramático incidente, el mismo día tuvo lugar la escena en casa de Sonia, escena cuyas peripecias y desenlace no habían correspondido a las previsiones de Raskolnikov. Se había mostrado débil; había reconocido, de acuerdo con la joven, y sinceramente que él solo no podía soportar semejante carga. ¿Y Svidrigailov...? Svidrigailov era un enigma que le preocupaba, pero no de la misma manera. Probablemente encontraría la manera de eludir a Svidrigailov, mientras que Porfirio...

«¡Así, pues, ha sido el mismo Porfirio quien le ha explicado a Razumikin la culpabilidad de Mikolka con arreglo al método psicológico! —continuó diciéndose Raskolnikov—. ¡En todo tiene que mezclar su maldita psicología! Pero, ¿cómo es posible que Porfirio haya podido dar el menor crédito a la culpabilidad de Mikolka después de la escena que acabábamos de tener y que no admite más que una explicación? Durante aquella entrevista, sus palabras, sus gestos, sus miradas, el tono de su voz, todo en él exteriorizaba una convicción tan absoluta que no creo posible que las pretendidas confesiones de Mikolka lo hayan hecho conmoverse. Pero, ¿cómo? El mismo Razumikin empezaba a sospechar algo. El incidente del corredor le hizo indudablemente, pensar en algo. Luego fue a casa de Porfirio. ¿Y por qué este lo engañó? ¿Qué se propone al engañarlo respecto a Mikolka? Es evidente que no lo ha hecho gratuitamente y razón; debe tener alguna intención, pero, ¿cuál? La verdad es que ha pasado bastante tiempo desde esta mañana y que no tengo la menor noticia de Porfirio. ¿Quién sabe, sin embargo, si no será eso una mala señal...?

Raskolnikov tomó su gorra, y después de interrogarse a sí mismo se decidió a salir. Aquel día, por primera vez desde hacia bastante tiempo se sentía en plena posesión de sus facultades intelectuales.

«Hay que acabar con Svidrigailov —pensaba—, y ultimar este asunto lo antes posible y cueste lo que cueste; además, parece esperar mi visita».

En aquel instante desbordó tal cantidad de odio en su corazón que si hubiera podido matar a cualquiera de aquellos dos seres aborrecidos Svidrigailov o Porfirio, no habría vacilado.

Mas apenas acababa de abrir la puerta se encontró frente a Porfirio. El juez de instrucción venía a verle. Al pronto se quedó estupefacto Raskolnikov pero se repuso enseguida. Y, cosa extraña, aquella visita no le llamó la atención ni casi le produjo preocupación.

«¡Quizá este sea el desenlace! —se decía—. Pero, ¿por qué habrá amortiguado el ruido de sus pasos? No le he oído. ¿Habrá escuchado detrás de la puerta?».

—Usted no esperaría mi visita, ¿verdad, Rodion Romanovich? —dijo alegremente Porfirio Petrovich—. Hace tiempo que quería venir a verle, y al pasar ahora por su puerta, se me ocurrió subir a saludarle. ¿Iba a salir ahora? No le entretendré. Estaré aquí cinco minutos nada más, el tiempo que tarde en fumarme un cigarrillo, si usted me lo permite...

—Pero siéntese usted, Porfirio Petrovich, siéntese —dijo Raskolnikov, ofreciéndole una silla con un aire tan afable y tan satisfecho, que él mismo se habría sorprendido si hubiera podido verse. Toda huella de sus anteriores impresiones habían desaparecido. Así le ocurre algunas veces al hombre que, secuestrado por un bandido, después de pasar media hora de mortales angustias, no siente el menor miedo cuando ve el puñal en su garganta.

El joven se sentó frente a Porfirio y fijó en él una mirada tranquila. El juez de instrucción guiñó un ojo y empezó por encender un cigarrillo.

«Pues bien, habla, habla», le gritó mentalmente Raskolnikov.

II

—¡Dichoso tabaco! —prorrumpió al fin Porfirio Petrovich—. Me está matando y no puedo prescindir de él. Toso, tengo un principio de irritación en la garganta y soy asmático además. Hace poco fui a consultar con Botkines, un médico que emplea por lo menos media hora en reconocer a cada enfermo, y después de auscultarme, percutir, etcétera, me dijo entre otras cosas: «El tabaco le sienta muy mal; tiene usted los pulmones dilatados». Todo eso está muy bien, pero, ¿cómo voy a dejar el tabaco? ¿Con qué voy a sustituirlo? Yo no bebo nunca, y eso es una desgracia, ¡je, je, je! Todo es relativo, Rodion Romanovich.

«He aquí un prefacio que acusa su astucia profesional», se dijo Raskolnikov.

Recordó su anterior conversación con el juez de instrucción y de repente renació la cólera en su corazón.

—Vine anteayer por aquí, ¿no lo sabía usted? —continuó Porfirio Petrovich mirando a su alrededor—. Entré en esta misma habitación. Pasaba casualmente por esta calle, como hoy, y de pronto se me ocurrió hacerle una visita. Estaba abierta esta puerta, entré, lo esperé un momento y luego me marché sin dejarle mi nombre a la criada. ¿No cierra usted nunca?

La fisonomía de Raskolnikov se ensombrecía cada vez más. Porfirio Petrovich debió de adivinar en qué pensaba.

—He venido a darle explicaciones, querido Rodion Romanovich. Le debo una explicación —continuó sonriendo y dando un golpecito en la rodilla del joven; pero casi al mismo tiempo, su rostro adquirió una expresión seria, con gran extrañeza por parte de Raskolnikov, para quien el juez de instrucción se presentaba con un aspecto inesperado—. La última vez que nos vimos ocurrió una lamentable escena entre nosotros, Rodion Romanovich. Ya recordará usted cómo nos separamos: ambos teníamos los nervios muy excitados; faltamos a las más elementales conveniencias, y, sin embargo, somos personas correctas.

«¿Adónde querrá ir a parar?», se preguntaba Raskolnikov, que no cesaba de mirar a Porfirio con inquieta curiosidad.

—He pensado que lo mejor que podríamos hacer en lo sucesivo será obrar con sinceridad —agregó el juez de instrucción, volviendo ligeramente la cabeza y bajando los ojos, como si temiera turbar con sus miradas a su antigua víctima—. Es necesario que no vuelvan a repetirse semejantes escenas. Yo no sé adónde habríamos llegado el otro día sin la aparición de Mikolka. Usted, Rodion Romanovich, es muy irascible y yo contaba con eso, pues el hombre exaltado suele dejar escapar sus secretos. «¡Si yo pudiera —me decía— arrancarle alguna prueba, la más insignificante, pero real, tangible, palpable, algo que no fueran mis inducciones psicológicas...!». Ese es mi plan. En ocasiones resulta bien este procedimiento, pero no siempre, como tuve entonces ocasión de convencerme. Confié demasiado en su carácter.

—Pero..., ¿por qué dice ahora todo eso? —balbuceó Raskolnikov casi sin darse cuenta de la pregunta que hacía. «¿Me creerá acaso inocente?», se preguntaba.

—¿Por qué le digo esto? Pues porque considero un deber sagrado explicarle mi conducta. Porque yo le sometí, lo reconozco, a una tortura cruel, y no quiero, Rodion Romanovich, que me tenga usted por un monstruo. Voy pues, para justificación mía, a exponerle los antecedentes de este asunto. Al principio circularon algunos rumores sobre la naturaleza y origen de los cuales me parece inútil extenderme, así como resulta superfluo decirle con qué motivo llegó a mezclarse en ello su persona. En lo que a mí se refiere, lo que despertó mis sospechas fue una circunstancia puramente fortuita de la que no quiero ni hablar. De aquellos rumores y de esas circunstancias accidentales se desprendía la misma conclusión para mí. Lo confieso francamente porque en honor a la verdad, fui yo el primero que le mezcló en este asunto. Dejo aparte las anotaciones que figuran en los objetos que se encontraron en casa de la vieja. Estas indicaciones, lo mismo que otras muchas del mismo género, no quieren decir nada. Mientras tanto, tuve ocasión de enterarme del incidente ocurrido en la comisaría de policía. Aquella escena me la refirió con el mayor detalle una persona que desempeñó en ella el papel principal y que, sin saberlo, la llevó superiormente. Pues bien, en aquellas condiciones, ¿cómo no inclinarse en una determinada dirección? «Cien conejos no hacen un caballo, cien presunciones no constituyen una prueba», dice el proverbio inglés; así es como habla la razón, pero ¡evitad la lucha contra las pasiones! El juez es un hombre, y, por consiguiente, apasionado. Entonces me acordé del trabajo que publicó usted en una revista. Me gustó mucho... como *amateur,* se entiende..., ese primer ensayo de su pluma novel. Se advertía en él una convicción sincera y un entusiasmo ardiente. Aquel escrito tenía que haberlo redactado una mano febril en una noche de insomnio. «El autor no se limitará a esto», pensé yo al leerlo. ¿Cómo —le preguntó— no relacionar esto con lo que ocurrió después? La pendiente era irresistible. ¡Dios mío! ¿Digo acaso algo ahora o afirmo alguna cosa? Me limito sencillamente a señalarle una reflexión que me hice entonces. ¿Qué pienso ahora? Nada, es decir, casi nada. De momento tengo entre mis manos a Mikolka, y existen pruebas que le acusan, digan lo que quieran, existen pruebas. Si hoy le hablo de todo esto es, se lo repito, para que, juzgando en conciencia, no tenga por un crimen mi conducta del otro día. ¿Por qué, me preguntará usted, no vino entonces a hacer un registro en mi casa? Ya vine, ¡je, je!, vine cuando estaba usted enfermo en esa cama. No como magistrado ni con carácter oficial, pero vine. Su habitación, a la primera sospecha, fue registrada de arriba abajo; pero... ¡nada! Y me dije: este hombre irá ahora a mi casa incluso irá a buscarme, no puede faltar. Otro cualquiera no iría, pero este sí. ¿Recuerda usted la charla de Razumikin? Expresamente le comunicamos nuestras conjeturas, con la seguridad de que vendría a decírselo, pues sabíamos que no podría contener su indignación. El señor Zametov quedó muy extrañado de su audacia, y, efectivamente, se necesitaba mucha para atreverse a decir bruscamente y en pleno *traktir.* «¡He matado!». ¡Era demasiado arriesgado! Yo le esperaba a usted con una impaciencia confiada, ¡y Dios le envió! ¡Cómo latió mi corazón cuando le vi entrar! Veamos, ¿qué necesidad tenía usted de ir a visitarme en aquella ocasión? Si lo recuerda, entró usted riendo a carcajadas. Su risa me dio mucho que pensar, pero si yo no hubiera estado prevenido en aquel momento, no me hubiese fijado en esta circunstancia... ¡Y el señor Razumikin, entonces...! ¡Ah, la piedra, la piedra! ¿Se acuerda usted de la piedra debajo de la cual están escondidos los objetos? Me parece verla desde aquí... Está en un huerto... ¿No le habló usted de un huerto al señor Zametov? Y después, cuando hablamos de su artículo, nos parecía ver detrás de cada palabra suya una indirecta. Y ahí tiene usted, Rodion Romanovich, cómo mi convicción se fue afirmando poco a poco. «Desde luego —me decía yo entretanto— todo eso puede explicarse de otra manera, e incluso será lo más natural, convengo en ello. Valdría más una pequeña prueba». Pero al enterarme de la historia del cordón de la campanilla no tuve ya la menor duda, creyendo tener la pequeña prueba que quería y ya no quise pensar más. En aquel momento habría dado gustosamente mil rublos de mi bolsillo por verle caminando al lado de un desconocido que le había llamado «asesino», sin que usted se atreviera a responderle... Bien es verdad que no hay que dar demasiada importancia a los movimientos y gestos de un enfermo que obra bajo la influencia de una especie de delirio. Sin embargo, ¿cómo puede extrañarle, después de esto, el tono que yo había empleado con usted? ¿Y por qué fue a mi casa precisamente en aquel momento? Seguramente que algún diablo lo llevó por allí. Y en verdad que si Mikolka no nos hubiera separado... ¿Recuerda la llegada de Mikolka? ¡Aquello fue como un rayo! Pero, ¿qué acogida le hice? Ni siquiera concedí la menor fe a lo que me decía, ya lo vio usted. Después de marcharse continué interrogándole, y él me respondió sobre ciertos puntos de una manera tan categórica que yo mismo me admiré; a pesar de esto, sus declaraciones me han producido una completa incredulidad y he continuado inconmovible como una roca.

—Razumikin me dijo hace poco que usted está ahora convencido de la culpabilidad de Mikolka, que usted mismo le había asegurado que...

No pudo terminar; le faltó el aliento.

—¡El señor Razumikin! —exclamó Porfirio, que parecía alegrarse al oír a Raskolnikov que por fin hacía una observación—. ¡Je, je, je! Lo que yo quería era desembarazarme del señor Razumikin, que se presentaba en mi casa con aires descompuestos y que nada tiene que ver en este asunto. Dejémosle aparte, si le parece. Y en cuanto a Mikolka, ¿le agradaría saber qué clase de hombre es o qué concepto me merece al menos? Ante todo, es como un niño que todavía no ha llegado a la pubertad. Sin ser precisamente una naturaleza cobarde, es impresionable como un artista. No se ría si lo caracterizo así. Es ingenuo, sensible e imaginativo. En su pueblo canta, baila y refiere cuentos que van a escuchar los aldeanos de los campos vecinos. A veces bebe hasta perder el conocimiento, no porque precisamente sea borracho, sino porque no sabe resistirse al ejemplo de los demás cuando se encuentra entre amigos. Él no comprende que cometiera un robo al apoderarse del estuche que se encontró: «Como quiera que me lo encontré en el suelo —dijo— tenía perfecto derecho a cogerlo». Según dicen sus paisanos de Zaraisk era extremadamente religioso y se pasaba las noches rezando y leyendo constantemente los libros sagrados, «los antiguos, los verdaderos». San Petersburgo ha influido notablemente en su espíritu; apenas se vio aquí se entregó al vino y a las mujeres, lo que le ha hecho olvidar la religión. Me he enterado de que uno de nuestros artistas se había interesado por él y había empezado a darle lecciones. Mientras tanto ha ocurrido este desgraciado asunto. El pobre muchacho se asusta e intenta ahorcarse. ¿Qué quiere usted? Nuestro pueblo no puede arrancarse del espíritu la idea de que un hombre a quien busca la policía es hombre condenado. En la cárcel, Mikolka ha vuelto al misticismo de sus primeros años; en la actualidad tiene sed de expiación y este es el único motivo que le decidió a confesarse culpable. Mi convicción en tal punto se funda en ciertos hechos que él mismo no conoce. Por otra parte, concluirá declarándome la verdad. ¿Cree usted que sostendrá su papel hasta el fin? Espere, y ya veremos cómo se retracta de sus confesiones. Además, si logró dar carácter de verosimilitud a ciertas declaraciones, otras, en cambio, se hallan en perfecta contradicción con los hechos, y ni siquiera se da cuenta. No, *batuchka*, Rodion Romanovich, el culpable no es Mikolka. Nos hallamos en presencia de un hecho fantástico y sombrío;

este crimen lleva perfectamente la marca contemporánea, lleva en alto grado el sello de una época que hace consistir toda la vida en la persecución de la comodidad. El culpable es un teórico, una víctima del libro. Ha desplegado en su primer golpe de ensayo mucha audacia, pero esta audacia es de un género particular, la de un hombre que se precipitara desde lo alto de una montaña o desde un campanario. Olvidó cerrar la puerta al salir, y mató, mató a dos personas por obedecer a una teoría. Mató y no supo apoderarse del dinero, y lo que pudo llevarse fue a esconderlo debajo de una piedra. No le bastaron las angustias que pasó en la antesala, mientras que los otros llamaban a la puerta y oía el repetido tintineo de la campanilla; no, cediendo a una irresistible necesidad de experimentar el mismo estremecimiento, fue más tarde a visitar el cuarto vacío y a tirar del cordón de la campanilla. Achaquemos eso a la enfermedad, al delirio; está bien, pero queda aún otra cosa que notar: mató y, sin embargo, no dejó de considerarse como un hombre honrado, y desprecia a las gentes y se da aires de ángel. ¡No, querido Rodion Romanovich, Mikolka no tiene nada que ver en este asunto, él no es el culpable!

Este golpe directo resultaba tanto más inesperado cuanto que llegaba después de aquella especie de retractación hecha por el juez. Raskolnikov tembló de pies a cabeza.

—Entonces..., ¿quién... es el asesino? —balbuceó con voz entrecortada.

El juez de instrucción se retrepó en el respaldo de la silla ante la admiración que pareció producirle aquella pregunta.

—¿Cómo que quién es el asesino...? —agregó el juez como si no diera crédito a sus oídos—. ¡Usted, Rodion Romanovich, usted es el asesino! Es usted... —añadió en voz más baja, en el tono más convencido.

Raskolnikov se levantó bruscamente, permaneció de pie algunos segundos y volvió a sentarse sin proferir palabra. Ligeras convulsiones agitaron todos los músculos de su rostro.

—Sus labios tiemblan otra vez como el otro día —observó con interés Porfirio Petrovich—. Creo que no ha comprendido usted el objeto de mi visita, Rodion Romanovich —continuó al cabo de un momento de silencio—. Así se explica su estupefacción. He venido expresamente para decirle todo y poner en claro la verdad.

—Yo no he matado a nadie —balbuceó el joven como podría hacerlo un niño cogido en una falta.

—Sí, Rodion Romanovich, ha sido usted, usted sólo —replicó severamente el juez.

Ambos callaron, y aquel extraño silencio se prolongó durante diez minutos.

De codos sobre la mesa, Raskolnikov revolvía sus cabellos. Porfirio Petrovich esperaba sin dar muestras de impaciencia. De repente el joven miró con desprecio al magistrado.

—¡Vuelve usted a sus prácticas antiguas, Porfirio Petrovich! ¡Siempre los mismos procedimientos! ¿Cómo no acaba eso por cansarle?

—¡Vamos, deje usted mis procedimientos! Otra cosa sería si habláramos en presencia de testigos; pero estamos solos. Ya ve usted que no he venido para cazarle como a un conejo. Lo mismo me da que confiese usted como que no lo haga. Mi convicción no variará de un modo ni del otro.

—Si es así, ¿por qué ha venido? —preguntó Raskolnikov con irritación—. Vuelvo a repetirle la pregunta que ya le hice: si me cree usted culpable, ¿por qué no me manda detener?

—¡Vaya una pregunta! Le responderé punto por punto; en primer lugar, porque su detención no me serviría de nada.

—¡Cómo que no le serviría de nada! Desde el momento en que está convencido, usted debe...

—¿Qué importa mi convicción? Hasta la fecha no se funda más que en cosas oscuras. ¿Y para qué le voy a llevar a «descansar»? Usted mismo lo sabe, puesto que usted mismo pide que se le encarcele. Yo supongo que si tuviera un careo con el burgués, usted le diría: «¡Tú has bebido! ¿Quién me ha visto contigo»? Te tomé sencillamente por un borracho, por lo que eras. ¿Y qué podría replicar yo, cuando la respuesta de usted era más verosímil que su declaración, que es puramente psicológica, y que usted estaba en lo cierto al decir que el bribón estaría borracho? Ya le he repetido varias veces con la mayor franqueza que toda esta psicología se presta a dos interpretaciones, y que fuera de ella no tengo otra cosa contra usted por el momento. Desde luego que le mandaré detener; he venido para decírselo, y, sin embargo, no me importa declararle que eso no me serviría de nada. El segundo objeto de mi visita es...

—¿Cuál es? —interrumpió Raskolnikov, jadeante.

—... Ya se lo dije. Trataba de explicarle mi conducta para no pasar ante usted como un monstruo, cuando soy uno de los que están mejor dispuestos en su favor, aunque usted no lo crea. Y en atención a ese interés, le ruego que usted mismo vaya a denunciarse. He venido para darle ese consejo. Es el partido más ventajoso que puede tomar, tanto para usted como para mí, pues de esa manera me vería libre de este asunto. ¿No soy bastante franco?

Raskolnikov reflexionó un minuto.

—Escuche, Porfirio Petrovich. Conforme a sus propias palabras, usted no tiene contra mí otra cosa que la psicología, y, a pesar de ella aspira a la evidencia matemática. ¿Quién dice que no se engaña?

—No, Rodion Romanovich, no me engaño. Tengo una prueba. ¡Una prueba que me mandó Dios el otro día!

—¿Qué prueba es?

—No se la diré, Rodion Romanovich. Aunque de todas maneras no tengo derecho a contemporizar más y voy a mandarlo detener. Así pues, poco puede importarme la resolución que tome; cuanto le digo es únicamente en interés suyo. La mejor solución es la que yo le indico; esté seguro de ello, Rodion Romanovich.

Raskolnikov sonrió con rabia.

—Su lenguaje es más que ridículo, es impertinente. Vamos a suponer que soy culpable, lo que no reconozco, ¿para qué voy a ir a denunciarme, cuando usted mismo dice que cuando esté en la cárcel «descansaré»?

—Mire, Rodion Romanovich, no tome las palabras al pie de la letra: de la misma manera puede encontrar usted allí el «descanso» como puede no encontrarlo. Yo sostengo la opinión de que la cárcel tranquiliza al culpable, pero eso no es más que una teoría, una teoría personalmente mía. Pero, ¿soy yo una autoridad para usted? ¿Quién sabe si en este mismo momento no le oculto algo? ¡Usted no me puede exigir que yo le confíe todos mis secretos! ¡Je, je! Y en cuanto al provecho que puede sacar usted de esa conducta, eso es indiscutible. Seguro que logrará con ello una disminución en la pena. Piense en el momento en que va a denunciarse: un momento en que otro ha asumido el crimen declarándose culpable y que ha trastornado el proceso por entero. Por lo que a mí se refiere, yo contraigo ante Dios el compromiso de favorecerlo cuanto pueda ante la Audiencia. Le prometo que los jueces ignorarán todas estas observaciones psicológicas, todas mis sospechas contra usted y su resolución tendrá para ellos todo el carácter de absolutamente espontánea. En su crimen no se verá otra cosa que el resultado de un arrebato fatal, cosa cierta en el fondo. Yo soy un hombre honrado, Rodion Romanovich, y cumpliré mi palabra.

Raskolnikov bajó la cabeza y reflexionó bastante rato; por fin sonrió de nuevo, pero de un modo dulce y melancólico.

—¡No estoy dispuesto a eso! —dijo sin parecer darse cuenta de que aquel lenguaje equivalía casi a una confesión—. ¡Qué me importa a mí la disminución de pena de la que habla! ¡No tengo necesidad de ella!

—¡Eso es lo que yo me temía! —exclamó como a pesar suyo Porfirio Petrovich—. Ya sospechaba yo que usted desdeñaría mi indulgencia.

Raskolnikov lo miró grave y tristemente.

—¡No desprecie usted la vida! —continuó el juez de instrucción—. Todavía tiene mucha por delante. ¿Cómo rechaza una disminución en la pena? ¡Es usted muy escrupuloso!

—¿Qué tendré después en perspectiva?

—¡La vida! ¿Es usted profeta acaso para saber lo que le reserva? «Buscad y encontraréis. Quizá os espere Dios». Además, no lo condenarán a perpetuidad...

—Tendré a mi favor circunstancias atenuantes —dijo sonriendo Raskolnikov.

—Lo que le impide confesarse culpable es un desmedido orgullo, a pesar suyo quizá.

—Yo me río de todo eso —murmuró en tono despreciativo el joven.

Luego hizo ademán de levantarse, pero volvió a caer en la silla, presa de un visible abatimiento.

—Es usted desconfiado y cree que yo lo quiero embaucar groseramente... ¿Ha vivido mucho acaso? ¿Qué sabe usted de la vida? Usted imaginó una teoría cuya aplicación ha tenido unas consecuencias cuya escasa originalidad le avergüenza ahora. Ha cometido un crimen, es verdad, pero usted no es, ni con mucho, un criminal perdido irremisiblemente. ¿Cuál es mi opinión respecto a usted? Yo lo considero como uno de esos hombres que se dejarían arrancar las entrañas sonriendo a sus verdugos con tal de haber encontrado una fe o un dios. Pues bien, búsquelos y vivirá. En primer lugar, hace mucho tiempo que tiene necesidad de cambiar de ambiente. Además, el sufrimiento es una cosa buena. Sufra. Mikolka tiene tal vez razón al querer sufrir. Sé que usted es un escéptico, pero abandónese a la corriente de la vida sin razonar, que ella le llevará a alguna parte. ¿Adónde? No se preocupe, siempre llegará a una orilla. ¿Cuál? Lo ignoro; únicamente creo que le queda todavía mucho tiempo para vivir. Dirá que desempeño bien mi papel de juez de instrucción ahora, pero quizá más adelante recordará usted mis palabras y sacará provecho de ellas. Por eso le hablo así. Quizá ha sido una suerte que no haya matado más que a una triste vieja. Con otra teoría habría cometido una acción mucho peor. Todavía puede darle gracias a Dios. ¿Quién sabe? Tal vez le reserva algo en sus designios. Tenga, pues, valor y no retroceda, por pusilanimidad, ante lo que exige la justicia. Ya sé que no me cree, pero con el tiempo volverá a tomarle gusto a la vida. Ahora lo que necesita es aire, aire, aire...

Raskolnikov se estremeció.

—Pero, ¿quién es usted —exclamó— para hacerme esas profecías? ¿Qué elevada sabiduría le permite adivinar mi porvenir?

—¿Quién soy? Un hombre acabado, y nada más. Un hombre sensible y compasivo a quien la experiencia le ha enseñado algo, pero un hombre completamente agotado. Usted es distinto; está al principio de su vida, y esta aventura..., ¡quién sabe!, es posible que no deje el menor rastro en su vida. ¿Por qué temer tanto el cambio que va a operarse en su situación? ¿Es el bienestar perdido lo que puede temer un corazón como el suyo? ¿Le aflige acaso el verse sumergido por mucho tiempo en la oscuridad? Pues de usted depende que esa oscuridad no sea eterna. Conviértase en un sol y todo el mundo le distinguirá. ¿Por qué sonríe? Usted se dice que todo esto no son más que palabras de juez de instrucción. Es posible, ¡je, je, je! Yo no le exijo que me crea, Rodion Romanovich, son cosas de mi oficio, estoy de acuerdo; pero he aquí lo que añado: el resultado le demostrará si yo soy un trapacero o un hombre honrado.

—¿Cuándo piensa detenerme?

—Todavía puedo dejarle día y medio o dos días en libertad. Piénselo bien, amigo mío, y ruéguele a Dios que le inspire. El consejo que le doy es el mejor, créalo.

—¿Y si me escapara? —preguntó Raskolnikov con una extraña sonrisa.

—Usted no se escapará. Un *mujik* se escaparía; un revolucionario de los de ahora, esclavo de las ideas de otro, se escaparía también porque tiene un «credo» ciegamente aceptado para toda la vida. Pero usted no cree en su teoría. ¿Qué se llevaría usted al escaparse? Y por otra parte, ¡qué vida tan innoble y tan penosa la de un fugitivo! Si usted se escapara, volvería. «Usted no puede pasar sin nosotros». Cuando yo lo haga detener, al cabo de un mes o dos, pongamos tres si quiere, recordará mis palabras y confesará. Se verá obligado a ello insensiblemente, casi a pesar suyo. Incluso estoy persuadido de que, después de reflexionar, se decidirá a aceptar la expiación. Ahora no lo cree usted, pero ya verá. Y es que el sufrimiento, amigo Rodion Romanovich, es una gran cosa. En boca de un hombre grueso que no se priva de nada esta manera de hablar se puede prestar a risa. Pero no importa, él tiene su idea acerca del sufrimiento. Mikolka tiene razón. No, usted no se escapará, Rodion Romanovich.

Raskolnikov se levantó y tomó su gorra. Porfirio Petrovich hizo lo mismo.

—¿Va usted de paseo? La noche será hermosa, si no tenemos tormenta. Aunque tal vez sería lo mejor, pues refrescaría.

—Porfirio Petrovich —dijo el joven en tono seco y apresurado—, le ruego que no vaya a figurarse que le he hecho hoy la menor confesión. Usted es un hombre un poco raro y le he escuchado por pura curiosidad. Pero no he confesado nada..., no se olvide de eso.

—Está bien, no lo olvidaré... ¡Cómo tiembla usted! No se preocupe, amigo mío, tomo buena nota de su recomendación. Pasee un poco, pero no pase de ciertos límites. Suceda lo que suceda, tengo que hacerle todavía un ruego —añadió bajando la voz—; es un poco delicado, pero tiene su importancia: en el caso, improbable a mi juicio, de que durante estas cuarenta y ocho horas se le ocurriera el capricho de quitarse la vida..., perdone esta absurda suposición..., haga el favor de dejar una cartita, dos líneas nada más, indicando el sitio donde se encuentra la piedra, eso será lo más noble. Vaya, hasta la vista... ¡Que Dios le inspire buenos pensamientos!

Porfirio se retiró evitando mirar a Raskolnikov. Este se acercó a la ventana y esperó con impaciencia el momento en que, según su cálculo, el juez de instrucción estaría lejos de la casa, e inmediatamente salió a toda prisa.

III

Tenía impaciencia por ver a Svidrigailov. Ignoraba lo que podía esperar de aquel hombre que ejercía sobre su espíritu un misterioso poder. Desde que Raskolnikov estaba convencido de ello, la inquietud le devoraba y ya no era hora de retrasar el momento de una explicación.

Cuando iba por el camino se hacía una pregunta que le preocupaba en extremo: ¿habría ido Svidrigailov a casa de Porfirio?

En su opinión, no había ido. Raskolnikov lo hubiera jurado.

Al recordar todos los detalles de la visita de Porfirio, llegaba siempre a la misma conclusión negativa.

Pero si Svidrigailov no había ido todavía a casa del juez de instrucción, ¿no iría?

También en este punto se respondía negativamente. ¿Por qué? No hubiera podido dar las razones de su manera de ver y aunque hubiera podido explicárselo no se habría roto la cabeza por ello. Aquello le atormentaba y al mismo tiempo le dejaba casi indiferente. Y, cosa extraña, casi increíble: por crítica que fuese su situación actual, Raskolnikov no tenía más que un pequeño temor; lo que le atormentaba era una cuestión mucho más importante, una cuestión que le interesaba personalmente, pero no aquella. Experimentaba además una enorme laxitud moral, aunque entonces se encontrara en mejor estado para razonar que en los días anteriores.

Después de tantos combates, ¿habría que emprender una nueva lucha para superar aquellas miserables dificultades? ¿Valía la pena, por ejemplo, ir a sitiar a Svidrigailov, cercarlo ante el temor de que fuera a casa del juez de instrucción?

¡Oh, cómo le irritaba todo aquello!

Sin embargo, tenía prisa por ir a ver a Svidrigailov. ¿Esperaba de él algo «nuevo», un consejo, un medio de salir del apuro? Los que se están ahogando se agarran aunque sea de un hilo. ¿Acaso era el destino quien impulsaba a estos dos hombres el uno hacia el otro? ¿Daba Raskolnikov aquel paso sencillamente porque ya no sabía a qué santo encomendarse? ¿Tendría necesidad de otro que no fuera Svidrigailov y tomaba a este por pretexto...? ¿Sonia? ¿Por qué iba a tener necesidad de ir ahora a casa de Sonia? ¿Para hacerla llorar otra vez? Además, Sonia le daba miedo; Sonia era para él el último paso, el decisivo e irrevocable. En aquel momento no se sentía en disposición de afrontar la presencia de la joven. ¿No sería lo mejor hacer una tentativa respecto a Svidrigailov? A pesar suyo, se confesaba interiormente que Arcadio Ivanovich le era necesario en cierta forma.

Pero, ¿qué había de común entre ellos? Su misma perversidad no era motivo para aproximarlos. Aquel hombre le repugnaba: era evidentemente muy pervertido, seguramente receloso y truhán, tal vez muy malo. Acerca de él circulaban unas leyendas muy siniestras. Bien es verdad que se cuidaba de los niños de Katerin Ivanovna; pero, ¿se sabía por qué lo hacía? En un hombre como aquel había que sospechar siempre algún tenebroso designio.

Ya hacía muchos días que le preocupaba otro pensamiento a Raskolnikov, aunque se esforzaba por desecharlo, de tal manera le molestaba.

«Svidrigailov no hace más que dar vueltas a mi alrededor —se decía con frecuencia—. Svidrigailov ha descubierto mi secreto, Svidrigailov tuvo intenciones respecto a mi hermana; quizá las tiene todavía, hasta es lo más probable. ¿Buscará ahora, al conocer mi secreto, utilizarlo como arma contra Dunia?».

Este pensamiento, que a veces le turbaba hasta en sueños, no se le había presentado con tanta claridad hasta ahora, en el momento de dirigirse a casa de Svidrigailov. Al principio se le ocurrió decírselo todo a su hermana, lo que hubiera cambiado su situación. Después pensó que tal vez haría bien yendo a denunciarse para evitar un paso imprudente por parte de Dunechka. ¿Y la carta? ¡Dunia había recibido una carta por la mañana! ¿Quién podría escribirle en San Petersburgo? ¿Sería Lujin? Razumikin era desde luego un buen guardián, pero no estaba enterado de nada.

«¿No debiera decírselo todo a Razumikin? —se dijo Raskolnikov con repugnancia—. De todas maneras —continuó pensando—, hay que ver lo más pronto posible a Svidrigailov. Gracias a Dios, los detalles en este caso importan menos que el fondo del asunto; pero si Svidrigailov tiene la audacia de intentar algo contra Dunia..., lo mataré», concluyó por fin.

Un sentimiento penoso le oprimía. Se detuvo en medio de la calle y miró a su alrededor. ¿Qué camino había tomado? ¿Dónde estaba? Se encontraba en la perspectiva ***, a treinta o cuarenta pasos del mercado del heno, que había atravesado. El segundo piso de la casa de la izquierda estaba ocupado completamente por un *traktir* cuyos balcones estaban abiertos de par en par. A juzgar por las cabezas que se veían, el establecimiento debía de estar lleno de gente. En la sala cantaban canciones y tocaban el clarinete, violín y tambor turco. Oíanse gritos de mujeres. Sorprendido de encontrarse en aquel sitio, Raskolnikov iba a volver sobre sus pasos cuando de pronto vio a Svidrigailov en uno de los balcones del *traktir,* con la pipa entre los dientes, sentado delante de una mesa de té. Al verlo sintió extrañeza y temor al mismo tiempo. Svidrigailov lo miró en silencio, extrañándole mucho a Raskolnikov que hiciera además de levantarse como si quisiera desaparecer discretamente antes que se diera cuenta de su presencia. Raskolnikov fingió también no verle y miró de soslayo pero sin dejar de examinarle con el rabillo del ojo. La inquietud hacía latir violentamente su corazón. Evidentemente, Svidrigailov procuraba que no le viera. Se quitó la pipa de la boca y quiso ocultarse a las miradas de Raskolnikov; pero al levantarse y apartar la silla debió darse cuenta de que era demasiado tarde. Volvía a repetirse entre ellos el mismo juego que al principio de su entrevista, cuando se vieron por primera vez en la habitación de Raskolnikov. Cada uno se daba cuenta de que el otro le observaba. Una sonrisa maliciosa, cada vez más acusada, aparecía en el rostro de Svidrigailov, quien por fin prorrumpió en una carcajada.

—¡Ea, entre usted si quiere! ¡Aquí estoy! —gritó desde el balcón.

El joven subió.

Encontró a Svidrigailov en una habitacioncita contigua al salón donde había una gran cantidad de parroquianos: comerciantes, funcionarios y otros estaban en disposición de tomar el té mientras escuchaban a las coristas que formaban un cstrépito inaguantable. En una habitación inmediata jugaban al billar. Svidrigailov tenía delante de sí una botella de champaña empezada y un vaso casi lleno; estaba en compañía de dos músicos ambulantes: un organista y una cantante. Esta, una joven de dieciocho años, fresca y bien trajeada, llevaba una falda de listas y un sombrero tirolés adornado con cintas. Acompañada por el armonio, cantaba con una voz de contralto bastante fuerte una cancioncilla trivial en medio del ruido que llegaba de la otra habitación.

—¡Basta! —la interrumpió Svidrigailov cuando vio entrar a Raskolnikov.

La joven se detuvo inmediatamente, esperando en actitud respetuosa. Poco antes, cuando dejaba oír su incapacidad melódica, tenía también un aspecto respetuoso en la seria expresión de su fisonomía.

—¡Felipe, un vaso! —gritó Svidrigailov.

—No bebo vino —dijo Raskolnikov.

—Como guste. Bebe, Katia. Ya no te necesito, puedes marcharte.

Le sirvió un vaso grande de vino a la joven y le entregó un billete pequeño de color amarillento. Katia bebió a pequeños sorbos, como beben el vino las mujeres, y, después de recoger el billete, besó la mano a Svidrigailov, quien aceptó con la mayor seriedad aquel testimonio de respeto servil. La cantante se retiró después, seguida del músico.

Aún no hacía ocho días que Svidrigailov estaba en San Petersburgo y cualquiera lo habría tomado ya por un antiguo parroquiano de la casa. El camarero, Felipe, le conocía y le concedía especial atención. La puerta que daba a la sala estaba cerrada. Svidrigailov se encontraba como en su propia casa en aquella habitacioncita donde tal vez se pasaba los días enteros. El *traktir,* sucio e innoble, no pertenecía siquiera a la categoría media de los establecimientos de este género.

—Iba a su casa —comenzó Raskolnikov—, pero no me explico cómo al dejar el mercado del heno he tomado la perspectiva ***. No paso nunca por aquí; siempre tuerzo a la derecha al salir del mercado. Este no es desde luego el camino para ir a su casa, y apenas vengo por aquí, le encuentro. ¡Qué extraño!

—¿Y por qué no dice usted inmediatamente que es un milagro?

—Porque tal vez no es más que una casualidad.

—¡Qué mala costumbre tiene todo el mundo aquí! —replicó riendo Svidrigailov—; ¡aun creyendo sinceramente en un milagro, no se atreven a confesarlo! Usted mismo acaba de decir que eso no es «tal vez» más que una casualidad. No puede figurarse usted el poco valor que tienen aquí para exponer su opinión, Rodion Romanovich. ¡Y conste que no lo digo por usted! Usted tiene una opinión personal y no teme sostenerla. Por eso precisamente me llamó la atención.

—¿Únicamente por eso?

—Ya es bastante.

Svidrigailov se hallaba en un visible estado de agitación a pesar de no haber bebido más de medio vaso de vino.

—Cuando fue a mi casa ignoraba usted todavía, según creo, que yo tuviese eso que llama opinión personal —observó Raskolnikov.

—Entonces era distinto. Cada cual tiene sus asuntos. Pero en cuanto al milagro, le diré que usted ha estado aparentemente dormido estos días. Yo mismo le di la dirección de este *traktir,* y no es extraño que haya venido usted a él. Le indiqué el camino que tenía que seguir y las horas en que podía encontrarme aquí. ¿Recuerda usted...?

—Lo había olvidado —respondió Raskolnikov sorprendido.

—Lo creo. Por dos veces le di estas indicaciones. La dirección se le grabó mecánicamente en la memoria y ella le ha guiado sin querer usted. Además, cuando yo le hablaba parecía que estaba usted en otro sitio. Usted no se observa bastante, Rodion Romanovich. Pero todavía hay algo más: estoy convencido de que en San Petersburgo hay muchas personas que caminan hablando solas. Es una ciudad de semilocos. Si tuviéramos sabios, los médicos, los juristas y los filósofos podrían hacer aquí estudios muy curiosos, cada uno en su especialidad. No hay otro lugar donde el alma humana se encuentre sometida a unas influencias tan sombrías y tan extrañas. Sólo la acción del clima es ya bastante funesta. Desgraciadamente, San Petersburgo es el centro administrativo de la nación y su carácter debe reflejarse sobre toda Rusia. Pero no se trata de eso ahora, yo quería decirle que le he visto varias veces por la calle. Cuando salió de su casa tenía la cabeza erguida y después de dar veinte pasos la bajó y cruzó sus manos en la espalda. Y como usted no mira ni hacia delante ni a los lados, pues no ve nada. Finalmente empieza a mover los labios y a hablar solo; a veces gesticula, declama, se detiene en medio de la calle más o menos tiempo. Eso no está bien. Cualquiera puede verlo, y eso no carece de peligro. No es que me importe mucho en el fondo, pues no tengo la pretensión de curarlo, pero usted ya me comprende...

—¿Sabe usted que me persiguen? —preguntó Raskolnikov frunciendo el ceño.

—Bien, no hablaremos más de usted.

—Contésteme a lo que voy a preguntarle: si es verdad que me dio usted por dos veces la indicación de este *traktir* como un sitio donde podría encontrarlo, ¿por qué antes, cuando miré hacia el balcón, se escondió usted e intentó esquivarme? Me fijé muy bien en eso.

—¡Je, je! ¿Y por qué el otro día cuando entré en su habitación, hizo usted como que dormía, a pesar de estar completamente despierto? Me fijé muy bien en eso.

—Yo podía tener... mis razones..., usted mismo lo sabe.

—Y yo podía tener también mis razones, aunque usted no las conozca.

Durante un minuto, Raskolnikov miró atentamente el rostro de su interlocutor. Aquella cara le producía cada vez una extrañeza distinta. Aunque hermosa, tenía algo de profundamente antipático. Se la habría tomado por una máscara: el cutis era demasiado fresco, los labios demasiado rojos, la barba demasiado rubia; los cabellos demasiado abundantes, los ojos demasiado azules y su mirada demasiado fija. Svidrigailov llevaba un elegante traje de verano; su camisa era de una blancura y de una finura irreprochables. Un grueso anillo con una piedra de valor lucía en uno de sus dedos.

—Entre nosotros no caben tergiversaciones —dijo bruscamente el joven—. Aunque usted se encuentra en disposición de hacerme mucho daño si quiere perjudicarme. Le voy a hablar franco y claro. Sepa usted que si continúa con las mismas pretensiones respecto a mi hermana y si espera utilizar para lograr sus fines el secreto que sorprendió usted hace poco, le mataré a usted antes que me encarcelen por su culpa. Le doy mi palabra de honor. En segundo lugar he creído adivinar estos días que desea usted tener una conversación conmigo; si tiene que comunicarme algo, dese prisa, pues el tiempo es precioso y es posible que dentro de poco fuera demasiado tarde.

—¿Qué le obliga a tener tanta prisa? —preguntó Svidrigailov, mirándole con curiosidad.

—Cada cual tiene sus asuntos —replicó sombríamente Raskolnikov.

—Acaba usted de invitarme a la franqueza y a la primera pregunta que le hago se niega a responder —observó Svidrigailov sonriendo—. Usted cree constantemente que yo tengo ciertos proyectos, y por este motivo desconfía de mí. Eso se comprende muy bien en su posición. Pero aunque sea muy grande el deseo que tengo de mantener buenas relaciones con usted, no me tomaré el trabajo de engañarle. Eso no vale la pena, y además, no tengo nada de particular que decirle.

—¿Qué quiere entonces de mí? ¿Por qué me busca?

—Sencillamente porque es usted una persona bastante curiosa para observarla. Me ha gustado usted por el aspecto pintoresco de su situación. Además, es hermano de una persona que me interesó mucho; esa persona me habló muchas veces de usted y su manera de hablar me hizo pensar que tenía mucho ascendiente sobre ella; ¿no son razones suficientes acaso? ¡Je, je, je! Por lo demás, tengo que confesarlo, su pregunta es demasiado compleja para mí y me resulta difícil contestarla. Y, mire, si usted viene a buscarme ahora, no es precisamente por ningún asunto, sino porque espera que yo le diga algo nuevo, ¿no es así? —repitió con una sonrisa sutil Svidrigailov—. Bueno, pues figúrese que al venir yo a San Petersburgo esperaba también que usted me dijera algo «nuevo» y esperaba prestarle algún servicio. ¡Ya ve usted cómo somos nosotros los ricos!

—¿Prestarme qué?

—¿Acaso lo sé yo? Ya ve usted en qué miserable *traktir* me paso todo el día —replicó Svidrigailov—, y no es que me divierta en él, pero hay que pasar el tiempo en alguna parte. Me distraigo con esa pobre Katia que acaba de salir... Si tuviera la suerte de ser un glotón, un gastrónomo de club... Pero no: eso es lo único que puedo comer —y mostraba con el dedo una mesita colocada en un rincón en la que se veía un plato de hojalata que contenía los restos de un detestable bistec con patatas—. Y a propósito, ¿ha comido usted? No bebo vino; pero sí champaña, y con un vaso tengo bastante para toda la noche. Si hoy he pedido una botella es porque tengo que ir luego a un sitio, y he querido previamente alegrarme un poco; por eso me ve en una disposición de ánimo particular. Antes me escondía como un escolar porque adivinaba de su visita que vendría a estorbarme; pero puedo estar con usted una hora todavía, pues son las cuatro y media —añadió después de haber mirado su reloj—. No sé si querrá creerlo, pero hay momentos en que lamento no ser nada, ni propietario, ni padre de familia, ni militar, ni fotógrafo, ni periodista... A veces resulta aburrido no tener ninguna especialidad. Hablando con franqueza, creí que me diría usted algo nuevo.

—¿Quién es usted y por qué ha venido aquí?

—¿Quién soy yo? Ya lo sabe usted; soy noble, serví dos años en caballería, después de lo cual estuve dando tumbos por San Petersburgo; luego me casé con Marfa Petrovna y me marché a vivir al campo. ¡Ahí tiene usted mi biografía!

—¿Es usted jugador?

—¿Yo jugador? No, diga más bien fullero.

—¡Ah! ¿Juega con ventaja?

—Sí.

—¿Lo han abofeteado alguna vez?

—En efecto... ¿Por qué me lo pregunta?

—Puede usted batirse, es cosa que procura emociones.

—No tengo nada que objetarle. Además, no es mi fuerte la discusión filosófica. Le confieso que si he venido aquí ha sido exclusivamente por las mujeres.

—¿Inmediatamente después de haber enterrado a Marfa Petrovna?

Svidrigailov sonrió.

—Pues bien, sí —respondió con una franqueza desconcertante—. ¿Se escandaliza por lo que digo?

—¿Y usted se extraña de que el libertinaje me escandalice?

—¿Por qué no he de darme gusto? Así, por lo menos, tengo una ocupación.

—Es decir, que entonces no ha venido usted más que para entregarse a la disipación.

—Sí, para entregarme precisamente a la disipación. Me gustan las preguntas hechas con franqueza. En la disipación existe, ya que no otra cosa, algo de constante, incluso fundado en la naturaleza y que no está sometido al capricho, algo que permanece siempre en un rinconcillo de la sangre, constantemente encendido, y que quizá arderá todavía durante mucho tiempo sin que los años logren extinguirlo. Reconozca que la cosa no deja de tener su interés.

—A mi juicio, se trata únicamente de una enfermedad, y de una enfermedad peligrosa por cierto.

—¡Bah, ahora sale con esas! Estoy de acuerdo con usted en que se trata de una enfermedad, como todo lo que rebasa la medida..., y en este caso no hay más remedio que rebasarla...; pero, en primer lugar, en unos adopta una forma y en otros, otra; y en segundo lugar, hay que conservar la medida en todas las cosas, el cálculo, aunque sea un cálculo de tipo inferior. Pero, ¿qué quiere usted? Si no fuera por eso, no habría otra solución que pegarse un tiro. Estoy de acuerdo en que un hombre correcto tiene el deber de aburrirse; sin embargo...

—¿Es que sería usted capaz de pegarse un tiro?

—¿Por qué me lo pregunta? —respondió Svidrigailov con repugnancia—; hágame el favor de no hablarme de eso —añadió apresuradamente e incluso sin la fanfarronería que se manifestaba en sus palabras anteriores. Incluso podría decirse que su rostro había experimentado un cambio—. Debo confesarle una debilidad imperdonable, pero, ¿qué le voy a hacer?: la muerte me da horror y no me gusta que me hablen de ella. ¿Acaso sabe que soy, en cierta manera, un místico?

—¡Ah! ¡El espectro de Marfa Petrovna! ¿Sigue acaso presentándose?

—No me lo recuerde; en San Petersburgo no se me ha presentado todavía, pero dejemos eso —exclamó con irritación—. No, será mejor que hablemos de... ¡Hum! Tengo poco tiempo. Es una lástima que no pueda estar con usted más tiempo. Le contaría alguna cosa.

—¿De alguna mujer de las suyas?

—Sí, de una mujer, una aventura casual..., pero no, no es precisamente de eso de lo quisiera hablarle.

—Dígame, ¿es que todas esas cosas no le producen ya ningún efecto? ¿Ha perdido ya la fuerza de contenerse?

—¿Es que usted se envanece de tener esa fuerza? ¡Je, je, je! Me ha defraudado ahora, Rodion Romanovich, a pesar de que sabía por adelantado que fuera así. Habla usted de depravación y de estética. ¡Es usted un Schiller, un idealista! Eso, naturalmente, ha de ser así, y lo sorprendente sería que fuera de otra manera; sin embargo, en realidad produce cierta extrañeza... ¡Ah, es una lástima, es una lástima que disponga de tan poco tiempo, pues es usted un sujeto extremadamente curioso! A propósito, ¿le gusta Schiller? A mí me gusta con delirio.

—Mirándolo bien, ¡qué fanfarrón es usted! —profirió con cierta repugnancia Raskolnikov.

—¡No, no, bien sabe Dios que no! —respondió Svidrigailov riendo a carcajadas—. Por otra parte, no se lo discuto; admitamos que sea un fanfarrón. Pero, ¿por qué no he de hacer el fanfarrón cuando el hacerlo no molesta a nadie? He vivido siete años en la campiña con Marfa Petrovna y por este motivo, al encontrarme con un hombre tan inteligente como usted, tan inteligente y en cierto modo tan curioso resulta sencillamente para mí un verdadero placer el charlar; llevado de eso me he bebido este medio vaso de champaña y ya se me ha subido a la cabeza. Y en particular media una circunstancia que me ha enardecido mucho, pero... de la que no quiero hablar. ¿Adónde va usted? —preguntó de pronto Svidrigailov, sorprendido.

Raskolnikov se levantó. Se sentía molesto y lamentaba haber ido allí. Svidrigailov se le aparecía como el peor de los malvados que pudiera haber en el mundo.

—No se marche, quédese un momento, y que le traigan té; siéntese. Le contaré alguna cosa. ¿Quiere que le diga cómo intentó convencerme una mujer? Tal vez eso pueda ser una respuesta a su primera pregunta, ya que en este caso se trata de su hermana. ¿Quiere que se lo cuente? Así mataremos el tiempo.

—Está bien, pero confío en que usted...

—¡Bah, no pase cuidado! Además, Avdotia Romanovna no puede inspirar más que una profunda estimación incluso a un hombre tan vicioso como yo.

IV

No sé si estará usted enterado..., por otra parte creo que yo mismo se lo conté... —comenzó Svidrigailov— de que en cierta ocasión estuve recluido en prisión, aquí en San Petersburgo, por una deuda de bastante consideración que no tenía la menor posibilidad de pagar. No hay necesidad de que le relate de qué manera consiguió mi libertad Marfa Petrovna; ¿sabe usted hasta qué punto de ceguera puede llegar a querer una mujer? Era esta una mujer honradísima, que no tenía nada de tonta, aunque careciera de la menor instrucción. Imagínese usted: esta mujer honrada y celosa se decidió, después de no pocas escenas escandalosas, a establecer una especie de pacto conmigo que observó durante todo el tiempo de nuestro matrimonio. El caso es que ella era mucho más vieja que yo, y aparte de eso, le olía el aliento. Yo tuve entonces la suficiente delicadeza y honradez para confesarle con toda franqueza que no podía serle completamente fiel. Esta confesión la puso fuera de sí, pero, por lo que parece, mi grosera franqueza le agradó hasta cierto punto. «Si me lo declara por adelantado es que no tiene intención de engañarme». Para una mujer celosa eso es lo principal. Después de muchas lágrimas, se estableció entre nosotros un contrato verbal consistente en lo que sigue: primero, no abandonaré jamás a Marfa Petrovna y seré siempre su marido; segundo, no saldré jamás sin su autorización; tercero, no tendré nunca una amiga fija; cuarto, en compensación de todo esto, Marfa Petrovna me permite echarle el ojo de vez en vez a nuestras criadas, pero siempre con su secreto consentimiento; quinto, que Dios me libre de fijarme en una mujer de nuestra clase; sexto, si, lo que Dios no quiera, me siento enamorado con una pasión sincera, tengo el deber de confesárselo a Marfa Petrovna. En lo referente al último punto, Marfa Petrovna estaba siempre muy tranquila, pues era una mujer inteligente, y, por tanto, me consideraba como un libertino incapaz de querer seriamente. Pero una mujer inteligente y una mujer celosa son dos cosas completamente diferentes, y en esto tiene su origen toda la desventura. Hay que advertir, sin embargo, que para juzgar a ciertas personas conviene que renunciemos por adelantado a nuestras ideas preconcebidas y a la manera habitual que tenemos de juzgar a la gente y a los objetos que ordinariamente nos rodean. Tengo derecho a confiar en su juicio más que en el de nadie. Es posible que haya oído contar muchas cosas absurdas y ridículas sobre Marfa Petrovna. En efecto, tenía algunas costumbres más bien grotescas; pero le digo con toda franqueza que me arrepiento sinceramente de los innumerables disgustos de los que tuve la culpa. Creo que con eso hay bastante para una oración fúnebre decorosa a la tierna mujer del más tierno de los maridos. Durante nuestras riñas yo, en la mayor parte de las ocasiones, procuraba casi siempre su objeto: ejercía una influencia sobre ella e incluso le agradaba; a veces hasta se sentía orgullosa de mí. A su hermana, a pesar de todo, no la pudo resistir. ¡Resulta difícil poder comprender cómo se arriesgó a introducir en su casa semejante beldad como institutriz! Yo me lo explico por aquello de que Marfa Petrovna era una mujer extremadamente sensible y que sencillamente se enamoró..., tal como suena..., se enamoró de su hermana. Pero la misma Avdotia Romanovna fue la que dio el primer paso, ¿querrá usted creerlo? ¿Querrá creer también que Marfa Petrovna llegó hasta un extremo tal que al principio se enfadaba conmigo porque no decía nada de su hermana, porque me mostraba indiferente a sus constantes elogios de Avdotia Romanovna? ¡Ni yo mismo pude comprender lo que quería! Naturalmente, Marfa Petrovna le contó a Avdotia Romanovna todo lo que a mí se refería. Ella tenía la mala costumbre de referirle a todo el mundo nuestros secretos de familia y de quejarse de mí a todos los que se le presentaban. ¿Acaso podía hacer una excepción con esta nueva amistad, máxime cuando tan agradable era? Estoy convencido de que yo era el tema de todas las conversaciones y que, por consiguiente, Avdotia Romanovna estaba enterada de todas las cosas sombrías y misteriosas que se me atribuyen... Tengo la seguridad de que ha oído usted hablar...

—Sí. Le han acusado incluso de haber sido la causa de la muerte de un niño. ¿Es verdad?

—Hágame el favor de dejar esto y descartar todas esas bajezas —replicó Svidrigailov con repugnancia y malhumorado—. Si quiere usted enterarse completamente de todos esos absurdos le hablaré de ello otro día; ahora, sin embargo...

—También hablaban de un criado que tenía usted en el pueblo y de que usted, a lo que parece, había sido la causa de algo.

—¡Hágame el favor, basta! —atajó Svidrigailov con evidente impaciencia.

—¿Este criado es el mismo que, después de su muerte, venía a llenarle la pipa..., según usted mismo me contó? —preguntó Raskolnikov con creciente irritación.

Svidrigailov miró atentamente a Raskolnikov y a este le pareció que en la mirada de aquel había fulgurado una expresión rencorosa, pero Svidrigailov se contuvo y respondió amablemente:

—El mismo. Ya veo que todo esto le interesa extraordinariamente, y por este motivo considero un deber satisfacer su curiosidad sobre todos los puntos. ¡Caramba! Ya veo que hay alguien que me puede tomar por un personaje de novela. Juzgue usted después de eso si puedo estarle agradecido a la difunta Marfa Petrovna por haberle contado a su hermana tantas cosas curiosas de mí y envueltas en el misterio. De todas maneras, eso me resultaba ventajoso. A pesar de la repugnancia natural que Avdotia Romanovna sentía por mí y de mi aspecto sombrío y repulsivo, ella empezó a tomarme lástima porque me consideraba como a un hombre irremisiblemente perdido. Y cuando el corazón de una muchacha empieza a compadecerse, no hay nada más peligroso para ella. En este caso se desvive absolutamente para «salvar», para hacer entrar en razón, para regenerar, para guiar hacia una vida más noble; en una palabra, ya se sabe todo lo que uno puede imaginar en este aspecto. Inmediatamente me di cuenta de que el pájaro iba él mismo hacia la red, y, por mi parte, me preparé. ¿Por qué arruga el entrecejo, Rodion Romanovich? Ya sabe usted que la cosa no tuvo las menores consecuencias. «¡Diablo! ¿Por qué bebo tanto vino?». Desde los comienzos sentí que el destino no hiciera nacer a su hermana en el segundo o tercer siglo de nuestra era, como hija de un príncipe poderoso o de un gobernador o procónsul del Asia Menor. Ella habría sido, indudablemente, una de aquellas mujeres que por su propia voluntad sufren el martirio y sonríen cuando se les quema el pecho con unas tenazas enrojecidas; y en los siglos cuarto y quinto se habría retirado al desierto de Egipto para vivir treinta años, alimentándose de raíces, éxtasis y visiones. Ella tiene sed de sufrir por alguien, cuanto más aprisa mejor, y si no le da uno la oportunidad de soportar este sufrimiento, le saltará el corazón del pecho. He oído hablar de un tal Razumikin. Hablan de él como un joven distinguido...; lo que demuestra su apellido; debe de ser seminarista...; pues que cuide de su hermana. Creo haberlo comprendido así y lo tengo a mucha honra. Pero sepa usted que cuando uno no conoce bien a las personas, está expuesto a equivocarse, y eso fue lo que me ocurrió con su hermana. Lléveme el diablo, pero, ¿por qué es tan hermosa? ¡Yo no tengo la culpa de eso! En una palabra, aquello empezó en mi casa por un capricho libidinoso de lo más violento. Avdotia Romanovna es casta de una manera como no se ve, de manera inaudita. Le participó esto porque es un hecho que se da en su hermana. Es casta casi de una manera patológica, a pesar de su gran inteligencia, y eso la perjudica. Tengo que advertirle que Marfa Petrovna me permitía alternar con las aldeanas. Acababan de traernos como doncella a una muchacha de un pueblo inmediato, una que le decían Paracha. Era muy bonita, pero estúpida y un poco ridícula: sus lágrimas y los gritos con que alborotaba la casa entera produjeron un verdadero escándalo. Un día después de comer, Avdotia Romanovna me llamó aparte, y mirándome con unos ojos deslumbrantes me «exigió» que dejara tranquila a la pobre Paracha. Era quizá la primera vez que hablábamos frente a frente. Como es natural, me apresuré a obedecer su petición e intenté aparecer conmovido y turbado; en resumen, que hice muy bien mi papel. A partir de entonces tuvimos algunas conversaciones secretas, durante las cuales me hablaba de moral y me suplicaba con lágrimas en los ojos que cambiara de vida. Sí, ¡con lágrimas en los ojos! ¡Ya ve usted hasta dónde llega en algunas jóvenes la pasión de la propaganda! Desde luego que yo atribuía todos mis errores al destino, presentándome como un hombre equivocado, y finalmente, puse en práctica un medio que no falla jamás con las mujeres: la adulación. En el mundo no hay nada tan difícil como la franqueza, ni nada tan fácil como la lisonja. Si en la franqueza existe aunque no sea más que una centésima parte de nota falsa, se produce inmediatamente una disonancia, y después de la disonancia, el escándalo. La lisonja, en todos los casos es falsa hasta la última nota, es agradable, y todos la escuchan con cierta delectación, con una delectación grosera quizá, pero delectación al final. Y por grosera que parezca la lisonja, la mitad de ella, si no más, parece siempre legítima. Y esto para las personas de todas las categorías de la sociedad, sea cual fuere su nivel intelectual. Hasta una vestal puede ser seducida por medio de la lisonja. Y en lo que se refiere a las personas ordinarias, no hay que hablar de ello siquiera. ¡No puedo dejar de recordar sin reírme de qué manera logré seducir a una señora fiel a su marido, a sus hijos y a sus virtudes! ¡Qué divertido resultaba y qué poco trabajo me costó! Y la señora era efectivamente virtuosa, por lo menos a su manera. Toda mi táctica consistió en mostrarme aplastado a cada instante por su castidad. La lisonjeaba de una manera escandalosa, y apenas lograba un apretón de manos o una mirada, le aseguraba que se lo había arrebatado por la fuerza, que ella se había resistido de tal manera que seguramente no habría obtenido nada de no ser tan depravado; que ella, tan inocente como era, no preveía la astucia y caía bajo mi influencia de una manera impremeditada sin darse cuenta de ello, etcétera. En una palabra, llegué a obtenerlo todo, y la señora quedó completamente convencida de que era inocente y casta, que cumplía con sus deberes y que había caído de una manera involuntaria. ¡Y si hubiese visto usted cómo se enfadó cuando me decidí finalmente a decirle que, según mi opinión sincera, ella buscaba, lo mismo que yo, la delectación! La pobre Marfa Petrovna cedía también extraordinariamente a la lisonja y si yo hubiese querido le habría hecho poner en vida suya todas sus propiedades a mi nombre. ¿Por qué bebo tanto y charlo de esta manera? Le ruego que no se disguste si le digo que Avdotia Romanovna no fue insensible al principio a los elogios con que yo la colmaba. Desgraciadamente, lo estropeé todo por mi impaciencia y mi estupidez, pues al hablar con su hermana debí moderar la expresión de mi mirada; su ardor llegó a preocuparle y acabó por serle odioso. Sin llegar a entrar en detalles, bastará que le diga que llegamos a una ruptura. Como consecuencia de esto empecé a hacer más tonterías, empezando a decir groserías para las catequizadoras. Paracha volvió a escena otra vez y fue seguida por muchas más; en una palabra, empecé a llevar una vida absurda. ¡Oh, si entonces hubiera visto usted los ojos de su hermana, habría visto los rayos que son capaces de lanzar! Le aseguro que sus miradas me perseguían hasta en el sueño; llegué a no poder soportar siquiera el frufrú de su falda. Creí que me iba a dar un ataque de epilepsia. Jamás creí que la pasión pudiera apoderarse de mí hasta tal extremo. Era absolutamente necesario reconciliarse con Avdotia Romanovna, y la reconciliación era imposible. ¡Imagínese usted lo que haría entonces y a qué grado de estupidez puede conducir la rabia de un hombre! No se comprometa usted a hacer nada en semejante estado, Rodion Romanovich. Pensando que Avdotia Romanovna era pobre..., perdone, no quería decir eso..., pero la palabra no importa..., que tenía que vivir de su trabajo, que tenía a su cargo a su madre y a usted..., ¡diablo, ya vuelve usted a fruncir el entrecejo!..., me decidí a ofrecerle toda mi fortuna..., entonces podía reunir yo unos treinta mil rublos..., y proponerle que se fugara conmigo a San Petersburgo. Una vez allí, yo le habría jurado amor eterno, etcétera. ¿Querrá usted creerlo? De tal manera estaba loco por ella entonces que si me hubiera dicho: «Asesina o envenena a Marfa Petrovna y cásate conmigo», lo habría hecho inmediatamente. Pero todo aquello acabó en la catástrofe que ya conoce, y ya puede figurarse lo que me irritó al enterarme de que mi mujer había arreglado casar a Avdotia Romanovna con ese miserable de Lujin, pues, después de todo, lo mismo habría sido para su hermana aceptar mis ofrecimientos que dar su mano a un hombre como ese. ¿No es verdad? Observo que me ha escuchado usted con bastante atención..., joven interesante...

Svidrigailov dio un violento puñetazo en la mesa. Estaba encendido, y a pesar de no haber bebido más de dos vasos de champaña, la borrachera empezaba a manifestarse en él. Raskolnikov se dio cuenta de ello y resolvió aprovecharse de aquella circunstancia para descubrir las secretas intenciones del que consideraba como su más peligroso enemigo.

—Pues bien, después de lo que acaba de decirme, no me cabe la menor duda de que ha venido aquí por mi hermana —declaró atrevidamente, ya que lo que quería era exasperar a Svidrigailov.

Este intentó inmediatamente hacer desaparecer el efecto producido por sus palabras.

—¡Bah! ¡Deje usted eso! Yo no le he dicho... Además, su hermana no puede aguantarme.

—Estoy convencido de ello pero no se trata de eso.

—¿Está persuadido de que no puede sufrirme? —replicó Svidrigailov guiñando el ojo y sonriendo burlonamente—. Tiene usted razón; su hermana no me ama; pero no responda nunca de lo que puede pasar entre un marido y su mujer o entre un amante y su querida. Siempre queda un rinconcillo que permanece oculto para todo el mundo y que no lo conocen más que los interesados. ¿Se atrevería usted a afirmar que Avdotia Romanovna me miraba con repugnancia?

—Algunas palabras de usted me demuestran que todavía tiene infames designios respecto a Dunia y que se propone ponerlos en práctica en el plazo más breve posible.

—¡Cómo! ¿Yo he dicho eso? —dijo Svidrigailov súbitamente inquieto.

Por otra parte, no se ofendió por el calificativo con que definió sus designios.

—Pero en este momento sus miras secretas se descubren. ¿Por qué tiene tanto miedo? ¿A qué obedece ese repentino temor que leo en su cara?

—¿Que yo tengo miedo? ¿Miedo de usted? ¿Qué está diciendo? Usted, amigo mío, es quien debe tener miedo de mí... Además, estoy borracho, ya lo ve; con un poco más se me escapará alguna tontería. ¡Vaya el vino al diablo! ¡Eh, traigan agua!

Tomó la botella, y, sin más preámbulos, la tiró por el balcón. El camarero trajo agua.

—Todo eso es absurdo —dijo Svidrigailov, pasándose una toalla mojada por la cara—, y puedo con una palabra reducir a la nada todas sus sospechas. ¿Sabe usted que me voy a casar?

—Ya me lo dijo.

—¿Que se lo he dicho? Pues se me ha olvidado. Pero cuando le anuncié mi próximo matrimonio no podía hablarle más que en forma dubitativa, pues entonces no había hecho nada firme todavía. Hoy es ya un asunto decidido, y si estuviera libre en este momento lo llevaría a casa de mi futura; me gustaría saber si le gusta mi elección. ¡Ah, diablo! No me quedan más que diez minutos; pero voy a contarle la historia de mi matrimonio; es bastante curiosa... ¿Insiste usted en marcharse?

—No, ya no le dejaré a usted.

—¿En ningún momento? ¡Ya veremos eso! Lo llevaré a que vea a mi futura, pero no ahora, pues debemos despedirnos enseguida. Usted tirará por la derecha y yo por la izquierda. ¿Ha oído usted hablar alguna vez de esa señora Resslich en cuya casa estoy hospedado ahora? Ella es la que me ha arreglado todo. «Estás aburrido —me decía ella—, y eso será para ti una distracción momentánea». En efecto, yo soy un hombre triste y desagradable. ¿Usted cree que soy alegre? Desengáñese, tengo muy mal humor; soy incapaz de hacerle mal a nadie, pero hay veces que estoy tres días seguidos metido en un rincón sin decirle una palabra a nadie. Además, esa bribona de Resslich lleva su idea; cuenta con que pronto me cansaré de mi mujer, que la dejaré plantada, y entonces ella se encargará de explotarla. Por ella me he enterado de que el padre, antiguo funcionario, está enfermo; desde hace tres años está imposibilitado de las piernas y no puede levantarse del sillón; la madre es una señora muy inteligente; el hijo está empleado en provincias y no les ayuda a sus padres, la hija mayor está casada y no saben nada de ella. Las pobres gentes mantienen a dos sobrinitos de poca edad; la más pequeña de las hijas ha tenido que abandonar sus estudios en el instituto antes de terminarlos: cumplirá dieciséis años dentro de un mes y esta es la que me destinan. En posesión de esos datos me presenté a la familia como propietario viudo, de buena familia, con buenas relaciones y rico. Mis cincuenta años no dan lugar a la menor objeción. ¡Había que verme hablando con el papá y la mamá! ¡Era la mar de gracioso! La joven se presentó con un vestidito corto y me saludó más encendida que una amapola..., debieron de enseñarle la lección. Ignoro sus gustos en materia de rostros femeninos, pero, en mi opinión, esos dieciséis años, esos ojos infantiles todavía, aquella timidez, aquellas púdicas lagrimitas, todo eso tiene más encantos que la belleza; además, la chiquilla estaba muy bonita con sus cabellos rubios sus caprichosos ricillos, sus labios purpurinos y ligeramente abultados, sus piececitos... En resumen, nos conocimos, yo les expliqué detalladamente que por asuntos de familia me veía precisado a casarme enseguida, y al día siguiente, es decir, anteayer, nos prometimos. Desde entonces, cada vez que voy a verla la tengo sentada en mis rodillas mientras dura mi visita y la abrazo cada minuto. Ella se ruboriza, pero se está quieta: su mamá ha debido darle a entender que un futuro esposo puede permitirse esas familiaridades. Entendido de esta manera los derechos del novio no son menos agradables de ejercer que los del marido. Puede decirse que quien obra en esa criatura es la naturaleza y la verdad. He hablado dos veces con ella y veo que la chiquilla no es tonta del todo, tiene una manera de mirar de reojo que me enciende. Su fisonomía se parece un poco a la de la *Madonna* de la Sixtina. ¿Se ha fijado usted en la fantástica expresión que Rafael le dio a aquella cabeza de la Virgen? Tiene algo de ella. Al día siguiente de prometernos me gasté mil quinientos rublos en hacerle regalos: diamantes, perlas, un estuche de aseo en plata; la carita de la *Madonna* estaba radiante. Ayer no tuve el menor reparo en sentarla en mis rodillas se ruborizó y vi en sus ojos dos lágrimas que intentaba ocultar. Nos dejaron solos, y entonces ella rodeó mi cuello con sus brazos y me juró abrazándome que sería para mí una esposa buena, obediente y fiel, que me haría feliz y que me consagraría todos los instantes de su vida, y que ella en cambio no querría de mí más que «mi estimación», y nada más. «¡No necesito regalos!», me dijo. El escuchar de un angelito de dieciséis años una declaración así, con lágrimas en los ojos, no me dirá usted que no es algo delicioso... Ya le he dicho que lo llevaré a casa de mi novia... pero no puedo presentársela enseguida.

—En una palabra, esa monstruosa diferencia de edad excita su sensualidad. ¿Es posible que piense usted contraer un matrimonio así?

—Sin ningún género de dudas. Cada cual mira por sí mismo y el que vive más alegremente es el que sabe engañarse mejor que nadie. ¡Ja, ja! ¡Qué moralista más austero! ¡Sed indulgente con este pecador! ¡Je, je, je!

—Conforme, se ha preocupado usted por los hijos de Katerin Ivanovna y los ha colocado... Pero..., pero... debía de tener usted sus motivos... Ahora lo comprendo todo...

—En general, me gustan mucho los niños —dijo Svidrigailov, riendo a carcajadas—. A propósito de eso puedo hasta contarle un episodio. El mismo día de mi llegada, después de cerca de siete años de ausencia, ya puede figurarse con qué ganas me puse a recorrer ciertas cloacas. Seguramente habrá observado usted que no tengo prisa en reunirme con mis antiguas amistades de aquí. Y me pasaré así tanto como pueda. Cuando vivía en el pueblo con Marfa Petrovna me torturaba mortalmente el recuerdo de todos esos rincones y rinconcillos misteriosos en los cuales puede encontrar el iniciado todo lo que desee. ¡Diablo! El pueblo se embriaga, la juventud ilustrada, a falta de toda actividad, se consume en sueños y quimeras irrealizables, elabora teorías monstruosas; la ciudad está llena de judíos que no se sabe de dónde han venido y que esconden el dinero; el resto se dedica a la disipación. Este tufo peterburgués me hirió el olfato apenas llegué. He aquí que una tarde fui a caer en un baile; era una cloaca terrible: las cloacas que nos atraen son precisamente las que huelen peor; y bien, un escándalo como no lo había en mis tiempos. Sí, en este sentido hay un progreso evidente. De pronto, miro, ¿y qué es lo que veo?, una muchacha de trece años, arreglada graciosamente bailaba con un virtuoso; otra, *vis a vis* demostraba cómo se debe bailar. La madre estaba sentada en una silla. ¡Ya puede usted imaginar qué escándalo! La muchacha, corrida, se puso colorada como un tomate y acabó poniéndose a llorar. El virtuoso la coge y la hace dar vueltas, alrededor todo eran risas y gritos. En esos momentos me gusta el público de ustedes, aunque sea un público de baile de candil. «¡Muy bien! ¡Muy bien! —gritan—. O si no, ¿por qué traen criaturas?» A mí, naturalmente, todo aquello me era igual, que se consuelen sea lógica o ilógicamente. Escogí un lugar cerca de la madre, me senté y he aquí que empiezo a decirle que yo también era forastero, que había llegado hacía poco, que toda aquella gente eran unos ignorantes, que no sabían distinguir los verdaderos méritos y mostrar el respeto merecido, doy a entender que tengo mucho dinero, las invito a acompañarlas en mi coche; las llevo a casa..., viven realquiladas en una covacha..., y trabamos conocimiento. Me declararon que el haberme conocido era para ellas un honor; me entero de que no tienen ni un cuarto, de que han venido a San Petersburgo para hacer ciertas gestiones en un negociado que no recuerdo; ofrezco mis servicios, mi dinero; me informo de que habían ido a la fiesta creyendo erróneamente que, en efecto, daban lecciones de baile allí; propongo por mi parte contribuir a la educación de la joven, enseñándole el francés y la danza. Lo aceptan con entusiasmo, lo consideran como un honor y nos hicimos amigos... Si quiere usted iremos, pero no hoy.

—¡Acabe, acabe de una vez de contar sus abyectas anécdotas, hombre sensual y ruin!

—¡Schiller, Schiller, es usted nuestro Schiller! *Où va-t-elle la vertu se nicher?* ¿Sabe usted lo que le digo? Le contaré expresamente cosas de estas para escuchar sus exclamaciones indignas. ¡Es un verdadero deleite!

—Y tiene usted razón: ¿es que por ventura en este momento no me siento yo mismo ridículo? —balbuceó Raskolnikov rencorosamente.

Svidrigailov empezó a reír a carcajadas; por último llamó a Felipe, pagó y se levantó.

—¡Mire, estoy borracho, *assez causé!* —dijo—. ¡Es un placer!

—¡Tiene usted toda la razón! —exclamó Raskolnikov, levantándose también—. ¿Acaso no es un placer para un depravado como usted contar estos hechos mientras incuba propósitos monstruosos de este mismo género, tanto más en tales circunstancias y delante de un hombre como yo...? ¡Eso es excitante!

—Y bien, si es así —respondió con cierto abandono Svidrigailov, mirando a Raskolnikov—, si es así, usted mismo es efectivamente un cínico. Si efectivamente no lo es, tiene materia para ello. Puede usted comprender muchas cosas, muchas..., y... puede también hacer muchas. ¡Pero, basta! Me duele sinceramente que hayamos podido hablar poco, pero nos volveremos a ver... Tenga un poco de paciencia...

Salió del *traktir* y Raskolnikov detrás de él. La embriaguez de Svidrigailov disminuía por momentos; fruncía el entrecejo y parecía muy preocupado, como un hombre que está en vísperas de emprender algo extremadamente importante. Desde hacía algunos minutos se adivinaba en sus maneras cierta impaciencia, al mismo tiempo que su lenguaje se tornaba cáustico y agresivo. Todo aquello parecía justificar cada vez más las aprensiones de Raskolnikov, quien resolvió seguir los pasos del misterioso personaje.

Volvieron a encontrarse en la acera.

—Aquí nos separamos: vaya usted por la derecha y yo por la izquierda o viceversa. Adiós, querido amigo. Hasta que tenga el placer de volverlo a ver.

Y Svidrigailov se marchó en dirección del mercado del heno.

V

Raskolnikov le siguió.

—¿Qué quiere decir esto? —exclamó Svidrigailov volviéndose hacia él—. Creo que le dije...

—Esto quiere decir que estoy dispuesto a acompañarle.

—¿Cómo?

Ambos se detuvieron y durante un momento se miraron de arriba abajo.

—Con su borrachera —replicó Raskolnikov— dijo usted lo bastante para convencerme de que en lugar de haber abandonado sus odiosos proyectos contra mi hermana, le preocupan hoy más que nunca. Sé que mi hermana ha recibido esta mañana una carta. No ha perdido usted el tiempo durante su estancia en San Petersburgo. Es posible que en el curso de sus idas y venidas haya encontrado una mujer, pero eso no quiere decir nada. Quiero asegurarme personalmente...

A Raskolnikov le habría sido difícil precisar lo que deseaba en aquel instante y de qué, a punto fijo, quería asegurarse personalmente...

—¡No está mal! ¿Quiere usted que llame a la policía?

—¡Llámela!

Detuviéronse de nuevo el uno frente al otro. Por fin, el rostro de Svidrigailov cambió de expresión. Y al ver que la amenaza no intimidaba a Raskolnikov recobró súbitamente el tono más alegre y amistoso.

—¡Qué cosas tiene usted! No he querido hablarle expresamente del asunto suyo, a pesar de la curiosidad que en mí ha despertado. Quería dejarlo eso para otro momento; pero, la verdad, usted le hace perder la paciencia a un difunto... Venga conmigo, ya que se empeña, pero le advierto que no voy más que a recoger dinero; saldré, tomaré un coche y me iré a pasar la tarde en las Islas. ¿Qué necesidad tiene de seguirme?

—Tengo que hacer en su casa, pero no voy a su cuarto, sino al de Sonia Semenovna; tengo que presentarle mis excusas por no haber asistido a las exequias de su madrastra.

—Como guste; pero Sonia Semenovna no está allí. Ha ido a llevar a los tres niños a casa de una señora anciana a quien conocía yo desde hace mucho tiempo y que está al frente de varios orfelinatos. He tenido mucho gusto en mandarle dinero a esta señora con destino a los chicos de Katerin Ivanovna, además de una donación en dinero para sus establecimientos, y finalmente le he referido la historia de Sonia Semenovna sin omitirle el menor detalle. Mi relato produjo un efecto indescriptible. Y ahí tiene usted por qué Sonia Semenovna ha sido invitada a presentarse hoy en el hotel ***, donde la señora en cuestión se hospeda provisionalmente al volver del campo.

—No importa; iré de todas maneras a su casa. Sí, iré a su casa.

—Haga lo que quiera, pero yo no le acompañaré. ¿Para qué? Dígame; tengo la seguridad de que si usted desconfía de mí es sencillamente porque hasta ahora he tenido la delicadeza de no molestarlo con preguntas escabrosas. ¿Adivina a qué me refiero? ¡Apostaría cualquier cosa a que mi discreción le ha parecido extraordinaria! ¡Y que sea uno tan delicado para que le den este pago!

—¿Le parece delicado escuchar detrás de las puertas...?

—¡Ja, ja! ¡Ya me extrañaba que no hiciera esa observación! —respondió sonriendo Svidrigailov—. Si usted cree que no se puede escuchar detrás de las puertas y que en cambio puede uno asesinar viejas a su antojo, tenga en cuenta que los jueces pudieran no compartir esa opinión, por lo que haría usted perfectamente marchándose inmediatamente a América. ¡Márchese enseguida, joven! Quizá esté a tiempo todavía, se lo digo con sinceridad. ¿Necesita acaso dinero? Yo le daré lo que necesite para el viaje.

—No se me ha ocurrido siquiera —replicó malhumorado Raskolnikov.

—Lo comprendo; usted se pregunta si obró como hombre y como ciudadano. Pero eso se lo debió plantear antes, ahora es ya un poco tarde, ¡je, je! Si cree que ha cometido un crimen péguese un tiro. ¿Verdad que tiene usted ganas de hacerlo?

—Usted lo que quiere es irritarme para ver si de esa manera le dejo...

—¡Qué ocurrencias tiene! Pero ya hemos llegado; tómese el trabajo de subir la escalera. Mire, aquí tiene la puerta del cuarto de Sonia Semenovna: fíjese, no hay nadie. ¿No lo cree?, pues pregúntele a los Kapernaumov, que allí acostumbra dejar la llave. Ahí tiene a la misma señora Kapernaumov. ¿Qué le parece? Es un poco sorda. ¿Ha salido Sonia Semenovna? ¿Dónde ha ido? ¿Está usted segura? No está aquí y no volverá hasta muy tarde, al anochecer. Venga ahora a mi casa. ¿No tenía usted intención de hacerme una visita? Ya estamos en mi casa. Ya estamos en mi habitación. La señora Resslich ha salido. Esa mujer tiene siempre muchos asuntos entre manos; pero le aseguro que es una buena persona; si fuese usted un poco más razonable, quizá podría serle útil. Mire, cojo de mi escritorio un título al cinco por ciento. ¡Mire cuántos me quedan aún! Este voy a cambiarlo hoy. ¿Lo ha visto bien? Ya no tengo nada que hacer aquí; cierro mi escritorio, mi habitación y ya estamos otra vez en la escalera. Si quiere tomaremos un coche. Voy a las Islas. ¿No le agradaría un paseíto en coche? Ya oye usted, le ordeno a este cochero que me lleve a la punta de Elaguin. ¿No quiere? ¿Está harto ya? Vamos, déjese tentar. Va a llover, pero no pase cuidado, levantaremos la capota.

Svidrigailov estaba ya dentro del coche. Por mucho que fuera la desconfianza de Raskolnikov, no creyó que hubiera peligro en la espera. Dio media vuelta sin responder palabra y se encaminó hacia el mercado del heno. Si hubiese vuelto la cabeza habría podido ver cómo Svidrigailov, después de haber recorrido cien pasos en coche, echaba pie a tierra y le pagaba al cochero. Pero el joven marchaba sin mirar hacia atrás.

Pronto volvió la esquina. Como siempre que iba solo, no tardó en caer en un profundo ensimismamiento. Al llegar al puente se paró ante la balaustrada y miró fijamente al canal. De pie a poca distancia de Raskolnikov le observaba Avdotia Romanovna.

Pasó cerca de ella al subir al puente, pero no se dio cuenta de su presencia. Dunechka experimentó al ver a su hermano un sentimiento de sorpresa y hasta de inquietud. Quedó inmóvil un instante, pensando si se acercaría a él. De pronto vio a Svidrigailov que venía por la parte del mercado del heno y se dirigía rápidamente hacia ella.

Pero este parecía avanzar con prudencia y misteriosamente. No subió al puente, sino que se detuvo en la acera, procurando que no le viera Raskolnikov. Hacía rato que había visto a Dunia y que le hacía señas. La joven creyó comprender que la llamaba y que le advertía que no llamara la atención de Rodion Romanovich.

Dócil a aquella muda invitación, alejóse Dunia silenciosamente de su hermano y fue a unirse a Svidrigailov.

—Vamos deprisa —le dijo este en voz baja—. Tengo empeño en que Rodion Romanovich ignore nuestra entrevista. Le advierto que antes vino a buscarme a un *traktir* que está cerca de aquí y me ha costado mucho trabajo deshacerme de él. Sabe que le he escrito a usted una carta y sospecha algo. Seguramente no ha sido usted quien le ha hablado de ello; pero no habiendo sido usted, ¿quién lo habrá hecho?

—Ya hemos vuelto la esquina —interrumpió Dunia—; ya no puede vernos mi hermano. Le advierto que no iré con usted más allá. Dígame aquí todo lo que tenga que decirme; todo eso puede hablarse en plena calle.

—En primer lugar, no es este un sitio muy adecuado para hacer semejantes confidencias; además, debe usted oír también a Sonia Semenovna; y en tercer lugar, tengo que enseñarle ciertos documentos... En fin, si no consiente usted en venir a mi casa, renuncio a decirle nada y me retiro ahora mismo. Por otra parte, le ruego que no olvide que se halla en mi poder un secreto interesantísimo que afecta a su querido hermano.

Dunia se detuvo indecisa y lanzó una penetrante mirada sobre Svidrigailov.

—¿Qué tiene usted que temer? —observó este tranquilamente—. La ciudad no es como el campo, e incluso en el campo me ha hecho usted más daño a mí que yo a usted...

—¿Está enterada Sonia Semenovna?

—No, no le he dicho una palabra; ni siquiera estoy seguro de que esté ahora en su casa, pero debe de estar allí. Han enterrado hoy a su madrastra y no es día de hacer visitas. Por ahora no quiero hablar de eso a nadie y hasta cierto punto, siento incluso haberme confiado a usted. En un caso así, la menor palabra pronunciada a la ligera equivale a una renuncia. Vivo aquí cerca, en esa casa. Ahí está nuestro portero; me conoce muy bien, ¿lo ve usted? Fíjese cómo me saluda. Ha visto que voy con una mujer. Seguramente habrá visto su cara. Esa circunstancia debe tranquilizarla si es que desconfía de mí. Perdone que le hable tan crudamente. Vivo aquí en una habitación amueblada. No hay más que un tabique entre la habitación de Sonia Semenovna y la mía. Todo el piso está ocupado por varios inquilinos. ¿Por qué tiene usted miedo como una niña? ¿Qué tengo yo de terrible?

Svidrigailov intentó esbozar una bonachona sonrisa, pero su rostro no le obedeció. Le latía violentamente el corazón y sentía el pecho oprimido. Afectaba levantar la voz para ocultar la creciente agitación que sentía; pero aquella era una precaución inútil, ya que Dunechka no notaba en él nada de particular. Las últimas palabras de Svidrigailov habían irritado demasiado a la orgullosa joven para que pensase en otra cosa que en su amor propio herido.

—Aunque me consta que es usted un hombre... sin honor, no le temo en absoluto. Vamos a su casa —dijo con tono tranquilo que desmentía, es verdad, la extrema palidez de su rostro.

Svidrigailov se detuvo ante la habitación de Sonia.

—Permítame que me asegure de si está aquí. No, no está. ¡La cosa empieza mal! Pero estoy seguro de que volverá quizá dentro de poco. No ha podido salir como no haya sido para ver a una señora que se interesa por los huérfanos. Yo también me he ocupado de este asunto. Si Sonia Semenovna no ha vuelto dentro de diez minutos y usted quiere hablarle sin falta, hoy mismo la mandaré a su casa. Este es mi alojamiento, se compone de dos habitaciones. Detrás de esta puerta vive mi patrona, la señora Resslich. Mire ahora esto; voy a enseñarle mis principales documentos; la puerta del dormitorio que ve usted conduce a una habitación completamente vacía. Mire..., es preciso que tenga usted un conocimiento exacto de este lugar...

Svidrigailov ocupaba dos habitaciones amuebladas bastante espaciosas. Dunechka miró a su alrededor con desconfianza, pero no descubrió nada que pudiera inspirar sospechas ni en los muebles ni en la disposición de sus habitaciones. Sin embargo, pudo haberse fijado en que Svidrigailov estaba instalado entre dos habitaciones desocupadas. Para llegar a la que ocupaba él había que atravesar necesariamente dos habitaciones vacías que formaban parte de la vivienda de la propietaria. Al abrir la puerta que desde su alcoba daba acceso a la habitación desalquilada, le enseñó también esta a Dunechka. La joven se detuvo en el umbral sin comprender por qué la invitaban a mirar allí; pero Svidrigailov le dio inmediatamente la explicación.

—Fíjese en esa habitación grande, la segunda, y observe que la puerta está cerrada con llave. Contra ella hay una silla, la única que hay en las dos habitaciones. Esa silla la puse yo ahí para escuchar en las mejores condiciones. La mesa de Sonia Semenovna está justamente detrás de esa puerta. La joven estaba allá y hablaba con Rodion Romanovich mientras que yo estaba aquí sentado en mi silla y escuchando la conversación que tenían. He estado en ese sitio dos tardes seguidas durante dos horas cada vez. Por consiguiente, he podido enterarme de algo. ¿Qué le parece a usted?

—¿Estuvo escuchando?

—Sí; pero volvamos a mis habitaciones; aquí no puede uno sentarse siquiera.

Se llevó a Avdotia Romanovna a la primera habitación que le servía de sala y ofreció a la joven una silla cerca de la mesa. Él se colocó a respetuosa distancia, pero sus ojos brillaban con el mismo ardor que poco antes espantara a Dunechka. Esta se estremeció a pesar de la tranquilidad que se esforzaba en demostrar y dirigió nuevamente una mirada de desafío a su alrededor. La situación de aislamiento de Svidrigailov acabó por llamar su atención. Quiso preguntar si estaría al menos la propietaria, pero su orgullo no le permitió hacer aquella pregunta. Además, la inquietud por su seguridad personal no representaba nada al lado de la que torturaba su corazón.

—Aquí tiene usted su carta —empezó ella dejándola sobre la mesa—. ¿Es posible lo que dice usted en ella? Usted deja entrever que mi hermano ha cometido un crimen. Sus insinuaciones son demasiado claras y no intente ahora recurrir a subterfugios. Ha de saber usted que antes que me expusiera sus pretendidas revelaciones había oído hablar ya de este cuento absurdo en el que no creo. Lo odioso no cede en este asunto sino a lo ridículo. Conozco esas sospechas y tampoco ignoro quién las ha puesto en circulación. Usted no tiene prueba alguna y me ha prometido ofrecérmelas. ¡Hable, pues! Aunque le advierto que no lo creo.

Dunechka pronunció estas palabras con extraordinaria rapidez, y la emoción que sentía la hizo ruborizarse durante un instante.

—¿Habría venido usted aquí si no me creyera? ¿Por qué ha venido usted entonces? ¡Conteste! ¿Por mera curiosidad?

—¡No me atormente más! ¡Hable de una vez!

—Hay que convenir que es usted una muchacha valiente. Yo creí que le rogaría al señor Razimikin que la acompañara; pero me he convencido de que si bien no se ha venido con usted, tampoco la ha seguido a distancia. Es un orgullo por parte de usted, que ha querido sin duda preocuparse por Rodion Romanovich. Por lo demás, en usted es todo divino. Y referente a su hermano, ¿qué voy a decirle? Ya lo vio usted hace un momento. ¿Cómo le encuentra usted?

—¿Es en eso en lo único que funda usted su acusación?

—No, no es en eso, sino en las propias palabras de Rodion Romanovich. Ha venido dos días seguidos a pasar la tarde con Sonia Semenovna. Ya le he dicho dónde estuvieron sentados. Le ha confesado todo a la joven. Es un asesino. Ha matado a una vieja usurera en cuya casa tenía empeñados algunos objetos. A los pocos instantes de cometer su asesinato llegó por casualidad la hermana de la víctima, una vendedora que se llamaba Isabel, y la mató también. Para cometer su crimen utilizó un hacha que llevaba consigo. Su intención era robar, y robó; se llevó algún dinero y distintos objetos... Eso es, punto por punto, lo que le ha contado a Sonia Semenovna. Ella es la única que está enterada de ese asesinato, pero no ha tenido la menor participación;

lejos de ello, al oír tal relato se asustó tanto como usted lo está ahora pero esté tranquila, porque esa mujer no denunciará a su hermano.

—¡Eso es imposible! —balbucearon los pálidos labios de Dunechka que jadeaba—. ¡Eso es imposible! Mi hermano no tenía la más leve razón, el menor motivo para cometer ese crimen... ¡Eso es mentira!

—El robo ha sido el móvil del crimen. Se apoderó de algunos valores y de alhajas. Bien es verdad que según su propia confesión, no se ha aprovechado de los unos ni de las otras, pues fue a esconderlo todo debajo de una piedra donde están todavía; pero es porque no se atreve aún a hacer uso de ellos.

—¡Eso es inverosímil! Mi hermano no ha podido pensar en tal cosa —exclamó Dunia levantándose violentamente—. Usted le conoce, le ha visto. ¿Le parece un ladrón?

—Esa categoría, Avdotia Romanovna, comprende un número infinito de variedades. Los rateros, en general, se dan cuenta de su infamia; sin embargo, he oído hablar de un hombre de gran nobleza que desvalijó un correo. ¿Quién sabe? Tal vez su hermano creía llevar a cabo una noble acción. Seguramente que yo mismo me habría negado a creer en ese cuento si no lo hubiera oído por tercera persona; pero he tenido forzosamente que dar crédito a lo que mis oídos han escuchado... Él le explicó también los motivos de su crimen a Sonia Semenovna, la cual no se atrevía a dar crédito a sus oídos, pero finalmente no tuvo más remedio que creer. Ya ve usted, él mismo fue quien personalmente lo contó todo.

—¿Y cuáles fueron los... motivos?

—La cosa es larga de explicar. Avdotia Romanovna. Nos encontramos en presencia, ¿cómo expresárselo?, de una especie de teoría según la cual puede permitirse un crimen si el fin que se persigue es bueno. ¡Un sólo crimen y cien acciones buenas! Naturalmente, es bastante pesado para un joven con méritos y amor propio el saber, por ejemplo, que si dispusiera nada más que de tres mil rublos, todo su porvenir, toda su carrera se desenvolverían de otra manera, su vida tomaría un rumbo distinto, y, sin embargo, no tiene esos tres mil rublos. Añada a esto la irritación producida por el hambre, por la miseria de la habitación donde vive, por los vestidos desgarrados, la conciencia saturada de las ventajas de la propia situación social y, al mismo tiempo, de la situación de la madre y de la hermana. Añada también la vanidad y el orgullo; de otra manera, quién sabe, quizá con buenas inclinaciones... No crea, se lo ruego, que le acuse; de todas maneras no he de hacer nada de eso. También hay todavía una pequeña teoría propia según la cual los hombres se dividen en materia corriente y en individuos de una categoría especial, es decir, individuos para los cuales, a consecuencia de su elevada situación, no rezan las leyes y que, por el contrario, las elaboran ellos mismos para los demás individuos, para el material, para las barreduras, digámoslo así. ¿Qué quiere usted que le diga de esta teoría? «Una teoría como otra cualquiera». Napoleón lo tenía terriblemente cautivado, es decir, lo que le cautivaba era que muchos hombres geniales no hiciesen cuenta del mal y pasasen por encima de ello sin pensarlo. Él, según parece, se imaginó que era también un hombre genial, es decir, durante cierto tiempo estuvo convencido de ello; sufrió mucho y sigue sufriendo al ver que, a pesar de haber sabido elaborar una teoría, no se había encontrado en estado de pasar por encima de todo sin pensarlo y que, por tanto, no es un hombre genial. Y eso, para un joven con amor propio, es humillante, particularmente en nuestro siglo...

—¿Y los remordimientos de conciencia? ¿Le niega usted acaso todo sentimiento moral? ¿Es que por ventura es así?

—¡Ah, Avdotia Romanovna, en nuestros tiempos se ha enturbiado todo, aunque, por otra parte, no haya habido nunca una claridad digna de ser apreciada! Los rusos, Avdotia Romanovna, tienen un espíritu amplio como la tierra donde viven y una inclinación extraordinaria por todo lo que sea fantástico, falto de sentido común; pero es una desgracia tener el espíritu amplio sin ser particularmente genial. ¿Se acuerda de las muchas veces que después de comer hablábamos de este tema o de otros parecidos sentados en la balaustrada del jardín? Era precisamente de esta amplitud de espíritu de lo que me inculpaba usted. Quién sabe si quizá cuando hablábamos de eso él componía su teoría. En nuestra sociedad ilustrada no hay principios determinadamente sagrados, Avdotia Romanovna: algunas citas librescas, y nada más. Pero todo eso es más bien cosa de los sabios, y como quiera que estos son en su mayoría unos chiflados, el hombre de la buena sociedad incluso no considera de buen gusto hablar de estas cosas. Por otra parte, ya conoce usted mis opiniones en general: decididamente no acuso a nadie. Yo mismo no soy más que un holgazán y soy fiel a mi inclinación. Ya hemos hablado de esto más de una vez. Incluso tuve la suerte de interesarla con mis razonamientos... ¡Está usted muy pálida, Avdotia Romanovna!

—Ya conozco esa teoría suya. Leí en una revista su artículo sobre los individuos a quienes les está permitido todo... Me lo facilitó Razumikin.

—¿El señor Razumikin? ¿Un artículo de su hermano? ¿Existe un artículo así? No lo sabía. ¡Debe de ser muy curioso...! ¿Adónde va usted, Avdotia Romanovna? —preguntó Svidrigailov.

—Quiero ver a Sonia Semenovna —respondió con voz débil Dunechka—. ¿Dónde está la puerta de su habitación? Quizá haya vuelto ya; quiero verla inmediatamente. Es preciso que ella...

Avdotia Romanovna no pudo continuar; se ahogaba literalmente.

—Según todas las apariencias, Sonia Semenovna no estará de vuelta hasta la noche. Su ausencia debía ser corta; pero al no estar aquí ya, deberá venir más tarde...

—¡Ah, luego miente! Ya lo veo, me ha mentido... ¡No dice más que mentiras!... ¡No le creo...! —exclamó Dunia en un acceso de cólera que la privó de su dominio, yendo a caer desfallecida en una silla que Svidrigailov se apresuró a acercarle.

—¿Qué le pasa, Avdotia Romanovna? Tranquilícese. Aquí tiene agua; beba un poco.

Svidrigailov le roció un poco de agua en el rostro. La joven se estremeció y volvió en sí.

—La cosa ha producido efecto —murmuró aparte Svidrigailov, frunciendo el entrecejo—. ¡Tranquilícese, Avdotia Romanovna! Rodion Romanovich tiene amigos. Le salvaremos y le sacaremos del conflicto. ¿Quiere usted que lo mande al extranjero? Tengo dinero. Dentro de tres días habré preparado lo necesario. Y en cuanto al asesinato, su hermano procurará borrarlo con buenas acciones, tenga la seguridad de ello. Todavía puede ser un personaje. ¿Qué le pasa? ¿Se siente mejor?

—¡Malvado! ¡Aún se burla! ¡Déjeme...!

—¿Adónde quiere ir usted?

—A buscarlo. ¿Dónde está? Usted lo sabe. ¿Por qué está cerrada esa puerta? Antes entramos por ahí y ahora está cerrada con llave. ¿Cuándo la ha cerrado usted?

—No convenía que se enteraran en toda la casa de lo que hablamos aquí. ¿A qué va a ir a buscar a su hermano en el estado en que se encuentra? ¿Quiere usted perderle? Su interés no haría otra cosa que enfurecerlo y él mismo iría entonces a denunciarse. No olvide que lo siguen y que la menor imprudencia por parte de usted le sería funesta. Espere un momento; yo estuve hablando con él hace un momento y quizá se le pueda salvar todavía. Siéntese, vamos a ver lo que podemos hacer por él. Para tratar confidencialmente de esa cuestión es para lo que la he hecho venir. Pero, ¿no se sienta usted?

—¿Cómo logrará salvarlo? ¿Es eso posible?

Dunia se sentó. Svidrigailov tomó asiento a su lado.

—Todo eso depende de usted, de usted sola —comenzó a decir en voz baja.

Sus ojos chispeaban y su agitación era tal, que apenas podía hablar. Dunia, espantada, retrocedió.

—Usted..., una sola palabra de usted y estará a salvo —continuó temblando—. Yo..., yo le salvaré. Tengo dinero y amigos. Haré que marche inmediatamente al extranjero. Le gestionaré un pasaporte; gestionaré dos: uno para él y otro para mí. Tengo amigos con cuya discreción e inteligencia puedo contar... ¿Quiere usted? Tomaré también un pasaporte para usted..., para su madre... ¿Qué le importa Razumikin? Mi amor vale más que el suyo... La quiero más que nadie. ¡Déjeme besar el borde de su vestido! ¡Se lo ruego! ¡El frufrú de su vestido me pone fuera de mí! Ordene: ejecutaré sus órdenes, sean cuales fueren. Haré lo imposible. Todas sus creencias serán las mías. ¡No me mire así! ¿No ve que me mata...?

Empezaba a delirar. Parecía que iba a volverse loco. Dunia dio un salto hacia la puerta que empezó a sacudir con todas sus fuerzas.

—¡Abran, abran! —gritaba, esperando que la oyesen desde fuera—. ¡Abran, ya...! ¿No hay nadie en esta casa?

Svidrigailov se levantó. Había recobrado en parte su sangre fría. Una sonrisa amargamente burlona se dibujaba en sus labios temblorosos aún.

—Aquí no hay nadie —dijo pausadamente—. Mi patrona ha salido y su esfuerzo es inútil.

—¿Dónde está la llave? ¡Abra la puerta enseguida, enseguida, hombre vil!

—He perdido la llave y no sé dónde está.

—¡Esto es una emboscada! —vociferó Dunia, pálida como una muerta, y se lanzó a un rincón, donde se parapetó tras una mesita que la casualidad puso a su alcance.

Luego calló, pero sin dejar de mirar fijamente a su enemigo, cuyos menores movimientos observaba. De pie, frente a ella, en el otro extremo de la habitación, Svidrigailov no se movía de su sitio. En apariencia al menos, se mantenía dueño de sí. Sin embargo, su rostro continuaba pálido y su sonrisa seguía provocando a la joven.

—Acaba usted de pronunciar la palabra emboscada, Avdotia Romanovna, y si la emboscada existe, debe pensar en que estarán tomadas todas las medidas. Sonia Semenovna no está en su habitación y de las de los Kapernaumov nos separan cinco piezas. Además, yo soy mucho más fuerte que usted, e, independientemente de eso, no tengo que temer nada, porque si usted me denunciara su hermano estaría perdido. Por otra parte, no habría quien la creyera, pues todas las apariencias están en contra de una mujer que va sola a casa de un hombre. Por consiguiente, aunque se resolviera sacrificar a su hermano, le sería muy difícil probar nada: es muy difícil probar una violación, Avdotia Romanovna.

—¡Miserable! —dijo Dunia en voz baja, pero llena de indignación.

—Está bien; pero fíjese en que hasta aquí razoné únicamente desde el punto de vista de su hipótesis. Personalmente opino lo mismo que usted, y la violación es un crimen abominable. Todo lo que le he dicho ha sido para tranquilizar su conciencia en el caso de que usted consintiera buenamente en salvar a su hermano como yo le propongo. Usted puede decir siempre que ha tenido que ceder por las circunstancias, a la fuerza, si es que hay que emplear necesariamente esa palabra. Piénselo; la suerte de su hermano y la de su madre están en mis manos. Yo seré su esclavo... toda la vida... Esperaré aquí...

Y se sentó en el diván, a ocho pasos de Dunia. La joven no dudaba de que la resolución de Svidrigailov era inquebrantable. Además, ella le conocía...

De pronto, Dunia sacó un revólver de su bolsillo, lo preparó y lo colocó encima de la mesa al alcance de su mano.

Svidrigailov lanzó un grito de sorpresa al ver aquello e hizo un rápido movimiento hacia adelante.

—¡Ah, vamos! —dijo con siniestra sonrisa—. La situación cambia por completo. ¡Me ahorra usted un trabajo, Avdotia Romanovna! Pero, ¿dónde se ha procurado usted ese revólver? ¿Se lo ha prestado el señor Razumikin? ¡Toma, pero si es el mío! ¡Lo conozco! En efecto, lo había buscado sin poder encontrarlo... Por lo visto las lecciones de tiro que tuve el honor de darle a usted allá, en el campo, no han resultado infructuosas.

—¡Ese revólver no era suyo, sino de Marfa Petrovna, a la que usted asesinó, malvado! Nada de lo que había en su casa era suyo. Lo recogí cuando empecé a sospechar de lo que era capaz. ¡Si da un paso siquiera, le juro que lo mato!

Dunia, exasperada, se disponía a poner en práctica su amenaza si el caso se presentaba.

—Bueno, ¿y su hermano? Le hago esta pregunta simplemente por curiosidad —dijo Svidrigailov manteniéndose de pie en el mismo sitio.

—¡Denúncielo si se atreve! ¡No dé un paso, que disparo! ¡Envenenó a su mujer; lo sé! ¡Usted sí que es un asesino!

—¿Está usted segura de que envenené a Marfa Petrovna?

—¡Sí! Usted mismo me lo ha dado a entender; usted me habló de veneno..., sé que lo adquirió... ¡Fue usted..., con toda seguridad que fue usted, infame!

—Si eso fuera verdad, lo habría hecho nada más que por usted...; usted tendría la culpa de ello.

—¡Miente! Yo le he aborrecido siempre, siempre...

—Parece que se le ha olvidado, Avdotia Romanovna, cómo en su desmedido interés por mi conversación se aproximaba a mí con aquellas lánguidas miradas... Yo lo leía en sus ojos. ¿No lo recuerda? Una noche, a la luz de la luna, mientras cantaba el ruiseñor...

—¡Miente! —y la rabia hacía brillar las pupilas de Dunia—. ¡Miente, calumniador!

—¿Que miento? Está bien, mentiré. A las mujeres no les gusta que se les recuerden esas cosillas —replicó sonriendo—. Ya sé que es capaz de tirar, monstruo encantador. ¡Dispare ya!

Dunia apuntó, esperando el menor movimiento en él para disparar. Una palidez mortal cubría el rostro de la joven. Su labio inferior se agitaba con un temblor de cólera y sus grandes ojos negros llameaban. Svidrigailov tan hermosa jamás le había visto. Avanzó un paso. Oyóse una detonación. La bala rozó los cabellos y fue a incrustarse en la pared. Svidrigailov se detuvo.

—¡Una picadura de avispa! —dijo con una leve sonrisa—. Hay que apuntar a la cabeza... Pero, ¿qué es esto? ¡Tengo sangre!

Svidrigailov sacó su pañuelo para limpiarse un fino hilillo que corría a lo largo de su sien derecha: la bala había rozado la piel. Dunia bajó el arma y miró a Svidrigailov con cierto estupor. Parecía no darse cuenta de lo que acababa de hacer.

—No ha acertado usted, vuelva a empezar, aquí espero —continuó Svidrigailov con siniestra alegría—. Si tarda usted me va a dar tiempo para sujetarla antes que pueda defenderse.

Temblando todavía, Dunia preparó rápidamente el revólver y amenazó de nuevo a su perseguidor.

—¡Déjeme! —exclamó desesperadamente—. ¡Le juro que tiraré... que le mataré...!

—A tres pasos es imposible fallar. Pero si no me mata, entonces...

En los relucientes ojos de Svidrigailov podía leerse el resto de su pensamiento.

Aún avanzó dos pasos más.

Dunechka disparó, pero falló el tiro.

—El arma no está bien cargada; pero no importa, eso puede repararse, aún le queda una bala. Espero.

De pie y a dos pasos de la joven, fijaba en ella su mirada inflamada que expresaba la resolución más firme. Dunia comprendió que se dejaría matar antes que renunciar a sus designios. ¡Y le mataría indudablemente, pues estaba a dos pasos de ella!

De repente arrojó el revólver.

—¡No quiere tirar! —dijo Svidrigailov, extrañado y respirando profundamente.

El miedo a la muerte no era quizá el peso mayor de que su alma se veía libre; sin embargo, le habría sido bastante difícil explicarse la naturaleza de la satisfacción que experimentaba.

Se acercó a Dunia y la cogió suavemente por el talle. Esta no se resistió, pero le miró temblorosa con ojos suplicantes. Él quiso hablar, pero sus labios no pudieron articular ningún sonido.

—¡Déjame! —suplicó Dunia.

Al oír que le tuteaba con una voz que no era la de antes, Svidrigailov se estremeció.

—¿Con que no me amas? —le preguntó en voz baja.

Dunia hizo un signo negativo con la cabeza.

—Y... ¿no podrás amarme...? ¿Nunca? —continuó él con acento desesperado.

—¡Nunca! —murmuró la joven.

Durante un momento se libró una lucha terrible en el alma de Svidrigailov. Sus ojos se fijaban en Dunia con una expresión inexplicable. De pronto retiró el brazo con que rodeaba el talle de Dunia, se alejó rápidamente de ella y fue a colocarse delante de la ventana.

—¡Aquí tiene la llave! —dijo al cabo de un momento de silencio sacándola del bolsillo de su paletó y tirándola detrás de él, sobre la mesa, sin volverse hacia Avdotia Romanovna—. ¡Cójala y márchese enseguida...!

Miraba obstinadamente por la ventana.

Dunia se acercó a la mesa para recoger la llave.

—¡Pronto! ¡Pronto! —repitió Svidrigailov.

No cambió de posición ni miraba a la persona con quien hablaba; pero aquella palabra «pronto» la pronunció con un tono acerca de cuya significación no cabía engañarse.

Dunia cogió la llave, precipitándose hacia la puerta, la abrió rápidamente y salió de la habitación. Poco después corría como una loca a lo largo del canal, dirigiéndose al puente ***.

Svidrigailov permaneció tres minutos aún cerca de la ventana. Finalmente se volvió con lentitud, miró a su alrededor y se pasó la mano por la frente. Sus facciones, desfiguradas por una extraña sonrisa, expresaban la más dolorosa desesperación. Al darse cuenta de que tenía sangre en la mano la miró encolerizado; luego mojó un paño y se lavó la herida. El revólver arrojado por Dunia había caído hasta la puerta. Lo recogió y empezó a examinarlo. Era un revólver pequeño de tres tiros, de un modelo antiguo. Aún quedaba una bala. Y después de reflexionar un momento, se guardó el arma en el bolsillo, tomó el sombrero y salió.

VI

Hasta las diez de la noche, Andrei Ivanovich Svidrigailov pasó las horas recorriendo tabernas y *traktir*s. Se encontró a Katia en uno de aquellos lugares y le pagó algunas consumiciones, así como al organista y a dos seminaristas hacia los cuales sintió una extraña simpatía: aquellos dos jóvenes tenían torcida la nariz, de tal manera que la del uno estaba doblada hacia la derecha, mientras que la del otro lo estaba hacia la izquierda. Finalmente se dejó arrastrar por ellos a un «jardín de recreo» donde tuvo que pagar entrada.

Aquel establecimiento, adornado con el título de Waux-Hall, no era en el fondo más que un café-cantante de ínfima calidad. Los seminaristas encontraron allí algunos «colegas» y se enzarzaron con ellos, faltando poco para llegar a las manos. Designaron a Svidrigailov como árbitro, y después de haber escuchado durante un cuarto de hora las confusas recriminaciones de las dos partes en litigio, creyó entender que uno de los seminaristas había robado algo y se lo había vendido a un judío, pero sin querer compartir con sus camaradas el producto de aquella operación comercial. Finalmente se averiguó que el objeto en cuestión era una cucharilla de café procedente del Waux-Hall. Fue reconocida por el personal del establecimiento y el asunto amenazaba ponerse grave si Svidrigailov no hubiera logrado convencer a los litigantes. Se levantó inmediatamente y salió del jardín. Eran cerca de las diez.

No había probado el vino en toda la noche, limitándose a tomar té en el Waux-Hall, y eso porque al entrar tenía necesariamente que tomar algo... La temperatura era asfixiante y negros nubarrones aparecían en el cielo. Hacia las diez estalló una violenta tempestad. Svidrigailov llegó a su casa calado hasta los huesos. Se encerró en su habitación, abrió su escritorio, de donde sacó todos los fondos de que disponía y rompió dos o tres papeles. Después de guardarse el dinero en el bolsillo, pensó en cambiarse de ropa, pero como continuaba lloviendo, entendió que no valía la pena, tomó su sombrero y salió sin cerrar la puerta de su habitación, yendo directamente a casa de Sonia, donde la encontró.

La joven no se encontraba sola, pues tenía a su alrededor cuatro niños de la familia Kapernaumov a los que daba té. Sonia acogió respetuosamente al visitante y miró sorprendida sus ropas mojadas, pero no dijo nada. Al ver a un extraño, los niños huyeron inmediatamente, sobrecogidos de un terror indescriptible.

Svidrigailov se sentó al lado de la mesa e invitó a Sonia a que se sentara a su lado. Ella se dispuso tímidamente a escuchar lo que él tuviera que decirle.

—Sonia Semenovna —comenzó—, es posible que me marche a América, y, como es lo más probable que nos veamos por última vez, vengo para arreglar algunos asuntos. ¿Ha ido usted hoy a casa de esa señora? Ya supongo lo que le habrá dicho y no hace falta que me lo cuente —Sonia hizo un leve movimiento y se ruborizó—. Esas gentes tienen sus prejuicios. En lo que se refiere a la suerte de sus hermanas y de su hermano, está perfectamente asegurada, pues el dinero que les he asignado está en buenas manos. Aquí tiene los recibos; guárdelos usted por lo que pueda ocurrir. Para usted personalmente le traigo tres títulos de la deuda al cinco por ciento, que vienen a representar unos tres mil rublos. Quiero que esto quede entre nosotros y que nadie se entere. Este dinero lo necesita usted, Sonia Semenovna, porque no puede continuar viviendo así.

—Ha tenido usted tantas atenciones con los huérfanos, con la difunta y conmigo... —balbuceó Sonia—. Perdone que apenas si le haya dado las gracias hasta ahora; no crea usted que...

—¡Basta, basta!

—Y respecto a ese dinero, Arcadio Ivanovich, se lo agradezco mucho, pero no tengo necesidad de él ahora. Como no tengo que cuidarme mas de que de mí, lo pasaré bien. No atribuya a ingratitud si lo rechazo. Ya que es usted tan caritativo, ese dinero...

—Tómelo, Sonia Semenovna, y le ruego que no me haga ninguna objeción, pues no tengo tiempo para escucharla. Rodion Romanovich no tiene más que dos alternativas: o pegarse un tiro o ir a Siberia...

Al oír aquellas palabras, Sonia empezó a temblar y miró turbada a su interlocutor.

—No se preocupe —continuó Svidrigailov—. Estoy enterado por él mismo, pero no soy un charlatán. No diré nada. Ha hecho usted muy bien en decirle que vaya a entregarse. Es lo mejor que puede hacer. Y cuando vaya a Siberia, usted le acompañará, ¿verdad? En ese caso usted tendrá necesidad de dinero; lo necesitará para él, ¿comprende? La suma que le ofrezco a usted se la doy a él por intermedio suyo. Además, usted le ha prometido a Amalia Ivanovna pagarle lo que le deben. ¿Por qué asume usted esas cargas tan ligeramente, Sonia Semenovna? La deudora de esa alemana no era usted, sino Katerin Ivanovna, y lo que debe hacer es mandar a esa alemana a todos los diablos. Hay que tener más cálculo en la vida... Y si mañana, o pasado mañana le preguntara a usted alguien por mí, no hable de mi visita ni diga que le he dado dinero. Hasta la vista, Sonia Semenovna —se levantó—, salude de mi parte a Rodion Romanovich. Y a propósito: mientras arregla la colocación del dinero puede dárselo a guardar al señor Razumikin. ¿Le conoce? Es un buen muchacho. Lléveselo usted mañana o... cuando tenga ocasión, pero entretanto tenga cuidado de que no se lo quiten.

Sonia se había levantado también y miraba con inquietud al visitante. Tenía grandes deseos de decir algo, de hacer alguna pregunta, pero se sentía cohibida y no sabía por dónde empezar.

—Así, pues...; así, pues..., ¿va a ausentarse con el tiempo que hace?

—¿Cree usted que cuando uno se marcha a América puede preocuparle la lluvia? ¡Adiós querida Sonia Semenovna! Que viva usted muchos años, porque puede ser útil a los demás. Y a propósito..., salude usted en mi nombre al señor Razumikin. Dígale que Arcadio Ivanovich le saluda. No se le olvide.

Al salir Svidrigailov, Sonia quedó oprimida por un vago sentimiento de temor.

Aquella misma noche, Svidrigailov hizo otra visita tan extraña como inesperada. Continuaba lloviendo. A las once y veinte se presentó completamente calado en casa de los padres de su futura que vivían en un cuartito pequeño en Vassili Ostrov. Tuvo que llamar insistentemente para que le abrieran, y su llegada a hora tan intempestiva produjo en el primer momento gran extrañeza. Al principio creyeron que se trataba de alguna calaverada de borracho, pero aquella impresión duró un instante, pues Arcadio Ivanovich, cuando quería, tenía los modales más seductores. La inteligente madre le acercó el sillón del padre enfermo y empezó inmediatamente la conversación con preguntas sin importancia. Aquella mujer no iba nunca directamente al asunto: si quería saber, por ejemplo, cuándo le parecería bien a Arcadio Ivanovich que se celebrara la boda, empezaba por preguntar curiosamente por París, por la *high life* parisiense, para traerlo poco a poco a Vassili Ostrov.

En otras ocasiones, aquel procedimiento daba resultado, pero esta vez Svidrigailov se mostró más impaciente que de costumbre y pidió en el acto ver a su futura, a pesar de que le dijeron que ya estaba acostada. Desde luego que se apresuraron a satisfacerle. Arcadio Ivanovich le dijo a la joven que un asunto urgente le obligaba a ausentarse de San Petersburgo, que le traía quince mil rublos y que le rogaba aceptara aquella bagatela con la que quería hacerle un regalo antes de casarse. No existía la menor relación lógica entre aquello y la partida que anunciaba, ni tampoco parecía que para eso hubiera necesidad de una visita a tales horas y con una lluvia torrencial.

Sin embargo, por oscuras que parecieran aquellas explicaciones, fueron bien acogidas, e incluso los padres apenas si dieron muestras de la menor sorpresa ante una conducta tan extraña, y como eran bastante comedidos en preguntas y exclamaciones, limitáronse a dar las más calurosas gracias entre las que se mezclaban algunas lágrimas de la madre. Svidrigailov se levantó, abrazó a su novia, le dio palmaditas en la mejilla y le aseguró que estaría de vuelta muy pronto. La joven le miraba algo intrigada y en sus ojos se adivinaba algo más que una simple curiosidad infantil. Arcadio Ivanovich observó aquella mirada; abrazó otra vez a su futura y se retiró pensando con verdadero despecho que su regalo sería conservado bajo llave por la más inteligente de las madres.

A las doce, volvió a la ciudad por el puente de ***. La lluvia había cesado, pero el viento era terrible. Estuvo durante media hora callejeando por la inmensa perspectiva, como si buscara algo. Poco antes había visto en la acera derecha de la perspectiva un hotel que, si mal no recordaba, se llamaba hotel Andrinópolis. Finalmente, lo encontró. Era un amplio edificio de madera en el que, a pesar de lo avanzado de la hora, se veía aún brillar la luz. Entró y le pidió una habitación a un mozo andrajoso que se encontró en el pasillo. Después de echarle un vistazo a Svidrigailov, el mozo lo acompañó a una habitación situada al final del pasillo que daba a la escalera. Aquélla era la única disponible.

—¿Tienen té?

—Se le puede hacer.

—¿Qué queda entonces?

—Hay carne, aguardiente, algunos entremeses...

—Tráigame carne y té.

—¿No quiere otra cosa? —preguntó con cierta vacilación el mozo.

—No.

El hombre harapiento se alejó muy contrariado.

«Me parece que la he hecho buena viniendo aquí —se dijo Svidrigailov—; aunque yo mismo debo de tener el aspecto de uno que vuelve de un café-cantante y que ha tenido una aventura por el camino. Sin embargo, me gustaría saber qué clase de gente se hospeda aquí.

Encendió la bujía y se entregó a un examen más detallado de la habitación. Era muy estrecha y tan baja que un hombre de la estatura de Svidrigailov apenas si podía permanecer de pie. El mobiliario estaba integrado por una cama muy sucia, una mesa de madera barnizada y una silla. El papel se encontraba tan destrozado y polvoriento que difícilmente se adivinaba su color primitivo. La escalera cortaba sesgadamente el techo, lo que daba a aquella habitación el aspecto de una buhardilla. Svidrigailov dejó la vela encima de la mesa; se sentó en la cama y se quedó pensativo; pero un incesante rumor de voces que se oía en la habitación inmediata acabó por atraer su atención. Se levantó, tomó la vela y fue a mirar por una grieta del tabique.

En una habitación poco mayor que la suya vio a dos individuos que estaban el uno de pie y el otro sentado en una silla. El primero, en mangas de camisa, estaba enrojecido y tenía revueltos los cabellos. Le reprendía a su compañero con acento lacrimoso: «No tenías trabajo, te encontrabas en la miseria; yo te saqué del atolladero y quieres hundirme ahora». El amigo a quien se dirigían estas palabras tenía el aspecto de un hombre que quisiera estornudar y no pudiera. De cuando en cuando le dirigía una mirada alelada al orador; evidentemente parecía no comprender nada de lo que le decían, y quizá no se enteraba siquiera. Encima de la mesa, donde la vela acababa de consumirse, había una botella de aguardiente casi vacía, vasos de tamaños diferentes, pan, pepinos y un servicio de té.

Después de contemplar detenidamente aquel cuadro, Svidrigailov abandonó su puesto de observación y volvió a sentarse en la cama.

Cuando el mozo le trajo la carne y el té, volvió a preguntarle de nuevo si no quería algo más, y ante la respuesta negativa que recibió, se retiró definitivamente. Svidrigailov se apresuró a tomar una taza de té para calentarse, pero no pudo comer. La fiebre, que había empezado a apoderarse de él, le quitó el apetito. Se quitó el paletó y se acostó. Estaba fastidiado.

«Mejor sería estar bueno ahora», se dijo sonriendo.

La atmósfera era asfixiante, la vela alumbraba débilmente, el viento rugía afuera, en un rincón se oía el ruido de un ratón, por toda la habitación olía a ratón y a cuero.

Tendido en la cama, Svidrigailov soñaba, no pensaba, sus ideas se atropellaban confusamente y en vano quería fijar su imaginación en algo.

«Sin duda que habrá algún jardín debajo de la ventana y el viento agita los árboles. ¡Cómo detesto ese rumor de los árboles por la noche, en medio de la tempestad y de las tinieblas!».

Y recordó que poco antes, al pasar al lado del parque Petrowsky, había experimentado la misma penosa impresión. Enseguida pensó en el pequeño Neva y nuevamente experimentó el mismo estremecimiento que le asaltara cuando, encontrándose de pie ante la barandilla del puente, contemplaba el río.

«Nunca me ha gustado el agua, ni en pintura siquiera», pensó.

Y, de repente, una idea extraña le hizo sonreír.

«Creo que ahora debía reírme de la estética y del confort, y, sin embargo, me he vuelto tan raro como el animal que se cuida siempre de buscarse sitio... en circunstancias parecidas. ¿Y si hubiera ido antes a Petrowsky Ostrov? Al parecer le tuve miedo al frío y a la oscuridad. ¡Je, je! ¡Necesito sensaciones agradables...! ¿Y por qué no he apagado la bujía?».

Y la apagó de un soplo.

«Mis vecinos se han acostado ya —añadió al no ver luz por la rendija—. Está oscuro, el lugar es propicio; la situación excepcional... ¡Y precisamente hoy no viene...!».

El sueño seguía huyendo de él. Un temblor repentino agitó sus piernas ante el recuerdo de la escena que había tenido con la joven pocas horas antes.

«No, no pensemos en eso. ¡Qué extraño! Yo no había sentido jamás odio por nadie, ni siquiera he experimentado jamás deseo de venganza por nada. ¡Esta es una mala señal! Tampoco he sido camorrista, ni violento... ¡Otra mala señal! ¡Cuántas promesas le hice...! Ella me habría llevado lejos...».

Se calló y apretó los dientes. Su imaginación le mostró nuevamente a Dunechka exactamente como se encontraba después de soltar el revólver, incapaz de resistir y mirándolo con espanto. Recordó la compasión que había sentido por ella en aquel momento y cómo le oprimió el corazón...

«¡Al diablo! ¡Siempre los mismos pensamientos! No recordemos eso más».

Ya empezaba a dormirse, su temblor nervioso había desaparecido, cuando de pronto le pareció que a lo largo de su brazo y de su pierna, debajo de la manta, corría algo, y se estremeció.

«¡Diablo! Debe de ser algún ratón —pensó—. He dejado la carne encima de la mesa...».

Temiendo coger frío, no se quería destapar ni levantarse, pero súbitamente un nuevo contacto desagradable le rozó el pie. Tiró la manta y encendió la bujía, y luego, tiritando, se incorporó en la cama sin descubrir nada. Sacudió la manta y entonces saltó bruscamente un ratón a la sábana. Intentó atraparlo, pero empezó a describir zigzags sin salir de la cama, escapándose de los dedos que querían cogerlo, y de pronto se metió debajo de la almohada. Svidrigailov tiró la almohada al suelo, pero en el mismo instante sintió que había saltado algo de la cama y se paseaba por su cuerpo por encima de la camisa. Se apoderó de él un temblor nervioso y se despabiló. La oscuridad más absoluta reinaba en la habitación; estaba tumbado en la cama, envuelto, como antes, en la manta, el viento continuaba rugiendo afuera.

«¡Eso crispa a cualquiera!», se dijo encolerizado.

Se levantó y se sentó en el borde de la cama de espaldas a la ventana.

«Prefiero no dormir», decidió.

Por la ventana entraba un viento frío y húmedo. Svidrigailov, sin abandonar su sitio, tiró de la manta hacia él y se envolvió en ella. No encendió la bujía. No pensaba en nada ni quería pensar, pero unos sueños, unas ideas incoherentes cruzaban por su cerebro. Había caído en una especie de letargo.

¿Era aquello efecto del frío, de las tinieblas, de la humedad o del viento que agitaba los árboles? Sus sueños tomaban siempre apariencias fantásticas; las flores aparecían incesantemente en su imaginación. Le parecía tener ante sus ojos un paisaje encantador; era el día de la Trinidad y el tiempo era magnífico. En medio de unos prados floridos aparecía una casita de campo de estilo inglés; unas plantas trepadoras se arrollaban en torno a la escalinata y a ambos lados de ella, cubierta por un rico tapiz, veíanse unos jarrones chinescos que contenían flores raras. En las ventanas, colocados en vasos medio llenos de agua, había jacintos blancos que se inclinaban en sus tallos de un verde intenso esparciendo un perfume embriagador.

Aquellos ramilletes llamaban particularmente la atención de Svidrigailov, que habría querido estar cerca de ellos; sin embargo, subió la escalera y entró en una sala espaciosa y alta de techo. También allí había flores por las ventanas, cerca de la puerta que daba acceso a la terraza y en la terraza misma. El entarimado estaba cubierto de fresca hierba, recién cortada, que exhalaba un olor suave, por las ventanas abiertas entraba en la habitación una brisa suave, ligera, y los alegres pajarillos gorjeaban debajo de ellas.

Pero en medio de la sala, sobre una mesa cubierta por un mantel blanco, había colocado un féretro, completamente rodeado por guirnaldas de flores e interiormente acolchado con seda y tul blanco, en aquel ataúd descansaba sobre un lecho de flores una chiquilla vestida de tul blanco, con sus brazos cruzados sobre el pecho que habrían podido confundirse con el mármol. Sus rubios cabellos estaban en desorden y mojados, y su cabeza ceñía una corona de rosas. El severo y frío perfil de su rostro parecía también como si estuviera tallado en mármol, pero la sonrisa de sus pálidos labios expresaba una tristeza desgarradora, una desolación impropia de una niña. Svidrigailov conocía a aquella jovencita, en torno al féretro no había imágenes piadosas, ni cirios encendidos, ni rezaba nadie. La difunta era una suicida que se había arrojado al agua. A los catorce años sintió despedazado su corazón por una ofensa que había aterrorizado su conciencia infantil e invadido su alma angelical con una vergüenza inmerecida, arrancando de su pecho un supremo grito de desesperación, grito ahogado por los mugidos del viento en una noche sombría y húmeda de deshielo...

Svidrigailov se despertó, abandonó la cama y se acercó a la ventana. Buscando a tientas la ventana, logró abrirla, exponiendo su rostro y su torso apenas protegido por la camisa a los ataques del viento glacial que penetraba en la estrecha habitación. Debajo de la ventana debía de haber, en efecto, un jardín, probablemente un jardín de recreo en el que, sin duda, se cantarían durante el día determinadas cancioncillas y servirían el té en mesitas. Pero ahora se encontraba todo sumergido en las tinieblas y los objetos no se distinguían sino como manchas negras apenas diferenciadas. Durante cinco minutos, Svidrigailov, apoyado de codos en el alféizar de la ventana, miró por debajo de él en la oscuridad. En el silencio de la noche se oyeron dos cañonazos.

«¡Ah, eso es una señal! El Neva sube —pensó—. Esta mañana, las partes bajas de la ciudad se inundarán, las ratas se ahogarán en las bodegas; los inquilinos de los pisos bajos, chorreando agua, echarán pestes y se aprestarán entre la lluvia y el viento a salvar sus pertenencias; tendrán que subirlos a los pisos superiores... Pero, ¿qué hora será?».

En el mismo momento en que se hacía esta pregunta, un reloj vecino dio tres campanadas.

«¡Caramba! ¡Dentro de una hora será de día! ¿A qué esperar? Me voy a marchar inmediatamente e iré a la isla Petrowsky...».

Y acto seguido, cerró la ventana, encendió la bujía y se vistió; luego, con la palmatoria en la mano, salió de la habitación para despertar al mozo, pagar su cuenta y dejar inmediatamente el hotel.

«Este es el momento más favorable, no puede elegirse otro mejor».

Anduvo bastante rato por el corredor largo y estrecho, y al no encontrar a nadie se disponía a llamar a gritos cuando de pronto, en un rincón oscuro, entre un armario viejo y una puerta, descubrió un objeto extraño, algo que parecía un ser vivo. Al inclinarse para verlo acercando la luz, vio que era una chiquilla de unos cinco años; la niña temblaba y lloraba: su vestidito estaba empapado como una esponja.

La presencia de Svidrigailov no pareció asustarla, pero fijó en él sus grandes ojos negros con una expresión de sorpresa. De cuando en cuando. volvía a sollozar, como le ocurre a los niños que, después de haber llorado mucho, empiezan a consolarse. Su rostro era pálido y enflaquecido; estaba transida de frío, pero, ¿por qué casualidad se encontraba allí? Sin duda que se escondería en aquel rincón y no habría dormido en toda la noche. Empezó a preguntarle, y la chiquilla, animándose poco a poco, inició con una voz infantil y gutural un relato interminable en el que salía a relucir la «mamá» y una «taza rota».

Svidrigailov creyó comprender que aquella era una niña a la que querían poco; su madre, probablemente cocinera del hotel, se entregaba a la bebida y le pegaba incesantemente. La niña había roto una taza y temiendo que le pegara se había escapado de su casa la noche anterior en medio de una lluvia torrencial. Después de haber permanecido mucho tiempo fuera terminaría por volver secretamente y se escondería detrás del armario, donde pasaría toda la noche, temblando, llorando, asustada al verse en la oscuridad y más asustada aún ante el temor de que la castigarían duramente, ya que se había hecho culpable por la taza que había roto y por haberse escapado. Svidrigailov la tomó entre sus brazos, la llevó a su habitación y después de depositarla en su cama creyó oportuno desnudarla. No tenía medias y sus agujereados zapatos estaban tan húmedos como si toda la noche hubiera estado metida en un charco. Cuando le hubo quitado sus vestidos, la acostó y la arropó cuidadosamente con la manta.

La niña se durmió enseguida, y cuando Svidrigailov terminó volvió a recaer en sus sombríos pensamientos.

«¿A qué tendré yo que meterme en todo esto? —se decía con un sentimiento de cólera—. ¡Valiente tontería!».

En su irritación, tomó la bujía para buscar al mozo y marcharse lo más pronto posible del hotel.

«¡Vaya una granujilla!», dijo soltando una palabrota en el momento en que abría la puerta, pero se volvió para mirar por última vez a la niña y asegurarse de si dormía y de la manera en que lo hacía. Levantó con el mayor cuidado la manta que le tapaba la cabeza y vio que la niña dormía con un sueño profundo. Se había calentado en la cama y sus pálidas mejillas habían recobrado los colores. Sin embargo, y aquello parecía extraño, el encarnado de su cutis era mucho más vivo que el que se observa en estado normal en los niños.

«Ese color encendido debe de ser por la fiebre», pensó Svidrigailov.

Parecía como si hubiese bebido. Sus labios purpurinos parecían ardientes. De pronto creyó que se movían ligeramente las largas pestañas negras de la durmiente; bajo sus párpados medio entornados se adivinaba una mirada maliciosa, burlona, que no tenía nada de infantil. ¿Acaso no dormía la niña y simulaba el sueño? En efecto, sus labios sonríen, sus extremidades se estremecen como cuando se contiene la risa. Pero he aquí que deja de contraerse y que ríe francamente; algo desvergonzado y provocativo irradia aquel rostro que no tiene nada de infantil; es el rostro de una prostituta, de una *cocotte* francesa. Y sus ojos se abren completamente envolviendo a Svidrigailov con una mirada lasciva y apasionada, que lo llaman y ríen... Nada tan repugnante como aquella carita infantil cuyas facciones respiran lujuria.

—¡Es posible eso a los cinco años! —murmura, presa de verdadero espanto.

Y he aquí que vuelve hacia él su rostro inflamado y le tiende sus brazos.

—¡Ah, maldita! —exclama con horror Svidrigailov.

Levanta su mano para amenazarla, y en aquel instante se despertó, encontrándose acostado en su cama, envuelto en la manta; la bujía estaba apagada y el día apuntaba ya.

«He tenido una pesadilla toda la noche».

Se incorporó y se dio cuenta entonces de que estaba extenuado y completamente destrozado. Por fuera había una espesa niebla a través de la cual no se distinguía nada. Eran cerca de las cinco; Svidrigailov había dormido demasiado.

Se levantó, volvió a ponerse sus ropas, húmedas todavía, y al sentir el revólver en su bolsillo lo miró para asegurarse de que la bola estuviera bien colocada. Después se sentó y en la primera página de su cuaderno escribió unas líneas con gruesos caracteres. Después de releerlas se apoyó de codos en la mesa y quedó absorto en sus reflexiones. Las moscas se regalaban con la carne que se había dejado intacta. Las contempló por espacio de algún tiempo y luego se puso a cazarlas. Finalmente se extrañó de la ocupación a que se había entregado, y recobrando súbitamente la conciencia de su situación, salió apresuradamente de su cuarto. Un instante después estaba en la calle.

Una espesa niebla envolvía la ciudad. Svidrigailov caminaba en dirección del pequeño Neva. Mientras marchaba sobre el resbaladizo pavimento de madera veía en su imaginación la isla Petrowsky con sus estrechos senderos, su césped, sus bosquecillos...

No se veía un peatón ni un coche por toda la avenida. Las casitas amarillas, con sus ventanas cerradas, tenían un aspecto sucio y triste. El frío y la humedad empezaban a producirle escalofríos al paseante madrugador. De cuando en cuando, al distinguir el rótulo de alguna tienda lo leía automáticamente.

Cuando llegó al final del pavimento de madera, a la altura de una casa grande de piedra, vio un perro muy feo que cruzaba la calle con el rabo entre las patas. Un borracho estaba tumbado en medio de la acera con el rostro contra el suelo. Svidrigailov lo miró un momento y continuó andando. A la izquierda apareció de pronto una torre de atalaya.

«¡Bah! —pensó—. He aquí un buen sitio. ¿Para qué ir a la isla de Petrowsky? De esta manera, el hecho podrá ser confirmado oficialmente por algún testigo...».

Y sonriendo por aquella nueva idea, tomó por la calle de ***.

Por allí se encontraba el edificio coronado por la torre. Contra la puerta estaba apoyado un hombrecito envuelto en un capote de soldado y tocado con un casco griego. Al ver que se acercaba Svidrigailov le miró con desagrado. Su cara ofrecía aquella expresión de mohína tristeza que es la marca secular de la fisonomía de los israelitas. Ambos se examinaron en silencio durante unos instantes. Al centinela le pareció extraño que un individuo que no estaba borracho se detuviera a tres pasos de él y le mirase sin decir palabra.

—¿Qué desea? —preguntó el centinela arrimado a la puerta.

—Pues... nada, amigo mío. Buenos días —respondió Svidrigailov.

—Siga usted su camino.

—Amigo mío, voy al extranjero.

—¿Cómo al extranjero?

—A América.

—¿A América?

Svidrigailov sacó el revólver y levantó el gatillo. El soldado abrió desmesuradamente los ojos.

—¡Este no es sitio para bromas!

—¿Por qué?

—Porque no es sitio para eso.

—No importa, amigo mío: cualquiera es bueno; si te preguntan dices que me he marchado a América.

Y apoyó el cañón del revólver en su sien derecha.

—¡Aquí no se puede hacer eso! ¡Este sitio no es el indicado! —replicó el soldado abriendo aún más los ojos. Svidrigailov oprimió el gatillo...

VII

Aquel mismo día, entre las seis y las siete de la tarde, Raskolnikov se dirigió a casa de su madre y su hermana. Las dos mujeres vivían ahora en la casa Bakaleiev, en las habitaciones de que Razumikin les había hablado. Subiendo la escalera, Raskolnikov parecía vacilar aún. Sin embargo, por nada del mundo hubiese retrocedido; estaba resuelto a hacer aquella visita.

«Por otra parte —pensaba—, todavía no están enteradas y están acostumbradas a mi comportamiento extravagante».

Su traje estaba roto y lleno de barro; además, la fatiga física, unida a la lucha que se libraba dentro de él desde hacía más de veinticuatro horas, habían cambiado su rostro. El joven había pasado la noche sabe Dios dónde. Pero, al menos, su resolución estaba tomada ya.

Llamó a la puerta y salió su madre a abrirle. Dunechka había salido y la criada no estaba en casa en aquel momento. Pulqueria Alexandrovna quedó muda de sorpresa y de alegría; luego cogió a su hijo de la mano y le arrastró hacia la habitación.

—¡Vamos! ¡Gracias a Dios! —dijo con voz que la emoción hacía temblar—. No te disgustes, Rodia, si cometo la tontería de recibirte con lágrimas; lloro de alegría. ¿Crees que estoy triste? Pues no; estoy muy alegre, ya ves que me río, sólo que tengo esta estúpida costumbre de llorar. Desde la muerte de tu padre lloro por cualquier cosa. Siéntate, hijo mío, ya veo que estás cansado. ¡Ah, qué sucio estás!

—Ayer me mojé, mamá... —comenzó Raskolnikov.

—¡Déjalo! —interrumpió vivamente Pulqueria Alexandrovna—. ¿Creías que iba a preguntarte con mi curiosidad de vieja? Estate tranquilo, ya lo comprendo todo: ahora estoy ya un poco habituada a las costumbres de San Petersburgo, y, efectivamente, yo misma me he convencido de que aquí son más inteligentes que en nuestro pueblo. Me he dicho, de una vez para siempre, que no tengo necesidad de inmiscuirme en tus asuntos y pedirte cuentas, pues mientras que tú tienes quizá tu espíritu ocupado Dios sabe en qué pensamientos, yo no haría más que molestarte con mis preguntas inoportunas... ¡Dios mío! Fíjate, Rodia, voy a leer por tercera vez el artículo que publicaste en una revista que me ha traído Dimitri Prokofich. Eso ha sido una revelación para mí, y efectivamente, desde entonces me lo he explicado todo y me he dado cuenta de lo neciamente que he obrado. «Esto es lo que procura —me dije—. Tiene la cabeza llena de ideas nuevas y no le gusta que se le sustraiga a sus reflexiones; todos los sabios son así». A pesar de la atención con que leo tu artículo, hay muchas cosas en él que no comprendo, pero no es extraño que sea así con lo ignorante que yo soy.

—Enséñemelo, mamá...

Raskolnikov tomó el número de la revista y miró rápidamente su artículo. Un autor experimenta siempre verdadero placer al verse por primera vez en letras de molde, sobre todo cuando ese autor no tiene más que veintitrés años. Aunque presa de crueles preocupaciones, nuestro héroe no pudo evitar esa impresión, si bien no le duró más que un instante. Después de leer unas líneas, frunció el entrecejo y un horrible sufrimiento le oprimió el corazón. Aquella lectura le recordó súbitamente todas las inquietudes morales de los últimos meses, y arrojó con violenta repulsión el periódico sobre la mesa.

—Pero por muy ignorante que yo sea, Rodia, no puedo dejar de reconocer que de aquí a poco tiempo ocuparás uno de los primeros lugares, si no el primero, en el mundo de la ciencia. ¡Y todavía hay quien se atreve a creer que estás loco! ¡Ja, ja, ja! ¿No sabes que se les ha ocurrido esa idea? ¡Infelices! Por otra parte, ¿cómo van a comprender lo que es la inteligencia? ¡Y pensar que Dunechka no estaba muy lejos de creerlo! ¿Será posible? Hace seis o siete días, Rodia, estaba muy apenada al ver dónde vivías y cómo ibas vestido y lo que comías; pero ahora reconozco que era una tontería por mi parte, pues en cuanto tú quieras, con tu talento y tu inteligencia, llegarás sin el menor esfuerzo a la fortuna. Ya sé que, por ahora, no lo intentas siquiera y que te ocupas en cosas mucho más importantes...

—¿No está Dunia, mamá?

—No, Rodia. Sale con frecuencia y me deja sola. Dimitri Prokofich tiene la bondad de venir por aquí de cuando en cuando y siempre me habla de ti. Te quiere y te aprecia, hijo mío. Respecto a tu hermana, no me quejo de su poca consideración conmigo. Tiene su carácter, como yo el mío. No le gusta contarme sus cosas, pero libre es de hacer lo que le parezca. Yo no tengo nada oculto para mis hijos. Desde luego que estoy persuadida de que Dunia es muy inteligente y que, además, me quiere mucho, lo mismo que a ti... Pero yo no sé en qué terminará todo esto... Siento que ella no pueda aprovechar la visita que me haces. Cuando vuelva le diré: «Tu hermano ha venido cuando tú no estabas en casa; ¿dónde has estado?». Tú, Rodia, no me hagas sufrir demasiado; ven a verme cuando puedas hacerlo sin molestarte mucho, si no puedes no te apures, ya tendré paciencia. Me bastará saber que me quieres. Leeré tus obras, oiré hablar de ti por todas partes y recibiré tu visita de cuando en cuando. ¿Qué más puedo desear? Hoy has venido a consolar a tu madre, ya lo veo...

Pulqueria Alexandrovna rompió bruscamente a llorar.

—¡Siempre lo mismo! No me hagas caso, que estoy loca. ¡Dios mío! ¡Qué distraída! —exclamó, levantándose de pronto—. ¡Tenemos café y no te he ofrecido! ¡Ya ves lo que es el egoísmo de los viejos!

—No vale la pena, mamá; me voy a marchar. No he venido a eso. Le ruego que escuche.

Pulqueria Alexandrovna se acercó tímidamente a su hijo.

—Mamá, pase lo que pase y aunque oiga usted lo que fuere de mí, ¿me querrá usted como ahora? —preguntó de improviso.

Aquellas palabras salieron espontáneamente del fondo de su corazón, antes que tuviera tiempo de calcular su importancia.

—Rodia, Rodia, ¿qué tienes? ¿Cómo me haces esa pregunta? ¿Quién se atreverá a decirme mal de ti? Si alguien se atreviera, me negaría a escucharle y le arrojaría de mi presencia.

—El objeto de mi visita es asegurarle que yo la quise siempre y celebro que nos encontremos solos, me alegro de que Dunia no esté aquí —continuó con el mismo entusiasmo—. Aunque se encuentre usted en la desgracia, sepa que su hijo la quiere más que a sí mismo, y que ha hecho usted mal en dudar de su cariño. Jamás dejaré de quererla... Y basta ya. He creído que debía, ante todo, dar estas explicaciones...

Pulqueria Alexandrovna abrazó silenciosamente a su hijo, lo estrechó contra su pecho y lloró calladamente.

—No sé qué tienes, Rodia —dijo por fin—. Hasta ahora había creído sinceramente que nuestra presencia te molestaba; pero ahora comprendo que te amenaza alguna desgracia y que vives en continua ansiedad. Ya lo sospechaba, Rodia. Perdóname que te hable de eso; pero pienso constantemente en ello y hasta me quita el sueño. Tu hermana estuvo delirando la noche anterior y entre las palabras que pronunciaba aparecía constantemente tu nombre. Oí algunas palabras, pero no pude comprender nada de ellas. Desde esta mañana hasta el momento que llegaste he estado como el condenado a muerte que espera su ejecución. ¡Tenía el presentimiento de algo! ¡Rodia, Rodia! ¿Adónde vas? Piensas salir de San Petersburgo, ¿verdad?

—Sí.

—¡Lo había adivinado! Pero yo puedo marcharme contigo si te vas. Y Dunia nos acompañaría, ella te quiere, te quiere mucho. Si te parece bien, podemos llevarnos con nosotros a Sonia Semenovna. Estoy dispuesta a aceptarla como hija. Dimitri Prokofich nos ayudará en nuestros preparativos de viaje... Pero..., ¿adónde vas?

—¡Adiós, mamá!

—¡Cómo! ¡Hoy mismo! —exclamó la pobre madre, como si se tratara de una separación eterna.

—No puedo quedarme; tengo necesariamente que separarme de vosotras...

—¿Y no puedo ir contigo?

—No, pero arrodíllese y ruegue a Dios por mí. Quizá escuche sus plegarias.

—¡Que Dios nos oiga! Voy a darte mi bendición. ¡Oh, Señor!

Sí, él celebraba que su hermana no estuviera presente en aquella entrevista. Para dar rienda suelta a su ternura necesitaba una entrevista a solas, y un testigo cualquiera, aunque fuese Dunia, le habría estorbado.

Cayó a los pies de su madre y los besó. Pulqueria Alexandrovna y su hijo se abrazaron llorando. La pobre madre no hizo ninguna pregunta. Comprendía que su hijo atravesaba una crisis terrible y que su suerte iba a decidirse en un momento.

—Rodia, querido hijo mío, mi primer hijo —dijo a través de sus sollozos—, te veo ahora como cuando eras un niño; así era como venías a ofrecerme tus caricias y tus besos. En otro tiempo, cuando tu padre vivía, él y yo no teníamos, en nuestra desgracia, más consuelo que tu presencia, y desde que le enterré ¡cuántas veces hemos llorado tú y yo sobre su tumba, abrazados como estamos ahora! Si hace mucho tiempo que lloro es porque mi corazón maternal tenía horribles presentimientos. La noche de nuestra llegada a San Petersburgo, en nuestra primera entrevista, tu rostro me lo dijo todo, y hoy, cuando te abrí la puerta pensé que la hora fatal había llegado. ¡Rodia, Rodia! ¿Te irás enseguida? ¿Volverás?

—Sí... vendré.

—Rodia, no te disgustes, no me atrevo a preguntarte; pero dime únicamente dos palabras: ¿vas lejos de aquí?

—Muy lejos.

—¿Tendrás allí un empleo, una posición?

—Tendré lo que Dios me haya destinado... Ruégale por mí.

Raskolnikov quería salir, pero su madre se abrazó a él y le miró cara a cara con una expresión desesperada.

—Basta, mamá —dijo el joven, quien comprendiendo el dolor de su madre, lamentaba profundamente haber venido.

—¿No te marcharás para siempre? ¿Te irás enseguida? ¿Vendrás mañana?

—Sí, sí, adiós.

Por fin consiguió escapar.

La tarde era calurosa sin ser asfixiante; el tiempo se había despejado. Raskolnikov volvió apresuradamente a su casa. Quería terminarlo todo antes que el sol se pusiera. Cualquier encuentro le hubiera sido en aquel momento muy desagradable. Al subir a su habitación observó que Nastasia, ocupada entonces en preparar el té, había interrumpido su trabajo y lo miraba con curiosidad.

«¿Habrá alguien arriba?», se dijo.

Y, a pesar suyo, pensó en el aborrecible Porfirio. Pero al abrir la puerta de su habitación vio a Dunechka. La joven, sentada en el diván, estaba pensativa. Sin duda que esperaba a su hermano desde hacía bastante. Este se detuvo en el umbral. Dunia se estremeció, se incorporó y le miró insistentemente. En los ojos de Dunia se leía una desolación infinita. Aquella mirada le demostró a Raskolnikov que lo sabía todo.

«¿Debo entrar o retirarme?», se preguntó con vacilación.

—Me he pasado todo el día esperándote en casa de Sonia Semenovna. Creíamos que irías.

Raskolnikov penetró en el aposento y se dejó caer extenuado en una silla.

—Me siento débil, Dunia; estoy muy fatigado, y sobre todo en este momento necesito todas mis energías. No lo recuerdo bien. Mira, Dunia, yo quería tomar una resolución definitiva y me acerqué varias veces al Neva; de esto sí me acuerdo. Mi intención era concluir así..., pero... no pude resolverme a ello... —concluyó, en voz baja, intentando leer en el rostro de Dunia la impresión que producían sus palabras.

—¡Alabado sea Dios! ¡Eso es precisamente lo que temíamos Sonia Semenovna y yo! ¡Así, pues, crees todavía en la vida! ¡Bendito sea Dios!

Raskolnikov sonrió con amargura.

—No creía en ella; pero estuve con nuestra madre hace un momento y nos hemos abrazado llorando; soy incrédulo, y, sin embargo, le he pedido que ruegue a Dios por mí. Dios sabe cómo ha podido ser eso, Dunechka; ni yo mismo comprendo lo que siento.

—¿Has ido a ver a nuestra madre? ¿Has hablado con ella? —exclamó Dunia espantada—. ¿Es posible que hayas tenido el valor de contarle «aquello»?

—No, no se lo he dicho..., pero sospecha algo. Te ha oído soñar en voz alta toda la noche, y tengo la seguridad de que ha adivinado parte del secreto. Tal vez he hecho mal con ir a verla. No sé siquiera por qué lo hice. Soy un hombre ruin, Dunia.

—Sí, pero dispuesto a no retroceder ante la expiación. Irás, ¿verdad?

—Inmediatamente. Quería suicidarme para huir del deshonor; pero en el momento de ir a arrojarme al agua me dije que un hombre fuerte no debe temer a la vergüenza. ¿Es esto orgullo, Dunia?

—¡Sí, Rodia!

Una especie de resplandor brilló en sus ojos tristes; parecía feliz al pensar que había conservado su orgullo.

—¿No irás a creer, hermana mía, que le tuve miedo al agua? —inquirió, mirándola al rostro con sonrisa insolente.

—¡Basta, Rodia! —respondió la joven, ofendida por aquella suposición.

Ambos permanecieron silenciosos por espacio de algunos minutos, Raskolnikov tenía los ojos bajos, Dunechka le contemplaba con expresión de sufrimiento. De repente la joven se levantó.

—La hora se aproxima y ha llegado el momento de marcharme. Voy a entregarme, aunque no sé por qué lo hago.

Gruesas lágrimas rodaron por las mejillas de Dunechka.

—¿Lloras, hermana mía? ¿No quieres darme la mano?

—¿Puedes dudarlo?

Y le estrechó fuertemente contra su pecho.

—¿No crees acaso que ofreciéndote a la expiación borras la mitad de tu crimen?

—¿Mi crimen? ¿Qué crimen? —replicó en un repentino acceso de cólera—. ¿El de haber matado a un bicho venenoso, repugnante y malo, a una vieja usurera perjudicial a todo el mundo, a un vampiro que le chupaba la sangre a los pobres? ¡Un asesinato así debiera obtener la indulgencia para cuarenta pecados! ¡No pienso en mi delito ni trato de borrarlo! ¿Por qué han de gritarme por todas partes: «¡Crimen! ¡Crimen!»? Ahora que estoy decidido a afrontar la deshonra, sólo ahora se me presenta lo absurdo de mi cobarde determinación con toda claridad. ¡Lo hago por bajeza, por impotencia, si no es por interés, como me aconsejaba ese... Porfirio!

—¡Hermano! ¡Hermano! ¿Qué dices? ¡Has derramado sangre! —respondió Dunia consternada.

—Bien, ¿y qué? Todo el mundo la derrama —continuó con creciente vehemencia—. Siempre corrió abundantemente por la tierra; las personas que la derraman como el champaña suben inmediatamente al Capitolio y las proclaman bienhechoras de la Humanidad. Examina un poco mejor las cosas antes de juzgarlas. También yo quería hacerle bien a los hombres. Centenares, miles de buenas acciones hubiesen borrado esa mi única necedad; y cuando digo necedad, debiera decir mejor torpeza, pues la idea no es tan necia como ahora parece. Después del fracaso, los planes mejor concertados parecen estúpidos. Yo no pretendía con esa necedad más que crearme una situación independiente, afirmar mis primeros pasos en la vida, procurarme lo que necesitaba. Enseguida habría reanudado mi obra. Pero fracasé, y soy un miserable. Si hubiera triunfado me trenzarían coronas, mientras que ahora sólo soy digno de que me arrojen a los perros.

—¡No, no se trata de eso! ¿Qué dices, hermano mío?

—¡Bien es verdad que no procedía conforme a las reglas de la estética! Decididamente, no comprendo por qué es más glorioso arrojar bombas contra una ciudad sitiada que asesinar a hachazos a una persona. La falta de estética es el principal signo de la impotencia. Jamás lo comprendí como ahora, pero menos que nunca comprendo tampoco cuál fue mi crimen. ¡Nunca fui tan fuerte y estuve tan convencido como en este momento!

Su rostro pálido y desencajado se había coloreado súbitamente. Al terminar de proferir aquella exclamación, sus ojos tropezaron casualmente con los de Dunia; y esta le miraba con tanta tristeza, que su exaltación cesó de pronto. No pudo menos de decirse que en suma había sido la desgracia de aquellas dos mujeres...

—¡Dunia querida! Perdóname si soy culpable, aunque no merezca perdón alguno si realmente lo soy. ¡Adiós! ¡No discutamos más! ¡Es hora de partir! No me sigas, te lo suplico, aún tengo que hacer una visita... Ve inmediatamente al lado de nuestra madre y no te separes de ella: te lo pido por favor, es el último que te pido. No la abandones; la he dejado muy preocupada y temo que no pueda soportar la pena. Esto le costará la vida o la razón. ¡Vela por ella! Razumikin no os abandonará; le he hablado... No llores por mí; aunque sea un asesino, trataré toda mi vida de ser honrado y valeroso. Tal vez oirás hablar de mí algún día. Ya verás cómo no os deshonraré: aún probaré... Y ahora, hasta la vista —se apresuró a añadir al observar una extraña expresión en los ojos de Dunia mientras le hacía estas promesas—. ¿Por qué lloras? ¡No llores, que no nos separaremos para siempre...! ¡Ah, sí! Espera. Se me olvidaba...

Tomó de encima de la mesa un librote cubierto de polvo, lo abrió y sacó de él una pequeña miniatura pintada en marfil. Era el retrato de la hija de su patrona, la joven a quien había amado. Durante un momento contempló aquel rostro expresivo y melancólico. Luego besó el retrato y se lo entregó a Dunechka.

—Muchas veces hablé con ella de «eso», con ella sola —dijo pensativo—. Le confié mi proyecto, que tan lamentable fin había de tener. Tranquilízate —continuó dirigiéndose a Dunia—. Se rebeló tanto como tú, y celebro que muriera.

Y luego, volviendo al principal objeto de sus preocupaciones:

—Lo esencial ahora —dijo— es saber si he calculado bien lo que voy a hacer y si estoy dispuesto a aceptar todas sus consecuencias. Creen que esta prueba me es necesaria. ¿Será verdad? ¿Qué fuerza moral habré adquirido cuando salga quebrantado de la prisión al cabo de veinte años de sufrimiento? ¿Valdrá entonces la pena vivir? ¡Y consiento soportar el peso de una vida semejante! ¡Oh! ¡Ya me he dado cuenta de que era un cobarde cuando esta mañana quise arrojarme al Neva!

Ambos salieron, por fin. Dunia se había mantenido con firmeza durante aquella penosa entrevista únicamente por el amor que profesaba a su hermano. Despidiéronse en la calle. Después de haber andado unos cincuenta pasos, la joven se volvió para ver por última vez a Raskolnikov. Este se volvió también al llegar a la esquina de la calle. Sus miradas se encontraron, pero al notar que la vista de su hermana estaba fija en él, hizo un gesto de impaciencia e incluso de cólera para invitarla a que continuara su camino. Y al doblar la esquina desapareció inmediatamente.

«Soy ruin, yo mismo lo reconozco —pensó, avergonzándose al cabo de un minuto del gesto de cólera que había hecho a Dunia—. ¡Pero por qué me quieren tanto si yo no lo merezco! ¡Oh, si estuviera solo y nadie me quisiera y yo mismo no hubiera querido nunca a nadie! ¡Entonces "no habría nada de aquello"! Y es una cosa curiosa: ¿es posible que durante estos quince o veinte años futuros estará de tal manera apaciguada mi alma que lloriquearé compasivamente ante los hombres calificándome en todas las ocasiones de bergante? ¡Sí, sí, precisamente es de esa manera! Por eso ahora me mandan al suplicio, es eso lo que necesitan... Mira, se pasean tranquilamente arriba y abajo por la calle y cada uno de ellos es bandolero y granuja por naturaleza, o peor todavía: ¡idiota! Y si alguien intenta enviarme aunque sólo sea al destierro, todos ellos se pondrán furiosos, movidos por una noble indignación. ¡Oh, qué odio, qué odio siento por todos ellos!».

Raskolnikov meditó profundamente sobre este punto: ¿cómo había podido ocurrir que ahora se decidiese ya, sin pensarlo siquiera, a entregarse y que diese este paso como resultado de una verdadera convicción? Y bien, ¿por qué no? Naturalmente ha de ser así y no de otra manera. ¿Es que veinte años de yugo constante no lo abatirán de manera definitiva? El agua llega a horadar la piedra. ¿Y valdrá la pena, valdrá la pena vivir después de todo esto? ¿Y por qué voy a entregarme, sabiendo como sé que las cosas pasarán de esta manera y no de otra?

Esta pregunta venía haciéndosela desde el día anterior, tal vez más de un centenar de veces; sin embargo, siguió su camino.

VIII

A la caída de la tarde llegó a casa de Sonia. La joven había estado esperándole con ansiedad durante todo el día. Por la mañana recibió la visita de Dunia, quien, informada por Svidrigailov de que Sonia Semenovna estaba «enterada de aquello», había ido a verla. No referiremos con detalle la conversación de las dos mujeres, limitándonos a decir que lloraron juntas y que se unïeron en estrecha amistad.

De aquella entrevista llevóse Dunechka el consuelo de pensar que su hermano no estaba solo. Sonia era la primera a quien se confió. A ella fue a quien se dirigió cuando sintió la necesidad de confiarse a un humano. Adondequiera que el destino le llevase, ella le acompañaría. Avdotia Romanovna estaba segura a este respecto, aunque no le había preguntado nada sobre eso, observaba a Sonia con una especie de veneración que turbaba a la pobre joven, pues se creía indigna de poner sus ojos en Dunia. Después de su visita a casa de Raskolnikov, la imagen de la encantadora joven que la saludó tan gentilmente aquel día quedó en su alma como una de las visiones más bellas e indelebles de su vida.

Por fin se decidió Dunechka a ir a esperar a su hermano a su casa diciéndose que seguramente le encontraría. Apenas Sonia se encontró sola, volvió a quitarle el reposo la idea de que Raskolnikov pudiera suicidarse. Ese era también el temor de Dunia, pero cuando ambas hablaron se dieron la una a la otra tantas razones para tranquilizarse que llegaron en parte a lograrlo.

Cuando se separaron volvió a despertarse la inquietud de ambas. Sonia recordó lo que Svidrigailov le había dicho el día anterior: «A Raskolnikov no le queda más remedio que elegir entre dos extremos: ir a Siberia, o...». Además, conocía el orgullo del joven y su falta de sentimiento religioso. «¿Es posible que se resigne a vivir, únicamente por pusilanimidad, por temor a la muerte?», pensaba ella con desesperación. Estaba convencida de que el joven habría puesto fin a sus días, cuando este se presentó en su casa.

La joven lanzó un grito de alegría; pero palideció súbitamente al observar el rostro del visitante.

—¡Vamos! —dijo riendo Raskolnikov—. Vengo a buscar tus cruces, Sonia. Tú eres la que me ha impulsado a que me entregue, y voy a hacerlo. ¿Por qué tienes miedo?

Sonia le miró con extrañeza. Le parecía raro el tono en que le hablaba. Un estremecimiento recorrió su cuerpo, pero al cabo de un momento comprendió que aquella tranquilidad era fingida. Mientras hablaba, Raskolnikov miraba a un rincón y parecía temer encontrar su mirada.

—¿Ves, Sonia? He pensado que eso es lo mejor. Hay en esto una circunstancia... Pero sería muy largo de contar y no tengo tiempo... ¿Sabes lo que me irrita? Me pongo furioso al pensar que dentro de un momento me rodearan todos esos bárbaros, clavarán sus miradas en mí, me harán estúpidas preguntas a las que tendré que responder, me señalarán con el dedo... No iré a casa de Porfirio, me es insoportable. Prefiero ir a ver a mi amigo Pólvora. ¡Qué sorpresa va a tener! Puedo contar con un gran éxito de admiración. Pero será necesario tener más sangre fría, pues en estos últimos tiempos me he vuelto más irritable. ¿Lo creerás? Poco ha faltado antes para que levantara la mano sobre mi hermana, y todo ello porque se volvió para verme otra vez. He caído bastante bajo. Bueno, ¿dónde están las cruces?

El joven no parecía en su estado normal. No se podía estar quieto, ni fijar su pensamiento en ningún objeto. Sus ideas se sucedían sin transición, deliraba, en una palabra; sus manos temblaban ligeramente.

Sonia guardaba silencio. Sacó dos cruces de una caja: una, de cobre; la otra, de madera de ciprés; se santiguó, y después de repetir la misma ceremonia en la persona de Raskolnikov, le colocó en el cuello la cruz de ciprés.

—Es una forma simbólica de expresar que cargo con la cruz, ¡ja, ja! ¡Como si solamente desde hoy hubiera sufrido! La cruz de ciprés es la de los niños; la de cobre pertenecía a Isabel, guárdala para ti. ¡Déjamela ver! ¿La llevaba ella... en aquel momento? Conozco otros dos objetos también piadosos: una cruz de plata y una imagen. Las tiré «entonces» sobre el pecho de la vieja. Eso es lo que debía ponerme ahora al cuello... Pero no digo más que desatinos y dejo a un lado el asunto. ¡Estoy distraído...! ¿Ves, Sonia? He venido principalmente a prevenirte para que sepas... Pues bien, esto es todo... No he venido más que para eso... ¡Hum...! Creo, sin embargo, que tenía algo más que decirte. Sí; tú misma exigiste de mí que diera este paso. Me meterán en la cárcel y tu deseo quedará cumplido. ¿Por qué lloras entonces? ¡Tú también! ¡Basta, basta! ¡Oh, qué penoso me es todo esto!

Su corazón se angustiaba al ver llorar a Sonia.

«¿Qué significo para ella? —se decía—. ¿Por qué se interesa por mí como podrían hacerlo mi madre o mi hermana?».

—Haz la señal de la cruz, reza una oración —suplicó la joven con voz temblorosa.

—Bueno, rezaré todo lo que quieras, y de todo corazón, Sonia, de todo corazón...

No era aquello todo lo que quería decir.

Hizo muchas veces la señal de la cruz. Sonia se anudó en torno a la cabeza un pañuelo verde, seguramente el mismo del que Marmeladov habló en la taberna, y que servía entonces a toda la familia. Por la mente de Raskolnikov cruzó aquel pensamiento, pero se abstuvo de preguntar nada. Empezó a darse cuenta de que se distraía constantemente y de que estaba muy turbado y aquello le inquietó.

De pronto se dio cuenta de que Sonia se disponía a salir con él.

—¿Qué haces? ¿Adónde vas? ¡Quédate, quédate! Quiero estar solo —exclamó con voz irritada, dirigiéndose hacia la puerta—. ¡Qué necesidad hay de ir allí con escolta! —refunfuñó cuando salía.

Sonia no volvió a insistir. Raskolnikov la había olvidado y ni siquiera le dijo adiós. Una sola idea le obsesionaba en aquel momento.

«¿Es que esto está realmente decidido? —se preguntaba conforme bajaba la escalera—. ¿No hay manera de arreglarlo todo... y no ir allí?».

Prosiguió su camino sin embargo, comprendiendo de pronto que la hora de las vacilaciones había pasado. Cuando estuvo en la calle recordó que no se había despedido de Sonia, que esta se había detenido en medio de la habitación y que una orden suya la había dejado como clavada en el sitio. Entonces se hizo una pregunta que desde hacía algunos momentos vagaba por su cerebro sin formularse claramente:

«¿Por qué le he hecho esta visita? Le dije que iba a un asunto. ¿Qué asunto era este? No, absolutamente ninguno. ¿Para decirle que "voy allá"? ¡Era necesario! ¿Para decirle que la amo? ¡Vamos! ¡Y hace poco acabo de tratarla como a un perro! ¿Qué necesidad tenía yo de su cruz? ¡Qué bajo he caído! No, lo que yo quería eran sus lágrimas, lo que necesitaba era gozar al ver su corazón destrozado. Quizá al ir a verla no he buscado más que ganar tiempo, retrasar un poco el momento fatal. ¡Y me atreví a soñar con altos destinos, me creí llamado a hacer grandes cosas, yo, tan vil, tan miserable, tan infame!».

Caminaba a lo largo del malecón, sin saber qué hacer, pero cuando llegó al puente se detuvo un instante y se dirigió entonces hacia el mercado del heno.

Sus miradas iban ávidamente de derecha a izquierda: se esforzaba en examinar cada objeto que encontraba, sin poder fijar su atención sobre ninguno.

«Dentro de ocho días, de un mes —pensaba—, pasaré por este puente; un coche celular me llevará a algún sitio. ¿Cómo contemplaré entonces este canal? ¿Volveré a ver ese rótulo donde se lee la palabra "Compañía"? ¿Lo leeré entonces como lo leo ahora? ¿Cuáles serán mis sensaciones y mis pensamientos? ¡Dios mío! ¡Qué preocupaciones tan mezquinas! Seguramente esto es curioso... en su género... ¡Ja, ja, ja! ¡Hay que ver de lo que me preocupo ahora! Hago el niño, tomo poses ante mí mismo. ¿Por qué han de ruborizarme mis pensamientos? ¡Oh qué barahúnda! ¿Sabe ese hombre grueso..., un alemán según las apariencias..., sabe que me ha dado un codazo? Esa mujer que tiene un niño de la mano y que pide limosna me cree quizá más dichoso que ella. Sería gracioso. Debiera darle algo por lo curioso del hecho. ¡Bah! Tengo cinco copecs en el bolsillo. ¿Por qué casualidad?».

—Toma, *batuchka*.

—¡Que Dios te conserve! —dijo la mendiga lastimosamente.

El mercado del heno estaba lleno de gente. Aquella circunstancia desagradó mucho a Raskolnikov, que se dirigió, sin embargo, hacia el sitio donde la muchedumbre era más compacta. Hubiese comprado la soledad a cualquier precio, pero sentía en sí mismo que no podría gozar de ella ni un sólo minuto.

Cuando llegó al medio de la plaza, recordó de pronto las palabras de Sonia.

«Ve a la plazuela, saluda al pueblo, besa la tierra que has manchado con tu crimen y di en voz alta, delante de todo el mundo: "¡Soy un asesino!"».

Este recuerdo le hizo temblar. Las angustias de los días anteriores habían agotado su alma de tal manera que se consideró feliz al encontrarla todavía accesible a una sensación distinta a la que se entregó por completo. Inmensa ternura se apoderó de él; sus ojos se llenaron de lágrimas.

Púsose de rodillas en medio de la plaza, se encorvó hasta el piso y besó con alegría el fangoso suelo. Luego se levantó y se arrodilló de nuevo.

—¡Ahí tienen uno que no se priva de nada! —observó un muchacho a su lado.

Aquella observación fue acogida con carcajadas.

—Es un peregrino que va a Jerusalén, amigos míos; se despide de sus hijos y de su patria; saluda a todo el mundo, da el beso de despedida a la ciudad de San Petersburgo y al suelo de la capital —añadió un burgués ligeramente borracho.

—Es todavía muy joven —dijo un tercero.

—Es un noble —observó seriamente otro.

—Hoy día no se distinguen ya los nobles de los que no lo son.

Viéndose objeto de la atención general, perdió Raskolnikov su seguridad, y las palabras «¡Soy un asesino!», que tal vez iban a salir de su boca, expiraron en sus labios. Las exclamaciones y las burlas de la multitud no le causaron gran impresión y se encaminó serenamente hacia la comisaría. Cuando marchaba hacia ella no había más que una imagen que atraía sus miradas; además, había esperado hallarla a su paso, y no le extrañó.

En el momento en que acababa de prosternarse por segunda vez en el mercado del heno vio a cincuenta pasos de él a Sonia. La joven había procurado ocultarse para que no la viera, colocándose detrás de uno de los puestos de madera que había en la plaza. ¡Así, pues, ella le acompañaba mientras subía aquel calvario! Desde aquel instante, Raskolnikov se afirmó en la convicción de que Sonia era suya para siempre y le seguiría a todas partes.

¡Había llegado al sitio fatal!

Entró en el patio con bastantes ánimos y paso seguro. La oficina de Policía se encontraba en el piso tercero.

«Antes de subir allá arriba tengo tiempo todavía para volverme atrás», pensó el joven.

Le gustaba repetirse que mientras no hubiera confesado podía cambiar de resolución.

Como en su primera visita, encontró la escalera sucia y maloliente por las emanaciones que salían de las cocinas abiertas en todos los pisos. Sus piernas vacilaban mientras subía los escalones. Hubo un instante en que se detuvo para recobrar el aliento, reponerse y preparar su entrada.

«¿Y para qué? —se preguntó de pronto—. Puesto que hay que apurar este cáliz, importa poco la manera de apurarlo. Cuanto más amargo sea, mejor».

Luego se presentó en su imaginación la figura de Ilia Petrovich, el teniente Pólvora.

«¿Y por qué he de hablarle a él? ¿No podría dirigirme a otro cualquiera, Nikodim Fomich, por ejemplo? ¿Y si fuera a buscar al comisario de policía a su domicilio particular y le refiriera el asunto en una conversación privada...? ¡No, no! Hablaré con Pólvora y así acabaremos antes...».

Temblando, sin tener conciencia de sí mismo, Raskolnikov abrió la puerta de la comisaría. Ahora no vio en la antesala más que a un portero y un hombre del pueblo. El bedel no se fijó siquiera en él. El joven pasó a la habitación inmediata donde trabajaban dos escribientes. No estaba Zametov, ni tampoco Nikodim Fomich.

—¿No hay nadie? —preguntó el visitante, dirigiéndose a uno de los empleados.

—¿Por quién pregunta usted?

—¡A... a... ah! Sin oír sus palabras y sin ver su cara he adivinado la presencia de un ruso..., como dicen en no sé qué cuento... ¡Se le saluda! —dijo una voz conocida.

Raskolnikov se estremeció: Pólvora estaba delante de él; acababa de salir de otra habitación.

«El destino lo ha querido así —pensó el visitante—. ¿Cómo estará aquí?»

—¿Usted por aquí? ¿Cómo es eso? —exclamó Ilia Petrovich, que parecía de buen humor, incluso algo alegre—. Si viene usted por algún asunto, es demasiado pronto. Me encuentra usted aquí por casualidad... Pero, ¿en qué puedo...? Confieso que no le... ¿Cómo se llama? Perdone usted...

—Raskolnikov.

—¡Ah, sí, Raskolnikov! ¡Querrá creer usted que se me había olvidado! Le ruego que no me juzgue tan... Rodion Rodionich, ¿no es así?

—Rodion Romanovich.

—¡Sí, sí, sí! ¡Rodion Romanovich! ¡Rodion Romanovich! Lo tenía en la punta de la lengua. Le confieso que lamento sinceramente la manera como le tratamos el otro día. Después me explicaron el asunto, y me enteré que era usted un escritor joven, un sabio... También me dijeron que debutaba usted en la carrera de las letras... ¡Santo Dios! ¿Quién es el literario o el sabio que en us principios no ha llevado una vida más o menos bohemia? A mi mujer y a mí nos gusta mucho la literatura, pero en mi mujer es una pasión. ¡Se vuelve loca por las letras y las artes...! Salvo el lustre del nacimiento, lo demás puede adquirirse con el talento: el saber, la inteligencia, el genio. Un sombrero, por ejemplo..., ¿qué es? ¿Qué significa? Un sombrero es un trozo de paño que puede comprarlo en casa de Zimmermann; pero lo que hay debajo del sombrero, ¡eso no se compra...! Confieso que incluso quería ir a su casa para darle explicaciones; pero he pensado que quizá usted... Con todo esto, no le he preguntado todavía el objeto de su visita. Al parecer, su familia está ahora en San Petersburgo.

—Sí, aquí están mi madre y mi hermana.

—He tenido incluso el placer y el honor de encontrar a su hermana. Es una persona tan encantadora como distinguida. Deploro verdaderamente de todo corazón el altercado que tuvimos en otro tiempo. En cuanto a las conjeturas basadas en su desvanecimiento, se ha reconocido ya su falsedad. Comprendo la indignación que sintió usted entonces. Puesto que su familia está ahora en San Petersburgo, quizá cambie usted de alojamiento.

—No, por el momento, no. He venido a preguntar... Creí encontrar aquí a Zametov.

—¡Ah, es verdad! Se ha hecho usted amigo suyo. Lo he oído decir. Pues bien, Zametov no está con nosotros. Sí, hemos perdido a Lexeis Grigorievich. Ayer nos abandonó; antes que se marchara hubo incluso palabras gruesas entre él y nosotros... Es un galopín sin consistencia, y nada más; prometía algo, pero ha tenido la desgracia de frecuentar nuestra brillante juventud y se le ha metido en la cabeza sufrir unos exámenes para poder dárselas de sabio. Naturalmente, Zametov no tiene nada de común con usted ni con el señor Razumikin, su amigo. Ustedes han abrazado la carrera de la ciencia y los reveses no les han afectado. Para usted, por ejemplo, las distracciones de la vida no significan nada; lleva una existencia austera, ascética, monástica, del hombre de estudios. Un libro, una pluma detrás de la oreja, una investigación científica a realizar son suficientes para su felicidad. Yo también, hasta cierto punto... ¿Ha leído usted la *Correspondencia* de Livingstone?

—No.

—Yo, sí, la he leído. Además, ahora el número de nihilistas ha aumentado considerablemente, lo cual no es raro en una época como la nuestra. Entre nosotros, ¿es usted nihilista? Respóndame con franqueza.

—No...

—No tema ser franco conmigo, como si se tratase de usted mismo. Otra cosa es el servicio, otra cosa... Creía usted que iba a decir «la amistad». Se ha equivocado. No la amistad, sino el sentimiento del hombre y del ciudadano, el sentimiento de la Humanidad y del amor por el Todopoderoso. Puedo ser un personaje oficial, un funcionario, pero no por eso debo dejar de sentir siempre en mí el hombre y el ciudadano. Hablaba usted de Zametov. Pues bien, Zametov es un muchacho que copia el *chic* francés, que da escándalos en los garitos cuando ha bebido un vaso de champaña o de vino del Don ¡Ese es su Zametov! Quizá he sido un poco riguroso con él; pero si mi indignación me ha llevado lejos, ello obedece a un sentimiento elevado: el celo por los intereses del servicio. Por otra parte, poseo un rango, una situación, una importancia oficial. Estoy casado, soy padre de familia, cumplo mis deberes de hombre y de ciudadano, mientras que él, ¿quién es? Me dirijo a usted como a un hombre favorecido por la bienhechora educación. Las mujeres sabias se han prodigado también de una manera prodigiosa.

Raskolnikov miró al teniente con aire embobado. Las palabras de Ilia Petrovich que, evidentemente, acababa de levantarse de la mesa, resonaban en sus oídos como palabras carentes de sentido. De todas formas, comprendía, bien o mal, algunas de ellas. En aquel momento preguntaba con la mirada a su interlocutor sin saber cómo terminaría aquello.

—Hablo de esas jóvenes que llevan el cabello cortado a lo Tito —continuó el inagotable Ilia Petrovich—. Las llamo mujeres sabias, y el nombre me parece muy a propósito. ¡Je, je! Siguen cursos de Medicina, estudian Anatomía; ¿cree que si yo cayera enfermo me haría visitar por una señorita?

Ilia Petrovich se echó a reír, encantado de su ocurrencia.

—Admito la sed de instrucción, pero, ¿no es posible instruirse sin caer en todos esos excesos? ¿A qué ser insolentes? ¿Por qué insultar a nobles personalidades, como hace ese bribonzuelo de Zametov? ¿Por qué me injurió...? Otra epidemia que progresa terriblemente es la del suicidio. Se come uno todo lo que tiene, y luego se suicida. ¡Jovencitas, muchachos, ancianos...! ¡Todos se suicidan! Hace poco hemos sabido que un señor que hacía poco había llegado aquí acaba de poner fin a sus días... ¡Nil Pavlich!... ¡Eh! ¡Nil Pavlch! ¿Cómo se llamaba el *gentleman* que se levantó esta mañana la tapa de los sesos en la Petersburskaia?

—Svidrigailov —respondió con voz enronquecida uno de los que estaban en la habitación inmediata.

Raskolnikov se estremeció.

—¡Svidrigailov! ¿Svidrigailov se ha pegado un tiro? —exclamó.

—¡Cómo! ¿Conocía usted a Svidrigailov?

—Sí..., le conocía... Hacía poco que había venido...

—Sí, en efecto, hacía poco que había llegado a San Petersburgo. Había perdido a su mujer. Era un pervertido. Se ha suicidado en condiciones particularmente escandalosas. Sobre su cadáver se ha encontrado un cuaderno en el que había escrito algunas palabras: «Muero en posesión de mis facultades mentales; no se acuse a nadie de mi muerte...». Dicen que tenía fortuna. ¿De qué le conoce usted?

—Yo... Mi hermana había sido institutriz en su casa.

—¡Bah! ¡Bah...! Entonces puede darnos informes sobre él. ¿Sospechaba usted de su intento?

—Lo vi ayer... Estaba bebiendo vino... No sospeché nada.

Raskolnikov sentía como el peso de una montaña en su pecho.

—Parece que vuelve usted a palidecer... ¡Es tan asfixiante la atmósfera de esta habitación...!

—Sí, tengo que marcharme —balbuceó el visitante—. Perdone si le he molestado...

—¡No faltaba más...! Estoy siempre a su disposición. Me ha hecho pasar un rato agradable y celebro mucho...

Al decir estas palabras, Ilia Petrovich le tendió la mano al joven.

—Quería únicamente... Tenía que decirle algo a Zametov...

—Comprendo, comprendo... Encantado de su visita...

—Yo... estoy encantado también... Hasta la vista —dijo Raskolnikov sonriendo.

Salió tambaleándose; le daba vueltas la cabeza. Apenas si podía mantenerse de pie, y al bajar la escalera tuvo que apoyarse en la pared para no caer. Le pareció que un ordenanza que subía a la oficina le dio con el codo al pasar, que un perro ladraba en el primer piso y que una mujer gritaba para hacer callar al animal. Cuando llegó al final de la escalera entró en el patio. De pie, no lejos de la puerta, Sonia, pálida como una muerta, le contemplaba con aspecto extraño; y su rostro expresaba la más horrible desesperación. Raskolnikov sonrió al verla, pero, ¡con qué sonrisa!

Poco después, volvía a entrar en la oficina de policía.

Ilia Petrovich revisaba unos papeles. Ante él se encontraba aquel mismo *mujik* que había tropezado con Raskolnikov al subir la escalera.

—¡Ah..., ah..., ah! ¡Otra vez aquí! ¿Se le ha olvidado algo? ¿Qué le ocurre?

Con los labios pálidos y la mirada fija, avanzó Raskolnikov lentamente hacía Ilia Petrovich. Apoyándose en la mesa delante de la cual estaba sentado el teniente, quiso hablar; pero no pudo proferir más que sonidos ininteligibles.

—¡Está usted enfermo! ¡Una silla! ¡Vamos, siéntese! ¡Traigan agua!

Raskolnikov se dejó caer sobre el asiento que le ofrecían, pero sus ojos no se apartaban de Ilia Petrovich, cuyo rostro expresaba una sorpresa muy desagradable.

Miráronse en silencio un momento.

Trajeron el agua.

—Yo fui... —comenzó Raskolnikov.

—Beba.

El joven rechazó con un gesto el vaso que le ofrecían, y en voz baja pero clara, hizo, interrumpiéndose varias veces, la siguiente declaración:

—Yo fui quien asesinó a hachazos, para robarles, a la vieja prestamista y a su hermana Isabel.

Ilia Petrovich llamó y acudió gente de todas partes. Raskolnikov repitió su confesión.

EPÍLOGO

I

Siberia. A orillas de un caudaloso y desierto río se eleva una ciudad, uno de los centros administrativos de Rusia; en la ciudad hay una fortaleza, y en la fortaleza una prisión. En la prisión se encuentra detenido desde hace nueve meses Rodion Romanovich Raskolnikov, condenado a trabajos forzados de segunda categoría. Han transcurrido cerca de dieciocho meses desde el día en que cometió su crimen.

La instrucción de su proceso no encontró apenas dificultades. El culpable ratificó sus confesiones con tanta resolución como precisión y claridad, sin embrollar las circunstancias, sin atenuar el horror del caso, sin velar los hechos y sin olvidar el menor detalle. Hizo un completo relato del crimen; aclaró el misterio de la «prenda» encontrada en las manos de la vieja (se recordará que era un trozo de madera unida a un trozo de hierro); refirió cómo había cogido las llaves del bolsillo de la víctima, describió aquellas llaves, el baúl e indicó el contenido de él; explicó el asesinato de Isabel, que hasta entonces era un enigma; refirió cómo Koch llegó y llamó a la puerta y cómo había llegado un estudiante después de él, refiriendo punto por punto la conversación que tuvieron entre sí aquellos dos hombres. Después él, el asesino, se lanzó escalera abajo oyendo los gritos de Nikolai y de Mitrei, cómo se escondió en el cuarto desalquilado y cómo llegó finalmente a su casa. Por último, en cuanto a los objetos robados, dijo que los había escondido debajo de una piedra en un patio que daba a la perspectiva de la Ascensión, y allí fueron encontrados, en efecto.

En resumen, todo quedó aclarado. Lo que, entre otras cosas, admiró más a los investigadores y jueces, fue que el asesino, en lugar de aprovecharse de los despojos de su víctima, los enterrara debajo de una piedra. Menos aún comprendían que no sólo no recordara exactamente todos los objetos robados, sino que no sabía su número siquiera. Y más inverosímil todavía el que no hubiera abierto ni una vez la bolsa e ignorara, por tanto, su contenido. En ella había trescientos diecisiete rublos y tres monedas de veinte copecs, y a consecuencia del mucho tiempo que la bolsa estuvo debajo de la piedra, los billetes que estaban encima se estropearon bastante.

Durante mucho tiempo se intentó adivinar por qué el acusado mentía únicamente en este punto, mientras que en todo lo demás había dicho espontáneamente la verdad. Finalmente algunos, principalmente los psicólogos admitieron como posible que no llegara a abrir la bolsa y que se desembarazara de ella sin saber lo que contenía; pero sacaron de ello la conclusión de que el crimen había sido cometido bajo la influencia de una locura momentánea, y dijeron que el culpable había cedido a los impulsos de la monomanía morbosa del asesinato y el robo, sin objeto ulterior y sin cálculo interesado, y aprovecharon la ocasión para aplicar la teoría moderna de la locura temporal, teoría con ayuda de la cual se intenta frecuentemente explicar hoy las fechorías de ciertos malhechores.

Por otra parte, la afección hipocondríaca que sufría Raskolnikov fue comprobada por varios testigos; el doctor Zosimov, los antiguos compañeros del acusado, su patrona, los criados. Todo eso hacía pensar que Raskolnikov no era un asesino vulgar, sino que en su caso había algo más. Con gran despecho de los partidarios de esta opinión, el culpable no trató siquiera de defenderse, e interrogado acerca de los móviles que le habían impulsado al asesinato y al robo declaró con una franqueza brutal que lo había hecho a causa de la miseria, diciendo que esperaba encontrar en casa de su víctima tres mil rublos por lo menos con los que esperaba tener lo suficiente para abrirse paso en la vida, su carácter ligero y envilecido, amargado por las privaciones y los reveses habían hecho de él un asesino. Cuando le preguntaron por qué había ido a denunciarse, respondió con descaro que había representado la comedia del arrepentimiento. Aquello era casi cínico.

Sin embargo, la sentencia fue más leve de lo que cabía presumir teniendo en cuenta el crimen cometido. Es posible que le favoreciera al acusado el hecho de que en lugar de disculparse procurara más bien acumularse cargos. Todas las extrañas particularidades de la causa fueron tomadas en consideración. No cabía la menor duda en cuanto a la situación de enfermedad y miseria en que se encontraba el culpable antes de cometer su delito, y se atribuyó a su remordimiento el hecho de no haberse querido aprovechar de los objetos robados, o a que sus facultades mentales no funcionaban normalmente cuando cometió el crimen. El impremeditado asesinato de Isabel proporcionaba también un argumento en apoyo de esta última conjetura: ¡un hombre comete dos asesinatos y al mismo tiempo se olvida de que la puerta está abierta! Por último, el asesino había ido a denunciarse y en un momento en que la falsa confesión de un fanático trastornado (Nikolai) acababa de extraviar por completo a los encargados del proceso, cuando la justicia estaba muy lejos de sospechar quién era el verdadero culpable (Porfirio Petrovich mantuvo religiosamente su palabra). Todas aquellas circunstancias contribuyeron a atemperar la severidad del veredicto.

Por otra parte, durante los relatos salieron a relucir muchas cosas que honraban al acusado. Unos documentos presentados por Razumikin demostraron que cuando Raskolnikov estudiaba en la universidad compartió durante seis meses sus pobres recursos con un pobre y enfermo del pecho; este murió, dejando en la miseria a su anciano y enfermo padre, a quien mantenía desde la edad de trece años. Raskolnikov había hecho entrar al anciano en un establecimiento benéfico y, más adelante, costeó su entierro. El testimonio de la viuda Zarnisina fue también muy favorable para el reo. Declaró que en la época en que vivía en las Cinco Esquinas con su huésped, habiéndose declarado un incendio en una casa por la noche, Raskolnikov, con peligro de su vida, salvó a dos niños de las llamas, que le produjeron una grave quemadura al llevar a cabo aquel acto de valor. Se abrió una información respecto a este hecho, y numerosos testigos certificaron la exactitud del mismo. En resumen, el tribunal, teniendo en cuenta la sinceridad del culpable así como sus buenos antecedentes, le condenó sólo a ocho años de trabajos forzados (segunda categoría).

Cuando empezaron los debates, la madre de Raskolnikov cayó enferma. Dunia y Razumikin hallaron la manera de alejarla de San Petersburgo mientras duró la vista de la causa contra su hijo. Razumikin alquiló una pequeña casa de campo próxima al ferrocarril y situada a poca distancia de la capital, de esta manera podía seguir asiduamente la marcha del proceso y ver con frecuencia a Avdotia Romanovna. La enfermedad de Pulqueria Alexandrovna era una afección nerviosa bastante extraña, con desarreglo, al menos parcial, de las facultades mentales.

Cuando Dunia volvió a su casa, después de su última entrevista con su hermano, encontró a su madre muy enferma, presa de la fiebre y del delirio. Aquella misma noche se puso de acuerdo con Razumikin acerca de las respuestas que habían de darle cuando Pulqueria Alexandrovna preguntase por Rodion. Inventaron toda una historia, según la cual Raskolnikov había sido enviado muy lejos, al otro extremo de Rusia, con una misión que había de proporcionarle mucha honra y provecho.

Pero con gran sorpresa por parte de ellos, ni entonces ni después les preguntó nada la anciana a este respecto. Además, ella misma se inventó una novela para explicar la brusca desaparición de su hijo; refería llorando la visita de despedida que le había hecho, y con tal motivo dejaba entender que únicamente ella conocía determinadas circunstancias misteriosas y muy graves: Rodion se había visto precisado a esconderse porque tenía unos enemigos muy poderosos además, no dudaba siquiera de que su porvenir sería muy brillante en cuanto pudiera vencer determinadas dificultades; le aseguraba a Razumikin que con el tiempo su hijo sería un hombre de Estado, pues tenía la prueba de ello en el artículo que había escrito y que revelaba un talento literario tan notable.

Aquel artículo lo leía constantemente, a veces en voz alta, casi podría decirse que se acostaba con él, y, sin embargo, casi no preguntaba dónde se encontraría Rodia ahora, aunque el mismo cuidado que ponía en evitar la conversación sobre ello hubiera podido parecerle ya sospechoso. El extraño silencio de Pulqueria Alexandrovna sobre determinados puntos acabó por inquietar a Avdotia Romanovna y a Razumikin. La madre no se quejaba siquiera de que su hijo no escribiera nunca, mientras que antaño, cuando estaba en su pueblecito, esperaba siempre con la mayor impaciencia las cartas de su querido Rodia. Este último detalle era tan inexplicable, que Dunia llegó a alarmarse, sospechando la joven que su madre tenía el presentimiento de alguna horrible desgracia ocurrida a Rodia y que no se atrevía a preguntar ante el temor de enterarse de algo todavía peor. De todas maneras, Dunia comprendía perfectamente que su madre tenía el cerebro trastornado.

Por dos veces, sin embargo, llevó ella misma la conversación de tal manera que fue imposible contestarle sin indicarle dónde se encontraba actualmente

Rodia. A consecuencia de las respuestas necesariamente ambiguas y confusas que le dieron, cayó en una profunda tristeza, y se la vio durante mucho tiempo triste y taciturna como no había estado nunca. Dunia se dio cuenta por fin de que las mentiras y las historias inventadas eran contraproducentes y que lo mejor era guardar silencio absoluto sobre determinados puntos; pues era evidente que Pulqueria Alexandrovna sospechaba algo horrible. Dunia sabía, porque su hermano se lo había dicho, que su madre la había oído hablar en sueños la noche que siguiera a su entrevista con Svidrigailov, ¿y no habrían arrojado una siniestra luz en el cerebro de la pobre anciana las palabras que se le escaparon a la joven en su delirio? Frecuentemente, a veces después de algunos días y hasta de semanas de sombrío mutismo y de silenciosas lágrimas, se producía en la enferma una especie de exaltación histérica y empezaba a hablar súbitamente en voz alta, casi sin interrupción, de su hijo, de sus esperanzas, de su porvenir... Lo que imaginaba era a veces bastante raro. Fingían pensar como ella, aunque la enferma no se engañara tal vez en aquel sentimiento; pero no dejaba de hablar...

La sentencia se dictó cinco meses después de la confesión hecha por el asesino a Ilia Petrovich. En cuanto fue posible, Razumikin fue a ver al condenado a la prisión, lo mismo que Sonia.

Por fin llegó el momento de la partida; Dunia le juró a su hermano que aquella separación no sería eterna, y Razumikin habló en el mismo sentido. El fogoso joven tenía un proyecto firmemente formado en su espíritu: reuniría algún dinero durante tres o cuatro años y luego se trasladaría a Siberia, país donde tantas riquezas esperan únicamente capitales y brazos para ser puestas en circulación; fijarían su residencia donde estuviera Rodia y... empezarían juntos una vida nueva.

Todos lloraban al despedirse. Desde hacía algunos días, Raskolnikov se mostraba muy inquieto preguntando incesantemente por su madre y preocupándose mucho por ella.

Aquella excesiva preocupación de su hermano inspiraba temores a Dunia. Cuando se hubo informado detalladamente del estado de su madre, su estado de ánimo se tornó sombrío.

Con Sonia estaba siempre taciturno. Provista del dinero que Svidrigailov le entregara, la joven estaba decidida desde hacía mucho tiempo a acompañar el convoy de presos del que Raskolnikov formara parte. Jamás cambiaron palabra entre ellos acerca de esto, pero ambos sabían que sería así. En el momento de despedirse por última vez, el condenado sonrió de manera un poco extraña al oír hablar a su hermana y a Razumikin en términos calurosos del próspero porvenir que se abriría para ellos cuando saliera de la prisión. Él preveía que la enfermedad de su madre no tardaría en llevársela a la tumba.

Por fin tuvo lugar la partida de Sonia y Raskolnikov.

Dos meses después, Dunechka y Razumikin se casaron. Fue aquella una boda tranquila y triste. Entre los invitados se encontraban Porfirio Petrovich y Zosimov. Desde hacía algún tiempo, todo denotaba en Razumikin al hombre que había tomado una enérgica resolución. Dunia creía ciegamente que pondría en ejecución todos sus proyectos, y no podía dejar de creerlo porque veía en él una voluntad de hierro. Empezó por volver a la universidad para terminar sus estudios. El matrimonio no cesaba de formar planes para el porvenir, teniendo ambos la firme intención de emigrar a Siberia en un plazo de cinco años. Mientras llegaba ese momento, allí tenían a Sonia para reemplazarlos.

Pulqueria Alexandrovna se consideró feliz al dar a Razumikin la mano de su hija; pero después de aquel matrimonio, su tristeza y su preocupación fueron en aumento. Para proporcionarle un rato agradable, Razumikin le refirió la hermosa conducta de Raskolnikov con el estudiante pobre y su anciano padre; también le refirió que el año anterior Rodia expuso su vida por salvar a dos niños pequeños que estuvieron a punto de perecer en un incendio. Estos relatos exaltaron en un mayor grado el ya trastornado cerebro de Pulqueria Alexandrovna, quien ya no habló más que de aquello, y hasta en la calle le comunicaba tales proezas de su hijo a los que pasaban, aunque Dunia la acompañaba constantemente. En los vehículos de pasajeros, en los almacenes y tiendas, dondequiera que encontrara un auditor benévolo, sacaba la conversación de su hijo, el artículo que había publicado, su caridad con un estudiante, el humanitario valor de que había dado pruebas en un incendio, etc. Dunechka no sabía cómo hacerla callar.

Aquella morbosa excitación tenía sus peligros, pues independientemente del agotamiento que le producía, pudiera ocurrir también que cualquiera, al oír nombrar a Raskolnikov, empezara a hablar del proceso. Pulqueria Alexandrovna logró enterarse de la dirección de la mujer cuyos hijos habían sido salvados por el suyo y se obstinó en ir a verla.

Finalmente, su agitación llegó a un límite extremo. A veces lloraba amargamente, y frecuentemente se veía atacada por la fiebre y deliraba diciendo los mayores desatinos. Una mañana manifestó que, según sus cálculos, Rodia debía de volver pronto, porque cuando vino a despedirse de ella le anunció su vuelta dentro de nueve meses, y empezó a prepararlo todo en la habitación en espera del próximo regreso de su hijo, destinándole su propia alcoba y disponiéndose a limpiarla; sacudió el polvo de los muebles, fregó el piso, cambió las cortinas, etc. Dunia estaba desolada, pero no decía nada e incluso ayudaba a su madre en aquellos preparativos. Después de un día de locas visiones, de sueños alegres y de lágrimas, Pulqueria Alexandrovna se vio atacada por una fiebre cerebral, y murió al cabo de quince días. Por algunas palabras pronunciadas por la enfermera durante su delirio se comprendió que había adivinado casi por completo el terrible secreto que habían intentado ocultarle.

Raskolnikov ignoró por mucho tiempo la muerte de su madre, aunque desde su llegada a Siberia recibiera con toda regularidad noticias de los suyos por intermedio de Sonia. Cada mes escribía la joven una carta dirigida a Razumikin que era contestada desde San Petersburgo. Las cartas de Sonia le parecieron al principio a Dunia y a Razumikin bastante lacónicas, pero acabaron por convencerse de que no era posible escribirlas mejor teniendo en cuenta que en todas ellas les enviaba las noticias más completas y detalladas sobre la situación de su desgraciado hermano. Sonia describía de una manera bastante sencilla y bastante clara la vida de Raskolnikov en la prisión, y no hablaba ni de sus propias esperanzas, ni de sus conjeturas para el porvenir, ni de sus sentimientos personales. En lugar de intentar explicar el estado moral, la vida interior del condenado, se limitaba a hablar de sus hechos, es decir, las mismas palabras pronunciadas por él; daba noticias detalladas de su salud, transmitía los deseos que manifestaba, las preguntas que le hacía, los encargos que le había dado en sus entrevistas, etcétera.

Pero aquellos datos, por muy claros que fueran, sobre todo en los primeros tiempos, no eran muy consoladores. Dunia y su marido se daban cuenta por las cartas de Sonia de que su hermano continuaba sombrío y taciturno: cuando la joven le comunicaba las noticias recibidas de San Petersburgo, apenas si ponía atención a ellas. A veces le preguntaba por su madre, y cuando Sonia, al ver que no adivinaba la verdad, se la dijo por fin, observó con gran sorpresa por su parte que se quedó casi impasible.

«Aunque parezca enteramente absorto en sí mismo y como extraño a cuanto le rodea —escribía Sonia, entre otras cosas—, se hace perfectamente cargo de su nueva vida, comprende muy bien su situación, no espera nada en mucho tiempo, no abriga ninguna frívola esperanza, ni experimenta extrañeza alguna en este medio tan distinto del anterior... su salud es satisfactoria. Va al trabajo sin repugnancia y sin apresuramiento. Se muestra indiferente para la comida, pero esta es tan mala exceptuando los domingos y días festivos, que por fin ha aceptado que le deje dinero para procurarse té a diario. En cuanto a lo demás, me ruega que no me inquiete, porque, según me dice, no le gusta que se ocupen de él».

«En la prisión —decía en otra carta— vive en común con los otros reclusos. Yo no he visitado el interior de la fortaleza, pero tengo motivos para creer que se está muy mal, en una nave común y en condiciones insalubres. Duerme en una cama de campaña con una alfombra de fieltro, pero no quiere que le proporcione otra. Si rechaza cuanto pudiera hacer su existencia material menos dura y menos miserable no es precisamente por prejuicio o por principio, sino sencillamente por apatía e indiferencia».

Sonia confesaba que, al principio sobre todo, sus visitas, en lugar de agradar a Raskolnikov, le producían una especie de irritación, y únicamente salía de su mutismo para decir algunas groserías a la joven. Bien es verdad que, más adelante, aquellas entrevistas llegaron a ser para él como una costumbre, casi una necesidad, hasta el extremo de que había estado muy triste cuando una indisposición que le duró algunos días a Sonia le privó de hacerle la acostumbrada visita.

Los días de fiesta se veían a la puerta de la prisión o en el cuerpo de guardia, adonde acudía el preso cuando ella lo mandaba llamar. Los días ordinarios le iba a buscar al trabajo, al taller, a los hornos de ladrillos o a los cobertizos establecidos a orillas del río Irtych. En lo que a ella se refería, Sonia decía que había conseguido crearse algunas relaciones en su nueva residencia, que se dedicaba a la costura, y que, como no había ninguna modista en la ciudad, había logrado una buena clientela. Lo que no decía era que había recabado para Raskolnikov el interés de las autoridades y que gracias a ella lo dispensaban de los trabajos más rudos, etc. Por último, Razumikin y Dunia se enteraron de que Raskolnikov se alejaba de todo el mundo, que sus compañeros de cautiverio no le querían, que se pasaba sin hablar los días enteros y se había puesto muy pálido.

Ya Dunia había notado cierta intranquilidad en las cartas de Sonia, cuando de pronto esta escribió diciendo que el condenado había caído gravemente enfermo y que estaba en la enfermería de la prisión.

II

Ya hacía bastante tiempo que se encontraba mal; pero lo que llegó a debilitar sus energías no fue ni el cautiverio con sus horrores, ni el trabajo, ni la mala alimentación, ni la vergüenza de verse con la cabeza rapada e ir vestido con harapos. ¿Qué le importaban aquellas tribulaciones y miserias? Lejos de ello, se encontraba a gusto con el trabajo, pues la fatiga física le proporcionaba, por lo menos algunas horas de sueño tranquilo. ¿Y qué significaba para él la comida, aquella detestable sopa de coles en la que solía encontrar cucarachas? En otro tiempo, cuando estudiaba, se hubiera considerado feliz con aquella alimentación. Sus ropas eran de abrigo y propias para el género de vida que llevaba. En cuanto a las cadenas, ni siquiera se daba cuenta de su peso. Quedábale la humillación por llevar rapada la cabeza y vestir el traje de presidiario. Pero, ¿ante quién tenía que ruborizarse...? ¿Ante Sonia? Ella le tenía un gran respeto, ¿cómo iba a ruborizarse ante ella?

Sin embargo, hasta delante de Sonia se sentía invadido por la vergüenza; por eso se mostraba grosero y despreciativo en sus relaciones con la joven. Pero aquella vergüenza no procedía de su cabeza rapada ni de sus cadenas. Era su orgullo lo que sentía cruelmente herido. Raskolnikov estaba enfermo de aquella herida. ¡Oh, cuán feliz habría sido pudiendo acusarse a sí mismo! Entonces lo habría soportado todo, hasta la vergüenza y el deshonor. Pero por muy severamente que se examinara, su conciencia endurecida no encontraba en su pasado ninguna falta espantosa; únicamente se reprochaba el haber «fracasado», cosa que podía ocurrirle a cualquiera. Lo que le humillaba era el verse estúpidamente perdido sin remedio por una sentencia del ciego destino y tener que someterse y resignarse a lo absurdo de aquella sentencia si quería encontrar alguna tranquilidad.

Una inquietud sin motivo y sin objeto al presente, un sacrificio continuo y estéril en el porvenir; esto es lo único que le quedaba sobre la tierra. ¡Vano consuelo el decirse que dentro de ocho años no tendría más que treinta y dos y que con esa edad podía empezarse la vida de nuevo! ¿Para qué vivir? ¿Con qué objeto? ¿Vivir por vivir? ¡Él, que en todo momento estuvo siempre dispuesto a dar su vida por una idea, por una esperanza, por un capricho incluso! Siempre había hecho poco caso de la existencia sencilla y vulgar; siempre quiso más. Acaso la energía con que deseaba las cosas le pudo hacer creer antaño que él era uno de aquellos hombres a quienes se les puede permitir más que a los demás.

¡Si todavía el destino le hubiera proporcionado el arrepentimiento torturador que destroza el corazón, el arrepentimiento cuyos tormentos son de tal naturaleza que hacen que un hombre se ahorque o se arroje al agua para librarse de él! ¡Oh, entonces lo habría acogido con alegría! Sufrir y llorar es vivir aún. Pero él no se arrepentía de su crimen.

¡Si al menos hubiera podido reprocharse por su estupidez como se había reprochado en otros tiempos sus acciones torpes y odiosas que le habían llevado al presidio! Pero ahora que reflexionaba nuevamente en el «odio» del cautiverio acerca de su conducta pasada, no la encontraba, ni con mucho, tan odiosa ni tan estúpida como hubiera de antojársele antaño, en aquellos fatales tiempos.

«¿Por qué —pensaba— mi idea era más estúpida que las otras ideas y teorías que en el mundo combaten desde que el mundo existe? Basta mirar la cuestión desde un punto de vista más amplio, independiente, exento de los prejuicios del día, y seguramente entonces mi idea no parecerá tan extraña. ¡Oh, espíritus mal llamados libres, filósofos de ocasión! ¿Por qué os detenéis a mitad de camino? ¿Y por qué mi conducta les parece tan fea? —se preguntaba—. ¿Por qué es un crimen? ¿Qué quiere decir la palabra crimen? Yo tengo la conciencia tranquila. Es indudable que he cometido un acto ilícito, que he violado la letra de la ley y que he derramado sangre. ¡Pues bien, tomad mi cabeza y... ya está concluido! Cierto que en ese caso muchos de los bienhechores de la Humanidad, de aquellos a quienes el poder no les ha llegado por herencia, sino que se han apoderado de él por la violencia, debieron ser entregados desde el primer momento al cadalso; pero esas personas llegaron hasta el final, y eso es lo que las justifica, mientras que yo no he sabido conseguirlo, razón por la cual no tenía derecho a empezar».

No reconocía más que el haber cometido una equivocación: la de haberse sentido débil e ir a denunciarse.

Otro pensamiento le torturaba también: ¿por qué no se había suicidado? ¿Por qué en lugar de arrojarse al agua prefirió entregarse a la policía? ¿Era tan difícil vencer el sentimiento del amor a la vida? ¡Svidrigailov, sin embargo, había triunfado sobre él!

Se hacía dolorosamente esta pregunta y no podía comprender que, cuando pensaba en el suicidio frente al Neva, quizá presintiera en sí y en sus convicciones un profundo error. No comprendía siquiera que aquel presentimiento pudiera contener en germen una concepción nueva en la vida, que aquello podía ser el preludio de una revolución en su existencia, la prenda de su resurrección.

Más bien admitía que entonces cedió por cobardía y falta de carácter a la fuerza brutal del instinto. El espectáculo que ofrecían sus compañeros de cautiverio le llamaba la atención. ¡Cómo amaban la vida! ¡Cómo la apreciaban! A Raskolnikov llegó a parecerle que aquel sentimiento era incluso más vivo en el preso que en el hombre libre. ¡Qué terribles sufrimientos soportaban algunos de aquellos desgraciados, los vagabundos, por ejemplo! ¿Era posible que un rayo de sol, un bosque sombrío o una fresca fuente tuviesen para ellos tanto valor? Cuanto más los observaba descubría cosas más inexplicables aún.

En la prisión, en el medio que le rodeaba, había muchas cosas que indudablemente se le escapaban; además, no quería fijar en nada su atención. Vivía, por decirlo así, mirando al suelo, pareciéndole insoportable mirar a su alrededor.

Pero con el tiempo llegaron a llamarle la atención muchos detalles y, a pesar suyo en cierto modo, empezó a darse cuenta de todo lo que antes no había llegado a sospechar siquiera. En general, lo que más le llamaba la atención era el terrible e infranqueable abismo que existía entre él y el resto de los reclusos. Hubiérase dicho que pertenecían, ellos y él, a naciones distintas. Se miraban con desconfianza y hostilidad recíprocas. Él sabía y comprendía las causas principales de aquel fenómeno, pero jamás hasta entonces había creído que fueran tan fuertes y tan profundas. Independientemente de los reos por delitos comunes, había en la fortaleza algunos polacos enviados a Siberia por delitos políticos. Estos últimos consideraban a sus compañeros de prisión como unos brutos y los trataban desdeñosamente; pero Raskolnikov no podía compartir aquella manera de ver las cosas, pues se daba cuenta que aquellos brutos eran mucho más inteligentes que los polacos en muchos aspectos. También se encontraban allí algunos rusos, un antiguo oficial y dos seminaristas, que despreciaban a la plebe de la prisión. Raskolnikov observaba igualmente lo equivocados que estaban.

En cuanto a él, no le quería nadie; todos le huían. Acabaron incluso por odiarlo. ¿Por qué? Lo ignoraba. Unos malhechores cien veces más culpables que él lo despreciaban, se burlaban de él; su crimen era objeto de los mayores sarcasmos.

—¡Tú eres un señorito! —le decían—. ¿Cómo es que asesinaste a hachazos? Eso no son cosas de gente fina.

En la segunda semana de Cuaresma tuvo que asistir, con sus compañeros, a los oficios religiosos. Fue a la iglesia y rezó como los demás. Un día, sin que él mismo supiera con qué intención, faltó poco para que sus compañeros le dieran un disgusto. Se vio bruscamente asaltado por ellos.

—¡Eres un ateo! ¡Tú no crees en Dios! —gritaban todos aquellos forajidos—. Hay que matarle.

Él no les había hablado nunca de Dios, ni de la religión, y, sin embargo, querían matarle por ateo. No les respondió ni una palabra. Un preso, en el colmo de la exasperación, se arrojó sobre él, pero Raskolnikov, tranquilo y silencioso, lo esperó sin pestañear, sin que ningún músculo de su rostro se alterara. Un guardián se interpuso rápidamente entre ellos. Un momento más y la sangre hubiera corrido.

Aún había para él una cuestión inexplicable: ¿por qué todos querían a Sonia? Ella no intentaba ganarse el aprecio de ninguno; no tenían ocasión de encontrarse frecuentemente con ella; únicamente la veían algunas veces en la cantera o en el taller cuando iba a pasar un momento con él. Y, sin embargo, todos la conocían, sabían que lo había seguido, cómo y dónde vivía. La joven no les daba nunca dinero ni casi le había hecho ningún favor a nadie. Tan sólo una vez por Navidad llevó un regalo para todos los de la prisión: pasteles y *kalatchi*. Pero entre Sonia y ellos fue estableciéndose poco a poco alguna relación más íntima: les escribía cartas para sus familias y se las llevaba para ponerlas en el correo. Cuando los parientes de los presos venían a la ciudad, le entregaban a Sonia, previa recomendación de los presos, las cosas que les traían, lo mismo que el dinero destinado a estos. Las mujeres y las amantes de los detenidos la conocían e iban a su casa. Cuando iba a ver a Raskolnikov durante su trabajo entre sus camaradas o se encontraba un grupo de presos que iban a sus faenas, todos se quitaban el gorro y la saludaban.

—*Batuchka*, Sonia Semenovna, era nuestra querida y tierna madre —decían aquellos hombres brutales a la pequeña y enfermiza criatura.

Ella los saludaba sonriendo y todos le agradecían aquella sonrisa. Les gustaba hasta su manera de andar y se volvían para seguirla con la vista cuando se marchaba. ¡Y cuántas alabanzas le prodigaban! Hasta les agradaba que fuera tan pequeñita, no sabía ya qué elogios hacer de ella. Llegaban hasta consultarle cuando estaban enfermos.

Raskolnikov pasó en la enfermería todo el final de Cuaresma y la semana de Pascua. Al recobrar la salud recordó los sueños que había tenido durante su delirio. Le pareció ver el mundo entero desolado por una terrible calamidad sin precedentes que viniendo del centro de Asia había caído sobre Europa. Todos debían perecer, excepto un reducido número de privilegiados. Unas triquinas de especie desconocida, seres microscópicos se introducían en el cuerpo de las personas, pero aquellos seres eran unos espíritus dotados de inteligencia y voluntad. Los individuos infectados por ellos se volvían instantáneamente locos furiosos.

Sin embargo, y aquello resultaba bastante extraño, jamás los hombres se habían creído tan sabios, tan en posesión de la verdad como se creían aquellos infortunados. Jamás habían tenido tanta confianza en la infalibilidad de sus juicios, en la solidez de sus conclusiones científicas y de sus principios morales. Pueblos, ciudades, regiones enteras se veían atacadas por aquella enfermedad y perdían la razón. Todos se hallaban agitadísimos e incapaces de comprenderse los unos a los otros. Cada cual se creía en posesión de la verdad, y, al contemplar a sus semejantes, se golpeaba el pecho, lloraba y se retorcía las manos. No se podían entender acerca del bien y del mal, ni sabían a quién condenar ni a quién absolver. Las personas se mataban entre sí bajo el impulso de una cólera absurda. Se reunían hasta formar grandes ejércitos, pero una vez comenzada la campaña, el desacuerdo relajaba a las tropas, las filas se rompían y los guerreros se arrojaban los unos contra los otros, degollándose y devorándose. En las ciudades tocaban constantemente a rebato, daban continuamente el toque de alarma, pero, ¿por quién y con qué motivo? Nadie lo sabía y todos estaban en constante sobresalto. Se abandonaban los oficios ordinarios porque cada uno proponía sus ideas, sus reformas, y no había manera de ponerse de acuerdo. La agricultura estaba completamente abandonada. Las gentes se reunían en grupos, acá y allá se ponían de acuerdo para una acción común y juraban no separarse, pero al cabo de un momento olvidaban la resolución que habían tomado y empezaban a acusarse, a batirse y a matarse. Los incendios y el hambre completaban aquel triste cuadro. Todo perecía: hombres y cosas. La calamidad extendía cada vez más sus devastaciones. En todo el mundo podían salvarse únicamente algunos hombres puros destinados a restaurar el género humano, a renovar la vida y a purificar la tierra; pero nadie veía aquellos hombres por ninguna parte, nadie oía sus palabras y su voz.

Aquellos sueños absurdos dejaron en el alma de Raskolnikov una penosa impresión que tardó mucho en desaparecer.

Llegó la segunda semana de Pascua. El tiempo era cálido, sereno verdaderamente primaveral; abrieron las ventanas de la enfermería unas ventanas con reja, debajo de las cuales paseaba un centinela. Durante la enfermedad de Raskolnikov, Sonia no había podido hacerle más que dos visitas, pues para cada una de ellas hacía falta pedir una autorización que era muy difícil de obtener. Pero ella solía acudir al patio de la enfermería sobre todo al oscurecer, y a veces únicamente para estar allí un minutito y mirar, aunque de lejos, las ventanas...

Un día, hacia la caída de la tarde, el prisionero, ya convaleciente, se durmió. Cuando despertó se acercó casualmente a las rejas y vio a Sonia de pie junto a la puerta de la enfermería que parecía esperar algo. Al verla sintió como si le atravesaran el corazón, se estremeció y se retiró precipitadamente de la ventana. Al día siguiente no volvió Sonia, ni al otro tampoco. Raskolnikov se dio cuenta de que la esperaba con ansiedad. Por fin abandonó la enfermería, y al volver a la prisión se enteró por sus compañeros de que Sonia Semenovna estaba enferma.

Se inquietó bastante y mandó a preguntar por la joven. Enseguida le mandaron a decir que la enfermedad que padecía no tenía importancia. Sonia, por su parte, al enterarse de que se había preocupado tanto por su estado le escribió unas líneas con lápiz diciéndole que estaba mucho mejor, que sólo tenía un ligero enfriamiento y que no tardaría en ir a verle al trabajo. El corazón de Raskolnikov latió con violencia al leer aquella carta.

El día era sereno y caluroso. A las seis de la mañana fue a trabajar a orillas del río donde habían construido, debajo de un cobertizo, un horno para hacer yeso. Sólo mandaron allá tres obreros: uno de ellos acompañado por el guardián, fue a buscar una herramienta a la fortaleza, otro empezó a calentar el horno. Raskolnikov abandonó el cobertizo y fue a sentarse en un banco de madera desde donde se puso a contemplar el río ancho y desierto. Desde aquella elevada orilla se descubría una gran extensión de terreno. A lo lejos, al lado opuesto del Irtych, resonaban unos cánticos cuyo eco lejano llegaba a oídos del preso. Allá, en la inmensa estepa inundada por el sol, aparecían como pequeños puntos negros las tiendas de los nómadas. Allá estaba la libertad; allá vivían otros hombres que no se parecían a los que estaban allí; diríase que allá no había pasado el tiempo desde la época de Abraham y de sus rebaños. Raskolnikov soñaba, fija la vista en aquella lejana visión; no pensaba en nada, pero le oprimía una especie de inquietud.

De pronto se encontró en presencia de Sonia, que se había acercado sin hacer el menor ruido y había ido a sentarse a su lado. Aún se dejaba sentir el fresco de la mañana. Sonia llevaba su vieja capa de lana y su pañuelo verde. Su rostro pálido y adelgazado denunciaba su reciente enfermedad. Al acercarse al preso le sonrió con aire amable y satisfecho, pero, como de costumbre, le tendió la mano con timidez.

Siempre se la tendía con temor; algunas veces hasta no se atrevía a ofrecérsela, como si temiera que él la rechazara. Él parecía aceptarla siempre con repugnancia; siempre parecía estar enfadado cuando la joven llegaba, y esta a veces no lograba obtener de él ni una palabra de sus labios. Había días en que temblaba delante de él y se retiraba profundamente apenada. Pero en esta ocasión, sus manos se fundieron en un estrecho apretón. Raskolnikov miró rápidamente a Sonia sin proferir palabra y bajó los ojos. Estaban solos, nadie los veía. El guardián se había alejado momentáneamente.

De repente, y sin que el preso supiera cómo había sido aquello, una fuerza invisible le arrojó a los pies de la joven. Lloró y le abrazó las rodillas. En el primer momento Sonia quedó sorprendida y su rostro se tornó lívido. Se levantó rápidamente y, toda temblorosa, miró a Raskolnikov; pero le bastó aquella mirada para comprenderlo todo. Una felicidad inmensa se leyó en sus ojos radiantes; no había la menor duda de que aquel hombre la amaba, de que la amaba con amor infinito. Por fin, había llegado aquel instante.

Quisieron hablar y no pudieron. Los dos estaban pálidos y extenuados, pero en sus rostros enfermizos brillaba ya la aurora de una renovación, de un completo renacimiento. El amor los regeneraba; el corazón del uno encerraba un inagotable manantial de vida para el corazón del otro.

Resolvieron esperar, tener paciencia. Les quedaban siete años de estancia en Siberia. ¡Qué intolerables sufrimientos y qué infinita felicidad debían de llenar aquel lapso de tiempo!

Pero Raskolnikov había resucitado, y él lo sabía y lo sentía en todo su ser. Y Sonia..., Sonia no vivía sino la vida de Raskolnikov.

Por la noche, cuando los presos volvieron a su encierro, el joven se acostó en su cama de campaña y pensó en ella. Incluso le pareció que aquel día todos los detenidos, sus antiguos enemigos, lo habían mirado de otra manera. Él les dirigió la palabra el primero y le contestaron con afabilidad. Ahora lo recordaba y comprendía que debía ser así. ¿Acaso no iba a cambiar todo?

Pensaba en ella, en las penas que sin cesar le había causado; evocaba mentalmente su carita pálida y delgada, pero aquellos recuerdos apenas sí eran ya un remordimiento para él; sabía con qué amor sin límites iba en lo sucesivo a borrar lo que había hecho sufrir a Sonia.

Sí, ¿y qué eran todas aquellas miserias del pasado? En aquella primera alegría del retorno a la vida, todo, incluso el crimen, hasta su condena y su deportación a Siberia, se le aparecía como un hecho exterior, extraño; parecía casi dudar de que aquello hubiese ocurrido. Por otra parte, aquella noche era incapaz de pensar demasiado, de concentrar su pensamiento en un objeto cualquiera, de resolver una cuestión con conocimiento de causa; no experimentaba más que sensaciones. La vida había sustituido al razonamiento.

Debajo de su almohada había unos Evangelios. Cogió aquel libro mecánicamente. Era de Sonia, el mismo libro donde otro día le leyera la resurrección de Lázaro. Al principio de su cautiverio esperó una persecución religiosa por parte de la joven, creyendo que iría a hablarle constantemente y fastidiarle con el Evangelio; pero con gran extrañeza suya, Sonia no llegó ni siquiera a ofrecerle el santo libro. Él mismo fue quien se lo pidió poco antes de su enfermedad, y ella se lo trajo sin añadir ni una palabra. No lo había abierto hasta ahora.

Ahora tampoco lo abrió, pero un pensamiento pasó rápidamente por su mente: «¿No podría yo tener los mismos sentimientos y convicciones que ella?».

Sonia estuvo también muy agitada durante todo aquel día, y, por la noche, sufrió una recaída en su enfermedad; pero era tan feliz, y aquella felicidad constituía una sorpresa tan grande para ella, que casi llegaba a asustarse. ¡Siete años, «sólo» siete años! En la embriaguez de las primeras horas les faltaba poco para que tanto el uno como el otro consideraran aquellos siete años como si fueran siete días. Raskolnikov ignoraba que la nueva vida no le sería dada graciosamente y que tendría que conquistarla a costa de largos y penosos esfuerzos.

Pero aquí comienza una nueva historia, la historia de la lenta y progresiva recuperación de un hombre, de su renovación y paso gradual de un mundo a otro nuevo. Esto podría constituir el tema de un nuevo relato; el que nos propusimos contar ha terminado.

ÍNDICE

Introducción   5
Crimen y castigo 15

Primera parte
  Capítulo I 17
  Capítulo II 24
  Capítulo III 36
  Capítulo IV 43
  Capítulo V 51
  Capítulo VI 60
  Capítulo VII 70

Segunda parte
  Capítulo I 80
  Capítulo II 95
  Capítulo III 101
  Capítulo IV 112
  Capítulo V 120
  Capítulo VI 130
  Capítulo VII 145

Tercera parte
  Capítulo I 160
  Capítulo II 170
  Capítulo III 179
  Capítulo IV 188
  Capítulo V 196
  Capítulo VI 211

Cuarta parte
  Capítulo I 220
  Capítulo II 230
  Capítulo III 240

Capítulo IV 246
Capítulo V 259
Capítulo VI 273

Quinta parte
Capítulo I 279
Capítulo II 292
Capítulo III 301
Capítulo IV 312
Capítulo V 325

Sexta parte
Capítulo I 335
Capítulo II 343
Capítulo III 351
Capítulo V 367
Capítulo IV 359
Capítulo VI 378
Capítulo VII 387
Capítulo VIII 394

Epílogo
Capítulo I 402
Capítulo II 408